한국 현실주의 아동문학 연구

류덕제(柳德濟) ● 1958년 경상북도 성주(星州)에서 태어나 1995년 경북대학교에서 문학박사 학위를 취득하였다. 1995년 9월부터 지금까지 대구교육대학교에 재직하고 있다. 2004년 뉴저지 주립대학교(The State University of New Jersey)와, 2012년 버지니아 대학교(University of Virginia)에서 연구교수로 미국의 문학교육과 아동문학 교육을 공부했다. 2015년부터 한국아동청소년문학학회 회장을 맡고 있다. 주요 논저로 「별나라와 계급주의 아동문학의 의미」(2010), 「윤복진의 아동문학과 월북」(2015), 「송완순의 아동문학론 연구」(2016) 등의 논문과, 『권태문동화선집』(지식을만드는지식, 2013), 『현실인식과 비평정신』(한국문화사, 2014), 『한국현대아동문학비평자료집 1』(소명출판, 2016) 등의 저서가 있다.

아동청소년문학총서 12

한국 현실주의 아동문학 연구

2017년 2월 21일 1판 1쇄 인쇄 / 2017년 3월 5일 1판 1쇄 발행

지은이 류덕제 / 펴낸이 임은주
펴낸곳 도서출판 청동거울 / 출판등록 1998년 5월 14일 제406-2002-000128호
주소 (10881) 경기도 파주시 문발로115 (파주출판도시) 세종출판벤처타운 201호
전화 031) 955-1816(관리부) 031) 955-1817(편집부) / 팩스 031) 955-1819
전자우편 cheong1998@hanmail.net / 네이버블로그 청동거울출판사

책값은 뒤표지에 있습니다.
잘못 만들어진 책은 바꾸어 드립니다.
지은이와의 협의에 의해 인지를 붙이지 않습니다.

ISBN 978-89-5749-190-4 (94800)
ISBN 978-89-5749-141-6 (세트)

아동청소년문학총서 12

한국 현실주의 아동문학연구

류덕제 지음

청동거울

한국현대아동문학 연구의 길에서

아동문학 연구라는 길을 나서는 데 오래 망설였다. 대학에 자리 잡고도 10년은 훌쩍 지난 뒤였을 것이다. 불혹을 넘어 지천명 언저리에 이를 즈음이었다. 생전에 이재철(李在徹) 선생은 당신의 저서 몇 권을 손수 복사해서 우송해 주시기까지 하며 아동문학 연구를 은근히 독려하셨다. 선생이 초임 시절 재직했던 대학에 자리 잡고 있으면서 막연히 학문적 유대감 비슷한 걸 느끼지 않은 것은 아니었다. 그럼에도 불구하고 망설이고 주저한 것은 아마도 내가 디디고 선 자리 때문이었지 싶다.

길을 나서자고 마음먹었을 때는 내심 기대는 바가 있었다. 오랫동안 한국문학사의 흐름을 공부한 바 있었고, 그때 수집(蒐集)해 놓은 다량의 자료들이 요긴하게 도움이 될 것이라 믿었던 것이다. 새로 시작하는 사람들보단 분명 맥락을 이해하는 데 훨씬 수월했던 것이 사실이었고, 필요한 자료 중 상당 부분이 맞춤하게 내 책장에서 발견되었다. 그러나 막상 나서고 보니 해야 할 게 너무 많았다. 연구의 기반은 얕고 의욕은 앞서다 보니 허둥대기 시작했다. 일제강점기 아동문학의 장(場)에 참여한 사람이 누군지, 그 중 누가 중심적인 역할을 했는지 가늠을 해야 하는데 생각처럼 쉽지 않았다. 허술한 사실 확인을 바탕으로 한 해석이 얼마나 부정확한 결과를 낳는지 익히 알고 있었다.

신문과 잡지를 두루 살피기로 했다. 자료 소장처를 확인하고 복사하는 일에 매달렸다. 이어서 작가와 작품을 게재지와 발표일자별로 일일이 입력하였고, 비평자료들은 전사하였다. 새롭게 사실을 확인하게 되거나 불분명하던 것이 명확해지는 재미에 주말도 밤늦게까지 작업을 했다. 입력과 전사 과정은 실로 따분하고 힘든 일이었지만, 이를 통해 한국 현대 아동문학의 졸가리를 잡을 수 있었다.

이 책에 실린 글들은 이상과 같은 작업을 하면서 쓴 것들이다. 다 논문으로 발표한 것인데, 글의 성격에 따라 둘로 나누어, 제1부는 일제강점기 아동문학의 전개와 의미, 제2부는 아동문학 작가와 작품으로 묶었다.「대구 · 경북 지역 아동문학」은 범위가 일제강점기와 해방 이후까지 걸쳐 있지만 제1부에 포함시켰다.

책으로 묶으면서 많은 부분 손을 봐야 했다. 매끄럽지 못한 곳을 다듬고 새로 밝혀낸 자료와 사실 때문에 보완하거나 고친 것이다.

「일제강점기 계급주의 아동문학의 방향전환론과 작품적 대응양상」은 꼼꼼한 서지 검토를 거친 글이었는데 다시 보니 허술한 구석이 의외로 많았다. 자료를 일일이 검토하여 잘못된 것은 바로 잡고 미비한 것은 보완하였다.

「일제강점기 아동문학에 나타난 표절 양상과 원인 연구」는 거의 새로 쓰다시피 했다. 신문과 잡지를 뒤져 표절 사례를 대거 추가하였는데 일제강점기 아동문학에 있어서 표절 내용은 거의 찾아낸 셈이다.

「송완순의 아동문학론 연구」는 몇 가지 중요한 사실을 바로 잡을 수 있었다. 필자가 소장하고 있지 않은 『별나라』 몇 권을 아단문고(雅丹文庫)에서 찾아 읽다가 송완순이 휘문고등보통학교에 입학한 사실을 알게 되었다. 우여곡절 끝에 휘문고보 학적부를 입수하게 되어 생년월일과 학적 사항 일부를 밝힐 수 있었다. 그리고 자료의 교차 확인을 통해 그간 분명하게 밝히지 못했던 송완순의 몇몇 필명을 확정할 수 있었다.

「대구 지역 아동문학 연구」는 제목부터 「대구 · 경북 지역 아동문학」으로 넓히고 내용도 대폭 증보 수정하였다. 일제강점기 대구 · 경북 지역에서 활동한 아동문학가(소년문사)들을 새로 찾았고 작품목록을 확인해 추가하였다. 안평원(安平原), 엄필진(嚴弼鎭), 김영희(金英熹), 문상우(文祥祐), 강병주(姜炳周), 김사엽(金思燁), 김성칠(金聖七), 엄창섭(嚴昌燮), 엄주석(嚴柱石), 송백하(宋白夏), 이강옥(李康沃), 홍종달(洪鍾達), 김한태(金漢泰), 노영근(盧榮根), 박규환(朴圭煥), 이산(李山), 김오월(金五月), 김석전(金石田), 김흥엽(金興燁) 등은 다수의 작품을 남겼다. 이외에도 비록 발표된 작품은 많지 않았지만 대구 · 경북 지역 출신으로 소년 문단에 동참한 이들이 적지 않았다. 이들의 작품을 모두 수습해 가치를 평가하고 문학사적 자리매김을 해야 할 것이다.

「일제강점기 아동문학가의 필명」은 중간 보고적 성격이 크다고 해야 할 것 같다. 내 딴에는 어지간히 찾았다 싶어 논문으로 발표했었다. 그리고 책으로 발간하기 전 최종 정리랍시고 나름 혹독한 확인 작업을 거쳤다. 그럼에도 불구하고 최종 교정을 보는 지금에도 불쑥불쑥 새로운 필명을 확인하게 된다.

해는 저무는데 길은 멀다. 일모도원(日暮途遠). 개혁에 바빴던 정조(正

祖)는 자주 이 말을 되뇌었다 한다. 느지막이 나선 아동문학의 길인데 갈수록 높은 고개와 깊은 물을 만나 지쳐가는 지금 내 심정을 잘 대변하는 듯하다. 아무쪼록 건강을 잘 챙기고 지쳐가는 마음을 다잡아 한국 현대아동문학 연구의 초석을 다지는 일에 보탬이 되도록 해야겠다.

연구년을 맞은 나를 따라 미국에서 1년을 보낸 막내 권우는 학교를 한 해 늦춰 올해 입시를 치렀고, 둘째 채연이 또한 나의 연구년으로 두 번이나 학년을 낮춰 작년에 대학을 갔다. 첫째 수민이는 별다른 말도 없이 조기졸업을 하고 대학원에 진학했다. 입시의 중압감을 견디며 몹시 힘들었을 아이들한테 내 일을 핑계로 따뜻한 격려의 말도 하지 못했는데 다들 대견하다. 번거로운 입시 관련 문서작업에다 중요한 의사결정을 포함한 모든 일은 집사람에게 일임하였다. 조마조마하고 힘들었을 텐데 미안하고 고맙다.

결벽증이랄까 완벽주의 비슷한 것이라 할까, 원고를 넘긴 후에도 수시로 고치자 보태자 다듬자고 하는 나의 요구를 묵묵히 받아준 청동거울 조태봉 대표의 후의에도 고맙다는 말을 전한다.

2017년 1월

대명동 연구실에서

류덕제

| 차 례 |

제1부_일제강점기 아동문학의 전개와 의미

『별나라』와 계급주의 아동문학의 의미
일제강점기 계급주의 아동문학의 방향전환론과 작품적 대응양상
1930년대 계급주의 아동문학론의 전개 양상과 의미
일제강점기 아동문학의 표절 양상과 원인
대구 · 경북 지역 아동문학

『별나라』와 계급주의 아동문학의 의미

1. 머리말

1917년 러시아 혁명이 성공하고 계급주의 이데올로기는 전 세계로 빠르게 확산되었는데, 식민지 조선의 지식인들은 대체로 일본을 통해 그 사상을 접하게 되었다. 일제강점기 조선에서 계급주의 사상이 확산된 것은 자생적 현실과 외부적 충격이 조응한 결과였다. 프롤레타리아의 해방을 목적으로 하는 계급주의 사상은 전 국민이 프롤레타리아와 다름없는 식민지 조선의 현실과 자연스럽게 맞아떨어져 급속하게 흡수 되었고, 문학에서도 예외는 아니었다.

1920년대 아동문학 잡지로는 『어린이』(1923.3), 『신소년』(1923.10), 『아희생활』(1926.3; 1930년 11월호부터 '아이생활'로 제호 변경), 『별나라』(1926.6) 등이 대표적이었다. 이 가운데 『어린이』와 『아희생활』은 아동문학에 식민지 현실을 반영하는 것에 관심이 없었으나, 『新少年』과 『별나라』는 이와 달랐다. 『별나라』는 창간 당시부터 '가난한 동무'를 위한다는 취지를 분명히 하였으며, 『신소년』의 경우 카프(KAPF)의 2차 방향전환이 있은 후 대체로 계급주의 사상을 반영하기 시작하였다. 이 두 잡지가 카프의 인적 영향 하에 있었기 때문인데, 필자들 가운데는 카프의 맹원이 많았고 따라서 내용도 카프 문인들의 현실 인식과 크게 다를 바 없었다.

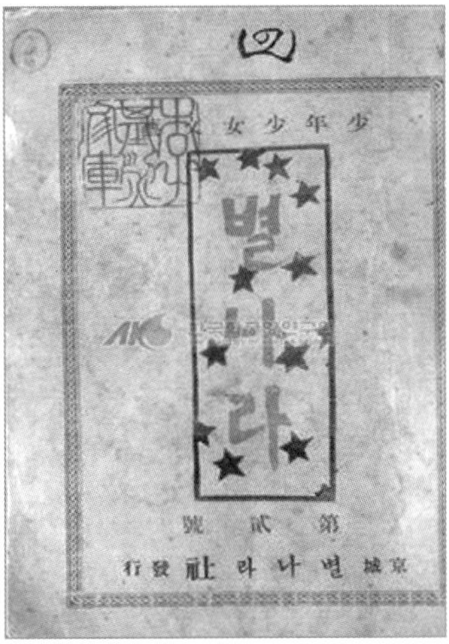

『별나라』, 제1권 제2호, 1926년 7월호

일제의 강압적이고도 수탈적인 식민지배가 진행됨에 따라 조선인들의 대부분을 차지하는 노동자와 농민의 현실은 더없이 열악해져 갔다. 어린이들의 현실 또한 이와 다르지 않았는데 아동문학 잡지들은 식민지 현실을 제대로 반영하지 못하고 있었다. 이러한 상황에서 어린이들에게도 계급적 현실 인식이 필요하다는 생각이 대두되었고, 『신소년』과 『별나라』가 그 역할을 담당한 것이다.

이 글은 『별나라』로 대표되는 계급주의 아동문학의 양상과 그 의미를 살피자는 것이 목적이다. 지금까지 계급주의 아동문학에 대한 연구가 일정한 성과를 거두었지만 아직 미진한 부분이 많다. 이유는 많겠지만 자료 접근의 어려움이 가장 큰 원인이었을 것이다. 필자는 남아 있는 『별나라』를 최대한 확인하고, 일제강점기 신문 및 잡지와 식민지 당국의 검열 자료, 북한의 문헌 등을 통한 교차 확인을 바탕으로 1920~30년대 『별나라』의 실체를 규명하고자 한다. 연구 방법의 초점은 실증적인 문헌 탐색에 집중과 철저를 기하는 것이다. 엄밀한 일차적 서지 고찰이 식민지 계급주의 아동문학 연구의 토대를 구축할 뿐만 아니라 실체적 진실을 밝혀줄 수 있을 것이라 생각하기 때문이다. 이 연구에 이어서 계급주의 아동문학의 구체적인 작품과 비평에 대해 살펴보는 것을 후속 과제로 할 것이다.

2. 『별나라』와 계급주의 아동문학[1]

1) 『별나라』의 발행과 아동문학의 지형도

잡지 발행의 경우, 창간 일자는 분명하나 폐간은 불분명한 경우가 많다. 『별나라』도 마찬가지다. 『별나라』는 1926년 6월 1일 창간하여 1935년 2월 통권 80호를 끝으로 종간된 것으로 보이며, 해방 속간호도 발간되었다.[2]

그러나 『별나라』의 창간과 폐간에 대해서는 여러 가지 이견이 있다. 『별나라』 창간에 대해서는 윤고종(尹鼓鍾), 윤석중(尹石重), 어효선(魚孝善) 등 당대 문인들의 회고를 참고할 수 있다. 윤고종은 『별나라』가 1926년 가을에 창간되어 1929년에 종간(폐간)되었다고 하였다.[3] 어효선은 1926년 11월 창간, 1934년 12월 종간이라 하였으며[4], 윤석중은 1926년 창간

1 이 논문에서 말하는 '아동문학'은 현재의 개념과는 일정한 차이가 있다. 식민지 시대 아동문학과 밀접한 관련이 있는 소년운동 단체들은 천도교소년회가 '소년'의 연령을 7세에서 16세까지, 조선소년연합회가 만18세까지, 조선소년총연맹은 12세에서 18세까지로 생각했다. 아동문학에 대해 유년을 만 4세~7세, 아동을 만 8세~13세, 소년을 만14세~17세로 나누며, 이를 통칭하는 이름으로 '아동'이라 하는 것이 적당하다는 주장(虎人, 「兒童藝術時評」, 『신소년』, 1932년 9월호, 19~22쪽)과, "「러시아」의 區別에 基하야" "自八歲 至十四歲까지의 兒童을 「幼年的兒童」이라 하고 自十四歲 至十八歲까지의 兒童을 「少年的(青年期에 直面한) 兒童」"(九峰學人, 「'푸로레' 童謠論」, 『조선일보』, 1930.7.5)으로 구분하는 주장 등이 있었다. 당대나 해방 후, 식민지 시대의 '소년문학', '아동문학' 등등의 활동을 지칭해 '아동문학'이라 하는 점(李周洪, 「兒童文學運動 一年間-今後 運動의 具體的 立案」, 『조선일보』, 1931.2.13~21; 송완순, 「兒童文學의 天使主義-過去의 史的 一面에 關한 備忘草」, 『아동문화』, 제1집, 同志社兒童園, 1948.11; 송완순, 「朝鮮兒童文學試論-特히 兒童의 單純性 問題를 中心으로」, 『신세대』, 제1권 제2호, 1946.5; 박세영, 「朝鮮兒童文學의 現象과 今後 方向」, 『建設期의 朝鮮文學』, 조선문학가동맹 중앙집행위원회 서기국, 1946) 등을 고려해 이 글에서도 '아동문학'이라 하고, 식민지 시대 '소년 운동'과 함께한 문학 활동을 통틀어 그 범주로 한다.

2 『별나라』(속간 제1호, 1945년 12월 15일 발행), 『별나라』(속간 제2호, 1946년 2월 10일 발행)가 발행되었고, 이후 『자유신문』에 『별나라』(속간 제3호, 1946.5.20)의 발간 소개가 있으나 필자가 확인하지는 못했다.

3 윤고종, 「아동잡지소사」, 『아동문학』, 제2호, 1962.

4 어효선, 「한국아동지 60년」, 『세대』, 1968년 3월호.

이라고만 밝히고 있다.[5] 이들의 주장은 개인적 기억일 뿐 서지 확인의 기본조차 미흡한 것이었음을 알 수 있다. 국회도서관은 1926년 11월 창간에 종간은 1934년 12월이라고 하였고[6], 이재철은 1926년 6월 창간, 1935년 2월 통권 80호로 종간되었다고 하였다.[7] 서지학자 김근수는 1926년 6월 1일 창간하여 1934년 12월 1일 통권 79호로 종간하였다고 밝혔다.[8]

『별나라』, 제10권 제1호, 통권 80호, 1935년 1-2월 합호

『별나라』의 편집에 관여했던 사람들 가운데 엄흥섭은 "一九三四년 十二月호로써 일본 관헌의 최후의 발악으로 말미아마 허는 수 없이 제구년째 七十九호로써 폐간"[9]하였다 하고, 『별나라』 해방 속간 제1호에도 "日本帝國主義의 압박으로 因하야 어쩔 수 없이 一九三四年에 廢刊"(「편집을 마치고」, 32쪽)했다고 하였다. 박세영과 송영도 『별나라』의 편집에 관여하였는데 그들의 기억조차 들쭉날쭉하다. 박세영은 "一九三四年 十二月 七十九號를 내고 廢刊되였든 『별나라』"[10]라고 하였고, 송영은 1927년 창

---

5 윤석중, 「한국아동문학소사」, 『아동문학의 지도와 감상』, 대한교육연합회, 1962.
6 대한민국국회도서관 사서국, 『한국 신문 · 잡지 총목록(1883~1945)』, 대한민국 국회도서관, 1966, 207쪽.
7 이재철, 『한국현대아동문학사』, 일지사, 1978, 126쪽.
8 김근수, 『한국잡지 개관 및 호별 목차집』, 영신아카데미한국학연구소, 1973, 179쪽.
9 엄흥섭, 「별나라의 거러온 길—별나라 略史」, 『별나라』, 해방속간 제1호, 1945년 12월호, 10쪽.
10 박세영, 「朝鮮兒童文學의 現狀과 今後 方向」, 『建設期의 朝鮮文學』, 조선문학가동맹 중앙집행위원회 서기국, 1946, 102쪽.
11 송영, 「해방 전의 조선 아동문학」, 『조선문학』, 1956년 8월호(이선영 외 편, 『현대문학 비평자료집(8)—사회주의 사실주의 발생발전론』, 태학사, 1994에서 재인용)에는 "1935년 카프 작가들의 총검거, 이에 따르는 카프 해산과 동시에 잡지 『별나라』 『신소년』도 폐간을 당했다."(86

간, 1935년 폐간이라 하였다.[11] 이상으로 볼 때 당대의 발행자와 아동문학가들의 회고뿐만 아니라 후대 연구자들의 연구 결과조차 혼란스러운 것은 마찬가지다.

『별나라』의 창간은 1926년 6월 1일이 분명하다. 종간(폐간)은 『별나라』 제80호(1935.2.15)의 실물이 확인된 데다, 『동아일보』, 『조선중앙일보』, 『매일신보』에 『별나라』 통권80호(1935년 1-2월 합호)의 발간 소식이 있는 점[12], 그리고 『별나라』의 이후 발간 소식이 어느 신문에도 없는 점 등을 종합할 때, 통권 80호로 종간되었다는 주장이 가장 믿을 만하다. 그러나 해방 속간 제1호의 통권 호수를 80호로, 해방 속간 제2호의 통권 호수를 81호로 매기고 있고, 『별나라』 발행에 관여했던 박세영, 엄흥섭 등이 통권 79호로 폐간하였다고 말하고 있어, 1935년 1-2월 합호로 발간된 『별나라』의 발간 경위가 궁금한 것은 사실이다.

당시 『소년』, 『붉은저고리』, 『아이들보이』, 『어린이』, 『신소년』 등 많은 잡지들은 크게 보아 모두 민족 운동의 일환으로 아동(소년)의 계몽과 계도, 교육과 교화를 목적으로 발행되었다. 『별나라』도 이와 크게 다르지 않으나 세계관이나 현실인식은 달랐던 것 같다. 『별나라』의 창간호는 '가난한 동무를 위하야 갑싼 잡지로 나오자'라는 슬로건으로 시작하였다. 당시 『어린이』가 10전(錢), 1929년 이전까지 『新少年』이 15전, 『아희생활』이 10전이었던 것에 비해 『별나라』는 "육십여 페이지나 되는 잡지를 정가(定價) 五전에 내노흔 것"이다. "조선의 무산 아동을 위하"[13]겠다는 창간 슬로건을 실천한 것이다. 뿐만 아니라 내용도 달랐다.

쪽)고 하였다.

12 「(新刊紹介) 별나라 一, 二月 合號 定價 五錢 發行所 京城府 永樂町 一丁目 六五 별나라社 振替 京城 一○九六番」(『동아일보』, 1935.3.1); 「(新刊展望) 별나라(一, 二月 合號) 京城府 永樂町 一丁目 六五 별나라社 發行 定價 五錢 振替 京城 一○九六番地」(『조선중앙일보』, 1935.2.23); 「(新刊紹介) 별나라(一, 二月號) 定價 五錢 發行所 京城 永樂町 一의 六五 별나라社 振替 京城 一○九六(『매일신보』, 1935.2.21).

13 엄흥섭, 앞의 글, 9쪽.

달이나 새나 노래하든 작문 련습과 노래 되푸리만을 요리조리 어엽부게만 ᄭᅮ며놔서 우리들의 눈을 속이고 우리들의 할 일을 방해하는 그들의 잡지와 완연히 달나젓든 것이다.[14]

『별나라』의 집필자들이 『어린이』와 『아이생활』을 두고, "『어린이』나 읽는 이밥 먹는 아이들"[15] 또는 "『아이생활』은 우리에게 잇서々 排斥하지 안흐면 아니 될 원수의 잡지"[16] 등으로 평가하는 것을 볼 때, '우리들의 눈을 속이고 우리들의 할 일을 방해하는 그들의 잡지'는 바로 『어린이』와 『아이생활』을 가리킨다고 하겠다. 『별나라』는 이들 잡지처럼 '달이나 새나 노래'하고 '요리조리 어엽부게만 ᄭᅮ며' 놓는 것과 '완연히' 다른 내용을 담아냈다는 것이다.

『별나라』가 창간될 즈음 문단은 카프로 대표되는 계급주의 문학이 시작 단계에 접어들고 있었는데,[17] 창간 이후 1931년경에 이르기까지 『별나라』의 편집인들은 안준식(安俊植), 김도인(金道仁), 최병화(崔秉和), 박세영(朴世永), 임화(林和), 송영(宋影), 염근수(廉根守), 엄흥섭(嚴興燮) 등으로 카프 쪽 인사들이 대부분이다.[18] 카프가 사회주의 '운동'과 밀접한 관련을

14 編輯局, 「별나라는 이러케 컷다-별나라 六年略史」, 『별나라』, 통권51호, 1931년 6월호, 6쪽.

15 김광균, 「少年部는 작구 組織된다」, 『별나라』, 통권49호, 1931년 4월호, 2쪽.

16 朴炳道, 「盲人的 批評은 그만 두라」, 『별나라』, 통권57호, 1932년 2-3월 합호, 27쪽.

17 카프에 대해서는 「無産階級 藝術同盟-림시총회에서 위원을 개선」(『중외일보』, 1926.12.26), 「朝鮮푸로藝術同盟」(『동아일보』, 1926.12.27)과 같은 조선프롤레타리아예술동맹에 대한 보도가 있기 전까지 그 존재를 확인할 아무런 기록도 찾을 수 없고, 1925년 8월 결성 후에도 실질적인 활동이 활발하지 못했던 것으로 보인다.(권영민, 『한국계급문학운동사』, 문예출판사, 1998, 79쪽)

18 송영은 1927년 이후 카프 아동문학부가 새로 조직되고 기관지 『별나라』를 출판하였다고 회고(「해방 전의 조선 아동문학」, 이선영 외 편, 『현대문학비평자료집』, 태학사, 1994, 35쪽)하고 있으나, 『별나라』가 카프의 기관지는 아니었던 것으로 보인다. 카프의 중앙위원회 회의 또는 임시총회를 면밀히 검토해도 『별나라』가 기관지라는 언급이 없고, 현재 확인 가능한 『별나라』를 정독해도 "무산소년소녀의 긔관지"(통권49호, 47쪽)라는 표현 이외에는 발견할 수 없다. 이에 대해, 권영민은 "카프의 영향 밑에 있던 소년 잡지"(『한국계급문학운동사』, 문예출판사, 1988, 374쪽)라 하였고, 이순욱은 "카프가 독립적인 아동분과를 두지 않았던 까닭에 이들 매체를 카프의 기관지로 볼 수는 없다."(「권환의 삶과 문학 활동」, 『어문학』 제95집, 한국어문학회,

가짐에 따라 작품이나 비평이 강한 정론성(政論性)을 띠고 있었듯이, 『별나라』 등 당시 계급주의 아동문학 역시 소년 '운동'의 연장선상에 놓여 있었던 것이 분명하다.

발행인 安俊植과 주요 필자들. 이름이 가려진 왼쪽 위로부터 李定鎬, 秦宗爀, 崔喜明이고, 중 하단은 廉根守. 『별나라』, 1927년 6월호, 1주년 기념호

筆者는 일즉히 少年運動과 그의 文藝運動에 있었서 種種 理論的 展開를 해 왓거니와 少年運動과 少年文學運動은 不可分的 關係로 連結性을 갖이고 있다. 그럼으로 少年運動 그 自體를 떠나서 少年文學運動이 成立되지 못한 것이오 少年文學運動을 떠나서 그 運動의 目的을 完全히 遂行할 수 없을 것이다. 쉽게 말하자면 少年運動은 指導者로써 實際的 運動이라 하겟고 少年文學運動은 指導者로써 間接指導運動이라고 規定

2007.3, 414쪽)고 하였다. 1927년 개최된 조선프롤레타리아 예술가 동맹 임시총회 결의 내용에는 카프 아동문학부가 없고 기관지 문제는 『예술운동』에 관한 내용밖에 없어, 송영의 회고는 기억의 착오로 보인다. 다만 "카프의 傘下에 있든 별나라社"(박세영, 「朝鮮兒童文學의 現狀과 今後 方向」, 99~100쪽) 등의 의미로 볼 때, 『별나라』는 공식적으로 노출시키지 않았으나 실질적인 카프의 아동문학 기관지 역할을 했던 것으로 보인다.

할 수 있다. 그럼으로 朝鮮少年運動이 一九二〇年을 筆頭로 發生한 以後-해를 거듭하여 進展됨에 딿아서 少年文學運動도 달을 거듭하야 發展되고 있는 것이다.[19]

1922년 4월 결성된 천도교소년회(天道教少年會)가 1923년 3월 『어린이』를 발간하였다. 이에 반해 1923년 3월 무산소년 운동 단체로 반도소년회(半島少年會)가 결성되었다. 같은 시기 도쿄(東京)에서 색동회가 조직된 후, 소년운동이 확산되면서 천도교소년회 측에서 조선소년운동협회를 결성하자, 1925년 5월 사회주의 사상을 표방하는 소년운동 단체로 오월회(五月會)가 창립되었다. 이념을 달리하는 두 소년운동 단체는 1927년 10월 100개 이상 단체의 가입 신청을 받아 조선소년연합회(朝鮮少年聯合會)를 창립하였다. 1928년 3월 다시 350여 단체가 가맹한 조선소년총동맹(이후 '조선소년총연맹'으로 개칭)으로 확대 개편하였다.[20] 1928년 3월 26일에 개최된 제1회 신임 중앙집행위원회에서는 다음과 같은 사항을 결의한다.

◇ 決議事項

1. 教養問題

從來의 뿌루조아的 頑迷한 教養으로부터 科學的 知識을 普及함

(중략)

方法

가. 無産少年 教養에 主力할 것

---

19 김태오, 「少年文藝運動의 當面에 任務(一)」, 『조선일보』, 1931.1.31.

20 김정의의 『한국소년운동사』(민족문화사, 1993), 신재홍의 「일제치하에서의 한국 소년운동고」(『사학연구』, 제33호, 한국사학회, 1981), 정홍교의 「朝鮮少年運動槪觀-今後 運動의 展開를 望함」(『조선일보』, 1932.1.1~19) 참조.

나. 未就學 少年에게 對한 講習所 設置

다. 農村 無產少年 夜學 設置

라. 都市에는 勞動夜學 設置

마. 兒童圖書館 設置

바. 機關紙 發行의 實現

사. 講演, 講座, 雄辯, 討論, 童話會 等을 隨時 開催할 것

아. 早起會 組織 實現

자. 隨時 遠足會 運動會 等을 開催할 것

(중략)

1. 組織問題

從來의 自由聯合制인 頑迷한 組織制로부터 民主主義的 中央集權制인 總同盟으로 結成할 것[21] (하략)

계급주의 아동문학 계열에서는 아동의 계몽이나 교육이라는 목표는 방정환(方定煥)계와 동일하였으나, 그 내용과 방법은 사뭇 달랐다. 위 결의사항에는 계급주의 세계관이 많이 노출되어 있는데, 이런 이유로 갈등을 빚던 방정환계 인사들은 이후 일선에서 물러난다. 이와 같은 사상적 대립으로 당시 가장 대중적인 행사이자 운동이었던 '어린이날 행사'를 따로 개최하는 등 분열상을 보였다.

일제강점기 소년운동이 소년문예운동을 포함하고 있는 것은 김태오(金泰午)의 글에서 분명히 확인할 수 있다. 동심주의 아동문학이나 계급주의 아동문학을 구분할 것 없이 같은 양상을 보였는데, 다양한 단체 활동을 통해 구체적 활동이 벌어졌다. 승효탄(昇曉灘, 본명 昇應順)의 글을 통해 당시 소년들의 손으로 조직한 조선 소년문예 단체를 살펴보자.

21 「組織體를 變更한 朝鮮少年總同盟의 첫 中央執行委員會의 決議」, 『동아일보』, 1928.3.28.

1924년 ▷깃븜사(경성): 『어린이』를 무대로 활동. 동인은 尹石重, 徐德出, 崔順愛, 申孤松, 崔貞化, 尹福鎭

1926년 ▷등대사(대구): 『등대』 2호까지 발행. 동요 등사집 『개나리』 발행. 동인은 尹福鎭, 申孤松, 宋完淳(大田), 昇應順(金川) 등 깃븜사 동인 다수 ▷芳年社(경성 시외 東幕): 동인은 '깃븜사' 동인 다수

1927년 ▷少年文藝社: 『少年界』(경성 시외 아현리에서 발행)의 '소년문예사 동인작품 특집란'을 무대로 활동. 동인은 金英一, 玄東濂, ▷달빗사(경남 합천): 李聖洪

1928년 ▷글쏫사(경성): 소년문예 강연회. 동인은 昇應順(京城), 崔鳳河(三水에서 京城 '새벗사' 근무), 朴弘濟(『少年朝鮮』 편집), 이왕직 아악부의 成慶麟과 太在福

1929년 ▷조선소년문예협회(경성): '글쏫사'를 개명하고 회원을 전 조선으로 확대. 동인은 李明植(朝鮮之光社 퇴사), 李東珪, 申順石, 李圭容, 具直會, 鄭台益(이상 京城), 安平原(永川), 金敦熙(文川), 李聖洪(陜川), 吳慶鎬(載寧), 蔡奎三(定平), 禹泰亨(安岳) 등

1929~1930년 ▷백의소동사(白衣小童社): 許水萬(咸北), ▷횃불사: 洪銀杓(春川), ▷붓춤사: 鄭明杰(鎭南浦)

1931년 ▷새힘사(晋州): 鄭祥奎, ▷朝鮮少年文學硏究會(京城): 확호(確乎)한 푸로소년문학의 확립 목적. 동인은 宋影, 李東珪, 洪九, ▷新興兒童藝術協會(京城): 尹石重, 申孤松, 昇應順 등이 발기하였으나 불허가로 창립총회도 열지 못함[22]

이상과 같이 전국적으로 많은 소년문예단체가 있었고 이를 중심으로 소년 문예 활동이 이루어졌다. 여기에다 『어린이』, 『신소년』, 『별나라』의

---

22 승효탄, 「朝鮮少年文藝團體消長史稿」, 『신소년』, 1932년 9월호, 25~29쪽을 정리한 것이다.

지분사(支分社)를 중심으로 한 문예단체도 많았다. 신문의 한 기사에 의하면 1927년 당시 아동 잡지만 33 종류가 있었다 한다.[23]

당시 아동문학은 창작자와 독자의 구분이 불분명했고 소년운동가들이 중심이 되어 소년운동 중심의 문예운동 성격을 유지하게 되었다. 따라서 아동문학 잡지들은 소년운동 또는 소년문예운동의 흐름과 궤를 같이 했다. '색동회'가 『어린이』와 함께 활동한 것처럼, 『별나라』는 '별탑회'와 함께 활동하였다.[24]

이상에서 살펴본 것처럼 족출(簇出)하다시피 한 소년운동 단체 가운데, 식민지 현실에 대한 무산계급적 인식과 대응을 표방한 단체는 '반도소년회', '오월회', '조선소년연합회', '조선소년총연맹' 등이다. 『별나라』는 이들 소년운동 단체 및 카프의 영향과 무관하지 않고 따라서 당대 사회운동의 방향전환이라는 흐름을 따라 아동문학의 방향전환을 도모했던 것이다.

2) 『별나라』와 계급주의적 방향전환

『어린이』, 『신소년』, 『아희생활』과 달리, 『별나라』는 창간 당시부터 계급주의 입장을 표방은 했으나, 창간 당시에는 목적의식적이라기보다 자연발생적이며 가난에 대한 심정적 동조에 머무는 수준이었다.

> 純全히 自然發生的 領域에서 버서나지 못했고 가난한 것만 외쳤지 왜 가난해젔나 무엇이 우리를 가난하게 맨드러주었나? 하는 그 原因은 밝히지 못햇든 것이다. 별나라 第六號 以後에는 비로서 宋影 氏가 編輯에 參與하자 儼然히 별나라의 性格을 밝힌 以後, 唯物辨證法的 社會主義리아리즘에로 指向하고 나아갔

23 「文藝雜誌 筆頭－農村問題와 少年運動」, 『동아일보』, 1927.5.30.
24 승효탄, 앞의 글, 25쪽.

다. 그 後 林和 氏, 嚴興燮 氏, 나 自身이 이 編輯에 當하게 될 때는 階級鬪爭期에로 突入하야 많은 역할을 하엿스나[25](하략)

위와 같은 박세영의 회고 외에도, 엄흥섭의 회고에서도 같은 맥락을 읽을 수 있다.

즉 一九二六년부터 一九二七년 七月까지는 게몽긔(啓蒙期)라고 할 수 있었읍니다. 별나라는 즉 이 게몽긔를 위시(爲始)하야 아옵해(九年) 동안을 세기(三期)로 난흘 수 잇으니 다음 一九二七年부터 一九三二년까지는 목적의식긔(目的意識期)요 一九三二년 七月부터 그 다음은 투쟁긔(鬪爭期)라고 할 수 잇겠읍니다.[26]

위 두 사람의 회고를 종합해 보면 1927년경부터 『별나라』는 목적의식기에 접어들었고, 유물변증법적 사회주의리얼리즘을 지향하였다는 것이다. 소위 방향전환이 있었다는 뜻이고 카프의 제1차 방향전환과 시기를 같이하는 것으로 진술한 셈이다. 이 시기에 소년운동과 소년문예운동에도 방향전환 논의가 많았다.[27] 그 내용은 대체로 소년 운동을 조직

25 박세영, 「朝鮮兒童文學의 現狀과 今後 方向」, 98쪽.

26 엄흥섭, 「별나라의 거러온 길」, 8~9쪽. 朴世永도 「朝鮮兒童文學의 現狀과 今後 方向」(103쪽)에서 같은 시기 구분을 하고 있다.

27 김태오의 「全朝鮮少年聯合會 發起大會를 압두고 一言함」(『동아일보』, 1927.7.29~30), 「丁卯一年間의 朝鮮少年運動-氣分運動에서 組織運動」(『조선일보』, 1928.1.11~12), 「少年運動의 指導 精神」(『중외일보』, 1928.1.13~14), 「少年運動의 當面 問題-崔青谷 君의 所論을 駁함」(『조선일보』, 1928.2.8~16), 최청곡의 「方向을 轉換해야 할 朝鮮少年運動」(『중외일보』, 1927.8.21~22), 「少年運動의 當面 諸問題」(『조선일보』, 1928.1.19~22), 김한(金漢)의 「轉換期에 선 少年文藝運動」(『중외일보』, 1927.11.19~21), 홍은성의 「少年運動과 그의 文藝運動의 理論 確立」(『중외일보』, 1927.12.12~15), 「在來의 少年運動과 今後의 少年運動」(『조선일보』, 1928.1.1~3), 「少年運動의 理論과 實際」(『중외일보』, 1928.1.15~19), 송완순의 「空想的 理論의 克服-洪銀星 氏에게 與함」(『중외일보』, 1928.1.29~2.1), 두류산인(頭流山人)의 「童話運動의 意義-少年文藝運動의 新展開」(『중외일보』, 1930.4.8~10) 등에서 방향전환 논의를 확인할 수 있다.

적으로 전개하고 아동문학에도 프롤레타리아 이데올로기를 포함해야 하며, 무산 문학을 소년 때부터 제공해야 한다는 내용이었다. 그런데 대체로 운동이 선창을 하고 그에 따라 문학론이 뒤를 이었는데, 계급주의 성격을 뚜렷이 드러낸 아동문학론은 대개 1930년에 이르러서야 나타난다. 대표적인 논의로는 신고송(申孤松)의 「童心의 階級性」(『중외일보』, 1930.3.7~9), 송완순(宋完淳)의 「'푸로레' 童謠論」(『조선일보』, 1930.7.5~22), 유백로(柳白鷺)의 「少年文學과 리아리즘-프로 少年文學運動」(『중외일보』, 1930.9.18~26), 안덕근(安德根)의 「프로레타리아 少年文學論」(『조선일보』, 1930.10.18~11.7), 이주홍(李周洪)의 「兒童文學運動 一年間」(『조선일보』, 1931.2.13~2.21) 등이 될 것이다.

계급적 대립이 오래 전부터 있었건만 소년문학에서는 혼돈되어 뚜렷한 계급적 대립이 이루어지지 못했다고 본 신고송은 정확한 사회의식과 시대의식을 가진 아동을 소성해야 한다고 하였고, 유백로는 자본주의적 생산이 지배적인 사회에 있어서 소년의 현실은 어른과 다르지 않다고 본다. 한 발 더 나아가 송완순은 정치투쟁의 일익에까지 진전시켜야 한다고 주장한다. 『별나라』의 경우에는 상대적으로 문학론이 적었다. 1930년대에 들어 소년문사들이 발표욕에 치우친 나머지 '박쥐식 투고'를 하는 것에 대한 지상 논쟁이 벌어지면서 문학론 성격의 글들이 발표되었는데 여기에서 계급적 인식이 뚜렷하게 표출되기 시작하였다.

그러나 운동(정치)으로서의 구호와 같이 아동문학운동 혹은 작품적 성취에 있어서도 과연 그러한가? 이주홍의 다음과 같은 글을 보자.

朝鮮의 文學運動에 잇서서 特히 兒童文學運動의 領域에 잇서서 지난 一九三〇年은 確實히 鬪爭의 一年이엇다. 一九二九年이 初步的 啓蒙的 自然發生的임에 反해서 三〇年은 보담 數步 前進한 目的意識的 ××의 活氣에 찬 朝鮮兒童文學運動史上에 劃線할 一年이엇다. 作家들의 意識水準이 均騰해진 것 엇던 一定

한 統制된 機關이 업스면서도 作家들의 團合이 組織的으로 容易하게 된 것 또 『별나라』『新少年』 두 雜誌가 飛躍的 發展을 보여 機關紙와 마찬가지로 우리들의 計劃的 運動이 무난히 實現化된 것 또 社會的으로 讀者大衆의 階級的 意識이 어느 程度까지 速度로 覺醒해저서 前年보담도 半 以上 힘을 덜고라도 倍 以上의 効果를 어들 수 잇게스럼 指導者들의 힘이 모자라지 안는 것 等이 그 主要한 原因이라고 볼 수 잇다.

實로 지난해의 兒童藝術運動에 잇서서 『별나라』『新少年』은 참으로 큰일을 하엿다. 數三 新聞에 理論發表를 빌린 外로 作品으로는 전혀 이 두 雜誌에서만에 볼 수 잇다.[28]

제2차 방향전환이 시작되었다고 하는 1929년까지만 해도 아동문학 운동은 '계몽적 자연발생적'이었고 1930년에 들어서야 비로소 비약적 발전이 있었으며, 그 구체적 매체로는 『별나라』와 『신소년』이 중요한 역할을 했다는 것이다. 이주홍의 주장을 뒷받침하는 자료로, 『朝鮮出版警察月報』 등 일제 당국의 검열[29] 기록을 보아도 1930년 이전에 아동문학 잡지에서 계급의식적 내용이 현저하게 드러났다는 근거는 많지 않다.

민족의식을 환기하는 기사에는

(1) 조선의 역사적 인물의 위대성을 보인 전기적 이야기, (2) 조선의 역사가 오래됨을 보이는 기사, (3) 외국인에게 있어 조국을 위해 희생하는 인물의 전기, (4) 현재 조선인의 지위를 비관하는 기사, (5) 병합 후의 위정자, 관헌에 대한 반항심을 격발하는 기사, (6) 계급의식의 환기, (7) 계급적 반감의 양성, (8)

---

28 이주홍, 「兒童文學運動 一年間－今後運動의 具體的立案(一)」, 『조선일보』, 1931.2.13.

29 『별나라』의 출판은 '편집-검열-인쇄-발송'의 단계를 거치는데, "모흔 原稿를 대개는 初旬 頃에 총독부 경무국으로 提出을 합니다. 그러면 한 一週日동안이나 或 느지면 二週日만에야 許可"가 나오는 방식의 검열을 거친다.(「별나라 出世記」, 『별나라』, 통권41호, 1930년 6월호, 26쪽) 당국의 엄혹한 검열은 필자나 잡지사의 자기 검열로 이어졌을 것이다.

현재 사회제도의 모순 등을 담고 있는 기사, 이야기, (9) 단결의 미덕과 효과를 설명하는 것[30]

이런 기준으로 1929년 『별나라』는 출원 횟수 12건, 허가 횟수 10건, 불허가 횟수 2건, 삭제 건수 9건의 검열이 있었고, 아직 뚜렷한 계급의식을 드러내 보이지 않던 『신소년』의 경우 출원 횟수 7건, 허가 횟수 7건, 불허가 횟수 0건, 삭제 건수 6건이 있었다. 이로 볼 때, 『별나라』가 아직까지 정치투쟁을 포함한 선명한 계급의식을 드러낸 글(작품)이 많지 않았음을 알 수 있다. 계급의식과는 거리가 멀다고 공격했던 『어린이(オリニ)』의 경우[31]에도 출원 횟수 16건, 허가 횟수 14건, 불허가 횟수 2건, 삭제 건수가 13건이나 있어 '불허가'나 '삭제'가 곧 계급의식의 표출과 연관되는 것은 아니었던 것이다.[32] 그러나 『별나라』는 1930년 이후 폐간까지 약 5년여 간에 10여회에 달하는 '불허가'를 받고 있음을 주목할 필요가 있다.

제6권 제1호(1930년 12월 20일), 제3권 제2호 추가(1930년 12월 26일), 제7권 제1호(1931년 12월 23일), 제7권 제1호 추가(1932년 1월 11일), 제 7 권 제4호(1932년 4월 18일), 제7권 제4호(1932년 5월 10일), 제7권 제4호(1932년 5월 25일), 제8권 제9호(1933년 9월 26일), 제9권 제?호(1934년 2월 28일), 제9권 제?호(1934년 3월 15일)[33]

---

30 『朝鮮出版警察月報』 第2號, 「諺文 少年少女讀物ノ傾向」, 1928.10. 일본어 번역 필자.

31 방정환이 죽은 뒤인 1931년 10월부터 1932년 9월까지 신영철(申瑩澈)이 『어린이』 '편집담임자'가 되었는데 이 기간 동안 『어린이』는 대체로 계급주의적 색채를 띤다.

32 「鮮內發行ノ思想關係出版物」, 『朝鮮出版警察月報』, 제8호, 1929.5.

33 「不許可差押 及 削除出版物 目錄」, 『朝鮮出版警察月報』, 제20호, 1930.4. 참조. 권호(券號)를 알 수 없는 것은 1930년 3월호를 준비했고 불허가가 나자 다시 준비한 것도 발행할 수 없었음을 밝히고 있는 통권76호(1934년 4월호) 「편집여언」의 내용으로 짐작할 수 있다. 한편, 엄흥섭은 "평균(平均) 일년에 두세호식은 내용이 불온(不穩)하다고 압수를 당하엿으니 ᄶᅡ져보면 二十회나 압수(押收)를 당햇읍니다."(「별나라가 거러온 길」, 9쪽)라 하고 있어 '불허가'와 '차압', '삭제'를 구분하지 않아 정확히 알 수 없다.

계급투쟁, 빈부격차, 농민의 파탄 현실 등을 내용으로 했다는 이유로 '불허가, 차압 및 삭제' 된 것은 주로 1930년 이후에 해당하고, 1920년대 말에 있었던 두 건의 불허가는 1928년 11월 29일 3·1운동 관련 내용(제3권 제9호)과 1929년 12월 16일 전편 계급의식의 풍자 동화를 게재했다는 내용(제5권 제2호) 때문이다. 그 외에는 대체로 외국의 애국적 인물 이야기를 하는 것인데 '民族主義的 讀物'이라 지칭하고 있는 것으로 보더라도 계급사상과는 일정한 거리가 있다.

이상으로 보아 『별나라』가 통권7호(1926년 12월호)부터 유물변증법적 사회주의리얼리즘으로 나아갔다거나, 1927년부터 목적의식기에 접어들었다고 하는 것은 일정 부분 수정되어야 할 것으로 보인다. 목적의식기에 접어들었다는 것은 계급사상의 방향전환이 있었다는 것으로 이는 노동자 농민 대중이 자연발생적인 경제투쟁으로부터 의식적인 정치투쟁으로 운동 노선을 전환하는 것을 의미[34]하는 것이다. 그러나 『별나라』에 나타난 문학론과 작품의 실체는 회고적 주장들과는 다르게 일정한 차이가 있다.

이는 실제 작품을 보아도 분명하다. 현재 확인 가능한 1930년대 이전 『별나라』[35]에 수록된 작품을 일별해 보아도 계급투쟁적 의식이 선명한 작품이 보이지 않고, 식민지 노동자 · 농민의 빈곤과 그 원인 등에 대한 인식 등에 상당한 성과를 보여주는 1930년대 이후의 작품과는 많은 차이가 있다.

34 권영민, 『한국계급문학운동사』, 문예출판사, 1998, 86쪽.

35 필자가 확인한 1930년대 이전에 발간된 『별나라』는 제2호(1926.7), 제4호(1926.9), 제6호(1926.11), 제7호(1926.12), 제11호(1927.4), 제12호(1927.5), 제13호(1927.6), 제14호(1927.7), 제15호(1927.8), 제17호(1927.10), 제22호(1928.3), 제24호(1928.7), 제31호(1929.5), 제33호(1929.7) 등 전체 14권이다. 이 14권으로 1920년대에 발간된 『별나라』의 전모를 알 수는 없으나 대체적인 경향은 확인할 수 있다.

그 전에는 달큼한 文藝品이나 덥허놋코 재미만 잇는 옛날이야기나 우리들과 관계업는 욕심쟁이인 英雄傳記가튼 것도 석거서 실어 왓지만 지금부터는 우리들의 살님사리와 또는 잘 살어보자는 운동과 관계업는 것이며는 절대로 실치를 아니하기로 하엿다.[36]

『별나라』(1930년 10월호)의 「편집후기」에 실린 글인데, 잡지 편집자의 발언인 만큼 이전까지는 달콤한 문예품, 재미있는 옛날이야기, 욕심쟁이 영웅전기 같은 것들이 많았던 것을 알 수 있다. '석거서 실어 왓'다고 하였으므로 문자 그대로 보면 목적의식적 계급의식이 두드러진 작품이 많이 수록되었다고 보아야 하겠으나, 1930년대 이전에 발간된 『별나라』 열네 권과, 북한에서 류희정이 묶은 『1920년대 아동문학집』[37]을 통해 간접적으로 확인해 보아도 그 가능성은 희박한 것으로 보인다. 계급의식이 표출된 작품이 몇 편 있지만 중심적인 성향을 형성했나고 말하기는 어렵다. 다음과 같은 『신소년』 편집자의 말도 『별나라』의 그것과 유사하다.

本誌는 文字形式을 고치는 同時에 材料도 在來 쓸데 업는 허풍선이 이야기 짜위보다 童話, 童謠, 小說, 隨筆 等을 모다 勞働少年, 農村少年의 實生活을 內容으로 한 것과 또 趣味잇는 科學的 記事를 만히 내려 한다.[38]

이상으로 볼 때 『별나라』는 1926년 말경에서부터 소위 카프의 제1차 방향전환 시점까지 소박한 경향성을 보이다가, 제2차 방향전환을 한 1929~30년 이후에 가서야 목적의식적인 계급 사상을 좀 더 분명히 드러낸 것으로 판단하는 것이 옳겠다. 승효탄이 "一九二九年, 一九三○年

36 「편집후기」, 『별나라』, 통권45호, 1930년 10월호.
37 류희정, 『1920년대 아동문학집 (1),(2)』, 문학예술종합출판사, 1993.
38 「編輯後記」, 『신소년』, 1930년 11월호.

은 朝鮮少年文學이 생긴 以來로 重大한 變革을 일운 해"로 "아직 自然生長期로 잇든 少年文藝의 동산에 颱風을 일으키고 가는 곳마다 葬送과 分裂과 批判을 일으키엇다."[39]고 하는 것도 이런 해석에 힘을 실어준다. 물론 일제 당국의 혹독한 검열로 인해 편집자의 자기검열이 강화되어 목적의식적 계급 사상이 지면(誌面)에 선명하게 반영되지 못했을 것이란 점은 일정 부분 감안해야 할 것이다.

3)『별나라』와 계급주의의 의미

아동문학은 미성숙한 아동을 대상으로 한 것이어서 계몽적 혹은 교육적 내용이 앞설 소지가 있기 때문에, "成人社會의 不幸한 現實을 兒童에게 見聞시킬 수는 차마 업슬 샌" 아니라 "罪惡이라고까지 생각"[40]하는 것이 『어린이』를 중심으로 한 방정환계의 일반적인 생각이었다.

> 즉 조선 소년은 모두가 무산자의 자질이요 그의 생활환경이 모두 비참한 지경에 빠젓다. 그런데 아모 철모르는 천진스러운 아이들에게 그러지 아니해도 악착한 생활을 하고 잇는데다가 더한층 그러한 현실성을 띠운 문예작품을 보여주는 것은 참아 할 수 업는 일이요 너무도 악착한 노릇이니 다소라도 그들에게 위안되고 심령을 구완해 줄 작품을 읽혀야 될 것이라(이하 생략)[41]

이러한 생각과 달리 『별나라』는 왜 아동문학에 있어 계급주의 사상을 표방하였을까? 계급주의 아동문학자들은 1910년대 최남선의 『少年』,

---

39 승효탄, 「朝鮮少年文藝團體 消長史稿」, 28쪽.
40 송완순, 「朝鮮兒童文學試論—特히 兒童의 單純性 問題를 中心으로」, 83쪽.
41 濱江漁夫, 「少年文學과 現實性—아울러 朝鮮少年文壇의 過去와 將來에 對하야」, 『어린이』, 1932년 5월호, 4쪽.

『아이들보이』, 『붉은 저고리』에서 아동문학이 시작되었다고 했으나 이들을 "復古的 民族主義의 傾向"[42]으로 보았고, 『어린이』는 "朝鮮에 名實共히 近代的 意味를 가진 兒童文學이 生成"[43]한 것으로 평가하면서도 "主潮 思想은 功利主義였스며 感傷的이엇스며 또는 兒童至上主義 (중략) 半宗教的 傾向이면서도 獵奇的"[44], 또는 "感傷的 天使主義"[45]라고 보았다. 『어린이』와 방정환계의 아동문학을 이렇게 평가한 이유는, 「처음에」(『어린이』, 1923년 창간호)와 「어린이 讚美」(『신여성』, 1924년 6월호)에 잘 드러나 있다.

처음에

새와가티쏫과가티 앵도가튼어린입술로, 텬진란만하게부르는노래, 그것은 고대로 자연의소리이며, 고대로 한울의소리입니다. 비닭이와가티 톡기와가티 부들어운머리를 바람에날리면서뛰노는모양, 고대로가 자연의자태이고 고대로가 한울의그림자입니다. 거긔에는 어른들과가튼욕심도잇지아니하고 욕심스런계획도잇지아니합니다. 죄업고 허물업는 평화롭고 자유로운한울나라! 그것은 우리의 어린이의나라입니다. 우리는 어느때까지던지 이한울나라를 더럽히지말아야할것이며 이세상에사는 사람사람이모다, 이깨끗한나라에서살게되도록 우리의나라를넓혀가야할것입니다. 이두가지일을위하는생각에서넘처나오는 모든깨끗한것을거두어 모아내이는것이이『어린이』입니다. 우리의뜨거운정성으로된이『어린이』가 여러분의따뜻한품에안길때 거긔에 깨끗한령(靈)의싹이새로도들것을우리는밋습니다.

---

42 박세영, 「朝鮮兒童文學의 現狀과 今後 方向」, 97쪽.
43 송완순, 「朝鮮兒童文學試論」, 83쪽.
44 박세영, 「朝鮮兒童文學의 現狀과 今後 方向」, 97쪽.
45 송완순, 「兒童文化의 新出發」, 『인민』, 제2권 제1호, 1946년 1월호, 95쪽.

오오 어린이는 지금 내 무릅 압헤서 잠잔다. 더할 수 업는 참됨(眞)과 더할 수 업는 착함과 더할 수 업는 아름다움을 갖추우고 그 우에 또 위대한 창조의 힘까지 갓추어가즌 어린 한우님이 편안하게도 고요한 잠을 잔다. 엽헤서 보는 사람의 마음속까지 생각이 다른 번루한 것에 밋츨 틈을 주지 안코 고결하게 고결하게 순화(純化)식혀 준다. 사랑흡고도 보드러운 위엄을 가지고 곱게곱게 순화식혀 준다. 나는 지금 성당(聖堂)에 드러간 이상의 경건(敬虔)한 마음으로 모든 것을 니저버리고 사랑스런 한우님-위엄 뿐만의 무서운 한우님이 아니고-의 자는 얼골에 레배하고 잇다.[46]

어린이는 '자연'의 모습이고 그들의 나라가 '한울 나라'이며, 진선미(眞善美)와 창조력까지 갖춘 '어린 한우님'이고 타인을 '고결하게 순화'시켜 주는 존재이자, 종교적 수준으로 승화된 완벽한 이상태(理想態)다. 방정환의 이런 생각이 『어린이』에 영향을 미쳤을 것은 자명하므로, 감상적이며 아동지상주의 및 반(半) 종교주의적 색채를 띠고, 나아가 엽기적이기까지 하다는 평가는 수긍이 되는 측면이 있다. 방정환이 "兒童은 美醜와 善惡에 잇서서 現實生活에 別로 물들지 안은 純潔無垢하고 · 天眞爛漫하고 · 無邪氣한 · 人間으로서의 天使임으로 그럿케 純無缺한 童心"[47]을 가진 존재라고 보았기 때문에 "『별나라』에 집결된 '프로' 아동작가들"은 이를 "동심주의 · 천사주의로 몰아 꿈속 인간으로 돌린"[48] 것이라 비판하였던 것이다. 그래서 계급주의 아동문학자들은 방정환과 『어린이』의 "神秘로운 天使主義"가 "兒童의 現實的 存在價値를 去勢해 버린 것"으로 보고 "天使的 兒童을 人間的 兒童으로 還元"[49]해야 한다고 주장한다.

---

46 차례로 「처음에」(『어린이』, 1923.3.20), 「어린이 讚美」(『신여성』, 제2권 제6호, 1924년 6월호, 66~67쪽).

47 송완순, 「朝鮮兒童文學試論」, 83쪽.

48 윤석중, 「韓國兒童文學小史」, 『兒童文學의 指導와 鑑賞』, 대한교육연합회, 1962, 12쪽.

49 송완순, 「朝鮮兒童文學試論」, 84쪽.

天使主義는, 우리가 살고 있는 地域 社會에 있어서는 外觀上으로는 어린이를 가장 爲하는 것 같으면서도, 그 實은 가장 그릇치는 思想이니, 兒童文學은, 어린이를 觀念에 있어서만 미리 天使부터 만드는 데에 힘을 浪費하지 말고, 어린이가 實際에 있어서 文字 그대로의 天使的인 人間이 될 수 있을, 社會의 探究에 關한 意慾과 情熱을 啓發하는 데에 置重하지 않으면 안 된다. (우리가 當面한 이 現實의) 兒童文學의 알파와 오메가는, 여기에 있다고 나는 確信한다.[50] (밑줄 필자)

송완순은 다른 글에서 관념으로만 어린이를 천사로 만드는 것을 두고 "實體 일흔 幽靈"[51]이라고 비판했다. 방정환의 '동심천사주의'에서 '천사'는 지켜야 할 아름다움이 아니라 연약하고 순진해서 보호해야 하는 존재라는 의미를 담고 있다.[52] "'천사'라는 그가 지향해야 할 이상적 이념태와, 식민지였던 현실이 부여한 계몽적 강박이 혼합된 형태"[53]였을 것이다. 이상적 존재로서의 '천사'와 같은 어린이와 개조해야 할 대상으로서의 식민지 현실의 어린이는 동일한 대상을 바라보는 충돌하는 가치이다. 더구나 개조의 목표로 제시된 인간상이 '조흔 人物'[54]이었는데, 이는 비판적 이성보다는 인격과 수양을 강조했던 당대 '문화주의'[55]의 논리와 관련이 깊다. 이러한 점과 "'조흔 사람'이라는 주체상이 당대 일본 '修身 교과서'의 주요 주제"였다는 점을 들어, "방정환이 『어린이』 발행 초기에 지향했던 반신민화의 길에서 벗어나, 오히려 점점 강화되어 가는

50 송완순, 「兒童文學의 天使主義－過去의 史的 一面에 關한 備忘草」, 31쪽.
51 송완순, 「朝鮮兒童文學試論」, 84쪽.
52 필립 아리에스(문지영 역), 『아동의 탄생』, 새물결, 2003, 참조.
53 박지영, 「방정환의 '천사동심주의'의 본질－잡지 『어린이』를 중심으로」, 『대동문화연구』, 제51집, 성균관대 대동문화연구원, 2005, 174쪽.
54 소파, 「사랑하는 동모 어린이 讀者 여러분께」, 『어린이』, 1925년 9월호, 62～63쪽 참조.
55 박현수, 「동일시와 차별화의 지식체계, 문화 그리고 문학－1920년대 초기 문화론 연구」, 『상허학보』, 제12호, 상허학회, 2004.2, 참조.

'신민화' 논리에 동화될 위험이 큰 것"[56]이라는 해석까지 가능해진다.

동심천사주의의 주장을 읽다보면 도리어 "어린애라고 해서 그들의 모든 생활이 현실을 떠나가지고는 생각할 수 업는 것"[57]이란 반론이 떠오른다. 그럼에도 불구하고 "文藝運動이 齷齪한 現實 社會에 鬪爭的 뿌리를 박지 못하고" "迷信的 作品"과 "反動的 作品이 橫行"하는 것은 "所謂 指導者라는 人物이 擧皆가 宗教團體에 所屬人物이기 때문"[58]이라는 지적은 방정환과 『어린이』 그리고 『아희생활』을 겨냥한 것이다.

일본의 프롤레타리아 아동문학자들은 '동심'을 키워드로 삼았던 다이쇼(大正) 시기의 새로운 동화·동요 창작 운동을 매섭게 비판했는데, 그 까닭은 '동심'이 포착한 아동상은 몰계급적이었지만 현실의 어린이는 부르주아와 프롤레타리아가 격렬한 계급 대립 하에 있다고 판단했기 때문이다. 1926~7년경, 마키모토 쿠스로(槇本楠郎)가 '동심주의'라는 단어를 처음 사용했는데 아동문학의 계급성을 주장하기 위해 비판적 의미로 사용한 것으로, 대체로 '천진', '무구', '속되지 않음' 정도의 의미였다.[59] 마키모토 쿠스로의 계급주의 아동문학 이론은 식민지 조선의 아동문학 이론가들에게도 일정하게 영향을 미쳤으므로,[60] 일제강점기 조선에서 논의된 '동심'의 내포와 크게 다르지 않을 것이다.

식민지 조선의 계급주의 아동문학자들은 "어린 世代의 교화적 사업"

---

56 박지영, 앞의 논문, 177쪽.

57 빈강어부, 「少年文學과 現實性」, 3쪽.

58 장선명, 「少年文藝의 理論과 實踐」, 『조선일보』, 1930.5.16.

59 요꼬스까 카오루(横須賀 薫)(박숙경 역), 「동심주의와 아동문학」, 『창비어린이』, 제5호, 2004년 여름호, 184~189쪽 참조.

60 이주홍은 "아동문학가 전본남랑(槇本楠郎) 씨가 소개해 주어서 문학신문이나 부인잡지 같은 데에 주장 동요를 발표"하였다고 밝히고 있다.(이주홍, 「스미다 강의 5월」, 『술 이야기』, 자유문학사, 1987, 113쪽) 이주홍의 「兒童文學運動 一年間」과 安德根의 「푸로레타리아 少年文學論」(『조선일보』, 1930.10.18~11.7)은 마키모토의 글을 인용하고 있다. 1928~29년에 발표한 논문을 중심으로 정리한 마키모토의 『プロレタリア兒童文學ノ 諸問題』(世界社, 1930)와 『プロレタリア童謠講話』(紅玉堂書店, 1930) 등의 저서와 논문이 이주홍, 안덕근 외에도 송완순, 신고송 등에게 상당한 영향을 미친 것으로 보인다.

에 큰 주의를 기울여야 함을 강조하였다. 동시에 '소년시대'는 "인간이 한 평생을 사라가는 긔초공사가 실시되는 시긔"[61]임을 직시하라고 하였다. 결국 계급주의 아동문학은 교화적 성격을 뚜렷이 드러내고 있었다는 것을 확인할 수 있다. 부르조아 아동예술가들은 '兒童教化'를 위해 의식적 · 조직적으로 노력하는데, "푸로 兒童藝術運動者는 푸로레타리아 階級의 싹이요 希望인 어린이의 藝術的 教化에 있어서 너무나 가장 重要한 童話를 問題 外로 본다."[62]는 비판도 계급대립적 현실인식을 요청하는 것에 다름 아니다. 계급주의 아동문학자들은 아동을 '천사'로 보기는커녕 "現實主義者"로 보며, 어른과 다를 바 없이 "現實에 對하여 不斷히 注意하고 · 觀察하고 · 思索하고 · 想像"[63]하는 존재로 생각한다.

일제강점기는 수탈적 통치 체제로 말미암아 노동자와 농민이 빈민화하는 시기라 할 수 있다. 이에 대항한다는 것은 노동쟁의와 소작쟁의 등 생활보호라는 경제적 의미의 투쟁과 일제에 대한 저항운동이자 민족운동의 형태로서 현실비판적인 정치투쟁의 성격을 동시에 띠게 되는 것이었다.[64] 『별나라』를 위시한 계급주의 아동문학자들은 아동들도 이러한 현실을 분명하게 인식하도록 해야 한다고 생각했다. 『별나라』 지상(誌上)에 나타난 식민지 현실은 빈민화와 그로 인한 유민화이고 그 구체적 양상은 농민과 노동자, 야학 등의 문제로 나타났다. 이에 대한 대응 방식도 문학을 통한 소극적인 저항에만 머무는 것이 아니라, '조합 소년부', '아지프로'[65], '방향전환' 등의 개념에서 읽을 수 있듯이 개인적인 의식 각

---

61 임화, 「兒童文學問題에 對한 二三의 私見」, 『별나라』, 통권75호, 1934년 2월호, 2~3쪽.

62 虎人, 「兒童藝術時評」, 『신소년』, 1932년 9월호, 18쪽.

63 송완순, 「朝鮮兒童文學試論」, 85쪽.

64 주봉규, 「일제하 농민운동전개에 관한 연구-소작쟁의운동을 중심으로」, 『경제논집』(제23집, 서울대학교 경제연구소, 1984)와 김경일 외, 「일제하 노동운동」(『한국노동운동사 대토론회』, 고려대노동문제연구소, 1999) 참조.

65 '아지 · 푸로'는 "아지테-슌과 푸로파간다라는 말의 략어(略語)"(편집실, 「우리들의 사전」, 『新少年』, 1932년 2월호, 14쪽)라 풀이하고 있다. 곧 'agitation propaganda'로, 특정한 정치적 목적을 위해 구호나 이념을 앞세워 '선동 선전'하는 것을 일컫는다.

성을 거쳐 집단적 저항 나아가 정치투쟁을 지향하는 '운동으로서의 문학'의 형태를 보이고 있다. 계급주의 아동문학이 이러한 성격을 드러내자, 일제 당국은 아동문학 매체에 대한 검열을 강화하고 나아가 폐간을 강제하게 된다.

『별나라』에 대한 일제 당국의 검열은 혹심했는데, 그 양상과 의미를 살피는 일은 『별나라』가 표방했던 계급주의 아동문학의 실상과 성격을 역으로 확인하는 작업이 될 수 있을 것이다.

> 一九二八年 一九二九年 이 두 해 동안에는 여섯 번이나 잡지는 못나오고 다섯 번이나 병신된 꼴로 나오고 몃 번이나 열려든 사업도 하지 못하게 되엿다. (중략) 一九三○年 역시 두 호나 나오지를 못하엿다. 그리고 네 번재 돌날 紀念으로 全國少年少女雄辯大會를 열녀고 하였다. (중략) 그러나 少年少女에게는 웅변이 소용업다는 가닭 밋헤서 中止를 당하고 말엇다. (중략) 이제까지의 그릇된 소년운동을 박처버리고 우리들은 우리들의 조합소년부로! 들어가게 되고 또! 힘잇게 벗틔게 되엿다.[66]

이상의 인용에서 보듯이 검열을 넘어선 탄압이 다반사였음을 알 수 있다. 기념호나 특집호의 발간이 무산되거나 예정되었던 원고가 수시로 수록되지 못하거나 통째로 압수되어 임시호를 발간하는 것도 흔했다. 편집자 박세영이 「어린 掃除夫」[67] 필화 사건으로 용산 경찰서(龍山警察署)

---

66 편집국, 「별나라는 이러케 컷다」, 5~6쪽.

67 권영민(『한국계급문학운동사』, 374쪽)과 한만수(『그들의 문학과 생애-박세영』, 한길사, 2008, 62~63쪽)에 의하면 1929년 「어린 소제부」 필화사건으로 박세영이 용산경찰서에 체포되었다는 것과, 현재 「어린 掃除夫」를 찾아 읽을 수 없다고 하였다. 식민지 당국의 자료인 「出版警察概況-不許可差押及出版物記事要旨」(『朝鮮出版警察月報』, 第31號, 1931.4)에도 "星ノ國 第六卷第三號 追加"에서 "六. 三. 二八 削除"라 하여 「掃除夫」를 '削除' 하도록 한 것으로 되어 있다. 그러나 「어린 掃除夫」는 『별나라』(통권52호, 1931년 7-8월 합호, 54~56쪽)에 수록되어 있고, 1931년 3월 21일 '독자위안의 밤' 행사에서 공연한 것으로 나와 있어 확인이 필요하다.

에 구금되기도 한 것은 식민 당국이 단순 검열에만 국한하지 않았음을 보여주는 예다. 『별나라』는 잡지를 통한 매체 투쟁뿐만 아니라, 본사와 지분사의 실천적 활동에도 적극적이었는데 이를 또 다른 투쟁으로 생각한 듯하다. 이에 대해 식민 당국은 잡지 검열뿐만 아니라 『별나라』의 활동에 임석관을 보내는 등 일일이 통제하였다.[68] 『별나라』는 지분사의 확장과 거의 매호 제시되는 현상(懸賞) 문제, '별님의 모임'을 통한 독자의 궁금증 해소와 독자 상호간의 소통의 장 마련, 계급주의 관련 도서 발간 및 판매 등을 통해 '푸로레타리아적 교화'를 투쟁적으로 전개한 것으로 생각된다. 5전이라는 '희생적'인 출판을 통해 독자 배가[69]를 위해 노력한 것은 영업 이익의 도모보다는 교화가 우선이었기 때문이다. 100여 개가 넘는 지사망에다 1만 명이 넘는 독자는 오늘날에 비추어보더라도 상당한 숫자다. 당시 소년문예단체의 상당수가 카프 등 지도부의 매체 투쟁에 전국적으로 호응했던 결과라고 할 것이다. 이는 일제 식민 당국의 촉각을 곤두세우게 할 만한 일이었을 것이고, 자연스레 『별나라』에 대한 검열, 삭제 및 압수 나아가 필자의 구금으로 이어지는 요인이 되었을 것이다.

요컨대 『별나라』는 '소년'들로 하여금 식민지 농촌과 노동자들의 열

---

68 「동화회」(1926년 10월호), 「얼네공대회」(1931년 1월호), 「독자위안의 밤」(1931년 3월호), 「全鮮夜學講習所私立學校聯合大學藝會」(1932년 7월호), 「동요의 밤」(1933년 11월호) 등등이다. 「전국지사의 활동 뉴-스, 용산지사, 아버지 어머니 신년축하」에는 "「어머니」라는 演題로 宋影先生님의 講演이 始作되엿다. 封建時代로부터 至今까지의 進化論과 함께 現代 아버지 어머니들 任務를 말슴하는 중 「꼴키-」 作 「母」라는 小說 가운데 어머니의 대한 使命를 말슴하다가 림석에게 注意를 밧고 별 파란이 업시 宋 先生님의 講演은 끗내고 「우리의 살길」이라는 演題로 安俊植 先生이 말슴하시다 中止를 당하고 말엇다."(『별나라』, 통권47호, 1931년 1-2월 합호, 55~56쪽). 『별나라』의 이런 활동을 일종의 투쟁으로 인식한 일제 당국은 다양한 방법으로 간섭과 압박을 가했다.

69 통권51호(1931년 6월호)에는 "三萬의 독자와 갓치 굿게 손목을 쥐엇다."(6쪽)고 하였으나, 통권56호(1932년 1월호, 38~43쪽)에 독자수를 확인한 통계가 있는데, 10,392명으로 나와 있어 정확한 숫자를 확인하기 어렵다. 특기할 것은 만주(292명), 일본(210명), 미국(25명), 큐바(15명) 등에도 독자가 있다는 사실이다.

악한 현실을 제대로 인식하도록 하고 이를 타개하기 위해 정치투쟁을 전개하도록 요구하는 계급주의적 태도와 자세를 견지하였던 것은 분명하다. '동심주의' 아동문학이 결국 현실을 외면하거나 왜곡하여 결과적으로 일제의 통치체제에 순응하고 민중들의 민족해방 의지를 약화시키는 역기능[70]을 초래하게 될 것이라는 판단과 이에 대한 대타적 인식 및 활동이 『별나라』가 추구했던 계급주의의 의미라 할 것이다.

그러나 『별나라』가 추구했던 계급주의가 갖는 한계 또한 분명하다. 1930년대에 들어 『별나라』는 '소년운동'의 방향을 '조합소년부'로 강화하고자 한다. 김광균(金光均)의 「少年部는 작구 組織된다」와 "勞働少年은 勞働組合少年部로!"와 "農村少年은 農民組合少年部로!"[71]를 표어로 내건 데서 확인된다. '소년부'란 "대개 로동조합 농민조합 소년부를 말하는 것"[72]인데, 조합의 지도부는 '아저씨들'이므로 '아저씨들이 하는 일에 힘을 보태라'는 말은 소년 운동의 연대 투쟁 혹은 하부조직화를 의미하는 것으로 볼 수 있겠다. 목적의식적 정치투쟁을 표방한 카프의 제2차 방향전환이 한참 지난 1930년대에 이르러서도 이와 같은 조합주의적 영역을 벗어나지 못한 점은 이론투쟁의 측면에서 볼 때 분명한 한계이다. 이처럼 『별나라』와 더불어 계급주의 아동문학이 젖줄을 대고 있던 카프도 별반 다르지 않다는 점에서 보면, 일제강점기 사회운동 혹은 문학운동의 전반적인 한계라 할 수 있을 것이다.

그리고 이러한 이론투쟁의 결과 일제강점기의 "階級的 兒童은 수염난 총각"[73]을 그리고 말았다는 점은 자연스런 귀결일 테지만, 극복해야 할 과제였던 것이 분명하다.

---

70 권순긍, 「현실주의 동화론과 '삶의 동화운동'」, 『역사와 문학적 진실』, 살림터, 1997, 314쪽.
71 「少年部는 작구 組織된다」(『별나라』, 1931년 4월호)와 「오월의 표어」(『별나라』, 1931년 5월호)
72 「우리들의 사전」, 『신소년』, 1932년 7월호, 21쪽.
73 송완순, 「朝鮮兒童文學試論」, 84쪽.

> 卽『별나라』『新少年』誌들을 中心으로 이루워진 一聯의 兒童文學은 계급적 良心에서 過去의 少年解放運動이, 根本을 問題하지 않고 枝葉만을 重要視한 것을 批判하고 童心至上主義의 貴族性을 排擊하야 社會構成의 一 分子로서의 兒童을 認識하고 이들을 象牙塔에서 끌어내렸던 것이다. 그러나 이러한 正當한 指標를 가졌음에도 不拘하고 創作活動에 있어서 誤謬를 犯한 바 없지 않었다. 卽 童心至上主義를 排擊하는 남어지 童心을 否認하는 것 같은 程度에 이르렀고 感傷과 지나친 幼稚를 버리는 남어지 兒童의 思想感情을 超越한 成人的 兒童文學을 만들어버린 그러한 作品이 적지 않었다.[74]

일제강점기 사회운동은 청년운동과 소년운동을 지도하였고, 소년문예(아동문학) 운동은 소년운동과 함께 하되 카프 등 일반 문학운동의 이론과 실천에 기대어 성장과 발전을 이루었다. 그러다 보니 아동화 곧 동심적 특질을 담아내는 데 대한 치열한 이론적 투쟁과 실천적 노력이 미흡해 '성인적 아동문학'을 만들고 말았던 것은 크게 아쉬운 대목이라 할 것이다.

3. 맺음말

1926년 6월 『별나라』가 창간되어 약 10년간 계급주의 아동문학의 명맥을 이었다. 식민지 현실을 몰각하는 여타 아동문학 잡지에 대한 대타적 인식에서 시작한 『별나라』는 식민지 당국의 집중적인 검열과 방해에도 불구하고 나름대로 일정한 성취를 보였다.

아동도 현실을 벗어나지 않아야 한다는 리얼리즘적 세계 인식과 창작

---

74 이원수, 「兒童文學의 史的 考察」, 『소년운동』, 제2호, 조선소년운동중앙협의회, 1947년 4월호, 7쪽.

방법을 견지했고, 식민지 현실의 변모와 함께 '운동으로서의 문학'이라는 입장을 굳게 지켜나갔다. 동요대회, 작품 전람회 등 식민지 아동을 위한 각종 행사는 잡지라는 매체를 통한 투쟁의 한계를 극복하고자 한 것으로, 계급적 세계 인식을 실천적으로 확산하는 의미가 있었다.

카프가 1927년을 전후하여 제1차 방향전환을 하고 목적의식기로 접어들었으며 1929년을 전후하여 제2차 방향전환을 한 것은 주지의 사실이다. 『별나라』를 중심으로 한 계급주의 아동문학가들도 이런 주장을 하고 있으나, 정치투쟁을 전제로 한 아동문학의 방향전환은 1929년 이후의 시기, 본격적으로는 1930년대에 들어서 이루어졌다고 보아야 할 것이다. 이는 문학론이나 작품에서 분명하게 확인된다.

식민지 아동문학에 있어서 계급주의의 의미는 한 마디로 현실 인식을 분명히 하고 그에 대처하는 아동을 육성하는 것이라고 말할 수 있다. 그래서 『어린이』나 『아희생활』 등이 보여주는 부르주아적 동심주의를 매도하고, 식민지 현실 곧 노동자와 농민, 빈부격차, 가난으로 인해 학교를 다닐 수 없는 아이들이 야학과 강습소에 나가는 현실에 주목하고 있다. 이는 식민지 아동의 계급모순에 대한 인식을 통해 식민지 모순을 극복하고자 하는 의도에서 비롯된 것이다.

이러한 성취는 동전의 양면과 같아서 이미 문제점을 내포하고 있었다. 그것은 바로 아동문학의 본질이라 할 수 있는 동심의 상실로 이어져, '수염 난 총각'이 아동문학의 주체이자 대상이 된 현실이 바로 그렇다.

이 글은 계급주의 아동문학의 배경, 작품의 의미, 그리고 비평론으로 이어지는 3부작의 처음에 해당한다. 앞으로 산일(散逸)된 『별나라』의 확보와 관련 자료의 면밀한 조사를 바탕으로 식민지 시대 계급주의 아동문학의 실체를 밝히기 위한 노력을 이어갈 것이다.

참고문헌

1. 기본자료

『별나라』, 『新少年』, 『어린이』, 『中外日報』, 『朝鮮日報』, 『東亞日報』, 『朝鮮出版警察月報』〔不許可差押及削除出版物目錄, 諺文少年少女讀物ノ傾向, 鮮內發行ノ思想關係出版物, 不許可差押及削除出版物記事要旨, 出版法違反事件ニ其他關スル件(京本警高秘 第10082號), 全鮮少年聯合會反對同盟會ノ動靜ニ干スル件(京龍警高秘 第1430號)〕

2. 논문 및 저서

강동진, 『한국농업의 역사』, 한길사, 1984.

권순긍, 「현실주의 동화론과 '삶의 동화운동'」, 『역사와 문학적 진실』, 살림터, 1997.

권영민, 『한국계급문학운동사』, 문예출판사, 1998.

김광균, 「少年部는 작구 組織된다」, 『별나라』, 통권49호, 1931년 4월호.

김근수 편저, 『한국잡지개관 및 호별목차집』, 한국학연구소, 1973.

김병호 외, 『푸로레타리아 童謠集 불별』, 중앙인서관, 1931.

김봉희, 「신고송문학연구」, 경남대학교 박사학위논문, 2007.6.

김수경, 「최남선의 '소년'과 방정환의 '어린이' 사이의 거리」, 『한국문화연구』, 제16집, 이화여대한국문화연구원, 2009.

김윤식, 『한국근대문예비평사 연구』, 한얼문고, 1973.

김정의, 『한국소년운동사』, 민족문화사, 1992.

김지은, 『경남의 계급주의 문학과 밀양』, 경남부산지역문학회, 2001.

나카무라 오사무(仲村 修), 「方定煥研究序論－東京時代を 中心に」, 『青丘學術論集』, 제14집, 韓國文化研究振興財團, 1999.

대한민국 국회도서관 사서국, 『한국신문 · 잡지 총목록(1883～1945)』, 대한민국 국회도서관, 1966.

류종렬, 「이주홍과 부산지역문학」, 『문학의 지방화와 탈식민주의』, 한국현대소설학회 제21회 학술연구발표대회, 2003.

류희정 편, 『1920년대 아동문학집』 (1), (2), 문학예술종합출판사, 1994.
마키모토 쿠스로(槇本楠郞), 『プロレタリア 童謠講話』, 紅玉堂書店(東京), 1930.
마키모토 쿠스로(槇本楠郞), 『プロレタリア 兒童文學の 諸問題』, 世界社(東京), 1930.
박병도, 「盲人的 批評은 그만 두라」, 『별나라』, 통권57호, 1932년 2-3월 합호.
박지영, 「방정환의 '천사동심주의'의 본질－잡지 『어린이』를 중심으로」, 『대동문화연구』, 제51집, 성균관대 대동문화연구원, 2005.
박태일, 「이주홍의 초기 아동문학과 『신소년』」, 『현대문학이론연구』, 제18호, 현대문학이론학회, 2002.
박현수, 「동일시와 차별화의 지식 체계, 문화 그리고 문학－1920년대 초기 문화론 연구」, 『상허학보』, 제12호, 상허학회, 2004.
박현수, 「문학에 대한 열망과 소년운동에의 관심－방정환의 초기 활동 연구」, 『민족문학사연구』, 제28집, 민족문학사연구회, 2005.
방정환, 「처음에」, 『어린이』, 창간호, 1923.3.20.
빈강어부, 「少年文學과 現實性－아울러 朝鮮少年文壇의 過去와 將來에 對하야」, 『어린이』, 1932년 5월호.
소래섭, 「『少年』誌에 나타난 '소년'의 의미와 '아동'의 발견」, 『한국학보』, 제109집, 일지사, 2002.
송　영, 「해방 전의 조선 아동문학」, 이선영 편, 『현대문학비평자료집』, 태학사, 1994.
송완순, 「兒童文學의 天使主義－過去의 史的 一面에 關한 備忘草」, 『아동문화』, 제1집, 同志社兒童園, 1948.11.
송완순, 「兒童文化의 新出發」, 『인민』, 제2권 제1호, 1946.1.
송완순, 「朝鮮兒童文學試論－特히 兒童의 單純性 問題를 中心으로」, 『신세대』, 제1권 제2호, 1946.5.
승효탄, 「朝鮮少年文藝團體消長史稿」, 『신소년』, 1932년 9월호.
신소년사, 「우리들의 사전」, 『新少年』, 1932년 7월호.
신재홍, 「일제치하에서의 한국소년운동고」, 『사학연구』, 제33집, 한국사학회, 1981.

신현득,「『新少年』·『별나라』 회고」,『아동문학평론』, 제31권 제2호, 2006.5.

심명숙,「한국근대 아동문학론 연구－1920년대에서 해방까지」, 인하대학교 석사학위논문, 2002.

안준식,「全鮮無産兒童 聯合大學藝會를 열면서－별나라 六週年紀念에 當하야」,『조선일보』, 1932.5.28～29.

오세창,「일제하 한국소년운동사 연구」,『민족문화논총』, 제13집, 영남대학교민족문화연구소, 1992.

요꼬스까 카오루(橫須賀 薰)(박숙경 역),「동심주의와 아동문학」,『창비어린이』, 제5호, 2004년 여름호.

원종찬,「한일아동문학의 기원과 성격 비교」,『아동문학과 비평정신』, 창비, 2001.

윤석중,「한국동요문학소사」,『예술논문집』, 제29집, 대한민국예술원, 1990.

윤석중,「韓國兒童文學書誌」,『兒童文學의 指導와 鑑賞』, 대한교육연합회, 1962.

윤석중,「韓國兒童文學小史」,『兒童文學의 指導와 鑑賞』, 대한교육연합회, 1962.

윤주은,「槇本楠郎와 이주홍의 프롤레타리아 아동문학 비교 연구」, 부산외국어대학교 일어일문학과 박사학위논문, 2007.6.

이기훈,「1920년대 '어린이'의 형성과 동화」,『역사문제연구』, 제8호, 역사문제연구소, 2002.

이순욱,「카프의 매체 투쟁과 프롤레타리아 동요집『불별』」,『한국문학논총』, 제37집, 한국문학회, 2004.

이원수,「兒童文學의 史的 考察」,『소년운동』, 제2호, 조선소년운동중앙협의회, 1947.4.

이재철,『한국현대아동문학사』, 일지사, 1978.

장선명,「少年文藝의 理論과 實踐」,『조선일보』, 1930.5.16～19.

전기철,「일제하의 어린이 문학 비평」,『아침햇살』, 1996년 여름호.

정인섭,『색동회 어린이운동사』, 학원사, 1975.

정홍교,「朝鮮少年運動槪觀－今後 運動의 展開를 望함」,『조선일보』, 1932.1.1～19.

정홍교,「朝鮮少年運動槪觀－壹週年 紀念日을 當하야」,『조선일보』, 1928.10.16

~28.
최지훈, 『어린이를 위한 문학』, 비룡소, 2001.
카라타니 코진(柄谷行人)(박유하 역), 『일본근대문학의 기원』, 민음사, 1997.
편집국, 「별나라는 이러케 컷다―별나라 六年略史」, 『별나라』, 통권51호, 1931년 6월호.
편집실, 「우리들의 사전」, 『新少年』, 1932년 2월호, 7월호.
필립 아리에스(문지영 역), 『아동의 탄생』, 새물결, 2003.
한만수, 『그들의 문학과 생애, 박세영』, 한길사, 2008.
호 인, 「兒童藝術時評」, 『新少年』, 1932년 8월호.
홍 구, 『건설기의 조선문학』, 조선문학가동맹 중앙집행위원회 서기국, 1946.

3. 기타

「無產階級 藝術同盟―림시총회에서 위원을 개선」, 『중외일보』, 1926.12.26.
「文藝雜誌 筆頭―農村問題와 少年運動」, 『동아일보』, 1927.5.30.
「오월의 표어」, 『별나라』, 1931년 5월호.
「朝鮮프로藝術同盟」, 『동아일보』, 1926.12.27.

일제강점기 계급주의 아동문학의 방향전환론과 작품적 대응양상
―『별나라』와『신소년』을 중심으로

1. 머리말

최근 아동문학에 대한 연구가 활발해졌다. 연구 인력이 확충되고 아동문학 논문이 속속 발표되고 있으며 저서 또한 다수 발간되었다.

그러나 계급주의 아동문학과 그 주된 표현 매체였던 『신소년』과 『별나라』에 대한 연구는 생각보다 미흡하다. 이재철(1978), 이재복(1995, 2004), 김지은(1999, 2001), 원종찬(2001, 2005), 심명숙(2002), 박태일(2003, 2004), 김재용(2004), 신현득(2006), 김봉희(2007), 한만수(2008), 박영기(2010), 류덕제(2010) 등이 직간접적으로 『신소년』과 『별나라』를 다루고 있으나, 부분적인 언급에 그친 경우가 대부분이어서 총체적이면서 본격적인 연구라 보기 어렵다.

특히 한만수(2008), 김재용(2004) 등은 박세영(朴世永)과 송영(宋影)을 다루면서 『신소년』과 『별나라』를 구하지 못한 탓인지 기본적인 서지조차 확인하지 못하고 있다. 아동문학 비평론을 개괄적으로 다룬 심명숙(2002)도 『별나라』의 초기 잡지를 구하지 못해 정확히 알 수 없다고 밝히고 있다.

사정이 이렇게 된 까닭은 무엇보다 자료 수집(蒐集)의 한계와 아동문학에 대한 본격적인 연구가 소홀했던 탓이라 할 것이다. 험난한 한국 현대사는 자료의 보존을 어렵게 하였는데, 특히 계급주의 문학 관련 자료는 1980년대 후반에 이르러서야 비로소 연구목적의 공개가 이루어졌던 점을 감안하면 연구의 부진은 어쩌면 당연하다고 볼 수 있을 것이다.

이 글은 일제강점기 계급주의 아동문학 가운데, 소년운동과 더불어 계급주의 아동문학의 방향전환(方向轉換)을 전후하여 이론적 주장과 작품적 실천이 어떻게 대응되었는가를 살펴보려고 한다. 이론적 주장과 작품적 실천 양상의 대응을 살펴보면 일제강점기 계급주의 아동문학의 전개와 그 변모 양상을 가장 잘 확인할 수 있다. 이를 위해, 방정환(方定煥)이 죽고 신영철(申瑩澈)이 편집을 맡았던 시기(1931년 10월부터 1932년 9월까지)의 『어린이』와, 『조선일보』, 『동아일보』, 『중외일보』(『중앙일보』, 『조선중앙일보』), 및 『매일신보』 등의 신문 학예란에 실린 다수의 계급주의 아동문학 비평과 작품도 연구 대상에 포함되어야 할 것이다.

주지하다시피 일제강점기 계급주의 아동문학은 '운동으로서의 문학'의 모습을 전형적으로 보여주고 있다. 식민지 조선의 전사회적 운동의 일 부문으로서 계급주의 소년운동이 있었고, 그 소년운동의 문화노선으로서 계급주의 소년문예(운동)가 있었기 때문이다.[1] 따라서 이 글은 소년운동의 전개 양상을 짚어보되 소년문예운동과의 관련 양상을 살필 것이고, 궁극적으로는 계급주의 아동문학의 방향전환론과 작품 실천의 대응 양상을 밝히는 것으로 나아갈 것이다.

이 글과 같은 목적의 연구는 필연적으로 신중적인 자료 확인을 강하게 요구한다. 그래서 이 글도 일차 자료의 면밀한 탐색을 최우선으로 하

---

1 일반적인 진술에는 '(계급주의)아동문학'이라 하고, 당대 신문과 잡지를 인용하거나 그와 관련된 논의를 할 때는 '소년문예(운동)', '소년(소녀)문학'을 그대로 사용하도록 하겠다. 양자의 의미는 차이가 없다.

고 자료의 분석이나 해석은 최소화 하고자 한다. 일차자료를 바탕으로 한 객관적 사실 확인은 부정확한 해석을 방지하게 되고 연구 인력의 반복적인 수고를 덜 수 있을 것이며 더 나아가 연구의 폭과 깊이를 더하게 될 것이기 때문이다.

2. 계급주의 아동문학의 방향전환론과 작품

1) 소년운동과 방향전환론

일제강점기 소년운동은 청년운동, 노농운동, 신간회(新幹會), 근우회(槿友會), 형평사(衡平社) 등 일제강점기 조선의 여러 단체들의 사회운동 가운데 한 부문운동이었다. 곧 "少年運動은 民族的 一部門 運動"[2]이자, 나아가 "少年運動이 朝鮮 民族解放運動의 하나"[3]였다. 조직적이지 못하고 자연발생적이던 좌우의 소년운동 단체가 처음 하나로 통합한 것이 조선소년연합회(朝鮮少年聯合會, 1927.10.16~17)이다. 조선소년운동협회(朝鮮少年運動協會, 1923.4.17)와 오월회(五月會, 1925.5.31)가 결합하여 창립한 것이다. 이는 사회주의 이념을 기반으로 한 오월회가 주도한 것이며, 선언과 강령은 다음과 같다.

◇ 宣言

離散으로부터 統一集力에 氣分的 運動에서 組織的運動으로 우리 少年運動은 方向을 轉換할 絶對必然에 當面하엿다.

---

2 「(社說)少年運動의 指導精神－少年聯合會의 創立大會를 際하야」, 『조선일보』, 1927.10.17.

3 홍은성, 「少年運動의 理論과 實際(五)」, 『중외일보』, 1928.1.19.

이 重大한 時期에 立한 우리는 오날까지의 왼갓 事情과 障隔을 超越하야 一致相應 全運動의 統一을 期하고 이에 朝鮮少年聯合會를 創立한다.

◇ 綱領

一. 本會는 朝鮮少年運動의 統一的 組織과 充實한 發達을 圖함

一. 本會는 朝鮮少年運動에 關한 硏究와 그 實現을 圖함[4](밑줄 필자)

조선소년연합회 창립이 소년운동의 방향전환과 맞물림을 알 수 있다. 이 조선소년연합회를 민주주의적 중앙집권제인 조선소년총동맹(朝鮮少年總同盟)으로 개칭하려고 하였으나 일제 당국의 불허로 조선소년총연맹(朝鮮少年總聯盟, 1928.3)으로 변경하였다. 그 강령은 다음과 같다.

◇ 綱領

一. 本總同盟은 朝鮮少年의 權利 及 利益을 主張 代表함

一. 削除[5]

一. 本總同盟은 全朝鮮少年大衆의 鞏固한 組織의 完成을 期함[6]

달라진 내용은 삭제된 내용을 확인해 봤을 때, 소년운동이 '신사회 건설'에 동조하고 있다는 것이고 이는 곧 현 사회 체제를 부정하려는 의도가 있음을 알 수 있다. 소년운동의 방향을 가늠할 수 있는 구체적 내용은 조선소년총동맹 제1회 신임중앙집행위원회의 '결의사항'에 나타나 있다. 그 가운데 '교양문제'의 방향과 그 구체적 방법 부분을 보자. "從來의 뿌루조아的 頑迷한 敎養으로부터 科學的 知識을 普及할 것"이라

4 「少年聯合會 創立 準備 進行」, 『동아일보』, 1927.9.3.

5 삭제된 내용은 "新社會 建設을 爲한 役軍이 됨"이다.(朝鮮總督府警務局 編, 『朝鮮の治安狀況』(昭和5年版), 不二出版, 21쪽.

6 「民主中央專權制로 朝鮮少年總同盟－朝鮮少年聯合會의 組織 變更 朝鮮 少年 利益을 主張」, 『조선일보』, 1928.3.27.

하였는데 '과학적 지식'이란 자연과학과 사회과학을 의미하는데 이를 통해 소년들의 삶과 사회의 변혁을 도모한다고 볼 수 있다. 구체적 방법으로는 "가. 無産少年敎養에 注力할 것/나. 未就學少年에게 對한 講習所 設置/다. 農村無産少年 夜學 設置/라. 都市에는 勞働夜學 設置/마. 兒童圖書館 設置/바. 機關紙 發行의 實現/사. 講演, 講座, 雄辯, 討論, 童話會 等을 隨時 開催할 것/아. 早起會 組織 實現/자. 隨時 遠足會 運動會 等을 開催할 것"[7] 등인데, 교양문제이다 보니 '교양', '강습소', '야학', '도서관', '기관지', '강좌' 등이 주된 관심사이다.

이상의 과정을 당대 논자들은 소년운동이 "氣分運動에서 組織的 運動으로-自然生長期로부터 目的意識期"[8]로 전환하였다고 정리하였다.

> 朝鮮無産階級運動이 過去의 自然生長的 運動에서 目的意識的 運動으로-部分的 運動에서 全體的 運動으로-그리고 經濟鬪爭으로부터 全面的인 政治鬪爭으로의 方向을 轉換하야 이제 民族的 單一黨 結成을 全民族的으로 부르짓고 잇스며! 全民族的 單一黨의 媒介形態인 新幹會를 全民族的으로 支持하고 잇는 過程에 잇다. 그럼으로 우리 少年運動에도 過去의 分散的 運動 그리고 無意識的 運動에서 統一集中的이고 意識的인 組織運動으로서의 方向轉換하려는 過渡期的 過程을 過程하고 잇다고 볼 수 잇는 것이다.[9]

조선소년연합회 창립(1927.10.16)을 "방향전환의 실증적 산물"[10]이라 하

7 「組織體를 變更한 朝鮮少總同盟의 첫 中央執行委員會의 決議」, 『동아일보』, 1928.3.28.
8 김태오, 「少年運動의 當面問題-崔青谷君의 所論을 駁함(一)」, 『조선일보』, 1928.2.8.
9 조문환, 「特殊性의 朝鮮少年運動-過去 運動과 今後 問題(三)」, 『조선일보』, 1928.2.28. 조문환의 이 글에 대해서는 김태오가 「認識錯亂者의 排擊-曹文煥君에게 與함(전5회)」(『중외일보』, 1928.3.20~24)으로 비판하였다.
10 홍은성, 「少年運動과 그의 文藝運動의 理論 確立(四)」, 『중외일보』, 1927.12.14. 홍은성은 같은 글에서 "나는 朝鮮聯合會 創立을 整理期에 入한 또한 目的意識期에 入한 方向轉換으로 본다"고도 하였다.(1927.12.15)

는 홍은성에 반해, 위 조문환(曹文煥)은 '과도기적 과정을 과정하고 잇다'며 방향전환에 대해 일정한 인식의 차이를 보이고 있다.

> 그리고 方向轉換에도 여러 가지 意味가 잇는 것이니 이 方向轉換論은 現實에는 도모지 맛지 안는다. 그저 漠然한 말로 方向轉換을 부르지즈며 朝鮮少年聯合會를 가르켜 方向轉換의 實證的 產物이라 하니 무슨 말인지를 알 수 업는 것이다. 社會運動이 方向轉換을 高調하얏스니 少年運動도 方向을 轉換하여야 하겟다는 漠然한 觀念으로 하는 것이 아닌가? 그러나 少年運動은 政治運動이 아니오 階級運動이 아닌 것만을 認識하여야 할 것이다.[11]

경성소년연맹(京城少年聯盟)의 3인 집행위원의 한 사람으로 소년운동의 중심에 있던 최청곡(崔青谷) 또한 "소년은 저만씀 잇는대 운동자만이 방향을 전환한다고 하면 엇지"[12]하느냐고 반문하였다. 최청곡과 조문환의 주장에 대해 홍은성(洪銀星)과 김태오의 반론[13]이 있었고, 홍은성에 대해 송완순의 반론[14] 등 소년운동 진영 내에서 "이론투쟁"[15]이 활발하였다.

'이론투쟁'을 통해 이념의 정교화가 가능해지고 구체적 실천방안이 제시될 수 있기 때문에 이를 단순히 혼란이나 분열로 치부할 필요는 없다. 건전한 비판이 있어야 조직이나 운동의 견실한 발전이 가능할 것이기 때문이다. 대체로 방향전환 논의는 식민지 조선의 전 사회운동의 방

---

11 조문환, 「特殊性의 朝鮮少年運動－過去 運動과 今後 問題(三)」, 『조선일보』, 1928.2.28.

12 최청곡, 「少年運動의 當面 諸問題(四)」, 『조선일보』, 1928.1.22.

13 홍은성, 「少年聯合會의 當面任務－崔青谷 所論을 駁하야(전5회)」, 『조선일보』, 1928.2.1~5.
김태오, 「少年運動의 當面問題－崔青谷君의 所論을 駁함(전6회)」, 『조선일보』 1928.2.8~16.
김태오, 「認識錯亂者의 排擊－曹文煥 君에게 與함(一)」, 『중외일보』, 1928.3.20~24.

14 송완순, 「空想的 理論의 克服－洪銀星氏에게 與함(전4회)」, 『중외일보』, 1928.1.29~2.1.

15 김태오, 「理論鬪爭과 實踐的 行爲－少年運動의 新展開를 爲하야(一)」, 『조선일보』, 1928.3.25~4.5. "客年 十月(1927년 10월: 필자)을 基礎로 하야 果敢한 理論鬪爭이 展開"되었다며 이후의 논의 전개를 정리하고 있다.

향선이자 일반문학에서도 중요하게 논의된 점 등을 종합하면 당대의 '시대정신'이었다고 할 수 있겠다. 소년운동과 소년문예(운동)에서도 방향전환이 대세로 굳어진 것은 필연이었다고 하겠다.

그렇다면 소년운동과 소년문예운동의 방향전환이란 그 구체적 내용이 무엇인지 정리해 볼 필요가 있다. 조선소년연합회와 조선소년총련맹의 강령과 '결의사항'을 종합하고, 홍은성, 김태오, 최청곡, 장선명(張善明), 안덕근, 조문환 등 당대의 논자들의 논의를 종합해 보면, 목적의식, 조직, 부분에서 전체, 경제투쟁에서 정치투쟁, 무산계급 소년 교양 등으로 그 내용을 요약할 수 있다. '신사회 건설'은 식민지 조선의 전 사회운동의 지향점이었고 그것은 바로 '민족해방운동'이 될 것이다.

소년부를 조직하여 "소년 직공의 야업은 반대한다/유년 견습 직공에게도 월급을 줄 일/노동시간을 여섯 시간으로 할 일/소년 점원의 대우개선/공장의 위생 시설의 완전을 요구"[16]하는 모습들이 방향전환의 구체적 실천 사례라 할 수 있을 것이다. 소년운동의 방향전환은 바로 이 "朝鮮少年聯合會의 綱領을 貫徹"[17]하는 것이기 때문이다.

그런데 소년운동 통일 일주년 기념식(1928.10.16)에 정홍교(丁洪教) 명의로 발행한 '기념사(草案)'에 내건 표어가, '少年教育普及, 少年健康保障, 少年早起奬勵, 早婚의 徹底的 廢絶, 少年喫煙禁止'[18] 등이었고, 이어 1928년 12월 22일 조선소년총연맹 중앙집행위원회에서는 '少年愛護週刊'을 결의하였는데, 어머니를 상대로 소년보육과 건강에 대한 문제로 아동애호사상을 고취시키기 위한 것이었던 점을 새겨보면, 조직의 통일과 강령의 일관된 실천이 분명하였던가에 일정한 의문이 든다. 혹독한

---

16 김광균, 「(少年報告文學)少年部는 작구 組織된다」, 『별나라』, 통권49호, 1931년 4월호, 3쪽.
17 홍은성, 「少年運動과 그의 文藝運動의 理論 確立(三)」, 『중외일보』, 1927.12.14.
18 「(京鍾警高秘) 朝鮮少年總聯盟一週年記念式擧行ニ關スル通文發送ノ件」(1928년 10월 19일), 『思想問題에 關한 書類』, 국사편찬위원회.

검열을 염두에 둘 때 앞의 강령과 결의사항은 소년운동의 방향전환이 정치투쟁의 의미를 일정하게 지니고 있다고 볼 수 있으나, 少年 保護運動은 "自然生長期 또는 組合主義 時代" 단계이고 "少年會는 學校 輔導機關, 그 文藝運動은 課外讀物로 取扱"되어 "何等 民族解放을 意味한 朝鮮 少年으로의 밧는 ××에 對한 ××運動은 아니엇든 것"[19]으로 볼 수 있겠기 때문이다.

결국 일제강점기 소년운동은 조직적, 중앙집권적, 목적의식적 운동을 지향했으나 세포단체에까지 일사불란하게 파급되었다 보기는 어렵고 큰 가닥에서 방향이 전환되었던 것은 분명하다고 해석해야 할 것이다.

2) 계급주의 아동문학과 방향전환론

계급주의 소년운동과 소년문예(운동)는 불가분의 관계를 갖고 있다. 소년운동이 없이 아동문학이 성립하지 못하고 아동문학을 떠나 소년운동의 목적을 제대로 수행할 수 없기 때문이다. "少年運動은 指導者로써 實際的 運動이라 하겟고 少年文學運動은 指導者로써 間接指導運動"[20]이라 할 수 있다. 소년운동의 문화노선이라는 조선소년문예연맹(朝鮮少年文藝聯盟, 1927.7.24. 창립)의 존재가 둘의 밀접한 관련을 확인할 수 있는 증거다.

그렇다면 계급주의 소년운동이 방향전환을 할 시기에 아동문학은 어떠했을까? 먼저 소년문예운동방지론을 둘러싼 논쟁을 살펴보자.

최영택[21]이 문예중심의 소년운동을 방지하자는 취지로 소년문예운동방지론을 쓰면서 논쟁이 시작된다. 가장 희망이 많은 제이세(第二世) 국

19 홍은성, 「少年運動과 그의 文藝運動의 理論 確立(二)」, 『중외일보』, 1927.12.13. 伏字는 '抑壓'과 '解放'으로 읽을 수 있을 것이다.

20 김태오, 「少年文藝運動의 當面에 任務(一)」, 『조선일보』, 1931.1.31.

21 최영택, 「少年文藝運動防止論(전5회)」, 『중외일보』, 1927.4.17~22.
崔永澤, 「내가 쓴 少年文藝運動防止論(전3회)」, 『중외일보』, 1927.6.20~22.

민의 소년운동에 과거의 조선을 한없이 불쌍하게 만들던 문예의 광풍이 불고 있기 때문에 소년문예운동방지론을 주장한다는 것이다.

이에 대해 유봉조는 "朝鮮大衆의 헤맴을 가르켜 줄 만한 文藝는 어린이에게 잇서서는 그 初步를 밟게 하여야 할 것"이라며, 文藝로서 그네들이 배울 수 업는 思想을 알게 하여야 할 것이고 歷史를 배워주어야 할 것이고 處地에 徹底히 눈뜨게 하여야 할 것이고 더욱이 『말』을 가르켜 주어야 할 것"[22]이라는 이유를 들어 반론을 제기한다. 민병휘 역시 "未來의 新『유토피아』를 建設하기 위하야 少年文藝 그것도 階級意識을 담아 갓고 鬪爭的『힌트』를 주어야 할 것"[23]이라며 계급적 소년문예의 필요성을 강조하였다. 이 논쟁 초기에 동아일보에서는 '少年文學運動 可否'[24]라는 제목으로 몇 사람의 의견을 물었다. 대체로 소년문학도 가능하다고 하면서도 '학교교육의 보충', '실제 생활'과 배치되지 않을 것 등을 주문한다. 이익상의 경우 "朝鮮 今日의 所謂 少年文學運動은 업는 것보다는 나흘는지 알 수 업스나 別로 利하리라고는 생각할 수 업다"고 부정적인 견해를 밝힌다. 이후 소년문예운동 논의는 상당 기간 지속되었다.[25]

---

22 유봉조, 「少年文藝運動 防止論을 늵고(四)」, 『중외일보』, 1927.6.2.

23 민병휘, 「少年文藝運動防止論을 排擊(二)」, 『중외일보』, 1927.7.2.

24 김장섭, 정성채, 이익상, 박팔양, 정병기, 「少年文學運動 可否」, 『동아일보』, 1927.4.30.

25 정홍교, 「少年文藝學 運動의 片想」(『朝鮮講壇』, 제1권 제2호, 1929년 11월호), 박인범, 「내가 본 少年文藝運動」(『소년세계』, 제1권 제3호, 1929년 12월호), 홍은성, 「反動의 一年－今年에 내가 본 少年文藝運動」(『소년세계』, 제1권 제3호, 1929년 12월호), 승응순, 「朝鮮少年文藝小考」(『文藝狂』, 1930년 2월호), 최청곡, 「少年文藝에 對하야」(『조선일보』, 1930.5.4), 장선명, 「少年文藝의 理論과 實踐」(『조선일보』, 1930.5.16~19), 유백로, 「少年文學과 리아리즘 - 프로 少年文學運動」(『중외일보』, 1930.9.18~26), 안덕근, 「프로레타리아 少年文學論」(『조선일보』, 1930.10.18~11.7), 김태오, 「少年文藝運動의 當面에 任務」(『조선일보』, 1931.1.31~2.10), 정윤환, 「一九三○年 少年文壇 回顧」(『매일신보』, 1931.2.18~19), 이주홍, 「兒童文學運動 一年間」(『조선일보』, 1931.2.13~21), 김기주, 「一九三○年에 對한 '少年文壇 回顧'를 보고－鄭潤煥 君에게 주는 駁文」(『매일신보』, 1931.3.1), 빈강어부, 「少年文學과 現實性」(『어린이』, 1932년 5월호), 승효탄, 「朝鮮少年文藝團體消長史考」(『신소년』, 1932년 9월호), 설송아, 「三二年 朝鮮少年文藝運動은 어떠했나」(『소년세계』, 제3권 제12호, 1932년 12월호), 박양호, 「本誌 一年間 文藝運動에」(『소년세계』, 제3권 제12호, 1932년 12월호), 박승극, 「少年文學에 對하야」(『별나라』, 1933.12~1934.1), 전영택, 「少年文學運動의 進路」(『신가정』, 1934년 5월호).

소년문예운동 논의가 방향전환과 어떤 관련을 맺는지 살펴보자.

> 純全히 自然發生的 領域에서 버서나지 못했고 가난한 것만 외쳤지 왜 가난해젔나 무엇이 우리를 가난하게 맨드러 주었나? 하는 그 原因은 밝히지 못햇든 것이다. 별나라 第六號(1926년 11월호를 가리킨다: 필자) 以後에는 비로서 宋影氏가 編輯에 參與하자 儼然히 별나라의 性格을 밝힌 以後, 唯物辨證法的社會主義 리아리즘에로 指向하고 나아갔다. 그 後 林和 氏, 嚴興燮 氏, 나 自身이 이 編輯에 當하게 될 때는 階級鬪爭期에로 突入하야 많은 역할을 하엿스나[26] (하략)

해방 후 조선문학가동맹에서 아동문학 분과 보고를 맡은 박세영의 회고인데, "『별나라』와 『신소년』은 一九二七年 以後 프로레타리아 兒童을 相對로 그 方向을 轉換하였스니 同年으로부터 一九三二年까지 目的意識期를 過程했다"(103쪽)는 말과 같은 의미이다.

> 즉 一九二六년부터 一九二七년 七月까지는 게몽긔(啓蒙期)라고 할 수 있었읍니다. 별나라는 즉 이 게몽긔를 위시(爲始)하야 아옵해(九年) 동안을 세기(三期)로 난흘 수 잇으니 다음 一九二七年부터 一九三二년까지는 목적의식긔(目的意識期)요 一九三二년 七月부터 그 다음은 투쟁긔(鬪爭期)라고 할 수 잇겠읍니다.[27]

엄흥섭의 회고인데 박세영과 같은 내용이다. 장선명도 "자연에서 생기고 자연에서 자라든 소년문예운동은 1926년 말엽부터는 變動이 닐어낫다. (…중략…) 在來의 局部的이든 經濟鬪爭으로부터 政治鬪爭에로

---

26 박세영, 「朝鮮兒童文學의 現狀과 今後 方向」, 『建設期의 朝鮮文學』, 朝鮮文學家同盟中央執行委員會書記局, 1946, 98쪽.

27 엄흥섭, 「별나라의 거러온 길」, 『별나라』, 해방속간 1호, 1945년 12월호, 8~9쪽.

步武를 轉換케 하엿다. 이에 쌀아 少年運動까지 方向轉換을 부르지젓다."[28]며 같은 인식을 보여준다. 김한이 "푸로레타리아 어린이에게 科學的 智識으로써 우리의 現實을 如實히 보여주어서 自己階級의 『이데오로기』를 把握시키고 쌀하서 ××的 思想을 興起시키는 文藝"[29]라고 한 것도 방향전환 이후의 계급주의 아동문학을 말한 것이다.

그러나 홍은성의 아래와 같은 글은 상당히 다른 인식을 보여주고 있다.

> 그러나 少年運動에 잇서서는 正確히 自然生長期—組合主義運動—에서 目的意識期—大集團的 또는 社會的 進出, 弱小民族의 解放運動의 一部門 運動—로 왓지마는 그의 表現機關이라고 하는 모든 少年少女雜誌는 在來의 自然生長期—趣味時代, 또는 組合主義時代—의 것으로 그대로 잇다.[30]

홍은성의 이 글은 1927년 말경에 발표된 것인데, 소년운동뿐만 아니라 전사회주의 운동이 모두 방향전환을 선언하던 시기이다. 방향전환의 내용을 위 글에서 추려보면, 자연생장기 곧 소년회와 같은 조합주의적인 운동에서 집단적 혹은 사회적인 민족 해방 운동과 같은 목적의식기로의 전환을 의미한다. 그런데 소년문예운동은 재래의 자연생장기(조합주의) 수준에 머물러 있다는 것이다. 이보다 조금 앞서 조선소년연합회 결성에 즈음하여 조선일보가 발표한 사설에서도 비슷한 논조를 엿볼 수 있다.

> 그런데 이제 朝鮮少年運動의 一般的 傾向을 본다면 이와 가튼 指導精神에 對하야는 別로 留念함이 업시 오직 趣味만을 目的하는 童謠 童話 童謠劇 等으로

28 장선명, 「少年文藝의 理論과 實踐(三)」, 『조선일보』, 1930.5.18.
29 김한, 「轉換期에 선 少年文藝運動(三)」, 『중외일보』, 1927.11.21.
30 홍은성, 「少年運動과 그의 文藝運動의 理論 確立(一)」, 『중외일보』, 1927.12.12.

그의 一時的 興趣를 쓰음에 그치고 마는 것 갓다.[31] (밑줄 필자)

여기서 말하는 지도정신은 민족적 현실을 감안하여, '少年運動의 任務가 第二國民으로의 教養에 잇고 現實을 써나서 民族的 生活이 不可能하다면 現實을 써나거나 또는 現實을 無視하는 少年運動은 民族的 一部門運動으로의 少年運動의 任務를 遂行하지 못' 한다는 것을 뜻한다. 다시 말하면 민족적 현실과 분리되지 않는 동시에 소년의 교양에 지도정신의 핵심이 있다는 말이다.

1930년 전후의 아동문학의 실상을 점검한 이주홍의 평가가 이상의 논의를 정리할 수 있을 것이다.

朝鮮의 文學運動에 잇서서 特히 兒童文學運動의 領域에 잇서서 지난 一九三○年은 確實히 鬪爭의 一年이엇다. 一九二九年이 初步的 啓蒙的 自然發生的임에 反해서 三○年은 보담 數步 前進한 目的意識的 ××의 活氣에 찬 朝鮮兒童文學運動史上에 劃線할 一年이엇다.[32]

그런데 兒童文學 運動史上으로 보아 二九年만 하여도 우리는 그 속에서 何等明確한 階級的 이데오로기를 엿보지 못하엿다. 아니 어느 모에서든지 조그만한萌芽를 摘出할 수 잇다 하드래도 그것은 或은 民族的 或은 人道主義的 無抵抗主義的 思想으로서의 손에도 다이지 안흘 만한 눈꼽 이하이요 전체로 보아서는 그야말로 팟죽 이상의 混沌이엇다.(그때애도 『별나라』만은 階級的으로 越步的 發展을 보엿스나 全體的으로 보아서는 亦是 統一을 엇지 못하엿다.)[33]

---

31 「(社說)少年運動의 指導精神－少年聯合會의 創立大會를 際하야」, 『조선일보』, 1927.10.17.
32 이주홍, 「兒童文學運動一年間－今後運動의 具體的 立案(一)」, 『조선일보』, 1931.2.13.
33 이주홍, 위의 글 (二), 『조선일보』, 1931.2.14.

1929년까지는 자연발생기이고 1930년에 들어 목적의식기로 전환 곧 방향전환을 했다는 말이다. 이 시기 계급주의 아동문학의 주된 발표 매체였던 『신소년』과 『별나라』 중에 『별나라』가 계급적 발전을 보였으나 아직 전체적인 통일을 이루지는 못했다는 평가다.

1930년대 『신소년』과 『별나라』의 편집후기를 통해 두 잡지 스스로는 자신들을 어떻게 평가하고 있는가 보자.

> 本誌는 文字形式을 고치는 同時에 材料도 在來 쓸데 업는 허풍선이 이야기 짜위보다 童話, 童謠, 小說, 隨筆 等을 모다 勞働少年, 農村少年의 實生活을 內容으로 한 것과 또 趣味잇는 科學的 記事를 만히 내려 한다.[34]

> 그 전에는 달큼한 文藝品이나 덥허놋코 재미만 잇는 옛날이야기나 우리들과 관계 업는 욕심쟁이인 英雄傳記 가튼 것도 석서서 실어 왓지만 지금부터는 우리들의 살님사리와 또는 잘 살어보자는 운동과 관계 업는 것이며는 절대로 실치를 아니하기로 하엿다.[35]

전자는 1930년 10월의 『신소년』 '편집후기'이고, 후자는 1930년 11월의 『별나라』 '편집후기'이다. 지금까지는 재미있는 이야기 위주였다면, 이제부터는 노동 · 농촌 소년의 실생활과 잘 살아보자는 운동과 관계있는 내용을 중심으로 하겠다는 것이다. 달리 말하면 바로 잡지 편집 방침 혹은 수록 내용의 방향전환을 단행한다는 것이다. 직접 잡지를 편집한 편집자의 평가이니만치 『신소년』과 『별나라』의 현실에 대한 정확한 분석일 것이다.

1927년부터 소년운동과 소년문예(운동)가 방향전환을 선언했지만, 발

---

34 「編輯後記」, 『신소년』, 1930년 11월호.

35 「편집후기」, 『별나라』, 통권45호, 1930년 10월호.

표 매체였던 『新少年』과 『별나라』는 선언을 정확히 반영하여 잡지가 변모하는 양상을 보이지 않는다는 것이다. 『新少年』과 『별나라』에 수록되었던 아동문학 관련 비평문들을 통해 이를 다시 확인해 보자.

필자	제목	발표지	발표연월
편즙인	讀者 作品 總評	별나라	1926.12
韓晶東	童謠作法(三)	별나라	1927.4
새힘社 李在杓	少年文士들에게	별나라	1930.2-3월 합호
金泉 白樂道	압날의 光明을 노래하자!	별나라	1930.2-3월 합호
東萊 金順愛	少女讀者를 無視－少年雜誌 編輯者에게	별나라	1930.2-3월 합호
洪川 金福童	創作에 힘쓰자	별나라	1930.2-3월 합호
金炳昊	童謠講話(一)	新少年	1930.11
東京鐵工場 鄭哲	「불별」은 우리들의 것	별나라	1931.4
北滿洲 金血起	投稿作家 여덜 동무에게	별나라	1931.5
三長글벗사 李孤月	反動的 作品을 淸算하자!!	별나라	1931.5
鏡城 朱北 崔曾石	별나라를 읽고!	별나라	1931.6
金月峰	李孤月 君에게	별나라	1931.7-8월 합호
利原불꼿社 金藝池	「파랑새」 發刊을 듣고	별나라	1931.7-8월 합호
孫桔湘	『新少年』 九月 童謠評	新少年	1931.11
李東珪	童謠를 쓰려는 동무들에게	新少年	1931.11
親昌港 康昌玉	남의 童謠와 제 童謠	별나라	1931.12
朴炳道	金血起 君에게	별나라	1931.12
李活湧	나면 되는 投稿家에게 一言함	별나라	1931.12
金友哲	十一月 少年小說 評－읽은 뒤의 印象을 中心 삼고	新少年	1932.1
尹鐵	一九三二年을 마즈며 少年文藝運動에 대해서	新少年	1932.1
李東珪	少年文壇時感	별나라	1932.1
三長 李孤月	灰色的 作家를 排擊하자	별나라	1932.1
蔡夢笑	李孤月 君에게	별나라	1932.1
玄松	新年號 小說 評	新少年	1932.2
朴炳道	盲人的 批評은 그만 두라	별나라	1932.2-3월 합호
金逸岩	作品 製作上의 諸問題	별나라	1932.2-3월 합호

趙衡植	우리들의 童謠詩에 대하야	별나라	1932.2-3월 합호
朴世永	固式化한 領域을 넘어서－童謠 · 童詩 創作家에게	별나라	1932.2-3월 합호
載寧 閔孤影	깃분 일! 痛快한 消息!－동무들아 섭々해 말나	별나라	1932.2-3월 합호
鐵兒	一農卒 · 李赤兒 頭上에 一棒－아울러 李元珪 頭上에도	新少年	1932.6
申鼓頌	聯合大學藝會의 兒童劇을 보고	별나라	1932.7
金炳昊	朝鮮新童謠選集을 읽고	新少年	1932.7
高火映	朝鮮初有의 聯合學藝會의 感想	별나라	1932.7
昌寧에서 金完植	全朝鮮夜學講習所聯合 大學藝會를 보고서	별나라	1932.7
朴世永	全鮮夜學講習所私立學校聯合大學藝會總觀	별나라	1932.7
鄭哲	少年小說六人集을 보고	별나라	1932.7
哲焰	『붓작난』輩의 나타남에 대하야	新少年	1932.8
金鐵河	作品과 作者	新少年	1932.8
朴古京	大衆的 編輯의 길로!－六月號를 읽고	新少年	1932.8
虎人	兒童藝術時評	新少年	1932.8
虎人	兒童藝術時評	新少年	1932.9
昇曉灘	朝鮮少年文藝團體消長史稿	新少年	1932.9
韓哲焰	最近 프로 少年小說 評－그의 創作方法에 대하야-	新少年	1932.10
尹池月	一九三二年의 兒童文藝界 回顧	新少年	1932.12
楊州 農少年	少年誌 어린이의 更新의 退步	新少年	1933.3
李連鎬	朴君의 글을 읽고	新少年	1933.3
李連鎬	新少年 新年號에 對한 批判－그의 過誤를 지적함	新少年	1933.3
로인	좀 더 쉬웁게 써다고－新年號 朴賢順 동무에 글을 읽고	新少年	1933.3
洪九	兒童文藝時評	新少年	1933.3
鄭哲	出版物에 對한 몃 가지 이야기	新少年	1933.5
安東縣 李西贊	少世同志文藝會! 그 正體를 暴露함	新少年	1933.5
鄭青山	少年文學 써-클 이약이	新少年	1933.8
朴世永	童謠 · 童詩은 엇더케 쓸가(二)	별나라	1933.12
宋影	小學校劇의 새로운 演出(二)	별나라	1933.12
朴勝極	少年文學에 對하야	별나라	1933.12
嚴興燮	作文 · 隨筆 이야기(一)	별나라	1934.1
朴勝極	少年文學에 對하야(二)	별나라	1934.1
朴世永	童謠 · 童詩는 엇더케 쓰나	별나라	1934.1

嚴興燮	隨筆 · 作文 이야기(二)	별나라	1934.2
林和	兒童文學 問題에 對한 二三의 私見	별나라	1934.2
朴世永	童謠 · 童詩는 엇더케 쓰나(四)	별나라	1934.2
鶯峯山人	童劇硏究會 主催의 「童劇 · 童謠의 밤」을 보고	별나라	1934.2
李東友	우리 마을에 왓든 극단들은 이런 것이다	新少年	1934.2
李東友	『新少年』 신년호의 讀後感	新少年	1934.3
安平原	알기 쉽게 感銘 잇게 씁시다－三月號를 읽고 늣긴 바 잇서 글 쓰는 동무들에게 提議함	新少年	1934.4-5월 합호
南大祐	新少年 三月號 童謠를 읽은 뒤의 感想	新少年	1934.4-5월 합호
朴勝極	文學家가 되려는 이에게－편지의 형식으로써!	별나라	1934.11
朴世永	昨今의 童謠와 兒童劇을 回顧함	별나라	1934.12

이상은 창간호부터 폐간호까지에 걸쳐 현재 입수한 『新少年』과 『별나라』 전체에 수록된 비평문 목록이다. 미확인호에도 다수의 비평문이 수록되었을 것이지만, 현재 확인한 잡지 호수는 두 잡지가 발간된 전 기간을 통틀어 고루 분포된 점을 고려할 때 비평문이 수록된 양상과 그 문예이론의 방향은 충분히 가늠할 수 있다고 하겠다. 그리고 제작비평에 해당하는 것과 실제비평 그리고 이론비평에 해당하는 것들이 뒤섞여 있어, 계급주의 아동문학 이론의 총체적 모습을 엿볼 수 있다.

현상적으로 첫 번째 확인할 수 있는 것은 1920년대에는 문예이론적 비평문이 거의 수록되지 않았다는 점이다. 미확인호에 존재했을 가능성을 고려하더라도 왕성한 비평이 있었다고 보기는 어려울 것 같다. 1920년대 표절 논란부터 소년문예운동론, 소년운동론, 방향전환론, 동요 · 동시 논쟁 등이 활발하게 펼쳐졌던 세 신문 곧 『조선일보』, 『동아일보』, 『중외일보』의 학예란에 견주어 볼 때 『신소년』과 『별나라』는 이러한 논의를 거의 수렴하지 못하고 있음이 확인된다.

1930년에 들면서 두 잡지에도 비평이 늘어났다. 백낙도, 김순애, 김혈기, 최증석, 강창옥, 이활용, 윤철, 김일암, 조형식, 김철하, 이연호 등 새로운 얼굴들이 대거 등장하여, 1930년대 초반 진영(陣營) 논란, 표절 논란을 시발로 하여 실제비평, 제작비평, 그리고 이론비평을 가리지 않고 계급주의 아동문학의 방향성과 구체적 실천 방법 등에 대한 글들을 발표하였다.

제작비평은 1920년 말경부터 폐간 당시까지 산발적으로 그러나 지속적으로 논의되었는데, 창작의 형식적 논의뿐만 아니라 계급주의적 내용에 관한 논의를 포함하고 있어 성인문단의 '내용-형식 논쟁'을 연상시킨다. 실제 박세영의 「고식화한 영역을 넘어서—동요 · 동시 창작가에게」, 「동요 동시는 엇더케 쓰나」 등은 내용을 중시하되 아동이 이해할 수 있는 형식으로 할 것을 주문한다. 이동규도 "덥허노코 공장이니 로동자이니 뚱뚱보이니 이런 말만을 집어너흐면 그것이 푸로레타리아 童謠인줄로 誤解"하지 말고, "少年作品에다 强熱한 푸로레타리아 意識을 注入식힌다는 것은 無理"라는 견해를 밝힌다.[36] 소년의 교화적 사명을 위해 내용을 우선하고 "푸로레타리아-트의 勝利를 爲하야 「아지 · 푸로」의 役割을 演하면 그만"이며 "第一에 內容問題며 第二에 藝術性(文學的技術) 問題"[37]라는 주장과는 다소 대립된다. 그러나 더 이상 깊이 있는 논의가 이어지지 못하고 말았다. 계급주의 아동문학도 수준 높은 내용과 형식 논의가 필수적이었다는 점은 재언을 필요로 하지 않는다. 내용 · 형식 논의의 숙성이야말로 계급주의 아동문학 작품 곧 동요 · 동시, 동화 · 소년소설의 발전을 담보한다고 할 것이다.

호인(虎人)과 임화, 박승극의 글이 이론비평에 해당하는데, 계급주의 아동문학이 견지해야 할 이념과 나아가야 할 방향을 제시하고 있다. 호인은 계급성과 아동예술이론의 확립, 장편과 콩트, 동화, 잡지 등에 대해 두루 살피고 있고, 임화는 소년들을 "우리들의 文學의 健全한 偉大한 交

36 李東珪, 「童謠를 쓰려는 동무들에게」, 『新少年』, 1931년 11월호, 14~15쪽.
37 安德根, 「푸로레타리아 少年文學論(八)」, 『조선일보』, 1930.11.4.

代者"[38]로 보고 아동 교화 문제, 아동문학에 대한 진정한 노력과 관심을 기울일 것 등을 주문하고 있다.

한철염은 계급주의 관점에서 아동문학 비평의 기준을 제시하였는데, "프로레타리아가 가져야할 쏙바른 관념에까지 敎化식히는 것이 아동문학의 사명"이라는 마키모토 쿠스로(槇本楠郎)의 주장을 따라 '교화 식히는 힘'[39]이 많은가 여부로 비평의 기준을 삼았다.

그 외는 대개 실제비평이다. 구체적 작가와 작품을 대상으로 했다는 점에서 실제비평이지만, 창작 방법에서부터 계급주의 아동문학이 지향해야 할 방향까지 두루 제시하는 것으로 보면, 제작비평과 이론비평의 결합이라 할 것이다. 박고경, 로인의 대중화 논의, 정청산의 소년문학 써클, 농소년(農少年)의 『어린이』 잡지에 대한 매체비평 등등 열악한 현실에서도 계급주의 아동문학의 바람직한 방향성 모색을 위한 다대한 노력을 보여주었다.

윤철이 그간의 소년문예운동에 대해 개관한 글은 아동문학(운동)의 변모양상을 간명하게 가늠할 수 있게 한다. 1930년에 들면서 방향전환을 하고 프롤레타리아 소년문학이 활발해져 가자 1928~1929년의 부르주아 아동문학이 쇠퇴하게 되었다는 진단과, 『신소년』과 『별나라』에 '農村生活과 工場生活'을 담은 작품이 많아진다는 것, 그리고 두 잡지에 매달 월평을 쓸 비평가가 필요하다는 등의 내용이다. 간결하지만 그간의 소년문예운동을 잘 요약하였고 요점 또한 잘 짚은 글이라 하겠다. 윤지월의 글도 '회고'라 하였지만 단순한 과거 회상이 아니라 리뷰(review)와 같은 성격의 비평이다. 1932년 한 해의 아동문학을 동요, 소설, 평론, 작가로 나누어 따져보고 있다. 방향전환이 이루어진 오늘날 질투나 증오를 바탕으로 한 '殺伐的 作品'이 아니라 내용과 형식이 제대로 구비된 작품을 쓸

38 林和, 「兒童文學問題에 對한 二三의 私見」, 『별나라』, 1934년 2월호, 5쪽.
39 韓哲焰, 「最近 프로 少年小說評－그의 創作方法에 대하야」, 『新少年』, 1932년 10월호, 27쪽.

것을 요구하는 점, 중심 갈래로서 소설의 활성화, 평론을 통해 "스캡푸한 作家의 철저적 배격과 또한 反動文學派"[40]에 대한 정당한 비판을 요구하고 있다.

요컨대 1930년대 『신소년』과 『별나라』의 아동문학 비평은 당대 계급주의 아동문학의 방향전환론에 걸맞은 논의를 보여주고 있다고 하겠다.

3) 계급주의 아동문학의 방향전환론과 작품적 대응양상

지금까지 방향전환론과 관련된 계급주의 아동문학론을 살폈다. 여기에서는 방향전환론과 『신소년』, 『별나라』에 수록된 작품의 상관관계 곧 문학이론과 작품실천의 대응관계를 살펴보도록 하겠다.

필자가 확인할 수 있었던 『신소년』과 『별나라』는, 『신소년』의 경우 1920년대 37권, 1930년대 37권 도합 74권이고, 『별나라』는 1920년대 14권, 1930년대 29권 도합 43권이다. 이 가운데 방향전환의 의미에 부합하는 변모를 보인 시점과 양상을 확인하기 위해 아래 표를 작성했다. 표는 논설, 동요·동시 그리고 동화·소년소설로 삼분(三分)하여 제시하도록 하겠다.

(1) 논설과 방향전환

논설이란 대체로 강좌(講座), 강화(講話) 등의 이름으로 게재된 글들을 말한다. 이들은 작품과 달리 직접 이데올로기를 전달하려는 목적을 갖

40 尹池月, 「一九三二年의 兒童文藝界 回顧」, 『新少年』, 1932년 12월호, 47쪽. '스캡푸'는 'scab'으로 '파업 불참자, 파업에 비협조적인 자'라는 뜻이다. 당대의 풀이는 다음과 같다. '배반자 반역자라는 말이다. 갓흔 동모들 중에서 동모를 배반하고 돈 갓흔데 팔니여 반역행동을 하는 쥐색기 갓흔 무리를 스캡푸라고 한다.'(편집실, 「우리들의 사전」, 『新少年』, 1932년 2월호, 15쪽)

고 있다. 계급주의 아동문학이 '아동 교화의 사명'을 천명했듯이 형상화된 작품뿐만 아니라 논설을 통해 직접 교육 · 계몽을 담당했음을 확인할 수 있다.

아래 표는 확인 가능한 『신소년』, 『별나라』의 논설 전부를 제시한 것이다.

필자	제목	발표지	발표연월
朴英熙	「맑스」는 누구인가?	별나라	1930.10
宋影	月給이란 무엇인가?	별나라	1930.10
權煥	通俗 少年唯物論	별나라	1930.11
宋影	地主와 小作人	별나라	1931.7-8월 합호
朴轍	少年職工과의 問答	별나라	1931.7-8월 합호
朴轍	少年農民과의 問答	별나라	1931.9
鐵兒	社會란 건 무엇인가	新少年	1931.10
李甲基	宗敎란 것은 엇던 것인가	별나라	1931.10-11월 합호
鐵兒	勞働	新少年	1931.11
鐵兒	賃金 이약이	新少年	1932.1
宋影	幼年 主日學校는 엇더한 곳인가?	별나라	1932.1
鐵兒	잉여로동(剩餘勞働)	新少年	1932.2
權煥	辨證法이란 무엇인가	별나라	1932.2-3월 합호
鐵兒	商品의 價値	新少年	1932.4
權煥	모든 것은 변화한다	新少年	1932.4
具直會	造物主란 무엇이냐?	新少年	1932.4
江石尤	맑스의 少年時代	新少年	1932.6
朴太陽	商品의 價格이란 무엇인가?-그의 價値와 關係	新少年	1932.6
朴太陽	哲學이란 무엇인가	新少年	1932.7
玄秀峰	善?과 惡?	新少年	1932.7
權煥	미국의 영 · 파이오니아	新少年	1932.7
玄東炎	不景氣 이약이	新少年	1932.8
社會學人	個人과 社會	新少年	1932.9
李民	奴隷라는 엇던 것인가?	新少年	1932.9

朴太陽	哲學上의 두 가지 見解(전2회)	新少年	1932.9~10
李民	農奴와 勞働者	新少年	1932.10
朴太陽	唯心論은 엇재서 생겨 낫나?	新少年	1932.11
李民	不景氣와 恐慌	新少年	1932.12
社會學人	徒弟 制度 이약이	新少年	1932.12
宋影	쉬운 이약이(一)	별나라	1933.2
梁天	『써-클』이야기	별나라	1933.4-5월 합호

표를 보면 알 수 있듯이 필자의 면면은 박영희, 송영, 권환, 이갑기, 이동규 등 카프(KAPF)의 맹원들이 주를 이룬다. 내용 또한 계급주의 아동문학을 표방했던 "少年運動의 表現機關인 少年少女 雜誌"[41]인 『신소년』과 『별나라』의 성격과 부합한다. 맑스, 유물론, 지주와 소작인, (잉여)노동, 종교, 변증법, 상품의 가격, 농노와 노동자 등 계급주의 이데올로기를 설명함에 있어 중요한 개념들이 망라되어 있다. 이 개념들은 작품에도 주요한 주제로 압출되는 점으로 볼 때, 논설은 계급주의 아동문학 작품 창작에 일정한 기준점 역할을 했다고 보아 무방하겠다.

이러한 성격의 글들이 게재된 시기는 대체로 1930년대에 들어서 비롯된다. 1923년 10월(『신소년』), 1926년 6월(『별나라』)에 각각 창간되었던 시점과는 시간적 거리가 크다. 특히 창간 당시부터 "가난한 동무를 위하야 갑싼 잡지로 나오자"[42]를 슬로건으로 표방했던 『별나라』는 더더욱 그렇다. 그리고 소년운동이나 소년문예운동에서 '방향전환'을 주장했던 1927년과도 상당한 시간적 거리가 있다. 이주홍을 포함한 『신소년』과 『별나라』의 두 잡지 편집자들이 밝힌 것과 같이, 1930년에 들어서 비로소 잡지에 수록된 내용이 변모를 보인다고 말한 것과 정확히 일치함을

41 洪銀星, 「少年運動과 그의 文藝運動의 理論 確立(一)」, 『중외일보』, 1927.12.12.

42 編輯局, 「별나라는 이러케 컷다—별나라 六年 略史」, 『별나라』, 통권51호, 1931년 6월호, 4쪽. 잡지를 발간하던 처음부터 이 내용을 표방(슬로간)했다고 한다.

확인할 수 있다.

(2) 동요·동시와 방향전환

1920~30년대 동요·동시 작품이 방향전환론을 반영하고 있는지 살펴보기 위해 아래 표를 만들었다. 작품이 워낙 많기 때문에 비평이나 논설과 같이 전부 제시하는 것은 불가능하다. 이 표에서는 방향전환론과 동요·동시 작품의 대응 시점이 언제부터인가를 확인하기 위해 1920년대 두 잡지의 전체 작품 가운데 방향전환론에 부합하면서 계급의식이 드러나 있는 작품을 모두 제시하였다. 1930년 1년 동안의 작품을 제외하고는 이후 작품을 제시하지 않았는데, 이는 1930년 1년 동안의 작품으로 유추할 수 있기 때문이다. 다시 말해 1930년대 작품들은 계급의식이 드러난 작품이 대부분이라 말할 수 있고 그렇지 않은 작품은 매우 예외적이라 볼 수 있다.

필자	제목	발표지	발표연월	계급의식 양상
宋完淳	朝鮮의 天才여! 나오너라-「功든 塔」을 읽고(독자투고)	新少年	1927.1	조선의 궁핍한 현실. 계급대립
朴世永	대장ㅅ간[43](불별)[44]	별나라	1928.3	노동자와 농민의 계급적 동질성
金南柱	어린 勇士	新少年	1928.5	빈부격차. 약간의 저항적·투쟁적 내용
尹用淳	旅人	新少年	1928.7	가난한 조선 사람의 현실
吳鏡湖	고향을 써나	新少年	1928.7	부득이한 사정으로 離鄕
金炳昊	移舍	별나라	1929.7	집을 팔고 셋집으로 이사
崔仁俊	나와 누나(推薦)	별나라	1929.7	부모를 이은 자매의 힘든 노동
安平原	오누 두리 잇는 집	新少年	1929.12	노동. 빈곤. 기아
昇曉灘	생각의 고침	新少年	1929.12	가난으로 상급학교 입학 포기
鄭祥奎	工場主	新少年	1929.12	노동자와 공장주 계급 증오
安平原	少年職工手記	新少年	1929.12	돈과 빈곤의 문제

安平原	나무꾼이 우리	新少年	1930.2	계급대립. 적개심
李聖洪	어재ㅅ밤 비에 우리 호박밧이 씻서요	新少年	1930.2	계급대립. 극빈
金炳昊	나무장사	新少年	1930.2	아버지 부상으로 소년 노동
孫桔湘	더러운 세상	新少年	1930.3	빈부대립. 증오
車又永秀	저녁연기	新少年	1930.3	공장노동. 극빈. 기아
金樂煥	나무꾼 아희	新少年	1930.4	소년 노동자. 계급대립
李久月	소작료[45](불별)	新少年	1930.5	지주와 소작인의 대립과 증오
金樂煥	베ㄴ도밥 실소(독자투고)	별나라	1930.6	가난. 계급대립
白鶴瑞	써나가는 이(독자투고)	별나라	1930.6	離鄕
全德仁	라팔숫(賞)(독자투고)	별나라	1930.6	가난. 기아
申孤松	우는 꼴 보기 실혀(불별)	별나라	1930.6	부르주아 계급에 대한 적개심
韓春惠	나ㅅ달님(독자투고)	별나라	1930.6	공장 노동과 재해
李在杓	夜學	별나라	1930.6	가난. 야학
孫在奉	낫(불별)	별나라	1930.6	극단적 분노 표출
梁雨庭	망아지(불별)	新少年	1930.6	증오와 대립
梁雨庭	비밀상자(불별)	별나라	1930.6	비밀 활동하는 오빠
金海剛	아아 누나의 얼굴 다시 볼 수 업슬가?	별나라	1930.6	누나의 공장노동과 得病
李應昌	보리밧 매기(독자투고)	별나라	1930.6	가난. 계급대립
李久月	조심하서요(불별)	별나라	1930.7	노동의 위험 걱정
金炳昊	바다의 아버지(불별)	별나라	1930.7	가난. 계급대립
金炳昊	모심기(불별)	新少年	1930.8	가난. 지주와 소작인 계급대립
申孤松	도야지(불별)	별나라	1930.10	계급적 모순에 대한 풍자와 조롱
朴世永	할아버지와 헌 時計(불별)	별나라	1930.10	'우리의 새날' 염원
李久月	자동차 소리(불별)	별나라	1930.10	사장과 노동자의 계급 대립
梁昌俊	대목장 압날 밤(불별)	별나라	1930.11	소년회 활동의 낙관적 전망

43 이 작품은 표정유희의 대본으로 『별나라』(1931년 7월호~8월호)에도 수록되어 있다.

44 '불별'은 김병호 외, 『(푸로레타리아 동요집) 불별』(新少年社, 1931.3.10)을 말한다. 여기에는 金炳昊(5), 梁昌俊(6), 李周洪(6), 朴世永(5), 孫在奉(5), 申末贊(5), 엄흥섭(4) 도합 36편이 수록되어 있다. 발표지지(發表紙誌)가 확인되지 않은 작품 가운데는 『신소년』과 『별나라』의 미발굴호에 더 많은 작품이 게재되었을 것으로 보인다.

45 원문에 '조작료'로 되어 있으나 목차에 '소작료'이고, 『불별』에도 '소작료'인 것으로 보아 오식이 분명하다.

1931년에 카프에서 간행한 『카프詩人集』(集團社)에 짝을 이뤄 아동문학 작품집으로는 『(푸로레타리아 童謠集) 불별』(中央印書舘)을 3월에 간행하였다. 발표지지(發表紙誌)를 모두 확인할 수 없기는 하지만 수록 작품 대부분이 1930년도 작품으로 보여, 이를 통해서도 방향전환론과 대응되는 작품적 실천 양상을 확인할 수 있다.

1920년대 말의 작품들은 대체로 궁핍한 현실을 인식하는 수준에 머무르거나, 두드러진 계급적 인식을 보인 작품이 있다 하더라도 간헐적이었다. 그런데 1930년에 접어들면서부터 집중적으로 계급대립과 증오감 또는 적대감이 노골적으로 표현될 뿐만 아니라 지속적으로 두 잡지에 수록되고 있어 소년문예운동의 방향전환이 작품에서 실천되고 있음을 확인할 수 있다. 『신소년』 편집에 관계했던 이주홍[46]이 "一九二九年이 初步的 啓蒙的 自然發生的임에 反해서 三○年은 보담 數步 前進한 目的意識的 ××의 活氣에 찬 朝鮮兒童文學運動史上에 劃線할 一年"[47]이였다고 평가한 대목과 일치한다. 물론 1920년대 말에도 대립적 세계 인식 등 계급적 이데올로기가 나타나지 않는 것은 아니지만, 이주홍의 말처럼 '萌芽'의 수준이고 전체적인 통일을 얻은 단계가 아니라고 보아야 할 것이다.

총독부의 혹독한 검열과 잡지 편집자와 작가들의 자기 검열에도 불구하고 계급의식이 두드러진 작품을 발표하고 수록했다는 것은 가히 놀랄 만한 일이다. 계급의식을 강조하면서도 "『검열에 通過할 수 잇게』", "될 수 잇는 限度 內에서 理論의 正當性을 固執하여야 할 것"[48]이라는 논자의 주장을 보아 당시의 분위기를 읽을 수 있다.

46 이주홍, 「맨발의 編輯長」, 『激浪을 타고』, 삼성출판사, 1976, 284~286쪽.
47 이주홍, 「兒童文學運動 一年間－今後 運動의 具體的 立案(一)」, 『조선일보』, 1931.2.13.
48 윤철, 「一九三二年을 마즈며 少年文藝運動에 대해서」, 『신소년』, 1932년 1월호, 10쪽.

(…전략…) 책을 매여가지고 출판 허가원을 써가지고 도경찰부 고등과를 거처 총독부 경무국 도서과에 드려보낸다. 그리하야 검열(檢閱)을 맛는 것이다. (…중략…)되-게 걸니면 전부 압수를 당하야버리고 잘 되면 멧 개 삭제를 아니 당하고 나온다.[49]

잡지 발간과정의 검열은 '削除, 出版不許可, 差押'으로 구체화된다. 아동문학 작품에 대한 검열의 기준은 다음과 같았다.

(一) 朝鮮ノ歷史的人物ノ偉大性ヲ示ス傳記的物語, (二) 朝鮮ノ歷史ノ古キヲ示ス記事, (三) 外國人ニシテ祖國ノ爲ニ犧牲トナッタ人物ノ傳記, (四) 現在朝鮮人ノ地位ヲ悲觀ヤシムル記事, (五) 併合後ノ爲政者官憲ニ對スル反抗心ヲ激發ヤシムル記事, (六) 階級意識ノ喚起, (七) 階級的 反感ノ養成, (八) 現在社會制度ノ矛盾等ヲ藏スル樣ナ記事, 物語リモ相當アル樣デアル, (九) 團結ノ美德ト效果ヲ說イタモノモアル[50]

(一)에서 (五)까지가 '民族的意識ヲ喚起スル記事(민족적 의식을 환기시키는 기사)'로 분류했고, (六)에서 (九)까지가 '民族的記事ノ外ニ(민족적 기사 외에)'라 하여 주로 계급의식을 담은 것들이었다. 이러한 상황에서 잡지에 수록된 작품의 문면만을 읽어서는 계급의식 표출의 경향이나 강도를 파악하기가 어려울 것은 당연하다.

구체적인 작품을 검토해 보자. 방향전환 이후 '전환'된 작품의 모습은

---

49 일기자, 「雜誌가 한번 나오자면 이러한 길을 밟어야 한다」, 『신소년』, 1933년 8월호, 40쪽.

50 「諺文少年少女讀物ノ傾向」, 『朝鮮出版警察月報』, 제2호, 1928년 10월. (一) 조선의 역사적 인물의 위대성을 보여주는 전기적 이야기, (二) 조선의 역사가 오래됨을 보이는 기사, (三) 외국인으로서 조국을 위해 희생한 인물의 전기, (四) 현재 조선인의 지위를 비관한 기사, (五) 병합 후 위정자 관헌에 대한 반항심을 격발시킨 기사, (六) 계급의식 환기, (七) 계급적 반감의 양성, (八) 현재 사회제도의 모순 등을 담은 기사, 이야기, (九) 단결의 미덕과 효과를 말한 것.

대체로 가진 자와 못 가진 자의 계급 대립 · 증오 · 적대감의 표출이 기저에 깔려 있다. 이를 바탕으로 야학과 소년회 활동, 지주와 소작인의 대립과 농촌 현실, 소년 노동이나 노동의 고통, 야반도주 혹은 노동이민으로 인한 북간도나 일본으로의 유이민화 현실 등을 담아내고 있다.

(…전략…)어서 와서 주린者를 도으라/주린者 배곱하서 슬피 부르짓는다/이를 엇저노. 朝鮮의 天才여-/(…중략…)『쌜즈와』의 질알을 禁하고/서로 난화먹고 갓치 난화 배호게 힘써라/(…중략…)왼 世上을 한번 움직여보아라……/조선의 天才여! 물결갓치 나오너라.// (「朝鮮의 天才여? 나오너라」)

조선의 궁핍한 현실을 적시하고 계급 대립을 타파할 '朝鮮의 天才'를 기다리고 있다. 궁핍한 현실은 위 표에 제시한 작품들 거의 전부의 배경에 깔려 있지만 「어린 勇士」, 「旅人」, 「오누 두리 잇는 집」 등에 특히 잘 드러난다. '朝鮮의 天才'가 현실을 타파할 혁명적 전위를 말한다면 비밀활동을 하는 「비밀 상자」의 오빠나 '우리의 새날'을 염원하는 「할아버지와 헌 時計」, 소년회 활동을 하는 「대목장 압날 밤」 등으로 발전된 모습을 보이고 있다. 계급주의 아동문학에서 '소년회' 활동이 흔히 제재가 되는 까닭은 그만큼 소년회 활동이 일반적이었다는 증좌이자 "「푸로레타리아」 少年文學 作家는 所謂『少年運動』의 理解者 乃至 指導者임을 絶對로 必要로 한다."[51]는 인식과 연결된다고 봐야 할 것이다.

지주와 소작인의 대립과 증오는 「소작료」, 「모심기」에 잘 드러나 있고, 노동자들의 삶을 담은 작품은 「대장ㅅ간」, 「나와 누나」, 「오누 두리 잇는 집」, 「工場主」, 「저녁 연기」, 「나ㅅ달님」, 「아아 누나의 얼굴 다시 볼 수 업슬가?」, 「조심하서요」, 「자동차 소리」 등으로 다수를 차지한다.

---

51 安德根, 「푸로레타리아 少年文學論(十)」, 『조선일보』, 1930.11.7.

부자ㅅ집 도척이 쌀고방이 입버렷다/배골으며 헐벗고 핏짬 흘녀 지은 곡식/한섬 두섬 삼킨 뒤는 뷘지개 한숨 지워/술한잔에 내쫒고는 쎈것へ 즐거한다/(…후략…) (「소작료」)

배불득이 ×장놈 태운 자동차/쌔-ㅇ쌩 들어온다 미워죽겟네/밤새도록 뜬눈으로 창고 직히신/아저씨 한참 달게 주무시는대/(…후략…) (「자동차 소리」)

도시 노동자와 농민의 계급적 동질성을 읊은 노래인 「대장ㅅ간」을 위시하여 노동자 농민의 삶의 문제를 담은 작품이 계급주의 아동문학의 대세임을 한 눈에 간파할 수 있다. 1920년 말 소작농이 81.6%(自小作 31.4%, 純小作 50.2%)[52]에 이를 정도였으므로, 농촌의 문제가 일제강점기 조선인에게 최대 이슈였을 것은 불문가지라 할 것이다.

이향(離鄕) 곧 유이민화 문제는 조선 현실의 궁핍, 노동문제가 복합적으로 함축된 것이었다. 「고향을 써나」, 「써나가는 이」 등에서 잘 표현되고 있는데, 일제강점기의 유이민화는 화전민이 되거나, 일본, 만주 등으로 흩어지는 농민들의 이산상태(離散狀態)[53]를 뜻하는 것이다.

비 나려도 夜學가야 하겟네/밤길이 어두우면 더듬어라도/우산이 업스면 맨발노라도/밤글을 배우려 가야하겟네-/(…중략…) 비나리는 날이라도 못 노는 우리/어린몸이 색기 꼬고 집신을 삼고/빗 쓴치기 기다리기 마음 태워도/밤이면 깁버하며 夜學校가지-/선생님들 그립고 배우고 십허// (「야학」)

야학은 가난과 열악한 조선의 학교 시설이 주된 요인이다. 아래는 조선의 학령아동 숫자와 학교가 수용하는 인원을 간단한 통계로 나타낸

52 조동걸, 『일제하 한국농민운동사』, 한길사, 1983, 108쪽.
53 李如星, 『數字朝鮮硏究』, 第一輯, 1931.7, 50~63쪽 참조.

『별나라』의 기사다.

> 조선에 학령 아동은 얼마나 되느냐 하면 二百八十萬 명으로 헤아릴 수 잇는 대 그 중에서 겨우 오십만 명을 수용(收容)하게 되여 잇다. 그 나머지 二百三十萬이 학교 가지 못하는 아동인데 올봄에 수용될 아동은 멧 명이나 되는가 하면 공립 보통학교에 十一만 구천 명 사립보통학교에 五천이백六十九명 관립보통학교에 백 명 도합 十二萬 四千여명에 불과하다. 二百三十萬 명에 대한 十二萬 四千명이라니 얼마나 놀나운 수ㅅ자인가.[54]

이런 열악한 사정 때문에 강습소와 야학이 필요하였고 당연히 무산소년소녀들이 이를 통해 배움의 갈증을 해소하였다.

(3) 동화·소년소설과 방향전환

다음 표는, 1920년대 작품은 전수 조사를 통해 계급의식이 조금이나마 드러난 작품을 다 제시하였고, 1930년대 작품은 1920년대 작품과 어떤 변모양상을 보이는지 확인할 수 있는 초기 작품만을 선별하여 제시한 것이다. 1932년 6월에 간행된 『少年小說六人集』(新少年社)의 작품은 대부분 제시하였는데, 당대적 시각으로 선정된 작품으로 보았기 때문이다. 다시 한 번 더 말하지만, 1930년 이후 『新少年』과 『별나라』가 폐간되던 1934~5년까지의 작품 중에는 이 표에 제시되지 않았지만 계급의식이 뚜렷한 작품이 많이 있다. 앞의 동요·동시에서도 그랬던 것처럼 1930년에 들어서면서 계급주의 아동문학 작품은 이전과 달리 현저한 계급의식을 표출하고 있고 이는 폐간 때까지 줄곧 이어지는 양상을 보인다.

---

54 「별나라 所聞 3」, 『별나라』, 통권58호, 1932년 4월호, 58쪽.

작가	작품	발표지	발표연월	계급의식 양상
權景完	언밥(凍飯)	新少年	1925.12	가난. 빈부 대립
宋完淳	엇던 光景	新少年	1928.5	빈부 계급 대립. 소년회 활동
昇應順	집써난 새(二)	新少年	1928.7	동경 행. 거지생활. 고난
李炳華	炭坑의 暴發	新少年	1928.8-9합호	북해도 이주노동의 고된 삶
全佑漢	漂泊하는 男妹	新少年	1929.7-8합호	소년 짐꾼. 빈부 대립
鄭祥奎	죽인 고양이	新少年	1929.7-8합호	놀고먹는 고양이 죽임. 계급적대감
全佑漢	漂泊하는 男妹(二)	新少年	1929.12	가난 묘사와 계급의식 암시
李周洪	청어 쌕다귀	新少年	1930.4	지주와 소작인. 계급대립
吳慶鎬	어린 피눈물(六人集)[55]	新少年	1930.4	돈이 없다고 죽어가는 어머니 왕진을 오지 않는 의사, 빈부 대립
吳慶鎬	불상한 소녀(六人集)	新少年	1930.5	10살 순이가 가난으로 집을 떠나 남의 집 애보는 일을 해야만 하는 현실
安平原	林間學校	별나라	1930.6	夜學을 통해 투쟁의식 고취
李明植	무지개	별나라	1930.6	비현실적 이상을 떠나 고난의 현실 타개책 모색. 정치투쟁 암시
金炳昊	片舟를 저어서	별나라	1930.7	열악한 노동과 착취. 투사
李東珪	두 가지 正義(六人集)	新少年	1930.8	지주와 가난한 사람을 위해 청년회를 조직한 형을 각각 정의라 하고 진정한 정의를 찾음. 계급대립
尹基鼎	농군의 아들(1),(2)	별나라	1930.10~11	일본제사공장으로 팔려가는 소녀. 탄광노동. 지주와 농군 계급대립
具直會	참된 배신자(六人集)	新少年	1930.10-11합호~1931.2	牧師를 내쫓고 노동자 · 농민으로서 각성해가는 성구와 성칠 형제
嚴興燮	눈싸홈 日記	별나라	1931.1-2합호	읍내학교와 촌야학 학생의 계급대립적 싸움
李東珪	곡마단(六人集)	新少年	1931.2,4~5	고된 곡마단 생활에 일본인 단장에게 저항. 집단적 투쟁과 새 삶 기대
朴世永	아하마의 手記－火星少年의 續	별나라	1931.3	전세계를 무대로 하나 내용은 노동 착취 등 마르크스 · 계급적 의식 각성 도모

安平原	紅色 小包函(六人集)	新少年	1931.3	돈벌이를 위해 일본 노동 이민을 했던 아버지가 유골로 돌아옴. 학교 퇴학
吳京昊	그 少年의 편지(六人集)	新少年	1931.6	가족 연명줄이던 신문배달을 쫓겨남
李東珪	나무삯(六人集)	별나라	1931.9	가난한 집 나무꾼 아이들이 야학선생님의 가르침에 따라 공동분배. 빈부 대립
具直會	흉내쟁이(六人集)	新少年	1931.10	사장에 붙어 부자 흉내내는 오복이에게 집단적 조롱과 무산 소년들의 연대
李東珪	이쪽저쪽(六人集)	新少年	1931.10	부잣집 아이 학교 가는 모습과 가난한 소년직공의 일상. 계급 차별 · 대립
李東珪	집안 싸홈(六人集)	별나라	1931.10-11합호	會의 결속을 해치는 내부 알력과 갈등
具直會	옛 생각(六人集)	新少年	1931.11	수남이 부모님이 공장 노동 중 사고와 파업으로 사망. 수남이 고아원으로 오게 된 내력. 무산소년과 가정 파괴
李東珪	고향(六人集)	新少年	1932.1	가난한 고향사람들을 깨우쳐 주려는 영철의 각오
昇應順	『삶?』(六人集)	新少年	1932.1	헛된 꿈을 버리고 소년회 활동. 동무들의 의식 각성시킴
安平原	北國의 밤((六人集)	新少年	1932.2	빚만 늘어가는 소작인 생활을 견디다 못해 야반도주해 북간도행
洪九	도야지밥 속의 편지(六人集)	별나라	1932.2-3합호	방직회사 노동쟁의. 감옥에 갇힌 듯한 무산 소년소녀 노동자의 파업 현장
具直會	가마(叺)장(六人集)	별나라	1932.2-3합호	가마니를 짜서 팔아 생계를 이어가는 가난한 조선의 현실. 투쟁 암시

55 '六人集'은 具直會 등의 『少年小說六人集』(新少年社, 1932)을 가리킨다. 여기에는 具直會(5), 李東珪(6), 昇應順(1), 安平原(4), 吳京昊(3), 洪九(1) 도합 20편의 소년소설이 수록되어 있다. 發表紙誌가 확인되지 않는 「절름바리와 거지」(具直會), 「마지막 남은 것」(安平原), 「다 같은 일꾼인 선생」(安平原)도 『新少年』과 『별나라』 미발굴호에 게재되었을 가능성이 있다.

내용별로 나누어 보면, 앞의 동요·동시와 마찬가지로, 빈곤, 노동, 농촌(지주와 소작인), 야학, 유이민 등이 주된 내용이다. 1920년대 말에 서서히 가난과 계급의식이 묘사된다. 「엇던 光景」, 「집 써난 새」, 「炭坑의 暴發」, 「漂泊하는 男妹」, 「죽인 고양이」 등에서 빈부 계급 대립, 이향(離鄕) 등 가난으로부터 비롯된 계급의식이 표출되고 있다. 「漂泊하는 男妹」와 같은 경우, 작품적 성취와는 별개로 가진 자와 못 가진 자를 선명하게 대비시킨다. 짐을 맡긴 어른과 그 짐을 지고 가는 어린 소년으로 적나라한 계급적 대립을 통해 독자의 정서적 공감을 촉발하고 있다. 1930년에 들어서는 두 잡지에 실린 거의 모든 작품이 계급의식을 담고 있을 뿐만 아니라, 투쟁의 암시 혹은 직접 투쟁 현장이 그려지는 데까지 나아간다.

「이쪽저쪽」에서 말 그대로 이쪽과 저쪽으로 선명하게 갈라진 가진 자와 못 가진 자의 두 계급을 제시함으로써 "「테-마」를 압출함에 성공"[56] 하였다면, 「참된 배신자」는 악덕 목사를 내쫓고 의식이 각성해가는 노동자 농민의 모습을 그리고 있다. 목사를 내쫓는 까닭은, "종교는 민중의 아편"[57]이라는 마르크스의 말이나, "주일학교는 여러 가난한 동무들에게 언제든지 가난하게 지내여도 조타는 것을 가르키는 곳"[58]이라는 말과 같이 종교에 대한 부정이 곧 계급의식의 발로라고 인식되었기 때문이다.

'가난'은 학교를 가지 못해 야학과 강습소를 통해 배워야 하는 무산소년들의 현실을 의미할 뿐만 아니라, 농촌과 노동 문제, 나아가 유이민 문제까지 야기한다. 야학을 그린 작품은 「참된 배신자」, 「林間學校」, 「눈싸홈 日記」, 「나무군」 등이다. 야학은 가난한 농민과 도시 노동자들의 학교다. 그들의 계급의식과 배워야 하는 이유는 다음 글에 잘 압축되어 있다.

---

56 韓哲焰, 「最近 프로 少年小說評－그의 創作方法에 대하야」, 『新少年』, 1932년 10월호, 33쪽.
57 李甲基, 「宗敎란 것은 엇던 것인가」, 『별나라』, 1932년 10-11월 합호, 2쪽.
58 宋影, 「幼年主日學校는 엇더한 곳인가?」, 『별나라』, 1932년 1월호, 31쪽

「이 세상 ×자 ×의 자식들은 학교엘 간다. 잘 처먹고 잘 입는다만은 우리는 죽도록 일만 하고도 헐벗고 굶주렷다. 무슨 까닭이냐?」

우리들은 이 이유를 잘 알아야 한다. 배와야 산다.[59]

「농군의 아들」에서는 일본 제사공장으로 팔려가는 소녀와 탄광 노동, 그리고 농민과 지주의 대립을 복합적으로 제시하여 계급의식을 압축적으로 드러내고 있고, 「紅色 小包函」은 돈벌이를 위해 일본으로 이주 노동을 했던 아버지가 유골로 돌아오는 이야기를 통해, 식민지 조선인의 궁핍과 가족 이산과 해체, 민족 모순 등을 표출하고 있다.

「무지개」는 고난의 현실을 타개해 나갈 방법을 모색하면서 정치투쟁을 암시하고 있다. 가난한 사람을 위해 청년회를 조직한 형을 하나의 성의라 한 것은 투쟁의 준비로 읽을 수 있겠다. 소년회의 결속을 해치는 내부 알력과 갈등을 다룬 「집안 싸홈」은 투쟁 도구로서의 조직에 대한 자체 점검의 소설적 표현이라 보겠다. 「눈싸홈 日記」는 읍내 학교를 다니는 부유한 학생과 촌 야학 학생의 계급적 대립을 바탕으로 투쟁을 암시하고 있다. 「도야지 밥 속의 편지」는 노동쟁의라는 투쟁의 문제를 본격적으로 제시하고 있다.

우리들은 요새 일을 안 하오. 저번에 잇흘 하고 나서는 우리들이 일하지 안키로 하얏소. 우리도 일을 못하겟다닛가 곳 나가라고 하겟지. 그래서 곳 나가마고 하얏드니 무엇 문을 열어주나.

옵바 그런대 요사히는 모다들 와서 살々 또 꾀이겟지. 엇더케 우스운지 그리고 말야 일을 하면 달은 때보다 갑절을 줄 게 하라고 하겟지. 옵바야 백배를 준다고 해도 일을 하면 못쓰지. (「도야지 밥 속의 편지」)

59 리영근, 「(少年報告文學) 農村夜學」, 『별나라』, 통권57호, 1932년 2-3월 합호, 42쪽.

회사측과 담판을 벌인 방직회사 직공들이 자신들의 요구가 관철되지 않자 파업을 단행하였고, 남순이가 오빠 순득이에게 회사에 갇혀 있는 상황에서 갖은 회유와 협박에도 파업을 유지하고 있음을 편지에 써 보낸 내용이다. 가마니팔이로 생계를 이어가는 사람들의 모습을 그린 「가마(叺)장」은 검사원들이 검사를 까다롭게 하자 집단적인 투쟁을 통해 검사를 쉽게 하도록 한다는 내용이다.

> 툭- 불경이. 탁- 썸정이. 툭- 불경이. 싹- 퍼렁이……
>
> 불경이는 二등, 퍼렁이는 一등, 썸정이는 등외(불싸)이다. 대개 불싸가 만타. (…중략…)
>
> 「검사가 시다」
>
> 「넘어 지독하다」는 소리는 은연 중 가마장에 쎙 돈 것이다.
>
> 나도 수먹이 쥐여진다. 숨소리가 커진다. 서거번 생각이 난다. (…중략…)
>
> 탁- 퍼렁이. 툭- 퍼렁이. 탁 퍼렁이 (「가마(叺)장」)

"具直會氏의 「가마장」 같은 優秀作品"[60], "具直會의 「가마니장」을 읽을 때 作者의 實踐生活이 作品上에 얼마나 生生하게 反映되는가를-거짓업는 實踐經驗에서 짜낸 迫眞力이 얼마나 굿세던가"[61]라는 당대 동료 아동문학가들의 평가는 실천 경험을 집단적 투쟁의식으로 고양한 것에 대한 찬사라고 보인다.

투쟁의 모습이 민족적이면서 정치적 성격까지 담아낸 "본보기"[62] 작품으로는 「곡마단」을 꼽을 수 있다. 곡마단원들의 단결을 통해 일본인 고

60 朴世永, 「朝鮮兒童文學의 現狀과 今後 方向」, 『建設期의 朝鮮文學』, 朝鮮文學家同盟中央執行委員會書記局, 1946, 107쪽.

61 韓哲焰, 「最近 프로 少年小說評-그의 創作方法에 대하야」, 『新少年』, 1932년 10월호, 29쪽.

62 박태일, 「1930년대 한국 계급주의 소년소설과 『소년소설육인집』」, 『소년소설육인집』, 도서출판 경진, 2013, 234쪽.

용주에게 맞서는 투쟁을 보여주고 있기 때문이다.

총독부의 치안유지법과 혹독한 검열을 감안할 때, 카프 문단에서도 직접적인 정치투쟁의 모습이 잘 드러나지 않은 점과 대비하여 계급주의 아동문학의 경제적·정치적 투쟁의 암시나 제시는 상당한 수준이라 판단하는 것이 옳겠고, 뚜렷한 방향전환의 증거라 봐야 할 것이다.

3. 맺음말

일제강점기 소년운동과 소년문예운동의 논점과 방향이 계급주의 아동문학의 매체였던 『新少年』과 『별나라』에서 어떻게 구현되었는가를 살피는 것이 이 글의 목적이었다.

소년운동은 조선의 전사회운동의 일 부문운동이었고, 소년운동의 문화노선이 소년문예운동이었으며, 소년문예운동의 구체적 발표매체 가운데 대표적인 아동문학 잡지가 『新少年』과 『별나라』였다.

1927년 10월 조선소년연합회가 창립되자 그간 자연발생적이었던 소년운동이 조직적이고 목적의식적인 방향전환을 논의하였고 소년문예운동에서도 마찬가지였다. 그러나 『新少年』과 『별나라』에서는 논설과 작품 어느 쪽에서도 방향전환의 징후를 읽을 수 없었다. 1928~1929년에 일정하게 계급의식을 담은 작품이 게재되기도 하나 간헐적이었고 맹아적인 수준이라 할 수 있었다. 간혹 두드러진 계급의식을 표출한 작품이 없지 않았으나 지속적이지는 못했다. 그런데 1930년대에 접어들면서 두 잡지는 다투어 선명한 계급의식을 표출하는 작품들로 지면을 도배하다시피 하였다. 그 내용은 식민지 조선인의 빈곤과 그 빈곤에서 비롯된 야학, 가족 이산, 지주와 소작인, 사용자와 노동자의 갈등과 대립 나아가 투쟁 등이었다. 이는 아동문학의 대표적 갈래인 동요·동시와 동화·소년소설을 구분하지 않고 나타나는 현상이었다. 논설(강좌)에서는 갈래의 특성상 계급주의 이데올로기를 직접 표출하고 있는데, 유물론, 지주와 소작인, 소년직공, 노동, 임금, 잉여노동, 농노와 노동자 등이 그 주제였다. 이러한 계급주의 이념은 작품 창작의 일정한 기준이 되었고, 나아가 동요 · 동시와 동화 · 소년소설로 형상화되기도 하였다.

요컨대 일제강점기 소년운동과 소년문예운동은 1927년경부터 방향전환론을 내걸었으나 계급주의 아동문학의 주요 매체였던 『新少年』과 『별나라』에서 공시적인 변모를 발견할 수 없었다. 방향전환론에 대응한 작품적 실천 양상은 1920년대 말에 싹을 보이다가 1930년대에 접어들어서야 본격적인 모습이 확인되었다.

1930년대 『新少年』과 『별나라』에 발표된 계급의식을 바탕으로 한 아동문학 작품들은 이 글에서 자세히 살피지 못했는데, 후속 연구로 미룬다.

참고문헌

1. 기본자료

『文學創造』, 『별나라』, 『數字朝鮮硏究』, 『新少年』, 『어린이』, 『音樂과 詩』, 『동아일보』, 『조선일보』, 『조선중앙일보』, 『중앙일보』, 『중외일보』, 『매일신보』, 朝鮮出版警察月報{不許可差押及削除出版物目錄, 諺文少年少女讀物ノ傾向, 鮮內發行ノ思想關係出版物, 不許可差押及削除出版物記事要旨, 出版法違反事件ニ其他關スル件(京本警高秘第10082號), 全鮮少年聯合會反對同盟會ノ動靜ニ干スル件(京龍警高秘第1430號)}, 『少年小說六人集』, 『朝鮮童謠百曲集』, 『푸로레타리아童謠集 불별』, 『한국아동문학총서』(전50권)

2. 저서

국립중앙도서관, 『한국아동문학 도서』, 문중인쇄주식회사, 1980.

권영민, 『한국계급문학운동사』, 문예출판사, 1998.

김근수 편저, 『한국잡지개관 및 호별목차집』, 한국학연구소, 1973.

김대행 외, 『어두운 시대의 빛과 꽃-탄생 100주년 문학인 기념문학제 논문집 2003~2004』, 민음사, 2004.

김봉희 편저, 『신고송 문학 전집 1, 2』, 소명출판, 2008.

김윤식, 『한국근대문예비평사 연구』, 일지사, 1976.

김정의, 『한국소년운동사』, 민족문화사, 1992.

檀大出版部 編, 『빼앗긴 册-1930年代 無名抗日詩選集』, 檀大出版部, 1981.

류종렬 편, 『이주홍의 일제강점기 문학 연구』, 국학자료원, 2004.

류희정 편, 『1920년대 아동문학집 (1)』, 문학예술종합출판사, 1994.

류희정 편, 『1920년대 아동문학집 (2)』, 문학예술종합출판사, 1994.

박철하, (한국독립운동역사 30)『청년운동』, 한국독립운동사편찬위원회 독립기념관 한국독립운동사연구소, 2009.

方應謨, 『朝鮮兒童文學集』, 조선일보社出版部, 1938.

원종찬, 『아동문학과 비평정신』, 창작과비평사, 2001.

윤석중, 『우리나라 소년운동의 발자취』, 웅진출판사, 1988.

윤석중, 『어린이와 한평생』, 범양사 출판부, 1985.
이재복, 『우리 동화 이야기』, 우리교육, 2004.
이재복, 『우리 동요 동시 이야기』, 우리교육, 2004.
이재철, 『한국현대아동문학사』, 일지사, 1978.
정인섭, 『색동회 어린이운동사』, 학원사, 1975.
정진석, 『극비 조선총독부의 언론검열과 탄압-일본의 침략과 열강세력의 언론통제』, 커뮤니케이션북스, 2007.
정태병 편, 『조선동요전집 현대편 1』, 신성문화사, 1946.
조동걸, 『일제하 한국농민운동사』, 한길사, 1983.
한만수, 『그들의 문학과 생애, 박세영』, 한길사, 2008.
홍 구, 『건설기의 조선문학』, 조선문학가동맹 중앙집행위원회 서기국, 1946.
Cullinan, Bernice E., *Literature and the Child*, Harcourt Brace Jovanovich. Publishers, 1989.
Latrobe, Kathy H. Brode, Carolyn S. White, Maureen, *The Children's Literature Dictionary*, Neal-Schuman Publishers. Inc., 2002.
柄谷行人, 『日本近代文學の起源』, 박유하 역, 『일본근대문학의 기원』, 민음사, 1997.
槇本楠郎, 『プロレタリア 童謠講話』, 紅玉堂書店, 東京, 1930.
槇本楠郎, 『プロレタリア 兒童文學の 諸問題』, 世界社, 東京, 1930.
朝鮮總督府 編, 『朝鮮童話集』, 株式會社大海堂, 1924.
朝鮮總督府警務局圖書科, 『諺文新聞の詩歌』(調査資料第二十輯), 昭和 五年 五月.
仲村 修, 『韓國 · 朝鮮 兒童文學 評論集』, 明石書店, 東京, 1997.

3. 논문

김봉희, 「신고송 문학 연구」, 경남대학교 박사학위논문, 2007.
김지은, 「한국 근대 현실주의 동시 연구」, 경남대학교 석사학위논문, 1999.
김화선, 「한국근대아동문학의 형성과정 연구」, 충남대학교 박사학위논문, 2002.
류덕제, 「『별나라』와 계급주의 아동문학의 의미」, 『국어교육연구』, 제46집, 국어교육학회, 2010.

류종렬, 「이주홍과 부산지역문학」, 『문학의 지방화와 탈식민주의』, 한국현대소설학회 제21회 학술연구발표대회, 2003.
박경수, 「계급주의 동시 이해의 밑거름－프롤레타리아 동요집 『불별』에 대하여」, 『지역문학연구』, 제8집, 경남부산지역문학회, 2003.
박경수, 「김병호의 동시와 동시비평 연구」, 『국제어문』, 제29호, 국제어문학회, 2003.
박경수, 「일제강점기 일간지를 통해 본 경남 · 부산지역 아동문학」, 『한국문학논총』, 제37집, 한국문학회, 2004.
박경수, 「일제강점기 일간지를 통해 본 경남 · 부산지역 아동문학(2)」, 『한국문학논총』, 제40집, 한국문학회, 2005.
박경수, 「일제강점기 일간지를 통해 본 경남 · 부산지역 아동문학(3)」, 『우리문학연구』, 제18집, 우리문학회, 2005.
박영기, 「일제강점기 아동문예지 『별나라』 연구」, 『문학교육학』, 제33호, 한국문학교육학회, 2010.
박지영, 「방정환의 '천사동심주의'의 본질－잡지 『어린이』를 중심으로」, 『대동문화연구』, 제51집, 성균관대 대동문화연구원, 2005.
박태일, 「이주홍의 초기 아동문학과 『신소년』」, 『현대문학이론연구』, 제18호, 현대문학이론학회, 2002.
박태일, 「나라 잃은 시기 아동잡지로 본 경남 · 부산지역 아동문학」, 『한국문학논총』, 제37집, 한국문학회, 2004.
박현수, 「동일시와 차별화의 지식체계, 문화 그리고 문학－1920년대 초기 문화론 연구」, 『상허학보』, 제12호, 2004.
박현수, 「문학에 대한 열망과 소년운동에의 관심－방정환의 초기 활동 연구」, 『민족문학사연구』, 제28집, 민족문학사연구회, 2005.
서유리, 「한국 근대의 잡지 표지 이미지 연구」, 서울대고고미술사학과박사논문, 2013.2.
소래섭, 「『少年』誌에 나타난 '소년'의 의미와 '아동'의 발견」, 『한국학보』, 제109집, 일지사, 2002.
신재홍, 「일제치하에서의 한국소년운동고」, 『사학연구』, 제33집, 한국사학회,

1981.12.

申鉉得, 「『新少年』 · 『별나라』 회고」, 『아동문학평론』, 제31권 제2호, 2006년 5월호.

심명숙, 「한국근대 아동문학론 연구－1920년대에서 해방까지」, 인하대 석사학위논문, 2002.

염희경, 「소파 방정환과 사회주의」, 『아침햇살』, 2000년 여름호.

오세창, 「일제하 한국소년운동사 연구」, 『민족문화논총』, 제13집, 영남대학교민족문화연구소, 1992.

원종찬, 「한국 아동문학 연구 현황과 과제」, 『문학교육학』, 제8호, 한국문학교육학회, 2001.

원종찬, 「아동문학 연구의 어제와 오늘」, 『돈암어문학』, 제22집, 돈암어문학회, 2009.

원종찬, 「1920년대 『별나라』의 위상: 남북한 주류의 아동문학사 인식 비판」, 『한국아동문학연구』, 제23호, 한국아동문학학회, 2012.

윤석중, 「韓國兒童文學書誌」, 『兒童文學의 指導와 鑑賞』, 대한교육연합회, 1962.

윤석중, 「韓國兒童文學小史」, 『兒童文學의 指導와 鑑賞』, 대한교육연합회, 1962.

윤석중, 「한국동요문학소사」, 『예술논문집』, 제29집, 대한민국예술원, 1990.

윤주은, 「槇本楠郎와 이주홍의 프롤레타리아 아동문학 비교 연구」, 부산외국어대학교 일어일문학과 박사학위논문, 2007.

이근화, 「『별나라』 소재 문예물 연구」, 『한국학연구』, 제43호, 고려대한국학연구소, 2012.

이기훈, 「1920년대 '어린이'의 형성과 동화」, 『역사문제연구』, 제8호, 역사문제연구소, 2002.

이순욱, 「카프의 매체 투쟁과 프롤레타리아 동요집 『불별』」, 『한국문학논총』, 제37집, 한국문학회, 2004.

이영미, 「송영의 전향에 대한 분석」, 『한국언어문학』, 제61집, 한국언어문학회, 2007.

전기철, 「일제하의 어린이 문학 비평」, 『아침햇살』, 1996년 여름호.

정진헌, 「일제강점기 한국창작동요 연구」, 건국대학교 박사학위논문, 2013.

조은숙, 「한국아동문학의 형성과정 연구」, 고려대학교 박사학위논문, 2005.
최미선, 「한국소년소설 형성과 전개 과정 연구」, 경상대학교 박사학위논문, 2012.
최지훈, 「한국아동문학 연구의 발자취」, 『어린이를 위한 문학』, 비룡소, 2001.
橫須賀 薰, 「童心主義と兒童文學」, 박숙경 역, 「동심주의와 아동문학」, 『창비 어린이』, 제5호, 2004년 여름호, 창작과비평사, 2004.
仲村 修, 「方定煥研究序論-東京時代を 中心に」, 『靑丘學術論集』, 제14집, 韓國文化研究振興財団, 1999.

1930년대 계급주의 아동문학론의 전개 양상과 의미

1. 머리말

한국 아동문학의 전개과정을 보면 왕성한 비평 활동이 있었다는 것을 확인할 수 있다. 작품이나 작가에 대한 실제비평도 많았지만, 아동문학이 나아갈 방향이나 견지해야 할 이데올로기를 제시한 이론비평도 적지 않았다. 비평의 형태는 대부분 논쟁의 형태를 띠고 있다.

일반문학도 비평사의 전개과정을 보면 논쟁사(論爭史)라 해도 지나치지 않다. 논쟁의 경우 당대 문단의 논점이 가장 민첩하면서도 집중적으로 다루어진다. 내용과 형식론, 목적의식론, 예술 대중화론, 농민문학론, 그리고 창작방법론 등이 일제강점기 논쟁의 주요 내용이었다.

아동문학 비평도 논쟁이 중심이었다고 했다. 당대의 논점이 될 만한 사안에 대해 주장이 제기되고 그에 대한 반론과 재반론이 이어지는 형태다. 그러나 계급문학 일반의 비평처럼 광범위하게 다양한 논쟁의 장(場)이 형성되었다고 보기는 어렵다. 상대적으로 빈약한 아동 문인의 규모나 수준, 아동문학 문단의 조직적 활동 미비, 매체 활동의 상대적 열악 등이 원인이었을 것이다.

그러나 아동문학 비평의 전개를 면밀히 추적해 보면 주요 논점에 있어서 일반문학과 유사하게 전개되고 있음을 발견할 수 있다. 단지 일반문학이 표방하고 전개했던 비평론의 명칭이 동일하게 드러나지 않은 경우가 있을 따름이다.

일반문학 비평도 그렇듯이 아동문학 비평도 계급주의 아동문학 진영이 주도적으로 전개했다고 할 수 있다. 계급주의 문학이 갖는 정론성(政論性)과 운동으로서의 문학이 갖는 속성 때문일 것이다. 소위 비평의 지도적 우위성이라고 하는 것은, 비평을 통해 문학이 나아갈 방향을 제시할 뿐만 아니라 구체적 작가와 작품을 평가함으로써 이데올로기적 정합성을 유지하고자 한다는 뜻이다.

계급주의 아동문학 비평은 무산계급 문학을 표방한 잡지 『별나라』, 『新少年』과 『동아일보』, 『조선일보』, 『중외일보』(『중앙일보』, 『조선중앙일보』), 『매일신보』 등 신문지상을 중심으로 전개되었다. 특정 시기 『어린이』도 계급주의적 경향을 띤 사실이 확인된다.

이 논문은 이들 매체에 발표된 1930년대 계급주의 아동문학 비평문을 면밀히 읽고 전개양상을 정리하는 것에 일차적인 목표를 두었다. 엄밀한 원본 확정 혹은 원본비평(原本批評)이 없는 상황에서 이루어지는 해석과 평가는 그 의미가 반감될 수밖에 없다. 더디고 힘들지만 자료의 발굴과 확인은 학문의 기초 작업에 해당한다. 자료에 따라서는 해독이 어려운 것도 있고 산일(散逸)되어 볼 수 없는 것도 있다. 그러나 일제강점기 아동문학만 하더라도, 현존하는 자료가 적지 않고 이 자료들만 제대로 읽어도 당대 아동문학론의 전개 양상을 파악하는 데 큰 어려움은 없다는 판단이다.

2. 1930년대 계급주의 아동문학 운동의 전개

일제강점기 계급주의 아동문학은 잡지 『별나라』(1926.6~1935.2)와 『新少年』(1923.10~1934.5), 『조선일보』, 『동아일보』, 『중외일보』(이후 『중앙일보』, 『조선중앙일보』) 그리고 『매일신보』 등의 신문을 중심으로 전개되었다. 방정환(方定煥)이 죽고 실질적으로 『어린이』 편집을 맡았던 신영철(申瑩澈)의 영향으로 1931년 10월호부터 1932년 9월호까지의 『어린이』도 일정하게 계급주의 아동문학과 관련되었다.

창간 당시의 슬로건이 "가난한 동무를 위하야 갑싼 잡지로 나오자"(編輯局, 1931: 4쪽)였던 『별나라』는 창간호부터 계급주의 아동문학을 표방하고 나섰다. 그러나 잡지를 면밀하게 살펴보면 창간 초기부터 일정한 시기까지는 계급성을 뚜렷하게 드러내 보인다고 하기 어렵다. 우선 동인[1]만 하더라도 방정환, 이정호(李定鎬), 유도순(劉道順), 진종혁(秦宗爀), 한정동(韓晶東) 등을 계급적 인사라 하기 어렵고, 필자 또한 최남선, 주요한 등 계급성과는 거리가 먼 사람들이 뒤섞여 있다. 내용도 계급적인 성격이 뚜렷했던 것은 아니었다. 『新少年』도 이와 별반 다르지 않았다. 이들 잡지는 대체로 1930년대에 들어서 계급적 색채를 분명히 드러내기 시작한 것으로 보인다.

1920년대 후반 계급문학은 방향전환을 요청하면서 목적의식적 혹은 정치투쟁적 내용을 작품에 담아내어야 한다는 주장이 많았다. 계급주의 아동문학의 방향전환은 언제 이루어졌으며 작품적 실천 양상은 어떠한지 확인할 필요가 있다. 동시에 방향전환 이후 계급주의 아동문학 비평의 방향성은 어떠한지도 밝혀보아야 할 것이다. 이를 위해 카프(KAPF)와

1 『별나라』의 동인은 金道仁, 金永喜, 李定鎬, 李學仁, 李康洽, 廉根守, 方定煥, 朴淚月, 朴芽枝, 宋影, 劉道順, 梁在應, 安俊植, 延星欽, 秦宗爀, 韓晶東, 崔奎善, 崔秉和, 崔喜明이다. 『별나라』, 제2권 제10호, 1927년 10월호 참조.

『별나라』, 『新少年』과의 관련성을 먼저 확인해 보도록 하겠다.

1) 『新少年』·『별나라』와 카프

계급주의 아동문학이란 전체 무산계급 운동의 한 분파로서 소년운동이 있고 소년 운동의 일환으로 전개된 소년문예 운동을 지칭한다. 그렇다면 소년문예 운동을 지도 통제할 조직이 있어야 할 것으로 보인다. 무산계급 운동의 일환으로 존재했던 카프가 일제강점기 계급문학을 지도 통제한 점으로 미루어볼 때 계급주의 아동문학과도 긴밀한 연결고리가 있었을 것으로 추정할 수 있다.

> 『신소년』이나 카프 기관지 『별나라』와 같은 아동문학 매체는 지역문학, 특히 경남지역 문인의 제도 진입을 적극 도와주는 주요 매체였다.(박태일, 2004: 35쪽) (밑줄 필자)

일제강점기 아동문학 연구에 남다른 노력을 보인 박태일은 '카프 기관지 『별나라』와 같은 아동문학 매체'라 하여 『별나라』가 카프의 기관지임을 분명히 했다. 그런가 하면 권영민은 박세영에 대해 기술하면서 "카프의 영향 밑에 있던 소년 잡지 『별나라』를 편집하면서"(권영민, 1998: 374쪽)라고 하여 기관지임을 분명히 하지 않았다. 『별나라』와 『新少年』은 카프의 기관지인가? 기관지라는 추정을 가능케 하는 징후는 여러 곳에서 발견할 수 있다.

계급주의 아동문학 쪽에서 발간한 동요집 『불별』(중앙인서관, 1931)에는 권환(權煥)과 윤기정(尹基鼎)이, 소년소설집인 『少年小說六人集』(新少年社, 1932)에는 권환과 임화(林和)가 서문을 썼다. 모두 소속을 '朝鮮푸로레타리아藝術同盟'으로 밝히고 있다. 『불별』이 발간되기 직전인 1930년 4월

26일 카프는 조선프로예맹 중앙집행위원회를 개최했는데 문학부 상임위원에 권환, 영화부 상임위원에 윤기정이 보임되었고 이들은 중앙위원회 위원으로도 위촉되었다. 임화는 영화부 위원이자 중앙위원회 위원이었다.

그리고 "朝鮮푸로레타리아 藝術同盟者들의 투쟁的 生活에서 우러나온 피무든 詩集"이자 "童謠集『불별』의 姉妹"[2]라고 광고가 된 『카프詩人集』(集團社, 1931)이나, 『農民小說集』(별나라사, 1933) 그리고 『캅프作家七人集』(集團社, 1932)이 모두 조선프롤레타리아예술동맹 문학부가 편찬한 것을 두고 볼 때도 계급주의 아동문학을 대변하는 『新少年』이나 『별나라』가 카프 기관지일 가능성은 열려 있다.

그리고 『新少年』과 『별나라』에는 여러 차례에 걸쳐 카프 회원들의 글이 실렸다. 권환, 윤기정, 임화, 이기영(李箕永), 엄흥섭(嚴興燮), 박승극(朴勝極), 홍은성(洪銀星, 洪曉民), 신고송(申孤松), 정청산(鄭青山), 박일(朴一, 朴芽枝), 홍구(洪九, 洪淳烈) 등의 글과 정하보(鄭河普), 강호(姜湖) 등의 그림이 수시로 실렸다. 송영(宋影)과 박세영(朴世永), 이동규(李東珪) 등은 『별나라』나 『新少年』의 편집에 깊이 관여해 있었다. 이런 점으로 비추어 볼 때 이들 잡지가 카프의 기관지일 가능성은 크다. 해방 후 박세영의 회고에서도 『新少年』을 두고 "카프의 傍系的 傘下에서 階級鬪爭의 役割"을 했다고 하고, "카프의 傘下에 있든 별나라社"(박세영, 1946: 98~100쪽; 최명표, 2012: 304쪽)라고 한 것도 이런 추정을 가능케 한다.

반면 기관지라고 못 박을 수 없다는 주장도 설득력이 있다.

이순욱은 "카프가 독립적인 아동분과를 두지 않았던 까닭에 이들 매체(『별나라』, 『新少年』을 말함: 필자)를 카프의 기관지로 볼 수는 없다."(이순욱, 2004: 4쪽)고 주장한다. 사실 1925년 8월 카프가 정식 발족된 후 1926년

2 『新少年』, 1932년 8월호. 『카프 詩人集』에 대한 광고에서.

부터 본격적인 활동을 한 것으로 보이는데, 『문예운동』(준 기관지), 『예술운동』, 『무산자』(동경 지부), 『군기』(개성 지부), 『집단』 이외에 따로 기관지를 발행한 적이 없었다. 이순욱의 말처럼 카프에는 아동문학 분과를 따로 두지 않았던 것도 분명한 사실이다. 해방 후 조선문학가동맹 운동 기본조직도를 봐도, 각부위원회에 시, 소설, 평론, 희곡이 있는 반면, 특수위원회에 농민문학, 고전문학, 외국문학위원회와 함께 아동문학위원회가 놓여 있음을 알 수 있다. 아동문학이 버젓한 자리를 차지하지 못했음을 보여주는 대목으로 읽을 수 있다.

일제강점기 아동문학 활동을 했던 사람들의 평문 어디에도 『별나라』와 『新少年』이 카프의 기관지라거나 카프 조직 아래 아동문학 분과가 있었다는 명확한 진술을 찾기 어렵다. 일제강점기 아동문학 관련 문예단체들에 대한 글을 남긴 승효탄(昇曉灘)의 글을 보아도 각 지역의 문예단체들을 두루 언급하였을 뿐이고, 전국적인 조직으로 '朝鮮少年文藝協會'를 결성하였다 하였으나 이렇다 할 활동을 보이지 못했다고 밝히고 있다(승효탄, 1932: 25~29쪽). 경성(京城) 시내의 조선소년운동 단체를 살핀 김말성(金末誠)의 글에도 통일된 아동문학 관련 조직체나 기관지에 대한 언급이 없다(金末誠, 1935: 54~57쪽).

아동문학 비평이나 작품 활동이 가장 활발하던 1930년대 초반, 투고작가들 가운데 비계급적 출판물과 계급적 출판물을 오가며 발표하는 이른바 '박쥐식 투고'에 대한 논란이 많았다. 1930년대 초반 "新少年 編輯에 多大한 노력"을 하고 "童謠, 童詩, 小說 等 만흔 힘잇는 작품을 발표하야 우리들의 어린 동무들에게 絶對的 信任을 독점"하던 이동규는 이런 현상이 "우리들에게 통일적 조직이 업는 탓"(李東珪, 1932: 59쪽)이라 보았다.

具體的으로 말하거니와 爲先 <u>純푸로레타리아 少年文學 作家同盟을 結成하고</u>

그 同盟 機關紙를 發行하되 그 機關紙를 積極的으로 階級的 支持와 協力에 依하야 完全히 우리들 階級에 업서서는 못될 武器의 하나로서 世上에 내노키를 全朝鮮프로레타리아 少年文學作家諸君에게 提唱하야 마지 안는다.(安德根, 1930.11.7) (밑줄 필자)

(다) 機關組織과 評論

於是乎 나는 우리 少年文藝運動을 組織的으로 그 目的을 遂行하기 爲하야 少年文藝家들의 힘있는 集團을 要求하는 바이니 卽「少年文藝家協會」의 促進을 期待하는 바이다. 그리하여 當面한 諸問題를 硏究批判하야 文藝運動을 統制해 갈 수 있는 最高 機關을 切實히 부르짓는다. 그리고 機關紙를 發行하도록 하여 우리 앞에 展開된 모든 問題를 解決하도록 하여야 될 것이다.(金泰午, 1931.2.9) (밑줄 필자)

作家들의 意識水準이 均騰해진 것 엇던 一定한 統制된 機關이 업스면서도 作家들의 團合이 組織的으로 容易하게 된 것 또『별나라』『新少年』두 雜誌가 飛躍的 發展을 보여 機關紙와 마찬가지로 우리들의 計劃的 運動이 무난히 實現化된 것 또 社會的으로 讀者大衆의 階級的 意識이 어느 程度까지 速度로 覺醒해저서 前年보담도 半 以上 힘을 덜고라도 倍 以上의 效果를 어들 수 잇게스럼 指導者들의 힘이 모자라지 안는 것 等이 그 主要한 原因이라고 볼 수 잇다.(李周洪, 1931.2.13) (밑줄 필자)

作家同盟

오늘날까지 우리 作家들의 사이에는 아즉도 何等의 有機的 機關이 업섯다. 이때까지의 運動도 모두가 地方分散的 狀態에서 持續되여 나왓다. 일로 보와서 藝盟에서 童文班을 둘 일이지만은 지금 곳 그리하지 못할 형편에 잇다면 위선 따로히라도 兒童文學作家同盟을 組織하여야 할 것이다. 그리하야 組織化한

運動線의 尖端에 서서 製作運動 等에 關한 決定的 指導理論과 嚴正한 批判 討議가 잇서야 할 것이다. 이리하여야 有機的 結合인 作家同盟의 具體的 團合으로서의 할 職能을 다할 수 잇슬 것이다.

여긔 對해서는 너무도 必要에 넘치는 일임으로 나는 區區한 說明을 畧하여도 조타. 戰線의 組織 統一과 鬪爭力의 擴大强化를 確保하기 爲해서 나는 하로밧비 朝鮮푸로레타리아 兒童文學作家同盟의 結成을 促進한다. (李周洪, 1931.2.20) (밑줄 필자)

안덕근, 김태오, 이주홍의 말을 차례대로 검토해 보면, 계급주의 아동문학과 관련된 통일된 조직이나 기관지가 없다는 것이 확인되고, 그래서 조직이 필요하다는 내용이다. 특히 이주홍은 '藝盟에서 童文班을 둘 일'인데 지금까지 두지 못했다는 것, 아동문학작가동맹을 조직해야 '有機的 結合인 作家同盟의 具體的 團合으로서의 할 職能'을 다할 수 있음을 분명히 밝히고 있다. 덧붙여 『新少年』의 편집을 오랫동안 맡았던 이주홍(李周洪)이 카프 전 기간을 통해 회원으로 활동한 사실이 없는 것도 위의 주장과 관련이 될 것이다.

이상으로 보아 『별나라』와 『新少年』이 카프의 기관지가 아니며, 계급주의 아동문학을 중앙집권적으로 통제하는 조직 결성도 없었다고 결론지을 수 있다. 다만 "문단의 통일을 위한 조직의 필요를 절실히 늣기면서 말 못할 事情으로 실현치 못"(哲焰, 1932: 36쪽)하는 이유가 단지 내부 사정만이 아니라 당대 사회현실 등 외부적 사정일 가능성이 크다고 보면, 일부러 카프와의 연결고리를 겉으로 드러내지 않은 전략적 선택이었을 수도 있겠다. 어쨌든 계급주의 아동문학 혹은 『별나라』, 『新少年』 등의 잡지가 카프와 일정한 관련을 맺고 활동을 전개했던 것은 분명한 사실이라 할 것이다. 영향은 받았으나 연결고리는 비교적 느슨했다고 보는 것인데, 아동문학 단독의 작가동맹과 같은 조직 결성의 필요성을 여러 사람이 언급하는 것이 그 근거다. 투쟁 동력의 결집이나 집단적 대응의 필요 등 카프와의 유기적 결합이 필요함에도 불구하고 미흡했던 것으로 읽힌다.

2) 계급주의 아동문학 운동과 방향전환

무산계급운동의 한 분파로서 소년운동이 있고 그 일환으로 소년문예운동이 존재한다고 했다. 소년층의 교양과 조직 강화 및 결성을 돕기 위해 계급의식을 고취시키는 것이 소년문예운동의 본질이자 존재 의의다. 방향전환은 계급적 이데올로기의 변모를 기준하면 자연생장기에서 목적의식기로 전환하는 것을 말하고, 경제투쟁으로부터 정치투쟁으로 나아가는 것을 지향하게 된다. 그렇다면 계급주의 아동문학의 방향전환은 언제 시작되었으며 그 양상은 어떠한지 밝혀볼 필요가 있다.

먼저 소년운동부터 확인해 보자. 1919년 진주, 광주 등지에서 다른 부문 운동과 더불어 조선의 소년운동이 시작되어, 천도교소년회(1922), 반도소년회(1923) 등 이후 많은 소년회가 창립되었다. 이후 소년운동협회(1924)가 조직되고 '어린이날'이 제정되어 소년애호운동(少年愛護運動)을 펼치며 어린이의 권익을 주창하게 되었다. 1925년 서울의 여러 소년회가 오월회(五月會)를 조직하였는데, 종전의 소년운동협회와 오월회가 연합하여 조선소년연합회(1927.10)가 창립되었다. 자유연합제이던 조직을 중앙집권제로 바꾸기 위해 다시 조선소년총연맹(1928.3.25. '조선소년총동맹' 개칭)을 결성하는 과정에서 여러 분란이 일어나게 되었다(丁洪敎, 1932.1.1~19; 김정의, 1992: 199~200쪽).

소년문예운동과 관련한 논의는 소년운동의 일환으로 전개되었는데, 최영택(崔永澤)이 어린이의 작품에 생명이 없고 문예가 악영향을 끼칠 수 있다며 소년문예운동을 방지해야 한다고 주장하는 일이 벌어졌다(최영택,

1927.4.17). 이에 대한 반론으로 유봉조(劉鳳朝)는 "文藝란 것이 時代의 反映이고 代辯者이다. 그럼으로 누구든지 어슴푸렷하게 가젓든 思想이 明白하게 되는 것"(劉鳳朝, 1927.6.2)이라며 소년문예운동이 필요함을 주장하였다. 민병휘(閔丙徽)도 "未來의 유토피아를 建設하기 위하여" "階級意識을 담아 갓고 鬪爭的 힌트를 주어야 할 것"이라며 소년문예운동 방지론을 배격해야 한다고 해 유봉조와 같은 의견을 피력하였다(민병휘, 1927.7.1~2).

소년문예운동은 '발아기', '자연생장기' 그리고 '전환기'로 나눌 수 있다. 기미독립운동에서부터 시작한 '발아기'의 소년문예운동은 무산아동의 교양을 감당한 수준이었다. 1923년 『어린이』가 발간된 이후 족출한 아동문예지를 중심으로 전개되던 시기는 조직적 결성이 없어 통일적 역량을 집중할 수 없었기 때문에 자연생장기적 특징을 보여주었다. '발아기'나 '자연생장기'의 소년문예운동은 대체로 부로계급(父老階級)으로부터 아동의 해방과 학교 보충기관의 역할에 초점을 두었다.

> 自然에서 생기고 自然에서 자라든 少年文藝運動은 一九二六年 末葉부터는 變動이 닐어낫다. 從來에 잇서서 敎養運動과 情緖運動에 멈칫는 少年文藝運動은 內容으로나 形式으로나 功績의 塔을 문허트릴만한 커다란 不平不滿을 늣기엿다. 왜 그러냐 하면 朝鮮이라고 世界思潮에 合流치 안흘 수 업섯기 때문이다. 階級과 階級의 戰線과 鬪爭은 急速度로 切迫하엿고 大資本의 侵略과 勞働力 搾取는 無産階級으로 하여금 在來의 局部的이든 經濟鬪爭으로부터 政治鬪爭에로 步武를 轉換케 하엿다. 이에 짤아 少年運動까지 方向轉換을 부르지젓다. (張善明, 1930.5.18) (밑줄 필자)

당시 조선 소년의 8, 9할은 빈농계급의 아들이었다. 따라서 봉건적 유습으로부터의 탈피나 정서운동이라는 자연생장기의 문예운동보다는 "當面의 빵이 急務"(張善明, 1930.5.18)였기 때문에 1926년 말엽부터 목적의식적 운동으로 방향을 전환하였다는 것이다.

> 純全히 自然發生的 領域에서 버서나지 못했고 가난한 것만 외쳤지 왜 가난해젔나 무엇이 우리를 가난하게 맨드러 주었나? 하는 그 原因은 밝히지 못햇든 것이다. 별나라 第六號 以後에는 비로서 宋影 氏가 編輯에 參與하자 儼然히 별나라의 性格을 밝힌 以後, 唯物辨證法的社會主義 리아리즘에로 指向하고 나아갔다. 그 後 林和 氏, 嚴興燮 氏, 나 自身이 이 編輯에 當하게 될 때는 階級鬪爭期에로 突入하야 많은 역할을 하엿스나 (하략)[3] (밑줄 필자)

박세영(朴世永)의 말인데 『별나라』 제6호는 1926년 11월에 발간되었으므로 장선명의 주장과 일치한다. 유물변증법적 리얼리즘이란 부르주아적 문예 형식을 차용하여 계급적 내용을 표현하는 것이라고 간단히 풀이할 수 있을 것이다. 봉건 유습에서 탈피하여 소년애호운동 수준에 머물던 소년운동 및 소년문예운동을 목적의식적 정치투쟁으로 전환한다는 것이 곧 방향전환이다. 다음은 조선프롤레타리아예술동맹의 공식 선언인데, 위의 주장을 뒷받침한다.

> 一九二六年 末期로부터 果敢한 鬪爭 가운데에 政治鬪爭 舞臺로 登場하는 方向轉換을 함으로 비롯하야 民族的單一協同戰線黨의 出現 (중략) 本 同盟의 方向轉換 當時에 잇서서는 그런 『問題의 提出』을 議決함이 업시 거운 機械的으로 거운 公式的으로 方向轉換답지 안흔 方向轉換을 하게 되엿스니 그것은 鬪爭으로서의 方向轉換이 아니엇고 「決議」로써의 方向轉換이엇스며 그러함으로 말미암아 方向轉換 뒤의 鬪爭도 쏘한 組合主義的 領域을 버서나지 못하엿다는 것

3 朴世永, 「朝鮮兒童文學의 現狀과 今後 方向」, 『建設期의 朝鮮文學』, 조선문학가동맹중앙집행위원회 서기국, 1946, 98~100쪽. 최명표는 『한국근대소년문예운동사』(도서출판 경진, 2012, 304쪽)에서 『별나라』를 카프의 '준기관지'라 표현하였다.

이다. 그럼으로 거긔에서는 折衷主義的 似而非的 公式主義的 藝術理論의 擡頭를 보게 되엿스며 그 橫行으로 말미암아 眞正한 藝術運動의 進展을 妨害하엿든 것도 事實이엇다. (朝鮮프로레타리아藝術同盟, 1928.3.11) (밑줄 필자)

대체로 계급주의 문학을 표방했던 카프의 방향전환은 1926년 말부터 시작되었다고 보는 게 일반적이다. 1926년 11월에 있었던 '정우회 선언(正友會宣言)', 1920년대 중반 일본의 후쿠모토이즘(福本主義) 그리고 1927년 2월 민족통일 전선인 '신간회(新幹會)'의 결성 등으로 이어지면서 방향전환이 이루어졌다고 보는 것이다. 계급문학 운동의 방향전환 논의를 선도했던 박영희의 평문(朴英熙, 1927.4; 1927.7)도 1927년에 제기된다.

그러기 쌔문에 우리는 일천구백이십이년으로부터 일천구백이십칠년 구월까지를 자연성장긔(自然成長期)라고 봅니다. 그리고 일천구백이십칠년 십월 이후를 정리긔(整理期) 진출긔(進出期) 목뎍의식성뎍(目的意識性的)이라고 하는 것입니다. (중략) 이제 모든 운동이 신간회(新幹會)를 목표로 하고 민족뎍 단일운동(單一運動) (중략) 조선소년련합회로서도 반드시 참가하여야 될 신간운동 즉 민족뎍 단일운동입니다. (洪銀星, 1928.1.3)

즉 一九二六년부터 一九二七년 七月까지는 계몽긔(啓蒙期)라고 할 수 있었읍니다. 별나라는 즉 이 계몽긔를 위시(爲始)하야 아홉해(九年) 동안을 세기(三期)로 난흘 수 잇으니 다음 一九二七年부터 一九三二년까지는 목적의식긔(目的意識期)요 一九三二년 七月부터 그 다음은 투쟁긔(鬪爭期)라고 할 수 잇겠읍니다. (嚴興燮, 1945.12)

방향전환이 시작된 시기를 보자면 1년 정도의 차이는 있지만 대체로 위의 주장과 같다. 이후 여러 사람들이 계급주의 아동문학의 방향전환에 관한 글을 발표하고 있다.[4] 이 중 최청곡(崔青谷)은 지금 소년운동은 조직문제에 힘을 써야 하는데, "방향전환긔 하고 써드는 소년운동자의 망동은 참으로 아니쏘아 못 견듸겟"(崔青谷, 1928.1.22)다고 강하게 비판하였는데, 이에 대해 김태오(金泰午), 홍은성(洪銀星) 등의 반론이 이어질 만큼 방향전환론은 당대 최대의 이슈였다고 할 수 있겠다.

그렇다면 소년운동의 방향전환과 소년문예운동의 방향전환은 같은 시기에 일어난 것인가? 그리고 이론과 실천으로 가를 때 소년문예운동의 실천이라면 작품 발표라 할 수 있는데 이에 대해서는 어떠한지 확인해 볼 필요가 있다.

> 朝鮮의 文學運動에 잇서서 特히 兒童文學運動의 領域에 잇서서 지난 一九三〇年은 確實히 鬪爭의 一年이엇다. 一九二九年이 初步的 啓蒙的 自然發生的임에 反해서 三〇年은 보담 數步 前進한 目的意識的 ××의 活氣에 찬 朝鮮兒童文學運動史上에 劃線할 一年이엇다. 作家들의 意識水準이 均騰해진 것 엇던 一定한 統制된 機關이 업스면서도 作家들의 團合이 組織的으로 容易하게 된 것 또 『별나라』 『新少年』 두 雜誌가 飛躍的 發展을 보여 機關紙와 마찬가지로 우리들의 計劃的 運動이 무난히 實現化된 것 또 社會的으로 讀者大衆의 階級的 意識이 어느 程度까지 速度로 覺醒해저서 前年보담도 半 以上 힘을 덜고라도

4 金泰午의 「全朝鮮少年聯合會 發起大會를 압두고 一言함」(『동아일보』, 1927.7.29~30), 「丁卯 一年間의 朝鮮少年運動－氣分運動에서 組織運動에」(『조선일보』, 1928.1.11~12), 「少年運動의 指導 精神」(『중외일보』, 1928.1.13~14), 「少年運動의 當面 問題－崔青谷 君의 所論을 駁함」(『조선일보』, 1928.2.8~16), 崔青谷의 「方向을 轉換해야 할 朝鮮少年運動」(『중외일보』, 1927.8.21~22), 「少年運動의 當面 諸問題」, 『조선일보』, 1928.1.19~22), 金漢의 「轉換期에 선 少年文藝運動」(『중외일보』, 1927.11.19~21), 洪銀星의 「少年運動과 그의 文藝運動의 理論 確立」(『중외일보』, 1927.12.12~15), 「在來의 少年運動과 今後의 少年運動」(『조선일보』, 1928.1.1~3), 「少年運動의 理論과 實際」(『중외일보』, 1928.1.15~19), 「少年聯合會의 當面 任務－崔青谷 所論을 駁하야」(『조선일보』 1928.2.1~5), 宋完淳의 「空想的 理論의 克服－洪銀星氏에게 與함」(『중외일보』, 1928.1.29~2.1), 頭流山人의 「童話運動의 意義－少年文藝運動의 新展開」(『중외일보』, 1930.4.8~10) 등이다.

倍 以上의 効果를 어들 수 잇게스럼 指導者들의 힘이 모자라지 안는 것 等이 그 主要한 原因이라고 볼 수 잇다.

實로 지난해의 兒童藝術運動에 잇서서 『별나라』『新少年』은 참으로 큰일을 하엿다. 數三新聞에 理論發表를 빌린 外로 作品으로는 전혀 이 두 雜誌에서만에 볼 수 잇다. (李周洪, 1931.2.13) (밑줄 필자)

계급주의 아동문학의 선봉에 섰던 발표 매체 가운데 하나인 『新少年』 편집에 오래 관여해 누구보다 당시 문단의 사정에 정통해 있던 이주홍(李周洪)의 말이다. 아동문학 운동 영역에서 보자면 1929년까지도 자연생장기이고 1930년에 들어서야 목적의식적 투쟁의 활기가 느껴진다는 말이다. 이 글이 1932년에 발표되었으므로, '지난해'는 1931년이 되고 위 글을 풀이해보면 1930~31년에 걸쳐 『별나라』와 『新少年』이 계급주의 아동문학 운동에 있어 큰 역할을 한 것으로 해석할 수 있겠다. 이때 '아동문학 운동'이란 작품 실천을 두고 한 말로 보인다.

소년문예단체의 변모를 소상히 밝힌 승응순(昇應順)도 이주홍의 생각과 유사하다.

要컨대 一九二九年, 一九三○年은 朝鮮少年學이 생긴 以來로 重大한 變革을 일운 해이다. 날날이 變하야 가는 世界情勢의 急激히 몰녀 들어오는 思潮 ᄯᅡ라서 갑작이 묵어워진 客觀情勢는 아직 自然生長期로 잇든 少年文藝의 동산에 颱風을 일으키고 가는 곳마다 葬送과 分裂과 批判을 일으키엇다. 白色 灰色의 모든 것이 末路의 悲運을 맛남을 ᄯᅡ라 叢生하든 有名無實의 만은 少年文藝團體들이 破裂과 淸算의 運命을 맛남은 當然한 일이엇다. (昇曉灘, 1932: 28쪽) (밑줄 필자)

소년문예단체의 변모 요지는 1929~30년에 걸쳐 일어났고 백색과 회색의 단체들이 청산되었다는 내용이다.

그 전에는 달큼한 文藝品이나 덥허놋코 재미만 잇는 옛날 이야기나 우리들과 관계업는 욕심쟁이인 英雄傳記가튼 것도 석거서 실어 왓지만 지금부터는 우리들의 살님사리와 또는 잘 살어보자는 운동과 관계업는 것이며는 절대로 실치를 아니하기로 하엿다.[5] (밑줄 필자)

이 시기 『별나라』와 『新少年』의 편집 방향을 읽을 수 있는 글이 있는데 대체로 1930년 이후의 일이다.

夜學運動 그의 분한 事實 알너 주어야만 할 이야기를 보내기를 바란다. 쓸데없이 쏫이니 나븨니 별아가씨니 시냇님이니 하는 짜분한 코□ 노래나 보내여서 「일홈」이나 紙上에 올으기를 기다리지 말고 진정한 운동에 대한 소식과 또는 그에 대한 批判과 노래를 보내라.[6] (□는 해독불가) (밑줄 필자)

本誌(『新少年』을 가리킴: 필자)는 文字形式을 고치는 同時에 材料도 在來 쓸데 업는 허풍선이 이야기 짜위보다 童話, 童謠, 小說, 隨筆 等을 모다 勞働少年, 農村少年의 實生活을 內容으로 한 것과 또 趣味잇는 科學的 記事를 만히 내려 한다.[7] (밑줄 필자)

아래는 『어린이』의 편집 방침을 읽을 수 있는 신영철(申瑩澈)의 글이다. 신영철은 방정환이 죽은 후 1931년 8월경 『어린이』를 발간하는 개벽사(開闢社)에 재입사하였고, 10월호부터 편집을 맡은 것으로 보인다.[8]

5 「편집후기」, 『별나라』, 통권45호, 1930년 10월호.
6 「編輯後記」, 『별나라』, 통권52호, 1931년 7-8월 합호.
7 「編輯後記」, 『新少年』, 1930년 11월호.

작년 시월 혁신호를 내인 뒤에 꼭 만 일년이 되엿습니다. 그간의 편즙 방침은 대개가 우리의 아는 것을 소개한다거나 나 어린 여러분을 지도한다느니보다도 공장과 농촌에 무쳐 잇는 수 만흔 여러 동무의 재조를 파내여 그저 썩고 마는 동무들의 재조로 하야금 본지를 인연삼아 캐여 낼 수가 잇스며 우리의 독특한 문예운동에도 도움이 될 수가 잇슬까 하는 희망으로 순전히 그 방면에 노력해 온 것입니다. 그리하야 그 노력은 과이 헛된 데 도라가지 아니하고 내외 각지에 허터저 잇는 그러한 동무의 힘을 어든 것이 여간 만흔 것이 아니엇습니다. 그리하야 제 딴에는 새로운 힘과 미듬을 느낀 것이 여간이 아닙니다. (申瑩澈, 1932.9) (밑줄 필자)

최영주(崔泳柱)에게 편집을 넘기면서 신영철이 한 말로, '작년 시월 혁신호'는 1931년 10월호이며 그로부터 '꼭 만 일년'이 지난 현재가 1932년 9월호가 되는 것이다. "작년 가을 十月부터 혁신호(革新號)라는 이름을 부처 노코 재래의 「어린이」를 전연이 개혁한 것은 오로지 신 선생의 노력"이라며 『어린이』가 가면지(假面誌)가 아님을 표명한 글도 확인된다(高文洙, 1932년 5월호: 36쪽).

요컨대 아동문예운동의 방향전환은 이론운동의 속성상 전운동과 보조를 맞추어 1926~7년경에 이루어진 것으로 보이나, 실천운동이라 할 문학작품상의 방향전환은 30년에 들어서 비로소 가시적인 변화가 나타났다고 보아야 할 것이다. 『푸로레타리아 동요집 불별』(1931.3)과 『소년소설육인집』(1932.6) 둘 다 수록 작품이 대체로 1930년부터 책이 발간되기 전까지 『별나라』와 『新少年』에 발표되었던 것을 수록한 것이고 그 작품들은 뚜렷한 계급성을 드러내 보인다는 점이 분명한 증거가 되겠다.

---

8 李定鎬, 「편즙을 맛치고」, 『어린이』, 1931년 9월호, 70쪽. "이 다음 달부터는 내가 方선생의 환원으로 新女性에두 관계를 갓게 되와 주로 申瑩澈 선생이 이 『어린이』를 위하야 만흔 애를 써주시게 되엿슴을 아울너 말슴해 둡니다."

3. 1930년대 계급주의 아동문학 논쟁의 전개

1) 계급주의 아동문학론의 방향성

방향전환이 이루어진 1930년대 계급주의 아동문학론의 이념적 방향성(方向性)은 무엇이었을까? 이 시기의 잡지와 신문 학예면을 꼼꼼하게 살펴보면 거의 예외 없이 논쟁 형태로 논의가 진전됨을 확인할 수 있다. 논쟁이란 주장과 반론 그리고 재반론으로 이어지는 고도의 지적 사고 형태이자 글쓰기 방식이다. 당대의 논점에 대한 서로 다른 주장이 논쟁 과정을 거치면서 문제점이 걸러지고 세련된 합의로 나아가게 된다. 앞서 살펴본 방향전환 관련 논의도 여러 차례의 논쟁 과정을 겪었고, 계급주의 아동문학이 나아갈 방향성에 대한 논의 또한 논쟁의 형태를 띠기는 마찬가지였다.

두류산인(頭流山人)은 당시 제기되고 있는 '동화-동요운동'이 "從來의 封建的 乃至 쑤루조아적-享樂的 痲醉的-童話童謠의 揚棄 克服과 新興少年文藝運動의 提起 展開를 意味하는 것"이라며, "社會의 政治的 經濟的-階級的-條件에 依하야 決定되는 少年生活과 關聯 遂行되는 童話 運動을 엇지하야 社會的 事實과 分離하야 考察할 수 잇을가?"라고 묻고 있다. 그 배면엔 뚜렷한 계급 대립적 인식이 자리 잡고 있음을 알 수 있다. 이 글도 사실은 월곡동인(月谷洞人)과 김완동(金完東)에 대한 비판에서 시작된다. 월곡동인은 "童話를 虛空에서 무지개 잡는 것과 가튼 方法으로 考察"하였다면서 그 결과는 "新興童話運動에 잇서 反動的인 役割을 하는 것"이라 단정하고, 김완동의 경우 "童話의 考察에서 技術的 問題를 重視하고 가장 重視하여야 할 內容問題를 輕視"(頭流山人, 1930.4.8) 한 것이라 비판하고 있다. 두류산인이 말하고자 하는 계급주의 아동문학은 다음에 잘 드러나 있다.

兒童을 社會的으로 教育 訓練하기 爲하야 「푸르칼드」의 一部門으로 提起되야 强烈한 文化戰線의 一隅에 登場하는 兒童文藝는 社會的 事實을 藝術的 手段을 通하야 兒童의 特殊性을 參酌하고 利用하야 우리의 이데올로기-를 注入하야 우리의 ×線에 引導하야 鬪爭的으로 組織化하는 것이 그 最히 重大한 任務일 것이다. (頭流山人, 1930.4.10) (밑줄 필자)

'푸르 칼드'는 '프롤레타리아 컬트'로 '프롤레타리아 문화'를 의미한다(한형구, 2002: 176쪽). 결국 아동문예는 프롤레타리아 문화 혹은 이데올로기를 주입하여 아동을 교화하고 투쟁적으로 조직하는 것이라는 주장이다. 계급문학의 정론성(政論性)이 잘 드러나고 있다. 아동문예가 "一般文藝(無産階級文藝)와 本質的으로 相違한 것이 아니라 「本質的」으로 同一한 것"(頭流山人, 1930.4.9)이라고 보는 데서도 마찬가지다. 일반문학과 아동문학의 차이는 분명히 존재할 것이나 두류산인은 '부차적 문제'로 단정해버린다. 이런 생각은 최청곡(崔青谷)을 반동배로 지목[9]한 장선명(張善明)에게서도 동일하게 발견된다.

그러면 이러한 意味로 보아 無産階級解放運動과 合流되는 少年實踐運動의 鬪爭 그것의 一武器인 文藝 다시 말하면 少年層을 社會的으로 教養 식히며 더 나아가 組織을 强化 結成 식히는데 助長力을 가진 文藝運動을 엇지 無視할 수 잇스랴. 그러기 때문에 少年文藝로서 少年들의 生活을 描寫하고 社會를 解剖하고 感情을 노래하여 階級 意識을 鼓吹식히는 것이 少年文藝運動의 本質인 同時에 意義가 잇는 것이다. (張善明, 1930.5.17) (밑줄 필자)

---

9 崔青谷은 「소년운동의 당면 제문제」에서 목적의식기, 방향전환기라 할 것이 아니라 구체적 조직이 필요하다는 의견을 피력한 바, 張善明뿐만 아니라, 洪銀星, 金泰午 등의 집중 공박을 받게 된다.

'鬪爭 그것의 一武器', '少年層을 社會的으로 敎養'시키고 '組織을 强化 結成 식히는데 助長力을 가진 文藝運動', '階級意識을 鼓吹' 한다는 표현에서 알 수 있듯이 문학이 정치에 복무하는 모습이다. '黨組織과 黨文學'(1905)에서 문학을 프롤레타리아 혁명사업에 있어서 '나사와 齒輪'에 비유한 레닌(V.Lenin)의 인식과 동일하다. "必然的으로 解決을 急迫하고 잇는 새로운 問題는 少年文學에 잇서서의 푸로레타리아 리아리씀"이라는 유백로(柳白鷺)도 "「푸로레타리아 少年文學이라는 것은 少年 그 自身을 푸로레타리아 成員으로 鍊磨하기 위한 糧」"(柳白鷺, 1930.9.23~24)이라고 보고 있어 아동문학을 보는 시각이 장선명과 다르지 않다. 유백로의 경우 '天使', '童心 殿堂', '天眞爛漫' 등의 용어로 아동을 지칭하는 '뿌르조아 소년문학'에 대해 조목조목 비판하면서 내린 결론이다.

> 結局 우리들 푸로레타리아-트의 勝利를 爲하야「아지 · 푸로」의 役割을 演하면 그만이다. 勿論 藝術性도 兼備하면 더욱 效果가 잇겟지만 多少 藝術性을 缺하엿다 하드라도 少年의 敎化的 使命을 向하고 內容主義的으로 發達하면 그만이다. 우리들은 藝術性을 重要 眼目으로 하고 內容을 가벼히 取扱해서는 안 된다. 때에 依해서는 文學的 技術을 否定하고라도 그 內容에 階級意識 注入하기를 躊躇해서는 안 된다. 第一에 內容問題며 第二에 藝術性(文學的技術) 問題라고 본다. 딸아서 藝術性이 다소 缺하엿다 하드라도 內容이 우리 大衆의 벗이 될 만한 것이라면 完全한 것으로서 우리들은 그것을 積極的으로 支持하여야 할 것이다. (安德根, 1930.11.4) (밑줄 필자)

안덕근(安德根)의 이 주장은 루나찰스키(A.V.Lunacharskii)의 '形式 第二主義'와 다를 바 없다. 1920년대 회월(懷月 朴英熙)과 팔봉(八峯 金基鎭) 사이에 있었던 '내용-형식 논쟁'을 연상시킨다. 이 논쟁은 김기진의 문학논리가 박영희의 정치논리에 압살 당한 것이다. '소설이란 한 개의 건물'

이란 팔봉의 주장에 예술적 건축물을 만들려고 하면 프로 작가가 아니라는 회월의 공격이 종당에 카프에 수용된다. 위 안덕근의 글에서도 송완순(宋完淳)의 주장이 논박되는데, 송완순은 1920~30년대 아동문단에서 가장 중심적인 갈래였던 동요(童謠)에 관한 장편의 논의인 「'푸로레' 동요론」에서 프롤레타리아 아동문학의 입장을 벗어나지 않으면서 예술성도 고려하는 입장을 견지했다. '童謠의 目的意識性을 强要하면 그들은 童謠를 生産치 못할 것'이라며 '目的意識性이라는 것은 意識的 理智上의 問題'이자 '組織 理論上의 問題'이기 때문에 자연발생적이고 무의식적인 아동에게 있어서 지나치게 '「目的意識性」을 强要'하지 말 것과, 아동예술은 '정치 그것이 아닌 까닭'에 '넘우 政治狂이 되어서는 아니 된다.'는 것을 강조한 바 있다(九峰學人, 1930.7.12; 7.16). 송완순과 유사한 입장은 "우리들의 創作的 태도는 固式化한 이 領域"(朴世永, 1932년 2-3월 합호: 11쪽)을 벗어나야 한다는 박세영에게서도 발견된다. 김기진이 '自說撤回'를 했듯이 이들의 정당한 주장 또한 설 자리가 견고할 수 없었다.

소년문예운동의 변천을 두고, "뿌르 관렴주의의 경향이 방금 조선 소년문예계에서 거의 형적을 감추고 조가(弔歌)를 부르게 되야 그 형적을 차질 수 업시 되야 가는 것도 부인할 수 업는 사실"(濱江漁夫, 1932년 5월호: 3쪽)이라는 평가가, 한때지만 『어린이』에 게재되기도 하였으니 아동문학 평단의 주도권이 계급문학이었다는 사실을 반증하는 일례라 하겠다. 그러나 외적 환경의 열악함은 잠시 승리를 구가하는 것도 시샘하듯 "一九三五년 아동문학은 완전히 퇴화(退化) 과정을 밟은 현상"(南夕鐘, 1935년 12월호: 32쪽)을 보이고 있으며 이후 비평도 현격히 줄어들었다. "다만 얻은 것은 「이데오로기」며 喪失한 것은 藝術 自身이엿다"(朴英熙, 1934.1.4)는 회월 박영희(懷月 朴英熙)의 전향의 변은 정치 환경의 불리에서만 기인된 것이 아니었을 것이다.

2) 동요·동시의 형식 논쟁과 계급성

동요·동시 논쟁은 형식적 측면에서만 보자면 계급주의 아동문학이란 범주에 놓을 것이 아니다. 그러나 계급문학의 속성상 내용 논의 또한 적지 않았고, 아동문단에서 가장 논쟁적이었던 신고송이 계급주의 아동문학의 선봉장이었던 점과, 1930년대 들머리 가장 광범위한 논쟁이었다는 점 등에서 논의의 필요성이 크다고 하겠다. 동요 · 동시 논쟁은 동요는 정형률(定型律), 동시는 자유율(自由律)로 구분한 신고송의 평문에서 비롯되었다. 신고송은 여러 사람의 논의에 대해 정리한 후 다음과 같이 말한다.

> 다음 定義를 가장 正當한 見解임을 말한다.
> 먼저 童謠의 定義를
> 一. 童心의 노래
> 二. 童語로 부를 것
> 三. 定型律
> 四. 詩的 獨創性
> 이라고 하면 童詩도
> 一. 童心의 노래
> 二. 童語로 부를 것
> 三. 自由律
> 四. 獨創性
> 들이 定義라는 것이다. (申孤松, 1930.1.3)

이와 같이 동요와 동시의 개념을 정의한 후, 자신이 동시를 제창하는 이유로 "童謠는 定型律이란 것이 兒童의 자유를 制限하엿슴으로 心理的 不合理라는데 必要한 技巧와 熟練 等을 가지지 못햇다는 데도 잇다"고

했다. 이에 대해 이병기(李炳基)는 "「定型律」「自由律」의 使用은 作家 趣味 如何에서 表現을 달리 하는 것이지 決코 定型律이라고 童謠이며 自由律이라고 童詩란 것은 아니다."(李炳基, 1930.1.23)며 '정형률'과 '자유율'을 구획선으로 하여 '동요'와 '동시'를 구분하는 것은 착오라고 단언한다. 다시 신고송은 "謠는 比較的(本質的?) 韻律的인 것임으로 定型的으로 表現된 것을 所謂 童謠(過去에 잇서서 우리는 그러케 解釋하야 오지 아니하엿는가)이고―이러케 約束해 놋코―詩는 謠보다 比較的 豊富한 內包를 가젓스니 所謂 自由詩니 散文詩 하는 意味에서 自由律로 表現된 것을 童詩라고 하자는 것"이라고 반론하였다.

일제강점기 동요 작가 가운데 가장 많은 작품을 남긴 사람 중의 하나인 윤복진(尹福鎭)은 신고송의 주장에 대해 다음과 같이 말한 바 있다.

> 申孤松이 破格問題를 提唱하엿다. 初步인 幼年作家에 限하야서는 엇절 수 업는 事實이다. 破格―散文은 未成品이다. 不完全한 것이다. 相當한 修養과 階段을 밟은 作家도 破格할 것인가 決코 그러치 못한 것이다. 詩에는 리듬이 生命이다. 元素이다. 表現이 自由스럽지 못하다고 難澁하다고 破格을 提唱할 것인가. 人間의 自由도 어썬 局限이 잇다. 그 境界를 버서낫다고 決코 自由가 안일 것이다. 어써케 쏙 破格해서야만 조흔 作品을 産出할 수가 잇슬가 좀더 苦心만 한다면 조흔 作品을 맨들지 안켓는가. 詩로써 破格은 禁物일 것 갓다. 입으로만 破格! 破格을 부르짓지 말고 破格한 조흔 作品을 뵈여 주는 게 어써할가. 過渡期에 잇는 者라면 넘우 理論만으로 써들지 말고 作品行動을 取하자. 조흔 作品 하나는 너절한 理論 百보다 낫지 안흘가. 歷史的 過程을 보아서도 (尹福鎭, 1930.2.7)

'詩는 美의 韻律的 創造'라고 믿고 있는 윤복진으로서는 신고송이 동요가 아닌 동시를 제안하면서 정형률을 벗어나야 한다는 이른바 '파격'

을 주장한 것에 동조하기가 어려웠을 것이다.

신고송을 '私感情에 拘泥된 사람'이라며 1930년대 초반 아동문학계에서 그와 가장 많은 논쟁을 벌인 송완순(宋完淳, 九峰學人, 九峰山人)은 '申孤松 君은 童謠는 반듯이 定形律인 것처럼 생각'한다며 이는 '認識錯誤'라고 비판한다. 이어 그는 '童謠가 童詩이요 童詩가 童謠인 것'이라며 '定形律에서 脫出'하여 '童謠와 童詩를 同一視하는 一方「少年詩」'를 주장한다(九峰山人, 1930.3.6~7). 송완순은 한 걸음 더 나아가 '童詩抹殺論'을 제기한다. '동시말살론'의 발단은 양우정(梁雨庭)의 평문 "童謠와 童詩의 區別"(『조선일보』, 1930.4.4~6)이지만, 신고송, 윤복진 등 동요의 정형률을 주장한 이들을 겨냥한 것이다. 양우정은 "曲調가 附隨하는 定形律"(唱)을 동요라 하고, "不定形音律 卽 自由律 或은 曲調不隨하는 定形音律"(吟)(양우정, 1930.4.6)은 동시라 구별하여 송완순이 동요가 곧 동시라 한 것을 비판한 바 있다. '童詩抹殺論'의 요지는 아동에게는 시가 있을 수 없고 다만 동요만 있을 뿐이며, 제2기의 아동을 '소년'이라 하고 그들에게는 '소년시'가 필요하다고 역설한다. 내용이 아니라 정형 형식율(定形 形式律)로 동요와 동시를 구별하려 한다면 '小「부르조아」的 形式 萬能主義者'가 된다며 동시를 없애야 한다는 것이 '童詩抹殺論'이다(九峰學人, 1930.4.26~5.3). 형식에 지나치게 얽매이지 않아야 한다는 송완순의 생각은 형식 불필요를 말하는 것이 아니다. "내용의 完과 형식의 美가 가장 잘 조화한 童謠야말로 훌융한 예술적 童謠일 수가 잇고 생명도 길을 것"이라는 말에 그의 생각이 잘 드러나 있다 하겠다. 형식에 지나치게 얽매이지 말아야 한다는 그의 걱정은 기교 중심과 형식의 고정화가 동요 발전을 가로막았다고 보기 때문이다.

> 우리는 技巧 萬能主義와 함께 形式의 固定化를 極히 警戒하지 안흐면 안 된다. 이른바 定型律의 行 마침과 字 마침 때문에 朝鮮의 童謠는 機械主義에 墮하

고 말자 안헛는가. 變化없는 無理한 一律的 樣式－主로 七五調式 定型律－때문에 朝鮮의 童謠는 얼마나 發展을 妨碍 當하엿든가? (宋完淳, 1938.2.2)

정형률 여부로 동요와 동시를 구별하려는 논의는 별 결론 없이 이어졌는데, 결국은 박세영의 의견에 수렴되는 것으로 보인다. 박세영은 제작비평(製作批評)이라 할 동요와 동시 창작에 관한 글에서, 내용에 우선을 두되 형식을 외면하면 안 된다는 점을 강조하기 때문이다.

> 우리가 입때까지 너무나 내용에만 온 정신을 다- 드리고 리즘, 技巧에는 내버려두엇든 誤謬를 말장이 업새지 안으면 안 될 것이다. 사실 나부터 억세인 내용에 억세인 말을 억주로 부치려 햇든 것은 사실이다. 그리고 氣分的으로만 외오치고 부르짓고 兒童의 心理를 생각지 안엇든 것도 쏘한 그 잘못의 한아인 것이다. (朴世永, 1934년 1월호: 34쪽) (밑줄 필자)

> 定形律과 自由形
>
> 우리들이 대개 부르는 노래는 定形律에 속한 노래가 만타. 그러닛가 동요는 꼭 定形律이라야 한다는 定義도 업다. 日本 童謠作家의 新提唱과 가티 定形律을 非難하기도 하나 何如間 그럿타고 定形律을 버릴 수도 업는 것이다. 나는 여기에 대하야 오직 속임 업는 그대로의 작품을 반가워할 섇이다. 定形律이거나 自由律이거나 不自然스러운 일부러 꾸민 짜위의 작품을 쓰지 말난 말이다. (朴世永, 1934년 2월호: 13~14쪽) (밑줄 필자)

이상이 동요와 동시의 형식에 관한 논의였다면, 동요(혹은 동시)의 계급성, 목적의식성 등 내용에 관한 논의도 당연히 있었다. 먼저 송완순의 「'푸로레' 童謠論」부터 보도록 하겠다. 송완순은 동요가 목적의식성을 강요하면 아이들이 동요를 생산할 수 없다고 한다. 그 이유는 아동의 생활과 심리는 자연발생적이고 무의식적이어서 의식적이고 이지상(理智上)의 문제이자 조직 이론상의 문제인 목적의식성의 강요는 부당하다는 것이다. 그러므로 "아동예술에 잇서서는 目的意識的 作品과 自然發生的 作品의 二種으로 난호아 (一) 目的意識的 作品은 大人 兒童 藝術家가 제작하고 (二) 自然發生的 作品은 兒童自身이 제작할 것"이며 "아동예술에 잇서서는 넘우 政治狂이 되어서는 아니 된다"고 한다. 이와 같은 송완순의 주장은 면밀히 고찰할 필요가 있다. 그는 결코 소위 '소부르적 견해'를 말하고 있는 것은 아니다.

> 童謠(모든 兒童藝術도)의 指導者 批評家는 童謠의 모든 個性의 自然發生的 感情의 表現 속에서 全體에의 互相關聯性을 抽出하야 그것을 辨證法的으로 目的意識性에 統一식히어 一般的 全體性的 政治 鬪爭의 一翼에까지 進展식히어야 한다.——童謠를 政治鬪爭의 一翼을 맨드는 것은 純全히 意識잇는 指導者 批評家만에 賦與된 任務이다.
>
> 이러하는 데에서만 우리「프로레타리아」兒童 藝術과 함께 童謠는 全「프로레타리아」運動의 一環으로 될 수 잇스며 짜라서 發達向上될 것이다. (九峰學人, 1930.7.22)

이 말은 "「政治的」이라는 것은 意識의 政綱化를 意味하는 것이 아니라 藝術的 鬪爭으로서 政治的 任務를 遂行"(1930.7.15)한다는 말로 해명이 될 것이다. 동요는 아동의 자연발생적인 작품이므로 현실에서 느낀 대로 본 대로 空想的 생각이 일어나는 대로 하되 "「프로레타리아」的 洞察下에서 社會上의 모든 것을「어린이」的으로 노래"(1930.7.22)해야 한다는 것이다.

신고송이「'푸로레' 童謠論」을 비판한 초점은 '동요의 空想性'과 '목적의식성의 주입 반대'에 대한 이견에 있다. "우리 運動의 功利的 目的

을 達할 수 잇는 것"을 전제로 계급적 견지에서 "現實에 立脚한 非現實"(申孤松, 1930.4.2)은 좋지만 그렇지 않을 경우 현실도피의 패배이자 예술지상주의자로 자멸한다는 것이다. 동심의 현실성은 "現實的 社會 情勢의 反映"이고 계급성은 "政治的 經濟的 特殊 情勢의 反映"(申孤松, 1930.3.8)이라 한 그로서는 선명한 계급 대립을 드러내어야 한다고 주장하는 것이 당연하다.

동요와 동시 논쟁의 바탕에는 논자들이 뚜렷이 인식하였는지 여부를 떠나 분명 문학의 형식론이 자리 잡고 있다. 동시에 계급문학의 속성상 내용이 강조되고 있는 점도 놓쳐서는 안 된다. 카프의 '내용·형식 논쟁'과 연결된 것은 물론이고, 오늘날 리얼리즘과 모더니즘의 '회통(會通)'(최원식, 2001: 42~59쪽)을 고민하는 것의 뿌리라고 봐도 좋겠다.

3) 표절 논쟁과 계급적 당파성

아동문학 신춘문에 작품으로 표절 논란이 일었던 대표적인 경우가 한정동(韓晶東)의 「소금쟁이」(『동아일보』, 1925.3.9)일 것이다. "얼마나 藝術的이며 얼마나 리듬이며 노래의 想이 아름답은가는 容易히 發見하게 될 것"이라 극찬했던 동요가 1년여 뒤 1924년 보통학교 "六學年 쌔의 夏期休學習帳에 日文"으로 게재된 것을 번역한 것이라는 사실이 밝혀지자, "藝術的 良心의 痲痺", "참으로 可笑로운 일"이라는 질타가 이어졌다. 마침내 편집자가 "原作(이란 것과) 比較컨대 飜譯이 아니라 할 수 없다"며 "剽竊의 名은 버슬 수 업다"[10]고 결론을 내렸다.

---

10 차례로, 選者, 「童謠選後感」(『동아일보』, 1925.3.9), 虹波, 「當選童話 「소금장이」는 飜譯인가」(『동아일보』, 1926.9.23), 韓秉道, 「藝術的 良心이란 것」(『동아일보』, 1926.10.23), 崔湖東, 「「소금쟁이」는 飜譯이다」(『동아일보』, 1926.10.24), 編輯者, 「「소금장이」 論戰을 보고」(『동아일보』, 1926.11.8), 심명숙, 「한국근대아동문학론연구」(인하대 대학원 석사논문, 2002)에 잘 정리되어 있다.

일제강점기 아동문학의 특징 가운데 하나는 '소년 문사'의 활동이다. 대체로 14~5세 전후의 소년 소녀들로서 신문과 잡지에 투고하는 방식으로 문단 활동을 시작하는 사람들이다. 신춘문예를 통해 일정한 검증 과정을 거치는 경우도 있었으나 선자(選者)에 의해 자연스럽게 문인으로 진입하기도 했다. 사정이 이렇다보니 '발표욕'과 '명예욕'[11]이 앞서 남의 글을 몰래 자신의 이름으로 다시 발표하게 되는 사례가 비일비재했던 것 같다. 한정동의 「소금쟁이」 논쟁이 한참일 때 우이동인(牛耳洞人)은 "글 도적놈은 人肉市場의 吸血鬼보다 더- 至毒한 吸血鬼"(牛耳洞人, 1926.10.26)라며 표절 혐의가 있는 여러 작품을 언급하며 비판하기도 했다.

계급주의 아동문학을 표방한 『별나라』, 『新少年』 지상에서도 표절 관련 논의는 많다. 서덕출(徐德出)의 「봄편지」(『어린이』 1926년 4월호)를 한영수(韓靈洙)가 『아이생활』에다 표절해 발표하면서 '련못가'를 '시내ㅅ가'로 '조선의 봄'을 '무궁화 삼천리 동산의 봄'이라 하는 등으로 고쳤다며 "헛된 發表慾에 쒸놀지 말고 먼저 내 實力을 길느기 바란다"(康昌玉, 1931년 12월호: 35쪽)고 충고한다. 또 "同一한 作品을 가지고 이곳저곳에 投稿하야 發表하는 일이 非一非再"하다며 "自己의 文名을 엇기에 汲汲하고 活字魔에 眩惑되야 이곳저곳에 投稿하는 行動이야말로 우리로서는 默過할 수 업는 可憎스러운 行動"(李活湧, 1931년 12월호: 36쪽)이라며 잡지 편집자들은 이런 작품을 일체 신지 말 것을 요청하기도 한다.

표절이나 중복 게재의 예로 논란되었던 것을 밝혀보면 갈래를 가리지 않고 실로 다양하다.

김도산(金道山)의 「첫겨울」(1932년 1월 동아일보 신춘아동작품 모집)은 박로춘

---

11 金逸岩, 「作品製作上의 諸問題」, 『별나라』, 통권57호, 1932년 2-3월 합호, 23~24쪽. "오즉 名譽慾의 絶對的 慾望에서 나온 행위"임에 틀림없다고 하였다.

12 차례로, 朴魯洪, 「"金道山君의 『첫겨울』을 보고」(『어린이』, 1932년 5월호), 盧夕村, 「별님의 모임」(『별나라』, 통권73호, 1933년 12월호, 13쪽), 金友哲, 「新少年突擊隊」(『新少年』, 1933년 3월호, 11쪽), 韓百坤, 「독자담화실」(『新少年』, 1930년 3월호, 36쪽).

의 「첫겨울」(『어린이』 1929년 10월호 부록 「어린이 세상」)과 동일하다거나, "별나라 八月號에 一九三二年 八月 七日 每申에 發表되엿든 童謠 一泉 君의 作品을 題目 그대로 發表한 ×××君", "新年號에 실닌 朴賢順 동무의 童謠의 대한 斷片的 考察이란 글은 一九三〇年 十二月 발행인 『별탑』 第二輯에 실녓든 柳白鷺 君의 글을 그대로 벗겨논 것", "厚昌 蔡圭哲 씨 (중략) 新少年 新年號에 실닌 「압내」는 一月九日치 東亞 紙上에 쏘 내어섯드군요."[12] 등등이다.

『별나라』와 『新少年』에서 가장 논란이 많았던 사람은 이고월(李孤月)이다. 그가 발표한 「류랑의 나그네」(『소년세계』)는 유운경(柳雲卿)이 『별나라』에 발표한 서간문을 몇 군데 고친 것이고, 「奇鳥園少年」과 「봄! 봄!」은 각각 손풍산(孫楓山)의 「奇鳥園生活」과 『어린이』 편집국의 작품이라는 것이다. 결국 "李孤月 君 같은 모든 어린 인테리의 氣分的 躍動"을 막자는 제안과, 계속되는 논란으로 "李孤月 君에 대한 글이 수 업시 드러오는데 인제 제발 그런 것은 그딕로 내버려 두어다오"란 호소까지 나오게 되었다. '排擊', '埋葬' 등의 과격한 언사가 난무하자 어려운 처지에서 괴로움을 당하고 있는 동무들끼리 서로 사랑하자는 말도 없지 않았다.[13]

이고월을 둘러싼 표절 논쟁은 계급적 당파성 문제로 이어졌다. 1930년대 계급주의 아동문단의 수다한 실제비평을 확인해보아도, 책갈피를 펼쳤을 때 두 갈래로 판연히 나누어지듯 아(我)와 피아(彼我)의 구분이 선명하게 갈리는 일이 다반사였다. 계급주의 아동문학 쪽에서는 『별나라』와 『新少年』을 제외한 『어린이』나 『아이생활』, 『소년세계』와 같은 잡지에 투고하지 말 것을 강조하는데, 진영논리의 반영이다. 실제비평에서도

13 차례로, 金玄峰, 「(少年評壇) 鐵面皮作家 李孤月 君을 誅함」(『어린이』, 1932년 6월호, 54~57쪽), 虎人, 「兒童藝術時評」(『新少年』, 1932년 8월호, 16쪽), 「編輯後記」(『新少年』, 1932년 8월호), 金大駿, 「사랑하는 소년 동무들에게—우리는 좀 더 동무들을 사랑합시다」(『별나라』, 1932년 2-3월 합호, 6~8쪽).

계급주의 아동문학 진영에서는 전자에 실린 작품과 작가에게는 대체로 호의적이지만 후자는 논의의 대상으로도 삼지 않거나 혹평하기가 일쑤였다.[14]

"무산소년소녀들이 불너야 할 노래가 짜로 잇"다거나, "이 雜誌에는 이럿케 노래하고 저 雜誌에는 저럿케 노래"하는 "雜誌의 主義를 짜러 글쓰는 者를 나는 써근 호박"이라 비난하기도 한다. "아이생활에는 천당을 노래하고 新少年에는 工場을 노래하는 박쥐식 투고가"를 차버려야 한다거나, "아츰에는 쑤르작가이다가도 저녁이면 푸로작가"인 자들을 매도하고, "變節漢이 되여 곰팡내 나는 封建的 詩調부스럭이를 뿌로조아 新聞에 發表"하는 푸로 동요작가의 탈을 쓴 자들을 "徹底이 排擊하야 우리 陣營內에서 逐出"[15]해야 한다고 주장하기도 한다. 문학보다 운동이 우선하는 계급문학의 특성상 진영과 당파성을 강조하여 조직을 강화하고 결속을 다지는 것은 일제강점기 척박한 식민지 조선의 특수한 현실로 보아 당연한 일로 보인다.

한정동의 경우에서 보았듯이 일본의 영향이 표절로 이어지는 경우는 허다하다. 당시 아동문학은 일본의 영향권 내에 있었다 해도 과언이 아니기 때문이다. 계급문학 일반이 "國際的 追隨主義" 혹은 "東京 文壇의

14 차례로, 玄松, 「新年號 小說評」(『新少年』, 1932년 2월호, 26~27쪽), 鄭哲, 「出版物에 對한 몃가지 이야기」(『新少年』, 1933년 5월호, 24~26쪽), 李西贊, 「少世同志文藝會! 그 正體를 暴露함」(『新少年』, 1933년 5월호, 38~39쪽), 「新少年突擊隊」(『新少年』, 1933년 5월호, 56쪽), 특히 農少年의 「少年誌 어린이의 更新의 退步」(『新少年』, 1933년 3월호, 34~35쪽)는 『어린이』가 "부자ㅅ집 자식의 소일ㅅ거리 작난감"(35쪽)으로 되돌아감을 비판하고 있다. 진영에 따른 포폄의 대표적인 예로 金炳昊가 「四月의 少年誌 童謠」(『조선일보』, 1930.4.23~26), 「最近童謠評」(『音樂과 詩』, 창간호, 1930년 8월), 「最近童謠評」(『중외일보』, 1930.9.26~28) 등을 통해 韓晶東을 평가하는 데서 잘 드러난다. 韓晶東은 「『四月의 少年誌童謠』를 닑고」(『조선일보』, 1930.5.6~11)를 통해 반박한다.

15 차례로, 金管, 「우리들은 엇더한 노래를 불너야 조흔가」(『별나라』, 1931년 4월호, 21쪽), 金血起, 「投稿作家 여덜 동무에게」(『별나라』, 1931년 5월호, 46쪽), 金逸岩, 「별님의 모임」(『별나라』, 1932년 1월호, 58쪽), 李孤月, 「灰色的 作家를 排擊하자」(『별나라』, 1932년 1월호, 38쪽), 李東珪, 「童謠를 쓰려는 동무들에게」(『新少年』, 1931년 11월호, 16쪽).

支部的인 혐의가 농후한 것"(金允植, 1973: 22쪽)이라 평가되는 것과 같이 아동문학도 예외는 아니었다.

"近日에 日本에서 童話와 童謠 民謠運動이 盛하는 影響을 밧아서 朝鮮에서도 마치 새벽밤별처럼이라도 겨우 少年文學이 생기게 되"었다거나, "엇던 少年雜誌를 내어노코보든지 (중략) 日本 少年 雜誌의 것을 直輸入으로 통재게로 飜譯해 논 것이 半數 以上", "요사이 兒童들이 愛唱하는 童謠의 大多數는 日本童謠 直譯", "이 땅의 새로운 문학이 새로운 예술운동이 일본 내지(日本內地)의 문학운동과 예술운동에 적지 않은 자극과 충동을 받어 이러난(再生)지라, 동요란 문학도 필연적으로 이 신세를 지지 앎을 수 없게 되고 또 직접 간접으로 앎은 영향을 밧게 된 팔자도(事實) 부인할내야 부인할 수 없는 너무나 커다란 사실", 그리고 "창작다운 창작은 가뭄에 콩나기로 서양 것이 아니면 일본 것의 재탕"[16]이라는 판단이나 증언이 그러하다. 비평 또한 예외가 아니었던 듯하다. 이주홍, 안덕근, 윤복진 등은 槇本楠郎, 石田茂, 大河原浩, 北原白秋, 小川未明, 西條八十, 松村武雄 등을 자주 인용하고 있는데, 인용여부를 밝히지 않은 것도 많을 것이라 짐작된다.

> 平原 朴永觀 外 二人께 ─… 번역해 낸 글에 번역이라고 안 쓰는 리유가 잇습니다. 엇더한 조흔 글을 『어린이』에 내는 것은 그 글을 소개하기 위하야 하는 것이 아니라 그 글이 독자에게 주는 유익! 그것이 목뎍입니다. 그런대 엇더한 글이 크게 감동을 주기는 주엇는데 그것이 남의 나라에 잇는 것을 번역한 것이라고 하면 그 감동이 약해지는 까닭으로 어린 사람 잡지에는 번역이라고 아니

16 차례로, 田榮澤, 「少年問題의 一般的 考察」(『開闢』, 통권47호, 1924년 5월호), 洪銀星, 「少年雜誌에 對하야―少年文藝 整理運動(一)」(『중외일보』, 1929.4.4), 具玉山, 「當面問題의 하나인 童謠作曲 一考察」(『동아일보』, 1930.4.2), 尹福鎭, 「(兒童文學講座) 童話짓는 법(三)」(『童話』, 1937년 3월호, 22쪽), 尹石重, 『어린이와 한평생』(범양사출판부, 1985, 60쪽).

하는 경우가 흔히 잇습니다. 『어린이』는 큰 사람의 연구나 참고를 위하는 것이 아닌 고로 어른의 잡지와는 경우가 달른 것이 만흠니다. (記者, 1927.3: 63쪽) (밑줄 필자)

잡지 『어린이』의 기자가 독자의 질문에 답한 내용인데, 당시 작품 번역에 대한 인식의 일 단면을 잘 보여준다. 앞의 「소금쟁이」 논쟁에서 고선자였던 김억이 "어린동무에게 害를 주지 아니하고 만흔 利益을 준 以上 나타난 結果인 功利的 意識"으로 보아 "韓君을 그렇케 苛酷하게 詰責할 것은 아니"(金億, 1926.10.8)라고 하는 인식과 상통한다. 표절도 이 연장선상에 있게 되었을 것이다.

작품의 모방이란 그러케 배격하고 십지 안타. 처음에 조흔 작품의 모방으로서 나종에 훌늉한 창작을 낫는 일이 만흐닛가. 그럿치만 이것도 도(度)를 넘기면 아조 드럽게 된다. 그것은 그러코 남의 작품을 도적하여다 내는 것 소위 「표결」('절'의 오기: 필자)이 만흔 데는 기가 막힌다. 그것은 그들이 무슨 마음일까? 물논 뻔하기야 뻔하게 그들의 발표욕에서 나왓다는 것이라는 마음을 읽을 수가 잇는 것이지마는 그럿치만 이런 행위는 어리석음에 지난 어리석음이다. 세상 사람이란 그러케 눈이 업는 것은 아니닛가. 얼마 안 잇스면 그것이 남의 작품의 도적이라는 것이 발견되고 붓그러움을 당하는 일이 아닌가? 애초부터 이런 마음을 낸다는 것이 무지에 지나친 무지이다. (李東珪, 1932년 1월호: 60쪽) (밑줄 필자)

모방을 통한 창작 훈련은 좋으나 도를 넘기면 안 된다는 것과, 발표욕 때문에 표절을 하는 것은 옳지 않으며 시간이 지나면 다 드러나므로 애초 이런 마음을 먹지 말라는 것이다. 소년 문사에서 계급주의 아동문학의 중심인물이 되기까지 이동규 자신이 경험한 바를 바탕으로 한 충고로 보인다.

논쟁 혹은 비평에 대한 비평 곧 상위비평(meta-criticism)은 사실과 수준에 대한 상호 검증 행위이자 고도의 지적 사고이므로 매우 바람직한 글쓰기 형태라 하겠다. 표절을 포함한 여러 논쟁이 단순히 상대방을 흠집내는 감정싸움으로 흘러가는 경우도 없지 않지만, 대체로는 건전한 상식의 회복과 문단의 질적 수준을 향상시키는 데 일정한 기여를 하였다고 보겠다.

4. 맺음말

일제강점기 아동문학 비평을 통해 계급주의 아동문학 운동과 아동문학론의 전개를 살피고자 했다. 원본비평의 입장에서 평가와 해석은 다소 미루더라도 엄밀한 사실 확인에 무게를 두었다. 원본이 확정되면 불필요한 노력의 낭비가 없어질 것이고, 가치 판단은 차후의 과제라는 생각이었기 때문이다.

계급주의 문학 일반이 그러한 것처럼 아동문학도 운동으로서의 문학이 갖는 속성을 그대로 드러내 보인다. 운동은 조직을 필요로 한다. 그렇다면 계급주의 아동문학의 주된 발표 매체였던 『별나라』와 『新少年』은 카프의 산하 기관지인지 확인할 필요가 있다. 비평문을 면밀히 검토한 바로는 기관지는 아니지만 기관지의 역할을 수행한 것으로 확인된다. 이와 더불어 확인해야 할 것이 계급주의 아동문학의 방향전환인데, 이론적 주장과 실천 결과가 다소 다르다. 계급 운동의 전반과 같이 계급주의 아동문학도 1920년대 후반 방향전환을 단행하였으나 작품적 실천은 1930년대에 들어서야 가시적인 변화가 보인다.

계급문학은 늘 이념적 방향성이 문제가 된다. 모든 평가나 판단의 기준을 선명한 계급성에 두는 것이 상례기 때문이다. 아동문학도 마찬가지였다. 카프가 그러했고 그 영향 아래 있었던 계급주의 아동문학 또한 같은 이념적 방향성을 견지하였다. 아동문학의 '아지·푸로', '계급의식 주입을 통한 교화' 등 계급문학 일반과 동일한 목소리다.

동요·동시 논쟁은 갈래의 형식 논쟁으로 촉발된 것이지만, 속살을 뜯어보면 엄연히 계급성에 대한 논의로 이어진다. 표절 논쟁은 소년문사들의 발표욕과 명예욕에서 비롯된 측면이 강하다. 어린 나이에 활자가 주는 마력에 빨려들어 분별없이 발표하는 데서 기인한 것이다. 또 하나는 발표 매체 간의 성격 차이에서 비롯된 계급적 당파성 문제이다. 계급주의 아동문학 비평가들은 소년 문사들의 진영 의식을 촉구하면서 발표 매체를 분명히 해 '박쥐식 투고'를 금지할 것을 요구하고 있다. 여러 평자들의 실제비평에서도 작가의 진영을 염두에 두고 포폄이 갈리는 경우가 많았다.

일제강점기 아동문학론이 가장 왕성했던 1930년대 초반 비평의 전개 양상은 주로 논쟁 형식을 띠고 있었다. 논쟁은 주장과 반론 그리고 재반론으로 이어지는 고도의 지적 행위이자 수준 높은 글쓰기 행위라 할 수 있다. 경우에 따라 감정싸움으로 흐르는 경우가 없지 않았지만, 대체로 문단의 건전한 상식을 회복하는 기능과 문학론의 질적 수준을 향상시키는 데 일정한 기여를 했다고 평가할 수 있겠다.

남은 과제는 비평과 아동문학 작품을 결합한 논의와 민족주의 계열의 아동문학과 비교·대조하는 후속 연구가 이어져야 할 것이다.

참고문헌

1. 단행본

권영민, 『계급문학운동사』, 문예출판사, 1998.

金允植, 『韓國近代文藝批評史硏究』, 한얼문고, 1973.

김정의, 『한국소년운동사』, 민족문화사, 1992.

2. 논문과 평문

康昌玉, 「남의 童謠와 제 童謠」, 『별나라』, 1931년 12월호.

高文洙, 「(讀者評壇) 「어린이」는 과연 假面誌일까?—「어린이」에게 誤解를 삼는 者에게 一言함」, 『어린이』, 1932년 5월호.

九峰山人, 「批判者를 批判—自己辯解와 申君童謠觀評(13, 14)」, 『조선일보』, 1930.3.6~7.

九峰山人, 「'푸로레' 童謠論(六, 九, 十四)」, 『조선일보』, 1930.7.12~22.

九峰山人, 「童詩抹殺論」, 『중외일보』, 1930.4.26~5.3.

記 者, 「독자담화실」, 『어린이』, 1927년 3월호.

金末誠, 「朝鮮少年運動 及 京城市內同 團體紹介」, 『四海公論』, 1935년 5월호.

金 億, 「'소곰쟁이'에 對하여」, 『동아일보』, 1926.10.8.

金泰午, 「少年文藝運動의 當面에 任務(七)」, 『조선일보』, 1931.2.9.

南夕鍾, 「一九三五年 朝鮮 兒童文學 回顧—附過去의 朝鮮兒童文學을 돌봄」, 『아이생활』, 1935년 12월호.

頭流山人, 「童話運動의 意義—少年文藝運動의 新展開(一, 二)」, 『중외일보』, 1930.4.8~9.

閔丙徽, 「少年文藝運動 防止論을 排擊」, 『중외일보』, 1927.7.1~2.

朴世永, 「(少年文學講座)童謠 · 童詩는 엇너케 쓰나(四)」, 『별나라』, 통권75호, 1934년 2월호.

朴世永, 「固式化한 領域을 넘어서—童謠 · 童詩 創作家에게」, 『별나라』, 1932년 2-3월 합호.

朴世永, 「童謠·童詩는 엇더케 쓰나(二)」, 『별나라』, 통권74호, 1934년 1월호.

朴世永,「朝鮮兒童文學의 現狀과 今後 方向」,『建設期의 朝鮮文學』, 조선문학가동맹중앙집행위원회서기국, 1946.
朴英熙,「最近文藝理論의 新展開와 그 傾向－社會史的及文學史的 考察(三)」,『동아일보』, 1934.1.4.
朴英熙,「文藝運動의 方向轉換」,『朝鮮之光』, 1927년 4월호.
朴英熙,「文藝運動의 目的意識論」,『朝鮮之光』, 1927년 7월호.
박태일,「경남지역 계급주의 시문학 연구」,『경남 · 부산 지역문학연구 1』, 청동거울, 2004.
濱江漁夫,「소년문학과 현실성」,『어린이』, 1932년 5월호.
宋完淳,「童謠論 雜考－硏究노-트에서(二)」,『동아일보』, 1938.2.2.
昇曉灘,「朝鮮少年文藝團體消長史稿」,『新少年』, 1932년 9월호.
申孤松,「公正한 批判을 바란다－'批判者를 批判'을 보고」,『조선일보』, 1930.4.2.
申孤松,「童心의 階級性－組織化와 提携함」,『조선일보』, 1930.3.8.
申孤松,「새해의 童謠運動－童心純化와 작가 誘導」,『조선일보』, 1930.1.3.
申瑩澈,「편즙을 마치고」,『어린이』, 1932년 9월호.
安德根,「푸로레타리아 少年文學論(八, 十)」,『조선일보』, 1930.11.4~7.
梁雨庭,「童謠와 童詩의 區別」,『조선일보』, 1930.4.4~6.
嚴興燮,「별나라의 거러 온 길」,『별나라』, 해방 속간 1호, 1945년 12월호.
牛耳洞人,「글 도적놈에게」,『동아일보』, 1926.10.26.
柳白鷺,「少年文學과 리아리즘－푸로 少年文學運動(二, 三)」,『중외일보』, 1930.9.23~24.
劉鳳朝,「少年文藝運動 防止論을 닑고(四)」,『중외일보』, 1927.6.2.
尹福鎭,「三新聞의 正月 童謠壇 漫評(五)」,『조선일보』, 1930.2.7.
李東珪,「少年文壇時感」,『별나라』, 1932년 1월호.
李炳基,「童謠童詩의 分離는 錯誤－孤松의 童謠運動을 읽고(一)」,『조선일보』, 1930.1.23.
이순욱,「카프의 매체 투쟁과 프롤레타리아 동요집『불별』」,『한국문학논총』, 제37집, 한국문학회, 2004.
李周洪,「兒童文學運動 一年間-今後 運動의 具體的 立案(一, 八)」,『조선일보』,

1931.2.13~20.
李活湧, 「나면 되는 投稿家에게 一言함」, 『별나라』, 1931년 12월호.
張善明, 「少年文藝의 理論과 實踐(二, 三)」, 『조선일보』, 1930.5.17~18.
丁洪敎, 「朝鮮少年運動槪觀-今後 運動의 展開를 望함(1~6)」, 『조선일보』, 1932.1.1~19.
朝鮮푸로레타리아藝術同盟, 「今後의藝術運動-朝鮮푸로레타리아藝術同盟聲明」, 『조선일보』, 1928.3.11.
哲　焰, 「'붓작난' 輩의 나타남에 대하야」, 『新少年』, 1932년 8월호.
최영택, 「少年文藝運動防止論」, 『중외일보』, 1927.4.17.
최원식, 「'리얼리즘'과 '모더니즘'의 회통」, 『문학의 귀환』, 창작과비평사, 2001.
崔靑谷, 「少年運動의 當面 諸問題(四)」, 『조선일보』, 1928.1.22.
編輯局, 「별나라는 이러케 컷다-별나라 六年 略史」, 『별나라』, 통권51호, 1931년 6월호.
한형구, 「김기진, 혹은 신경향파 비평의 의식 구조-'프롤레타리아 컬트'론의 진동」, 『한국근대문학연구』, 제3권 제1호, 한국근대문학회, 2002.4.
洪銀星, 「在來의 少年運動과 今後의 少年運動(二)」, 『조선일보』, 1928.1.3.

일제강점기 아동문학의 표절 양상과 원인

1. 머리말

문학 작품의 표절은 일반 문학에만 국한된 것이 아니라 아동문학에도 예외가 아니었다. 일제강점기 아동문학 작품과 비평문을 읽다 보면 표절 논란이 유달리 많았음을 알 수 있다.

최근 홍난파(洪蘭坡)가 작곡하여 노래로도 널리 불려진 「햇볕은 쨍쨍」이 표절 작품이라는 주장이 제기되었다. 최옥란(崔玉蘭)의 작품으로 알려졌지만 실제는 휘문고등보통학교 학생 궁창현의 작품으로 추정된다는 보도가 있었다.[1] 오랫동안 최옥란의 작품으로 알려져서 널리 불렸던 작품인데도 뒤늦게 표절 사실이 밝혀진 것이다. 작품 발표 당시는 저작권 개념이 불분명했던 데다 오늘날처럼 발표 매체에 대한 교차 확인이 어렵기도 해, 표절 여부를 가리기가 쉽지 않았던 것이 큰 원인이었다.

동요 작품으로 표절 논란이 일어났던 것 가운데 가장 널리 알려진 예로는 한정동(韓晶東)의 동요 「소금쟁이」를 들 수 있다. 1925년 『동아일

1 「'햇볕은 쨍쨍…' 진짜 작사가 따로 있다?」, 『한겨레』, 2007.9.16.

보』 신춘문예에 일등으로 당선된 동요 「소금쟁이」는 당시 '조선의 명작 동요'로 널리 알려져 있었다. 그런데 이듬해인 1926년 홍파(虹波)가 「소금쟁이」는 일본 동요를 번역한 것임을 밝히고 나선 것이다. 2회에 걸쳐 본인이 해명했음에도 논란은 수그러들지 않고, 이후 문병찬(文秉讚), 고선자(考選者)였던 김억(金億), 한병도(韓秉道), 최호동(崔湖東), 그리고 김원섭(金元燮) 등이 나서 11회나 논쟁이 이어졌다. 결국 신문 편집자가 '飜譯이 아니라 할 수 업다'고 결론 내린 후 논란은 일단락되었다. 「소금쟁이」 표절 논란은 1920년대 아동문단이 형성된 초기에 벌어진 일이었으므로 이후 작가들의 작품 활동에 준엄한 교훈이 되었을 것으로 생각되나 실상은 그렇지 못했다. 1930년대에도 표절 논란은 끊임없이 되풀이되고 있었기 때문이다.

표절 논란은 동요나 동화 등 문학 작품에만 국한되지 않았다. 아동문학 비평에도 표절 논란이 있었다. 실제비평은 물론이고 이론비평에 해당하는 글을 쓰자면 상당한 수준의 문학 공부가 필요하다. 그러나 1920~30년대 아동문학 매체에 기고하는 필진의 사정은 그렇지 못했던 것으로 보인다. 엊그제 아동문단에 작품을 투고하던 사람이 곧 이어 기성 문인의 자격으로 문학론을 전개하고 비평가로 활동하는 일이 흔히 있었다. 그러다 보니 문학이론의 주된 수입원이었던 일본 문단의 논의가 번역 또는 초역의 형태로 원작자를 밝히지 않고 아동문학 매체에 다수 수록되는 형편이었던 것이다.

이 논문은 1920~30년대 아동문학의 표절 양상을 객관적인 사실 위주로 파악하고 그 원인을 살피는데 목적을 두고 있다. 누가 무엇을 어떻게 표절했는지에 대해, 표절 논란이 제기된 당대의 논의를 바탕으로 표절의 여러 양상을 확인하려고 한다. 당대 아동문단의 작가와 독자들의 상호 검열을 바탕으로 한 표절 및 중복게재 사실을 일일이 확인하는 일은 몹시 번거로운 일이다. 하지만 힘들고 번거롭더라도 이 작업은 성실하게 수행될 필요가 있다. 작가와 작품의 문학사적 자리매김과 가치 평가에 중요한 역할을 할 수 있기 때문이다. 그리고 당대 문인들의 표절에 대한 인식과 매체에 드러난 표절의 양상을 면밀히 확인하게 되면 표절이 일어난 원인이 무엇인지도 자연스럽게 밝혀질 수 있을 것이다.

2. 일제강점기 아동문학의 표절 양상과 원인

1) 아동문학의 표절 양상

1930년 2월에 들어 『동아일보』에서는 '文壇探照燈' 이란 난을 마련한다는 공지를 하여 "他人의 作을 剽竊 或은 抄譯하야 가지고 恬然히 自己의 創作인체 發表하는 厚顔無恥한 徒輩가 跳梁"[2]하는 사실을 적발하고자 하였다. 1930년 5월에 들어 『매일신보』에서도 6월 1일부터 '동무소식' 난을 마련한다는 공지가 있었다. '동무소식'은 말 그대로 소년문사들이 서로 소식을 전하는 통로가 되었으나 표절 사실을 적발하는 공간으로서의 기능도 담당했다. 『어린이』, 『신소년』, 『별나라』 등 여러 아동잡지들에서도 '독자통신, 담화실, 수신국' 등의 난을 통해 표절을 적발하였다.

1930년대 초반에 '문단탐조등'과 '동무소식' 및 여러 형태의 '독자란'이 만들어지고 표절을 적발한 것은, 1920년대부터 표절과 초역이 많았다는 것을 반증한다고 볼 수 있겠다.

일제강점기 아동문학의 표절 양상은 대체로 다른 작가의 작품을 표절한 것과, 일본 작가의 작품을 표절한 것, 그리고 자신의 작품을 다른 매

---

2 동아일보사, 「文壇探照燈」, 『동아일보』, 1930.2.21.

체에 중복게재한 것 등으로 나누어 볼 수 있다.

(1) 국내 작가의 작품 표절

『별나라』는 창간 1주년 기념으로 1927년 6월 18일과 19일 양일간에 걸쳐 '全朝鮮少年少女作品展覽會'를 개최하였다. 1927년 7월호 『별나라』에는 이 전람회에 출품되었던 문학 작품 가운데 강병주(姜炳周)의 심사를 거쳐 가려 뽑은 '特選 童謠'를 수록하고 있다. 여기에 윤복향(尹福香)의 「참새」, 「봄노리」, 「풍경」과 김춘원(金春園)의 「갈대」 등이 있다.

> 살구쏫 피면은 첫봄이라구/참새가즐겁게 노래하지만/복사쏫 지면은 봄이간다구/참새가애닯게 울어댐니다 (大邱女子普通學校 尹福香, 「참새」, 41쪽)

> 곰다란 풍경이/바람에 흥겨서/짱거랑 짱거랑/ × × 세살된 요나는/풍경에 흥겨서/짱거랑 짱거랑 (尹福香, 「풍경」, 42쪽)

이상 두 편의 동요는 윤복진의 작품으로도 발표되었다. 「참새」는 1929년 1월에 발간된 『朝鮮童謠選集』(博文書館)에 가장 먼저 수록되었고, 다음은 1929년 홍난파(洪蘭坡)의 『朝鮮童謠百曲集』(硏樂會)과 1946년 『初等用歌謠曲集』(파랑새社)에도 수록되어 있다.

> 살구쏫 픠면은 첫봄이라구/참새가즐겁게 노래하지만/복사쏫 지면은 봄이간다구/참새가애닯게 울어댐니다. (「참새」, 『朝鮮童謠選集』, 163쪽)

> 살구꼿 우스면 봄이온다고/참새가 짹짹짹 노래하지만//복사꼿 다지면 봄이간다고/참새가 짹짹짹 슯허운다오 (金水鄕 謠, 洪蘭坡 曲, 「참새」, 『朝鮮童謠百

曲集』, 57쪽) (밑줄 필자)

『朝鮮童謠選集』은 똑같고, 『朝鮮童謠百曲集』에만 일부 수정되어 있다. '픠면은'이 '우스면'으로 '즐겁게'와 '애닯게'가 '짹짹짹'으로, '첫봄이라구'가 '봄이온다고', '울어댐니다'가 '슯허운다오'로 바뀌었다.

『朝鮮童謠選集』에는 고장환(高長煥), 김태오(金泰午), 신재항(辛在恒), 윤극영(尹克榮), 유도순(劉道順), 정지용(鄭芝鎔), 한정동(韓晶東) 외에는 작품의 지은이가 밝혀져 있지 않았다. 하지만 작가별로 작품이 모아져 있는데 「참새」는 윤복진의 다른 작품이 수록되어 있는 곳에 같이 수록되어 있어 그의 작품으로 확인된다. 이후 『朝鮮童謠百曲集』이나 『初等用歌謠曲集』에는 윤복진의 필명인 김수향(金水鄕)의 작품으로 밝혀 놓았다. 문제는 윤복향의 「참새」가 1927년 7월에 발표가 되었고, 윤복진의 이름으로는 가장 빠른 것이 1929년 1월에 발표되었다. 그렇다면 윤복진이 윤복향의 작품을 표절한 것이 된다.

> 곱다란 풍경이/바람에 흥겨서/짱그랑 짱그랑/ ◇ ◇ 두살난 아가는/풍경에 흥겨서/짱그랑 짱그랑// -1929.11.16.- (윤복진, 「풍경」, 『조선일보』, 1929.11.21)

「풍경」 또한 작품 말미에 창작일자 혹은 투고일자로 보이는 '1929. 11.16'을 기준으로 할 때 윤복향의 작품을 표절한 것이 된다. 표기법의 차이를 제외하면 2연의 '세살된 요나는'과 '두살난 아가는'이 다를 뿐 내용이 똑같은 데다 윤복향의 작품보다 뒤에 발표가 되었기 때문이다.

'大邱女子普通學校 尹福香'(41쪽)은 누구인가? 「말」(『동아일보』, 1928.1.6)이란 작품도 '大邱女公普 尹福香'이란 이름으로 발표된 바 있다. 윤복진은 1남 5녀 집안의 장남이었고, 셋째 여동생의 이름이 윤복향인데 1915

년생이다. 발표 당시 윤복향의 나이는 세는나이로 13살이고 보통학교 학생이었다.[3] 윤복진이 『어린이』에 작문으로 선외가작 당선된 것이 1925년 6월 「써나는 동무」이고, 이어 9월에 입선한 첫 작품 「별 ᄯᅡ러 가세」를 발표했을 때가 19세였다. 이로 볼 때 윤복향 명의의 작품은 윤복진의 작품일 가능성이 크다. 「봄노리」도 마찬가지로 보이나, 윤복진의 이름으로 발표된 잡지나 신문을 확인하지 못했다.

김춘원의 「갈대」는 윤복진의 「갈대」와 완전 똑같은 작품이다.

> 달밝은 갈밤에/냇가에 갈대가/흰손을 들고서/손짓을 합니다./새ᄭᅡ지 잠자는/고요한 이밤에/누구를 오라고/손짓을 햇슬가// (長連 金春園, 「갈대」, 『별나라』, 1927년 7월호, 42쪽)

> 달밝은 갈밤에/냇가에 갈대가/흰손을 들고서/손짓을 합니다./새ᄭᅡ지 잠자는/고요한 이밤에/누구를 오라고/손짓을 햇슬가// (윤복진, 「갈대」, 『중외일보』, 1927.4.29.)

같은 해 4월 말경에 발표된 작품을 그대로 베껴서 5월 15일 마감인 『별나라』의 일주년 기념 '제1회 전조선소년소녀작품전람회'에 출품하여 '특선동요'로 수상한 작품이다.

아동문단에 많이 알려지지 않은 사람만이 표절을 한 것은 아니다. 이화룡(李華龍)은 본명뿐만 아니라 이고월(李孤月)이란 필명으로도 아동문단에서 활발한 활동을 한 작가였다. 한백곤(韓百坤)은 이청룡(李青龍)이 『신소년』에 발표한 「풀각시」가 다른 잡지에 발표된 작품을 표절한 것이라고 적발하였는데, 이 작품은 이화룡의 표절 혐의와도 연결된다.

---

3 윤경옥(尹敬玉)(윤복진의 부: 필자)의 제적등본(본적 대구광역시 중구 사일동 72번지) 참조.

新少年 七, 八月 合號에 실린 李靑龍 氏의 동요「풀각씨」는 다른 雜誌의 것을 문제만 고쳐가지고 投稿한 것이다. 엇지하야 우리 귀중한 新少年 어엿븐 新少年의 誌上에 또 이런 깨끗지 못한 일이 생기는가! 李 兄이여! 일후부터는 그리지 말고 아름다운 글을 창작하야 投稿합시다. 그리고 서로 握手하고 忠告하야 사랑하고 깃붜합시다.[4] (밑줄 필자)

이청룡이 어느 잡지의 무슨 작품을 표절한 것인지는 확인하지 못했다. 그러나 한백곤은 당대 아동 잡지와 신문 학예면에 두루 활동하던 소년 문사였던 터라 위 적발 내용이 사실로 여겨진다. 그런데 표절했다는 이청룡의 작품을 다시 이화룡이 표절하였다.

풀각시

三長公普 李靑龍

당홍치마 분홍댕기
　　　　연두저고리
빗도곱고 맵시잇게
　　　　차리고안저
울도웃도 안이하는
　　　　풀각시님은
참말이지 얌전하신
　　　　색시님이네.
　　×
산수그린 작은병풍
　　　　둘르고안저

4 忠州 韓百坤,「談話室」,『新少年』, 1929년 12월호, 46쪽.

가는머리 짜어언고

연지를찍고

작으만한 키에다가

긴치마입은

난쟁이의 풀각시는

앙증도하네.

(『신소년』, 1929년 7-8월 합호, 47쪽)

童謠 풀각시

李華龍

당홍치마 분홍댕기

연두저고리

빗도곱고 맵시잇게

차리고안저

울도웃도 안이하는

풀각씨님은

정말이지 얌전하신

색씨님이네

산수그린 작은병풍

둘으고안저

가는머리 짜어언고

연지를찍고

작으만한 키에다가

긴치마입은

난쟁이의 색씨님은

앙증도하게

(『중외일보』, 1929.10.14)

이청룡은 '三長公普' 학생인 모양이다. '三長'은 함경북도 무산군(茂山郡)에 있다. 이화룡도 무산 삼장 사람이다. 이청룡과 이화룡의 관계가 궁금하나 작품만으로 보면 완전한 표절이다.

소설가로 일가를 이룬 황순원도 1930년대 초반에 다수의 동요(시) 작품을 남겼다. 본명뿐만 아니라 상당수의 작품은 '狂波'라는 필명으로 발표하였다. 소설가로서뿐만 아니라 당대 소년문사로서도 작품 양을 기준으로 한다면 문단적 지위가 상당했다고 할 것이다. 그런데 표절 논란이 몇 차례 있었다. 황순원의 「버들개지」가 정명걸(鄭明杰)의 작품과 비슷하다는 것이다.

> 여긔에 이 作品노 少年朝鮮 誌(昭和 四年 三月號)에 鄭明杰 君이 쓴 『운암햇날의버들』과 비슷하다는 것이다. 少年朝鮮에 쓴 鄭 君의 作品은 이러하다.
>
> 시냇집에 큰처녀 버들의처녀
> 한자두자 존머리 갈갈이푸러
> 어름거울 노코서 단장하다가
> 그만이도 아차차 잠이들엇네
> × ×
> 사르르 눈떠보니 온머리백발
> 누가볼까 북그러 잠잠잇다가
> 뒷집에 솔총각도 백발이니라
> 자긔신센 다닛고 방긋우섯네
>
> 黃 君의 이 作品은 評을 그만 두고 諸君의 생각에 맥기여 버린다. 黃 君도 다시금 反省하여 보라. 創作에 힘쓰기를 眞心으로 勸告한다.[5]

『매일신보』에 발표된 황순원의 「버들개지」는 다음과 같다.

버들개지

黃順元

버들개지 아씨는
버들의처녀
초록치마 저고리
깨끗이닙고
물결거울 압헤서
맵시내다가
자긔몰내 살근이
잠이들엇네
×
다음봄에 눈뜨니
왼머리흰털
누가볼가 붓그려
머리숙이니
압집총각 솜나무
칭々하여서
『엇지하여 늙엇나』
돌녀주엇네
註=왼머리흰털이라는 것은 씃핀 것

(『매일신보』, 1931.4.26)

5 白鶴瑞, 「每申 童謠評—九月에 發表한 것(二)」, 『매일신보』, 1931.10.16.

두 작품 다 '버들'을 노래한 것인데, '버들의처녀', '잠이들엇네', '누가볼가 붓그러'가 표현상 동일하고, '어름거울 노코서 단장하다가'와 '물결거울 압헤서 맵시내다가'가 동일한 모티프다. 지금까지 살펴본 표절 작품들과는 정도의 차이가 있지만 모티프와 아이디어가 동일 혹은 유사한 것도 표절의 범주에 든다 할 수 있어 백학서의 문제 제기가 잘못이라 할 수는 없겠다.

1930년대에 여러 잡지와 신문에 동요와 동화 등 많은 양의 아동문학 작품을 발표해 이름이 알려졌던 이리(裡里) 한상진(韓相震)도 표절 혐의에서 자유롭지 않았다. 송창일(宋昌一)은 「낮별」(『동아일보』, 1931.2.1)의 '附記'에 다음과 같이 한상진이 표절한 사실을 밝히고 있다.

> 附記
>
> 東亞日報 一月 二十七日 附 韓相震 氏 童謠『낫에 보이는 달』은 昨年 三月 十七日 附 朝鮮日報에 發表되엇든 本人의 創作品임에 一點一劃도 틀림없음을 말해 둡니다. (一月 二十七日) (밑줄 필자)

두 작품의 원문은 다음과 같다.

낫에보이는달

宋昌一

一

밤새워서 가든길 채못다가서
힘이만흔 햇님의 들켓버렷네
애기별들 다리고 밤길가다가
짜라오는 햇님의 잡혀버렷네

二

불상해라 낫달님 쪼부랍달님
애기별들 째문에 길이느젓나
벙글벙글 저햇님 욕심좀보게
발녀줘든 등불을 쌔아섯구나

(『조선일보』, 1930.3.18)

낮에보이는달

韓相震

◇………◇

밤새워서 가든길 채못다가서
힘이많은 햇님께 들켜버렷네
애기별들 더리고 밤길가다가
떯아오는 햇님께 잡혀버렷네

◇………◇

불상해라 낮달님 꼬부랑반달
애기별들 때문에 길이늦엇나
벙글벙글 저햇님 욕심좀보게
밝혀주든 등불을 뺏어갓구나

(『동아일보』, 1931.1.27)

똑같은 내용의 동요가 약 1년 정도 앞서 송창일의 이름으로 발표되었으니 한상진이 발표한 작품을 표절이 아니라 할 수 없다.[6] 이것뿐만이 아니다. 한상진은 김유안(金柳岸)의 「눈물지는밤」을 표절하여 제목은 그대로 하고 내용을 살짝 바꾸어 발표하였다. 해주(海州)의 이익동(李益東)이

6 宋昌一, 「낫에 보이는 달」, 『조선일보』, 1930.3.18. '쪼부랍날님'과 '길이느적나', '쌔아것구나'는 오식이 분명해 인용문처럼 고쳤다.

적발한 내용은 다음과 같다.

◀ 나는 本報 紙上에 發表되는 少年 作品을 滋味잇게 보든 中 今日('今月'의 오식: 필자) 二十一日 本報 第四面에 실린 裡里普校 韓相震 君의 作品「눈물지는 밤」을 읽고 문뜻 언젠가 한번 본 듯한 感想이 머리에 써올낫다. 이 作品은 昨年 언젠가 한번 朝鮮日報에 記載된 金柳岸 君의 作品을 가저다가 약간의 글字를 갈고 自己의 名義로 記載한 것으로 생각한다. 그러나 나는 이 作品에 對하야 무어라고 말은 아니 하고 兩人의 作品을 對照한 터이니 評은 記者 先生님들 하고 每申 동모 여러분에게 맛깁니다. 먼저 朝鮮日報 紙上에 發表되엿든 金柳岸 君의 作品을 쓰겟습니다.

눈물지는밤

金柳岸

보슬보슬가는비
　　내리는비는
후원못맹상이
　　슬피울지요
맹상맹상맹상이
　　우는밤은요
나는나는잠못자
　　눈물집니다
우리동무김무산
　　세상써난일
생각생각눈감고
　　눈물집니다

(故金巫山靈前에)

눈물지는밤

裡里普校 韓相震

보슬보슬 가는비 내리는밤은
뒷산에서 맹꽁이 슬피울지요
맹꽁맹꽁 맹꽁이 우는밤은요
나는나는 잠못자 눈물짐니다
나의동무 조우경세상 써난일
생각생각 눈감고 눈물짐니다

(故趙又慶靈前에 올림)

○ 뒷산에서 맹꽁이 슬피울지요 하얏스니 山에서는 맹꽁이 아니웁니다. (海州 李益東)[7] (밑줄 필자)

위 인용에는 김유안과 한상진의 작품을 제시하고 있다. 그러나 원문과 약간의 차이가 있어 당초 게재된 신문의 동요를 찾아 차례로 보이면 다음과 같다.

보슬보슬가는비 내리는밤은/후원못속맹꽁이 슬피울지요//◇ 맹꽁맹꽁맹꽁이 우는밤은요/나는나는잠못자 눈물짐니다//◇ 우리동무김무산 세상써난일/생각생각눈감고 눈물짐니다//(故金巫山靈前에) (金柳岸, 「눈물지는밤」, 『조선일보』, 1930.5.11)

보슬보슬 가는비 내리는밤은/뒤산에서 맹꽁이 슯히울지요/맹꽁맹꽁 맹꽁이 우는밤은요/나는나는 잠못자 눈물짐니다/나의동무 조우경 세상써난일/생각생

7 海州 李益東, 「동무소식」, 『매일신보』, 1931.3.26.

각 눈감고 눈물짐니다//(故 趙又慶 靈前에 올님) (裡里普校 韓相震, 「눈물지는 밤」, 『매일신보』, 1931.3.21)

그대로 베끼기는 뭣해 '우리동무김무산'을 '나의동무 조우경'으로 한 것과 '후원못속맹꽁이'를 '뒤산에서 맹꽁이'로 고친 것이다. 이익동은 '뒷산에서 맹꽁이 슬피울지요 하얏스니 山에서는 맹꽁이 아니 웁니다'고 비웃었다. 학예면 편집자도 "남의 것을 도적질함은 一生의 수치도 되려니와 自己의 精神을 돌오혀 남에게 쌔앗기는 것"이라며 "韓 君은 良心을 속이지 안는 사과와 다시는 그런 짓을 하지 안켓다는 맹서"를 하고, "허물을 가르처주는 벗에게는 언제든지 感謝"[8]하라고 충고한다. 이 충고를 받아 한상진은 다음과 같이 사과문을 게재하였다.

◀ 海州 李東益 氏여! 저는 李 君에세 大端이 큰 罪를 서서 未安합니다.

저는 이제부터 잘 지으나 못 지으나 남의 글을 훔처서 짓지 안켓다고 決心을 하엿습니다. 여러 每申 동무여! 저는 잘못햇다고 업드려서 맹세를 함니다. 李君이여! 용서하야 주시오.

(裡里 新町 四六一番地 韓相震)

◁ 人雖不過리오마는 改之則爲貴 (C記者)[9]

이렇게 사과하고 맹세까지 했으나 한상진은 곧바로 또 표절한 사실이 적발되었다.

◀ 韓相震 君 - 君의 名義로 發表되는 童謠를 하나도 아니요 여러 개를 보앗

---

8 「동무소식」, 『매일신보』, 1931.3.26.

9 「동무소식」, 『매일신보』, 1931.4.1. '海州 李東益'은 '海州 李益東'의 오식이다.

다. 그런데 그 童謠가 하나도 쌔지 안코 남의 것을 剽窃한 것이라고 나는 認定한다. 君은 남에 것을 훔처다가 每申에 或은 東亞에 함부로 自己 創作然하고 發表하는 剽窃漢이다. 이런 괘씸한 즛이 어데 잇단 말이냐? 이미 東亞에서도 君의 剽窃을 指摘하고 每申에서도 여러 번 指摘하엿다. 그러면 이번이 몃 번재이냐? 君아 손을 곱아 세여보아라. 君은 名譽에 팔녀 남의 것을 剽窃하는 자이다. 君은 이 글을 보고도 오히려 깃버하리라 웨? 韓相震이라는 自己 일흠이 한번더 發表되기 째문에—나는 몃츨 前에 君의 謝過도 보앗다. 그것도 君의 名譽를 爲한 謝過지 眞心의 謝過는 아닌 줄 안다. 謝過한 지가 몃츨이나 되느냐? 四月 二日附 本紙 四面에 「빗방울」이라는 이미 作曲까지 한 尹石重 君의 童謠를 훔치다 發表하엿다. 동무의 忠告를 여러 번 밧고도 反省치 안는 君은 하로밧비 물너가거라. 君아! 가만히 안저 생각해 보아라. 그리고 反省하여라. 마즈막으로 編輯者의 精密한 考選을 빌고 紙面關係로 대강 쓴다.[10] (밑줄 필자)

-1-

보슬비 보슬보슬 나리는 밤에

줄타고 짜르르르 굴러온방울.

×

말업시 소근소근 귓속들하며

어대서 왓슬가요 왜왓슬가요.

-2-

저줄만 쌀하가면 누나의공장

아마도 우리누나 눈물인가보.

×

긔계는 심술피고 해는점을고

10 白村人, 「동무소식」, 『매일신보』, 1931.4.14.

답답해 쏘다노은 눈물인가보.

(朝鮮童謠曲集 1, 尹石重 作謠, 尹克榮 作曲,
「비ㅅ방울」, 『동아일보』, 1930.3.11)

보슬비 보슬보슬
　　나리는밤에
줄타고 짜르르르
　　굴너온방울
말업시 소군소군
　　귀속말하며
어데서 왓슬가요
　　왜왓슬가요
저술만 살아가면
　　누나의공장
아마도 우리누나
　　눈물인가바
긔게는 심술피고
　　해는점을고
답답해 쏘다노은
　　눈물인가바
…一九三一. 三. 二一日 作…

(韓相震, 「비ㅅ방울」, 『매일신보』, 1931.4.2)

위 두 작품을 살펴보면 표기상의 차이를 제외하고 완전 동일하다. 「비ㅅ방울」은 윤석중이 『동아일보』에 「비ㅅ방울」을 포함하여, 「달마중」(洪蘭坡 曲), 「해바라기」, 「쑬쑬 쑬돼지」(나머지는 모두 尹克榮 曲) 등을 1930년 3

월 13일부터 17일까지 4회에 걸쳐 '朝鮮童謠曲集'이란 이름 아래 연재한 것 가운데 하나다. 하루 전에 사과문을 게재하고 바로 다음 날 표절한 작품이 발표된 것을 보니, 사과와 맹세를 뒤집은 것이라기보다 표절한 작품을 여러 곳에 투고한 것이 뒤늦게 발표된 것으로 보인다.

전식(田植, 白村人은 필명)은 한상진의 작품을 두고 '하나도 쌔지 안코 남의 것을 剽窃한 것이라고 나는 認定'한다고 하였을 정도다. 한상진의 다른 작품들도 창작 여부를 면밀하게 확인해 보아야 하겠다.

한상진은 이후 1930년대 후반에 이르기까지 『별나라』, 『신소년』뿐만 아니라, 『동아일보』, 『조선일보』, 『매일신보』, 『조선중앙일보』 등 신문에 60편이 훌쩍 넘는 동요, 동화, 소년소설, 아동극 등의 작품을 발표하였다. 이 뿐만 아니라 조선소년총연맹과 경기도소년연맹, 경성소년연맹을 해체하고 조선아동애호연맹을 발기할 때 발기인으로 참여하였고,[11] 유년을 위한 잡지 『유년동무』를 발간하기로[12] 하는 등 소년문예운동에 중진으로서의 역할을 하였다.

박덕순(朴德順)의 「가을」은 김사엽(金思燁)이 먼저 발표한 「가을」을 표절한 것이었다. 원주(原州) 유희각(柳熙恪)이 표절 사실을 처음 밝혔는데 1930년 10월 23일자 『매일신보』에 실린 것을 보고 지적한 것이다.

● 城津 朴德順 氏 十月 二十三日 少年文壇에 記載된 童謠 「가을」은 당신의 지은 것이 아니라 大邱 金思燁 氏가 지은 것으로 『어린이』 昭和 四年 十月號 附錄 第四頁의 실닌 것입니다. 왜 그런 낫분 짓을 해서 少年文壇까지 羞恥가 되게 함닛가? 이 다음의는 아여 그런 짓 마시요. (原州 柳熙恪)[13] (밑줄 필자)

---

11 「三聯盟을 一齊 解體 새 團體 結成 準備-少年運動에 새 機運」, 『조선일보』, 1936.12.27.
「少年運動革新 期必코 新團體結成劃策-從前 三團體의 解體를 決議, 創立準備會 活動中」, 『매일신보』, 1936.12.27.

12 「'유년동무'-新年부터 創刊」, 『매일신보』, 1936.12.13.

13 原州 柳熙恪, 「동무소식」, 『매일신보』, 1930.10.29.

박덕순의 작품이 발표되자 일주일여 뒤에 표절 사실을 바로 적시한 것이다. 원작이 『어린이』에 수록된 것까지 정확히 지적한 것이고 표절이 '羞恥'라는 것까지 분명히 하였다.

그런데 어떤 연유인지 이 작품은 유희각의 지적이 있고 난 일주일여 뒤인 1930년 11월 6일자 『매일신보』에 또다시 발표되었다. 이를 보고 엄창섭이 다른 매체인 『동아일보』의 '文壇探照燈' 난에다 표절 사실을 적발하면서 두 작품을 인용한 뒤 "一句도 틀리지 안"[14]는다고 밝혔다.

> 오동닙새 한닙한닙 써러지는밤/주추ㅅ돌밋 귀뚜람이 구슬피울고/나무닙헤 달빗치 새여나릴제/삿분삿분 가을은 차저옵니다/물방아 녯못에 갈닙덥히고/곱고붉게 나무풀닙 물들려오먼/파아란 하늘은 놉하가고요/삿분삿분 가을은 차저옵니다// (박덕순, 「가을」, 『매일신보』, 1930.11.6)

> 오동닙새 한닙한닙 써러지는밤/주추ㅅ돌밋 귀뚜람이 구슬피울고/나무닙에 달빗치 새여나릴제/삿분삿분 가을은 차저옵니다/물방아터 녯못에 갈닙덥히고/곱고붉게 나무풀닙 물드러지면/파아란 하눌은 놉하가구요/삿분삿분 가을은 차저옵니다// (김사엽, 「가을」, 『어린이』, 1929년 10월호)[15]

한두 군데 표기만 다를 뿐 완전히 동일한 작품이다. 표절작품임에도 '학예부의 고선'을 통과한 것과, 같은 『매일신보』에 표절 사실이 적시되었고 이어 다른 매체인 『동아일보』에까지 폭로되었음에도 불구하고 동일 작품을 연달아 발표한 점을 두고 성진(城津)의 김광(金曠)이 "貴紙 文藝欄은 어느듯 世間에서 嘲笑"[16]하게 되었다고 통박하였다.

---

14 嚴昌燮, 「(文壇探照燈)『가을』을 剽竊한 朴德順 君의 反省을 促한다」, 『동아일보』, 1930.11.4.
15 김사엽의 작품은 현재 『어린이』 해당호의 부록인 '어린이세상'이 전해지지 않아 엄창섭의 인용을 그대로 참조했다.

남석종(南夕鐘)은 월평을 통해 이 「가을」을 두고 "少年 文壇에서는 쌥낼 만한 作"이고 "솜씨만은 좃타"고 했으나, "한 가지 섭섭한 일은 남의 글을 옴겨 썻다는 것이 紙上에까지 公開"[17]되었다며 표절 사실을 언급하였다. 이어 '竹友會 警戒部'에서는 박덕순의 행위를 질타하며 애독자들에게 사과를 하라고 공개 요청하게 되었다.

◀ 萬若 純潔한 우리 朝鮮 少年文壇에 靑年이 발을 드려놋커나 他人作을 슬먼이 훔처다가 自己 것철음 쓰는 도적의 머리에는 인정업는 鐵棒이 나려갈 터이니 注意하시요. 그리고 城津 朴德順이여. 웨 그 짜위 비루하고 얄미운 行爲를 하십닛가. 朴德順 한 분으로 말미암아 깨긋한 우리 少年文壇이 얼마나 드러워젓습닛가. 朴德順이여. 잘못 깨달앗거든 滿天下 愛讀者에게 速히 謝過를 들이시요. 그리고 이 後에는 絶對로 그런 못된 짓은 하지 안토록 注意하시요. (竹友會 警戒部)[18] (밑줄 필자)

'竹友會'의 요청에 덧붙여 『매일신보』의 '一記者'도 사과를 촉구했고, 급기야 박덕순은 『매일신보』 지면에 사과문을 올리게 되었다.

◀ 天下 讀者 同志여. 제가 남의 作을 剽窃하엿다는 꾸지람은 달게 바덧습니다. 文藝 同儔여. 丹心을 披瀝하면 何處何時에서 보앗는지 들엇는지 尙今 記憶은 朦朧하나 그 着想 用語가 하도 좃키로 尋章摘句의 格으로 暗誦하야 늘 破寂거리로 불러왓소. 그래서 그 童謠를 投稿하여 神聖한 紙面을 더럽히게 되엿스니 天下 讀者 同儔여. 辯明갓지만 惡意에서 나오지 안엇다는 것만 말슴하오며 이 後로는 絶對 이런 輕率한 行動을 안하겟스니 以後 □倍의 愛顧로 誘掖하시

16 城津 金曠, 「동무생각」, 『매일신보』, 1930.11.16.
17 南夕鐘, 「每申 童謠 十月評(6)」, 『매일신보』, 1930.11.18.
18 竹友會 警戒部, 「동무소식」, 『매일신보』, 1930.11.19.

고 瘢疵를 宥恕하시옵소서. 以上 謝過합니다. 그리고 記者 先生님. 이 몸이 더럽게 됨은 姑捨하고 每申에 누를 미친 것을 先生任 海恕하시고 以後엘낭 深々注意한 後 投稿하겟스니 以後 더 愛護하여 주오. (城津 朴德順)[19] (밑줄 필자)

이러한 사과가 있자 『매일신보』는 '一記者' 명의로 "朴 君의 謝過는 衷心으로 고맙"다며 "人誰無過리오마는 改之無貴라고 朴 君! 이제는 靑天白日下에 붓그럽지 안은 사람"이라고 과오를 덮어 주었고, 독자들에게도 "만히 사랑하시고 사괴"[20]라 하였다. 어쨌든 일제강점기 아동문단에서 표절을 인정하고 사과까지 한 경우는 처음이 아닌가 한다.

스스로 표절 사실을 털어놓은 경우도 있다. 황순원의 숙부 황찬명(黃贊明)이다.

編輯 先生님! 期間 安寧하십닛가? 그리고 여러 동무께서도 剛健한시요? 그런데 한마듸 말삼드릴 것은 本月(五月) 一日 童謠欄에 「봄바람」이라는 童謠가 나의 號 谷泉으로 發表되엿습니다. 그리고 本月 六日에는 本名으로 「누나생각」과 「할미쏫」이라는 童謠가 또 發表되엿습니다. 이것은 나의 作品이 아니라 나의 姪인 黃順元 君의 作品인데 내가 君에게 물어보지도 안코 내 일홈으로 本報에 投稿하엿든 것이 發表되엿싸오니 編輯 先生님과 여러 동무께서는 이놈을 容恕하서서 順元 君의 作品으로 알어주시기를 바랍니다. 더욱이 「할미쏫」이라는 것은 前日 順元 君의 일홈으로 發表되엿든 것이올시다. 恕諒을 바랍니다. (黃贊明)[21]

「할미쏫」만 황순원의 이름으로 발표된 것이 아니라 「누나생각」도 마찬가지다. 다만 「할미쏫」은 자구 수정 정도에 그쳤기 때문에 완전한 표

19 城津 朴德順, 「동무소식」, 『매일신보』, 1930.12.2.

20 一記者, 「동무소식」, 『매일신보』, 1930.12.2. '一記者'의 충고 가운데 '人誰無過리오마는 改之無貴'는 맥락상 '改之爲貴'의 오식으로 보인다.

21 黃贊明, 「동무소식」, 『매일신보』, 1931.5.13.

절이었지만, 「누나생각」은 2연으로 된 황순원의 작품에서 1연만 베끼고 전체 작품도 4연으로 늘여 창작품인 것처럼 포장하였다.

할미쏫

黃贊明

분묘엽양지쪽에
　　피인할미쏫
담숙히머리숙여
　　얼골감추고
벌나븨차저옴을
　　붓그러해요
　×
년전도늙엇드니
　　이봄도그래
언제나할미쏫은
　　늙어잇지만
마음만은젊어서
　　아양부리죠

(『매일신보』, 1931.5.6)

할미쏫

새글會 黃順元

무덤엽양지쪽에
　　피인할미쏫
담숙히머리숙여
　　얼골감추고

벌나븨차저옴을
    붓그러해요
  ×
작년도늙엇드니
    올해도늙어
언제나일홈만은
    늙어잇지만
마음만은젊어서
    우슴만웃소

(『매일신보』, 1931.3.29)

누나생각

黃贊明

황천간 우리누나
    그리운누나
비쌔리는밤오면
    더욱그립죠
  ×
부엉〱부엉이
    뒷산에와서
구습히설어웁게
    울어댑니다
  ×
못보는우리누나
    보고픈누나
달밝은밤오면은

보고도십죠

×

기럭〱기럭이

공중에써서

처량하게울면서

날어갑니다

(『매일신보』, 1931.5.6)

누나생각

새글會 黃順元

황천간우리누나

그리운누나

비나리는밤이면

더욱그립죠

◇

그리운누나얼골

생각날때면

창밧게비소리도

설게들니오

—三 · 十二日—

(『매일신보』, 1931.3.19)

황찬명이 황순원의 숙부라 했지만 나이로는 오히려 서너 살 아래다.[22] 또래로 크면서 앞서 문단에서 활약하는 조카를 보고 발표욕과 명예욕에

22 황찬명은 1932년 4월에 평양숭실학교에 입학하였고(「今春의 合格者－專門과 中等校(平壤崇實學校)」, 『동아일보』, 1932.4.10), 황순원은 1934년에 이 학교를 졸업하였다.

서 표절을 하였을 수 있겠다. 그런데 남이 적발한 것도 아닌데 스스로 표절 사실을 자백하였다. 「할미꿋」과 「누나생각」이 발표된 『매일신보』의 「동무소식」 난에 표절을 고발하는 내용들이 잇따르자 스스로 자백한 것으로 보인다. 하여튼 표절을 사과한 예는 그리 많지 않다. 표절이 적발되어도 묵묵부답인 경우가 대부분이었다.

오늘날처럼 저작권 개념이 뚜렷하지 않았고, 교차확인 또한 쉽지 않았던 점을 감안하면 밝혀지지 않은 더 많은 작가의 더 많은 표절 작품이 존재했을 것으로 보인다. 당시 신문과 잡지에 제기된 표절 논란의 예를 좇아 표절의 양상을 살펴보도록 하자.

나는 지난 三月 十九日附(第二千四百十五號) 東亞日報 紙上 五面 五段 兒童欄에서 第一 첫 자리로 韓 동무의 「고향의 봄」은 잘 읽엇습니다.

그러나 씃까지 다- 읽고 나니까 前日에 어대서 읽은 노래 가탓습니다. 그래서 여러 번 읽어 보고 읽어 보고 하다가 긔어코 『어린이』 雜誌 大正 十五年 四月號 六十二頁에 發表된 入選 童謠欄에서 馬山 李元壽 氏의 創作임을 알앗습니다. 그런데 『나의 살든 고향은 꼿피는 산골 복송아꼿 살구꼿 아기진달래 울긋붉읏 꼿대궐 차리인 동리 그 속에서 놀든 때가 그립습니다』

한 것까지는 고대로 벗기어 노코 다음으로 原作에는

'꼿동리 새동리 나의 녯고향 파-란 들 남쪽에서 바람이 불면 냇가에 수양버들 춤추는 동리 그 속에서 놀든 때가 그립습니다'

한 것을 두어줄 고치어서

'꼿동리는 새동리 나의 녯고향 꼿피는 동산에서 바람이 불면 내가 수양버들 춤추는 동리 그 속에서 놀든 때가 그립습니다'

라 하야 노핫습니다.[23]

---

23 (高陽東幕)海草, 「(文壇探照燈)韓祐鉉 동무의 「고향의 봄」은 李元壽 氏의 原作」, 『동아일보』, 1930.4.11.

'韓 동무'는 한우현(韓祐鉉)인데 『동아일보』에 그가 발표한 「고향의 봄」의 원문은 다음과 같다.

나의살든고향은/꼿피는산골/복송아꼿살구꼿/아기진달래/울긋붉읏꼿대궐/차리인동리/그속에서놀든때가/그립습니다/꼿동리는새동리/나의녯고향/꼿피는동산에서/바람이불면/냇가의수양버들/춤추는동리/그속에서놀든때가/그립습니다// (韓祐鉉, 「고향의봄」, 『동아일보』, 1930.3.19)

잘 알다시피 원작인 이원수의 「고향의 봄」은 다음과 같다.

一. 나의살든고향은/꼿피는산골/복송아꼿살구꼿/아기진달내/울긋붉읏꼿대궐/차리인동리/그속에서놀든때가/그립습니다/二. 꼿동리는새동리/나의녯고향/파-란덜남쪽에서/바람이불면/냇가의수양버들/춤추는동리/그속에서놀든때가/그립습니다// (李元壽, 「고향의봄」, 『어린이』, 1926년 4월호)

해초(海草)가 밝힌 것처럼 밑줄 친 부분 이외에는 완전히 동일한 작품이다.

이성주(李盛珠)가 박고경(朴古京)의 『밤엿장수 여보소』를 표절한 것도 '文壇探照燈'에서 적발하였다.

밤엿장수 여보소/내말드르소/한돈짜리 한가락/팔아드릴껀//밤일하는 언니네/공장까지만/나를나를 다려다/주십소구려//저녁한술 못잡순/배곱흔언니/엿이라도 한가락/갓다들이게// (李盛珠, 『아이생활』, 제5권 제11호, 1930년 11월호, 16쪽)

1 밤엿장사/여보소/내말들으소/ · 한돈짜리/한가락/팔아들릴껀.//2 밤일하

는/언니네/공장까지만/ · 나를나를/다려다/주십소구려//3 저녁한술/못잡순/배곱흔언니// · 엿이라고/한가락/갓다들이게.// (朴古京, 『소년세계』, 제2권 제4호, 1930년 4월호, 2쪽)

이성주의 작품이 박고경의 작품과 다른 점은 "다만 句節만 다르게 쎗스며 1, 2, 3의 番號만 빼슬 샏"이라는 조탄향(趙灘鄕)의 지적 그대로다.[24] 조탄향은 이계화(李季嬅)가 『아이생활』(제5권 제11호)에 발표한 「갈맥이의 서름」이 이강흡이 『어린이 讀本』(高丙敦 編輯, 滙東書舘, 1928.7)에 실은 「갈맥이 서름」을 표절한 것이라는 사실도 고발하였다.

『갈멕이의서름』

바다가에 깃들인 적은갈메기/압바엄마 그리워 슯히울어요/안타까운 마음을 앞아하면서/끗업는 나그내길 떠나볼가요//검은물결 바다결 구비치면은/어린새는 무서워 눈물흘녀요/외로움과 서름을 하소연하며/일홈모를 나라로 떠나를가오// (이계화, 「갈맥이의 서름」, 『아이생활』, 1930년 11월호)

『갈맥이서름』

바다가에깃들인 적은갈맥이/압바엄마그리워 슯히울어요/안타싸운마음을 압허하면서/끗업는나그네길 떠나를가요//거문물결바다결 구비치면은/어린마음무서워 눈물흘여요/외로움과서름을 하소연하며/일홈모를나라로 떠나를가요// (리강흡, 「갈맥이 서름」, 『어린이讀本』, 1928, 72쪽)

조탄향이 찍어 놓은 방점 부분을 제외하면 "『갈맥이의 서름』이라고 題하야 『의』ㅅ 자만 더 너코 若干의 한글 文法과 句節만을 쎄어서 썻슬

24 趙灘鄕, 「(文壇探照燈)李盛珠 氏 童謠 『밤엿장수 여보소』는 朴古京 氏의 作品(二)」, 『동아일보』, 1930.11.23.

쏀이지 全篇 그대로가 『강흡』 氏의 作"[25]이라는 지적과 일치한다.

남석종(南夕鐘)은 조귀조(趙貴祚)의 「물드린 가을」이 목일신(睦一信)의 「물드린 가을」을 절취한 것이라고 밝혔다.[26]

가을님이 아장아장 오기만하면/하날부터 파-랏캐 놉하가고요/산과들엔 단풍닙에 물이드러서/울읏붉읏 쏫과가티 아름다워요//◇ 가을님이 살금살금 오기만하면/나락부터 누-럿케 물이들고요/익어가는 그빗치- 보기조타고/참새들이 오락가락 나라듭이다//一九三〇. 一〇. 一九日 (조귀조, 「물드린 가을」, 『매일신보』, 1930.10.26)

-(一)- 가을님이 아장아장 오기만하면/하날부터 파-랏케 놉하가고요/산과들엔 단풍닙에 물이드러서/울읏붉읏 쏫과가티 아름다워요// -(二)- 가을님이 살금살금 오기만하면/나락부터 누-럿케 물이들고요/익어가는 그빗치- 보기조타고/참새들이 오락가락 나라감니다// -(南宮 氏에게)- (목일신, 「물드린 가을」, 『조선일보』, 1930.10.9)

다른 사람에 의해 표절 작가로 자주 지목되었던 이고월(李孤月)도 정상규(鄭祥奎)가 김광윤(金光允)의 「나무장사」를 표절하였다고 고발하였다.

동요 **나무장사**

가랑닙 보슬보슬나리는밤/조고만 나무장사 나무사라고/외치고 다니는게 가련합니다/짠아희동무들은 다잠자는데/불상한 이동무는 나무사라고/외치는 그소리에 눈물남니다//

---

25 趙彈響, 「(文壇探照燈)『갈맥이의 서름』을 創作然 發表한 李季嬅 氏에게(二)」, 『동아일보』, 1930.11.29.

26 南夕鐘, 「每申 童謠 十月評(6)」, 『매일신보』, 1930.11.18.

이 童謠는 별나라 昨年(一九二九年) 十月호에 發表된 鄭祥奎 君의 創作童謠이다. 鄭祥奎 君은 우리 童謠界에 잇서서 將來가 屬望되는 이 가운데 한 사람인 것만큼 君의 作品行動은 童謠를 愛護하는 이들의 注視거리가 되는 동시에 그 創作的 價値는 恒常 童謠界의 問題가 되는 것이다. 그리하야 筆者도 童謠를 愛護하는 한 사람으로 鄭祥奎 君의 童謠 創作에 恒常 期待와 注意를 하고 잇섯다. 그런데 筆者가 처음 별나라에 실닌 君의 作品을 닑고서 적지 아니한 疑心이생겻다. 그것은 쏙 어듸선가 한번 닑은 듯한 感이 잇섯기 때문이엿다. (중략) 鄭君의 問題의 作品 「나무장사」는 일즉이 『新少年』 再昨年 一九二八年 三月號에 亦是 鄭 君의 謠題와 갓흔 것으로 安邊 金光允 씨 作品으로 發表된 것이다. 이것은 틀임업시 鄭 君이 金 君 作品을 模作한 것이라 하겟다. 안이 模作이라는 것보담 竊倣이라 하야도 過言이 안닐 만치 그 作品이 同一하게 되엿다.

여기는 한 큰 證據가 잇는 것이다. 그것은 發表時日 先後를 보아도 確然한 것이 안인가? 鄭 君의 作品은 金 君의 것보담 近 一年이나 뒤서서 발표되엿스니 이것만으로 그 증거가 充分하고도 남을 것이다. (중략)

新少年에 실인 金光允의 것

(原文) 나무장사

싸락눈 부슬〳〵나리는날에/조고만나무장사 하나가와서/구슬푼목소래로 나무사라고/외치고다니는게 가련합니다/짠동무 아희들은 즐거워것만/불상한 이동무는 이치운때에/구슬피 벌벌쩔며 나무사라고/외치는소소리에 눈물을짐니다//

(중략)

지금 鄭 君 自身이 童謠界에 如何한 地位를 점령하고 잇다는 것을 생각하야 보고 이후는 그런 일이 업도록 友情으로 忠告하는 바니 筆者에게 反感이나 사지 말엇스면 幸으로 알겟노라.(쯧)[27] (밑줄 필자)

27 李孤月, 「創作에 힘쓰자—새빗社 鄭祥奎 君에게」, 『소년세계』, 1930년 6월호, 50~51쪽. 인용된 동요는 줄바꿈이 제대로 되어 있지 않아 맞춤법은 원문대로 하되 율격에 맞게 줄바꿈 표시를 하였다.

필자가 『별나라』와 『신소년』의 해당 호를 갖고 있지 못해 정확한 대조는 하지 못했지만 이고월의 주장을 따르면 표절이 아니라 할 수 없겠다. 정상규는 1929년 10월호 『별나라』에 「나무장사」를 발표하기 전에 『조선일보』에도 먼저 발표한 바 있다.

나무장사

晋州 鄭祥奎

가랑닙 부실부실
나리는밤
조고만 나무장사
나무사라고
외치고 다니는게
가련합니다
짠아희 동무들은
단쑴꾸것만
불상한 이동모는
나무사라고
외치는 그소리에
눈물남니다

(『조선일보』, 1928.12.18)

남의 것을 표절한 작품을 두 번이나 자신의 이름으로 발표할 수 있었던 것은 대담하다고도 할 수 있겠으나, 그만큼 검증체제가 허술했으므로 가능한 일이었다.

윤지월은 평양(平壤)의 오광호(吳光鎬)와 한은진(韓殷鎭)의 표절 사실을 적발하였다.

한은진의 「저녁 하늘」은 1929년 3월호 『少年朝鮮』에 수록된 김기주(金基柱)의 작품과 같다는 것이다.

◀ 每申 愛讀者 韓殷鎭 君이여? 당신이 지여 少年文壇에 내인 「저녁 하늘」은 十月 十日付 本誌에서 감사히 닑엇습니다. 그러나 이 작품인즉 雜誌 少年朝鮮 昭和 四年 三月號 六十六頁에 잇는 平原에 金基柱 동무의 作品이엿든 것이 내 머리 속에 記憶남을 엇지 하리오. 問題의 韓 君이여. 나의 指摘이 틀리엿다면 다시금 그 雜誌를 들치여보고 一字一句나 틀린다면 이 欄을 通하야 다시금 徹底한 理□을 바람니다. (咸南 利原郡 西面 閑堂里 尹池月)[28]

오광호의 「가을밤」도 이원(利原) 양황섭의 「가을밤」이 원작이라고 하였다.

◁ 吳光鎬 君에게 나는 이 글을 써서 前途가 遙遠한 君의 文藝道를 障害하려는 것은 아니다? 뭇노니 저번 十二月 十日附 本紙 少年文壇에 記載된 「가을밤」이 君의 創作品인지를 알고 십다. 勿論 世上에는 가튼 意味의 글월을 쓰는 사람이 업슬 것도 아니겟지만 너무나 그 句節〳〵이 한 字도 틀님업스니 君은 然히 良心上의 苛責을 밧지 안을 수 업슬 것이다. 이 作品인 즉 나의 觀察力이 不足한 탓으로 詳細히는 記憶치 못하나 昨年 가을 東亞日報 어느 날 치에 실닌 利原에 楊黃燮 君의 作品이엿슴에 틀님업섯다. 吳光鎬 君. 나의 指摘이 틀닌다면 이 作者는 우리 洞里에 只今 멀정스럽게 잇스니 할대로 하라는 말이다. 나는 이 글을 쓰지 안키로 몃 번이나 앙탈을 썻스나 우리 少年 新進文壇의 絶對한 將來를 爲하야 公正한 立場에서 말하는 것이다. 바라노니 이 後로는 절대로 그런

28 尹池月, 「동무소식」, 『매일신보』, 1930.12.16.

짓은 말고 一首一節이나마 純全한 自作品을 써달나는 말이다. 거즛 노래는 내 마음에 사랑된 보배가 못 된다는 것이다. (利原 尹池月)[29]

양황섭과 오광호의 작품은 다음과 같다.

가을밤

利原 楊黃燮

가을밤 달밝은밤 낫과가튼밤
풀닙새에 이슬이 잠안자는밤
草堂각씨 깃두리 아즈머니가
목청곱게 자장가 불러주는밤
그래도- 달밤이 놀기조하서
풀닙새에 이슬이 잠안자는밤

(『동아일보』, 1929.10.8)

가을밤

오광호

가을밤 달밝은밤
　　낫과가튼밤
풀닙새에 이슬이
　　잠안자는밤
草堂각씨 깃두리
　　아즈머니가
목청곱게 자장가
　　불너주는밤

29 利原 尹池月, 「(동무소식)吳光鎬 君에게」, 『매일신보』, 1931.2.1.

그래도- 달밤이
　　　놀기조하서
풀닙새에 이슬이
　　　잠안자는밤
가을밤엔 버레가
　　　슯히울어요

(『매일신보』, 1930.12.19)

오광호의 「가을밤」은 한 행을 두 줄로 벌여놓은 것이 다르고 마지막 행 '가을밤엔 버레가 슯히 울어요'를 덧붙인 것이 다를 뿐이다. 그런데 행의 수가 짝이 맞게 짓는 것이 일반적인데 그대로 베끼기가 뭐했던지 한 행을 덧붙인 게 오히려 율격을 망치게 되었다.

여기에서 그치지 않고 오광호는 김청파(金淸波)의 「금강산」(『조선일보』, 1930.10.26)을 표절하여 「모란봉」(『매일신보』, 1931.2.26)으로 발표하였다. '금강산'을 '모란봉'으로 바꾸고 군데군데 자구를 조금 손보았을 뿐이다.

◀ 平壤의 吳光鎬 동무! 그대와 나와의 一面識은 업스나마 마츰 조그마한 忠告를 가지고 우리의 압날을 爲하야 가티 싸와 나갈 交友의 前提를 삼고 십다. 저번 二月 卄六日인가보다. 本報에 揭載된 君의 童謠「모란봉」은 果然 君의 創作이엇든가? 良心에 물어보라.

그 얼마 前이다. 利原 尹池月 동무로부터 亦是 利原 李文學 君의 童謠를 某紙에서 剽竊하엿다고 그러케 親切한 忠告를 밧고도 一向 自覺이 업시 不過 數日에 또다시 남의 作品을 쎄서 가고도 創作然하게 내여놋는다는 것은 넘우나 우리 少年少女의 文壇을 無視하엿고 또한 君 自身을 爲하여서도 좃치 못한 擧動인 줄 안다.

君의 「모란봉」은 昨年 가을(時日은 未詳하나) 朝鮮日報에 揭載되엇든 金靑波

의 童謠 「금강산」의 題目만 곳친 剽窃이 안인가. 君도 모름직이 우리 少年少女의 文壇을 爲하야 半分의 힘이라도 加하려거든 좀 더 修養과 創作에 힘써 從前의 誤謬을 淸算하고 꾸준한 精進을 바라는 것이다.(成川 張寒夢)[30] (밑줄 필자)

서덕출(徐德出)의 「봄편지」는 『어린이』에 발표되어 널리 알려진 노래다. 이 작품을 계기로 윤석중과 윤복진, 신고송이 언양(彦陽)에서 만나 「슯흔밤」이란 4인 합작의 동요가 만들어지기도 하였다. 그런데 1930년대에 활발한 동요 창작을 하던 철산(鐵山)의 김형식(金亨軾)이 이 작품을 표절한 것이 적발되었다. "每日申報 三月 二十四日(第八千四百四十五號) 五面 八段에 鐵山 金亨軾 君의 「버들편지」라는 題下의 童謠 一篇은 徐德出 氏의 「봄편지」라는 童謠"라며 원작과 표절작을 나란히 제시하였다.

봄편지, 蔚山 徐德出

연못가에 새로핀/버들입흘 짜서요/우표한장 붓처서/강남으로 보내면/작년에간 제비가/푸른편지 보고요/조선봄이 그리워/다시차자 옵니다//

버들편지, 鐵山 金亨軾

압시내에 새로핀/버들닙을 쪽짜서/우표한장 붓치고/편지한장 잘써서/강남나라 제비께/버들편지 보내면/朝鮮나라 봄님이/그리워서 차저오겟지//

"비록 語句는 잇다금 틀렷다 할지라도 着想이라든가 筆致 及 調가 이러케까지야 비슷할 수 잇겟는가?"[31]고 정곡을 찔러 표절임을 분명히 하고 있다.

원문과 출처는 다음과 같다.

---

30 張寒夢, 「동무소식」, 『매일신보』, 1931.3.31.

31 平壤 南在晟, 「(文壇探照燈)金亨軾 君의 버들편지는 剽窃」, 『동아일보』, 1931.3.31.

봄편지

蔚山 徐德出

련못가에 새로핀
버들닙을 따서요
우표한장 붓쳐서
강남으로 보내면
작년에간 제비가
푸른편지 보고요
됴선봄이 그리워
다시차저 옵니다.

(『어린이』, 1925년 4월호, 34쪽)

버들편지

鐵山 金亨軾

압시내에 새로핀
버들닙을 뚝따서
우표한장 부치고
편지한장 잘써서
강남나라 제비께
버들편지 보내면
朝鮮나라 봄님이
그리워서 차저오겟지

(『매일신보』, 1931.3.24)

신창항(新昌港)의 강창옥(康昌玉)은 "남의 作品을 제 作品과 갓치 複寫해내는 동무"[32] 한영수(韓靈洙)가 서덕출의 「봄편지」를 조금 고쳐 『아이생활』(1931년 5월호)에 발표한 사실을 적발하였다.

신문에 대대적으로 현상 당선되었던 작품이 다른 사람에 의해 표절이 되기도 하였다. 윤복진의 동요 「스무하로밤」을 한금봉이 자신의 이름으로 다시 발표한 것이다.

> 韓金鳳 君! 君과 面識도 업시 어려운 말이지만 君의 童謠 「스무하로밤」은 별나라 今年 六月號에서 본 듯하다. 그 동요는 尹福鎭 君의 「스무하루밤」과 틀림이 업다. 君이여. 압길을 위하여 自重을 바란다. (平壤私設文藝探偵局 樂星)[33]

한금봉이 표절하여 작품을 발표한 지 4개월여 뒤에 표절 사실이 적발되었고, 그로부터 약 2년 뒤에 이고월이 『소년세계』에서 다시 표절 사실을 공개하였다.

> 이 童謠는 『별나라』 昨年(一九三一) 六月 五週年 紀念號에 실인 裡里 韓金鳳 君의 所謂 創作童謠?이다. 이 동요는 工場 엄마를 기다리고 잇는 우리들로서 한 번 부를 만한 것이나 眞正한 韓 君의 創作的 作品이냐 하는 點 至하야는 十分의 疑惑을 不禁하는 바이다. 왜? 그러냐 하면 그 證據될 만한 事實이 充分하고도 남음이 잇는 것이다. 筆者는 이 作品 出處를 摘發코자 한 지 임이 오래엇스나 筆者의 여러 가지 身邊 事情으로 말미암아 엿때까지 나려오다가 이번에 貴重한 『少年世界』 紙面을 빌어 다만 摘發하는데만 끈치고 人身攻擊과 갓흔 公正한 評者의 態度를 超越하야 過誤를 犯하는 일은 全혀 업슬 것을 먼저 말해두는 바이다. 筆者는 이제 그 作品 出處와 및 原作者를 明確히 指摘하려 한다. 問題의 韓 君의 作品이란 所謂 「스무하로밤」은 일즉이 「一九二八」 「朝鮮日報」 新年號에 懸賞 當選되엇든 大邱 尹福鎭 君의 創作 作品임에 틀님이 업는 것이다. 그러함에도 不拘하

32 新昌港의 康昌玉, 「남의 童謠와 제 童謠」, 『별나라』, 통권55호, 1931년 12월호, 35쪽.
33 「동무소식」, 『매일신보』, 1931.10.20.

고 이제 韓 君이 一字一行의 곳침이 업시 自己 創作인 것처럼 『별나라』에 發表하는 것 갓흔 行動은 發表慾이 그 尖端에 達한 可憎한 行爲이라 하겟다.[34]

윤복진의 「스무하로밤」은 1930년 『조선일보』 '新年懸賞文藝 當選童謠'로 발표된 작품이다. 그런데 1929년에 『중외일보』(5.22)에 이미 자기 이름으로 발표되었던 작품이다. 그런데 다시 신춘문예에 응모하였고 심사를 거쳐 당선작이 된 것이다. 그런데 이리(裡里)의 한금봉(韓金鳳)이 또 다시 이 작품을 표절하여 『별나라』에다 그대로 발표한 것이다.

童謠 **스무하로밤**

裡里 韓金鳳

스무하로 이밤은
　　월급타는밤
실샙는 어머니가
　　월급타는밤
버드나무 숩우에
　　놉흔굴뚝엔
사월달 쪼각달은
　　밝아오는대
어머니는 어듸가
　　무엇하시고
이밤이 깁허가도
　　아니오실가
　　二
스무하로 이밤은

34 李孤月, 「「스무하로밤」을 剽窃한 韓金鳳 君에게」, 『소년세계』, 제3권 제3호, 1932년 3월호, 26쪽.

월글타는밤
자장〳〵 이밤은
월글타는밤
논뚜렁 공장길에
밤은깁는대
이달품싹 작게밧어
×음하시나
저달이 넘어가도
왜안오실가

(『별나라』, 1931년 6월호, 48~49쪽)

윤복진의 작품은 다음과 같다.

스므하로밤

尹福鎭

×
스므하로 이밤은 월급타는밤
실샙는 어머니가 월급타는밤
×
버드나무 숩우에 놉흔굴둑엔
동짓달 쪼각달만 밝아오는데
×
어머니는 어듸가 무엇하시고
이밤이 깁허가도 안니오실가
2
스므하로 이밤은 죄여드는밤

실셉는 어머니가 죄여드는밤

×

심술팩이 오령감 빗에쌧기고

순이집 좁쌀갑에 밧작쏘여서

×

마흔닷냥 월급을 모다업세고

공장집 대문에서 눈물지는가

(『중외일보』, 1929.5.22)

윤복진이 이 작품을 수정하여 『조선일보』 '신년현상 문예'에 응모하여 당선된 것은 다음과 같다.

신년현상문예당선동요

스무하로밤

尹福鎭

一

스무하로 이밤은 월급타는밤

실셉는 어머니가 월급타는밤

×

버드나무 숩우에 놉흔굴둑엔

동지달 조각달은 밝아오는데

×

어머니는 어듸가 무엇하시고

이밤이 깁허가도 아니오실가

二

스무하로 이밤은 월급타는밤

실샙는 어머니가 월급타는밤

×

자장자장 아가도 잠들지안코

논뚜럼 공장길에 밤은깁는데

×

이달품싹 모자라 눈물지우나

저달이 넘어가도 아니오실가

－大邱 南山村 685－

(『조선일보』, 1930.1.4)

이상에서 보듯이 시간상으로는 며칠에서 4년여의 거리를 두기도 하고, 내용상으로는 표기 차이 수준으로부터 한두 구절을 바꾸고는 전면적으로 베끼는 식의 표절이 자행되었다. 다만 표절작들이 수록된 발표 매체는 원작이 수록된 매체와 대체적으로 다르다는 점은 일치한다. 표절자들도 자신의 표절 행위가 드러나지 않아야 한다는 인식은 분명히 있었던 것이다.

『어린이』에 ‘入選童謠’로 선정이 되었고, 박태준(朴泰俊)과 홍난파(洪蘭坡)가 동요곡으로 작곡을 하여 당대에도 널리 불렀던 최순애(崔順愛)의 「옵바생각」도 표절이 되었다. 입선동요에다 노래로 불려 많은 사람이 알고 있는 동요임에도 표절을 하여 투고하고, 그러한 작품을 버젓이 게재하여 주는 매체가 있었으니 표절에 대한 당대의 인식이 어떠했는지 짐작할 수 있다. 김봉옥(金奉玉)이 “少年文壇에 실린 通川 金景允 氏의 「옵바생각」은 오래 전 崔順愛 氏의 지은 것”[35]이라고 적발하였고, 이순상(李淳相)이 “「옵바생각」은 『어린이』 第八卷 第六號 附錄의 特選朝鮮童謠曲

35 長淵 金奉玉, 「동무생각」, 『매일신보』, 1930.11.16.

集 中에 崔順愛 氏의 그것과 조금도 다름이 업"[36]다고 근거까지 지적하였다. 그 후, 엄창섭이 자세하게 표절 사실을 드러내 공박하였다.

筆者는 지난 十一月 九日附 每日申報 少年欄 六段에서 通川 金景允 君이 發表한

옵바생각

뜸북뜸북 뜸북이 논에서울고/뻑국뻑국뻑국이 숩헤서울제/우리옵바말타고 서울가시며/비단구두사가지고 오신다드니/기럭기럭기럭이 북에서오고/귀뚤귀뚤귀뚤이 슯히울건만/서울가신옵바는 소식도업고/나무닙만우수수 썰어집니다//

를 보앗다. 그리고 어찌 기가 막히는지 선웃음치고 말앗다.

이 글을 보는 여러분은 지금 웃으리라고 生覺한다.

그러나 筆者가 선웃음치는 것도 까닭이 잇다.

무엇이냐? 하면 이 童謠는 水原에 잇는 崔順愛 孃이 『어린이』 一九二六年(‘一九二五年’의 오식: 필자) 十一月號 五十八頁 入選童謠欄에 發表한

옵바생각

뜸북 뜸북 뜸북이 논에서울고/뻑국 뻑국 뻑국새 숩에서울제/우리업바 말타고 서울가시며/비단구두 사가지고 오신다더니/기럭 기럭 기럭이 北에서오고/귓돌 귓돌 귓드람이 슯히울건만/서울가신 옵바는 소식도업고/나무닙만 우수수 써러집니다//

으로 일즉이 朴泰俊 氏와 洪蘭坡 氏의 作曲까지 잇서 世上에 一時流行되엇든 것임으로이다.

只今 金景允에게 한마듸 말하여 둘 것은 이 다음에는 아여 이런 일이 업기를 바라나 萬一 또 하랴거든 남이 잘 모르는 깁흔대 숨은 童謠를 썝아써야지 曲調부처 世上에 流行되는 것을 썝아쓰면 所用 잇나……. (긋)[37]

36 李淳相, 「동무생각」, 『매일신보』, 1930.11.16.
37 嚴昌燮, 「精神업는 剽窃者 金景允에게」, 『동아일보』, 1930.11.30.

표절을 적발한 엄창섭도 어이가 없었던지, '남이 잘 모르는 깁흔대 숨은 童謠를 썝아써야지 曲調 부처 世上에 流行되는 것을 썝아쓰면 所用 잇나……'라며 '精神업는 剽竊者'라고 지칭하였다.

평양(平壤) 이문해(李文海)는 원보성(元寶成)의 「님 그리는 봄」이 유도순(劉道順)의 「진달내쏫」을 표절한 사실을 적발하였다. 이문해는 두 작품을 제시하고 다음과 같이 말했다.

> 그것과 秋毫도 틀림이업는 까닭이다. 다못 題目만 「진달내쏫」을 「님그리는 봄」이라고 곳치여 내엿슬 짜름이다. 나는 그 當時에 함께 안젓든 여러 벗들과 한 가지로 그것을 엇젼 어린 동모의 한 장난 그대로 돌니고 말앗다. (중략)
>
> 元 君이여. 그런 것을 장난질 칠 짬이 잇거든 차라리 그 方面에 對한 책들이나 만히 닑기를 바란다. 그러고서 元 君 自身이 손소 좀 써보는 것이 어젼가. 나는 조곰도 元 君을 미워해서 이러는 것은 아니다. 이 點을 잘 깨다러주기를 바란다. 이런 즛을 하는 동모는 비단 元 君쑨만이 아니다. 요즈음 그런 類의 作品(장난)이 퍽이나 성히 流行되다십히 만히 記載되는 모양이다. 그들에게도 만히 反省이 잇기를 바래는 바다.
>
> 쯧흐로 나는 特히 各 新聞 雜誌社의 文藝部에 게신 여러 先生들의 만흔 注意가 必要타고 밋는다. (平安南道 平壤府 倉田里 李文海)[38] (밑줄 필자)

1929년에 발표된 「진달내쏫」을 표절하여 원보성은 2년 뒤인 1931년에 제목만 고쳐 「님 그리는 봄」이라 발표한 것이다. 확인해 보니 유도순의 작품은 『別乾坤』에 발표된 것이었다.

1. 진달레에꽃이피면

---

38 李文海, 「동무소식」, 『매일신보』, 1931.6.2.

오신다든님
진달레에봄은가도
아니오시네
2. 진달레꽃필적마다
그리운생각
진달레꽃질적마다
맺히는설음
3. 녕변에도약산동대
야즈라진바위
한송이진달레꽃
간들거리네
4. 봄만가고안올줄은
빤이알면서
속아속아십년에도
닞지못하네

(平壤 元寶成, 「님그리는 봄」, 『동아일보』, 1931.4.28)

진달내의 봄이되면
오신다든님
진달내의 봄이가도
안이오시네
진달내쏫 필적마다
그립은생각
진달내쏫 질적마다
매치는설음

녕변에도 약산동대

야즈라진바위

한송이의 진달내꼿

간들거리네

봄만가고 안올줄은

뻔이알면서

속아속아 십년에도

닛지못하네

(劉道順, 「진달내꼿」, 『별건곤』, 제4권 제3호, 통권20호, 1929년 4월호, 5쪽)

이문해는 약간의 표기상 차이만 제외하면 두 작품을 정확히 인용하여 표절임을 밝혔다.

양전정(梁田楨)은 연창학(延昌學)의 표절을 적발하였다.

「해변 소녀」의 作品의 原作者 金泰午 氏는 **筆者와**도 親한 知面이다. 同 作品(童詩 二節)은 일즉 每日申報에 發表되엿고 그 後 今年 六月 朝鮮日報(六月 二十五日付) 學藝面에 再次 同名으로 記載되엿든 것이다.

그것을 一字一劃도 틀림이 업시 그대로 羅列하여 놋코 延昌學이라 姓名을 부틘 同君의 心理는 唾棄할 일이다. 筆者는 延 君을 事實이지 甘味한 童詩 等을 耽讀할 時代에 잇는 卽 小學生이 아닌가 想像한다. 그러타면 더욱이 同 君의 前途를 爲해 愛惜함을 마지안는다. 盲目的인 發表慾을 滿足시기기 爲하야 他人의 作品을 그대로 謄寫하야 發表하고 知人들에게 自慢하는 꼴을 想像할 때 筆者는 嘔吐를 참을 수 업다.[39]

39 梁田楨, 「不快하기 짝이 업는 文藝作品의 剽竊－延昌學 君에게」, 『조선중앙일보』, 1933.8.20.

김태오(金泰午)의 「해변의 소녀」와 연창학(延昌學)의 작품은 다음과 같다.

아마득한 먼바다에 해떨어지니/조개줍는 아이들은 집차저들고/물결우에 춤을추든 어린물새도/십리ㅅ길 섬속집을 차저갓건만//바다ㅅ가 밤바람은 쓸쓸도하고/실낫가튼 초승달은 기울어진대/고기잡이 써나가신 울아버지는/어찌하야 오늘밤도 아니오시나//

(童謠研究協會 金泰午, 「해변의 소녀」, 『매일신보』, 1933.4.19)

一. 아마득한 먼바다에 해떨어지니
조개줍는 아이들은 집차저들고
물결우에 춤을추든 어린물새도
십리ㅅ길 섬속집을 차저갓건만
二. 바다ㅅ가 밤바람은 쓸쓸도하고
실낫갓흔 초승달은 기울엇는대
고기잡이 써나가신 울아버지는
엇씨하야 오늘밤도 아니오시나

(金泰午, 「해변의 소녀」, 『조선일보』, 1933.6.25)

아마득한 먼바다에 해떨어지니/조개줍는 아이들은 집차저들고/물결우에 춤을추든 어린물새도/십리ㅅ길 섬속집을 차저갓건만//바다ㅅ가 밤바람은 쓸쓸도하고/실낫가튼 초승달은 기울엇는데/고기잡이 떠나가신 울아버지는/어찌하야 오늘밤도 아니오시나// (延昌學, 「해변의 소녀」, 『조선중앙일보』, 1933.8.16)

양전정의 지적처럼 표기상 차이를 제외하면 완전 '謄寫'한 작품이 맞다. 연창학은 1926년경 고양 동막(高陽 東幕)에서 동우청년회소년부(東友青年會少年部)에서 활동하였고, 소년소녀 월간문예지 '『朝光』'을 창간하려

한 사실이 확인된다.[40] 이로 보면 '소학생'은 지난 듯한데 발표욕을 이기지 못한 것으로 보인다.

하동(河東)의 남대우(南大祐)는 1930년대에 들면서 왕성한 작품 활동을 하였다. 이고산(李孤山)에 따르면 남대우의 동요 「눈」은 김천(金泉) 정희철(鄭熙喆)의 「보스랑눈」을 모작하였다는 것이다.

> 一月 十八日附 本紙 學藝欄에 揭載된 河東 南大祐 君의 童謠「눈」은 잘- 읽엇섯다. 그러나 그것이 創作이 아니오 剽窃- 또는 硏究的 模作이엿기 때문에 그 作品을 읽고 처음에 別로 조흔 感想이 들지 안헛섯다. 그러나 어데까지 多心한 筆者는 이것을 나의 疑心하는 바 그 原作인 本春 東亞 紙의 當選童謠(一月 六日附 該紙 所載)인 鄭熙喆 君의 「보스랑눈」과 對照하야 보앗섯다.
>
> 먼저 發表된 鄭 君의 童謠는 三節인 바 一節에 二聯式이요 後에 發表된 南 君의 作은 亦是 三節이나 一節에 三聯式으로 되엿다. 그리고 想과 文句는 全혀 鄭君의 것을 갓다 썻다 할 수 잇스나 但只 一節 及 二節의 終聯에 잇서 「은세계를 일웟네」와 「하얀꼿치 피엿네」 하는 二行이 原作과 全然 달은 것이다.
>
> 허나 이로써 南 君의 創作이라 하기는 可能치 안엇섯다. 그리고 또 한 가지 兩作의 重要한 相異點을 發見할 수 잇는 것은 그 題目이 말하는 바와 가티 鄭君은 「보스랑눈」만을 노래하엿고 南 君은 「보슬, 싸락, 함박」 三 種의 눈을 노래한 것이다.[41]

정희철과 남대우의 두 작품을 보자.

---

40 「東友青年會 討論」(『시대일보』, 1926.5.18), 「東友青年少年部 臨總」(『시대일보』, 1926.5.31), 「(어린이소식)『朝光』 創刊」(『동아일보』, 1927.6.4)

41 李孤山, 「文藝作品의 模作에 對한 一考-南大祐 君에게」, 『조선중앙일보』, 1934.2.15.

눈

河東 南大祐

눈 눈
보슬 눈
어제도 보슬
오늘도 보슬
보슬보슬 나리어
은세계를 일웟네
눈 눈
함박 눈
밤에도 사쁜
낫에도 사쁜
사쁜사쁜 나리어
하얀꼿치 피엇네
눈 눈
싸락 눈
내일도 오구
모레도 오구
눈사람을 만들게
자꾸자꾸 오너라
(一九三四.一.一四)

(『조선중앙일보』, 1934.1.18)

當選童謠

보스랑눈

金泉 鄭熙喆

눈, 눈,
보슬 눈,
　　밤에도 보슬
　　낮에도 보슬
눈, 눈,
사브랑 눈
　　어제도 사뿐
　　오늘도 사뿐
내일도 오구
모레도 오구
　　눈허재비 만들게
　　작고작고 오너라

(『동아일보』, 1934.1.6)

이고산이 지적한 그대로다. 시상(詩想)과 시적 형식이 거의 동일한데, 내용상 덧붙인 구절이 있을 뿐이다. 이를 두고 이고산은, 표절이라 해도 무방하나 덧붙인 구절이 있고, "童謠 「보스랑눈」을 「눈」으로 改作함에 잇서 그 手法이 拙하지 안흠과 또한 其他의 어느 點으로 生覺하건대 이 것이 硏究的 模作"이라 하였다. 1934년 『동아일보』 신춘현상문예에 남대우는 동화 「쥐와 고양이」로 당선되었다. 같은 현상문예에 정희철의 「보스랑눈」이 동요 부문에 당선되었다.[42] 남대우 자신의 투고 작품 당선 여부를 확인하기 위해 신문을 눈여겨보았을 것은 뻔하다. 이때 정희철의 「보스랑눈」을 감명깊게 읽었다가 약간 변형하여 발표한 것이 분명하다. 그런데 이 「보스랑눈」조차 정희철의 창작이 아니라 『조선소년동요

42 「新春懸賞文藝當選者發表(其二)」, 『동아일보』, 1934.1.2.

집』에서 가져온 것이라고 하니 표절이 얼마나 무분별하게 자행되고 있었는지 짐작할 수 있다.

> 조선중앙일보(朝鮮中央日報)에 당당히 일등 당선된 강성구(康成九)의 동요 「물오리」는 나에게 그 원고가 있는 박영종의 「개고리」(고향집 창간호)를 꼭 닮은 노래이니 한심한 일이다. 문제에 탈선된 감이 없는 배 아니지만 한 가지 간절히 말하는 것은 유식한 고선자(考選者)를 택하는 것이다. 하구 많이 발표되고 매달 뒤니어 쏟아지는 노래를 모조리 읽으랴면 너무나 동요계와 떨어저 있는 이들이 선한 감이 있으니 마땅히 생각할 것이다. 재작년인가 전에 동아일보에 일등 당선된 정철히(鄭喆熙)－이렇게 기억된다－의 「보스랑눈」은 「조선소년동요집」(朝鮮少年童謠集)엔가에서 도적하여 온 것이 아니였든가.[43]

『朝鮮少年童謠集』을 보지 못해 정확히 확인할 수는 없으나, "강성구(康成九)의 동요 「물오리」는 나에게 그 원고가 있는 박영종의 「개고리」(고향집 창간호)를 꼭 닮은 노래이니 한심한 일"이라거나 "도적하여 온 것"[44]이란 언급으로 보아 지금까지 살펴본 표절과 별반 다름이 없는 것으로 보인다. 강성구의 「물오리」는 박영종의 「개고리」를 베낀 것으로 확인되어 결국 당선취소가 되었다.

> 이번 童謠 一等 當選 姜成九 君의 童謠 「물오리」는 東京서 發行하는 少年雜誌 『고향집』 創刊號(二十九 頁)에 실린 朴泳鍾 氏의 童謠 「개고리」를 題目만 고치어 「개고리」를 「물오리」라고 한 것이기 玆에 當選은 取消합니다. 本社 學藝部 白[45]

---

43 SS生, 「朝鮮童謠界의 昨今과 展望－昨年 作品의 總評을 대신하여」, 『아이동무』, 1936년 1월호, 21쪽. '정철희'는 '정희철'을 잘못 기억한 것이다.

44 SS生, 「朝鮮童謠界의 昨今과 展望－昨年 作品의 總評을 대신하여」, 『아이동무』, 1936년 1월호, 22쪽.

45 「當選取消」, 『조선중앙일보』, 1936.1.7.

참고로 『조선중앙일보』에 당선되었던 강성구의 「물오리」는 아래와 같다.

童謠 一等

물오리

姜成九

포독포독 물오리 별을주어라
연못물에 별님이 떨어졌구나
까륵까륵 물오리 우는꼴봐라
손꾸락이 붙어서 별을못줍지

(『조선중앙일보』, 1936.1.1)

「보스랑눈」도 그렇지만, 신문사의 현상 당선 작품이 표절이라는 것은 다른 표절과는 차원이 다르다. 엄정한 심사가 전제되어 있는 것이 현상 공모다. 그런데 현상 공모에서조차 표절작이 있을 정도라면 표절에 대한 당시 동요 작가·투고자들의 인식이 어느 정도였을지 가늠하기 어렵지 않다. 동시에 고선자(考選者)라고 했던 심사자들의 심사과정도 면밀하지 못했음을 알 수 있다. 앞에서 말한 한우현의 「고향의 봄」은 '아동란'에 투고한 것이지만 신문사의 편집자가 표절작임을 전혀 밝히지 못한 결과이기는 마찬가지이다.

더구나 「보스랑눈」은 같은 해 1월 6일 당선작 발표가 있고, 이것을 구왕삼(具王三)이 곡을 붙여 신문에 발표(『동아일보』, 1934.1.13)하기도 하였고, 동요유희(童謠遊戱)(『동아일보』, 1935.2.10)로 꾸미기까지 했던 작품이었다.

신춘문예에 당선된 작품은 곡을 붙여 발표된 예가 많은데 모령(毛鈴)의 「눈꽃새」도 마찬가지다. 1931년 『동아일보』 신춘문예에 3등 당선작인데 권태호(權泰浩)가 곡을 붙여 「눈·꽃·새」(『동아일보』, 1933.3.15)로 발표하였던 것이다. 그런데 이 작품도 원작은 모은숙(毛銀淑)의 「눈쏫새」(『중외일보』, 1930.3.9)로 모령이 신춘문예에 당선되기 1년여 전에 이미 발표된 작품이었던 것이다.

눈쏫새

毛銀淑

하얀눈 하얀눈
엇재서 하얀가?
마음성 맑으니 하얏치

붉은쏫 붉은쏫
엇재서 붉은가?
마음성 엡브니 붉읏치

파랑새 파랑새
엇재서 파란가?
파란밥 먹어서 파랏치

(『중외일보』, 1930.3.9)

三等 **눈꽃새**

毛鈴

하얀눈! 하얀눈!
어째서 하얗노?
마음성 맑으니!
하얗지!
◇——◇

빩안꽃! 빩안꽃!
어째서 빩얗노?
마음성 예쁘니!
빩앟지
◇——◇
파랑새! 파랑새!
어째서 파랗노?
파란콩 먹어서
파랗지

(『동아일보』, 1931.1.3)

표기상의 차이와 행갈이를 빼면 '파란밥'이 '파란콩'으로 바뀐 것 외에는 동일하다. 그런데 모(毛) 씨 성은 그리 흔하지 않고 모령이 모기윤(毛麒允)의 필명이고 모윤숙(毛允淑)의 동생이라 모은숙이 모령과 같이 모기윤의 다른 필명 가운데 하나인지는 분명하지 않다. '모은숙'이란 이름으로 발표된 작품은 「눈쏫새」를 제외하고는 찾기 어렵다. '尹福香'의 작품이 윤복진의 이름으로 다시 발표되는 것과 같이 집안 형제의 작품일 수도 있다. "모기윤(毛麒允)의 동요 '눈꽃새'가 일본 동요의 번안 동요"[46]라는 주장도 있어 오늘날까지도 동요집에 실려 널리 불리는 것이 과연 옳은가 싶기도 하다.

어쨌든 신춘문예란 공적 심사를 거쳐 선발하는 작품임에도 심사가 이렇게 허술했다는 것과, 심사를 받아야 함에도 불구하고 버젓이 남의 작품을 투고하고 있다는 것이 당대의 현실이었음을 다시 한 번 확인할 수 있다.

46 이재철, 「친일아동문학의 청산과 새로운 아동문학의 건설」, 『민족문제연구』, 제10호, 민족문제연구소, 1996, 26쪽.

이상에서 언급한 것과 같은 수준의 표절은 아니지만, 모방이 지나쳐 표절과 다름없는 예도 있다. 윤복영(尹福榮)의 「달」은, "달아달아 밝은 달아 이태백이 노든 달아. 이 노래를 模倣하야 진 것"[47]이라고 지적하였는데, 아래에서 보듯이 표절이 아니라 하기 어렵다.

달

扶餘 尹福榮

달아〳〵 발근달아
서쪽으로 가는달아
나는너를 사랑한다
나는너를 귀여한다

달아〳〵 발근달아
어둔밤에 오는달아
동네애들 너를보고
뛰노르며 노래한다

달아〳〵 발근달아
리태백이 노든달아
저긔〳〵 저달속에
게수나무 백혓다네

달아〳〵 발근달아
푸른하날 노는달아

47 南夕鐘, 「每申 童謠 十月評(9)」, 『매일신보』, 1930.11.21.

너고나고 놀아보자

너고나고 살어보자

(『매일신보』, 1930.10.11)

이외에도 표절의 예로 거론된 것은 많다. 간단간단하게 매거하면 다음과 같다.

김효정(金曉汀)의 동요「첫봄」이 김벽파(金碧波)의「첫봄」을 "말을 몃 마듸 박구어 노앗슬 섇이요 本意는 小毫도 틀리지 안는 것"[48], "소년세게 昭五 第二권 第四號 독자 작문란에 선두로 굉장히 발표되엿든「류랑의 나그네」는 진실한 李 군의 창작인가? (중략) 昭三 별나라 第三권 第六호에 동제로 서간문으로 발표되엿든 柳雲卿 氏 作品이 틀님업섯다"[49], 1930년 전후 가장 논란이 많은 "우리 少年文壇에 나타난 作品 절도 상습범 李孤月(華龍) 君"이 1930년 6월호『소년세계』에 발표한「봄! 봄!」은 1926년『어린이』편집인이 발표한「봄! 봄! 봄!」이고, 1931년 10월호에 발표한「奇鳥園生活」은 1929년『새벗』(9-10월 합호)에 손풍산(孫楓山)이 발표한 일기문이었다는 지적[50], "별나라 八月號에 一九三二年 八月 七日 每申에 發表되엿든 童謠 一泉 君의 作品을 題目 그대로 發表한 ××× 君아 反省하라.(元山 盧夕村)"[51], "『단풍닙』이러한 形式의 作品을 韓海龍(春惠) 君께서 보왓다. 文句만 달니햇슬 섇이지 조곰도 틀니지 안는다. 裕駉 君은 春惠 君이 아닌가 疑心스럽다."[52], "讀者作品號 童謠部에서 金倍欽 君의「하늘에 빙빙 쌍에 빙빙」이 (중략) 東亞日報 昭和 六年 九月 二十九日 외노래 氏의 작품"[53], "별나라 一月號에 발표된 洪九 作 童謠「억

48 尹鼓鐘,「剽窃에 對하야—曉汀 君에게 드림」,『매일신보』, 1931.4.8.
49 蔡夢笑,「李孤月 君에게」,『별나라』, 통권56호, 1932년 1월호, 41쪽.
50 金玄峰,「(少年評壇)鐵面皮作家 李孤月 君을 誅함」,『어린이』, 1932년 6월호, 54~56쪽.
51「별님의 모임」,『별나라』, 통권73호, 1933년 12월호, 38쪽.
52 南夕鐘,「每申 童謠 十月 評(2)」,『매일신보』, 1930.11.12.

개동무 칭칭」과 仝 二月號의 哲焰 作「해님업는 직공들」은 新少年에 발표되엿든 것(후략)(安東縣 西贊)"[54], "少年世界 昨年 送年號에 發表된 두 가지 글이 君의 머릿속에서 울려 나온 글인지! 再三 反省을 促한다. 通川 李春植"[55] 등 표절과 관련된 논란은 쉼 없이 제기되었다.

딱히 표절이 아니라고 하더라도 기성 문인들의 작품을 모방한 작품이 많았던 것도 일제강점기 아동문단의 한 풍속도였다고 할 것이다. "大部分은 朝鮮童謠界의 先鋒인 尹石重, 尹福鎭, 金泰午 等 諸氏의 作品을 고대로 模倣한데 지나지 안는 것이 만헛"[56]다는 지적을 보면 알 수 있다. 습작기의 어린이들이 기성문인의 작품을 모방하고 싶은 욕구는 자연스러운 모습일 수 있다. 하나 모방을 통한 창작이어야지 다만 발표욕이나 명예욕만 앞세우다 보면 바로 표절로 이어질 것이 뻔하다.

표절 논란의 대부분은 동요에서 일어났지만 아동문학의 다른 갈래에서도 논란이 없지 않았다. 소년소설(少年小說) 갈래에서 있었던 표절 논란은 다음의 예가 대표적이다.

> 그것은 東亞日報 今年 二月 三日부터 學藝欄에 連載된 少年連作 小說『마지막의 웃음』이다.
>
> 第一回에 金龍俊 君 作 崔鍾漢 君 畵로 몃 回가 나오고 第二回는 第一回 挿畵에 傑作(?)을 보여주든 崔鍾漢 君이 쓰고 金英僯 君이 亦是 傑作(?)인 挿畵를

---

53 安東縣 李東燦, 「讀者談話室」, 『어린이』, 1932년 2월호, 59쪽. '讀者作品號'는 『어린이』(1931년 11월호)를 가리키고, '金倍欽'은 '金信欽'의 오식이다. 두 작품은 "하늘에빙빙 솔개돈다/짱에빙빙 그림자돈다/솔개돌아 그림자도나/그림자돌아 솔개도나/하늘에빙빙 짱에빙빙/솔개와그림자 함께돌지//"(외노래), "하눌에빙빙 솔개돈다/짱에빙빙 그림자돈다/솔개돌아 하눌에빙빙/그림자돌아 짱에빙빙/하늘에빙빙 짱에빙빙/솔개와그림자 가티돈다//"(金信欽) 밑줄 친 부분만 살짝 고쳤다.

54 「讀者通信」, 『신소년』, 1933년 5월호, 55쪽.

55 「별님의 모임」, 『별나라』, 통권74호, 1934년 1월호. 52쪽.

56 宋昌一, 「童謠運動發展性-旣成文人, 樂人을 向한 提唱(上)」, 『조선중앙일보』, 1934.2.13.

그리엇다. 第三回에는 正體 몰을 古懷라고 하는 號로서 누구인가 썻고 挿畫는 金마리아라는 이름으로 그리어 連載되엇다.

그것이 十回 가량 連載되고 씃낫다. 씃난 것이 二月 十八日이다. 連載되어서 休載되는 날도 여러 번이여서 三日에 시작된 것이 十八日로 겨우 十回 內外의 것이 씃난 것이다. 왼 마지막 完結될 때 操心스러웁게도 『註』라고 쓰고 『이 小說에 주연 인물 윤갑두는 삼년 전 겨을 하루의 日記를 가하야 개작한 것을 기쓰고 말해 둡니다.』고 하야 노앗다.

처음 보는 이들은 그 梗槪의 훌륭함에 누구든지 놀라지 안을 수가 업슬 것이다. 더욱히 三人의 連作 少年小說로서 近來에 업는 傑作이라고 생각하얏슬 것이다. 나 亦是 그처럼 생각하고 읽엇든 것이다. 그러나 그러나 놀라지 말라. 讀者는 감쪽가티 속임을 當하얏든 것이다. 三人의 剽窃 行爲의 產品이엿든 것이다.

×

一九二六年(大正 十五年) 新少年 二月號(第四卷 第二號)를 보면은 讀者가 그들의 巧妙한 手段에 籠絡된 것을 알 것이다. 同號 第五〇 頁로부터 第五十三頁까지 『마지막의 웃음』이란 少年小說이 잇다. 作者는 權景完이라는 이이다. 『마지막의 웃음』은 同號쑨 아니라 다음 三月號 四月號 五月號까지 連載되엇다.

×

主人公인 尹甲斗 이름부터 權景完 氏의 尹甲斗와 同一하다. 그리고 비웃 팔러다니는 것, 비웃을 中心으로 닐어나는 일(주인집 子息의 日本 말 어머니의 同情 等) 돈 일전으로 胡썩을 입에 너엇다 내는 것 等 一寸一厘도 權景完 氏의 作品의 梗槪와 틀리지 안타. 筆致라든가 技巧 方面에는 족음씩 틀리는 데 잇지마는 그것도 大同小異이다. 權景完 氏의 것은 마지막에 와서 甲斗의 누의동생이 호썩을 보고 빙글에 마지막 웃음을 웃고 죽는 것인데 連作에는 甲斗가 縊死하는 데에 씃을 맷첫다. 다만 마지막 一回쑨 틀릴 쑨 그 外에는 틀리지 안는다.[57]

---

57 鼓鍾生, 「(文壇探照燈)少年連作小說 『마지막의 웃음』은 權景完 氏의 原作」, 『동아일보』, 1931.4.22.

(밑줄 필자)

위의 내용을 정확히 확인해 보니, 『동아일보』(1931.2.3~18)에 총 10회 연재된 '소년연작소설'의 작품 제목은 「마지막의 웃음」이 아니라 '의'가 빠진 「마지막 웃음」이다. 1~3회는 김용준(金龍俊) 작 최종한(崔鍾漢) 화(畵)로, 4~6회는 최종한 작 김영인(金英僯) 화(畵)로, 7~10회까지는 고회(古懷) 작 김말레리아 화(畵)로 된 작품이다. 1회에서 4회까지를 '第一回', 5회부터 8회까지는 '第二回', 9회 10회를 '第三回'로 하였다. 『신소년』에는 권경완의 작품으로 「마지막의 우슴」(1926년 2월호, 3월호), 「마지막 우슴」(1926년 4월호, 목차에는 「마지막의 웃음」)이 수록되어 있다. 윤고종(尹鼓鐘)이 지적한 것과 같이 주인공 이름이며 작품의 줄거리가 '一寸一厘'도 다르지 않고 '筆致라든가 技巧 方面'에 약간의 수정을 하고 '마지막 一回쌘 틀릴 쌘 그 外에는 틀리지 안는'다고 할 때 그야말로 대담한 표절이라 하지 않을 수 없다. 권경완은 권환(權煥)으로 KAPF에 가담하여 당시 문단의 주도권을 잡고 있던 터라 많은 사람이 그의 작품을 주목하고 있었을 것이기 때문이다. 더구나 "剽窃行爲에 三人의 共犯者가 잇는 것은 剽窃 行爲가 存在한 歷史上으로 朝鮮쌘만 아니라 世界的으로 初有事라고 할 수 잇슬 것"[58]이다.

황순원도 소년소설을 표절하였다고 지적되었다. 소년소설 「追憶(전3회)」(『동아일보』, 1931.4.7~9)은 황순원이 아동문학에 참여한 초기에 발표한 작품이다. 그런데 이 작품이 표절 논란에 거론된 것이다.

◀ 未知의 同友 順元 君! 君이 每申 紙上을 通하야 쓷임업시 童謠를 써줌에는 異國山河의 靑衣族으로 벗 삼어가는 모-든 동무들은 날로 進展되여 가는 現

58 위의 글.

下 朝鮮少年文壇의 童謠界를 祝賀하는 同時에 君의 장래를 촉망할 ᄯᅡ름이다. 親愛하는 未知의 벗 順元 君! 君이 몟 달 전 東亞日報 紙上을 통하야 『追憶』이란 題目 下에 少年小說을 쓰지 안엇나? 그 小說을 긋ᄭᅡ지 본 나는 몃 해 전에 『새벗인가? 少年朝鮮인가?』 何如튼 少年雜誌에서 『犧牲』이란 小說을 본 것과 족음도 틀님업는 것을 ᄭᅢ달을 ᄯᅢ 『犧牲』의 原作者가 君이 아니엿음은 明白함에도 不拘하고 君이 웨? 前者의 作 그대로 題目을 곳처 轉載하엿을가 하는 것이 疑問이엿다.

그러면 君의 作 『追憶』 그 小設의 主人公인 英一이란 少年이 自己 三寸과 가티 平壤 某 中學校 二學年에 入學하야엿다는 것과 숫다운 處女의 寫眞을 몰내 간직하엿든 것이 담님 先生의 손에 들어가게 되여 事務室에 볼녀가서 不正學生이란 책망을 듯고 집에 돌아가서 쓴 것이 事實을 告白한 自叙傳이엿다. 英一은 그 다음날 學校 々長 先生한태 그 글을 보내엿다. 校長 先生은 여러 學生 압헤서 그 글을 朗讀하엿다. 그 글에 씨운 것을 대강 말하면 英一이 세 살 ᄯᅢ에 自己 집(商店)의 큰 火災가 일어나서 二層 침실에 자고 잇는 英一이와 英一의 누이(五才)와 그리고 食母로 잇는 全敬淑이란 女子가 어미 업는 아해를 재우고 잇다가 不意之變을 당하야 敬淑 그는 自己 한 몸을 불 가운데 犧牲하여 英一을 구원하고 英一의 누이ᄭᅡ지 구원하려다가 不幸이도 불 가운데서 죽고 만 英一의 잇지 못할 恩人의 寫眞을 自己 三寸에게서 엇게 되여 날마나 時마다 ᄭᅳ내어 보앗다는 그러한 것을 쓴 것이 족음도 틀님업슴에야 엇지 하랴?

未知 順元 君! 사람은 正當한 良心의 保持者이다. 그리하야 그 良心을 더럽히지 안흐려는 것이 사람으로서의 찬양할 아름다운 點이다. 創作然한 君의 剽切作品에 對하야 君을 미워할려는 것도 아니다. 다만 압흐로 現下 朝鮮 少年文藝에 立脚한 君의 前路에 도음이 될가 하야 아니 참다운 同友가 되여주기를 빌며 君에게 一言으로ᄡᅥ 忠告를 與하노니 切實한 反省이 잇기를 期待한다.

(間島 南陽城에서 金海林)[59] (밑줄 필자)

백학서(白鶴瑞)가 황순원의 「버들개지」(『매일신보』, 1931.4.26)도 정명걸(鄭明杰)의 「운암햇날의버들」을 표절했음을 밝히면서 위의 「追憶」이 박홍제(朴弘濟)의 「여엽쁜 犧牲」을 개제하여 창작처럼 발표한 것을 확인하고, 김해림이 지적했다는 것도 아울러 밝혔다.[60] 필자가 확인해 보니, 1928년 박홍제가 발표한 「어엽쁜 犧牲」(『少年朝鮮』, 통권4호, 1928년 6-7월 합호, 15~24쪽)을 모티프는 그대로 하고 인물을 바꾸고 서사의 내용은 좀 더 살을 붙여 황순원이 「追憶」으로 개제하여 발표한 것이 분명했다.

"동아일보 신춘 아동 작품 모집(東亞日報新春兒童作品募集)의 「작문」 일등인 光州 金道山 君의 「첫겨울」"은 "「어린이」 일천구백이십구년 십이월호 부록인 「어린이세상」에 발표되엿든 박로춘 작의 「첫겨울」"이며 "비교해 보면 한 줄도 틀니지 안는"[61]다고 할 정도로 작문(作文)까지도 동일 작품 수준의 표절이 있었다.

동요, 소년소설, 작문뿐만 아니라 비평문도 표절한 경우가 있었다. 계급주의 아동문학의 효장(驍將) 김우철(金友哲)은 "新年號(『신소년』, 1933년 1월호: 필자)에 실닌 朴賢順 동무의 童謠의 대한 斷片的 考察이란 글은 一九三○年 十二月 발행인 『별탑』 第二輯에 실넛든 柳白鷺 君의 글을 그대로 벗겨 논 것"[62]이라고 지적하고 있다. 필자에게 『신소년』 해당호가 없고 『별탑』 또한 확인할 수 없어 표절의 양상을 객관적으로 제시할 수는 없지만, '그대로 벗겨 논 것'이란 김우철의 말에서 표절의 정도를 충분히 가늠할 수 있겠다.

이론비평이든 실제비평이든 작가와 작품에 대한 글이 비평이라고 할 때, 동요, 소년소설, 작문 등 작품과 달리 비평은 학술적 성격을 띠는 글

---

59 金海林, 「(동무소식)未知의 同友 順元 君!」, 『매일신보』, 1931.9.9. 제목이 없는 글인데 편의상 글의 서두 부분을 제목으로 삼았다.
60 白鶴瑞, 「每申 童謠評－九月에 發表한 것(二)」, 『매일신보』, 1931.10.16.
61 朴魯洪, 「金道山 君의 「첫겨울」을 보고」, 『어린이』, 1932년 5월호, 37쪽.
62 金友哲, 「新少年突擊隊」, 『신소년』, 1933년 3월호, 11쪽.

임에도 그대로 베낀다는 것은 당시 표절이 얼마나 무분별하고 보편적이었던가를 엿볼 수 있는 대목이라 하겠다.

표절 시비는 무엇보다도 정확한 서지 확인에서 비롯되어야 한다. 아래 두 동요는 해주(海州)의 고고회(高古懷)가 윤복진이 "七,五,七,五로 써노흔 것"을 유천덕이 "다시 三,三,五"로 "잇다금 조곰씩 곳첫"다고 제보한 「수양버들」이란 동요다.

> 냇가에 버들님 당신머리는/어째서 그렇게 풀고잇나요/아버지 어머니 죽엇습니까// ◇ 아버지 어머니 죽엇으면은/머리를 풀고서 울터인데요/어째서 그렇게 춤만춥니까// (劉天德)

> 압냇가에버들님 당신머리는/어씨해서그럿케 풀고섯나요/아버지어머니가 죽엇슴닛까//× × × 아버지어머니가 죽어스면은/머리를풀고서는 울터인데요/어씨해서그럿케 춤만춥닛가// (尹福鎭)

위의 두 동요만 두고 볼 때 조금 고친 정도가 아니라 표절이 확연하다고 아니할 수 없다. 그런데 『신소년』에 실린 윤복진의 원작 「수양버들」은 위에 인용된 동요와 많이 다르다.

> 압내가에 수양버들/아버지가 죽엇는가/어머니가 죽엇든가/긴머리를 풀고섯네// × × × 압바엄마 죽엇스면/머리풀고 울터인데/철이업서 그리한지/머리풀고 춤을 추네// (尹福鎭, 「수양버들」, 『신소년』, 1926년 4월호, 64쪽)

고고회는 윤복진의 「수양버들」이 발표된 서지사항은 정확하게 밝혔으면서도 동요의 내용은 상당히 자의적으로 왜곡시켜 정확성을 유지하지 못했다. 그래서 유천덕은 창작이라고 반박을 한다.

左記作이 남의 作과 가티 되여서 未知의 동무로부터 간절한 忠告를 밧앗습니다.

그러나 事實 나의 참된 藝術的 良心에서 流露된 創作임에야 엇지 하겟습니가? 그래서 本紙上은 通하야 비록 拙作이나마 다시 紹介하오니 賢明하신 每申 동무 諸氏는 誤解 마르시고 나의 참된 創作인 줄로만 알아주십시요? 再三 바라나이다.(劉天德)[63]

고고회가 정확하게 지적하지 못해 문제가 있지만, 유천덕(劉天德)의 「수양버들」이 표절이라 지적한 것을 잘못이라 하기는 어렵다. 모티프나 표현의 유사성으로 볼 때 표절 혐의를 벗기 어렵기 때문이다. 유천덕은 무척 억울했던지 고고회가 소년연작소설을 썼는데 그것이 남의 자품을 표절한 것이란 비평문을 보곤 다시 공박하는 글을 남겼다.

古懷 君! 君이 昨年에 나다려 나의 참된 藝術的 良心에서 流露된 나의 創作品임에도 不拘하고 東亞日報 文壇探照燈欄을 通하야 웨? 남의 作을 剽切하여다가 썻느냐고 無理하게도 나를 無限히 攻迫하엿다. 同時에 나타려 剽切者라고까지 着名하엿다. 其時에 나는 意外의 일을 當하고보니 하도 抑鬱하야 無證據한 答辯文이나마 卽席에서 써서 同社 同欄에 投稿를 하엿다. 一週日間을 기다려도 發表가 되지 안엇다. 나는 後生이니만큼 나의 作도 그 사람 作보다 後에 發表가 되엿슴으로 싀원히 答辯될 만한 무슨 的確한 物的證據가 無함이라 그만 無價値하게도 永永埋沒을 當하고 말엇다. (중략) 나는 剽切者라 하면 君은 여럿이 共謀하야(連作小說이니까) 他人의 原作을 훔처다 쓰는 剽切團의 一分子이다.[64]

---

63 劉天德, 「동무소식」, 『매일신보』, 1931.5.17.
64 鐵山 劉天德, 「동무소식」, 『매일신보』, 1931.6.18.

비슷한 예로, 1930년 8월 『어린이』에 발표한 김여수(金麗水)의 작품 「가을」이 1925년에 발행된 『三崇』(鎮南浦 私立三崇學校)에 차광조(車光祚)가 발표한 것이라고 한용수(韓龍水)가 문제를 제기했다.[65] 이에 대해 김여수는 「가을」은 『동아일보』(1924.9.15)에 처음 발표되었고 1930년 9월호 『어린이』에 재발표하였으므로 표절과 무관하다며 반론을 제기하여 논란이 마감되었다.[66]

표절에 관한 논란 가운데에는 정확한 서지 확인 없이 사실과 다른 내용으로 인신공격을 한 경우가 있어 새로운 논란을 야기한 경우도 있었다.

1927년에 『世界一週童謠集』(永昌書舘)을 편찬한 문병찬(文秉讚)은 「소금장이」 논란 중에 방정환(方定煥)의 「허잽이」는 표절한 작품이라고 주장하였다.

> 前 ᄶᅡ리아會 尹克榮 君이 作曲하야 發行한 『반달』 童謠曲譜集에 실닌 小波 方定煥 君의 作謠라는 『허잽이』라는 名作童謠를 읽엇는가?
>
> —허잽이—
>
> 一. 누른소에허잽이
> 　　　우습고나야
> 　입은벌녀우스며
> 　　　눈은성내고
> 　학생모자 쓰고서
> 　　　팔은벌니고
> 　장ᄯᅢ들고섯는꼴
> 　　　우습고나야
> 二. 누른논에허잽이

65 韓龍水, 「(文壇探照燈)問題의 童謠－金麗水의 「가을」」, 『동아일보』, 1930.9.17.
66 麗水, 「(文壇探照燈)『剽窃』 嫌疑의 眞相－童謠 『가을』에 對하야」, 『동아일보』, 1930.9.23.

맘이조와서

작은새가머리에

올나안저서

이말저말놀려도

모르체하고

입만벌녀웃는꼴

우습고나야

(끗)

이것은 小波 作謠라고 자랑하엿지만은 其實을 알고 보면 蔚山에 잇는 徐德謠이라는 어린 小年의 作品이다. 開闢社 어린이部에서 發行하는 『어린이』 雜誌의 徐 君이 出品한 것을 小波 君이 막 쌔아슨 것 아니 盜적질한 것이다. 一九二四年度 어린이 雜誌를 全部 들처보면 알 것이다. 이런 웃다운 어린이 作品을 쌔앗는 作品 盜賊者도 잇지 아는가. 이것은 飜譯도 아니고 徐 君의 作品을 고내로 쌔앗은 것이다. 참으로 불상한 小波이다.[67]

이에 대해 방정환이 "『반달』에는 「허잽이」라는 童謠가 업"다는 것과 '徐德謠'는 '徐德出'을 말하는 것이며, 서덕출이 「허잽이」라는 동요를 『어린이』에 투고한 적이 없다는 점을 점잖게 반론하였다.[68] 정확한 사실을 바탕으로 반론함으로써 논란은 바로 일단락되었고, 문병찬은 이학인(李學仁, 필명 牛耳洞人) 등으로부터도 "精神에 異常이 생겻는지 모"[69]르겠다는 핀잔을 듣게 되었다. 당사자로 지목된 서덕출이 해명한 내용은 다음과 같다.

67 文秉讚, 「소금쟁이를 論함-虹波 君에게」, 『동아일보』, 1926.10.2.
68 方定煥, 「「허잽이」에 關하야(上, 下)」, 『동아일보』, 1926.10.5~6.
69 牛耳洞人, 「童謠研究(六)」, 『중외일보』, 1928.11.20.

참 우수운 일도 잇습니다. 요전번 동아일보 『문단시비』 中에 엇던 사람이 우리 方 선생님을 비방해 말하되, 『허재비』라는 童謠를 蔚山 徐德出의 글을 方 선생님이 쌔아서서 자긔 일홈으로 발표햇다고 하엿습니다. 『허재비』를 내가 지은 것도 아니요 어린이에 그런 것을 써 간 일도 업습니다. 사실도 업는 얼토당토 안은 말로 方 선생님을 비방한 것을 보면 우습기도 하고 한심도 합니다.[70]

얼토당토않은 내용으로 당대 아동문단의 중심인물을 비난하였으니, '우습기도 하고 한심도 합니다'라고 한 지적이 딱 들어맞는 경우라 할 것이다.

윤지월(尹池月)이 표절하였다고 한 장성관(張成寬)의 주장도 잘못된 기억을 확인하지 않은 탓으로 보인다.

◀ 尹池月 君이여! 나는 이 글을 쓰고 십허서 쓰는 것은 절재(絶對)로 아니다. 君의 將來도 爲할 兼 여러 동무게 이런 말씀할 兼 不得已 쓰지 안으면 안 되엿다. 二月 四日附로 發表된 題 「별」이란 것은 全然 君의 作品이 아닌 줄노 생각한다. 그것이 昨年 四月 上旬 『朝鮮日報』 李華龍 君의 作品을 그대로 쓴 것이다. 조곰도 틀림업스니 이 뒤에는 一首를 쓸지라도 純全한 君의 作品을 쓰라는 것이다. (平壤 張成寬)[71]

장성관이 말한 윤지월의 「별」은 『매일신보』 1931년 2월 4일이 아니라 2월 2일자에 발표되었고 원문은 아래와 같다.

어엽분 하날에 빗나는별은/은하수 강까에 한데모여서/밤이면 다리놋는 병정이래요/× 천년에 쏘만년을 일만하여도/은하수 강이가 하두넓어서/밤이면 다

70 蔚山 徐德出, 「독자담화실」, 『어린이』, 1926년 11월호, 68쪽.
71 平壤 張成寬, 「(동무소식)尹池月 君이여」, 『매일신보』, 1931.3.11.

리놋는 병정이래요// (尹池月, 「별」, 『매일신보』, 1931.2.2)

장성관이 '조곰도 틀림업스니'라 단언한 것으로 보면 표절이 분명해 보인다. 그런데 1930년 4월경 『조선일보』에 발표된 동요를 확인해도 이화룡의 「별」은 확인이 되지 않는다. 그리고 윤지월은 "二月 四日付 本紙에 記載된 나의 作品 「별」이 朝鮮日報에 記載된 李華龍 君의 作品을 竊取하엿다는 것만은 나의 참된 良心으로써 否認한다. 그 作品은 내 마음의 流露인 創作品이다"[72]라며 표절 사실을 극구 부인한다.

앞에서도 보았듯이 비교를 한 작품이 엉뚱하거나 표절 사실을 적발한 것이 착오인 것도 없지 않았는데, 「별」에 관한 표절 여부는 장성관의 착오로 보인다. 발표욕이나 명예욕으로 인해 일제강점기 아동문단에 표절이 성행한 것도 사실이지만 이를 적발하는 것도 일종의 유행처럼 되다 보니 착오 또한 없지 않았던 것으로 보인다.

그러나 이러한 오류의 근원적인 원인도 표절이 자행되었던 당대 문단 풍토 때문에 비롯되었음은 분명하다. 그 결과 너도 나도 표절 사실을 적발하는 일에 동참하였고, 상당 부분은 사실 관계 확인을 제대로 하지 못한 우를 범하기도 하였다.

(2) 일본 작가의 작품 표절

표절을 하는 사람들 가운데 자신의 행위가 드러날 것이라고 생각하면서 표절하는 사람은 없을 것이다. 그래서 시차를 두거나 다른 매체를 통해 표절 작품을 발표하는 것이 상례다. 표절을 하더라도 다른 나라의 작품을 베끼는 경우 사실이 밝혀질 가능성은 더 낮을 것이다. 일제강점기

72 尹池月, 「(동무소식)張成寬 君에게」, 『매일신보』, 1931.3.25.

문화의 주요 유입 통로가 일본이었고 표절의 적발 가능성도 상대적으로 낮아, 표절 행위의 상당 부분은 일본 작가의 작품을 베끼는 것이었다.

우리나라 최초의 동요 창작 지침서인 정열모(鄭烈模)의 『童謠作法』(신소년사, 1925)에 예시되어 있는 동요 「보름달 왼달」이 노구치 우죠(野口雨情)의 「十五夜 お月せん」를 표절한 작품이라는 것이다.

> 지금까지는 참으로 朝鮮 童謠를 볼 수가 업섯고 大槪가 外國童謠 輸入한 舶來品가튼 童謠이엇습니다.(다 그런 것은 아니지만)
>
> **『보름달 왼달』**
>
> 보름달 왼달
> 할멈은
> 어대갓슬가
>
> 보름달 왼달
> 동생은 멀리
> 시골갓다오
>
> 보름달 왼달
> 어머니 언제
> 쏘다시볼가
>
> 作家는 알 수 업스나 鄭烈模 氏가 지은 童謠作法에 잇는 것입니다. 이것은 日本 童謠 作家인 野口雨情 氏가 지은 『十五夜 お月せん』이란 童謠를 고대로 옴겨 썻습니다. 日語로 읽을 때는 藝術의 價値가 잇지만 조선말로 곳친 것을 읽을 때는 조금도 童謠답지 안습니다. 이것을 읽는 第三者로는 참으로 童謠界를 돌

아볼 때 寒心한 것이 업지 안습니다.[73] (밑줄 필자)

『童謠作法』에 모범적인 동요의 사례로 든 작품이 일본 작가의 작품을 번역한 것이라는 말이다. 그것도 키타하라 하쿠슈(北原白秋), 사이조 야소(西條八十)와 더불어 일본 동요계의 3대 시인으로 알려진 노구치 우죠의 작품이므로 널리 알려졌을 것임에도 아무런 사실관계를 밝히지 않고 옮겨 썼다는 것은 표절 혐의를 벗어나기 어렵다.

당시 어린이 잡지에 투고되는 작품들도 일본 작가의 작품을 표절한 것이 많았던 모양이다. 잡지 편집자들도 이러한 사정을 잘 알고 있었던 것 같다. 수많은 투고 작품들을 일차적으로 고선(考選)해야 하는 위치에 있었기 때문이다. 동요도 표절이 잦았지만, 동화의 경우 일정한 필력이 뒷받침되어야만 가능한 글쓰기이므로 소년 독자들의 투고는 표절이 일상적이었던 것 같고 그 가운데 일본 잡지를 몰래 베껴 번역한 것이 많았던 모양이다.

동화는 거의 칠십 편이나 들어와 싸혓습니다. 그러나 모집한 것이 후회가 나도록 조금도 마음이 내키지 안이한 니야기들뿐임니다. (중략) 쳐음부터 동화는 나희 어린 독쟈들이 혼자 생각하야서 지어오기를 바라지는 못하얏습니다. 그러나 일본책 구통에서 말 한마듸 쪽々하게 번역되지 못한 것을 써 보낼 줄은 몰낫습니다.[74] (밑줄 필자)

일본 작품을 표절하여 일어난 대표적 논란은 『동아일보』 신춘문예 현상에 당선된 한정동(韓晶東)의 「소금쟁이」이다. 홍파(虹波)가 15세 집안아이의 제보로 한정동의 「소금쟁이」는 일본 작품의 표절이라는 사실을 폭로한다.[75]

---

73 金思燁, 「童謠作家에게 보내는 말」, 『조선일보』, 1929.10.8.

74 편즙인, 「讀者 作品 總評」, 『별나라』, 1926년 12월호, 49쪽.

『韓晶東이라는 사람이 써서 昨年 東亞日報社 新春文藝 懸賞募集 時에 一等으로 入選된 童謠다.』

『그러치 안아요. 이것을 좀 보서요.』하며 상글상글 웃는다. 그리고 이어서

『普通學校 册을 너 둔 궤짝에서 六學年 때의 夏期休學習帳에 日文으로 잇서요. 韓晶東이라는 사람은 昨年에 내엇지마는 이 册은 再昨年 것이야요. 이것을 譯을 하야 一等을 타 먹엇지요. 별 우스운 忘알 子息. (중략) 그리하야 나는 여긔에 日文 童謠와 韓 君의『소금쟁이』를 적어 模倣인가 譯인가 或은 創作인가를 一般에게 判斷하야 바드랴 한다. 萬一에 創作이라 하면 吾等은 朝鮮詩壇을 爲하야 깃버하야 할 것이다.

장포밧못가운대 소곰쟁이는
1 2 3 4 5 6 7 쓰며노누나
쓰기는쓰지만두 바람이불어
지워지긴하지만 소금장이는
실타고도안하고 뺑뺑돌면서
1 2 3 4 5 6 7 쓰며노누나

(一九二五.三)[76]

---

75 虹波,「當選童話「소금장이」는 飜譯인가」,『동아일보』, 1926.9.23.('當選童話'는 '當選童謠'의 오식: 필자)

76『동아일보』(1925.3.9)에 발표된「소금쟁이」원작을 게재 당시 형태 그대로 옮기면 다음과 같다.

(一等) 鎭南浦
韓晶東

소금쟁이

창포밧 못가운데
소곰쟁이는
1 2 3 4 5 6 7
쓰며 노누나

쓰기는 쓰지만두
바람이불어
지워지긴하지만

小池の小池の みづすまし
いろはにほへと 書いてゐる
書いても書いても 風が 來て
消いても 行けど みづすまし
あきずにあきずに お手習ひ
いろはにほへと 書いてゐる
(一九二四.七)

한정동의 「소금쟁이」 표절 논란은 1926년 9월 시작되어 11월까지 약 두 달 간 이어졌는데, 논의에 참가한 사람들 대부분이 표절의 문제점을 질타하고 있다는 점이다.[77] 물론 한정동 자신이 표절이 아니라고 반박하였으나[78] 충분한 해명이 되지 못했다.

그 언제인가 韓 君의 應募 童謠 『소금쟁이』로 말미암아 世間에서 云謂하게

소곰쟁이는

실타고도안하고
뺑々돌면서
1 2 3 4 5 6 7
쓰며노누나

77 「소금쟁이」 표절 논란을 순서대로 나열하면 다음과 같다.
虹波, 「當選童話 「소금장이」는 飜譯인가」, 『동아일보』, 1926.9.23.
文秉讚, 「소금쟁이를 論함－虹波 君에게」, 『동아일보』, 1926.10.2.
方定煥, 「「허잽이」에 關하야(上, 下)」, 『동아일보』, 1926.10.5~6.
金億, 「『소곰쟁이』에 對하여」, 『동아일보』, 1926.10.8.
韓晶東, 「(文壇是非)소곰쟁이는 번역인가?」, 『동아일보』, 1926.10.9~10.
韓秉道, 「藝術的 良心이란 것」, 『동아일보』, 1926.10.23.
崔湖東, 「「소금쟁이」는 飜譯이다」, 『동아일보』, 1926.10.24.
金元燮, 「(文壇是非)『소곰장이를 論함』」, 『동아일보』, 1926.10.27.
虹波, 「「소곰장이를 論함」을 닑고」, 『동아일보』, 1926.10.30.
編輯者, 「『소금장이』 論戰을 보고」, 『동아일보』, 1926.11.8.
朴一奉, 「藝術的 良心(전3회)」, 『중외일보』, 1926.12.6~9.

78 韓晶東, 「(文壇是非)소곰쟁이는 번역인가?」, 『동아일보』, 1926.10.9~10.

되엿슬 ᄯᅢ 韓 君의 辯明이 몹시 模湖햇든 것을 記憶한다. 나는 지금 거기에 對한 眞理를 追求할 熱心도 興味도 업다. 다만 그ᄯᅢ에 韓 君이 엇지 하야 좀더 分明한 辯明을 하지 안엇나. 地獄이라도 괜찬타. 天堂이라도 괜찬타. 이왕 싸홈의 線 우에 나섯슬 ᄯᅢ 全心全力을 다하는 것이 人生의 本質이다. 생각컨대 同 君은 그ᄯᅢ에 아마 若齡이엇스리라. 그러나 엇지 햇든 正直은 自己를 公衆의 압헤 내어 놋는 唯一한 道德이다. 禮節이다. 이 道德을 無視할 ᄯᅢ 이 禮節을 직히지 아니할 ᄯᅢ 公人으로서 世上에 슬 아무 權利가 업는 것이다. 그럿컷만 그ᄯᅢ의 韓 君은 무엇이 그럿케 하게 하엿는지. (중략)

그러나 그것이 韓 君의 存在에 對하야 큰 흠이 되엿든 것도 틀님업는 事實이다.[79] (밑줄 필자)

요지는 '韓 君의 辯明이 몹시 模湖햇든 것'이라는 지적이다. 그런데 분명하게 변명을 하였더라면 하는 속내도 내비치는 듯하다. 아마 앞에서 본 것처럼 당대의 표절 양상이 그대로 베끼기였던 것에 비하면 한정동의 「소금쟁이」는 그 정도가 아니라는 데서 '이왕 싸홈의 線 우에 나섯슬 ᄯᅢ 全心全力을 다하는 것이 人生의 本質'이라는 말에서 읽을 수 있듯이 일정 부분 한정동을 안타깝게 생각하는 점이 엿보인다. 「소금쟁이」 표절 여부는 결국 『동아일보』의 편집자에 의해 표절로 낙인이 되고 긴 논란은 끝막음을 한다.[80]

일본 작가의 작품을 모작하거나 표절한 사실은 당대 논자들의 언급을 통해 무엇을 어떻게 표절하였는지 그 실상을 가늠해 볼 수 있다.

일본 작가를 표절한 사실은 홍은성(洪銀星, 본명 洪淳俊)이 많이 지적했다. 홍은성은 1924년 도쿄세이소쿠영어학교(東京正則英語學校)를 졸업했고, 1927년 조중곤(趙重滾), 김두용(金斗鎔) 등과 함께 『第三戰線』을 발간하기

79 柳雲卿, 「童謠 童詩 製作 展望(四)」, 『매일신보』, 1930.11.7.
80 編輯者, 「『소금장이』 論戰을 보고」, 『동아일보』, 1926.11.8.

도 한 홍효민(洪曉民)으로 널리 알려진 인물이다. 아동문학 관련 작품과 비평문을 발표할 때는 주로 홍은성이란 필명을 사용했는데, 아동문학 문단에서 일본 작가를 표절한 것에 대해 가장 많이 지적한 사람 중의 하나다.

『새벗』

(전략) 그리고 넘우 『燒增シ』을 하지 말엇스면 조켓다. (중략)

『별나라』

새벗보다 印刷가 鮮明치 못하고 頁數가 적으니만치 缺點은 적다. 그러나 한 가지도 特出한 作品은 업다. 통틀어 少年雜誌들이 『燒增シ病』에 걸렷다. 『燒增シ』도 조흔 것을 하엿스면 조치마는 『少年 북삼이』, 『沈着한 少年』, 『少年 傳令使』, 이러한 것들을 美談이라고 썻다. (후략)[81]

劉智榮 氏 = 氏의 作品은 『새벗』, 『少年朝鮮』 等에서 만히 볼 수 잇는데 이 분도 어느 누구들 모양으로 飜譯이 甚하다. 筆致는 熟練되고 아름다운 곳이 만흐나 作品이 거의 日本 少年 묵은 雜誌에서 譯한 것이 만타. 甚한 例로는 『새벗』 九月號에 실린 『어머니』라는 것은 『어린이』 雜誌에도 벌서 飜譯된 것을 氏는 또 飜譯하야 讀者들을 웃기게 한 일도 잇다. 그리고 模作도 만허서 어느 號인가 잘 記憶되지 안흐나 『새벗』에 실린 듯한데 『코레라이의 處女』를 『燒增シ』한 것을 볼 수 잇다. 創作에 힘썻스면 조켓다.[82]

高漢承 氏 = 氏의 作品은 『어린이』 新年號, 二月號에서 잠간 볼 수 잇고 그 後로는 一切 消息이 頓絶하다. 그러나 내가 본 氏의 『원한의 화살』이라는 것은 氏의 作品이 안이오 다른 나라 童話를 譯한 것이다. 氏 亦 뒤진 直譯的 童話 輸入을 왜 질기는 것을 볼 수 잇는 것이다.[83]

---

81 宮井洞人, 「十一月 少年雜誌(一)」, 『조선일보』, 1927.11.27. '宮井洞人'은 洪銀星의 필명이다.
82 洪銀星, 「今年 少年文藝概評(三)」, 『조선일보』, 1928.11.3.

李赤星 氏 = 氏의 作品은 主로 『새벗』에서만 볼 수 잇는 분이다. 그러나 덜된 探偵小說로 精神업시 運轉해 나가는 듯한 것을 볼 때에는 매우 不快한 때가 적지 안타. 더욱 실리는 것마다 日本 少年雜誌의 것을 飜案 或은 模作을 하는데는 넘우나 少年을 無視하야 쓰는 것 갓튼 感도 업지 안타. 多少 創作的으로 하얏스면 조켓다.[84]

그것이 勿論 朝鮮 少年을 根底로 하야 編輯한 것이 잇지만은 그것은 日本의 그것을 그대로 模倣하야 온 그것이엇다. 그때의 少年雜誌—새동무, 새소리, 어린이 等—은 擧皆 日本의 童話를 飜譯하고 日本의 情操, 感情을 그대로 그린 것이 만헛섯다. 이에 잇서서 이것은 模倣이라는 鐵條網을 넘지 못한 것이엇섯다. 그러나 누구 하나 大膽한 飛躍을 試하야 본 사람이 업섯다. 그리하야 오늘날에 少年들이 닑고 잇는 少年雜誌가 아즉도 日本의 直輸入物을 未脫한 境地에 잇는 편이 만타.[85]

그런데 이들 存在해 잇는 少年雜誌의 質的 轉換을 要求하야 마지안는 바는 엇던 少年雜誌를 내어노코 보든지 少年의게 對한 이러타 무엇을 너허준 것이 업다고 하야도 過言이 안일만치 日本 少年 雜誌의 것을 直輸入으로 통재게로 飜譯해 논 것이 半數 以上이다.[86]

方定煥 君이 少年運動과 그의 文藝運動을 振興 식혀온 것은 이곳에서 特記할 事實이다. 그러나 그의 腦는 創作的 機能이 不足하든 感을 이 글을 쓰면서 더욱 더욱 늣기게 된다.

그것은 方 君이 一에서 十까지 그의 童話가 非創作이라는 것이다. 거의 岩谷

---

83 洪銀星, 「今年 少年文藝 槪評(四)」, 『조선일보』, 1928.11.4.
84 洪銀星, 「今年 少年文藝 槪評(四)」, 『조선일보』, 1928.11.4.
85 洪銀星, 「少年文藝 一家言」, 『조선일보』, 1929.1.1.
86 洪銀星, 「少年雜誌에 對하야—少年文藝 整理運動(一)」, 『중외일보』, 1929.4.4.

小波의 그것을 그대로 옴겨온 것이 만타. 이 流風은 日本의 少年 雜誌를 譯하는 버릇을 가르첫다고 볼 수 잇다. 朝鮮에 少年運動이라든지 少年文藝運動이 透徹한 存在가 업슬 때에 日本의 그것이라도 가저다가 振興식힌 것은 고마운 일이다. 이것을 整理하고 또한 朝鮮의 것을 完成하도록 創造的 腦와 公正한 論評이 업섯든 까닭이라고 말하고 십다.

보라! 現今에 움지기고 잇는 所謂 少年雜誌에 실이고 잇는 童話 童謠가 日本의 그것을 飜譯하고 模作하야 된 것이 얼마나 만흔가. 童謠에 잇서서는 多少 模作을 지나 創作 氣分이 잇스나 童話에 잇서서는 아즉도 飜譯期를 버서나지 못하고 허덕이는 분이 잇다. 甚한 이는 朝鮮에 무슨 童話가 잇느냐고 한다. 죄다 飜譯이라고까지 하게 된다. 그리하야 乃至 朝鮮 童話 否定論者까지 잇게 된 奇現象이나. (중략)

朝鮮의 少年은 나날히 進步하고 잇서서 普通學校 三四年 程度만 되면 日本 少年雜誌는 넉넉히 닑을 수 잇는 것이다. 그런데 몃 달이나 몃 해 前 것을 飜譯하야 가지고 少年을 瞞着하는 것도 첫재 안된 일이고 우리 少年文藝振興에 잇서서도 자미 업는 일이다. 同時에 少年 讀者大衆에서 隔離되고 販賣 不振 經營困難에까지 이르게 될 것이다.[87] (이상 밑줄 필자)

이상의 인용에서 보면 당대 아동문단의 주요 작가들을 포함하여 많은 작가들이 일본 작가의 작품을 표절하고 있는 것을 알 수 있다. 방정환, 유지영, 고한승, 이적성의 작품에 보이는 구체적인 표절 사실을 적시함과 동시에, 표절의 여러 양상을 다음과 같은 단어로 표현하고 있다. '飜譯', '『燒增シ』'[88], '直譯的 童話 輸入', '飜案 或은 模作', '日本의 直輸入物을 未脫한 境地', '日本 少年 雜誌의 것을 直輸入으로 통재게로 飜譯해 논 것이 半數 以上', '죄다 飜譯' 등이다. 심지어 방정환을 두고도

87 洪銀星, 「童話, 童謠, 其他 讀物—少年文藝整理運動(三)」, 『중외일보』, 1929.4.15.

88 일본어 '야키마시(やきまし)'로 '복사'라는 뜻이다.

'거의 岩谷小波의 그것을 그대로 옮겨 온 것이 만타'고 하는 정도다. 홍은성이 일본 유학과 일본에서 문단 활동을 한 경력이 있어 일본 사정에 밝아 표절 여부를 더 많이 알고 따라서 자주 지적한 것으로 볼 수 있다.

일제강점기에 활발한 비평 활동과 동요 창작을 했던 송완순(宋完淳, 필명 九峰山人)과 『푸로레타리아 童謠集 불별』을 통해 강한 계급의식을 드러냈던 김병호(金炳昊)도 다음과 같은 일본 작가 표절 사실을 밝히고 있어, 표절이 광범위하게 이루어졌다는 것을 확인하는 데 부족함이 없다. 송완순에 따르면 한정동은 「소금쟁이」 사건 이후에도 일본 작가의 작품을 모작한 것이 많았던 것으로 보인다.

> 그리고 『소곰쟁이』로 因하야 싸딱하면 일이 날 번한 韓晶東 氏는 아즉도 有爲한 存在이다. 申 君의 말과 가티 氏가 童心을 잘 把握치 못하얏다는 것도 事實이나 그보다도 氏에게 잇서서는 자미 적은 내음새가 나는 것 갓다.—願컨대 너무 日本 童謠를 만히 보지 마소서.[89]

> 또 許日秀란 사람의 『넷 기와장』이라는 게 잇는데 그것은 日語 讀本 (普校) 卷六의 『古い瓦』란 것의 僞造物이다. 붓그럼을 몰으는 者의 한갓 작란이다.[90]

> 그리고 작가로써 출발하려는 습작가들을 보면 대개가 모작(模作)을 많이 하고 있다. 심지어 야구우정(野口雨情)이라든가 기타 외국작가의 글을 그대로 번역하고 창작연(創作然)하는 이가 있으니 삼가야 할 일이다.[91] (이상 밑줄 필자)

---

89 九峰山人, 「批判者를 批判－自己辯解와 申君 童謠觀 評(九)」, 『조선일보』, 1930.3.1.
90 金炳昊, 「最近 童謠 評(三)」, 『중외일보』, 1930.9.28.
91 SS生, 「朝鮮童謠界의 昨今과 展望－昨年 作品의 總評을 대신하여」, 『아이동무』, 1936년 1월호, 23쪽.

신고송(申孤松)은 아동문학 이론 또한 일본 이론의 번역이거나 의지한 것이라 말하고 있어 홍은성의 지적과 크게 다르지 않다. 신고송 또한 코프(KOPF)조선협의회의 기관지 『우리동무』를 편집하는 등 일본 사정에 밝고, 일제강점기 동요와 아동극 분야에서 활발한 활동을 벌였었기 때문에 표절 관련 사정도 잘 알고 있었던 것이 분명하다.

> 우리의 理論은 事實로 曖昧한 것이엇다. 過多의 理論도 나오지 안헛지만은 數三 發表되엇다 할지라도 그것이 絶對로 깁흔 硏究에서 나온 的確한 理論이라고는 못할 것이다. 大概가 日本의 그것을 譯案한 것에 지나지 못하고 依支한 것에 지나지 못하엿다. 日本의 理論이 誤錯된 것이 아니로대 特殊性이 잇는 朝鮮兒童이 불늘 童謠이니 거기에 特殊한 무엇도 잇서야 할 것이다. 압헤도 말헷지만은 가장 急한 것이 理論確立일 것이다. 더욱이는 墮落되여가고 邪道로 疾走하는 우리의 童謠壇에 잇서서 말이다.[92] (밑줄 필자)

소년운동과 소년문예운동에 있어 가장 활발한 비평 활동을 했던 사람 중의 하나인 김태오(金泰午)와, 프롤레타리아 아동문학 이론을 정치하게 전개한 안덕근(安德根), 그리고 『朝鮮童謠選集』 등 다수의 저작과 소년문예운동을 선도적으로 이끌었던 고장환(高長煥)도 일본 이론가들의 글을 '抄譯' 하거나 '만히 參照' 한 것이어서 '大槪가 日本의 그것을 譯案한 것에 지나지 못하고 依支한 것에 지나지 못하엿다' 는 신고송의 지적에서 거리가 멀지 않다.

> 附言… 이 論文은 日本의 小林澄兄, 大多和顯柄 氏의 『藝術教育論』과 또 小林 氏 著 『最近教育思想批判』에서 參照 또는 抄譯한 것도 잇슴을 말해 둔

92 申孤松, 「童心에서부터-◇ 旣成童謠의 錯誤點, 童謠詩人에게 주는 몃 말(一)」, 『조선일보』, 1929.10.20.

다.(完)[93]

(本篇은 二, 三人의 資料的 文獻(石田茂의 『兒童文學運動의 特殊性』, 大河原浩 『푸로레타리아 童話運動에 對한 作家의 態度』 等等을 參照하엿스나 主로 『호엘누렌』氏 及 槇本楠郎 氏의 所論을 만히 參照하엿슴을 말해 둔다.)[94]

本是 나는 朝鮮 兒童文學界에 對한 今後 展望을 쓸여는 것이 그만 이러케 되고 말엇다. 이 亦 뒤로 『兒童의 心性과 兒童文學의 關係』로 兒童의 知覺力 想像力 韻律 愛好性과 兒童文學에 對하야 쓰려든 것이 紙面 關係로 이만 긋친다. 여기에 쓴 글을 主로 松村 博士 著書에 依한 것이며 願컨대 이 問題가 今後 識者間에 만히 討議되기를 바란다.[95] (이상 밑줄 필자)

이상 홍은성, 신고송, 송완순, 김병호 등 당대 아동문학의 주요 논자들이 입을 모아 일본 작가와 작품을 지나치게 모방, 표절하고 있는 현실을 지적하고 있는 것이다. 윤석중(尹石重)의 다음과 같은 지적도 같은 맥락이다.

이러한 잡지들이 어떤 사명감에서 밑질 작정하고 낸 것은 갸륵한 일이었으나 그 중에는 처세술, 공명심에 사로잡힌 이도 없지 않아 있었으며, 그래서 문학 소질이 전혀 없는 사람들이 앞을 다투어 사진과 함께 자기 글을 내는 일이 많았으나, 창작다운 창작은 가뭄에 콩나기로 서양 것이 아니면 일본 것의 재탕이었다. 돈 댄 사람, 돈을 끈 사람이 글을 쓰거나 편집을 맡지 않으면 종교 선전 · 주의 심기에 몰두하여 어린이들로 하여금 갈팡질팡하게 만들었다.[96] (밑줄 필자)

---

93 金泰午, 「藝術教育의 理論과 實際(九)」, 『조선일보』, 1930.10.2.
94 安德根, 「푸로레타리아 少年文學論(十)」, 『조선일보』, 1930.11.7.
95 高長煥, 「兒童과 文學-一九三四年의 展望(七)」, 『매일신보』, 1934.1.28.

(3) 자기 작품의 중복게재

중복게재는 자신의 작품이기는 하나 한 작품을 여러 발표 매체에 거듭 싣는 것을 이른다. 일제강점기 아동문단에는 중복게재 행위도 적지 않게 있었던 것으로 보인다.

"近日에 新聞이나 雜誌를 보면 間或 作者로서 同一한 作品을 가지고 이곳저곳에 投稿하야 發表하는 일이 非一非再하기로 筆者는 여기에 붓을 들어 멧 마듸 쓰려 한다. (중략) 여기에는 첫재 雜誌 編輯者로서 그러한 發表慾에만 汲汲하고 作品 效果 問題를 度外視하고 잇는 反動的 作品을 注意하야 一切로 실지 말 것이며 또 우리로서도 그네들 反動輩를 우리의 陣營 內에 潛入할 機會를 주지 말도록 牽制해 나감이 우리의 陣營을 整頓하는 一 方策이 될 것이다." (三長에서)[97] (밑줄 필자)

이활용(李活湧)의 주장은 중복게재의 사실을 구체적으로 적시하지 않아 정확한 내용을 확인할 수 없으나 당시 아동문단의 풍토를 잘 지적한 것으로 볼 수 있다. '作者로서 同一한 作品을 가지고 이곳저곳에 投稿하야 發表하는 일이 非一非再'한 것이 바로 중복게재다.

중복게재의 구체적 사례를 들어보자.

'大邱 파랑새'의 「福順아」와 '파랑새'의 「밤」은 윤복진의 「가울」, 「밤」과 매우 유사하다.

福順아!/毗瑟山에/새ㅅ밝안단풍닙/떠러진다네//福順아!/가잣구나/갈퀴를쥐고서/落葉을글그러//福順아!/이제는/가을도깁허가구/겨울이오누나//福順아!/

---

96 윤석중, 『어린이와 한평생』, 범양사출판부, 1985, 60~61쪽.
97 李活湧, 「나면 되는 投稿家에게 一言함」, 『별나라』, 1931년 12월호, 36쪽.

가잣구나/落葉이어러붓는/겨울이오기前에// (大邱 파랑새, 「福順아」, 『동아일보』, 1926.11.28)

누나야 먼산에/샛밝안 단풍닙/떠러 진다네//누나야 가자꾸나/갈퀴를쥐고서/단풍닙 글그러//누나야 이제는/가울도 기펴가고/겨울이 온다네//누나야 가자꾸나/단풍닙 어러붓는/겨울이오기전에// (윤복진, 「가울」, 『童話』, 1936년 9월호, 3쪽)

밤새이써러진 밤을주으러/뒷山에일즉이 나가봣드니/단두개밧게는 더못주섯소//주은밤두개를 잘구어서는/동생의두손에 쓱쥐여줄가/그러면할머니 숿허한다오//꾸은밤두개를 동생보기전/한개는할머니 갓다드리고/남은밤한개는 동생주지요// (파랑새, 「밤」, 『동아일보』, 1926.12.5)

밤새에 써러진 밤을 주려고/식젼에 일즉히 동산에가니/단두개 밧게는 더못주엇소.//주은밤 두개를 잘구어서는/동생의 두손에 쓱쥐여줄가?/안되요 할머니 숿허한다니.//구은밤 두개를 동생보기젼/한개는 할머니 갓다들이고/남은밤 한개는 동생주랴오.// (윤복진, 「밤」, 『아이생활』, 1926년 11월호, 34~35쪽)

「福順아」와 「가울」은 기본 형식과 운율이 동일하다. 약간의 어휘가 바뀐 것이 다를 뿐이다. 파랑새의 「밤」과 윤복진의 「밤」 역시 형식과 운율은 동일하고, 어휘만 일부 바뀌었고 표기가 조금 달라졌을 뿐이다. '파랑새'의 작품을 10년여 뒤에 '윤복진'이 표절했다거나, '윤복진'의 작품을 한 달 뒤에 '파랑새'가 표절했다고 보는 것은 무리한 추정이다. 윤복진은 일제강점기에 누구보다 많은 동요(시)를 창작했지만, 본인의 작품을 중복게재한 예는 있어도 다른 사람의 것을 표절한 예는 없다. 누이동생의 이름으로 발표된 작품을 뒷날 자신의 이름으로 재발표한 예는 있는데, 이를 형식적으로만 보면 표절이라 하겠지만 실질적으로는 자신의 작품을 다시 자신의 이름으로 발표한 것으로 보는 것이 옳다고 판단된다. 따라서 「가을」과 「밤」은 윤복진이 표절했다고 보긴 어렵고 '파랑새'란 필명으로 발표했던 것을 뒷날 손을 봐서 자신의 이름으로 다시 발표한 것으로 보는 것이 맞겠다. 더구나 '大邱 파랑새'라 명기하여 '파랑새'가 누구인지 알 수 있는 근거가 더 분명해졌다고 할 것이다.

"厚昌 蔡奎哲 씨－별나라 受信局에서는 큰소리를 탕탕하던 양반이 그게 무슨 실수요. 新少年 新年號에 실닌 「압내」는 一月 九日 치 東亞 紙上에 또 내어섯드군요. 그래 作品 한 개를 가지고 두 번 세 번 우루어 내어야 시원한 가요. 보는 사람은 시원찬애요. 忠州 韓百坤."[98]

한백곤(韓百坤)이 지적한 채규철(蔡奎哲)의 「압내」는 같은 작품을 『신소년』과 『동아일보』에 거듭 게재한 것이다.

압내물찰낙〳〵/노래부르며/엇그적겐졸졸졸/잘도흐르던/하로밤새눈보라!/당하고나서/반들〳〵청유리/깔앗습니다./전에보든동막이/머슴아이들/차즐야야차즐수/업것만은요/검덩모자양복입은/학생들만이/스케-트타노라고/벅석합니다.// (厚昌 蔡奎哲, 「압내」, 『신소년』, 1930년 1월호, 44쪽)

압냇물찰락찰락/노래부르며/엇그적게졸졸졸/잘도흐르든/하로밤새눈보라/당하드니만/반들반들청유리/깔앗습니다/전에보든동막이/목동아이들/차즐려야차즐수/업건마는/검은모자양복입고/구두신은/스켓타는학생들만/벅석합니다// (蔡奎哲, 「압내」, 『동아일보』, 1930.1.9)

『신소년』은 1930년 1월 1일 발행한 것으로 되어 있으니 『동아일보』

98 「독자담화실」, 『신소년』, 1930년 3월호, 36쪽.

게재 작품은 『신소년』에 발표된 작품을 고쳐서 실은 것으로 보아야 할 것이다. 몇 군데 표기법이 다른 것과 자구를 수정한 것이 확인된다. 당시 동요가 엄격하게 음수율을 지켰던 것을 기준으로 본다면, 『신소년』 소재 작품은 7·5조를 잘 유지하고 있으나 『동아일보』 소재 작품은 오히려 운율이 흐트러져 개작의 이유를 알기 어렵다. 따라서 이 작품 또한 앞에서 밝힌 표절의 이유와 마찬가지로, 아직 어린 소년문사들이 자기 작품이 활자화되는 마력에 빠져 '發表慾에만 汲汲'한 것이 중복게재의 주된 이유였을 것이다.

한용수는 「文壇探照燈」에 김려수(金麗水, 본명 朴八陽)의 「가을」을 표절이라고 적발하여 제보하였다. 『어린이』(제8권 제7호, 1930년 9월호)에 발표된 김려수의 「가을」이란 동요보다 한참 전인 1925년 진남포의 사립 삼숭학교(三崇學校)에서 발행한 『三崇』(제2호)에 실린 차광조(車光祚)의 「落葉」이란 동요와 동일한 작품이란 것이다.

落葉

가을바람우수수/부러오면은/나무나무입사귀/써러짐니다//우리마당압뜰의/오동나무도/입사귀를온뜰에/썰궈놈니다//나는나는學校서/도라만오면/갑지차자落葉을/글거몹니다//終日토록오동입/글거모와도/작고작고한업시/써러짐니다// (차광조)

가을

가을바람 우수수 부러오면은/나무나무 입사귀 써러집니다/우리압뜰 마당의 오동나무도/입사귀를 왼뜰에 써러놈니다/우리옵바 학교서 도라오면은/갈퀴차자 락엽을 글거몹니다/오동입새 왼종일 글고글거도/작고작고 한업시 써러집니다// (김려수)

약간의 표기상 차이를 제하면 완전 동일한 작품으로 보인다. 이미 문명(文名)을 얻고 있던 김려수인지라, 한용수는 "朴八陽 金麗水는 朝鮮의 文壇的 地位로나 또는 藝術上 人格으로 보아 남의 것을 제 것이라거나 剽窃할 사람이 아님을 밋"[99]는다면서도 위의 인용에서 보듯이 워낙 동일한 작품이다 보니 표절 의혹을 제기한 것이었다.

그런데 사실을 알고 보니 이는 김려수가 같은 작품을 거듭하여 '재발표'를 하다 보니 차광조의 작품을 표절한 것으로 오인된 것이었다. 김려수의 해명으로 사실 관계가 잘 밝혀져 논란은 곧바로 종식되었다.

(전략)

一. 拙作 童謠『가을』은 지금으로부터 七年 前인 一九二四年에 東亞日報 學藝欄에 發表된 일이 잇섯습니다. 今般에 調査한 結果 그것은 一九二四年(卽 大正 十三年) 九月 十五日附 東亞日報 第一四七九號 第四面 第六段에 金麗水라는 이름으로 發表되엇든 것입니다.

二. 車光祚 氏의『落葉』의 發表는 一九二五年이라 하섯스니 그 翌年이겟습니다.

三. 今年『어린이』八月號에 揭載된『가을』은 前記 一九二四年 拙作의 再發表에 지나지 안습니다.[100] (후략)

위의 사실을 확인해 보면 다음과 같다.

가을바람 우수수 부러오면은/나무나무 입사귀 써러짐니다/우리마당 압뜰에 오동나무도/입사귀를 왼뜰에 써러놈니다//우리옵바 학교서 오기만하면/갈퀴 차저 락엽을 글거몸니다/오동입새 종일을 글고글거도/작고작고 한업시 써러짐

99 韓龍水,「(文壇探照燈) 問題의 童謠－金麗水의「가을」」,『동아일보』, 1930.9.17.
100 麗水,「(文壇探照燈)「剽窃」嫌疑의 眞相－童謠「가을」에 對하야」,『동아일보』, 1930.9.23.

니다// (金麗水, 「가을바람落葉」, 『동아일보』, 1924.9.15)

가을바람 우수수 부러오면은/나무나무 입사귀 써러집니다/우리압뜰 마당의 오동나무도/입사귀를 왼뜰에 써러놉니다//우리옵바 학교서 도라오면은/갈퀴 차저 락엽을 글거몹니다/오동입새 왼종일 글고글거도/작고작고 한업시 써러집니다// (金麗水, 新作童謠 「가을」, 『어린이』, 제8권 제7호, 九月新秋特輯號, 1930년 8월, 30쪽)

표절 혐의는 해명이 되었으나 중복게재는 엄연한 사실로 드러난 셈이다.

중복게재를 표절로 오인한 것도 있는데, 그 까닭은 필명으로 인한 것이었다. 황순원(黃順元)은 동요 등 아동문학으로 문단 생활을 시작하여 시를 쓰다가 소설로 옮겨간 경우다. 동요 창작 당시 황순원은 '狂波'란 필명을 쓰기도 하였다.[101] '平壤 私設 朝鮮文壇 探偵局'이란 이름으로 "剽窃犯을 하나 잡아 노앗"다며 '托波生'의 「언니와 옵바」(『매일신보』, 1931.4.17)는 황순원의 「형님과 누나」(『매일신보』, 1931.3.29)를 표절한 것이라고 적발하였다. 「형님과 누나」를 「언니와 옵바」로 "改題하고 本文은 쏙갓치 벗겨 노핫스니 이것이야말로 대담한 작란"[102]이라는 것이다.

아츰햇님 방긋이 솟아오를때/압마당 언덕우로 물동이니고/울누나 타박타박 올나옵니다/×저녁해님 빙그레 도라를갈제/뒤산밋 곱은길로 나무짐지고/울형님 살랑살랑 나려옵니다// (새글會 黃順元, 「형님과 누나」)

---

101 宣川호무社, 「(紙上慰安)산노리 童謠會(一)」(『매일신보』, 1931.6.17)에 "○ 平壤 밋치광이물결 오섯소? ◇…네. 狂波 黃順元이요"라 하여 황순원의 필명이 '狂波'임을 확인할 수 있다. 황순원이 「동무소식」(『매일신보』, 1931.5.13)에 "나는 剽窃犯人 狂波라는 사람이다. 그리고 本名은 黃順元이다."라 한 데서도 확인된다.

102 平壤 私設 朝鮮文壇 探偵局, 「동무소식」, 『매일신보』, 1931.4.21.

붉은해가방긋이 솟아오를쌔/압마당언덕우로 물동이니고/울누나 타박〰 올나옵니다/×붉은해가핑그레 넘어를갈쌔/뒷동산곱은길로 나무짐지고/울옵바 살랑〰 나려옵니다// (狂波生,「언니와 옵바」)

'托波生'은 '狂波生'의 오식이므로 결국 황순원이 황순원 자신의 작품을 수정하고 제목을 바꾼 중복게재에 해당하는 것이다. "日前 나의 拙作이「형님과 누나」라는 童謠가 나의 本名과 號로 두 번 發表된 일이 잇다"[103]고 한 것으로도 확인된다.

그런데 '狂波生'이란 필명은 '黃順必'도 사용한 것으로 보인다. 동일한 내용의「봄맛는 참새」가 '狂波生'(『매일신보』, 1931.4.25)과 '黃順必'(『매일신보』, 1931.4.27)이란 이름으로 두 번 발표되었다.

◀ 編輯部의 여러 先生님! 저는 貴報 讀者가 된 지도 오래 되엿습니다. 그러나 先生님들께 인사 못 들인 것이 罪悚하나이다. 그런데 저의 拙作인「봄맛는 참새」라는 童謠가 本報 二十五日 紙面에 發表되엿습니다. 그런 것이 二十七日 紙面에는 저의 本名으로 또 발표되엇습니다. 이것은 나의 잘못으로 原稿 相重되여 그러케 되엇사오니 編輯先生님께와 讀者諸位에게 恕諒을 바라는 바입니다. (黃順必)[104] (밑줄 필자)

글쓴이가 '黃順必'인데 '저의 本名'이라 하였으니 '狂波生'이 곧 '黃順必'이라는 말이다. '狂波'는 황순원의 필명인데 흔히 '生'을 덧붙여도 같은 사람을 가리키는 것이 일반적인 것으로 볼 때 의외이지만, 분명한 언명이 있어 필명 하나가 명확해진 것이다. 명확해졌으면서 동시에 불명확해진 것은 '黃順元'과 '狂波生'도 같은 사람이라는 것 때문이다.

103 黃順元,「동무소식」,『매일신보』, 1931.5.13.
104 黃順必,「동무소식」,『매일신보』, 1931.5.6.

호나 필명, 이명을 다수 사용하다 보니 다른 사람의 필명과 겹치기도 한 예라고 보인다.

동요와 비평으로 활발한 활동을 한 전식(田植)도 백촌인(白村人)이란 필명으로 중복게재를 한 사실이 '妖努罵'에 의해 탄로가 났다.

朝鮮 少年文藝에서 손을 쉽는 田植 君! 君이 정말 이럴 줄은 몰낫네. 사람은 참으로 밋지 못할 것이네?

君아. 君은 너무나 懸賞이라면 목을 매는 모양이야. 그래 이 사람 이번 新年號 어린이에 發表된「야학에서 헤질 때」이 童謠를 어린이에 發表된 것이 不足하여서 每申에 또 보냇나? 아주 入選까지 되여 깁부겟는데? 그래 적어도 朝鮮 少年文藝에 힘쓴 者로서 名譽와 黃金에 팔니여 自己周圍 환경을 다- 잇는단 말인가? 君이 일홈을 박구어 發表하면 몰을 줄 알엇나. 그것만은 君에 失手이엇섯네.[105] (밑줄 필자)

두 편의「야학에서 헤질 때」는 다음과 같다.

1 야학에서 헤질때 집에올때에/등불들을 들고서 나려옵니다.//2 싯벌언 등ㅅ불로 길을밝히며/힘차게 창가하며 나려옵니다.//3 웃마을길 넘언말길 우리말길에/울긋불긋 등ㅅ불쏫 피엿습니다.// (田植,「야학에서 헤질때」,『어린이』, 제10권 제1호, 1932년 1월호, 34쪽)

야학에서 헤질때 집에올때에/등불들을 들고서 나려옵니다//◇싯벍언 등ㅅ불로 길을밝히며/힘차게 창가하며 나려옵니다//◇웃마을길 넘은말길 우리말길에/울긋불긋 등불쏫 피엇습니다// (白村人, (當選童謠)「야학에서 헤질때」,『매일

105 京城 妖努罵,「★每申에 入選된 田植 君의 童謠를 닑고」,『어린이』, 1932년 2월호, 58쪽.

신보』, 1932.1.5)

전식은 이에 대해 「妖努罵 君에게」를 통해 해명을 하였다. 『어린이』 1931년 10월에 투고한 것이 두 달이 지나도 발표되지 않아 "每申에서 募集하는 新年文藝에 應한 것"이고 '白村人'이란 별호와 함께 본명 '田植'을 병기했더니 편집자가 '田植'으로 발표한 것이라는 내용이다.[106]

'妖努罵'는 연이어, 박수봉이 「나무꾼」을 중복게재한 사실을 적발하였다. "日前에 二月 二日 中央日報 四面에 發表된 君의 作品 「나무꾼」"을 "新少年 二月號를 두적두적하다가 우연히 君의 作品 「나무꾼」을 또 發見"하였다는 것이다.[107]

고읍게 치장한 이산등길은/그누구 짜문에 화려한가요/단풍닙 나라로 경치조와도/이몸은 낫취고 설어움니다//×산미테 붉은집 큰집속에서/일하는 언니의 생각이나요/눈물을 흘니며 나무를베다/낫ㅅ테 손가락 닷첫슴니다//×산직이 보면은 쌔아슬가봐/쌀으게 색기로 묵거지구요/험한길 조심해 나려오면서/손가락 아퍼서 울엇슴니다// (一九三一年 가는 골에서 作) (朴秀烽, 「나무꾼」, 『중앙일보』, 1932.2.1)

고읍게 치장한 이산등길은/어느× 때문에 화려한가요/단풍닢 나라로 경치좋와도/이몸은 낫취고 설어움니다//×산밑에 붉은집 큰집속에서/일하는 언니의 생각이나요/눈물을 흘니며 나무를하다/낫ㅅ테 손가락 닷첫슴니다//×산직이 보면은 빼아슬가봐/빠르게 색기로 묵거지고요/험한길 조심해 내려오면서/손가락 만지며 울엇슴니다// (朴秀烽, 「나무꾼」, 『신소년』, 1932년 2월호, 55쪽)

---

106 田植, 「妖努罵 君에게」, 『어린이』, 1932년 3월호, 36~38쪽.
107 京城 妖努罵, 「秀烽 君에게」, 『어린이』, 1932년 2월호, 39쪽.

한철염(韓哲焰)과 홍구(洪九)는 당대 아동문단에서 일정한 위치를 확보한 작가였음에도 중복게재에는 예외가 아니었다.

나는 哲焰, 洪九 동무에게 잠간 일이 잇소. 별나라 一月號에 발표된 洪九 作 童謠「억개동무 칭칭」과 仝 二月號의 哲焰 作「해님업는 직공들」은 新少年에 발표되엿든 것이 아니요. 發表욕 운운은 아닐 줄 알기로 한마대 뭇나이다.[108]

『동아일보』의 선외작으로 뽑힌「어머니 가슴」(1929.1.21)으로 이름이 널리 알려진 박을송의「귀또람이」(『동아일보』, 1928.10.25)와 1929 신춘현상문예 당선 작품인 동요「귀뚜람이」(『동아일보』, 1929.1.5), 해방 후 대구아동문학회의 중심인물이었던 이응창의「약손」(『동아일보』, 1934.3.3)과「약손」(『朝光』, 1937년 2월호) 등도 중복게재의 예에 속한다.

초승달밝은밤에 귀또람이는/갈때닙흔들리는 그늘미테서/비단짜는명주실 입에먹음고/락엽지는가을이 설워웁니다//넷날에뒷산풀이 파라질때는/오색꼿피여지고 나븨놀드니/서리오는가을이 닥처온후로/날마다어린나무 추어썬다고//별아기들잠드는 깁흔밤에도/말라자는풀닙을 고히안고서/고향집써나온손 맘이설도록/목을노코쓸쓸히 울고잇지요// (朴乙松,「귀또람이」,『동아일보』, 1928.10.25)

초생달밝은밤에 귀뚜람이는/갈때닙흔들리는 그늘미테서/비단짜는명주실 입에먹음고/락엽지는가을이 설워웁니다//넷날에뒤산풀이 파라질때는/오색꼿피어지고 나비놀더니/서리오는가을이 오신이후로/날마다비수수수 엽만진다고//

108 安東縣 西贊,「讀者通信」,『신소년』, 1933년 5월호, 55쪽. 필자가 갖고 있는『별나라』와『신소년』에 결호가 많아「억개동무」는 확인할 수 없고, 한철염의「해님업는 직공들」은『별나라』(1933년 2월호, 29쪽)와『신소년』(1932년 6월호, 25쪽)에 중복게재된 것이 확인된다.

별아기들잠드는 깁흔밤에도/말라지는풀닙에 가슴만대고/엄마일흔고아들 맘이 설도록/가느다란소리로 슬피웁니다//…一九二八.一○.二五… (朴乙松, 「귀뚜람이」, 『동아일보』, 1929.1.5)

(가)주름잡힌 노할머니 말른손은요/돈을줘도 살수없는 보배손이죠/배가아파 뒤굴뒤굴 구을때라도/내손이 약손이다/만지기만 하면은/신통하게 낫지요/신통하게도//(나)주름잡힌 노할머니 합죽입은요/금을줘도 살수없는 보배입이죠/작난하다 업더저서 피가날때도/호-호 쉿세-/시담기만 하면은/시쓴듯이 낫지요/시쓴듯이요// (李應昌, 「약손」, 『동아일보』, 1934.3.3)

주름잡힌 노할머니 검은손은/돈을줘도 살수없는 보배손이죠/배가아파 뒤굴뒤굴 구을때라도/내손이 약손이다/내손이 약손이다/만지기만 하면은/신통하게 낫지요//주름잡힌 노할머니 합죽입은요/금을줘도 살 수 없는 보배입이쇼/작난하다 업더저서 피가날때도/호- �새-/호- 휫새/시담기만 하면은/씨쓴듯이 낫지요.// (李應昌, 「약손」, 『朝光』, 1937년 2월호, 351쪽)

이원수의 경우 적발되지는 않았으나 중복게재한 작품이 있다. 아래 작품은 약간의 표기상 차이 이외에 완전 동일한 작품이다.

약지으러갓다가 길이멀어서/혼자오는산길에 해가저므네//아즉도집은멀고 어둡긴한데/죽어가는어린누이 어찌다되나//고개를넘어서니 달이솟앗네/우리집들창에 불이보이네//엄마가멀리서 부르시누나/누이의약을메고 다름질하세// (馬山府 午東洞七一 李元壽, 「약지어오는밤」, 『동아일보』, 1929.1.12)

一 약지어러 갓다가 길이멀어서/혼자오는 산길에 해가저무네/× 아즉도 집은멀고 날은어둔데/죽어가든 어린누이 엇지되엿나// 二. 고개를 넘어서니 달이

소삿네/멀-니 우리집에 불이보이네/×洞口에서 어머님이 불느시누나/누이의 약을메고 다름질하세// (李元壽,「藥지어오는밤」,『중외일보』, 1929.10.5)

표절과 마찬가지로 중복게재의 경우도 발표 매체를 달리하는 경우가 일반적이다. 이원수는 같은 매체에 시기만 달리하여 중복게재하기도 하였다.

상학종은첫는데 어쩌케할가/집으로도라갈가 들어가볼가/× 월사금이업서서 학교문밧게/나혼자섯노라니 눈물만나네./× 집으로도라가면 우리어머니/쫏겨온날붓들고 또울겟고나/× 오늘도산에올나 일본언니께/공책찌저슬흔마음 편지나쓸가.// -(1930.9.)- (李元壽,「校門박게서」,『어린이』, 1930년 10월호, 34~35쪽)

상학종을 첫는데 엇더케할가/집으루 도루갈가 들어가볼가/월사금이 없어서 학교문밖에/나혼자 섯노라니 눈물만나네//집으루 도루가면 우리어머니/쫓겨온 날붓들고 또울겟구나/오늘도 산에올라 일본언니께/공책찢어서른마음 편지나쓸가// (李元壽,「校門밖에서」,『어린이』, 1933년 10월호, 17쪽)

표기상 조금 수정이 되었고 행갈이를 달리한 정도의 차이가 있다. 그런데 같은『어린이』에 3년의 간격을 두고 1930년과 1933년에 중복게재한 것이다.

일제강점기 아동문단의 중복게재를 모두 거명하자면 한정이 없을 것이다. 그래서 대표적인 동요 작가였던 윤복진을 예로 들어 당시 중복게재의 실상을 가늠해 보도록 하자.

작품명	발표지와 일자	중복게재 작품명	발표지와 일자
바람님 부시오	『시대일보』, 1926.3.29	바람님	『동아일보』, 1926.6.10
바닷가에서	『어린이』, 1926.6	바다ㅅ가에서	『조선일보』, 1929.4.13
갈대	『중외일보』, 1927.4.29	갈ᄯᅢ	『조선일보』, 1929.11.21
고향집	『중외일보』, 1927.11.7	고향집	『조선일보』, 1928.2.17
할머니의 노래	『중외일보』, 1929.3.18	한머니의 노래	『조선일보』, 1930.1.18
스므하로밤	『중외일보』, 1929.5.22	스무하로 밤(신춘문예 당선작)	『조선일보』, 1930.1.4
ᄲᅡᆰ앙조히·파랑조히	『어린이』, 1931.2	밝앙조희 파랑조희	『조선일보』, 1933.9.20
고향 하눌	『조선일보』, 1929.11.28	고향 한울	『동아일보』, 1930.3.9
		ふるさとの 空(鄭泰炳 譯)	『매일신보』, 1944.2.10
중중ᄯᅦᄯᅦ중	『조선일보』, 1929.12.26	중중ᄯᅦᄯᅦ중	『중외일보』, 1930.1.7
누가누가 부럿노-누나 尹福蓮에게	『중외일보』, 1930.4.27	누가누가 저리부노-故 尹福蓮에게	『조선일보』, 1930.5.8
송아지 팔너가는 집	『중외일보』, 1930.9.6	(그림동요) 송아지 팔러가는 집	『동아일보』, 1931.3.4
기럭이	『어린이』, 1930.9	기럭이	『조선일보』, 1933.11.8
슯흔밤(徐德出, 申孤松, 尹石重, 尹福鎭 합작)	『學生』, 1930.3	(동요곡)슯흔밤	『어린이』, 1931.1
		(동요곡)슯흔밤	『조선일보』, 1934.11.10
가을 바람이지	『동아일보』, 1930.12.13	가을바람이지	『아이생활』, 1940년 9-10월 합호.
(동요곡)당나귀	『조선일보』, 1932.2.18	당나귀	『조선일보』, 1933.2.7
누나생각	『동아일보』, 1932.3.21	그이 생각	『東光』, 1932.8
아 가을인가	『東光』, 1932.8	아- 가을인가	『만국부인』, 1932.8
		아- 가을인가	『동아일보』, 1939.6.7
자장노래	『조선일보』, 1944.9.13	(동요곡) 자장노래	『조선중앙일보』, 1933.12.12
		(동요곡)자장가	『童話』, 1937.4
가을밤	『조선일보』, 1933.9.17	(동요곡) 가을밤	『조선중앙일보』, 1933.10.23
발자욱	『朝光』, 1935.10	(동요곡) 물새발자옥	『아이생활』, 1936.11

봄나비 한 쌍	『동아일보』, 1939.7.28	(동요곡) 봄나븨 한쌍	『동아일보』, 1940.2.18
		봄나비 한쌍	『아이생활』, 1940.3
다람쥐	『少年』, 1940.8	다람쥐	『아이생활』, 1943.3
우리말 우리글로	『새동무』, 1945.12	(동요곡)우리말 우리글로	『아동문학』, 1945.12
파-란 세상	『兒童』, 1946.6	파아란 세상	『어린이세상』, 1949.6

신문이나 잡지에 발표된 작품을 작품집에 수렴한 경우는 제외하고도 중복게재의 사례가 이상과 같이 많다. 윤복진이 유독 중복게재를 많이 한 동요작가는 아니다. 당대 다른 아동문학 작가들과 마찬가지로 중복게재에 대해 별다른 문제의식을 느끼지 못한 것으로 보인다.

물론 작가 자신이 내용적 측면이나 윤율 등 형식적 측면의 수정 필요성 때문에 개작을 한 경우도 많아 뭉뚱그려 중복게재를 매도할 일만은 아니다. 그러나 다수의 중복게재에는 분명 '발표욕'과 '명예욕'이 끼어들어 있는 것이 분명해 바람직한 경우라 하기 어렵다.

중복게재와 관련하여 작가 자신의 탓과 매체 편집자의 잘못이 결합된 다음과 같은 경우도 드물지 않았다고 보겠다.

◁ **李無極 兄에게**　李 兄! 健康하십니가? 그런데 兄님과 談判할 일이 생겻스니 兄이 日前에 本誌 二面을 通하야 「새벽」이란 題目 下에 發表한 童謠를 弟로서는 얼마큼 滋味깁히 읽고 생각하엿습니다. 그런데 去 四月 一日 本欄을 두적두적하다가 兄의 「새벽동이 틀 때」란 題目이 눈에 씌이기로 仔細히 읽어본즉 아니나 다를까 前 作品과 조금도 差異가 업는 童謠이엿습니다.

李 兄님! 요새 너무 熱心히 공부하시느라고 밧분 중 모르고서 그리하셧는가요?

(或은 記者 先生님께서 不注意하셧는지도 모르지만?)

한 作品을 두 번이나 發表할 것 무엇입니까! 貴重한 紙面을 虛費하고, 兄님

以後로는 注意注意하심을 바랍니다. 하마터면 不良 批評軍에게 맛낫드라면 큰 逢變 當할 번 햇소니다. 하하……하…

◀ 編輯者의 責任도 업지 안습니다. (C記者)[109] (밑줄 필자)

위 지적처럼 이무극(李無極)의 「새벽」(『매일신보』, 1932.2.24)이 실린 지 한 달 남짓 후에 「새벽 동이 틀 쌔에」(『매일신보』, 1932.4.1)가 다시 실린 것이다. 「새벽」은 한 행을 두 줄로 벌려놓았지만 「새벽동이 틀 쌔에」는 한 행을 한 줄로 행갈이를 달리 하였다. 'C記者'가 '編輯者의 責任도 업지 안습니다'라고 말한 것으로 보아 작가만의 잘못이라기보다 매체 편집자의 착오가 중복게재의 결과로 이어진 경우도 있었을 것이다. 앞에서 표절작으로 다루었던 박덕순의 「가을」은 1930년 10월 23일자와 1930년 11월 6일자 『매일신보』에 연거푸 실렸다. 문제는 유희각이 1930년 10월 29일자 『매일신보』에 표절 사실을 적시하였고, 염창섭이 『동아일보』에서 표절 사실을 재차 적발하여 문단의 논란이 되었음에도 불구하고, 같은 매체인 『매일신보』 1930년 11월 6일자에 다시 박덕순의 「가을」이 버젓이 수록된 적이 있다. 「가을」은 엄연히 표절작이지만, 같은 작품이 거듭 수록되었다는 점에서 중복게재란 관점에서도 볼 수 있는데 그 잘못은 꼭 작가로부터 기인한 것만이 아닐 수도 있다는 것이다. 앞에서 보았듯이 '貴紙 文藝欄은 어느듯 世間에서 嘲笑'하게 되었다고 한 김광의 말은 당시 신문 등 매체 편집의 흔한 잘못을 지적한 것이다.

작가가 재투고하면서 첨언한 말을 빼고 중재(重載)한 경우도 적지 않을 것인데 이런 경우도 매체 편집의 책임이 적지 않다 할 것이다. 『매일신보』에 김효정(金曉汀)의 「旅愁」란 작품이 일주일여 간격을 두고 두 번 실렸다. 본인의 말에 따르면 "童謠 「旅愁」가 再錄되엿슴은 先稿의 二節

---

109 「(동무소식)李無極 兄에게」, 『매일신보』, 1932.4.9.

第二聯을 改作하엿삽기 稿末에 先稿를 取消하시라는 附言을 添記하야 再投하엿삽든 바 重載되엿기 讀者諸彦의 誤感을 抹消키 玆에 載告"[110] 한다고 해명을 하였다. 그러나 『매일신보』가 설명이나 해명을 한 적이 없는 것은 분명 편집에 일정한 책임이 있다 할 것이다.

2) 아동문학의 표절 원인

문인이 표절을 하게 되면 "글 도적놈"[111] 소리를 듣거나, "社會에서 附與된 地位를 奪取 當하고 名譽의 絶頂에서 汚濁의 陷穽에 墮落"[112]하게 된다. 그럼에도 불구하고 일제강점기 아동문단에서는 표절 행위가 끊임없이 반복되고 있었음을 앞에서 살펴보았다. 그 원인은 무엇이었을까?

일제강점기 아동문단의 빈번했던 표절 행위는 크게 다음 네 가지로 그 원인을 추려볼 수 있다. 첫째는 발표 매체의 증가에 따른 원고 수요의 격증이다. 두 번째는 표절에 대한 사실 확인이 어려웠던 탓이다. 세 번째는 아동문학가와 소년문사들의 발표욕 혹은 명예욕이다. 네 번째는 당대 문단이 표절에 대해 관대했던 풍토가 있었다. 이상 네 가지에 대해 구체적 사례를 들어 확인해 보겠다.

(1) 발표 매체의 증가에 따른 원고 수요의 격증

앞에서 언급했던 『동아일보』의 '문단탐조등'은 '他人의 作을 剽竊 或은 抄譯하야 가지고 恬然히 自己의 創作인 체 發表하는 厚顔無恥한 徒輩가 跳梁'하는 원인으로 '原稿 需要의 激增'을 들고 있다.

110 曉汀, 「(동무소식)讀者諸氏께」, 『매일신보』, 1931.11.14.
111 牛耳洞人, 「(文壇是非)글 도적놈에게」, 『동아일보』, 1926.10.26.
112 尹鼓鐘, 「藝術家와 剽竊(二)」, 『매일신보』, 1931.5.23.

文壇 探照燈

最近 諸 新聞 學藝面의 擴張과 二三 新 雜誌의 創刊으로 學界와 文壇이 一見 活氣를 呈하고 잇는 듯하나 一面 原稿 需要의 激增을 奇貨로 文名을 엇기에 汲汲하야 (하략) (밑줄 필자)

1919년 3·1운동이 일어나자 일제는 식민지 조선의 지배정책을 변경하여 문화정치를 표방한다. 무단통치(武斷統治) 방식에서 문화정치로 정책이 바뀌자 여러 정치적 변화와 함께 언론·집회·출판의 자유를 어느 정도 인정하게 되었다. 이 정책의 시행으로 신문과 잡지 등의 출판이 증가하였다. 주지하다시피 일제강점기 문학 작품의 발표 매체는 신문의 학예면과 문예 잡지로 대별할 수 있다. 신문으로는 『조선일보』, 『동아일보』, 『시대일보』(이후 『중외일보』, 『중앙일보』, 『조선중앙일보』), 『매일신보』 등이 안정적으로 발간되면서 학예면을 통해 아동문학의 발표 매체 역할을 담당했다. 잡지는 『어린이』, 『신소년』, 『아이생활』, 『별나라』 등 비교적 안정적으로 발행되었던 것이 있었는가 하면, 창간호가 종간호가 되는 등 명멸했던 기타 수많은 잡지들도 있었다. 이처럼 신문, 잡지 등 아동문학 매체는 이전 시기에 비해 기하급수적으로 늘어났다. 하지만 필진을 확보할 문단적 역량이 결여되어 있는데도 불구하고 새로운 잡지의 창간이 빈발하자 원고 수요의 격증을 해소할 방법을 모색해야 했다.

1920년대 신문 학예면과 아동문학 잡지들은 필진 확보를 위해 상당 부분 소년문사들에게 기댄 바 컸다. 신문과 잡지의 아동문학 칸에는 예외 없이 독자투고를 받아 지면을 메우는 경우가 많았다. 독자 투고란을 통해 아동문단에 머리를 내밀었던 소년문사들이 곧이어 기성 문인으로 대우받고 비평을 하기에 이르는 경우도 흔했다. 몇 사람의 예를 들어보겠다.

1926년 12월호 『별나라』에는 신말찬(申末贊, 申孤松의 본명)이 가작 동요를 보냈다는 내용(40쪽)과, 윤복진(尹福鎭)의 「떠나는 제비」가 '選外佳作'으로 당선되었다는 사실이 있다. "義州의 張善明 君의 『洪水의 光景』 가튼 것은 適切한 니야기를 썻지만은 아직 글이 서툴너서 나종을 긔다림니다."(47쪽)라 하였고, '大田 宋完淳 君은 開闢 停刊을 슬퍼하얏'(48쪽)다는 내용도 있다.

윤복진은 이후 윤석중에 버금갈 정도의 동요를 창작함으로써 아동문단에 한 획을 그었다. 신고송의 경우 이듬해 「九月號 少年雜誌 讀後感(전7회)」(『조선일보』, 1927.1.2~7), 「童心에서부터—旣成童謠의 錯誤點, 童謠詩人에게 주는 몃 말(전8회)」(『조선일보』, 1929.10.20~29), 「새해의 童謠運動—童心 純化와 作家誘導(전3회)」(『조선일보』, 1930.1.1~3) 등을 위시하여 1930년대 초반에 이르기까지 송완순과 격렬한 논쟁을 벌이는 등 아동문학 전반에 주도적 평필을 휘두르게 된다. 송완순 또한 「空想的 理論의 克服—洪銀星 氏에게 與함(전4회)」(『중외일보』, 1928.1.29~2.1), 「個人으로 個人에게—君이야말로 「公正한 批判」을(전8회)」(『중외일보』, 1930.4.12~20) 등 장문의 비평문을 통해 당대의 홍은성, 신고송 등과 논쟁적 비평을 전개하고 있다. '아직 글이 서툴'다던 장선명은 「新春童話 槪評—三大 新聞을 主로(전7회)」(『동아일보』, 1930.2.7~15), 「少年文藝의 理論과 實踐(전4회)」(『조선일보』, 1930.5.16~19) 등 상당한 수준의 실제비평과 이론비평을 전개하게 된다.

1920~30년대 아동문단에서 내로라하는 사람들을 언급하면 위와 같다. 그런데 이들이 모두 불과 몇 년 사이에 독자 투고를 하던 소년문사에서 일약 중견 작가 혹은 비평가의 반열에 오르게 되었다. 성공적으로 작가 활동을 한 경우라 하겠다.

수많은 다른 소년문사들도 문단 진입 과정은 이들과 유사했다. 이들도 윤복진, 송완순, 장선명 들처럼 성공적인 문단 활동을 기대했을 것이다. 그러나 '文名'을 얻기 위해 투고를 일삼았으나, 창작 역량이 뒷받침되지 않은 경우 자연스럽게 표절의 유혹에 빠지게 되었던 것으로 보인다. 한 예로 삼장(三長) 이고월(李孤月)의 경우 문단 활동을 상당히 활발하게 전개하면서, 다른 작가의 표절과 회색적 태도를 비판하기도 하였으나, 거꾸로 여러 사람들로부터 표절, 회색적 작가, 철면피 작가 등의 비난을 받고 있기도 하다.

요컨대 원고 수요가 격증하자 필진이 부족한 아동문단의 열악한 토대가 표절의 한 원인이었다고 하겠다.

(2) 표절에 대한 사실 확인의 어려움

비록 소년문사라 하더라도 글 쓰는 사람의 자의식에 비추어볼 때 자신의 작품이 표절 작품이라는 것이 드러나도 태연할 사람은 없다. 일제강점기의 표절 작품들 대다수는 표절 사실이 드러나지 않을 거란 믿음 때문에 발생한 것이라 할 수 있다. 앞에서 살펴보았듯이 현상 문예 당선작이 표절되기도 한다. 현상 문예 당선작이라면 문단인들이 주목하고 있음에도 불구하고 불과 몇 달 뒤에 버젓이 표절되기도 하고, 동생의 이름으로 발표된 현상 작품을 자신의 이름으로 둔갑시키기도 한다.

신문이나 잡지의 선자(選者)로서 표절을 가려내기가 쉽지 않았음을 토로한 김억(金億)의 주장을 보자.

> 虹波 氏가 소곰쟁이가 飜譯임에 不拘하고 選者가 無識하야 그 童詩를 當選식혓다 하면 허물을 選者에게 돌닌데 對하야 한마듸 하랴고 한다. 엇지 생각하면 選者의 無識으로 생긴 허물일는지 몰으겟다만은 選者라고 超人的 博讀健記를 所有하지 못한 以上 엇더케 一一히 쌀막하고 적은 것까지 다 알 수가 잇슬가 하는 말을 말하면 아마 責任回避라고 할지 몰으나 如何間 選者의 無識이라고 責亡할 것은 아닌 줄로 안다.

◇ 더욱 그때에 우스운 것은 考選 發表 뒤에 發見한 것으로 『별』이란 一篇 갓튼 것을 一千號 紀念號에 當選된 것이 또 다시 當選(選外나마)된 것과 가튼 것은 選者의 不注意라는 點도 잇겟스나 選者가 가튼 選者가 아닌 以上 또는 설마 前番에 當選된 것을 또 다시 보랴 하는 생각도 업지 안코 보니 그대로 當選될 수밧게 업는 일이다. 이에 對하야 허물을 하랴거든 前番 當選된 作品을 또 다시 보내서 選者를 속이지 아니하면 아니 될 應募者를 잡아서 허물하지 아니할 수가 업는 일이다. 속이랴는 이에게는 속지 아니하는 壯士가 업는 法이다.[113] (밑줄 필자)

한정동의 「소금쟁이」 논란에 대해 선자(選者)로서 해명한 것이다. 책임을 회피하려는 변명 같지만 오늘날과 같이 교차확인을 할 수 있는 검색체제가 갖추어지지 못했던 시대적 상황을 감안하면 단순히 책임회피라고만 할 수 없는 사정을 이해할 수 있다.

이런 점에서 『동아일보』의 '문단탐조등'난이나 이고월 등 여러 작가들의 표절을 고발한 비평은 일제강점기 아동문학의 질적 수준을 향상시키는데 일정한 역할을 했다고 보아야 할 것이다.

(3) 아동문학가의 발표욕 혹은 명예욕

'原稿 需要의 激增'이라는 문단적 환경에서 필진으로 활동했던 소년문사 및 아동문학가들이 '文名을 엇기에 汲汲' 했던 것 또한 표절의 유혹을 이겨내지 못하도록 했던 것으로 보인다. '文名'은 '명예욕'이나 '발표욕'이란 말로도 대체할 수 있겠다.

---

113 金億, 「『소곰쟁이』에 對하여」, 『동아일보』, 1926.10.8.

남의 작품을 도적하여다 내는 것 소위「표절」이 만흔 데는 기가 막힌다. 그것은 그들이 무슨 마음일까? 물논 쌘하기야 쌘하게 그들의 발표욕에서 나왓다는 것이라는 마음을 읽을 수가 잇는 것이지마는 그럿치만 이런 행위는 어리석음에 지난 어리석음이다.[114]

先輩의 作이나 優秀한 남의 작품을 敢히 自作으로 發表한다는 것은 大憺無雙한 행위라고 하겟다. 이것은 오로지 薄弱한 意志의 發作이라고 하겟다. 그러나 그 裏面을 보자면 이는 오즉 名譽慾의 絶對的 慾望에서 나온 행위일 것이다.[115]

自重하라! 一時的 文名을 엇기에 汲汲하야 他의 作을 剽窃한다 함은 어찌 우리 新進 少年 小女로서의 敢行할 바랴. 적어도 藝術의 良心을 把持하야 意識的으로 우리 少年 小女 文藝의 進展 普及에 한 役割을 다하려면 嚴正한 立場에 立脚하야 힘 잇는 作品을 製作지 안으면 안될 것이나.[116]

曉汀 君의 一時의 잘못을 크게 罰하려고 하지 안는다. 發表의 快味에 醉하야 不知不覺으로 加한 行爲라고 解釋하고 더 크게 이 以上 말하려 하지 안는다. 다만 君의 將來에 거듭 이러한 不祥事가 업도록 希望할 쌘이다.[117]

그러한 發表慾에만 汲汲하고 作品 效果 問題를 度外視하고 잇는 反動的 作品을 注意하야 一切로 실지 말 것이며 또 우리로서도 그네들 反動輩를 우리의 陣營 內에 潛入할 機會를 주지 말도록 牽制해 나감이 우리의 陣營을 整頓하는 一方策이 될 것이다. (三長에서)[118] (36쪽) (이상 밑줄 필자)

---

114 李東珪,「少年文壇時感」,『별나라』, 통권 56호, 1932년 1월호, 60쪽.

115 金逸岩,「作品製作上의 諸問題」,『별나라』, 통권57호, 1932년 2-3월 합호, 23~24쪽.

116 趙彈響,「(文壇探照燈)『갈맥이의 서름』을 創作然 發表한 李季嬅 氏에게(二)」,『동아일보』, 1930.11.29.

117 尹鼓鐘,「剽窃에 對하야－曉汀 君에게 드림」,『매일신보』, 1931.4.8.

이상의 인용에서 보듯이 표절의 주된 이유가 '발표욕', '명예욕' 그리고 '文名'을 얻고자 함에 있음이 확인된다. "名譽를 貪하는 나머지 剽窃, 借作을 常套로 하고 남의 作品을 自己作品처럼 盜賊하는 作家와 評家"[119]가 많았던 것이다. '發表의 快味' 또한 발표욕이나 명예욕과 다르지 않다. 자기 글이 활자화 되었을 때의 희열은 소년문사들로서는 다른 것에 견줄 바가 아니었을 것이다. 그러나 창작이란 풍부한 독서와 더불어 오랜 수련과 노력이 뒷받침되어야 하는 일이다. 그러나 일제강점기의 문단적 환경이나 교육 여건이 미흡했던 것은 주지의 사실이다. 이런 상황에서 발표 매체는 증가했는데 필진은 거기에 수반하여 증가하지 못하게 되면서 표절의 유혹이 배태될 수밖에 없었던 점이 분명 있었다. 이런 까닭에 소년문사 곧 독자 수준을 벗어나지 못한 소년 소녀들이 작가의 역할을 겸하게 되고 발표욕 혹은 명예욕이 앞서 표절이 빈발했던 것으로 보인다.

(4) 표절에 대한 관대한 문단 풍토

앞에서 살펴본 「소금쟁이」 논란은 일제강점기 아동문학 문단에서 볼 때 비교적 이른 시기에 제기된 표절 논의이다. 호된 문단의 질타가 있었음에도 불구하고 이후 표절 논란은 끊이지 않고 되풀이되었다. 그 원인 가운데 하나는 표절에 대한 관대한 문단 풍토에서 찾을 수 있다. 「소금쟁이」 논란 당시 문병찬(文秉讚)과 이 작품의 고선자(考選者)였던 김억(金億)의 다음과 같은 글에서 실마리를 찾아보자.

나는 韓 君의 『소금쟁이』에 對하야는 日文에 飜譯이라 할지라도 朝鮮 童謠에

118 李活湧, 「나면 되는 投稿家에게 一言함」, 『별나라』, 통권55호, 1931년 12월호.
119 예타, 「(偵察機)文學과 名譽慾」, 『동아일보』, 1935.8.20.

잇서서는 나는 名作 童謠로 볼 수 잇다. (중략) 우리 社會에 이마큼이나 飜譯을 하는 童謠 作家가 만히 잇다 할지라도 압흐로 名作의 童謠가 만히 産出할 줄 밋는다.[120]

◇ 쏘 그러고 飜譯이건 創作이건 소곰쟁이라는 一篇이 어린동무에게 害를 주지 아니하고 만흔 利益을 준 以上 나타난 結果인 功利的 意識으로 보아서 그 즛을 자미업다 할지언정 韓 君을 그럿케 苛酷하게 詰責할 것은 아니고 엇던 便으로 보면 感謝할 餘地가 잇슬 것이다. 이것을 가르처 寬大한 好意라고 할는지 몰으겟스나 大體 이럿케 解釋하는 것이 좃치 아니할가 하며 選者엿든 一人으로의 한마듸를 한 것뿐이다.[121] (이상 밑줄 필자)

「소금쟁이」 표절 논란은 10여 명이 약 2개월간 신문지상을 달군 사건이다. 그런데 현상모집에서 「소금쟁이」가 당선되도록 심사를 한 당사자인 김억이 '어린동무에게 害를 주지 아니하고 만흔 利益을 준 以上 나타난 結果인 功利的 意識으로 보아서 그 즛을 자미업다 할지언정 韓 君을 그럿케 苛酷하게 詰責할 것은 아니고 엇던 便으로 보면 感謝할 餘地가 잇슬 것'이라고 하였다. '日文에 飜譯이라 할지라도 朝鮮 童謠에 잇서서는 나는 名作 童謠로 볼 수 잇다'는 문병찬의 주장도 같은 맥락이다. 홍파, 최호동, 김원섭, 한병도, 우이동인 등이 표절에 대해 엄중하게 질타를 하고 있는데 반해 문병찬과 김억은 오히려 두둔하거나 감사할 여지가 있다고 한 배경은 무엇일까? 다음 인용을 보자.

平原 朴永觀 外 二人께 – … 번역해 낸 글에 번역이라고 안 쓰는 리유가 잇슴니다. 엇더한 조흔 글을 『어린이』에 내는 것은 그 글을 소개하기 위하야 하는

120 文秉讚, 「소금쟁이를 논함 – 虹波 君에게」, 『동아일보』, 1926.10.2.
121 金億, 「『소곰쟁이』에 對하여」, 『동아일보』, 1926.10.8.

것이 아니라 그 글이 독자에게 주는 유익! 그것이 목덕입니다. 그런대 엇더한 글이 크게 감동을 주기는 주엇는데 그것이 남의 나라에 잇는 것을 번역한 것이라고 하면 그 감동이 약해지는 까닭으로 어린 사람 잡지에는 번역이라고 아니 하는 경우가 흔히 잇습니다. 『어린이』는 큰 사람의 연구나 참고를 위하는 것이 아닌 고로 어른의 잡지와는 경우가 달른 것이 만흡니다. (記者)[122] (밑줄 필자)

위의 인용은 『어린이』의 기자가 독자의 질문에 답한 내용이다. 투고 작품이 번역이라는 사실을 알고 있음에도 그 사실을 밝히지 않은 것에 대해 비호하는 내용이다. 이를 통해 표절에 대한 김억의 인식과 같은 맥락의 시각이 당시 문단에 일정 부분 자리 잡고 있었음을 엿볼 수 있다. 결과가 좋다면 혹은 결과를 위해서라면 표절 행위 정도는 용인할 수 있다는 투다.

高陽 金相德 氏가 日本 잡지에 잇는 笑話를 어린이에 투고하얏다 하야 공격한 楚山 朴형사綠行 先生!

나는 君의 너무 몰상식한 말에 코우슴치네! 남의 것 벗겨온 것이야 자미업지만 賞도 업는 笑話를 번역햇기로 그다지 잘못이요. 더구나 朴 君의 별호가 더욱 무섭게 ○○야? 앗다 국경이니만치 물도 들엇겟지만은 이달부터는 그리 말게. 한심한 노릇일세. (水原 李秉德)[123] (밑줄 필자)

표절 자체는 정당하다 할 수 없다고 생각하면서도, '賞도 업는 笑話를 번역햇기로 그다지 잘못'인가 되묻고 있다. 한심한 노릇이니 표절이니 베꼈느니 하지 말라고 충고까지 한다. 표절에 대한 당대의 인식을 엿볼 수 있는 대목이다.

---

122 記者, 「독자담화실」, 『어린이』, 1927년 3월호, 63쪽.
123 李秉德, 「讀者談話室」, 『어린이』, 1932년 2월호, 59쪽.

아래 인용을 보면, 명예욕과 발표욕에 의한 표절이라면 어느 정도 용인할 수 있다는 태도를 보이기도 한다.

> 글을 써 보겟다고 처음 맘 둔 사람이 自己가 서투른 재조로 지여서는 안 될 터이니까 용소슴치는 名譽慾과 發表慾에 잇끌여 그와 갓치 한 것 갓흐면 모르겟거니와 그래도 우리 少年文壇에 잇서서 글줄이나 쓴다고 하는 少年文士, 李孤月 君의 한 일임에랴? 그 엇지 取할 바 行爲라고 하랴?[124] (밑줄 필자)

남의 작품을 자신의 작품이라고 우기는 이고월을 '近代에 드문 鐵面皮요 협잡군'이라 하면서도, 글을 처음 쓰는 사람들은 '名譽慾과 發表慾' 때문에 표절을 해도 수긍할 점이 있다는 식이다. 물론 이고월과 같이 기성 필자가 표절을 해서는 안 된다는 점을 강조하기 위한 수사적 표현이기는 하다. 그렇다 하더라도 처음 글 쓰는 사람이란 곧 소년문사들이고 그들이 투고에 이어 곧바로 기성 필자로 대우받는 당대 아동문단의 현실을 감안한다면 바람직한 발언이라 하기 어렵다.

3. 맺음말

일제강점기 아동 문단에 빈번히 일어났던 표절에 대해, 그 실체적 양상은 어떠하였으며 왜 그러한 표절이 빈번하게 발생하였는지 원인을 찾아보았다.

"藝術에 對한 良心에 背馳된 行動 中에도 第一 可恐할 行爲는 남의 作品을 自己의 것으로 發表하는 剽窃行爲"[125]라는 것은 두 말할 필요가 없

---

124 金玄峰, 「(少年評壇)鐵面皮作家 李孤月 君을 誅함」, 『어린이』, 1932년 6월호, 55~56쪽.

을 것이다. 표절 행위는 "얼마 안 잇스면 그것이 남의 작품의 도적이라는 것이 발견되고 붓그러움을 당하는 일"[126]이 되고, "『剽窃』을 하는 것은 자긔 한 몸을 망치는 것보다 여러 사람에게 惡感을 사는 것"[127]이다.

사정이 이러함에도 표절은 여러 형태로 존재했는데, 대별하면 다음 세 가지로 요약된다. 첫 번째로는 국내 작가의 작품을 표절하는 것이다. 남의 작품을 베껴 자신의 창작품인 양 다른 매체에다 발표하는 형태였다. 두 번째로는 일본 작가의 작품을 표절하는 것이다. 일제강점기라는 시대적 환경으로 인해 문학에 있어서도 일본의 영향이 컸었던 데서 비롯된 현상이었다. 세 번째로는 자기 작품을 중복해서 여러 매체에 발표하는 행위이다.

이러한 표절 양상은 왜 일어났을까? 당대 논자들의 주장과 인식을 정리해보면 대체로 다음 네 가지로 그 원인을 요약할 수 있다. 첫째는 발표 매체의 증가에 따른 원고 수요의 격증을 든다. 1920년대에 들어 신문과 잡지가 우후죽순처럼 창간되었으나 그에 따른 필진의 확보가 미흡했다. 그러자 독자 투고 수준인 소년문사들이 대거 작가 행세를 하게 되었고 이것이 표절의 한 원인이 되었다는 진단이다. 물론 기성 작가들도 표절 행위에서 자유로운 것은 아니었지만, 많은 부분은 소년문사들에게서 발견된다. 둘째는 표절에 대한 사실 확인의 어려움 때문이다. 오늘날과 같은 검색 체제가 갖추어지지 않은 탓에 매체간의 교차 확인이 어려워 표절에 대한 사실 확인이 어려웠던 것이다. 셋째는 창작 역량이 부족함에도 불구하고 발표욕이나 명예욕 곧 문명(文名)을 얻기에 급급한 나머지 남의 작품을 자신의 창작으로 속였던 것이 다른 하나의 원인이었다.

---

125 鼓鍾生, 「(文壇探照燈)少年連作小說『마지막의 웃음』은 權景完 氏의 原作」, 『동아일보』, 1931.4.22.

126 李東珪, 「少年文壇時感」, 『별나라』, 통권 56호, 1932년 1월호, 60쪽.

127 桓松, 「童謠를 지으려면(九)」, 『매일신보』, 1932.5.31.

오늘날보다 오히려 더 많은 독자를 확보하고 있었다 할 수 있는 일제강점기 여러 아동문학 잡지들에 쏟아진 독자들의 관심을 볼 때 문명을 얻으려는 소년문사들의 열정은 표절이 빈발할 소지를 충분히 안고 있었다 할 것이다. 마지막으로는 표절에 대해 관대했던 문단 풍토가 한몫 했던 것으로 보인다. 번역이든 표절이든 간에 공리적 유익이 있거나 독자들에게 감동을 주면 그만이라는 인식이 어느 정도 문단에 퍼져 있었던 탓이다.

이 논문은 일제강점기 아동문단의 표절 논의에 관한 연구이다. 모두 당대 논자들이 제기한 표절 논의의 실체를 가능한 범위 안에서 객관적으로 확인한 것이다. 그런데 당대에는 발견되지 않았지만 동요와 동화 그리고 아동문학 비평을 좀 더 면밀히 살펴보면 더 많은 사실들이 확인될 것으로 보인다.

일제강점기 아동문학 연구에 있어 표절 작품에 대한 객관적인 서지 확인은 아동문학 연구의 저변 다지기, 아동문학사 서술의 탄탄한 토대 구축 등 여러 측면에서 매우 필요한 연구이다. 당시에 흔했던 표절 작품을 특정 작가의 주요 작품으로 자리매김하거나 작품적 가치를 논하게 되면 그것이 작가론이건 문학사적 평가이건 간에 사상누각에 지나지 않을 것이다.

또 당대적 의의에서 보면 표절 사실을 적발함으로써 소년 문사들로 하여금 창작에 힘쓰도록 하는 효과가 있었을 것이다. 춘파(春波)가 "남의 作品을 도적질하여서 自己의 일흠을 내이려는 것은 가장 卑劣한 수단이오 마음"이므로 "잘 되엿든 못 되엿든 내 마음을 내 손으로 지어내인 것이 第一"이며 "그처럼 自力을 부어 짓고 짓는 동안에 훌융한 作品을 짓게 되는 것"[128]이라고 충고한 데서 확인할 수 있다.

---

128 春波, 「『어린이』 作品을 읽고—『어린이』 여러분에게(四)」, 『매일신보』, 1932.6.7.

이러한 관점에서 본 연구의 가치를 찾을 수 있고 앞으로도 지속적으로 연구할 필요성이 있다고 하겠다.

참고문헌

康昌玉,「남의 童謠와 제 童謠」,『별나라』, 통권55호, 1931년 12월호.

高古懷,「(文壇探照燈)劉天德 君의『수양버들』」,『동아일보』, 1930.11.1.

高長煥,「兒童과 文學－一九三四年의 展望(七)」,『매일신보』, 1934.1.28.

鼓鍾生,「(文壇探照燈)少年連作小說『마지막의 웃음』은 權景完 氏의 原作」,『동아일보』, 1931.4.22.

九峰山人,「批判者를 批判－自己辯解와 申 君 童謠觀 評(九)」,『조선일보』, 1930.3.1.

金友哲,「新少年突擊隊」,『신소년』, 1933년 3월호.

金逸岩,「作品製作上의 諸問題」,『별나라』, 통권57호, 1932년 2-3월 합호.

金泰午,「藝術敎育의 理論과 實際(九)」,『조선일보』, 1930.10.2.

金玄峰,「(少年評壇)鐵面皮作家 李孤月 君을 誅함」,『어린이』, 1932년 6월호.

記　者,「독사담화실」,『어린이』, 1927년 3월호.

金炳昊,「最近 童謠 評(三)」,『중외일보』, 1930.9.28.

金思燁,「童謠作家에게 보내는 말」,『조선일보』, 1929.10.8.

金　億,「『소곰쟁이』에 對하여」,『동아일보』, 1926.10.8.

金元燮,「(文壇是非)『소곰장이를 論함』」,『동아일보』, 1926.10.27.

南夕鐘,「每申 童謠 十月 評(전9회)」,『매일신보』, 1930.11.11~21.

동아일보사,「文壇探照燈」,『동아일보』, 1930.2.21.

柳雲卿,「童謠 童詩 製作 展望(四)」,『매일신보』, 1930.11.7.

文秉讚,「소금쟁이를 論함－虹波 君에게」,『동아일보』, 1926.10.2.

朴魯洪,「金道山 君의「첫겨울」을 보고」,『어린이』, 1932년 5월호.

方定煥,「「허잽이」에 關하야(上, 下)」,『동아일보』, 1926.10.5~6.

별나라사,「별님의 모임」,『별나라』, 통권73호, 1933년 12월호.

별나라사,「별님의 모임」,『별나라』, 통권74호, 1934년 1월호.

徐德出,「독자담화실」,『어린이』, 1926년 11월호.

宋昌一,「童謠運動發展性－旣成文人, 樂人을 向한 提唱(上)」,『조선중앙일보』, 1934.2.13.

申孤松,「童心에서부터－◇ 旣成童謠의 錯誤點, 童謠詩人에게 주는 몃 말(一)」, 『조선일보』, 1929.10.20.
新少年社,「독자담화실」,『신소년』, 1930년 3월호.
新少年社,「讀者通信」,『신소년』, 1933년 5월호.
安德根,「푸로레타리아 少年文學論(十)」,『조선일보』, 1930.11.7.
嚴昌燮,「(文壇探照燈)『가을』을 剽竊한 朴德順 君의 反省을 促한다」,『동아일보』, 1930.11.14.
嚴昌燮,「精神업는 剽竊者 金景允에게」,『동아일보』, 1930.11.30.
麗 水,「(文壇探照燈)「剽竊」嫌疑의 眞相-童謠「가을」에 對하야」,『동아일보』, 1930.9.23.
牛耳洞人,「(文壇是非)글도적놈에게」,『동아일보』, 1926.10.26.
牛耳洞人,「童謠硏究(六)」,『중외일보』, 1928.11.20.
劉天德,「동무소식」,『매일신보』, 1931.5.17.
尹鼓鐘,「藝術家와 剽竊(전2회)」,『매일신보』, 1931.5.22～23.
尹鼓鐘,「剽竊에 對하야－曉汀 君에게 드림」,『매일신보』, 1931.4.8.
윤석중,『어린이와 한평생』, 범양사출판부, 1985.
尹池月,「동무소식」,『매일신보』, 1930.12.16.
尹池月,「(동무소식)吳光鎬 君에게」,『매일신보』, 1931.2.1.
李孤山,「文藝作品의 模作에 對한 一考－南大祐 君에게」,『조선중앙일보』, 1934.2.15.
李孤月,「「스무하로밤」을 剽竊한 韓金鳳 君에게」,『소년세계』, 제3권 제3호, 1932년 3월호.
李孤月,「創作에 힘쓰자－새빗社 鄭祥奎 君에게」,『소년세계』, 1930년 6월호.
李東珪,「少年文壇時感」,『별나라』, 통권56호, 1932년 1월호.
李活湧,「나먼 되는 投稿家에게 一言함」,『별나라』, 통권55호, 1931년 12월호.
趙灘鄕,「(文壇探照燈)李盛珠 氏 童謠『밤엿장수 여보소』는 朴古京 氏의 作品(전2회)」,『동아일보』, 1930.11.22～23.
趙彈響,「(文壇探照燈)『갈맥이의 서름』을 創作然 發表한 李季嬅 氏에게(전2회)」,『동아일보』, 1930.11.28～29.

蔡夢笑, 「李孤月 君에게」, 『별나라』, 통권56호, 1932년 1월호.
春　波, 「『어린이』 作品을 읽고－『어린이』 여러분에게(四)」, 『매일신보』, 1932. 6.7.
崔湖東, 「「소금쟁이」는 飜譯이다」, 『동아일보』, 1926.10.24.
편즙인, 「讀者 作品 總評」, 『별나라』, 1926년 12월호.
編輯者, 「『소금장이』 論戰을 보고」, 『동아일보』, 1926.11.8.
한겨레신문사, 「'햇볕은 쨍쨍…' 진짜 작사가 따로 있다?」, 『한겨레』, 2007.9.16.
韓秉道, 「藝術的 良心이란 것」, 『동아일보』, 1926.10.23.
韓龍水, 「(文壇探照燈) 問題의 童謠－金麗水의 「가을」」, 『동아일보』, 1930.9.17.
韓晶東, 「(文壇是非)소곰쟁이는 번역인가?」, 『동아일보』, 1926.10.9～10.
韓晶東, 「當選童謠 소금쟁이」, 『동아일보』, 1925.3.9.
한　택, 「(文壇探照燈)申曙園의 『물방아깐』은 秋田雨雀의 原作」, 『동아일보』, 1930.3.3.
虎　人, 「兒童藝術 時評」, 『신소년』, 1932년 8월호.
海　草, 「(文壇探照燈)韓祐鉉 동무의 「고향의 봄」은 李元壽 氏의 原作」, 『동아일보』, 1930.4.11.
洪銀星, 「今年 少年文藝概評(三, 四)」, 『조선일보』, 1928.11.3～4.
洪銀星, 「童話, 童謠, 其他 讀物－少年文藝整理運動(三)」, 『중외일보』, 1929.4.15.
洪銀星, 「少年文藝 一家言」, 『조선일보』, 1929.1.1.
洪銀星, 「少年雜誌에 對하야－少年文藝 整理運動(一)」, 『중외일보』, 1929.4.4.
虹　波, 「「소곰장이를 論함」을 닑고」, 『동아일보』, 1926.10.30.
虹　波, 「當選童話 「소금장이」는 飜譯인가」, 『동아일보』, 1926.9.23.
桓　松, 「童謠를 지으려면(九)」, 『매일신보』, 1932.5.31.
SS生, 「朝鮮童謠界의 昨今과 展望－昨年 作品의 總評을 대신하여」, 『아이동무』, 1936년 1월호.
宣川호무社, 「(紙上慰安)산노리 童謠會(一)」, 『매일신보』, 1931.6.17.
「當選取消」, 『조선중앙일보』, 1936.1.7.
「新春懸賞文藝當選者發表(其二)」, 『동아일보』, 1934.1.2.

대구·경북 지역 아동문학

1. 머리말

대구·경북 지역 아동문학의 역사와 현황은 일제강점기와 현재를 통틀어 전국에서 서울 다음으로 가장 활발한 활동을 하고 있다고 평가할 수 있다. 그 이유 가운데 하나는 단연 대구아동문학회(大邱兒童文學會)의 존재 때문이다. 1957년 창립된 대구아동문학회는 지금까지 연면하게 이어오면서 왕성한 활동을 펼치고 있다. 이전에 회원이었거나 현재 회원 가운데에는 한국 아동문학의 발전에 크게 기여한 사람들이 많다. 김성도(金聖道), 이응창(李應昌), 박영종(朴泳鍾, 필명 朴木月), 이재철(李在徹), 이오덕(李五德), 권정생(權正生) 등 이름만 들어도 누구나 아는 사람들이 대구아동문학회 회원으로 활동했다.

대구아동문학회가 대구·경북 지역 아동문학의 발전에 기여한 것은 이전 시기부터 있었던 대구·경북 지역 아동문학 활동이 밑바탕이 되었다. 멀리는 일제강점기 윤복진(尹福鎭), 신고송(申孤松), 안평원(安平原), 최희명(崔喜明), 엄필진(嚴弼鎭), 송남헌(宋南憲), 박을송(朴乙松), 김영희(金英熹), 강병주(姜炳周), 김성도, 박영종을 위시한 아동문학가들의 활동이 있었다.

계성학교(啓聖學校)와 대구사범학교(大邱師範學校)가 이들을 결집시켰고 활동의 모태가 되었다고 할 것이다. 해방 직후 대구·경북 지역 아동문학 활동은 위에서 언급한 일제강점기의 작가들과 직접 연결된다. 윤복진, 김성도, 이응창, 박영종 등은 새로 아동문학에 관심을 가진 최해태(崔海泰), 이영식(李永植), 김진태(金鎭泰), 김홍섭(金洪燮) 등과 함께 활발한 활동을 펼친다. 이들은 중앙의 여러 신문과 잡지에도 기고하지만, 대구에서 발간된 아동 잡지 『어린이』, 『새싹』, 『아동』 그리고 『동화』를 통해 아동문학 활동을 하였다. 그러나 1947년 겨울에서 1948년 사이에 월북한 것으로 알려진 신고송의 활동은 찾아보기 어렵다. 1950년 윤복진이 월북하고 박목월이 시로 방향을 달리하였고, 6·25 전쟁으로 인해 한동안 어수선했던 대구·경북의 아동문학계는 1957년 대구아동문학회의 결성을 통해 본격적으로 부흥했다고 볼 수 있다.

이 글은 대구·경북 지역 아동문학의 형성과 발전 양상을 개괄적으로 살펴보려는 것이다. 여기서 '대구·경북 지역 아동문학'이란 대구와 경북을 포함하는 지역 출신의 아동문학 활동을 기본으로 하되, 출신 지역은 다르더라도 문학 작품을 발표할 당시 대구·경북 지역에서 활동하는 경우로 한정하고자 한다. 대체로 일제강점기는 대구의 계성학교와 대구사범학교를 기반으로 활동한 사람들과 사실이 중심이 될 것이고, 해방 이후는 대구에서의 문학 활동에 더 초점이 두어지게 될 것이다. 신고송이 경상남도 언양(彦陽) 출신이지만 초기 아동문학 활동을 왕성하게 하던 시기가 대구사범학교 재학 중이거나 대구·경북 지역 교사로 재직 중이었던 점, 박을송의 삶의 기반이 서울로 보이나 계성학교를 다녔고 일정 기간 대구·경북 지역에서 아동문학 활동을 한 것으로 확인되어, 이들과 같은 경우에도 논의에 포함하게 되었다. 반면 정열모(鄭烈模, 필명 살별, 醉夢)의 경우 일제강점기 가장 주된 아동문학 갈래였던 동요 창작 방법에 관한 최초의 저서 『童謠作法』(新少年社)을 발간하는 등 상당한 정도의 아동문학 활동이 있었으나, 그가 대구·경북 지역 출신도 아니고 김천(金泉)에 머물렀던 시기에 아동문학 활동을 한 것도 아니어서 따로 살피고자 한다.

작가와 작품에 대한 면밀한 분석은 다음 기회로 미루고자 한다. 우선 대구·경북 지역을 중심으로 한 아동문학 활동의 존재 양상을 확인하는 일에 초점을 맞추었다. 다만 일제강점기와 해방 직후의 작가와 작품은 가급적 밝히도록 하겠다. 왜냐하면 아직까지 원본 확정조차 제대로 이루어진 바가 없어 이 글이 일정 부분 자료 보고의 성격을 감당해야 하기 때문이다. 대구아동문학회와 관련된 내용은 대체로 초기 활동에 국한하고자 한다. 이 글이 대구·경북 지역 아동문학의 사적·개괄적(史的·槪括的) 흐름을 살펴보는데 목적이 있다는 이유와, 중·후기 활동은 작가와 작품의 수가 방대하여 이 글로 감당하기 어렵기 때문이다.

앞으로도 신문과 잡지 등 면밀한 자료 탐색이 이어지면, 객관적 사실에 부합하는 대구·경북 지역 아동문학의 양상이 더 정확하고 풍성하게 확인될 것이라고 믿는다.

2. 대구·경북 지역 아동문학의 형성과 발전

1) 일제강점기 대구·경북 지역의 아동문학

대구·경북 지역 아동문학은 일제강점기 윤복진, 신고송, 안평원, 최희명, 엄필진, 송남헌, 박을송, 김영희, 강병주, 김사엽, 김성칠, 엄창섭, 김성도, 박영종, 이응창, 홍종달, 송백하 등의 활동으로부터 시작된다.

이들 중 대표적인 작가로는 윤복진(尹福鎭, 본명 尹福述, 1907~1991)을 첫손에 꼽을 수 있다. 윤복진은 대구 남산정(大邱 南山町)에서 태어나, 사립 희원보통학교(喜瑗普通學校, 현재 대구초등학교)를 졸업하고 대구계성학교(大

邱啓聖學校)에 입학하면서 문학평론가 김문집(金文輯), 화가 이인성(李仁星), 정경모(鄭景謀, 전 농림부 차관 역임), 오해룡(吳海龍), 백대윤(白大潤) 등과 함께 대구소년회(大邱少年會)의 소년 단원으로 활동을 한다.

1924년 17세 무렵 윤복진은 윤석중이 발기한 '깃븜사'에 서덕출, 최순애, 신고송, 최정화(崔貞化) 등과 같이 동인으로 가담하여 활동하면서, 1926년 대구에서 '등대사'를 창립하여 신고송, 송완순(宋完淳), 승응순(昇應順) 등과 같이 활동하였다. '등대사'는 "『등대』라는 謄寫雜誌를 二號까지 發行하엿스며 『개나리』라는 童謠謄寫集을 발행"하였다고 한다.[1]

윤복진의 작품 활동을 보면, 1925년 「별짜러 가세」(『어린이』, 9월호)가 입선되고[2], 김천소년회 주최 남선소년소녀현상문예전람회(南鮮少年小女懸賞文藝展覽會)의 동요 부문에서 1등과 3등으로 당선되기도 한다.[3] 이후 『신소년』, 『별나라』, 『어린이』, 『동아일보』, 『조선일보』 등에 여러 작품을 발표한다. 1929년에 발간된 홍난파(洪蘭坡)의 『朝鮮童謠百曲集(上編)』[4]에도 윤복진(필명 金水鄕, 金貴環)의 여러 작품이 수록되어 있다. 이 시기 박태준은 윤복진의 동요를 중심으로 1931년에 『중중때때중』[5]을 1932년에 『양

---

1 昇曉灘, 「朝鮮少年文藝團體消長史稿」, 『신소년』, 1932년 9월호, 26쪽. 승효탄은 昇應順이다. 윤복진의 주소가 '대구 남산정 685'인데, 등대사 주소 또한 같다. 『동아일보』에 의하면 '등대사 동화집'이란 제목에, 「가나리아의 노래」라는 동화집을 「새로운 파랑새」라는 이름으로 각지 소년소녀 작품을 모아 출판하려 한다는 공지 사항에 등대사의 주소가 윤복진의 개인 주소와 동일하게 나와 있다.(『동아일보』, 1927.6.3) 다른 자료에 의하면 '대구시 남산정 가나리아회'(『어린이』 1926년 6월호)로 되어 있어 '가나리아회'가 동요 모임이었고 윤복진이 중심이었음을 알 수 있다. 대구 등대사 회원에는 文仁岩, 朴泰石, 黃鍾喆 등이 더 있었던 것으로 보인다.(『어린이』, 1927년 3월호, 62쪽) "「등대」 발행"이란 제목의 『동아일보』(1926.9.12) 기사에 의하면, "대구소년소녀회 「가나리아」회에서는 금번에 회 일홈을 「등대사」로 곳치고 동인의 작품을 모아 「등대」라는 잡지를 발간한담니다."라고 하므로, 「가나리아회」가 「등대사」로 바뀐 것을 알 수 있다.

2 『어린이』(1925년 9월호)에 의하면 입선동요로 尹福鎭의 「별짜러 가세」를 포함해 5편의 작품이 뽑혔다. '동요 선외 가작'으로 윤복진의 「별」, 「가마귀」도 있는 것으로 보아, 윤복진은 여러 편의 동요를 응모했던 것으로 보인다.

3 「少年少女文藝展覽盛況」(『시대일보』, 1925.12.29)에 의하면, 대구소년회 윤복진이 제3부 作文부문에서 3등과 5등, 제4부 동요 부문에서 1등과 3등을 수상한 것으로 되어 있다.

4 上編이 1929년 研樂社에서 발간된 후, 다시 上編은 1931년 三文社書店에서 간행되었고, 이어 下編이 1933년 彰文堂書店에서 간행되었다.

양범버궁』[6]이라는 동요곡집을 대구 무영당서점(大邱茂英堂書店)[7]에서 발간하였다. 동료 아동문학가였던 송남헌(宋南憲)에 따르면, 대구의 조선인 백화점이었던 무영당에서 친구인 화가 이인성(李仁星)의 그림에 윤복진이 동요를 써 넣은 '童詩畵展'을 개최하기도 하였다고 한다.[8] 1939년에도 박태준은 윤복진의 동요를 중심으로 『물새발자옥』을 발간하였다.[9] 윤복

5 『동아일보』(1931.7.11)에는 "尹福鎭 作謠 朴泰俊 作曲으로 된 童謠曲集의 第一集(全十六回, 件奏曲附)"이 "東京해바라기會編 大邱府 本町通 茂英堂書店 發行"이란 신간소개가 있다. 국립중앙도서관에서 발행한 『한국 아동문학 도서』(1980)에는 『양양범버궁』과 『중중때때중』 모두 출판사 표시 없이 1928년 간행되었다고 해 놓았다. 한용희의 『(동요 70년사) 한국의 동요』(세광음악출판사, 1994)에는 출판사 표시 없이, 『중중때때중』은 1929년, 『양양범버궁』은 1931년에 간행되었다고 해 놓았다. 「讀書室」(『東光』, 제21호, 1932년 5월호)에는, "尹福鎭 君의 童謠 중중떼떼중 尹福鎭 朴泰俊著 大邱茂英堂 發賣 32錢. 尹福鎭 君의 童謠는 널리 알리워 잇다. 『중중떼떼중』이란 이 童謠集의 이름만 보아도 알 수 잇게 그의 朝鮮的 童謠의 捕促은 매우 날카로운 점이 잇다. 이 점에서 朝鮮의 童謠에 一格을 시작햇다고 할 것이다. 이 小册은 尹福鎭 朴泰俊 作曲集 第一集으로 발행된 것으로 件奏曲附로 16曲을 모아 東京 해바라기會 編으로 발행되엇다. 그 曲譜는 日本 樂壇의 권위잇는 이들의 好評을 산 것을 택한 것이라 한다. 樂曲이 어떤지는 評者 無識하야 알 수 없으나 놀날 만한 것 한 가지가 잇으니 그것은 그 樂譜의 謄寫版 印刷가 어찌 그리 선명하게 되엇는가 하는 것이다."(89쪽)라는 내용이 있어 동요집 『중중때때중』에 대한 소상한 내용을 알 수 있다.

6 「(新刊紹介)양양범버궁」(『동아일보』, 1932.3.3)에는 "尹福鎭, 朴泰俊 童謠民謠 作曲集 第二集 童謠 양양범버궁, 겨울밤, 송아지, 갈때 外 六篇, 民謠 아리랑, 우리야 마실 外 三篇", "大邱茂英堂書店 發行"이라 소개하고 있다. 「讀書室」(『東光』, 제32호, 1932년 4월호)에는 "양양범벅궁 尹福鎭, 朴泰俊 童謠 民謠 集曲集 (第2輯). 尹福鎭 씨는 일즉부터 童謠詩人으로 알리워 젓고 朴泰俊씨는 童謠 등 作曲에 非凡한 質을 發揮하야 이미 그의 存在는 樂壇에서 많은 尊敬을 받고 잇는 터이다. 이 두 분이 어울리워 이 같이 作曲에 힘쓰고 잇다는 것은 一層 더 効果的일 것이다. 내용은 詩로 보더래도 尹 씨의 獨特한 고운 말로 朝鮮的 情調와 朝鮮語的 리듬을 찾기에 힘쓴 것을 볼 수 잇고, 作曲에 잇어 또한 雅淡하고 淸楚하야 그 非凡한 敍情的 描寫에 再三 感歎치 않을 수 없는 것이 많다. 從來 童謠作曲에 日本童謠의 模倣을 지나지 못하는 것이 많이 잇든 점으로 보면 朴 씨는 作曲家로 一段 우에 세우지 않을 수 없다. 비록 등사판에 된 것이나 小學校나 유치원에까지라도 貴重한 선물이 될 수 잇을 것이다. 내용은 양양 범벅궁, 겨울밤, 송아지, 갈때, 빩앙조이착착파랑조이착착, 누나야, 슬픈 밤, 풍경, 송아지 팔러 가는 집, 아리랑, 하늘 꺼질 흉, 옥수수가 운다, 우리야 아실, 어이 어이 등이다(인쇄는 등쇄이나 퍽 미술적이다)(洪). 發行所 大邱府 本町通 茂英堂書店 振替 京城 10824番 定價 送料並 32錢"라는 내용이 있어 역시 동요집 『양양범버궁』에 대한 좀 더 소상한 내용을 알 수 있다.

7 '무영당'은 李根茂가 대구에서 운영한 백화점 이름이며, 백화점 안에 있던 서적부의 이름이 '茂英堂書店'이었다.

8 정영진, 「동요시인 尹福鎭의 反轉劇」, 『문학사의 길 찾기』, 국학자료원, 1993, 87쪽.

9 「신간소개」(『동아일보』, 1939.6.30)에 의하면, "물새발자옥(歌謠曲集) 朴泰俊 作曲, 京城橋南町 一四○ 敎文社 發行"이라 소개하고 있다. 윤복진의 동요, 시, 민요 등 13편에 박태준이 곡을 붙인 것으로 알려져 있다. 桂貞植의 「歌謠曲集 물새발자욱을 보고」(『동아일보』, 1939.7.26) 참조.

진은 작품 창작뿐만 아니라 동요에 대한 평론도 발표하였는데, 「三新聞의 正月 童謠壇 漫評(전9회)」(『조선일보』, 1930.2.1~12), 「동요 짓는 법(전4회)」(『童話』, 1926년 7-8월 합호~1937년 4월호), 「尹石重 氏 童謠集 『억게동무』를 읽고」(『每日新報』, 1940.7.30), 「選後感(讀者童謠選－選者의 말)」(『아이생활』, 1940년 9-10월 합호~1943년 1월호) 등이 그것이다.

신고송(申孤松, 申鼓頌, 본명 申末贊, 1907~?)은 경상남도 울주군 언양(蔚州郡 彦陽) 출신이다. 대구·경북 지역 출신은 아니나 대구사범학교를 다녔고, 졸업 후에는 대구와 경상북도 청도(淸道) 등지에서 교사 생활을 하면서 아동문학에 남다른 관심을 보였다. 신고송은 1925년 4월 4일에 대구사범학교에 입학하여 1928년 3월 25일에 졸업하였다.[10] 졸업 후 대구공립보통학교 훈도로 빌령을 받았고, 1929년에 칭도 유친학교 교사로 재직하였다.[11] 그러나 사상이 불온하다는 이유로 교직에서 쫓겨나고, 1930년 12월 일본 유학길에 오른다. 이 기간 동안에 신고송은 대구의 문인, 화가들과 어울려 전람회 등 여러 활동을 하였다.

> 내가 童謠詩人 尹福鎭 君과 같이 同人雜誌를 내엇을 때 우리는 挿畵家 金瑢俊 氏와 그때 大邱에서 活躍하든 멧멧 畵家한테 부탁할 일이 잇섯다. (중략)
>
> 그 뒤 우리는 大邱에 잇든 少年作家 少年畵家들의 作品(童謠, 詩, 그림 等)을 모아 展覽會를 열엇든 것이다.[12]

대구사범학교와 교사 재직 기간 동안 신고송은, 「우테통」(『어린이』, 1925년 11월호)이 입선되어 정식 문단 활동을 시작하였다. 동요와 동시 말고도

---

10 신고송의 대구사범학교 학적부 참조.

11 「욕을 먹고서」(『조선일보』, 1929.12.4)의 작품 말미에 '慶北 淸道 流川'이라 적혀 있어 이 시기에 경상북도에서 교사 생활을 했음을 알 수 있다. '流川'은 '楡川'의 오식이다.

12 신고송, 「죽은 同志에게 보내는 弔辭(수기) 나의 竹馬之友 李相春」, 『藝術運動』, 창간호, 1945년 12월호, 66쪽.

동화, 희곡, 아동극 등에도 다수의 작품을 발표하였다. 평론으로는 「詩壇漫評—旣成詩人, 新人詩人」(『조선일보』, 1930.1.5~15), 「詩壇 一尖言」(『조선일보』, 1930.3.28~29), 「最近 詩作 總評」(『조선일보』, 1930.5.6~14) 등이 있다. 연극운동에도 매진했던 신고송은 교직을 그만 둔 뒤인 1929년 12월 경 대구에서 이상춘(李相春), 이갑기(李甲基) 등과 가두극장(街頭劇場)을 조직하여 활동하기도 했다. 일본에 있으면서 연극 훈련을 받은 신고송은 이원수(李元壽), 박을송(朴乙松), 김영수(金永壽), 승응순, 윤석중, 최경화(崔京化) 등과 함께 신흥아동예술연구회(新興兒童藝術硏究會)를 창립하기도 하였다.[13]

신고송은 윤복진의 동요에 대해 비판적이었다. 윤복진의 「잠자는 미럭님」을 두고 "兒童에 對한 硏究가 업고 認識이 不鮮明"하기 때문에 그릇된 동심이라 하고, 「돌맹이」는 "單純이 童謠의 生命"인데 이를 지키지 못했다고 하고, 「늙은 느틔나무」라는 동요에 대해서는 "어리석은 作亂"이라고까지 혹평한다.[14]

> 尹福鎭은 實로 多作이엇다. 新聞紙의 가장 큰 紙面을 占하야 間斷업시 내어주엇다. 그러나 多作인만치 駄작—間或 快作도 잇지만—이 만코 淸新한 맛을 차저볼 수 업다. 원숭이 흉내처럼 요 傾向의 模型品을 내고는 조금 手法의 模型을 써보니 갑시 싸고 重量이 업슴을 늣기게 된다.[15]

대구에서 같이 동인 활동을 한 가까운 친구 사이임에도 불구하고 사뭇 비난조에 가까운 평가를 내리는 이유는, 지향하는 세계관의 차이가 컸기 때문이라 짐작할 수 있다. 윤복진이 해빙공간을 거쳐 월북을 하는 점은 궁금한데, 앞으로 명확한 사실 확인이 요구된다.[16]

---

13 「신흥아동예술연구회 창립—연구와 제작 및 보급을 목적」, 『동아일보』, 1931.9.17.
14 신고송, 「동심에서부터—기성동요의 착오점, 동요시인에게 주는 몃 말」, 『조선일보』, 1929.10.20~30.
15 신고송, 「새해의 동요운동—童心 純化와 作家 誘導(一)」, 『조선일보』, 1930.1.1.

안평원(安平原, ?~?)은 영천군 금호면 도남동(永川郡 琴湖面 道南洞)[17] 출신으로 『신소년』과 『별나라』 등에 다수의 동요, 소년소설을 발표하였다. 1929년 5월에 '글꽃社'가 조선소년문예협회(朝鮮少年文藝協會)로 확대 개편되었을 때, 경성(京城) 동인으로 이명식(李明植), 이동규(李東珪), 신순석(申順石), 이규용(李圭容), 구직회(具直會), 정태익(鄭台益) 等이 참석하고, 지방 동인으로는 영천(永川) 안평원(安平原), 문천(文川) 김돈희(金敦熙), 합천(陜川) 이성홍(李聖洪), 재령(載寧) 오경호(吳慶鎬), 정평(定平) 채규삼(蔡奎三), 안악(安岳) 우태형(禹泰亨) 등이 함께 참여하였다. 1932년 9월에는 건전프로 아동문학의 건설보급과 근로 소년작가의 지도 양성을 목표로 송영(宋影), 신고송(申孤松), 박세영(朴世永), 이주홍(李周洪), 이동규(李東珪), 태영선(太英善), 홍구(洪九), 성경린(成慶麟), 송완순(宋完淳), 한철석(韓哲錫), 김우철(金友哲), 박고경(朴古京), 구직회(具直會), 승응순(昇應順), 정청산(鄭青山), 홍북원(洪北原), 박일(朴一), 현동염(玄東炎) 등과 함께 『소년문학(少年文學)』을 창간하였다. 다음과 같은 작품이 있다.

작가	작품명	갈래	수록지명	발표 연월일
安平原	採藥山의 두지터(祈雨壇)－慶北永川	잡문	別乾坤 6	1927.4
安平原	(봄유희)풀(草)싸홈	잡문	어린이	1927.4
安平原	란초(賞)	동요	신소년	1927.4
安平原	(笑科大學)업는 물건은 업는 상점	잡문	신소년	1927.6
安平原	朝起	작문	신소년	1927.6
安平原	新少年社 記者 先生 想像記	잡문	신소년	1927.6
安平原	넓다란 들판	소년시	신소년	1927.6

16 윤복진의 작품은 매우 많아 이 글에서 모두 제시할 수 없다. 불원간 윤복진의 동요(동시), 평론, 동화, 음악평론, 곡보 등을 망라한 전집을 발간할 예정이다. 신고송의 경우 김봉희의 『신고송 문학전집』(전2권)』(소명출판, 2008)을 참고할 수 있다.

17 「란초」(賞)(『신소년』, 1927년 4월호, 56쪽)의 주소란에 '慶北 永川 驛前 道南 安평원'이라 하였고, 「談話室」(『신소년』, 1929년 1월호, 49쪽)에 "永川 驛前 道南洞 安平原", 「談話室」(『신소년』, 1930년 2월호, 53쪽)에 "(전략)弟의 下記 住所로 兄님의 住所를 通知해 주시요. 慶北 永川郡 琴湖面 道南洞 安平原"이라 하였다.

安平原	네 살 째의 여름	小品	신소년	1927.8
安平原	내 집은 뽀푸라	시가	조선일보	1928.4.28
安平原	(義勇美話)犧牲된 벌의 죽음	잡문	신소년	1928.4
安平原	어린이날	少年小詩	신소년	1928.5
安平原	우연한 상봉	소년소설	신소년	1928.5
安平原	더러운 짓!--名 불상한 동생	哀憐小說	신소년	1928.9
安平原	은앵(銀杏)나무 兄弟	전설	신소년	1928.11
安平原	배암	신년 동요	신소년	1929.1
安平原	赤白의 綳帶(현상당선 소년소설 2등작)(전2회)	소년소설	별나라	1929.7~8
安平原	오누 두리 잇는 집	동요	신소년	1929.12
安平原	少年 職工 手記	소년소설	신소년	1929.12
安平原	이 땅의 새벽	소년시	신소년	1930.1
安平原	아버지 어머니	동요	별나라	1930.2-3월 합호
安平原	나무순이 우리	소년시	신소년	1930.2
安平原	紅色 小包函	소년소설	신소년	1930.3
安平原	林間學校	소년소설	별나라	1930.6
安平原	北國의 밤	소년소설	신소년	1932.2
安平原	마지막 남은 것	소년소설	少年小說六人集	1932.6.20
安平原	다 같은 일꾼인 선생	소년소설	少年小說六人集	1932.6.20
安平原	北國의 밤	소년소설	少年小說六人集	1932.6.20
安平原	紅色 小包函	소년소설	少年小說六人集	1932.6.20
安平原	첫녀름	소년소설	별나라	1932.7
安平原	물대기(灌水)	소년소설	신소년	1932.10
安平原	머리를 어루만져도	壁小說	신소년	1932.12
安平原	메긴 메야 할 테니	동시	별나라	1933.2
安平原	나무순의 쉬는 곳	소년소설	별나라	1933.4-5월 합호
安平原	우리들의 볼	소년시	신소년	1933.5
安平原	조고만 집	동요	신소년	1933.7
安平原	도급기게 잘 도라간다	동요	별나라	1934.1
安平原	설한풍의 밤	소년소설	신소년	1934.3
安平原	설이라지만	동요	신소년	1934.3

安平原	알기 쉽게 感銘잇게 씁시다－三月號를 읽고 늣긴 바 잇서 글쓰는 동무들에게 提議함	小論	신소년	1934.4-5월 합호
安平原	험산을 밟고	소년소설	신소년	1934.4-5월 합호

최희명(『별나라』, 1927년 6월호)

최희명(崔喜明, 필명 실버들, 1907~?)은 대구사범학교에 재학하고 있으면서부터 동요를 발표하였다.[18] 최희명의 대구사범학교 학적부에 의하면, 경기도 경성부 봉래정(京畿道 京城府 蓬萊町 三丁目 一九六 番地)이 본적이다. 1927년 4월 1일 대구사범학교에 입학하여 1928년 3월 25일 졸업한 것으로 보아 '강습과'를 다닌 것으로 보인다. 「飛鳳山 사람들」로 미루어 볼 때, 졸업 후 경북 의성(義城)의 학교에서 근무한 것으로 짐작된다. '飛鳳山'이 경북 의성군 다인면 봉정리 소재의 산인데다 이 글 말미에 '慶北 義城서'라 한 데서 알 수 있다. 『별나라』 1927년 6월호에 '보고 십흔 얼골'이라 하여 한정동, 최규선, 서록성, 안준식, 최병화, 염근수, 이정호, 진종혁과 함께 최희명의 사진을 게재하고 있는데, 대체로 동인(同人)과 일치한다. 최희명은 『별나라』 동인 19명 중 한 명이기도 했다.[19] 다음과 같은 작품을 확인할 수 있다. 자세한 서지 탐색을 하면 더 많은 작품을 찾을 수 있을 것으로 보인다.

---

18 딸낭애비의 「별나라를 위한 피 · 눈물 · 땀!! 수무방울」(『별나라』, 1927년 6월호, 43쪽)에 따르면, "崔喜明(실버들) 선생님은 大邱師範學校에 게심니다."라고 하여 당시 학생이었고, 필명이 '실버들'이었음을 알 수 있다.

19 金道仁, 金永喜, 李定鎬, 李學仁, 李康洽, 廉根守, 方定煥, 朴淚月, 朴芽枝, 宋影, 劉道順, 梁在應, 安俊植, 延星欽, 秦宗爀, 韓晶東, 崔奎善, 崔秉和, 崔喜明 등 19명이었다.(『별나라』, 1927년 10월호)

작가	작품명	갈래	수록지명	발표 연월일
실버들	톡기	동요	별나라 2	1926.7
희명	고사리의 팔쭉	小品	별나라 2	1926.7
최희명	봄날	小品文	별나라 11	1927.4
실버들	짝자구리 (一孝昌園에서)	동요	별나라 11	1927.4
실버들	봄비	동시	별나라 12	1927.5
실버들	밋쑤리	동요	별나라 13	1927.6
실버들	사랑	동요	별나라 14	1927.7
실버들	이슬비	동요	별나라 17	1927.10
실버들	그림자	동요	별나라 17	1927.10
최희명	조용한 밤에	想華	별나라 24	1928.7.31
희명	새삿기 ('새 새끼'란 뜻)	동요	별나라 24	1928.7.31
崔喜明	飛鳳山 사람들 (一慶北 義城서)	잡문	별나라 33	1929.7

송남헌(宋南憲, 1914~2001)은 경상북도 문경(聞慶) 출신으로 1934년 대구 사범학교를 졸업한 뒤 군산보통학교(群山普通學校), 경성 재동보통학교(齋洞普通學校) 등의 교사로 재직하면서 독립운동을 하였다. 1943년 임시정부의 활동 상황과 광복군의 전과를 주위에 전했다는 경성방송국 라디오 단파방송 사건으로 옥고를 치르기도 하였다. 해방 후에는 김규식(金奎植)의 비서실장을 맡는 등 혁신 정당 활동을 하였고, 현대사 연구가로서 『解放 三年史: 1945~1948(전2권)』(까치, 1985) 등 뛰어난 역작을 발간하였다. 아동문학가로서도 활동하였는데 다음과 같은 아동문학 비평 활동을 한 것이 눈에 띈다. 「創作童話의 傾向과 그 作法에 對하야(상, 하)」(『동아일보』, 1939.6.30~7.6), 「藝術童話의 本質과 그 精神―童話 作家에의 提言(전6회)」(『동아일보』, 1939.12.2~10), 「兒童文學의 背後(상, 하)」(『동아일보』, 1940.5.7~9), 「明日의 兒童演劇―童劇會 一回 公演을 보고」(齋洞國民學校 訓導 宋南憲; 『매일신보』, 1941.5.12) 등을 확인할 수 있다.

박을송(朴乙松, ?~?)은 윤복진, 박영종, 김성도 등과 같이 대구 계성학교

출신으로 같은 교정에서 작곡가 박태준에게 배웠다. 당시 계성학교는 동요 운동의 요람지였다고 한다. 윤복진, 박을송, 신고송, 박목월에다 작곡가 박태준이 함께 하였으니 당연한 평가라 하겠다.

> 여기서 童謠運動의 初期를 暫時 回顧하여 보기로 한다. 大邱에서는 當時(三十餘年 前) 「啓聖」에서 教편을 잡으시던 恩師 朴泰俊 氏가 계셔서 全國 어느 곳보담 强力하고 活潑한 運動이 展開되었다. 特히 當時에 벌써 유니크한 地位를 가졌던 童謠 詩人 尹福鎭 氏가 書校로 있었고 「어머니 가슴」의 作者 朴乙松 氏도 在學 中이었다.
>
> 또 當時 市內 某 國民學校 教師로 있던 童謠作家 申 某 氏도 있었다.
>
> (중략)
>
> 이런 運動이 한창일 무렵 毛良에서 少年 朴泳種 氏(木月)가 (啓聖)을 찾아왔다. 「新家庭」에 「제비마중」이 縣賞當選된 以後는 그의 本格的인 童요 活動을 始作하였다. 이리하여 여러 가지 意味에서 啓聖은 童요 運動의 搖람地였다.[20] (밑줄 필자)

박을송은 신고송, 윤석중 등과 함께 앞에서 말한 신흥아동예술연구회의 발기인 중 한 사람이기도 하다. 1929년 『동아일보』 신춘현상문예 동요 부문에 「귀뚜람이」(1.5)가 당선되었다. 이때 진남포(鎭南浦)의 정명걸(鄭明杰), 개성(開城)의 김영일(金永一), 마산(馬山)의 이원수(李元壽) 등도 동요 부문에 입선하였다. 다음과 같은 작품이 있다.

작가	작품명	갈래	수록지명	발표 연월일
大邱 新町 朴乙松	어머님이 조쵸	동요	동아일보	1927.12.18
朴乙松	웃는 참새	동요	동아일보	1927.12.31

20 김성도, 「搖籃地 『啓聖』 — 童謠 普及運動」, 『매일신문』, 1955.5.1.

朴乙松	웃는 참새	동요	동아일보	1927.12.31
朴乙松	달밤	동요	동아일보	1928.1.6
朴乙松	별의 수	동요	동아일보	1928.1.6
京城 朴乙松	저녁	동요	동아일보	1928.8.26
朴乙松	바다가 조개	동요	동아일보	1928.9.2
京城 朴乙松	귀또람이	동요	동아일보	1928.10.25
京城 鍾路 朴乙松	귀뚜람이[21] (신춘현상 당선작품)	동요	동아일보	1929.1.5
京城 朴乙松	어머니 가슴 (아동작품 選外)	동요	동아일보	1929.1.21
朴乙松	쇠꿀이	동요	동아일보	1929.3.15
朴乙松	청개골이	동요	동아일보	1929.10.10
京城 朴乙松	귓도람이	동요	동아일보	1929.10.26

김성도(金聖道, 필명 어진길, 魚珍吉, 1914~1987)는 경상북도 경산군 하양면 금락동 48번지(慶尙北道 慶山郡 河陽面 琴樂洞 四八番地)에서 태어나 1922년 4월 하양공립보통학교(河陽公立普通學校)에 입학하여 1928년 3월 졸업하였다. 그해 대구계성학교(大邱啓聖學校)에 입학하여 3년 수료 후 1931년 4월 경성 경신학교(儆新學校)에 편입하여 1933년 3월 졸업하였다. 1933년 4월 연희전문학교(延禧專門學校) 문과 본과에 입학하였다.[22] 1928년 4월 대구 계성학교에 입학한 이후부터, 『별나라』 등에 동요를 투고하기 시작하여, 경신학교로 전학을 한 후, 『별나라』, 『아이생활』, 『신소년』 등에 다수의 작품을 투고하였다. 경신학교 4학년 때인 1932년 『東光』의 제1회 학생작품경기 발표에서 「宇宙의 사랑」이 '詩四等'에 당선되었는데, 공식적인 선발 작품으로는 처음이었다.[23] 이후 『東光』에 「나래 상한 몸」, 「船中小景」, 「황혼은 소래도 없이」 등을 '학생문단란'에 발표하였다. 1934

21 「귀또람이」(『동아일보』, 1928.10.25)의 개작이다.

22 이상 김성도의 연희전문학교 학적부에 따랐다.

23 지금까지의 김성도 연구에서는 기본적인 연보마저 확인하지 않아 작품명과 발표 연도 등이 제각각이다. 김성도에 대한 연구는, 염경섭의 「김성도 연구」(단국대교육대학원 석사, 1989), 최용의 「김성도 동화 연구」(경산대학교대학원 석사, 1998), 임광재의 「김성도 동화의 환상성 연구」(단국대학교 대학원 석사, 2005) 등이 있다.

년 『新家庭』 6월호에 「강아지」가 선외 당선되었는데, 학생 작품이 아닌 첫 번째의 당선작이었다. 1934년이면 연희전문학교 2학년 때인데, 김성도는 「어린음악대」를 작사 · 작곡하고, 동요집 『병아리학교』[24]를 출간하였다. 그는 여러 편의 동요에 곡을 붙이기도 했는데 연희전문학교 재학 시절부터 시작된 것으로 보인다. 한편 유기흥(柳基興)이 곡을 붙인 「자장가」, 「보름달」 등을 일본 콜럼비아 축음기 주식회사에서 유성기 음반으로 발표하기도 하였다.[25] 1937년 연희전문학교 문과를 졸업하고[26], 이후 교사로 근무하면서 동요를 발표하는 한편 윤태웅(尹泰雄)의 「아기별」과 「봄」, 전순례(全順禮)의 「팽이」, 김영일(金英一)의 「권투선수 오뚜기」, 「산골 동네」, 「은구슬 금구슬」, 강소천(姜小泉)의 「호박꽃 초롱」 등에 곡을 붙이기도 하였다. 일제강점기에 김성도가 발표한 작품은 다음과 같다.

작가	작품명	갈래	수록지명	발표 연월일
金聖道	李 君이여!	작문	소년세계	1930.6
河陽 金聖道	(童謠選外佳作)기다리는 어머님 (작품 불수록)	童謠	소년세계	1930.6
慶南[27] 慶山郡 河陽面 琴東洞 四八 金聖道 君 報	傳來童謠(慶山)(「밤」, 「자장가」, 「닭」, 「닭아 · 개야」, 「달 · 별」, 「비틀」, 「종글새」, 「나븨」)	전래동요	매일신보	1930.7.2.
河陽 金聖道	제비	동요	매일신보	1930.7.19
金聖道	모기숨	동요	매일신보	1930.7.19
河陽 金聖道	어미새	동요	매일신보	1930.7.29
河陽 金聖道	나무순과 달	동요	매일신보	1930.7.29
河陽 金聖道	젓장수 영감	동요	매일신보	1930.7.31

24 이 책은 현재 확인이 되지 않는데, 『동아일보』(1934.8.4)에 의하면 "金聖道 童謠集(曲譜附) 병아리학교 定價 三十錢 發行所 京城府 光熙町 一丁目 八八 금별社"라고 소개되어 있다.

25 한국정신문화연구원 편, 『한국유성기음반총목록』(민속원, 1998)의 가사지(歌詞紙) 참조.

26 김성도에 대한 여러 연구가 그의 연보를 제대로 확인하지 않아 들쭉날쭉한데, 연희전문학교 학적부에 따르면 1937년 3월 13일에 연희전문학교 문과를 졸업하였다. 김성도에 따르면 당시 문과와 수물과는 4년제였다고 한다.(문형렬, 「그립고 먼 희망 같은 5월」, 『계성문학』, 제5집, 1985. 참조)

河陽 金聖道	바다	작문	별나라	1930.7
金聖道	(여름의 긔운!!! 씩씩한 노래!!!)뙤살	동요	新少年	1930.7
河陽 金聖道	고향집	동요	매일신보	1930.8.28
河陽 金聖道	여름비/엄마생각 (선외가작, 작품 불수록)	동요	매일신보	1930.10.26
慶山郡 河陽面 琴某洞 金聖道	갑 업는 썩	동요	별나라	1930.10
金聖道	우리들의 설	동요	별나라	1931.1-2월 합호
金聖道	가을	동요	아이생활	1931.3
金聖道	달	동요	新少年	1931.4
金聖道	공부하는 애들보담	동요	별나라	1931.4
金聖道	(윈문 낙장)	동요	아이생활	1931.5
金聖道	봄바람이지	동요	아이생활	1931.6
京城 金聖道	회파람	동요	아이생활	1931.11
金聖道	우주의 사랑[28]	시	東光	1932.1
金聖道	멀지 안엇네	동요	어린이	1932.2
金聖道	하나도 업네	동요	중앙일보	1932.4.4
河陽 金聖道	가고 십허요	동요	조선일보	1932.4.7
金聖道	달! 달!	동요	조선일보	1932.7.9
金聖道	쟁이︿	동요	조선일보	1932.7.9
金聖道	피리부는 여름	동요	조선일보	1932.7.9
儆新 金聖道	나래 상한 몸[29]	시	東光	1932.7
金聖濤[30]	젊은 사공	동요	어린이	1932.7
金聖道	선중소경(船中小景)	시	東光	1932.8
儆新 金聖道	황혼은 소래도 업시	시	東光	1932.10
儆新 金聖道	새벽종	동시	중앙일보	1932.12.20
儆新學校	히망에 살자	잡문	아이생활	1933.3
金聖道	봄이 오니 (3연)	동요	매일신보	1933.5.13
金聖道	글자 노래	동요	조선중앙일보	1933.7.16
金聖道	우체통	동요	조선중앙일보	1933.7.23
金聖道	가지나무	동요	조선중앙일보	1933.8.14

金聖道	개골개골	동요	조선중앙일보	1933.8.19
金聖道	달	동요	조선중앙일보	1933.8.30
金聖道	반쪽달님	동요	조선일보	1933.8.31
金聖道	무지개	동요	조선일보	1933.9.1
金聖道	시집간 누나	동요	조선중앙일보	1933.9.6
金聖道	알는 형님	동요	조선일보	1933.9.7
金聖道	우리 살림	동요	조선일보	1933.9.9
金聖道	보름달	동요	조선일보	1933.9.15
京城 魚珍吉	자장자장	동요	동아일보	1933.9.21
金聖道	참새	동요	조선일보	1933.10.27
金聖道	쏭파리	동요	조선일보	1933.10.28
金聖道	생일아츰	동요	조선일보	1933.11.17
金聖道	뭐라고 부를까?	동요	조선일보	1933.11.19
金聖道	『병아리 학교』(童謠曲 附)	동요집	금별사	1934
金聖道	병아리	동요	조선일보	1934.2.18
金聖道	강아지(選外)	동요	新家庭	1934.6
金聖道	자장가(柳基興 曲)	동요곡	리갈C194A	1934.7
金聖道	안경	동요	조선중앙일보	1934.7.29
金聖道	보름달(綠星童謠合唱團)(柳基興 曲)	동요곡	리갈C249	1935.1
金聖道	천당에 보내는 자장가	소년소설	童話	1936.12
金聖道	부러운 동무들	동요극	童話	1937.3
金聖道	봄	소년소설	童話	1937.4
김성도 곡	애기별 (尹泰雄 謠)	동요곡	아이생활	1939.2
김성도 곡	팽이 (金順禮 謠)	동요곡	아이생활	1939.2
김성도 곡	권투 선수 오뚜기 (金英一 謠)	동요곡	아이생활	1939.4
김성도 곡	은구실 · 금구실 (南大祐 謠)	동요곡	아이생활	1939.5
김성도 곡	산골동네 (金英一 謠)	동요곡	아이생활	1939.5

27 '慶南'은 "慶北'의 오식이다.

28 '儆新學校 四年 金聖道'가 '第一回學生作品競技發表 (第二回) 11월분'에 '詩四等'으로 입선한 작품이다.

29 "萬부득이한 사정으로 掲載치 못하옵니다"란 고지가 있다.(63쪽)

30 지은이가 '金聖濤'이나 이런 이름으로 발표된 동요가 없어 '金聖道'의 오식으로 보인다.

경상북도 경주군(현 慶州市) 건천(乾川) 출신의 박영종(朴泳鍾, 1915~1978)은 일제강점기에 동요를 발표하면서 문학 활동을 시작하였다. 1935년 대구 계성학교(大邱啓聖學校)를 졸업하였다. 다음과 같은 윤석중의 회고를 통해 박영종이 문학 활동을 시작한 경위를 알 수 있다.

> 내가 영종을 안 것은 1932년으로 그 해 섣달 치부터 어린이 종교 잡지 『아이생활』 독자 작품을 뽑게 되었을 때, 함경도 홍원이 고향인 강용률과 경상도 건천이 고향인 그가 한 묶음씩 동요를 지어 보내왔는데 별로 눈에 띄는 작품이 없다가 1933년 봄에 방 소파가 남기고 간 『어린이』 잡지를 개벽사에 들어가서 내 손으로 꾸며내게 되었을 때, 泳鍾이 보내온 「똥딱딱 똥짝짝」이라는 동요를 잡지 첫머리에 4호 활자로 짜서 두 면에 벌려 대눈짝만하게 내 주면서 편지로 사귀게 되었다. (중략) 그는 열일곱 살이었을 것이다. 뜻하지 않은 후대를 받은 泳鍾은 동요 창작에 몰두하였고, 짓는 족족 나에게 부쳐 왔으며 연달아 잡지에 나게 되었다.[31]

「통딱딱 통짝짝」을 1933년에 『어린이』에 실었다면 대구 계성학교 2학년 재학 중일 때다. 그런데 『어린이』를 면밀히 확인해 보면 「통·딱딱·통·짝짝」은 '特選童謠'로 1934년 6월호 『어린이』 25쪽 한 쪽에 실려 있다. 다른 쪽(26쪽)에는 「이슬비」가 실려 있고, 이 두 작품의 작자는 '彰童'[32]으로 밝혀져 있다. 윤석중이 1933년이라고 한 것과 '잡지 첫머리에 4호 활자로 짜서 두 면에 벌려 대문짝만하게 내 주'었다고 한 것은 기억

31 윤석중, 「그와의 사귐」, 『심상』, 1978.5, 12쪽.

32 '彰童'은 박영종의 필명인 '影童'의 오식으로 보인다. 윤석중의 『어린이와 한평생』(범양사출판부, 1985, 150쪽)에 다음과 같은 사실이 있다. "나의 첫솜씨로 꾸며져 나온 『어린이』의 독자 투고에서 동요 '통딱딱 · 통짝짝'을 특선으로 뽑아 잡지 첫머리에 4호 활자로 2쪽에 벌려 실었으니, 독자들도 눈이 휘둥그래졌으려니와 투고한 경상도 건천 사는 무명의 '영동(影童)' 또한 얼마나 놀랐겠는가. 영동은 본명이 박영종(朴泳鍾)이었고 그는 바로 시인 박목월로 17세 때 일이었다." (밑줄 필자)

이 잘못되었거나, 맞다면 1934년 6월에 수록된 '彰童'의 작품이 표절작이다. 그런데 1933년 6월호부터 윤석중이 『어린이』 편집을 맡아 보았는데[33] 6월호뿐만 아니라 이후에도 「통 · 딱딱 · 통 · 짝짝」이 수록된 바 없다. 「통 · 딱딱 · 통 · 짝짝」이 수록된 1934년 6월호 『어린이』의 편집을 윤석중이 맡고 있어 '彰童'이 「통 · 딱딱 · 통 · 짝짝」을 표절하여 투고하였다면 이 작품을 다시 '特選童謠'로 선정하여 수록했을 리가 없다. 이렇게 볼 때 '彰童'은 박영종의 필명으로 보이고 「통 · 딱딱 · 통 · 짝짝」은 1934년 6월호 『어린이』에 수록된 것으로 보아야 할 것이다. 그리고 「제비마중」이 『신가정』(1934년 6월호)의 아동문예현상에 당선작으로 발표되었다. 이보다 앞서 1934년 『아이생활』 5월호에 「이슬비」가 '影童'의 작품으로 수록되어 있다. 박영종의 일제강점기 작품을 보면 다음과 같다.

작가	작품명	갈래	수록지명	발표 연월일
影童	이슬비	동요	아이생활	1934.5
彰童	(特選童謠)통 · 딱딱 · 통 · 짝짝	동요	어린이	1934.6
朴泳鍾	(兒童文藝懸賞當選)제비마중	동요	新家庭	1934.6
乾川 朴泳鍾	여름방학	동요	동아일보	1934.8.7
乾川 朴泳鍾	산딸기	동요	동아일보	1934.8.9
朴泳鍾	산새	동요	동아일보	1934.8.18
影童	六月 밤	동요	아이생활	1934.8
대구 박영종	담배불[34]	동요	조선중앙일보	1934.9.18
影童	박넝쿨	동요	아이생활	1934.9
朴泳鍾	特急列車	동요	조선중앙일보	1934.10.2
大邱啓聖學校 朴泳鍾	제비	동요	조선중앙일보	1934.10.15
朴泳鍾	해바라기	동요	동아일보	1934.10.21
乾川 朴泳鍾	담배불[35]	동요	동아일보	1934.10.28

33 「남은 잉크」(『어린이』, 1933년 6월호, 86쪽)에 "이번 책붙어 우리 어린이 잡지를 윤석중 선생께서 편즙하시기로 되엿습니다"라 하였고, 그 아래에 편집후기를 싣고는 "尹石重"이라 명시해 놓았다.

大邱 朴影童	빨간 능금	동시	조선중앙일보	1935.2.3
大邱 朴影童	포푸라	동시	조선중앙일보	1935.2.3
朴泳鍾	섯달 그믐밤	동요	동아일보	1935.2.17
影童	아침 인사	동요	아이생활	1935.2
朴泳鍾	生活의 斷片	시	조선중앙일보	1935.4.29
朴泳鍾	소롱소롱 이슬이	동요	아이생활	1935.5
朴泳鍾	소문	동요	아이생활	1935.8
朴泳鍾	제비 세 마리	동요	아이생활	1935.9
朴泳鍾	이상한 산골	동시	조선중앙일보	1935.11.3
朴泳鍾	눈 온 아침	동시	아이생활	1936.2
朴泳鍾	거울	동요	童話	1936.3
朴泳鍾	게	동요	童話	1936.4
朴泳鍾	구름 구름 흰구름	동요	아이생활	1936.4
朴泳鍾	토끼집의 불	동요	童話	1936.5
朴泳鍾	꽃가마	동요	조선중앙일보	1936.8.10
影童 작, 홍은 그림	아가의 잠	동요	아이생활	1936.8
影童 작, 野影 畵	빨간 우체통	동요	아이생활	1936.9-10월 합호
朴泳鍾	꽃시게	동요	가톨릭소년	1936.9
朴泳鍾	개암이 장	동요	가톨릭소년	1936.9
朴泳鍾	가얌	동요	가톨릭소년	1936.11
朴泳鍾	(본지집필자들의 가을 타령) 고향의 가을	잡문	아이생활	1936.11
朴泳鍾	봄사리	동요	詩建設	1937.1
朴泳鍾	벗꽃	동요	詩建設	1937.1
朴泳鍾	내일 모래 열두살	동요	아이생활	1937.1
朴泳鍾	五月	동요	詩建設	1937.1
朴泳鍾	토끼 설날	동요	童話	1937.2
朴泳鍾	토끼길	동요	少年 창간호	1937.4
朴泳鍾	꿈길—천사와 애기 이야기	동요	童話	1937.6
朴泳鍾	所願 한 가지	동요	아이생활	1937.7-8월 합호

朴泳鍾	달님께 물어 봣드니	동요	아이생활	1937.9
朴泳鍾	잠자리	동요	少年 제1권제6호	1937.9
朴泳鍾	집 보는 시계	동요	少年 제1권제7호	1937.10
朴泳鍾	달님	동요	아이생활	1937.10
朴泳鍾	방아 찧는 토끼	동요	少年 제3권제1호	1938.1
朴泳鍾	사슴네 삼칸 집	동요	少年 제2권제1호	1938.1
朴泳鍾	삼월 삼짓날	동요	少年 제2권제3호	1938.3
朴泳鍾	여기 저기 파아릇	동요	아이생활	1938.4
朴泳鍾	아버지와 나	동요	少年 제2권제6호	1938.6
朴泳鍾	말부치기노래(「길다란건」, 「뾰죽한 건」, 「길어도 짧은 건」)	동요	조선일보	1938.7.3
朴泳鍾	자장가	동요	女性	1938.8
朴泳鍾	저녁놀	동요	少年 제2권제8호	1938.8
朴泳鍾	꿈 이야기	동요	조선일보	1938.10.2
朴泳鍾	신 한 짝	동요	조선일보	1938.10.2
朴泳鍾	꿈 이야기	동요	조선일보	1938.10.2
朴泳鍾	새벽	동요	少年 2권제10호	1938.10
朴泳鍾	벼개	동요	조선일보	1938.11.6
朴泳鍾	옛날옛날—아가 옛날이 언제냐	동요	조선일보	1938.11.6
朴泳鍾	물살	동요	조선아동문학집	1938.12
朴泳鍾	비둘기	동요	조선아동문학집	1938.12
朴泳鍾	자장가	동요	조선일보	1938.12.4
朴泳鍾	새양쥐와 그림자	동요	아이생활	1938.12
朴泳鍾	토끼와 귀	동요	아이생활	1939.1
朴泳鍾	興夫	동요	아이생활	1939.2
朴泳鍾	주막집	동요	少年 제3권제2호	1939.2
朴泳鍾	나란이 나란이	동요	少年 제3권제3호	1939.3
朴泳鍾	興夫 오막집	동요	少年 제3권제4호	1939.4
朴泳鍾	논뚝길	동요	少年 제3권제5호	1939.5
朴泳鍾	깜둥 송아지	동요	아이생활	1939.5
朴泳鍾	(뿍 · 레뷰)再顯된 童心—『尹石重童謠選』을 읽고	평론	동아일보	1939.6.9
朴泳鍾	당나귀와 마나님	동요	아이생활	1939.6

朴泳鍾	조고리―엄마가 아기 조고리 기우면서 아기 재운다	동요	少年 제3권제8호	1939.8
朴泳鍾	佛國寺	동요	少年 제4권제1호	1940.1
朴泳鍾	쥐	동요	少年 제4권제3호	1940.2
朴泳鍾	童詩 讀本	평론	아이생활	1940.2
朴泳鍾	달무리	동시	아이생활	1940.3
朴泳鍾	나룻배	동요	少年 제4권제5호	1940.5
朴泳鍾	코끼리야 코끼리야	동요	아이생활	1940.7
朴泳鍾	우리 아기 두 살	동요	少年 제4권제9호	1940.9
朴泳鍾	잘 자는 우리 아기	동요	아이생활	1940.9-10월 합호
朴泳鍾	(朴泳鍾童謠抄)소롱소롱 이슬이	동요	아이생활	1941.1
朴泳鍾	(朴泳鍾童謠抄)집보는 시계	동요	아이생활	1941.1
朴泳鍾	(朴泳鍾童謠抄)토끼길	동요	아이생활	1941.1
朴泳鍾	(朴泳鍾童謠抄)홍부와 제비	동요	아이생활	1941.1
朴泳鍾	(朴泳鍾童謠抄)삼월 삼질	동요	아이생활	1941.1

계성학교 출신이 아니지만 창주(滄洲) 이응창(李應昌, 1906~1973)도 대구 출신의 아동문학가이다. 독립운동가 우재(又齋) 이시영(李始榮)의 외아들로 1926년 경성사범학교 강습과(京城師範學校講習科)를 졸업하고 보통학교 교사가 되었기 때문에 동요나 동시와 가까웠을 것으로 보인다. 교사 재직 시 동요와 동시를 창작하여, 프린트 판으로 만들어 학생들에게 나눠주었다고 한다.[36] 『고추잠자리』(1929), 『푸른 제비』(1930~1933), 『별의 왕자』(1934~1935), 『푸른 하늘』(1936~1937), 『외갓집』(1938~1945) 등이 그것

34 「담배불」(대구 박영종) "어둔밤에 아바지/담배불이 반짝반짝/꺼젓다 사라진다/어둔밤에 반듸불이/반짝 반짝/반듸불이 압바흉을/내는가보아//"

35 「담배불」(乾川 朴泳鍾) "어둔밤에 아바지가/빡-금 빡금/담배불이 켜-젓다/사라진다우//○ 어둔밤에 반딧불이/빳-작 빳작/그긴뉘가 밤배물고/지나가시우//○ 어둔밤에 파란별이/깜-박 깜박/애기들이 아바흉을/내는가부아.//" '밤배물고'는 '담배물고'의 오식으로 보인다.

36 이응창, 「책 뒤에」, 『고추잠자리』, 배영사, 1968, 142쪽.

이다. 이를 묶어 『고추잠자리』(배영사, 1968)를 간행하였다. 해방 후에는 대구 지역의 동인지였던 『竹筍』에 참여하였고, 1955년 대구원화여고 초대 교장에 취임하였으며, 대구아동문학회(大邱兒童文學會) 창립 멤버였다. 다음과 같은 작품이 있다.

작가	작품명	갈래	수록지명	발표 연월일
李應昌	물방아	동요	중외일보	1929.3.20
李應昌	봄은 오것만	동요	중외일보	1929.3.20
李應昌	오줌싸개	동요	동아일보	1930.2.15
李應昌	보리밧 매기	동요	별나라 41	1930.6
李應昌	소문내 볼가	동요	동아일보	1930.9.13
李應昌	그도 숭인가	동요	동아일보	1930.11.25
李應昌	용심쟁이	동요	동아일보	1934.2.28
李應昌	약손	동요	동아일보	1934.3.3
李應昌	草の原	시	醇和會報[37]	1935.7
李應昌	樂しい五月	시	醇和會報	1935.7
李應昌	약손	동요	조광	1937.2
李應昌	ハンモツクゆれる－若き母の歌へる	시	醇和會報	1937.7
李應昌	海印寺の秋	시	醇和會報	1937.7

일제강점기의 여러 신문과 잡지를 꼼꼼하게 확인하면 더 많은 작품을 찾을 수 있을 것으로 보인다.

우리나라 최초의 동요집으로 알려진 『朝鮮童謠集』(彰文社, 1924)을 편찬한 엄필진(嚴弼鎭, ?~?)은 1918년 3월부터 김천공립보통학교(金泉公立普通學校) 훈도로 부임하여 10년 근속 표창을 받았고, 이후 1930년 4월 선산 고아공립보통학교(善山高牙公立普通學校) 교장, 선산 부계공립보통학교(缶溪

37 경성사범학교 동창회보(京城師範學校同窓會報) 이름이다.

公立普通學校) 교장으로 재직하였다. 1930년 5월 5일에는 고아공립보통학교에서 동화회를 개최하였는데 엄필진의 동화는 아동과 학부모에게서 대환영을 받았다고 한다.[38] 1927년경 김천소년회(金泉少年會)에서 주최한 남선소년소녀현상문예전람회(南鮮少年少女懸賞文藝展覽會)의 심사위원으로 위촉되었고,[39] 1927년 9월에는 조선일보사 김천지국 주최로 금릉청년회관(金陵靑年會館)에서 음악동화회(音樂童話會)를 개최하는데 이영국(李永國), 정용진(丁龍鎭) 등과 함께 초청되기도 하는[40] 등 아동문학 관련 활동을 이어왔다. 엄필진의 작품은 다음과 같다.

작가	작품명	갈래	수록지명	발표 연월일
嚴弼鎭	朝鮮童謠集	동요집	彰文社	1924.8
嚴弼鎭	이상한 가방(전3회)	동화	동아일보	1927.2.14~16
嚴弼鎭	토끼와 원숭이(전5회)	동화	동아일보	1927.3.8~12
嚴弼鎭	三兄弟(전7회)	동화	중외일보	1927.3.15~4.10
嚴弼鎭	제비와 마부(전3회)	동화	중외일보	1927.3.15~17
嚴弼鎭	소년의 쇠(전2회)	동화	중외일보	1927.3.29~30
嚴弼鎭	의조흔 부부(전5회)	동화	중외일보	1927.4.14~19
嚴弼鎭	암소와 송아지(전2회)	동화	중외일보	1927.6.9~10
嚴弼鎭	정말 왕자와 거짓 왕자(전9회)	동화	중외일보	1928.8.1~9
嚴弼鎭	코가 납작(상, 하)	동화	중외일보	1928.8.22~23
嚴弼鎭	怜悧한 處女와 正直한 孤兒(전5회)	동화	중외일보	1928.8.24~28
嚴弼鎭	대궐 사자와 산중 사자(전2회)	동화	중외일보	1928.8.29~30
嚴弼鎭	사람의 욕심과 즘승의 소원(전2회)	동화	중외일보	1928.8.31~9.1
嚴弼鎭	五百圓(전2회)	동화	중외일보	1928.9.2~3
嚴弼鎭	분수 업는 할머니(전8회)	동화	중외일보	1928.10.1~8
嚴弼鎭	店員과 驢馬(전5회)	동화	중외일보	1928.10.27~31
嚴弼鎭	선녀의 실패(전4회)	동화	중외일보	1928.11.10~13

38 「高牙公普校 어린이 데-」, 『매일신보』, 1930.5.9.
39 「金泉少年文藝展覽會 審査員 問題」, 『동아일보』, 1927.10.30.
40 「金泉에 音樂童話會」, 『조선일보』, 1927.9.12.

참고로 엄필진이 편찬한 『朝鮮童謠集』에 대한 우이동인(牛耳洞人, 본명 李學仁)의 평가를 보도록 하자.

> 그러나 現在까지 兒童文藝에 對하야 積極的으로 活動하는 사람이 업서서 朝鮮童謠 民謠 童話 等 □이 업는 此際에 兒童藝術教育에 最高 部門의 特效를 가진 童謠集을 더욱이 朝鮮童謠集을 嚴弼鎭 氏의 손을 거처서 發行된 것은 朝鮮兒童 教化運動에 劃期的으로 助長할 일이다.(八)
>
> 日本 사람들은 우리 朝鮮□, 民謠, 童話 等 諸般 文藝를 根本的으로 研究 批評하며 또는 그 研究의 結晶이라고도 할 朝鮮童話 等 朝鮮民謠研究, 朝鮮童謠集 等 書冊을 自己나라 말로 飜譯論述하야 世上에 公布하얏다. 그러나 朝鮮서 所謂 文學 云云 藝術 云云하는 사람들은 西洋의 文學藝術은 잘 안다고 『톨스토이』를 말하고 『유고』를 말하고 『쉐쓰피어』를 말하면서도 朝鮮文學藝術에 關하야서는 盲目이여서 아즉까지 朝鮮童話集 民謠集 하나를 못 삼이여 노왓다. 이런 것을 遺憾으로 생각하든 筆者는 嚴弼鎭 氏의 努力에 感謝를 表하는 바다. 그러나 『朝鮮童謠集』을 全部 훌터보면 誤錯된 것과 缺陷된 部分이 적지 안타. 무엇이냐 하면 童謠와 民謠를 確實하게 區別하야 노치 못한 失手이다. (중략) 筆者는 現在 『朝鮮民謠集』을 刊行하려고 計劃 中에 잇지만 童謠는 童謠, 民謠는 民謠란 것을 明白하게 區別하지 안으면 안 된다. 그러지 안코 童謠集에다가 民謠를 석거노으면은 單純한 兒童들의 머리에 民謠도 童謠로 認識하게 되면 그때서 더 큰 誤錯이 업다고 생각한다. 嚴弼鎭 氏에게 바라는 것은 『朝鮮童謠集』을 □□ 再刊하게 되면 上記한 民謠 等 「安貧樂道歌는 朝鮮民謠라고 表名햇스니가 關係치 안타고 생각한다」을 빼버리고 그 代身으로 童謠를 記入하면 이 『朝鮮童謠集』은 퍽 完全하게 될 줄 안다.(九)[41] (밑줄 필자)

41 牛耳洞人, 「童謠研究(八, 九)」, 『중외일보』, 1928.11.25~28.

타나카 우메키치(田中梅吉)가 펴낸 조선총독부(朝鮮總督府)의 『朝鮮童話集』(大阪屋號書店, 1924)과 나카무라 료헤이(中村亮平)의 『朝鮮童話集』(富山房, 1926) 등이 발간되었지만 우리 스스로는 '朝鮮文學藝術에 盲目'이던 때에 『朝鮮童謠集』을 발간한 '嚴弼鎭 氏의 努力에 感謝를 表'하는 것은 마땅한 일이라 생각된다. '童謠와 民謠를 確實하게 區別하야 노치 못한 失手'는 엄필진 본인이든 우이동인이든 이어서 고치고 다듬으면 될 일이었다.

김영희(金英熹, ?~?)는 대구·경북 지역 아동문학가이지만 지역 연구자들을 포함한 어떤 아동문학 연구자들로부터도 그의 문학 작품이 연구된 바 없다. 그러나 김영희는 일제강점기에 무시할 수 없을 정도로 다수의 작품을 발표하고 있다. 그는 달성군 현풍면(達城郡玄風面) 출신으로 대구고보(大邱高普)를 다닌 것으로 확인된다.[42] 고베(神戶)에서도 작품을 기고한 것으로 보아 일본 유학을 한 것으로 추정되나 확인하지 못했다. 필명은 김석연(金石淵), 산양화(山羊花) 등을 사용했는데,[43] 이 이름으로도 다수의 작품을 발표했다.

작가	작품명	갈래	수록지명	발표 연월일
大邱 金英熹	병아리	동요	중외일보	1927.2.24
大邱 金英熹	눈 온 날의 닭	동요	중외일보	1927.3.11
大邱府 南山町 金英熹	고요한 밤	작문	신소년	1927.3
大邱 金英熹	談話室(「李一龍 君에게」)	잡문	신소년	1927.3
大邱 金英熹	봄이 오면은	동요	중외일보	1927.4.4
金英熹	버싯	농요	중외일보	1927.4.5
金石淵	버섯은 웃으워요	동요	중외일보	1927.4.11

42 金英熹, 「(書翰文懸賞發表)高普 入學된 것을 母校 先生님께 報告하는 편지」, 『신소년』, 1927년 5월호, 56~57쪽.

43 「談話室」(『新少年』, 1928년 5월호, 78쪽)에 "저는 저번에 別名을 山羊花라 지엇다가 아버지께 수중을 톡々이 듯고 石淵이라고 곳첫습니다. (하략) 金英熹"라 한데서 확인할 수 있다.

山羊花	수양버들	동요	중외일보	1927.4.12
山羊花	녜전 터	동요	중외일보	1927.4.13
金英熹	비새	동요	중외일보	1927.4.15
山羊花	한미쏫	동요	중외일보	1927.4.30
山羊花	죽은 처자	동요	중외일보	1927.4.30
大邱 金英熹	談話室(朴商麟의 동요를 비판하는 내용의 글)	잡문	신소년	1927.4
山羊花	시골 아츰	동요	중외일보	1927.5.1
山羊花	우리 동무	동요	중외일보	1927.5.1
山羊花	종달이	동요	중외일보	1927.5.1
金英熹	불탄 자리	동요	중외일보	1927.5.4
山羊花	농촌의 하로	동요	중외일보	1927.5.7
金英熹	암소	동요	중외일보	1927.5.7
山羊花	물새	동시	중외일보	1927.5.22
金英熹	이상한 구슬	동화시	중외일보	1927.5.22
山羊花	물방아	동요	중외일보	1927.5.24
大邱南山町四八〇 金英熹	(書翰文懸賞發表)高普入學된 것을 母校 先生님께 報告하는 편지	서한문	신소년	1927.5
金英熹	물속 달	동요	신소년	1927.5
金英熹	룡왕국에 간 복동이	동화시	중외일보	1927.6.12
金英熹	湖水	동요	중외일보	1927.6.16
金英熹	전화	동요	중외일보	1927.6.17
山羊花	벌과 쏫	동요	중외일보	1927.6.20
山羊花	不幸 中 多幸	동요	중외일보	1927.6.20~22
金石淵	바람	동요	중외일보	1927.6.21
山羊花	저녁 째	동요	중외일보	1927.6.21
金英熹	저녁 종	동요	중외일보	1927.6.22
金石淵	종달이 놀애	동요	중외일보	1927.6.26
金石淵	쇠꼴이의 꿈	동요	중외일보	1927.6.26
金石淵	아이	동요	중외일보	1927.6.30
山羊花	아버지, 어머니, 아들	동요	별나라	1927.6
玄風 金石淵	바람 아달	동요	매일신보	1927.7.3
金英熹	달님의어사	동화시	중외일보	1927.7.31~8.1

金英熹	아, 내가 죽으면의 노래	동요	중외일보	1927.8.1
金英熹	사냥꾼(전5회)	동화시	중외일보	1927.8.21~28
山羊花	주막집	동요	신소년	1927.8
山羊花	春日登山을 請함	서한문	신소년	1927.8
金英熹	빨간 감	동요	중외일보	1927.11.1
金石淵	밤이 지내면	동요	중외일보	1927.11.1
金石淵	괴수나무	동화시	중외일보	1927.11.1
玄風 金石淵	연긔	동요	동아일보	1927.11.2
金石淵	가을바람	동요	중외일보	1927.11.3
金英熹	문허진 탑	동요	중외일보	1927.11.21
神戶 金石淵	톡긔님의 귀	동요	중외일보	1928.6.3
神戶 金石淵	뱃사공	동요	중외일보	1928.6.3
神戶 金石淵	하얀 모자	동요	중외일보	1928.6.4
金石淵	지렁이와 코ㅅ기리(전3회)	동화	중외일보	1928.8.18~20
金石淵	童話의 起原과 心理學的 硏究(전11회)	평론	조선일보	1929.2.13~3.3
金石淵	아이 둘	동요	조선일보	1929.12.19
金英熹	참새	동요	중외일보	1930.7.26

문상우(文祥祐, ?~?)도 달성군 현풍면(達城郡 玄風面) 출신인데 현풍소년회(玄風少年會) 회원 이름으로 주로 『신소년』을 통해 작품 활동을 하였다. 1933년부터 1935년까지 동아일보사 현풍지국장을 역임하기도 하였고, 적색활동 혐의로 1934년 6월 13일 대구경찰서에 검거되어 한 달여간 구금되기도 하였다.[44] 다음과 같은 작품이 있다.

작가	작품명	갈래	수록지명	발표 연월일
文祥祐	굿구경 가자(賞)	동요	신소년	1926.4
大邱 南山 文祥祐	일은 아침	동요	신소년	1926.7

44 「玄風檢擧事件—光州로 二名 押送, 一個年만에 六名은 釋放」(『동아일보』, 1934.7.28)에는 33일 만에 석방되었다고 하였다. 그런데 제목에는 '一個年만에 六名은 釋放'이라 하여 차이가 있다. 제목이 오류로 보인다.

玄風 文祥祐	汽車	동요	신소년	1926.10
玄風少年會 文祥祐	초생달님	동요	신소년	1926.12
玄風少年會 文祥祐	쩔어지난 꼿아	소년시	신소년	1926.12
玄風少年會 文祥祐	가을밤 비	소년시	신소년	1927.1
玄風少年會 文祥祐	까치 한 마리	동요	신소년	1927.3
文祥祐	달	동시	동아일보	1926.12.23

강병주(姜炳周, 1882~1955)는 경상북도 영주(榮州) 출신으로 목사이자 한글학자이며 아동문학 작가이기도 했다. 호는 백남(白南)인데 필명으로 옥파(玉波), 구슬결 등을 썼다.[45] 『兒童歌謠曲選三百曲』(農民生活社, 1936)을 펴낸 강신명(姜信明)의 아버지다. 대구 계성학교를 졸업하고 영주청년회 활동, 영주의 풍기야소교회(豐基耶蘇教會)와 명동 제일교회 등에서 목회 활동을 하였다. 1927년 조선 정조(朝鮮情操)를 토대로 한 아동문학을 건설하고자 '꽃별회'를 창립할 때 유도순(劉道順), 박동석(朴東石), 김도인(金道仁), 한형택(韓亨澤), 진종혁(秦宗爀), 한정동(韓晶東), 최병화(崔秉和), 안준식(安俊植), 노수현(盧壽鉉), 주요한(朱耀翰), 양재응(梁在應), 염근수(廉根守) 등과 함께 참여하였다. 1927년 6월 18일과 19일 양일간에 걸쳐 『별나라』는 창간 1주년 기념으로 '全朝鮮少年少女作品展覽會'를 개최하였다. 이 전람회에 출품되었던 문학 작품 가운데 심사를 하여 1927년 7월호 『별나라』에 수록하였다. 심사자가 강병주(姜炳周)였는데, 이로 보아 초기 아동문단의 형성과 발전에 강병주가 끼친 영향이 적지 않았음을 알 수 있다. 다음과 같은 작품이 있다.

작가	작품명	갈래	수록지명	발표 연월일
姜炳周	검푸른 밧빗과 아득한 슬픔	시	시대일보	1925.11.2

45 강병주의 필명이 '玉波'인 것은 짤낭애비의 「별나라를 위한 피 · 눈물 · 땀!! 수무방울」(『별나라』, 1927년 6월호, 42쪽)에 나와 있고, '구슬결'은 '玉波'를 우리말로 풀어놓은 것이다.

王波	고요한 설음	시	시대일보	1925.11.24
姜炳周	어머니의 무덤	시	시대일보	1925.11.24
병주	저녁이 오면	동시	시대일보	1925.11.24
姜王波	쑴속에는 쏫이 피엇습듸다	시	시대일보	1925.11.30
姜炳周	제비	시	時鐘 제3호	1926.3
姜炳周	새파란 쑴(염근수 畵)	동요	동아일보	1926.11.7
姜炳周	天下力士 中元 항우(項羽)	전기	별나라	1926.11
구슬결	셔유긔	동화	별나라	1926.11
구슬결 번역	셔유긔(3)	동화	별나라	1926.12
姜炳周	늬틔나무	동시	별나라	1926.12
姜炳周	아침	시	東光 제10호	1927.2
姜炳周	渺滄海之一粟	시	동아일보	1927.4.24
姜炳周	망해산의 신션대(이상한 傳說)	전설	별나라	1927.4
姜炳周	노래(郎唱)	동시	별나라	1927.5
姜炳周	밤길	동요	별나라	1927.6
姜炳周	길손의 놀애(전2회)	동시	중외일보	1927.7.21~22
姜炳周	들창	동요	별나라	1927.7
구슬결	(西遊記改稱)孫悟空(四)	동화	별나라	1927.8
姜炳周	내설음에 對하야(전2회)	평론	동아일보	1927.9.2~3
姜炳周	이상한 부채	동화	아이생활	1927.9
구슬결	長篇 孫悟空	동화	별나라	1927.10
姜炳周	童心幼思	수필	『어린이讀本』(匯東書舘)	1928
姜炳周	잔 들고 마시며 (郭山農民社 支部에 잇는 李鐸榮 君의게)	시	黎明文藝選集(黎明社)	1928
姜炳周	郭山 장	민요시	黎明文藝選集	1928
姜炳周	흰구름	시	黎明文藝選集	1928
姜炳周	두 몸과 한 맘	시	黎明文藝選集	1928
姜炳周	斷念	시	黎明文藝選集	1928
姜炳周	岸曙 詩集을 읽고(전5회)	평론	조선일보	1929.12.22~27
王波生	밧노래 (創作集에서)	民謠詩	매일신보	1930.10.29
長老會宗育部 姜炳周	(本誌創刊滿七週年記念祝辭)이 동산에 주인	축사	아이생활	1933.3

姜炳周	新撰童話法	저서	朝鮮耶蘇教長老會總會宗教教育部	1934
姜炳周	그리워지는 兒戱生活	수필	아이생활	1936.6
姜白南	한글 받침법	講座	아이생활	1938.4
姜炳周	출옥하게 된 요셉:聖經童話	동화	아이생활	1938.12
白南	한글 받침법	講座	아이생활	1938.12
姜炳周	해몽 잘하는 요셉:聖經童話	동화	아이생활	1939.1
姜白南	한글 받침법	講座	아이생활	1939.2
姜炳周	총리 대신 요셉(聖經童話)	동화	아이생활	1939.2
姜炳周	벤야민을 만난 요셉(聖經童話)	동화	아이생활	1939.4
姜白南	한글 받침법	講座	아이생활	1939.4
姜炳周	형들에게 자기를 알게 한 요셉:聖經童話	동화	아이생활	1939.5
姜白南	한글 원고 쓰는 법	講座	아이생활	1939.5
姜炳周	첫사람:聖經童話	동화	아이생활	1940.1

해방 후 국문학자로 널리 이름이 알려진 김사엽(金思燁, 1912~1992)은 경북 칠곡(漆谷) 출신으로 1932년 대구고등보통학교(大邱高等普通學校)를 졸업하고 1938년 경성제국대학(京城帝國大學)에서 조선어문학을 전공하였다. 일제강점기에 아동문학 활동을 하였는데, 동요, 시, 평론, 소설 등 다방면에 걸쳐 작품을 남겼다.

작가	작품명	갈래	수록지명	발표 연월일
金泉 金思燁	봄이 오면요	동요	중외일보	1927.3.24
金思燁	톡기 놀애	동요	중외일보	1927.3.30
金思燁	시골의 봄	동요	중외일보	1927.3.31
大邱 金思燁	참새와 까치와 나	동요	중외일보	1927.6.20
大邱 金思燁	붉은 배	동요	중외일보	1927.6.25
金思燁[46]	달팽이(전4회)	童話	중외일보	1927.7.17~20
金思燁	가을은 저문다	시	조선일보	1927.11.20

金思燁	눈 나리는 밤	시	조선일보	1928.2.5
大邱 金思燁	피리	동요	중외일보	1928.3.25
김사엽	그림엽서	동요	중외일보	1928.3.26
金思燁 譯	한눈이와 두눈이와 셋눈이(전6회)	동화	중외일보	1928.6.27~7.3
大邱 金思燁	써나간 배	동요	少年朝鮮	1928.6-7월 합호
金思燁	녀름밤	동요	중외일보	1928.8.13
金思燁	자장가	동요	중외일보	1928.9.16
金思燁	검은 사람	동요	중외일보	1928.9.18
金思燁	언니	동요	중외일보	1929.3.2
金思燁	설어말어라	동요	중외일보	1929.3.6
金思燁	새 쌍	동요	중외일보	1929.3.12
金思燁	부흥이	동요	중외일보	1929.3.14
金思燁	종달새	동요	중외일보	1929.3.14
金思燁	서러운 봄	동요	중외일보	1929.3.21
金思燁	내 마음	동시	중외일보	1929.3.21
金思燁	자장가	동요	중외일보	1929.3.22
金思燁	싀골길	동요	중외일보	1929.4.8
金思燁	제비	동요	중외일보	1929.4.27
金思燁	李 兄에게	수필	조선일보	1929.8.2
大邱 金思燁	波紋	시	學生	1929.8
金思燁	가을밤	시	조선일보	1929.9.27
金思燁	동요작가에게 보내는 말	평론	조선일보	1929.10.8
金思燁	구름	동요	조선일보	1929.10.17
大邱 金思燁	曉鐘이 울닌다(第一回)(릴레이 소설)	소설	學生	1929.10
金思燁	부흥이	동요	조선일보	1929.11.3
金思燁	가을	동요	조신일보	1929.11.3
金思燁	등산	시	조선일보	1929.12.15
金思燁	偉大한 힘	동요	중외일보	1930.9.2
金思燁	새벽빗	시	조선일보	1930.10.12

46 원문에 '金恩燁'이라 되어 있으나 '金思燁'의 오식이다.

경상북도 영천(永川) 출신으로 역사학자로서 두각을 나타냈던 김성칠(金聖七, 1913~1951)도 아동문단에 얼굴을 내밀었다. 1927년 영천 신녕보통학교(新寧普通學校)를 졸업하고 대구공립고등보통학교(大邱公立高等普通學校)에 입학하였으나 2학년 때인 1928년 독서회 사건에 연루되어 1년간 미결수로 복역하였다가 퇴학하였다.[47] 이후 경성제국대학 법문학부에서 사학(史學)을 전공하였다.

작가	작품명	갈래	수록지명	발표 연월일
金聖七	京釜線列車	시	조선일보	1927.12.4
大邱高普 金聖七	(小曲集)落葉	소곡	조선일보	1928.1.17
大邱高普 金聖七	晩秋의 노래	동시	동아일보	1928.1.20
金聖七	붕어아들 ('붕어아들'의 오식)	童謠	매일신보	1930.8.8
永川 金聖七	그을 ('가을'의 오식)	동요	매일신보	1930.10.1
永川 金聖七	그림책	동요	매일신보	1930.10.1
金聖七	邂逅	시	동아일보	1931.8.7
金聖七	내가 자라면	동요	동아일보	1931.12.9
金聖七	나그네의 마음	시	동아일보	1935.9.27

경북 영주(榮州) 출신으로는 엄창섭(嚴昌燮, 1914~?)도 있다. 영주군 풍기면(豐基面) 성내동(城內洞)에서 태어나, 양정고등보통학교(養正高等普通學校)를 졸업하고, 1935년 4월 경성사범학교 강습과(1년제)를 마친 후 연희전문학교 문과 본과에 합격하였다. 해방 후 경향신문사 풍기지국장으로 임명되기도 하였고, 1949년 5월 고향 풍기(豐基)에 중학교를 설립하기 위해 거금을 희사하기도 하였다. 다음과 같은 작품이 있다.

47 「三十六名 中 卄名은 放免－괴경관 압헤 학부형 배회, 大邱學生事件 續報」(『동아일보』, 1928.12.10)와 「大邱學生事件－一年만에 豫審終結, 三十名 全部를 治安 違反으로 卽日 公判에 廻附」(『매일신보』, 1929.8.8)에 의하면 김성칠을 포함하여 "全部 治安維持法違反 制令第七號 違反 及 出版法 違反 等의 罪名으로 有罪"가 되었다고 한다.

작가	작품명	갈래	수록지명	발표 연월일
小白山下 嚴昌燮	山村의 하로	동시	매일신보	1930.7.24
嚴昌燮	썩개고리	동요	중외일보	1930.8.4
嚴昌燮	비가 개이면	동요	중외일보	1930.8.4
嚴昌燮	전래동요(榮州)(「달」, 「우름」, 「댁기」, 「소문」, 「모래집」, 「아재비」, 「날」, 「개」, 「열두 찰」, 「재기」)	전래 동요	매일신보	1930.9.12
嚴昌燮	시내	동요	매일신보	1930.9.24
嚴昌燮	한울	동시	매일신보	1930.10.3
嚴昌燮	첫가을	동시	매일신보	1930.10.3
嚴昌燮	송아지	동요	동아일보	1930.10.13
嚴昌燮	한 만흔 꽃	동요	동아일보	1930.11.3
嚴昌燮	(文壇探照燈)'가을'을 剽窃한 朴德順 君의 反省을 促한다	평론	동아일보	1930.11.4
嚴昌燮	농촌이 그립더라!	시	매일신보	1930.11.15
嚴昌燮	(文壇探照燈)精神 업는 剽窃者 金景允에게	평론	동아일보	1930.11.30
嚴昌燮	산촌의 밤	시	매일신보	1931.1.24
嚴昌燮	반달	동요	매일신보	1931.2.21
嚴昌燮	싸홈	동요	매일신보	1931.2.25
嚴昌燮	달노리	동시	매일신보	1931.9.1
嚴昌燮[48]	녀름 행진곡	동요	매일신보	1932.8.21
嚴昌燮	산길	동요	매일신보	1934.4.10
嚴昌燮	(우리판)비행긔	동요	조선중앙일보	1934.10.7
嚴昌燮	(우리판)우리 동리	동요	조선중앙일보	1935.3.9
嚴昌燮	(우리판)시냇물	동시	조선중앙일보	1935.4.26

엄주석(嚴柱石, ?~?)은 경북 영양(英陽) 출신으로 동요와 동화를 발표하였다. 다음과 같은 작품이 있다.

48 「녀름 행진곡」의 저자는 '盧昌燮'으로 되어 있는데, '盧昌燮'이란 이름으로 아동문학 활동을 한 사람은 없는 것으로 보아 '嚴昌燮'의 오식으로 보인다.

작가	작품명	갈래	수록지명	발표 연월일
嚴柱石	(少年文壇)가을	작문	매일신보	1930.9.17
石保校 嚴柱石	(少年文壇)移徙	수필	매일신보	1930.10.14
英陽 石保公普 嚴柱石	흔 집신	동요	매일신보	1930.11.6
嚴柱石	(少年文壇)가을밤의 나그내 근심(慶尙北道 英陽郡 石保面 院里 四七四)	수필	매일신보	1930.11.11
嚴柱石	순사 노름	동요	매일신보	1930.11.13
嚴柱石	(少年文壇)金君을 생각하고	수필	매일신보	1930.11.22
英陽 嚴柱石 提稿	호랑이와 톡기(전3회)	전래동화	매일신보	1930.12.12~14
嚴柱石	썩장사와 거지	동화	매일신보	1931.2.15
嚴柱石	제일 무서운 것	동요	매일신보	1931.2.21
嚴柱石	북쪽나라 동무에게	서한	신소년	1931.6

송백하(宋白夏, ?~?)는 '宋白夏', '白夏' 등의 이름으로 '大邱 새벽社'란 소년문예 단체 활동을 하였다. 함께 활동한 사람들이 누구인지는 자세히 확인되지 않는다. 다음과 같은 작품을 발표하였다.

작가	작품명	갈래	수록지명	발표 연월일
白夏	灰色의 길	시	중외일보	1929.7.15
白夏	소낙비 오는 밤	동요	중외일보	1929.10.3
白夏	고기잡이 배	동요	중외일보	1929.10.3
白夏	감둥병아리	동요	조선일보	1929.10.6
大邱새벽社 白夏	봄밤	시	동아일보	1930.3.25
大邱새벽社 白夏	봄소식(三月 試作集에서)	동요	동아일보	1930.3.26
大邱 宋白夏	벅수넘기	동요	동아일보	1930.9.4
宋白夏	줄사태	동요	조선일보	1930.10.1
大邱 宋白夏	小曲	동요	동아일보	1930.11.23
새벽社 白夏	첫 月給을 보내며—어머니께	시	동아일보	1930.11.26

宋白夏	마음 마음 마음	동요	동아일보	1930.12.4
大邱 白夏	새벽(1930.12.16. 基周에게)	동시	동아일보	1930.12.20
宋白夏	봄에 불은 노래	동요	매일신보	1931.7.24
宋白夏	새벽 종소래	동요	매일신보	1931.7.25
宋白夏	설은 얘기	동요	매일신보	1931.7.30
宋白夏	아츰	동요	매일신보	1931.8.1
宋白夏	三月 (三月 試作集에서)	동요	매일신보	1931.8.7

이강옥(李康沃, 1910~?)은 대구 명치정(明治町)에서 태어났다. 1929년 2월경 대구소년동맹,[49] 1930년경에는 대구청년동맹 활동을 하였다.[50] 신간회 대구지회(新幹會大邱支會) 활동과,[51] 1930년 8월 29일 합병기념일에 신간회 대구지회 조사부장(新幹會大邱支會調査部長) 유쾌동(柳快東), 회원 서정수(徐丁洙)와 함께 대구부 내(大邱府內) 여덟 군데에 격문을 붙여 제령(制令) 위반으로 검거되기도 하였다.[52] 다음과 같은 작품이 있다.

작가	작품명	갈래	수록지명	발표 연월일
李康沃	가을 山(선외가작)(작품 불수록)	동요	어린이	1927.1
李康沃	알지 못할 쉼나라	동요	중외일보	1928.5.16
大邱 李康沃	내가 업는 곳에서	소년시	신소년	1928.5
李康沃	海印寺	시	중외일보	1928.6.25
大邱 李康沃	반듸불	동요	중외일보	1928.7.1
李康沃	民謠 하나 (二七年 N村에서 슬적 들은 것)	民謠	중외일보	1928.7.4

49 「大邱少年同盟 擴大委員會」, 『중외일보』, 1929.2.20.

50 「大邱 四氏 出監」(『중외일보』, 1930.2.22)에 "대구청년동맹간부(大邱青年同盟幹部) 박명줄(朴命茁) 문영식(問永植) 리강옥(李康沃) 리경조(李慶祚) 사 씨는 일월 이십일일에 이십구일 구류처분을 밧아 대구형무소(大邱刑務所)로 넘어 갓든 바 그동안 구류 긔한이 만요되엿슴으로 지난 십구일 아츰 열시경에 다수 친지 출영리에 출옥하엿다더라.【대구】"라 하였다.

51 「大邱新幹 常務委員會」, 『중외일보』, 1929.10.19.

52 「合邦紀念日 檄文犯 送局」(『동아일보』, 1930.9.14), 「合併記念 檄文犯 公判 回附」(『중외일보』, 1930.9.22) 참조.

李康沃	아츰	동요	중외일보	1928.7.11
강옥	여름날 행길	시	중외일보	1928.7.19
大邱 李康沃	牧童	동요	중외일보	1928.7.23
李康沃	젊은 지어미	시	중외일보	1928.7.31
康沃	수풀	시	중외일보	1928.8.1
康沃	외로운 밤	시	중외일보	1928.8.13
강옥	잠자리	동시	중외일보	1929.3.8
강옥	옛니약이	동시	중외일보	1929.3.8
李康沃	봄	동시	중외일보	1929.3.16
강옥	새로운 삶	시	중외일보	1929.3.29
강옥	울지 안노라	동시	중외일보	1930.2.4

홍종달(洪鍾達, 1916~?)은 대구 명치정(明治町) 출신으로 홍월촌(洪月村)이란 필명으로도 활동하였다. 계성학교 1학년 때인 1932년 동아일보사의 '第三回 全朝鮮男女學生作品展覽會'에서 「東山의 初秋」(『동아일보』, 1932.9.30)가 '中等 繪畵 二等'으로 당선되었고, 1936년 『매일신보』 신춘문예 동요 부문에 「쉼나라 할머니」가 을상(乙賞)으로 당선되었다(이때 하동(河東)의 남대우(南大祐)가 '南宇'란 이름으로 「해마중」(丙賞)이 입선되었다.[53]). 1936년 3월에는 모종의 사건으로 대구서(大邱署)에 검거되었다가 방면되었으며[54], 1938년 6월 19일부터 시내 단성사(團成社)에서 『中央舞臺』의 장기공연을 하였는데 '洪月村'이 '미술부' 일을 맡기도 하였다.[55] 작품으로는 다음과 같은 것이 확인된다.

53 「新春懸賞文藝當選發表」, 『매일신보』, 1936.1.1.

54 「大邱署 檢擧事件-取調 따라 去益擴大, 京城, 高靈 等地에도 飛火, 事件 段落은 尙今 杳然」, 『동아일보』, 1936.3.2.

55 「『中央舞臺』의 長期 公演-十九日부터 市內 團成社에서」(『동아일보』, 1938.6.20)
延學年 氏 逝去 以後의 中央舞臺는 여러 가지로 再出發 準備에 奔忙이러니 이번에 團成社와의 타이업이 成立되어 今十九日부터 長期公演을 하리고 한다. 復興 公演의 데파토리는 申佐峴 飜案『具斗釗』와 黃地玄 作『港口의 노래』라고 하며 同 劇團의 現 陣容은 아래 같다.
(寫眞은 公演 人士次 本社에 來訪한 同 劇團員 諸氏)

작가	작품명	갈래	수록지명	발표 연월일
大邱 月村	저-기 저 불은 누구의 집	동요	동아일보	1935.2.12
大邱 洪月村	당나귀 방울	동요	동아일보	1935.3.24
大邱 洪月村	땅땅나비야	동요	동아일보	1935.4.7
大邱 洪月村	(우리판)별똥	동요	조선중앙일보	1935.4.10
大邱 洪鍾達	(우리판)뻐꾹이	동요	조선중앙일보	1935.4.13
洪月村	꽃초롱	동요	동아일보	1935.4.21
大邱 洪月村	(우리판)부엉	동요	조선중앙일보	1935.4.25
洪月村	신문	동요	동아일보	1935.4.28
大邱 洪鍾達	(우리판)당나귀	동요	조선중앙일보	1935.5.1
大邱 洪鍾達	송아지	동요	동아일보	1935.5.5
洪月村	애기인형	동요	동아일보	1935.5.12
洪月村 謠, 畵	땀 사는 사람	그림 동요	동아일보	1935.5.19
洪月村 謠, 畵	낮잠자는 엿장사	그림 동요	동아일보	1935.5.26
洪月村	산토끼	동요	동아일보	1935.7.14
洪月村	자장가	동요	동아일보	1935.8.4
大邱 洪鍾達	쉼나라 할머니(入選 · 乙)	동요	매일신보	1936.1.4
洪月村	개똥아 順伊야	동요	민주중보	1947.8.15

김한태(金漢泰, 1911~?)는 대구(大邱) 출생으로 대구 해성공립보통학교(大邱海星公立通學校)를 졸업하고, 1925년 발족한 대구소년혁영회(大邱少年革英會)와, 별꽃會, 새나라會 등의 회원으로 활동하였다. 『新少年』과 『동아일보』에 상당량의 동요를 발표하다가 이후 활동이 확인되지 않는다. 다음과 같은 작품이 있다.

◀ 演出部 - 申佐峴, 李光來, 金海洙 ◀ 裝置部 - 金一影, 姜聖範, 李夏盛, 鄭玉宜, 宋興男 ◀ 美術部 = 洪月村, 金漢景 ◀ 照明部 - 黃蘇, 鄭景俊 ◀ 效果部 - 韓頌 ◀ 演技部 男子班 - 徐月影, 孟晩植, 太乙民, 朴商翊, 宋在魯, 鄭童瑞, 金玉, 文峯, 李一秀, 劉泰山, 朴德相, 金燦默, 張瑞彦, 韓柄珏, 申賢杓, 李載德 ◀ 演技部 女子班 - 南宮仙, 金素英, 李白姬, 魚水鮮, 白梅仙, 朴貝淑(以上 無順)

작가	작품명	갈래	수록지명	발표 연월일
金漢泰	속곱질	동요	新少年	1926.4
金漢泰	보름달(選外佳作, 작품 불수록)	동요	新少年	1926.4
大邱海星普校六年 金漢泰	구름	동요	동아일보	1926.5.31
大邱海星普校六年 金漢泰	개고리	동요	동아일보	1926.6.10
大邱海星六年 金漢泰	바람	동요	동아일보	1926.6.17
大邱海星校六年 金漢泰	여름날	동요	동아일보	1926.6.20
大邱海星學校六年 金漢泰	꿈에 본 누님	동요	동아일보	1926.6.24
大邱海星普校六年 金漢泰(十六)	까치	동요	동아일보	1926.6.28
金漢泰	강아지	동요	新少年	1926.6
大邱少年革英會 金漢泰(十六)	나물 캐러	동요	동아일보	1926.7.8
大邱少年革英會 金漢泰(十六)	집 찻는 까치	동요	동아일보	1926.7.15
大邱海星公普 金漢泰	종소래	동요	新少年	1926.7
大邱海星普校 金漢泰	무지개	동요	新少年	1926.8-9월 합호
大邱새나라會 金漢泰	가을 하늘	동요	동아일보	1926.9.23
大邱새나라會 김한태(十六)	논두렁길	동요	동아일보	1926.10.7
大邱市場町 金漢泰	오동닙	동요	新少年	1926.11

'새나라會'가 대구 소년들의 모임이었던 모양인데 동인과 활동이 명확하게 밝혀지지 않았다. 김한태 외에 김철호(金哲虎)도 '새나라會' 활동을 하였다. 「팔려가는 소」(『동아일보』, 1926.10.10)의 지은이가 '大邱새나라會 金哲虎(一六)'인 데서 확인된다.

노영근(盧榮根, ?~?)은 1920년대 후반 대구소년동맹(大邱少年同盟), 대구소년진명회(大邱少年進明會) 활동을 하였고, 대구청년동맹(大邱青年同盟) 간부로 활동하다가 검거되기도[56] 하는 등 소년 및 청년운동을 하였다. 1920~30년대에 동요 작품을 여러 편 발표하였다.

56 「大邱青盟 幹部 檢擧 家宅 搜索」, 『중외일보』, 1929.8.2.

작가	작품명	갈래	수록지명	발표 연월일
大邱 盧榮根	(어린歌壇)달님	동요	아이생활	1928.11
大邱少年進明會 盧榮根	農村의 새 훈는 노래	동요	아이생활	1929.11
大邱少年會 盧榮根	아참 해님이여	동요	아이생활	1929.11
大邱 로영근	(讀者作文)나의 동무여!	작문	소년세계	1929.12
大邱 盧榮根	쌩쌤보!	동요	어린이	1931.11
盧榮根	팔여간 누나	동요	별나라	1931.7-8월 합호
盧榮根	(讀者特輯童謠)옥톡기	동요	어린이	1932.1
盧榮根	눈 나리 밤('는'이 탈락됨)	동요	중앙일보	1932.2.16
盧榮根	바위	동요	어린이	1932.8
大邱 盧榮根	냇가에 달	동요	조선중앙일보	1934.8.31
盧榮根	병든 동생	동요	조선중앙일보	1934.9.13
大邱 盧榮根	바람	동요	조선중앙일보	1934.9.18

박규환(朴圭煥, ?~?)도 대구 출신인데, 『조선중앙일보』의 '우리판' 난을 통해 여러 편의 동요를 발표하였다.

작가	작품명	갈래	수록지명	발표 연월일
大邱 朴圭煥	(우리판)난엽	동요	조선중앙일보	1934.11.4
大邱 朴圭煥	(우리판)학교	동요	조선중앙일보	1934.11.7
朴圭煥	(우리판)꼭가티 엡버	동요	조선중앙일보	1934.11.13
朴圭煥	(우리판)거짓말 울음	동요	조선중앙일보	1934.11.30
朴圭煥	(우리판)우리 애기	동요	조선중앙일보	1934.12.4
朴圭煥	(우리퐌)내 구두	동요	조선중앙일보	1934.12.5
朴圭煥	(우리판)내 마음	동요	조선중앙일보	1934.12.6
朴圭煥	(우리판)동무	동요	조선중앙일보	1934.12.9
朴圭煥	(우리판)구두	동요	조선중앙일보	1934.12.10
朴圭煥	(우리판)달그랑 당	동요	조선중앙일보	1934.12.11
朴圭煥	(우리판)거짓말 울음	동요	조선중앙일보	1934.12.15

大邱 朴圭煥	(우리판)누나와 나	동요	조선중앙일보	1935.1.11
朴圭煥	(우리판)자전거	동요	조선중앙일보	1935.1.15
朴圭煥	(우리판)전봇대	동요	조선중앙일보	1935.1.15
大邱 朴圭煥	(우리판)엄마 노래	동요	조선중앙일보	1935.3.24

이산(李山, ?~?)은 김천(金泉) 출신으로 언론인이자 문인이다. 호는 철퇴(凸堆)이고 '리산, 이가(李街), 이산가(李山街), 이욱정(李旭町), 이욱(李旭), 이산(李傘)' 등의 필명으로 작품을 발표하였다. 영문 필명으로 'LS'를 쓰기도 했다. '旭町'과 '李山街'는 김천의 '朝鮮文藝協會' 사무실이 있던 주소 "東部 旭町 89番地 李山街方"[57]에서 보듯이 지명에서 비롯된 것으로 보인다. '李旭'은 '町'이 탈락된 이름인 것 같고, '李傘'도 '李山'을 달리 표기한 것으로 보인다. 1926년 조선일보사 김천지국장으로 재직 시 출판법 및 보안법 위반으로 징역 3개월을 언도 받은 바 있다. 1930년 1월 김천에서 『無名彈』을 발간할 때 중심적인 역할을 한 것으로 보인다. 동시(동요) 뿐만 아니라 시, 소설에 조선 자작농 유지책, 중소상공업 등 다방면에 걸친 논설도 발표하였다.

작가	작품명	갈래	수록지명	발표 연월일
李山	가난방이의 『봄』	시	조선일보	1926.4.5
李山	(創作)流浪(전5회)	소설	중외일보	1928.8.15~21
李山	秋夜長	소설	無名彈 창간호	1930.1
이자산[58]	農村情緖哀	소설	無名彈 창간호	1930.1
金泉 李旭町	강아지[59]	동시	중외일보	1930.3.24
金泉 李旭町	콩나물죽[60]	동시	중외일보	1930.3.29
李旭	새 힘	동시	중외일보	1930.4.3
李旭	강아지[61]	동시	중외일보	1930.4.5

57 「全朝鮮文學靑年의 統一機關인 朝鮮文藝協會 機關紙 『無名彈』 續刊」, 『조선일보』, 1930.6.10.

金泉 李街	코소리	동시	중외일보	1930.4.6
金泉 李街	신짝	동시	중외일보	1930.4.7
金泉 李街	귀남이	동시	중외일보	1930.4.8
無名彈社 李街	바람	동시	중외일보	1930.4.9
李街	저녁 연긔	동시	중외일보	1930.4.11
無名彈社 리산	담한 追憶(短篇)	소설	조선일보	1930.4.11
無名彈社 李山街	챗죽	시	조선일보	1930.4.13
無名彈社 李山街	넷 성(金烏山城에서)	시	조선일보	1930.4.13
李街	우리 집	동시	중외일보	1930.4.13
李山街	길에서	동시	조선일보	1930.4.13
李街	달	동시	중외일보	1930.4.16
李街	수레박퀴	동시	중외일보	1930.4.19
金泉 李山街	나븨	동시	조선일보	1930.4.21
金泉 李山街	그네집	동시	조선일보	1930.4.21
李街	시골 공원	동시	중외일보	1930.4.22
李街	봄노래	동시	중외일보	1930.4.22
李山	(어린이 차지)나파륜과 수병	동화	중외일보	1930.4.22
李街	흰 구름	동시	중외일보	1930.4.24
李街	들로 들로	동시	중외일보	1930.4.24
李山街	도라지꼿	동시	중외일보	1930.5.2
李山街	누나의 것 구경	동시	조선일보	1930.5.6
李街	들판	동시	중외일보	1930.5.10
李街	밤중	동시	중외일보	1930.5.10
李街	개아미	동시	중외일보	1930.5.14
李傘	山실 길	동시	중외일보	1930.5.24
李山街	歸路—山菜 캐는 女人의 노래(이 小曲을 陰城 六누나에게)	동시	조선일보	1930.5.30
李山街	業 餘閑	동시	조선일보	1930.5.30
李山	푸른 산	동시	조선일보	1930.6.3
李傘	별	동시	중외일보	1930.6.7
李傘	초롱꼿	동시	중외일보	1930.6.10
李傘	솔방울	동시	중외일보	1930.6.14

李傘	내고향 도리(巡禮)-(1. 晋州)	동시	중외일보	1930.6.20
李傘	니야	동시	중외일보	1930.6.21
리산	개똥불	동시	조선일보	1930.6.21
李傘	전역 먹는데	동시	중외일보	1930.6.23
李傘	고향도리(巡禮)-(二. 平壤)	동시	중외일보	1930.6.28
李傘	내고향도리(巡禮)(3. 開城-善竹橋)	동시	중외일보	1930.6.30
李山	(어린이 차지)워싱톤 이야기	童話	중외일보	1930.7.1
李山	無窮花	시	조선일보	1930.9.13
리산	실공장 누나의 노래(「봄」, 「여름」, 「가을」, 「겨을」)	동시	중외일보	1930.9.26
李山	구름의 驚歎	시	조선일보	1930.11.16
李山	달에 보내는 노래	시	조선일보	1930.11.18
李山	(選外佳作)한글 紀念歌	시	조선일보	1931.1.5
李山	逆境	시	조선일보	1931.7.29
李山	(나의 로맨스)七月七夕 地上의 銀河	수필	조선일보	1931.8.24

김오월(金五月)은 경북 김천(金泉)에서 태어나 시와 동요(시)를 다수 발표한 지역 문인이다. 다음과 같은 작품이 있다.

---

58 박태일은 '이자산'을 '이산'과 동일인으로 본다.(박태일, 「1920~1930년대 경북·대구지역 문예지 연구-『黎明』과 『無名彈』을 중심으로」(『한민족어문학』, 제47집, 한민족어문학회, 2005.12, 368쪽)

59 金泉 李旭町, 「강아지」의 원문은 다음과 같다. "길싸닥에/쇠썩다구하나/이사람도 툭툭/저사람도 툭툭/강아지만/지날째마다/마터보고/굴려보고//"

60 金泉 李旭町, 「콩나물죽」의 원문은 다음과 같다. "콩나물죽/후룩후룩/먹으며/아버지생각하엿다/우리아버지/도라오시면/죽안먹으려나하고//" 朝鮮總督府 警務局圖書課에서 1930년 5월 '調査資料第二十輯'으로 『諺文新聞の詩歌』를 발간한 바 있는데, 『동아일보』, 『조선일보』, 『중외일보』 등 세 신문에서 "朝鮮の獨立(革命)を風刺し團結鬪爭を慫慂するもの", "總督政治を咀呪し排日的のもの", "貧窮を歌ひ階級意識を挑發するもの" 등을 노래한 시들을 뽑은 것이다. 李旭町의 「콩나물죽」은 '빈궁을 노래하고 계급의식을 도발한 것'에 해당된 것이다.(단대출판부 編, 『빼앗긴 책-1930年代 無名 抗日詩選集』, 단대출판부, 1981, 200쪽)

61 李旭, 「강아지」의 원문은 다음과 같다. "저 강아지는/욕심쟁이/제밥을 다먹고도/누나밥을/째서먹은/욕심쟁이//"

작가	작품명	갈래	수록지명	발표 연월일
金五月	종달새	시	중외일보	1930.2.11
金五月	해	동요	중외일보	1930.2.12
金五月	산의 봄	시	중외일보	1930.2.20
金五月	봄비[62]	동시	중외일보	1930.2.27
金五月	비	동시	중외일보	1930.2.27
金五月	봄비[63]	동시	중외일보	1930.2.27
金五月	무지개	동요	중외일보	1930.3.6
金五月	비온 뒤	동요	중외일보	1930.3.9
金泉 金五月	누님	동요	중외일보	1930.3.16
金泉 金五月	맨발	동요	중외일보	1930.3.16
金泉 金五月	달방아	동요	중외일보	1930.3.18
金五月	飛行機	동요	중외일보	1930.3.19
金泉 金五月	저녁밥	동요	중외일보	1930.3.19
金泉 金五月	三月	동요	중외일보	1930.3.23
金泉 金五月	안개	동시	중외일보	1930.3.24
金泉 金五月	우리 동리	동시	중외일보	1930.3.25
五月	솔개	동시	중외일보	1930.3.30
五月	봄	동시	중외일보	1930.4.1
五月	체부	동시	중외일보	1930.4.1
五月	나그내	동시	중외일보	1930.4.7
金五月	放浪	시	동아일보	1930.4.10
金五月	피리	동요	중외일보	1930.4.11
金五月	논갈이	동요	중외일보	1930.4.13
金五月	枯木	동요	중외일보	1930.4.16
金五月	까치집	동요	중외일보	1930.4.24
金五月	가랑비	동요	중외일보	1930.4.27
金五月	압푼 누나	동시	중외일보	1930.4.28
金五月	들에서	동시	중외일보	1930.5.22
金五月	바람	동요	중외일보	1930.5.23
金五月	흰구름	동요	중외일보	1930.5.26
金五月	나무순	동시	중외일보	1930.5.29

金五月	찔네숫	동시	중외일보	1930.6.7
金五月	방죽물	동시	중외일보	1930.6.9
金五月	물가에서	동시	중외일보	1930.6.9
金五月	못(池)	동시	중외일보	1930.6.10
金五月	저녁 노래	동시	중외일보	1930.6.12
金五月	헌신짝(周王山에서 五月 四日)	동요	중외일보	1930.6.28
金五月	저녁에	동요	중외일보	1930.7.5
金五月	금송아치	동요	중외일보	1930.7.7
金五月	저녁별	동시	중외일보	1930.7.11

김석전(金石田)도 김천(金泉) 출신으로 아동문학 활동을 하였다. 작품은 다음과 같다.

작가	작품명	갈래	수록지명	발표 연월일
金泉 石田	닭알	동요	중외일보	1930.3.11
金泉 金石田	소문쟁이	동요	중외일보	1930.3.18
金泉 金石田	봄비	동요	중외일보	1930.3.19
石田	잉크병	동시	중외일보	1930.3.30
石田	누나	동시	중외일보	1930.3.30
石田	소와 나귀	동시	중외일보	1930.4.3
石田	나븨	동시	중외일보	1930.4.4
金石田	뎐긔불	동요	중외일보	1930.4.17
金石田	참새	동요	중외일보	1930.4.18
金石田	비	동시	중외일보	1930.5.14
金石田	뻑국새	동시	중외일보	1930.5.29
金石田	매아미	동시	중외일보	1930.5.29
金石田	오리떼	동요	중외일보	1930.8.8

62 金五月, 「봄비」(『중외일보』, 1930.2.27)의 원문은 다음과 같다. "안개속에/먼산들/속삭입니다//굴음한테/보슬비/소리도안네//"

63 金五月, 「봄비」(『중외일보』, 1930.2.27)의 원문은 다음과 같다. "보슬보슬-/병아리도/모르게/보술봄비가//앵두나무/가지는/짬흘입니다//"

김홍엽(金興燁, 1912~?) 역시 경북 김천(金泉) 출신으로, 김천공립보통학교(金泉公立普通學校)를 다녔으며 『어린이』와 『별나라』 등을 통해 아동문학 활동을 하였다. 자세한 신원은 알 수 없고 「고박고박 모다들」의 지은이 표시에 '大邱 金興燁'으로 되어 있는 것으로 보아 김천에서 보통학교를 마치고 대구로 진학한 것으로 보인다. 다음과 같은 작품이 있다.

작가	작품명	갈래	수록지명	발표 연월일
慶北金泉公普 金興燁(一五)	파초닙	동요	동아일보	1926.9.5
金泉公普 六 金興燁(一五)	소뚱구리	동요	동아일보	1926.9.16
金泉公普 金興燁(一五)	가을	동요	동아일보	1926.11.11
金泉公立普通學校 金興燁(一五)	눈	동시	동아일보	1926.12.23
金泉公立普通學校 金興燁(一五)	까치	동요	동아일보	1926.12.26
金泉郡 南山町 金興燁(一六)	봄	동요	동아일보	1927.3.28
大邱 金興燁	고박고박 모다들	동요	별나라 13	1927.6

1926년경에는 윤복진이 '大邱가나리아 會員'으로 『동아일보』 지면에 「바람님」, 「달밤」(이상 1926.6.10) 등을 발표하고 있었다. 윤복진과 '등대社' 활동을 같이 했던 박태석(朴泰石)과 황종철(黃鍾喆), 문인암(文仁岩), 은숙자(銀淑子) 등도 이 시기 동요를 발표하였다. 「적은 배」(朴泰石; 『동아일보』, 1926.9.12), 「꿈」(黃鍾喆; 『동아일보』, 1926.9.12), 「月광」(文仁岩; 『新少年』, 1926년 6월호), 「성낸 파도」(大邱高普 文仁岩; 『新少年』, 1926년 10월호), 「잠자리」(大邱善友會 文仁岩; 『新少年』, 1926년 12월호), 「살구나무」(銀淑子; 『新少年』, 1926년 10월호), 동요 「세살이지만」(銀淑子; 『동아일보』, 1926.10.7), 동요 「허잽이」(銀淑子; 『동아일보』, 1926.9.12) 등이 확인된다. 일제강점기에는 대구부의 외곽지였던 달성군 월배면(達城郡月背面)의 사립 덕산학교(德山學校) 학생이었던 우종기(禹宗基)도 작문 「天堂에 게신 兄님에게(賞)」(『新少年』, 1926년 6월호), 동요 「自然의 演劇場(賞)」(『新少年』, 1926년 6월호), 시조 「餞春吟」(『동아일보』, 1931.7.4), 동요 「반달」

(『新少年』, 1926년 7월호), 동요 「비새」(『新少年』, 1926년 10월호) 등을 발표하면서 대구·경북 지역에서 아동문학 활동을 했던 것으로 확인된다.

이외에도 1~2편의 작품 발표가 확인되는 사람들로는 「봄 경기」(『별나라』, 1929년 7월호)의 성주 이석규(星州 李錫圭), 「개와집 불잔타내」(『아이생활』, 1934년 4월호), 「고동소래」(『별나라』, 1931.1-2월 합호)의 공재명(孔在明), 「개와집 불탄 자리」(『아이생활』, 1934년 4월호), 「누나」(『조선중앙일보』, 1934.9.18) 등의 공성문(孔聖文), 「새봄」(『별나라』, 1930년 2-3월 합호)의 대구 공명진(大邱 孔明珍), 「압날의 光明을 노래하자!」(『별나라』, 1930년 2-3월 합호)의 김천 백낙도(金泉 白樂道), 「달님」(『아이생활』, 1928년 11월호), 「종달새」(『조선중앙일보』, 1934.9.13)의 대구 노향진(大邱 盧鄕珍), 「저녁해」(『매일신보』, 1930.10.19)의 대구 이복주(大邱 李福珠), 「신」(『아이생활』, 1934년 1월호)의 대구 박영희(大邱 朴影姬), 「아이생활 백호 특집을 읽고」란 평문을 쓴 오윤모(吳允模), 「압집 닭」(『조선중앙일보』, 1934.11.4)의 대구 이상희(大邱 李相熙), 뒷날 대구에서 『竹筍』을 발간했던 이윤수(李潤守)도 「시내ㅅ물」(『별나라』, 통권24호, 1928.7.31) 등을 발표했고, 「내 봄」(『동아일보』, 1930.2.19)과 『동아일보』 신춘문예 가작 동요 「눈쌈」(1932.1.2)의 대구 정윤환(大邱 鄭潤環), 『조선일보』의 현상 당선 작품인 「팔려가는 딸」(1929.1.1)과 『별나라』에 「풍경」, 「참새」, 「봄노리」(이상 통권7호, 1927년 7월호) 등을 발표한 대구 윤복향(尹福香), 「할미꼿」(『별나라』, 통권7호, 1927년 7월호)의 대구 윤정애(尹貞愛), 「落葉」(『동아일보』, 1926.11.11)의 대구공보(大邱公普) 백정기(白定基), 「우리집 병아리」(『동아일보』, 1926.12.26)의 백필란(白必蘭), 수필 「샛푸라」(『어린이』, 1924년 5월호)를 발표한 대구 해성학교(海星學校)의 양상구(梁相球), 김천 지역의 전래동요를 다수 제보한 김경제(金泉 金景濟), 「설거운 봄」(『별나라』, 통권38호, 1930년 2-3월 합호)의 조관제(趙寬濟), 『매일신보』에 「덧니빠지」(1931.9.27), 「산길」(1931.12.2)과 전래동요, 구전민요를 제보한 선산(善山)의 최춘해(崔春海), 『중외일보』에 「녯 동무」(1930.7.7), 「할미꼿은」(1930.7.3)의 경주(慶州) 이종철(李鍾喆), 『매일신보』에

「느저가는 봄」(1933.5.12), 「흐린 달밤」(1933.5.31)을 발표한 경주의 윤달출, 「고향집」(『매일신보』, 1930.7.17)의 약목(若木) 장재(張載) 등이 확인된다. 신문과 잡지를 면밀하게 조사하면 이들 외에도 많은 사람을 추가로 확인할 수 있을 것으로 보인다. 그러나 이들 중 다수는 박태석, 황종철 등과 같이 이후에는 아동문학 활동을 하지 않은 것으로 보인다.

일제강점기에 보통학교나 고등보통학교 학생들 사이에서는 전국적으로 문예 활동이 일대 유행이었고, 대구 · 경북 지역도 예외가 아니었음을 알 수 있다.

이상으로 일제강점기 대구 · 경북 지역 아동문학의 양상을 개괄적으로 살펴보았다. 윤복진이 양과 질을 막론하고 서울의 윤석중에 버금갈 정도의 작품을 발표한 점과, 김성도의 동요 창작 및 작곡과 박영종(朴木月)의 등장 등을 특히 언급할 만하다 하겠다.

2) 해방 직후 대구 · 경북 지역의 아동문학

해방이 되자 대구에서도 아동잡지가 여럿 출판되었고, 이를 중심으로 아동문학 활동이 전개되었다. 아동잡지로는 『어린이』, 『새싹』, 『兒童』, 『童話』 등이 있었고, 몇몇의 일반잡지와는 일정한 구분이 있었던 것으로 보인다. 대구에서 발간한 『어린이』(1946.2.26)는 양순종(梁舜琮)이 발간한 것이다.

> 壯嚴히 울린 解放의 鍾소리의 餘音도 사라지기 前에 性急히 나온 『어린이』는 그 誌名이 우리나라 兒童文學의 恩人인 方定煥 先生이 만드시던 『어린이』를 襲用한 것을 『어린이』를 사랑하고 아끼던 一部 人士에게 不快한 感까지 주었으나 題號에 比해 內容과 體制는 너무나 초라하였다. 發行人과 同人들이 情熱에만 기울려 自身의 力量을 돌볼 겨를 이 없었던 것이 겨우 一號로 흐지부지하고 만

原因이었으나 그 氣개만은 가상하다 하겠다.[64]

『어린이』가 한 호로 끝이 나고 만 것과는 달리, 『새싹』과 『兒童』을 중심으로 본격적이고 활발한 아동문학 활동이 이루어졌던 것으로 보인다. 『새싹』(창간호는 1946년 2월 10일 발행)은 최해태(崔海泰)가 발행인이었다.

> 수많은 꽃다운 어린 벗들은 부를래야 부를 노래가 없고, 볼래야 볼 글이, 그림이 없으매, 벙어리 반장님이 되여 있는 터가 아닌가.[65]

해방 후의 아동들이 처한 현실을 이와 같이 진단하고, '학동의 교육에 관심'을 두어 일본말 노래와 일본말 책을 대신할 것을 만들겠다는 포부에서 『새싹』을 발간한다는 취지를 밝히고 있다. 당시 『새싹』 발간에 참여했던 김진태를 통해 전말을 좀 더 들어보자.

> 『새싹』은 創刊號가 서투른 石版에다가 內容마자 知名人士의 祝辭니 創刊사니 하여 무슨 敎科書같이 無味한 것이었으나 發行人 崔海泰 先生의 淸염한 德望과 成實한 編輯으로 意外의 好評을 받아 順調로운 發刊을 繼續하였다. 四號째부터 力量이 不足한 筆者가 編輯을 擔當하였으나 原稿料나 畵料까지 全然支出 못하는 月刊誌 만들기는 根氣만으로 이루어지지 못하는 것을 痛感하였다. 이 當時 참으로 가난한 兒童을 위한다는 高潔한 純情으로 寄稿하신 분들은 葵포 黃윤燮 木月 朴泳鍾 晩山 金洪燮 金聖道 金히燮 尹福鎭 尹根弼 朴銀種 李錫鳳 其外 서울 大邱 여러 人士였다. 十一號째부터 經營難과 編輯의 一新을 기하여 編輯을 晩山兄에게 억지로 맡아보게 하였었으나 격月 또는 三個月을 뛰어 간신히 三號를 더

64 김진태, 「동지적인 결합으로－아동문예지 운동(어린이운동 회고－대구를 중심으로)」, 『매일신문』, 1955.5.1.
65 「창간사」, 『새싹』, 1946년 1월호, 2쪽.

내다 十四호로 廢刊한 것은 感懷無量하다.[66]

『새싹』, 창간호, 새싹社, 1946.

일제강점기 대구·경북 지역 아동문학가들, 즉 이응창, 박영종, 김성도, 윤복진 등이 그대로 해방공간의 대구·경북의 아동문학에 참여하고, 새로 이호우(李鎬雨, 호 爾豪愚), 김진태(필명 金信一), 윤근필(尹根弼, 필명 尹芸崗), 김요섭(金耀燮), 박은종(朴銀鍾), 김홍섭(호 晩山, 金晩山), 이효상(李孝祥, 호 한솔), 윤혜승(尹惠昇) 등이 새로 추가되었음을 알 수 있다. 신고송의 경우 해방 후에도 아동문학 작품 활동을 하고 있으나 대구·경북 지역과의 연고는 찾기 어렵다. 이 무렵 『아동』을 발간하는 조선아동회(朝鮮兒童會) 소속 아동문학가들도 『새싹』의 주요 필진이었던 것은, 애초 서로 간에 의견을 달리하는 바도 없었고, 지역의 제한된 필진 때문이었다. 최해태가 "더욱이 높은 뜻을 가지신 아동회(兒童會) 선생님들과, 윤복진(尹福鎭) 선생님, 윤세붕(尹世鵬) 선생님께 우리 다 가치 감사"[67]를 드리자고 하는 데서 이런 환경을 읽을 수 있다. 제4호부터 김진태가 편집을 맡았는데, "이번 호는 아동회(兒童會) 김진태(金鎭泰) 先生님 혼자서 만들었다 해도 무방"(제4호, 41쪽)하다는 발행인 최해태의 말에서 확인할 수 있다. 제11호부터 동인 체제로 바꾸었고 편집도 김홍섭이 맡았다. 동인은 신태식, 황윤섭, 최해태, 김진태, 김홍섭이다. 이후 동인이 한두 명 더 늘어나기도 하였다.

66 김진태, 앞의 글.
67 최해태, 「편집을 마치고」, 『새싹』, 제3호, 1946년 6월호, 40쪽.

『兒童』 창간호, 태평출판사, 1946.

『兒童』(창간호는 1946년 4월 1일 발행)은 조선아동회가 발간한 아동문학 잡지였다. 해방 직후, 서울에서는 을유문화사(乙酉文化社)의 자매기관으로서 윤석중(尹石重)이 중심이 된 조선아동문화협회(朝鮮兒童文化協會, 1945.11.30)가 발족되었다. 이것이 해방 이후 결성된 최초의 아동문화단체였는데, 지방에서는 대구에서 창립된 조선아동회가 처음이었다. 조선아동회는 "1945년 12월 30일" 창설되었고, 사무실은 '대구시 대봉동 139번지'에 두었다. 회장은 이영식(李永植)이고, 이사에는 김상신(金尙信), 이원식(李元植), 박영종(朴泳種), 김옥환(金玉煥), 김홍섭(金洪燮), 김재봉(金再逢), 김진태(金鎭泰) 등이었다. "同會는 朝鮮兒童文化의 向上을 爲한 團體로서 月刊雜誌 『兒童』(第七輯까지 發刊)과 年中行事의 「어린이날」에는 國民校 兒童들의 「綜合學藝會」를 開催 그리고 每月 一回式 大邱放送局을 通하여 兒童硏究會의 報告放送"[68] 등의 활동을 하였다.

월간잡지 『兒童』 창간호에 있는 「조선아동회 취지서」를 통해 조선아동회의 활동 방향을 가늠할 수 있다.

우리나라 解放의 날은 왔다. 그러나 解放 뒤를 이어온 것은 混沌이었다. 언제나 混沌은 감도며 아름다운 統一의 길을 志向한다. 그러면 우리는 이 큰 混沌의 엉클림 속에서 悠遠한 歷史의 흐름과 더부러 無窮히 빛날 偉大한 文化建設의 터

68 『경북연감』, 영남일보사, 1948, 411쪽.

> 를 어느 곳에 잡어야 할 것인가.
>
> 兒童의 가슴속이다. 兒童은 오늘날의 새싹이며 다음날의 기둥이다. 다음날 굳센 기둥 될 새싹을 한줌 거름 되여 북돋우고저 우리 朝鮮兒童會는 나선 것이다. 그 누군들 어린이를 소홀히 하랴마는 우리는 그네들의 마음속 世界까지 들어가 가장 믿어운 벗이 되어 그네들의 어여뻐야할 앞길을 보살피려는 것이다.[69]

국민학교 여름방학교본, 조선아동회

해방된 조국의 위대한 문화건설을 아동들이 할 수 있도록 북돋우겠다는 것이 요지다. 이와 같은 결성 취지를 달성하기 위해 조선아동회는 『兒童』을 발간한 바, 필자는 대체로 이영식(목사, 대구대학교 설립자), 이원식(李元植, 협립제작소 설립자), 김홍섭, 황윤섭(黃允燮, 葵圃, 신명여자고등학교 교장), 윤복진, 박영종, 김진태(계성고등학교 교사), 손우익, 김정미(金貞美), 김사엽(金思燁, 경상북도 視學官, 경북대 교수), 김재봉(김홍섭의 처남이자 친구), 백문영(白文英), 리선규, 김상신(金尙信, 李元植의 매부), 이호우(爾豪愚), 이응창(원화여고 교장), 김성칠(金聖七, 서울대학교 교수), 김성도(계성고등학교 교사), 윤백(본명 尹啓炫), 김백우(극작가) 등이었다. 이들 중 대부분은 『새싹』의 필진이었다.

조선아동회가 남긴 아동문학 관련 자료로는 박영종의 『朴泳鍾童詩集』(1946.6), 황윤섭(黃允燮)의 『葵圃詩集』(1947.9), 『국민학교 여름방학교본』[70](발행연도 미상), 『아동회 그림책』(1946.5.25) 등이 있었다.

---

69 『아동』, 창간호, 1946년 4월호.

70 '군정청 경상북도 학무국'이 짓고 '조선아동회'가 발간한 것으로 되어 있다. 필자가 확인한 것은 1학년용과 5학년용이다. 당시 학년마다 발행되었을 것으로 보인다.

『兒童』과 『아동회그림책』을 연달아 실패한 박영종은, "單獨으로 『童話』란 재致가 넘치는 兒童誌로 單獨執筆로 發刊하였으나 재致는 넘치되 받아드리는 讀者가 없어 創刊號이자 廢刊號"가 되어버린 잡지를 발간하였다고 한다.[71] 그러나 『慶北總鑑』(1946년판, 영남일보사), 『慶北年鑑』(1948년판, 영남일보사) 등에 다른 잡지들은 발간 사실이 나타나 있으나, 잡지 『童話』의 발간 사실은 확인할 수 없다. 그런데 황윤섭(黃允燮), 윤계현(尹啓炫), 김성도(金聖道), 박영종(朴泳鍾)의 합동시집 『靑顆集』이 대구 소재 '童話社'라는 이름의 출판사에서 발간되었고 박영종이 끼어 있는 것으로 보아 『童話』가 발간되었던 것은 분명한 듯하나, 잡지의 실체를 확인하지는 못했다.

해방 공간 대구·경북 지역 아동문학을 살필 때 가장 두드러진 이름은 김진태와 김홍섭이다. 대표적인 아동잡지 『새싹』과 『아동』이 이 두 사람의 손에 의해 발간되었거나 대부분의 원고가 집필되었기 때문이다.

> 主幹을 朴木月 兄에게 마끼고 中央에 내놓아도 損色보다 앞장을 서자는 패氣로 作品을 嚴選한다 하여 한 사람이 童요 童話를 둘 以上 三四篇까지 쓰자니 이름도 같고 筆致까지 바꾸며 쓰지 않을 수 없었다.
>
> 童요界의 名將인 朴木月 兄은 몸이 물든 탓에 三, 四 篇은 문제 아니었으나, 시를 쓰던 黃윤燮 氏가 갑짜기 童요 作家로 轉向하고 시를 공부한 洪燮 兄이 童시 □符 童話까지 담당하고 兒童文學에 關心은 있었으나 作品을 손대지 않던 筆者 亦是 童요 童시 童話 어린이 小說까지 쓰기는 참으로 땀이 날 지경이었다.
>
> 童話를 어떻게 써야 할지 이제부터의 韓國의 童話는 어느 方向으로 가야할지를 대강이나마 찾아보고 作品을 써보기 爲하여 그 當時 發表되는 作品은 하나 빠지지 않고 탐讀한 것은 말할 것도 없으며 그 전에 發表된 모든 作品을 通讀한 것도 좋은 工夫의 機會였다.

---

71 김진태, 앞의 글.

그러나 이것만으론 섯불리 作品에 손댈 自信이 서지 않아 그 해 京鄕新聞 新春文藝 作品募集에 試驗을 치는 心情으로 「집을 나온 羊」이란 童話를 내어보았으나 차마 本名은 못쓰고 金信一이라는 이름으로 낸 것은 지금 생각해도 부끄러운 일이다.[72]

중앙에 내놓아도 손색없는 작품을 쓰자는 패기로 당시 발표되는 작품과 이전에 발표된 작품을 모두 찾아 읽고, 나아가 신춘문예에 스스로 작품 투고를 할 정도의 열정을 가진 사람들이 바로 김진태와 김홍섭이었다.

김진태는 『滿鮮日報』에 소설 「移民의 아들」(1941)이 당선되고, 이어 『滿鮮日報』 소설 콩쿨에 「光麗」(1942)가 입선된 기성문인이었다.[73] 해방공간에는 아동문학에 매진하기 위해 『경향신문』 신춘문예에 응모하여 「고집쟁이 양」(1947.1.26)이 당선되기도 하였다.

김홍섭은 대구농림학교(大邱農林學校)를 졸업하고 1941년 일본 호세이대학(法政大學) 전문부를 수료하였고, 해방 후 대구농림학교와 계성학교, 대륜학교(大倫學校) 등에서 교편을 잡았다. 『아동』과 『새싹』에 관여하고 서울신문 신춘문예에 「동해」(1950)가 당선된 바 있다.[74]

아동문학과 직접 연관은 없으나 해방 직후 대구 · 경북 지역 문학인들의 활동상을 확인하자면, 1945년 10월 26일 창설된 죽순시인구락부(竹筍詩人俱樂部)의 활동을 빼놓을 수 없다. 향토 시문학 연구를 목적으로 결성되었지만, 『竹筍』[75]의 필진에는 아동문학을 하던 이응창, 박목월, 이호

---

72 김진태, 「동지적인 결합으로—아동문예지 운동(어린이운동 회고—대구를 중심하여)」, 앞의 글. 김신일(金信一)은 김진태의 필명이고, 「집을 나온 羊」은 「고집쟁이 羊」을 잘못 기억한 것이다.

73 馬海松 編, 『세계소년소녀문학선집』(第一卷)(新太陽社出版部, 1958)의 김진태의 약력 부분(97쪽)에는 "四二五〇년 서울 출생. 현재 대구 계성고등학교 교사. 四二七四년 만선일보 소설 콩쿨에 단편 「移民의 아들」 입선. 四二七五년 만선일보 신춘문예에 단편 「光麗」 당선. 四二八〇년 경향신문 신춘문예에 동화 「고집쟁이 양」 입선"이라 되어 있다.

74 김진태의 「짧은 세월에 남겨진 晩山의 자취」(『展開』, 제5호, 1993년 봄호), 정대호의 「만산 김홍섭의 시세계」(『展開』, 제5호, 1993년 봄호), 정대호의 「만산 김홍섭의 시에 나타난 해방직후의 현실인식」(『문학과언어』, 제13집, 문학과언어연구회, 1992.5) 참조.

대구아동문학회의 『童謠作曲集』, 1957.

우, 김요섭, 윤근필[76] 등이 겹쳐 있기 때문이다.

해방 후 한국문단은 좌우 대립이 심각하였다. 문단의 이러한 분위기는 대구·경북 지역이라고 다르지 않았다. 좌익계열의 경북문화건설연맹(慶北文化建設聯盟, 위원장 李明錫, 부위원장 白基萬[77], 1945년 12월 16일 결성)에 대응하여, "鄕土藝術의 探究 發展을 위하야 公式的이며 隷屬的인 傾向을 排擊하고 眞正한 藝術의 向上을 企圖"[78]한다는 목적으로 경북예술가협회(慶北藝術家協會, 회장 崔海鍾; 최해태의 형, 문학부장 朴木月, 1946년 5월 27일 결성)를 결성하면서 분열의 조짐을 보였다. 이후 좌익의 조선문화단체총연맹(朝鮮文化團體總聯盟, 1946.2.24 결성)은 해방 이후 조직된 총 25개 문화예술단체가 망라되었는데, 경북도연맹(위원장 李應壽, 변호사)의 문학가동맹 위원장 4인 중 한 사람은 윤복진이다. 그는 도연맹의 부위원장과 집행위원 자리에도 이름을 올려놓고 있다. 경북도연맹은 1947년 7월 하순, '종합예술제'를 열었는데 이때에 맞추어 조선문화단체총연맹에서는 공연차 문화공작대를 대구에 내려 보냈다. 김기림(金起林)을 대표로 하고 연극배우 심영(沈影) 등이 대구키네마구

75 잡지 『竹筍』은 1946년 5월 1일 창간되었는데, 대표 이윤수(李潤守), 총무 김동사(金東史), 편집 김달진(金達鎭)과 이호우였다. 김용호 편, 『1947년판 예술연감』, 예술신문사, 1947, 120쪽.

76 윤근필은 「무지개」(『竹筍』, 제6집, 1947년 10월호)가 추천되어 등단했고, 이어 1950년 『서울신문』 신춘문예에 시 「山脈아」가 입선되었다.

77 백기만은 대구의 문인으로 다음과 같은 책을 편찬했다.
백기만 편, 『씨 뿌린 사람들―경북작고예술가평전』, 思潮社, 1959.
백기만 편, 『尙火와 古月』, 청구출판사, 1951.

78 『慶北年鑑』, 영남일보사, 1948, 411쪽.

락부(현 대구 한일극장)에서 연극「위대한 사랑」을 공연하던 중 경찰이 이를 중지시켰고, 심영 등이 테러를 당하는 사건이 있었다.[79]

윤복진의 월북 일자는 정확하게 알 수가 없다. 어쨌든 윤복진은 해방과 더불어 아동문학을 보는 눈이 달라진다. 위에서 보다시피 좌익 문화단체에 몸을 담고, '현실'을 강조하며 '人造童心'을 벗어나 "진보적인 아동문학을 재건"[80]하자고 한다. 1945년 12월, 조선문화건설중앙협의회의 조선문학건설본부와 조선프롤레타리아예술동맹의 조선프롤레타리아문학동맹이 통합하여, 12월 13일 조선문학동맹이 결성된다. 이 조직의 아동문학위원회 위원장은 정지용(鄭芝溶)이고 서기장이 윤복진이다.[81] 이후 1946년 조선문학가동맹(朝鮮文學家同盟)에 참여하면서 윤복진의 생각은 점차 굳어진 것으로 보인다. 1946년 3월『人民評論』에 수록된「兒童에게 文學을 어떻게 읽힐가」는 아동문학이므로 모랄(도덕)을 생각해야 한다는 것과 아동문학가는 교육가에 다름 아니라는 내용이다.[82] 그러나『人民評論』이란 매체의 성격으로 볼 때 이때 윤복진은 이미 일제강점기 때의 그와는 다른 입장에 놓여 있는 것이 확연해 보인다. 1949년 8월에 발간된 윤복진의 첫 동요집『꽃초롱 별초롱』에 수록된「나의 아동문학관」에는 그의 월북이 예고되어 있었다고 해도 과언이 아니다.

封建時代와 그 前 時代에서 賤待만 받아오던 兒童을, 人間 以上의 人間으로 떠받쳐 現實의 兒童을 仙女나 天使로 崇尙하려던 時代도 있었다. 나도 그러한 過誤를 犯한 사람의 한 사람이다.(중략) 兒童을 超時間的, 超空間的인 存在처럼 信仰하여, 現實의 兒童을 偶像化시켜 謳歌하는 近代 浪漫主義者의 童心至上主義 乃至 天使主義 兒童觀은 더욱 不法하고, 不當한 것이다.(중략) 이 날에 우리

79「文化工作隊에 테로—院長 沈影 氏 等 重傷」,『경향신문』, 1947.7.25.
80 윤복진,「민족문화 재건의 핵심—아동문학의 당면임무(하)」,『조선일보』, 1945.1.28.
81「文學同盟의 새 陣容 決定」,『자유신문』, 1945.12.15. 참조.
82 윤복진,「아동에게 문학을 어떻게 읽힐가」,『인민평론』, 창간호, 1946년 3월호.

의 童謠文學을 民主主義的 科學的 兒童觀에 立脚하여 우리의 새로운 花園에서 生長하게 하자! 지난날의 서글픈 感傷과 詠嘆을 잊어버리자!

윤복진 자신도 동심천사주의의 과오를 범한 사람인데 이제 그러한 감상과 영탄을 잊어버리자는 것이다. 이런 문학관의 변모를 확인할 수 있는 평론으로는 「담화실」(『兒童文學』, 1945년 12월호), 「兒童文學의 進路」(『영남일보』, 1946.1.9) 등이 있다. 남한에서 윤복진이 남긴 마지막 글은 「석중과 목월과 나—동요문학사의 하나의 위치」(『시문학』, 제2호, 1950년 6월호)로 파악된다.

어떻게 心臟이 '스톱'되는 限이 있더라도 다시 한 番 옛 情熱로서 時代를 따라 가보자! 새로운 時代의 또 하나의 '이대옴'과 '포름'을 만들어보자! 다른 하나의 石重이가 되어 보잣구나. 다른 하나의 木月이가 되어 보잣구나! 다른 하나의 내가 되어 보자구나!

몸은 늙어가지만 시대가 변하고 있으므로 옛 정열로 시대 변화를 따라 다른 사람이 되어보자는 것이 요지다. 윤복진이 말하는 '다른 하나의 내'는 '아동을 선녀나 천사로 숭상'하는 '과오를 범한 사람'으로부터 '지난날의 서글픈 감상과 영탄'을 잊고 '과학적 아동관'을 지향하는 사람일 것이다. 해방공간에 윤복진은 『꽃초롱 별초롱』(아동예술원, 1949), 『세계명작 아동문학선집』(아동예술원, 1949), 『소학생 문예독본(3학년 치)』(아동예술원, 1949) 등을 남겼다.

일제강점기 때부터 아동문학 활동을 했던 작가들 가운데, 박세영(朴世永)과 박아지(朴芽枝)는 1947년 5, 6월경에, 송영(宋影), 신고송, 이병철(李秉哲) 등은 1947년 겨울에서 1948년 사이에 월북하였다.[83] 해방공간 대

83 권영민, 『해방 직후의 민족문학 운동 연구』, 서울대학교출판부, 1986, 27~28쪽.

구 · 경북 지역에서 아동문학 활동을 했던 박목월은 일찌감치 우익의 조선청년문학가협회(朝鮮青年文學家協會)에 가담해 있었고, 이응창은 죽순시인구락부의 동인으로 활동하였으며, 김성도는 『새싹』과 『아동』에 작품을 발표하거나 몇몇 작가의 동요에 곡을 붙이는 일 이외에는 별다른 활동이 없었다. 박영종은 앞에서 언급했던 『박영종 동시집』과 『초록별』(조선아동문화협회, 1946)을 남겼다.

우파 성격의 경북예술가협회, 죽순시인구락부, 조선아동회에 소속되었던 아동문학가들은 해방공간의 격변을 견뎌내기가 비교적 용이했던 것으로 보인다. 그러나 윤복진은 월북하였고, 김홍섭(金洪燮)은 국민보도연맹(國民保導聯盟)에 가입했다가 1950년 7월 중순 대대적인 검거 선풍에 휘말려 친구 김진태의 사랑방에서 검거되어 행방불명되고 말았다.[84]

이원수가 피난지 대구에서 『소년세계』를 1952년 7월 창간호부터 1953년 11월까지 1년여 발간했으나 박목월을 제외하고는 해방직후 대구 · 경북 지역 아동문학가들의 참여가 없다.[85]

3) 대구아동문학회의 결성과 발전

대구아동문학회는 1957년 3월 3일 결성되었다. 당시를 회고한 여러 문건을 확인한 바 김요섭(金耀燮)이 발의를 한 것으로 보인다.

詩人 김요섭 씨가 嶺南日報社 文化部長으로 있을 무렵이었다. 兒童文學의 단

84 김진태, 「짧은 세월에 남겨진 晩山의 자취」, 『展開』, 제5호, 1993년 봄호, 29쪽. 김홍섭의 아들 김우식에 의하면 1980년대까지 중앙정보부나 경찰서에서 감시가 있었다고 한다(2012년 1월 12일 면담).

85 문선영, 「1950년대 전쟁기 피난문단과 경남부산지역 아동문학 매체 연구」, 『한국문학논총』, 제37집, 한국문학회, 2004.
박태일, 「지역문학 연구와 경북 · 대구 지역」, 『현대문학이론연구』, 제24집, 한국현대문학이론학회, 2005, 37쪽.

체를 하나 組織하는 것이 어떠냐는 이야기가 오갔다. 當時 김요섭 씨는 童話도 쓰고 詩도 쓰고 있었다. 筆者가 여기에 贊意를 表한 것은 後輩들을 激勵하는 뜻에서였다. 筆者는 어느 것에나 손을 대고 있지 않았던 것이다. 이 이야기가 무르익을 무렵 김요섭 씨는 文學藝術社 記者로 勤務處를 옮기고 말았다.[86]

김요섭은 당시 『영남일보』 문화부장이자, 『竹筍』 추천[87]을 통해 등단한 시인이어서 대구·경북 문단과 인연이 깊었다. 출발 당시의 명칭은 대구아동문학가협회(大邱兒童文學家協會)였지만 "이름이 너무 거창하니 겸손한 것이 좋다 해서 '가협' 두 자를 빼고 대구아동문학회"로 했고, "대구를 경북으로 대체하자는 의견도 있었으나, 질이나 양이 문제지 명칭에 그리 구애할 것이 없다"[88]고 하여 그대로 두었다고 한다. 당시 원화여자고등학교 교장이던 이응창이 중심이었고, 김성도, 김진태, 윤운강, 여영택(呂榮澤), 이민영(李珉永), 윤혜승, 서윌화, 신송민(申松旻), 박인술(朴仁述), 서광민, 정휘창(鄭輝昌) 등이 결성 당시의 회원들이었다.[89] 앞에서 보았듯이 일제강점기부터 활동했던 김성도, 이응창과 해방 직후 대구에서 발간된 『새싹』과 『아동』을 통해 아동문학 활동을 했던 김진태, 윤운강 등이 포함되어 있다. 해방 직후 『兒童』과 『새싹』 발간에 참여했던 아동문학가들이 대구아동문학회로 수렴되고 있는 것을 알 수 있다. 회원들은 대체로 대구·경북 지역 일원의 교사들이었다. 이응창, 박인술, 정휘창(이상 대구원화여고), 김성도, 김진태, 윤운강(이상 대구계성학교), 여영택(대구

86 김성도, 「大邱兒童文學會가 걸어온 길—親睦과 發展」, 『아동문학평론』, 제1권 제3호, 1976년 11월호, 14쪽.

87 김요섭은 「수풀에서」(『竹筍』, 제6집, 1947년 10월호), 「바닷가」(제7집, 1947년 12월호), 「哀歌」(제8집, 1948년 3월호) 등으로 3회 추천을 받았다.

88 이응창, 「아동문학의 어제와 오늘—대구아동문학회를 중심으로」, 『횃불』, 한국일보사, 1969년 3월호, 115쪽.

89 이응창, 김성도, 정휘창 등 창립회원들의 회고에도 기억의 차이로 참여 회원들의 명단이 조금씩 다르다.

공립고등) 등이다.

대구아동문학회의 활동은 작품집 발간으로 확인된다. 회 결성 바로 그 해, 12편의 동요에 곡을 붙여 프린트 판으로 『童謠作曲集』(제1집, 대구아동문학가협회, 1957)을 발간하였다.[90] 다음해인 1958년에 작품집 제1호 『달뜨는 마을』을 발간한 데 이어, 『꽃과 언덕』(제2호), 『오손도손』(제3호), 『나무는 자라서』(제4호)를 연이어 발간하였다. 이후 1968년에 개나리문고(배영사)라는 이름으로, 윤혜승의 『갈잎의 노래』, 김성도의 『복조리』, 정휘창의 『밀리미터 학교』, 김진태의 『별과 구름과 꽃』, 윤운강 · 김선주의 『꽃가마 타고』, 이응창의 『고추잠자리』 등 6권의 책이 발간되었다. 이는 대구아동문학회 창립회원들의 총서라 할 수 있다. 1969년에는 도라지문고(보성문화사)라는 이름으로 이오덕(李五德)의 『탱자나무 울타리』, 김종상(金鍾祥)의 『소라피리』, 윤사섭(尹史燮)의 『엄마바람 아기바람』, 김준경(金浚璟, 필명 金鹿村) · 손춘익(孫春翼)의 『소라가 크는 집』, 김동극(金東極) · 신송민의 『메아릿골 다람쥐』 등 총 5권을 발간하였다. 이후 연간집 형태로 2011년 현재 총 53집을 발간하여 꾸준히 작품 활동을 하고 있다.

아동문학의 발전을 위해 물심양면으로 힘을 보탰던 공로로 이응창은 경북문화상(문학부문, 1971.5.31)을 수상하였다. 이를 기금으로 '창주문학상'을 제정하여 1973년부터 시상하였는데 2011년 현재 총 39회의 수상자를 배출해, 아동문학 발전에 많은 기여를 하고 있다. 이응창의 공로를 기려 『창주선집(유고집)』(일심사, 1974)이 발간되었다.

대구아동문학회 회원들의 업적 가운데는 아동문학 관련 비평서 또는 연구서를 빼놓을 수 없다. 아동문학 연구의 초석이 되었던 저작들만 밝

90 수록된 작품은 다음과 같다. 「봄은 즐겁다」(유근수 작시, 유재덕 작곡), 「봄바람」(이응창 작시, 유재덕 작곡), 「언제나 방긋방긋」(서월파 작시, 유재덕 작곡), 「자장가」(이응창 작시, 김진균 작곡), 「고양이」(서월파 작시, 김진균 편곡), 「돌날」(여영택 요, 임성길 곡), 「가보았으면」(김진태 요, 임성길 곡), 「봄맞이」(윤혜승 요, 임성길 곡), 「병아리」(서영남 요, 임성길 곡), 「송편」(이응창 작시, 김종환 작곡), 「봄바람」(이응창 작사, 김종환 작곡)

히면 다음과 같다. 동시를 해설하고 비평한 김진태의 『동시감상』(태동문화사, 1962)[91], 본격적인 아동문학 비평의 장을 연 이오덕의 『시정신과 유희정신』(창작과비평사, 1977), 『어린이를 지키는 문학』(백산서당, 1984)과, 아동문학을 학문적으로 체계화한 이재철(李在徹)의 『아동문학개론』(문운당, 1967), 『한국현대아동문학사』(일지사, 1978), 『한국아동문학연구』(개문사, 1983), 『한국아동문학작가론』(개문사, 1983), 『세계아동문학사전』(계몽사, 1983) 등이다.

대구아동문학회의 공과를 따지는 일은 계속되겠지만, 이 회가 지향하는 세계관을 살펴볼 수 있는 글을 잠깐 확인해 보는 것도 의미가 있을 거라고 본다.

> 1979년 10·26 사태와 12·12 사태의 연속선상에서 1980년 5월의 광주 항쟁으로 인한 사회주의 경향을 띤 '민족' 이념으로 무장된 민주화 운동이 항쟁의 형태로 대학 사회와 노동 현장을 중심으로 폭발한다.(중략) 대구아동문학회에는 사회주의 사상은 발을 들여놓을 수 없었다.(중략)
>
> 1987년 9월 17일 『민족작가회의』(1974년에 조직된 자유실천문인협의회가 전신임)가 확대 개편되어 김정일 방식의 통일을 추구하고 반 대한민국 운동을 벌이고 있었으나 대구아동문학에는 영향을 주지 못했다.[92]

최춘해의 글인데, 민주화 운동이 사회주의 경향을 띤 것이고 그 원인이 광주 항쟁이며, 위세가 폭발적이지만 대구아동문학회에는 사회주의 사상이 발을 못 붙인다는 내용이다. 나아가 민족문학작가회의(民族文學作家會議, 현 한국작가회의)가 김정일 방식의 통일을 추구하는 것이라고 보고

---

91 『동시 감상』은 태동문화사에서 발간한 이후, 작품을 보태고 재편집하거나 제목을 바꾸어 자유문학사(1977), 서정출판사(1971), 홍익(1976), 철학과현실사(1991) 등에서 재발간하였다.

92 최춘해, 「대구 아동문학 반세기의 역사」, 『꿈 밭에 모여』, 제49호, 대구아동문학회, 2007, 22~25쪽.

있다. 이재철의 『한국현대아동문학사』가 일제강점기 좌파 아동문학가와 그 작품들을 비판 일변도로 다룬 것을 떠올리게 한다. 최춘해가 대구아동문학회 전체 회원들의 세계관을 대변하는 것은 아니므로 성급하게 비약할 것은 아니다. 다만 아동문학과 동심주의 문제, 6·25 이후의 '순수' 문학론의 비순수성 문제, 참여문학 논쟁 등에 대한 균형 잡힌 이해가 필요하다는 생각이 들고, 현실사회주의와 이데올로기로서의 사회주의를 등치시키거나 부정적 측면을 전체로 환치해버리는 오류가 있지 않을까 또한 걱정이 든다.

3. 맺음말

대구·경북 지역 아동문학의 형성과 발전 양상을 개괄적으로 살펴보았다. 그러나 지금까지 충실한 서지 검토 없이 반복된 오류를 보인 것들과 새로이 발굴된 자료 등은 정확하고도 새로운 해석을 가능하게 할 것이어서 비교적 소상하게 밝혔다. 특히 윤복진, 김성도, 이응창에 대한 서지 및 이력에 대한 확인은 다수가 새로운 자료의 발굴이거나 오류를 바로잡을 근거 자료를 제시하는 것들이어서, 개괄적 검토가 목표인 이 글의 성격을 넘어 자세히 밝힌 부분이 많다. 또 박을송, 송남헌, 최희명, 안평원, 김영희, 엄필진, 강병주, 엄창섭 등이 대구 · 경북 지역 아동문학과 관련된다는 점은 지금까지 언급된 바 없었다. 그래서 가능한 범위 내에서 확인할 수 있는 작품들은 모두 제시하였는데, 형성기 대구·경북 아동문학의 윤곽을 가늠하는데 일정한 도움이 되었을 것으로 생각한다.

일제강점기와 해방 공간 그리고 대구아동문학회의 결성이 일정한 의미의 축으로 연결되는 것을 확인할 수 있었다. 윤복진, 신고송, 김성도, 안평원, 이응창, 박영종, 송남헌, 박을송, 최희명 등 일제강점기 대구·경북 지역 아동문학가 들의 활동은, 대체로 해방 후 대구·경북 지역 아동문학 활동으로 이어졌다. 새 시대에 새로운 피가 보태지듯이 해방공간 대구·경북 지역 아동문학은 박영종, 김진태 그리고 김홍섭이 주도하다시피 했다. 활동 공간은 『새싹』과 『아동』이란 잡지가 담당하였다. 이 매체를 통해 종전의 윤복진, 김성도, 이응창의 활동이 이어지고, 김요섭, 이효상, 윤근필, 윤혜승, 황윤섭, 윤계현 등이 힘을 보탰다.

1957년 대구아동문학회가 결성되었는데, 이응창, 김성도, 김진태, 윤근필, 윤혜승 등이 해방 공간의 조선아동회 혹은 『새싹』과 『아동』을 이어 참여하고, 박인술, 이민영, 정휘창, 신송민, 여영택 등이 새로 가세하였다. 대구아동문학회는 초창기 물심양면으로 회의 발전을 위해 헌신했던 이응창과 창립 회원들의 노력으로 연면한 빌진을 이어오고 있다. 이런 성과가 중앙일변도의 한국적 문화풍토에도 불구하고 지역 아동문학은 물론이고 한국 아동문학의 한 성취로 남게 되었다고 평가할 수 있겠다.

대구아동문학회의 형성과 발전에 관한 소상한 내용은, 지속적인 서지 탐색과 자료 발굴 그리고 개별 작가의 작품 활동에 대한 면밀한 분석이 뒤따라야 할 것이다. 개별적인 아동문학가와 단체, 그리고 『새싹』 및 『아동』에 대한 연구는 후속 작업을 약속한다.

참고문헌

1. 저서

국립중앙도서관, 『한국 아동문학도서』, 1980.

군정청학무국 편, 『국민학교 여름방학교본』, 조선아동회, 1946?.

김근수, 『한국잡지 개관 및 호별 목차집』, 중앙대학교, 1973.

김봉희 편저, 『신고송 문학전집』(1, 2), 소명출판, 2008.

김진태, 『동시감상』, 해동문화사, 1962.

대구아동문학가협회 편, 『동요작곡집』(제1집), 1957.

류덕희, 고성휘, 『한국동요발달사』, 한성음악출판사, 1996.

박영종, 『박영종동시집』, 조선아동회, 1946.

박영종, 『초록별』, 조선아동문화협회, 1946.

박영종 엮음, 『現代童謠選』, 한길사, 1949.

박태준, 『박태준작곡집』, 세광출판사, 1975.

박태준, 『박태준동요작곡집』, 음악사, 1949.

방응모, 『조선아동문학집』, 조선일보사출판부, 1938.

사계이재철교수 고희기념논총발간위원회 편, 『한국현대아동문학작가작품론 II』, 청동거울, 2001.

사계이재철선생 화갑기념논총간행위원회 편, 『한국아동문학작가작품론』, 서문당, 1991.

세광음악출판사 편집부 편, 『세광동요 1200곡집』, 세광음악출판사, 1979.

엄필진, 『조선동요집』, 창문사, 1924.

영남대학교 인문과학연구소, 『대구근대문학예술사』, 대구직할시, 1991.

영신아카데미 한국학연구소 편, 『한국잡지 개관 및 호별 목차집: 해방 15년』, 중앙대학교, 1975.

오영식, 『해방기 간행도서 총목록 1945-1950』, 소명출판, 2010.

윤복진, 『꽃초롱 별초롱』, 아동예술원, 1949.

윤복진, 『세계명작 아동문학선집』, 아동예술원, 1949.

윤복진, 『소학생 문예독본』(3학년 치), 아동예술원, 1949.

윤장근, 『대구문단인물사』, 대구광역시립서부도서관, 2010.
이강언 · 조두섭, 『대구 · 경북 근대문인 연구』, 태학사, 1999.
이수남, 『대구문단이야기』, 고문당, 2008.
이수인 편, 『세광 동요 350곡집』, 세광음악출판사, 1985.
이응창, 『가꾸는 마음』, 문화출판사, 1969.
이응창, 『기다리는 마음』, 일심사, 1973.
이응창, 『창주선집』(유고집), 일심사, 1974.
이재철 편, 『한국현대아동문학 작가작품론－사계이재철교수 정년기념논총』, 집문당, 1997.
이재철, 『세계아동문학사전』, 계몽사, 1989.
이재철, 『한국아동문학작가론』, 개문사, 1983.
이재철, 『한국현대아동문학사』, 일지사, 1978.
정영진, 『문학사의 길찾기－정영진 문학사론집』, 국학자료원, 1993.
조선아동회 편, 『아동회 그림책』, 1946.5.25.
조선일보 편집국, 『조선일보학예기사색인(1920-1940)』, 조선일보사, 1989.
朝鮮總督府警務局圖書課, 諺文新聞の詩歌, 昭和 五年 五月(단대출판부 편, 『빼앗긴 册－1930년대 무명 항일시선집』, 단대출판부, 1981.
최덕교, 『한국잡지백년』(전3권), 현암사, 2004.
한국문인협회 편, 『해방문학 20년』, 정음사, 1966.
한국정신문화연구원 편, 『한국유성기음반총목록』, 민속원, 1998.
홍난파, 『조선동요백곡집』(상), 연악회, 1930.
홍난파, 『조선동요백곡집』(하), 창문당서점, 1933.

2. 논문

권영세, 「대구아동문학회의 어제와 오늘」, 『아동문학평론』 제12권 제1호, 1987.3.
김상삼, 「고마우신 선생님－어진길 선생님의 인간애와 작품 세계」, 『계성문학』, 제7집, 1987.
김상삼, 「김진태론－인생을 위한 아름다움의 문학」, 사계 이재철선생 화갑기념논총간행위원회편, 『한국아동문학작가작품론』, 서문당, 1991.
김성도, 「대구아동문학회가 걸어온 길－친목과 발전」, 『아동문학평론』, 제1권 제3호, 아동문학평론사, 1976.11.
김성도, 「요람지－계성」, 『매일신문』, 1955.5.1.
김유진, 「이원수와 박목월의 동시론 비교 연구」, 『아동청소년문학연구』, 제9호, 한국아동청소년문학학회, 2011.
김은전, 「박목월의 동시」, 『선청어문』, 제16호, 서울대학교 국어교육과, 1988.
김원중, 「대구 아동문학계의 대부 이응창 교장」, 『사람을 찾습니다－기인이 그리운 세상』, 소소리, 2009.
김진태, 「짧은 세월에 남겨진 晩山의 자취」, 『展開』, 제5호, 그루출판사, 1993년 봄호.
문선영, 「1950년대 전쟁기 피난문단과 경남 · 부산지역 아동문학 매체 연구」, 『한국문학논총』, 제37집, 한국문학회, 2004.
문형렬, 「그립고 먼 희망 같은 5월」, 『계성문학』, 제5집, 1985.
박윤규, 「(기자가 만난 사람) 수필가 김진태 씨」, 『영남일보』, 2002.1.3.
박태일, 「1920～1930년대 경북 · 대구지역 문예지 연구」, 『한민족어문학』, 제47집, 한민족어문학회, 2005.
박태일, 「지역문학 연구와 경북 · 대구 지역」, 『현대문학이론연구』, 제24집, 현대문학이론학회, 2005.
신현득, 「悟石 金鎭泰 선생님 영전에 올립니다」, 『아동문학평론』, 제31권 제4호, 2006.12.
심후섭, 「김홍섭론－역사의 소용돌이 속에서 사라진 아동문학가」, 『아동문학평론』, 제25권 제4호, 2000. 12.
심후섭, 「민족의 소용돌이 속에 사라져버린 향토 아동문학의 선구자 윤복진」, 『빛』, 통권37호, 1986년 5월호, 재단법인 대구천주교회 유지재단 대건출판사.
심후섭, 「사회계몽의식과 문학의 접목」, 『향토문학연구』, 제10호, 향토문학연구회, 2007.
염경섭, 「김성도 연구: 동화와 아동소설을 중심으로」, 단국대학교 석사학위논문,

1989.
牛耳洞人, 「童謠硏究(八, 九)」, 『중외일보』, 1928.11.25~28.
유성호, 「박목월 동시론」, 한국시학회 학술대회논문집, 한국시학회, 2015.
윤복진, 「三新聞의 正月 童謠壇 漫評(전9회)」, 『조선일보』, 1930.2.2~12.
윤석중, 「그와의 사귐」, 『심상』, 1978.5.
윤혜승, 「김성도론」, 『횃불』, 제1권 제9호, 한국일보사, 1969.
이수남, 「(이수남의 되돌아본 향토문단) 아동문학가 김성도」, 『영남일보』, 2005.8.25.
이응창, 「70년대의 역점」, 『대구일보』, 1970.9.2.
이응창, 「아동문학의 어제와 오늘-대구아동문학회를 중심으로」, 『횃불』, 제1권 제3호, 한국일보사, 1969.3.
이재철, 「김성도론」, 『교대춘추』, 제1호, 대구교육대학학생회, 1967.
이재철, 「김진태론」, 『동시와 동화』, 제8호, 1973년 봄호, 『한국아동문학작가론』, 개문사, 1992.
임동권, 「엄필진 저 조선동요집 해설」, 『한국민속학』, 제8집, 한국민속학회, 1975.
장정희, 「박목월의 미발굴 동시 연구-아동 매체 수록 작품을 중심으로」, 『한국문학과예술』, 제18집, 숭실대학교 한국문예연구소, 2016.
장정희, 「(발굴)『어린이』지와 정지용 · 박목월의 동시」, 『근대서지』, 제12호, 근대서지학회, 2015.
정대호, 「만산 김홍섭의 시 세계」, 『展開』, 제5호, 그루출판사, 1993년 봄호.
정대호, 「만산 김홍섭의 시에 나타난 해방 직후의 현실 인식」, 『문학과언어』, 제13집, 문학과언어연구회, 1992.5.
정진채, 「김성도론」, 『한국아동문학연구』, 제3호, 한국아동문학학회, 1994.
정휘창, 「대구아동문학회와 이응창 회장」, 『꿈밭에 모여』, 제49호, 대구아동문학회, 2007.
정휘창, 「대구의 아동문학 반세기 개관」, 『대구문학』, 통권24호, 대구문인협회, 1995.
정휘창, 「젊은 꿈을 안고 밝고 곧게 살으리-아동문학가 이응창 선생의 인간과 문학」, 『빛』, 1987년 9월호, 통권53호, 재단법인 대구천주교회 유지재단 대건출판사.
조향래, 「[문단일화 60,70] 아동문학의 선구자」, 『매일신문』, 2006.8.21.
최 용, 「김성도 동화 연구」, 경산대학교 석사학위논문, 1998.
최 용, 「김성도의 삶과 문학세계」, 『경산문화연구』, 제4집, 경산대학교 경산문화연구소, 2000.
최 용, 「이재철론-민족주의자 사계, 한국아동문학의 日月無私照」, 사계이재철교수 고희기념논총간행위원회 편, 『한국현대아동문학작가작품론 Ⅱ』, 청동거울, 2001.
최춘해, 「대구아동문학 반세기의 역사」, 대구아동문학회, 『꿈 밭에 모여』, 제49호, 2007.
최춘해, 「윤운강의 인간과 작품 세계」, 『아동문학평론』, 제28권 제3호, 2003.9.
하청호, 「어진길, 동심 속에 산 큰 어린이-김성도 2대 회장」, 대구아동문학회, 『꿈 밭에 모여』, 제49호, 2007.
하청호, 「윤복진론-자연친화와 동심적 서정의 謠的 변용」, 사계이재철선생 화갑기념논총간행위원회편, 『한국아동문학작가작품론』, 서문당, 1991.

3. 기타
「高牙公普校 어린이 데-」, 『매일신보』, 1930.5.9.
「金泉少年文藝展覽會 審査員 問題」, 『동아일보』, 1927.10.30.
「金泉에 音樂童話會」, 『조선일보』, 1927.9.12.
「文化工作隊에 테로-院長 沈影 氏 等 重傷」, 『경향신문』, 1947.7.25.
「少年少女文藝展覽盛況」, 『시대일보』, 1925.12.29.
「신흥아동예술연구회 창립-연구와 제작 및 보급을 목적」, 『동아일보』, 1931.9.17.
윤복진, 최희명, 김성도의 계성학교, 대구사범학교, 연희전문학교 등의 학적부

제2부_아동문학 작가와 작품

일제강점기 아동문학가의 필명

1. 머리말

일제강점기의 아동문학에 관한 연구는 아직 토대조차 충분히 구축되었다고 보기 어렵다. 1978년 이재철의 『한국현대아동문학사』가 발간된 후, 윤석중의 「한국아동문학소사(韓國兒童文學小史)」, 「한국아동문학서지(韓國兒童文學書誌)」(이상 1962), 「한국동요문학소사(韓國童謠文學小史)」(1990) 및 『어린이와 한평생』(1985) 등이 한국 현대 아동문학의 시작부터 해방기에 걸쳐 역사적 사실들을 찾아볼 수 있는 기초 자료 기능을 해 왔다.

이후 원종찬의 『아동문학과 비평정신』(2001), 박경수의 『아동문학의 도전과 지역 맥락』(2010), 최명표의 『한국근대소년문예운동사』(2012)와, 염희경, 조은숙, 박태일, 김봉희 등의 논저들이 일제강점기 아동문학과 아동문학가들에 대한 연구로 상당한 성과를 거둔 것이었다.

그러나 아직 아동문학가들의 작가연보와 작품연보가 제대로 작성되지 못한 것이 허다하다. 일제강점기와 해방기의 혼란 곧이어 한국전쟁과 분단 등으로 이어진 한국 현대사의 굴곡이 자료의 산일로 이어져 갈무리를 어렵게 하였고 그것이 연구에 심대한 제약을 가져왔기 때문이다. 연구의 어려움을 십분 감안한다 하더라도, 부족하지만 흩어진 자료를 모으고 꼼꼼하게 읽어보았다면 상당 부분 밝힐 수 있는 사실조차 아직까지 확인하지 못했다는 것은 아동문학 연구의 토대가 일천하다는 것을 말해주고 있는 것에 다름 아니다.

일제강점기의 일반 문학도 그렇지만, 아동문학에 관심을 기울여보면 다양한 필명 때문에 겪게 되는 고충이 허다하다. 다양한 필명을 확인하지 못할 경우 동일인을 서로 다른 사람으로 오인하게 된다. 그 결과 한 작가의 작품 활동의 전모를 확인하기 어렵게 되는 것은 물론 결과적으로 온전한 작가론 및 작품론을 불가능하게 하는 원인으로 작용하기도 한다. 따라서 일제강점기 아동문학을 제대로 연구하기 위해서는 우선적으로 아동문학가들의 필명을 확인하는 작업이 요청된다.

이 글은 지금까지 밝혀지지 않았던 일제강점기 아동문학가의 필명을 밝히는 것과, 잘못 밝혀진 필명을 바로 잡고자 하는 것이 목표다. 필자는 『한국현대아동문학비평자료집 1』을 출간하면서 '필자소개' 난을 통해 본문에 언급된 필자들의 간략한 소개와 더불어 필명을 밝힌 바 있다. 그러나 비평문의 필자 위주로 되어 있기 때문에 동요 · 동화 작가 등 다수 아동문학가들의 필명이 빠져 있다는 점과, 책의 부록으로 덧붙인 것이어서 필명의 근거를 제시하지 못했다는 점 때문에 필명을 제대로 밝혔다고 보기 어렵다. 게다가 새로 밝혀낸 필명이 있을 뿐만 아니라 일부 오류를 발견한 것도 있어 필명 정리의 필요성은 더욱 커졌다고 하겠다.

이 글에서는 필명의 근거를 밝혀 논란을 없애고자 한다. 그러나 제한된 지면에 모두 밝힐 수 없어 비중과 오류의 정도에 따라 본문에서 논의할 대상을 선별하였다. 일일이 본문에서 근거를 밝히지 않은 아동문학가들의 필명은 이 글의 말미에 '아동문학가 필명 일람'을 통해 밝혀 놓았다.

가급적 일차 자료를 통해 필명의 근거를 밝히려고 하였으며, 참고문헌에 필명의 근거를 확인할 수 있는 자료를 밝혀두었다. 일부 아동문학가들의 필명은 다른 연구자들의 노력에 힘입은 바 크다. 이 경우에도 가급적 원 자료를 확인하고자 하였으나 그렇게 하지 못한 경우도 더러 있다. 여러모로 관련 자료를 확보하기 위해 노력하였으나 여의치 못한 경우도 있고, 필명을 밝힌 소중한 자료가 더 있을 수 있는데 필자가 알지 못해 찾지 못한 경우도 많을 것으로 생각한다.

완벽을 기해 논문으로 발표하는 것이 가장 바람직하나, 깁고 더해 보완하는 것이 학문 발전의 길이라 여겨 우선 확인된 것들을 정리해 발표하고자 하는 것이다. 이 글의 말미에 후속 연구를 통해 밝혀야 할 부분을 제시해 둠으로써 필자와 같은 길을 걷는 연구자들의 남은 과제로 삼도록 하겠다.

이 글에서는 호(號), 필명(筆名), 이명(異名)과 개명(改名)까지를 싸잡아 '필명'이라 칭하고 구체적으로 밝혀진 경우 구분하여 명기(明記)하도록 하겠다.

2. 아동문학가의 필명 정정과 확인

일제강점기 아동문학가들 중에는 필요 이상으로 필명을 자주 그리고 많이 사용하기도 했다. 그래서 "本名이 잇는 以上 雅號의 必要가 업"다며 "雅號로 投稿하는 사람의 作品은 一切 바더주지 마"라는 요구와, "雅號를 亂用함이 자미롭지 못한 것은 事實"[1]이라는 확인이 있기도 하였다. 사정이 이러하다보니 다수의 필명은 잘못 알려진 경우가 적지 않고 아직 알려지지 않은 경우 또한 많다. 잘못 알려진 필명은 무엇이 잘못된

1 鄭潤煥이 「동무소식」(『매일신보』, 1930.9.21)에서 아호가 불필요하다고 하자, 『매일신보』 기자가 아호의 난용이 혼란스러움을 인정하면서도 '沒書할 口實'은 아니라고 답하였다.

것인가를 밝히고, 아직 알려지지 않은 것은 근거와 함께 밝히도록 하겠다. 선행 연구 업적인 이재철의 『한국현대아동문학사』와 박경수의 『아동문학의 도전과 지역 맥락』, 그리고 최명표의 『한국근대소년문예운동사』 등에 많이 기댔는데, 동시에 이 책들에서 반론 자료도 가장 많이 찾았다. 이 저서들이 아동문학가(소년문사)들의 필명과 관련하여 가장 광범위한 연구결과를 담고 있기 때문이다.

1) 잘못 알려진 필명 정정

(1) 권구현과 김화산인

권구현(權九玄)의 호적명은 '權龜鉉'이고, 필명으로는 '黑星'과 '天摩山人'(「童話硏究의 一 斷面－童話集 『금쌀애기』를 읽고」, 『조선일보』, 1927.12.6를 발표할 때 사용한 이름)이 있다. 「天摩山下에서—歸鄕 後 第一信(전2회)」(『중외일보』, 1927.3.21~22)에서 보면 '天摩山'은 권구현의 고향에 있는 산이며 거기에서 필명을 따온 것임을 알 수 있고, "사계의 권위 천마산인 권구현(天摩山人 權九玄) 씨"(「畫家 天摩山人 個人展을 開催」, 『동아일보』, 1938.4.24)라 한 데서 확인이 된다.

'金華山人'이 권구현의 필명이라는 주장이 있는데 논란거리다.

> 또 그런가 하면 金華山人이란 匿名으로 評筆을 든 사람이 있으니 그 사람은 別사람이 아니라 權九玄이었던 것이다. (중략) 여기에 完全히 「아나키즘」의 文藝評論을 들고 나온 사람이 權九玄이다. 權九玄은 이때 「서울靑年會」系의 人物이었으나 「아나키즘」이 이들에게 맞지를 않아 그는 文藝評論으로 흐르고 그의 生活은 너무 「데카당」이어서 술과 放蕩으로 歲月을 보냈다. (중략) 文人으로서 가장 孤獨하게 또는 가장 悲慘한 生活을 하다가 간 사람이 權九玄이다. (洪曉

民, 1959년 2월호: 277쪽) (밑줄 필자)

이를 바탕으로 한 것으로 보이는데, 권영민(1987)도 "權九玄=金華山人"이라 하였다. 그러나 '金華山人이 權九玄'이라는 홍효민의 주장에 대해, "不幸하게도 文壇과 아나키즘 운동사에서 한때 아나키스트 문인 金華山과 混同"(조두섭, 1993: 384쪽), "한때 김화산은 권구현과 동일 인물로 착각되었다"(홍래성, 2014: 4쪽)고 반박되기도 한다. '金華山'이 일제강점기 총독부 사법관료였던 '方俊卿'이었음은 유문선(2005)이 자세히 밝혔다. '人'은 어떤 이름에 흔히 붙이기도 하므로 '金華山'과 '金華山人'이 동일인이라 볼 만하다. 따라서 '金華山人'을 '權九玄'이라 한 것은 '混同' 또는 '착각'이라고 공박할 수도 있겠다. 그런데 공박한 연구자들도 '金華山'과 '金華山人'이 동일인이라는 객관적 근거는 아무것도 제시하지 않았다.

일제강점기를 통틀어 일반문학과 아동문학에 가장 많은 평필 활동을 했던 사람 중의 하나인 홍효민(洪銀星)이 '金華山人'은 '權九玄'이라 한 것을 허투루 지나치기 어렵다. 앞의 인용문은 권구현의 삶과 문학에 대해 자세히 모르고서는 쓸 수 없는 내용까지 포함된 회고라는 점을 유념할 필요가 있다. 유문선은 앞의 논문에서 '金華山人'이란 이름으로 발표한 평론이나 작품이 '金華山'의 작품인지 의심스럽다고 했다. 의심스러운 작품 중에 동화가 많다. '金華山'은 이전에 동화를 포함한 아동문학 활동을 한 적이 없지만, 권구현은 더러 있었다. '金華山人'이란 이름으로 발표된 「新春文藝概觀(전9회)」(『매일신보』, 1933.1.29~2.14)을 보면 '金華山人'의 그간 행보를 짐작할 수 있는 부분이 있다.

무엇이라고 할가 마치 故土를 써나 異域에서 多年 流浪하다가 돌아온 사람갓다고나 할가. 이는 私談이어니와 나는 最近 몃 해를 아모 하는 일 업시 虛ㅅ

되이 보내엇다. 이것은 나의 環境이 나를 이가티 아니치 못하게 한 것이지만은 나는 이 바람에 그 貧弱한 讀書와 拙劣한 執筆까지도 할 수 업서 이에 짤하 自然히 일어나는 現象으로 붓그러운 말이지만은 案頭에는 그달의 雜誌 한 卷이 어엿이 업고 또 前과 가튼 文壇人과의 交遊도 드믈엇다. 그래서 이 몃해 동안의 文壇의 事情도 全然히 모른다. (중략) 한가지 밋는 바는 다만 지난 一九三二年度의 文壇의 狀勢는 여러 評壇 諸氏의 紹介로 어렴풋하나마 그 輪廓만이라도 알앗스니 이에 依하야 一九三三年 新春의 作品을 對한다면 그 見解에 無責任的 過誤는 免할가 한다. 그뿐아니라 나는 단지 여긔에는 위선 一九三三年度 新春의 作品부터 넘어가랴고 하는 것이요 이들의 作者가 거의 新人임에는 過去의 文壇에 서로 關聯된 先入見을 一切 淸算하고 한 作品으로서만 보는 것이 한便으로는 새 作家를 爲하야 조흔 일이라고 생각한다. (1933.1.29) (밑줄 필자)

권구현의 작품 이력을 보면 1930년 이후 이 글을 쓴 시점인 1933년까지 공백이 있다. 반면 '金華山'은 1930년부터 1933년까지 지속적으로 시를 발표하고 있다. 「一九三三年을 맛는 朝鮮 詩壇의 展望—兼하야 三二年의 詩壇을 回顧함(전2회)」(『중앙일보』, 1933.1.1~2)이란 평문은 '金華山'이란 이름으로 발표되었다. '金華山'과 '金華山人'이 같은 사람이라면, 연초에 1932년의 시단을 회고한 사람이 20여일 뒤에 '나는 最近 몃 해를 아모 하는 일 업시 虛ㅅ되이 보'냈다며 '지난 一九三二年度의 文壇의 狀勢는 여러 評壇 諸氏의 紹介로 어렴풋하나마 그 輪廓만이라도 알앗'다고 한 것이 이해가 되지 않는다. '金華山人' 명의로 발표된 「新春文藝槪觀」을 두고 유문선은 "방준경이 쓴 것에 틀림없어 보"(303쪽)인다고 하였지만 근거가 없다. 더구나 "金華山 명의로 매일신보에 연재한, 조선조 효종 때의 이완을 소재로 한 「李大將傳」이 방준경의 小作이라면 설화를 밑 재료로 한 이들 동화[2]가 김화산의 작품이 아니라고 할 수는 없다."(303쪽)고 하였는데, '金華山 명의로 매일신보에 연재한'이란 말이 잘못이다. 처음 「李朝奇傑 李大將傳」이란 이름으로 2회 연재하다가 3회부터는 「李大將傳」으로 총73회에 걸쳐 연재한 이 작품은 작자가 '金華山'이 아니라 '金華山人'이다. '金華山人' 명의로 발표한 것으로 「美展印象」(『매일신보』, 1930.5.20~25)이 있는데, 권구현이 조선미술전람회에 입선하였고 개인전도 열었으며 미술평론을 발표한 것과 관련지어 보면 '金華山人'이 권구현의 필명으로 볼 수 있는 근거가 된다.[3]

이상을 종합해 볼 때 '金華山人'은 '金華山'과 다른 사람으로 보이며, 홍효민의 분명한 주장도 있어 권구현의 필명으로 볼 수 있겠는데, 더 명확한 근거를 찾아야 할 것이다.

(2) 남응손과 남석종

남응손(南應孫)은 함경남도 신고산(新高山) 출생으로 장서언(張瑞彦), 원유각(元裕珏) 등과 함께 연희전문학교 문과 본과를 졸업하였다. 이어 1935년 3월 도쿄 메이지대학(東京明治大學)을 졸업하였다.[4] 1933년 11월 조선아동예술연구협회(朝鮮兒童藝術硏究協會) 창립 시 발기 동인으로 참여했으며, 도쿄서 조선문인사(朝鮮文人社)를 창립할 때에 함효영(咸孝英), 김

---

2 '金華山人' 명의의 희곡 「苦悶(전27회)」(1932.6.22~7.28), 동화 「권부자와 오뚝이(전7회)」(1933.5.11~19), 「안여옥(顔如玉)(전5회)」(1933.5.20~25), 「神仙術(전3회)」(1933.5.26~29), 「養花翁(전5회)」(1933.5.31~6.8) 등을 가리킨다. 아동과 관련된 '金華山人' 명의의 글로는 「물건을 앗기시오」(1930.2.21) 「용감스러웁시다」(1930.2.15)와 같은 '訓話'도 있어, '金華山人'이 아동문학과 상당한 관련이 있는 사람임을 알 수 있다.

3 「美展印象(一)」(『매일신보』, 1930.5.20)에는 "이글을 草하는 나는 본시 全然 門外漢이다."라 하여 이 말이 겸사(謙辭)가 아니라면 '金華山人'과 권구현이 서로 다른 사람이라는 근거가 될 수도 있다.

4 「延禧專門學校 入學試驗 合格者」(『每日申報』, 1931.4.5) '文科本科(卄八名)' 명단에 南應孫, 張瑞彦, 元裕珏 등의 이름이 있고, "南夕鍾 氏 某 商業 開業 今春 東京明治大學을 卒業하신 南夕鍾 氏는 지난 四月 二十日에 東京서 돌아오시어 市內 黃金町 三丁目 三十二 番地에서 某 商業을 開業하시다 五月 二日에 本社 人事次 來訪, 從此 兒童文學 講座에 繼續 執筆"(『아이생활』, 1935년 6월호, 41쪽)이라 한 데서 메이지대학을 졸업한 사실을 확인할 수 있다.

관(金管), 유치진(柳致眞), 마해송(馬海松) 등과 함께 참여하였다. 1928년 후반부터 다수의 동요와 아동문학 평론을 발표하였다. 신고산(新高山, 高山) 출신으로 남석종(南夕鍾, 石鐘, 夕鍾)도 다수의 동요와 평론을 발표하였다.

박경수는 『매일신보』에 수록된 아동문학 작가들의 동요(동시) 작품 편수를 제시하면서 "남응손(南應孫, 고산) 10편, 남석종(南夕鍾, 夕鍾, 서울) 10편"이라 하여 남응손과 남석종이 서로 다른 사람인 것처럼 구분해 놓았다. 그러면서도 "남석종(南夕鍾) 또는 석종(夕鍾)이란 필명을 쓴 이는 남응손(南應孫)으로 보인다."(박경수, 2010: 240쪽, 이하 이 책의 경우 쪽수만 밝힘)고 하여 분명히 하지 못했다.

남응손과 남석종은 동일한 사람이다. "石鐘은 南應孫 氏"(「諸 先生의 雅號」: 26쪽), "南應孫 夕鍾 咸南 高山"(「文藝狂執筆家芳名」: 2쪽)에서 확인된다. 박경수가 남응손의 출생지를 "전북 고산"(198쪽)이라 하였는데 '咸南 高山' 곧 '咸鏡南道 新高山'이 맞다. 「第一回 學生 夏期 브나로드 運動 記者隊 消息 第三種 故鄕通信(2)」(『동아일보』, 1931.8.26)은 '新高山'을 대상으로 했는데 '隊員 南應孫'이 필자다. 기사 본문에 "日常 나는 故鄕 狀況을 돌볼 때 가장 애달픔을 주는 것은 新高山의 讀書界외다"라 한 것과, "끗트로 新高山의 자랑과 缺點 두 가지를 말함에 잇서 넘우나 新高山 故鄕 人士 諸氏에게 妄言이 만헛슴을 謝禮하오며 擱筆하옵나이다… 八月 卄一日 밤‥"(밑줄 필자)라 한 것에서 확인할 수 있다. 그리고 「新高山 少年定總」(『中外日報』, 1928.8.12)이란 기사에 남응손이 정기총회의 의장을 맡았다는 것도 방증 자료가 된다.

박경수는 『중외일보』에 '南風月'이란 필명으로 발표한 동요 2편 곧 「떠나는 이」와 「저녁」(29.3.28)을 남응손의 작품으로 간주하였다.(198쪽) 논란이 되지만, '南風月'은 '秋葉生'과 더불어 '昇應順'의 필명으로 알려져 있었다. 그런데 「저녁」의 말미에 "三月 二十一日 新高山서"라 해 놓아 황해도 금천(金川) 사람인 '昇應順'의 작품이 아닐 가능성이 크다.

'南風月'과 '秋葉生'이 주로 대중가요 작사에 사용한 이름이고 더구나 '秋葉生'은 1937년 승응순이 사망하고 난 뒤에 누군가에 의해 붙여진 이름이기 때문이다. 이 시가 발표될 시기쯤에 승응순은 경성의 보성고보(普成高普)에 적을 두고 있다가 1930년 맹휴(盟休) 사건으로 퇴학당하고, 1931년 연희전문(延禧專門) 문과 별과에 입학했던 터라 '新高山'과 무관해 보인다. 종합해 볼 때 이 두 작품은 남응손의 작품이 맞을 것 같다. 그렇다면 남응손의 필명으로 '南風月'을 추가해야 할 것이다.

(3) 박세영의 필명, 박노일과 박상우

박세영의 필명도 여러 개가 있는데, '세영', '星河'(朴星河), '白河', '血海'(朴血海) 등이다. "白河 朴世永"은 박세영의 시집 『산제비』(별나라사, 재판, 1946)의 내표지에 있는 지은이 표시에서 확인되고, "號는 白河"(『朝鮮文藝家總覽』: 235쪽), "血海 朴世永 氏(詩)"(「詩人消息 樂人消息」: 28쪽), "星河 朴世永 先生"(×××: 22쪽) 등에서 박세영의 필명을 확인할 수 있다. 작품으로는 「구름을 모으는 마음」(『별나라』, 통권24호, 1928년 6월호)의 작자가 '세영'이고, 「아하마의 手記」(『별나라』, 1931년 3월호)의 작자는 본문에 '朴世永'으로 되어 있으나 목차에는 '朴血海'로 되어 있고, 「우리들의 깃분 날(合唱劇)」(『별나라』, 1932년 7월호)과 「俗離山 가는 길에」(『별나라』, 1934년 10-11월 합호)는 본문에는 '朴世永'으로 되어 있으나 목차에는 '朴星河'로 되어 있다. 이상으로 '朴血海'와 '朴星河'가 '朴世永'과 동일인임을 알 수 있다.

그런데 박세영과 박노일(朴魯一), 박상우(朴尙愚)는 동일한 사람인가? 이재철이 "朴世永(星河 · 古京 · 魯一 · 尙愚)"(이재철, 1978: 121쪽)라 하여 동일한 사람으로 간주하였다. 우선 '古京'은 『별나라』에 '朴古京, 朴苦京'이란 이름으로 동요 작품을 발표하던 이로 주소가 '平安南道 鎭南浦 碑石里 一六六'이다. 1930년 『동아일보』 신춘문예 동요 부문 2등 당선작인 「편지」는 '朴古京'의 작품인데 이때 밝힌 주소다. 따라서 박세영과 '古京'을 동일인으로 본 것은 이재철의 오류다.[5]

'朴尙愚'는 『별나라』에 「쥐 生員(趣味 理科)」(통권46호, 1930년 11월호), 「(趣味讀物)猛獸와 毒蛇」(통권47호, 1931년 1-2월 합호), 「握手 이야기」(통권51호, 1931년 6월호), 「우리들의 얼골」(통권56호, 1932년 1월호), 「(우리들의 衛生(一)) 外傷救急法」(통권58호, 1932년 4월호), 「파란 닙사귀에 글씨 쓰는 법(一)」(통권65호, 1933년 2월호), 「눈과 귀(目, 耳)」(통권70호, 1933년 8월호), 「(科學의 驚異)飛行艇 이약이」(통권73호, 1933년 12월호), 「動物學上으로 본 도야지」(통권80호, 1935년 1-2월 합호) 등을 발표했는데, 주로 '理科', '科學'과 관련된 내용들이다. 흔히 본문과 목차에 이름을 달리해 필명이 누구인지 확인할 수 있기도 한데, 박상우의 경우 한 번의 예외도 없이 본문과 목차가 일치한다. 아동문학 관련 잡지에 '朴尙愚'를 검색해 보면 『별나라』에서만 확인된다. 신문에는 개성(開城)의 자산가로 『고려시보』 발기인이기도 하고, '개성소년연맹'에서 어린이날 기념행사를 개최할 때 재정부 위원 등으로 참여한 사람으로 '朴尙愚'란 이름이 확인된다(「開城少年聯盟—어린이날 紀念」(『중외일보』, 1928.4.22), 「松都고무革新 重役 全部 改善」(『동아일보』, 1932.12.9), 「高麗靑年會 主催 開城市民運動」(『동아일보』, 1933.4.23), 「開城高麗時報 日刊目標로 邁進」(『동아일보』, 1935.5.25).

'朴魯一'에 대해서는 최명표도 "박노일은 박세영(호 백하, 필명 세영 · 혈해)의 필명이다"(최명표: 29쪽)라고 하였다. 근거를 제시하지 않은 걸로 봐 이재철의 의견을 따른 것으로 보인다. 박노일은 배영학교(培英學校)에 사무소를 두고 조직한 별탑회의 동인 중 한 사람이다.[6] 배영학원의 원장[7]

---

5 이에 대해 최명표가 소상히 밝힌 바 있다. 「소년문예운동과 매체 투쟁—박세영의 아동문학론」(『한국근대소년문예운동사』, 285~290쪽). 박고경의 다른 이름에 대해서는 "새로 밝혀낸 필명 확인" 항 참조.

6 「별塔會 發起—소년운동자가」, 『중외일보』, 1927.4.20. 동인은 "延星欽, 朴祥燁, 李石根, 朴章雲, 朴魯一" 등이다.

도 지냈고, 별탑회 주최의 동화회에 연사로 나가기도 하였다.[8] 『별나라』에 일혈동화(一頁童話) 「만석이와 고양이」(통권73호, 1933년 12월호), 유년동화 「어든 돈」(통권76호, 1934년 4월호), 유년 페지 「호랑이 산양」(통권78호, 1934년 11월호) 등을 발표하였다. '朴尙愚'와 마찬가지로 한 번도 본문과 목차의 이름이 다른 적이 없다. 『조선일보』에도 동요 「손이 발을 보고」(1934.8.8), 애기 동화 「약한 자의 꾀(전6회)」(1933.11.21~29), 애기동화 「소뿔과 말혀(전3회)」(1933.12.6~8), 애기동화 「달과 구름(전3회)」(1933.12.9~12), 애기동화 「요술북」(1934.1.31), 애기동화 「소와 풀(전2회)」(1934.2.2~3), 애기동화 「두 아해와 독기 한 개(전2회)」(1934.2.6~7), 애기동화 「꾀병 알는 사자」(1934.2.8), 「적은 사람의 선물」(1935.7.15), 「욕심 만흔 임금님」(1935.7.22) 등을 발표하였다. 『별나라』를 편집하던 박세영이 여러 편의 글을 실어야 해 부득이 다른 필명을 사용했을 가능성은 있다. 그러나 박세영은 『조선일보』에 시, 동요(동시) 등 어떤 작품도 발표하지 않았는데 '朴魯一'이란 필명으로는 다수의 동요와 동화를 발표하고 있어, 두 사람이 같은 사람일 것으로 보이지 않는다.

당대에 『별나라』와 『신소년』의 필자를 소개한 글들(XYZ, 1935; 洪九, 1932)에서도 '朴魯一'과 '朴尙愚'가 박세영이라는 언급은 전혀 확인되지 않는 걸로 보아, 이는 이재철의 오인이고 최명표 등도 이를 답습한 것으로 보인다.

---

7 「婚禮費用을 節約하야 培英學院에 寄附ー四百圓을 바친 姜, 崔 兩氏의 特志, 無産兒童 教育에 提供」, 『동아일보』, 1935.4.14. "그 비용 四백원을 시내 연건동(蓮建洞)에 잇는 무산아동 교육기관인 배영학원(培英學院)에 기부하엿다는데 배영학원은 흥경강습(興京講習)의 후신으로 오랜 역사를 가젓으나 경영이 골란하여 파란만흔 앞길을 헤치고 동교 원장 박노일(朴魯一) 씨 이하 교사들이 협력하여 교사를 신축하고 새로운 앞날을 기대하나 경영이 어렵든 차제에 이같이 결혼 비용을 절약하야 동교에 기부하엿으므로 그 뜻잇는 일에 대하야 감사하여 마지안는다고 한다."

8 「별탑회 童話會」(『조선일보』, 1927.6.11), 「별탑會 童話會ー십일일 저녁에 배영학교에서」(『매일신보』, 1927.6.11), 「(어린이소식)별탑 童話會」, 『동아일보』, 1927.6.12), 「별탑회 主催 童謠 童話大會ー이십삼일 밤」(『중외일보』, 1927.7.23)

(4) 안준식과 안평원

1926년에 발간된 『별나라』의 발행인은 안준식(安俊植)인데, '安雲波' 혹은 '雲波'란 필명을 쓰기도 하였다.[9] 그런데 최근 일련의 저작물에서 안준식과 안평원을 같은 사람으로 보고 있다. "安俊植(雲波 · 平原)"(이재철, 1978: 121쪽), "안준식(호 운파, 필명 평원)은 경북 영천 출신"(최명표, 2012: 34쪽), "『별나라』의 발간인이었던 安平原(安俊植)"(장만호: 221쪽), "안준식(安俊植, ?~?, 필명 安雲波, 호 平原)"(송하춘: 659쪽), "安俊植(安雲波, 安平原)"(경희대학교 한국아동문학연구센터 편: 540쪽) 등이다. 안준식과 안평원이 같은 사람임을 입증하는 근거는 누구도 제시하지 않았다.

안준식과 안평원은 다른 사람이다. 안준식에 대한 소개 글은 다음을 참고할 수 있다.

> ◎ 安俊植(雲波) 선생님은 별나라의 옷이요 밥이요 집이니가 더 말할 수 업고 (중략) 비바람 눈을 무릅쓰고 분투하시는 선생님은 언제나 늘 별나라社에 게시고. (꽐낭애비: 41쪽)

> ◀ 雲波 安俊植 氏
>
> (중략) 『별나라』를 꾸준이 만드서서 우리를 길너준다. (하략) (南應孫, 「朝鮮의 글 쓰는 先生님들(終)」)
>
> 雲波 安俊植 先生 (중략) 별나라를 닛자 닛자 해도 못닛는 것은 아마 이 눈물이 남에게 比하야 만으신 쌔문인가 봅니다. (하략) 先生님은 아드님이 셋, 싸님이 두 분이라고 그런데 모두가 별나라보다 동생이라고 합니다. (하략) (×××: 21~22쪽)

9 평안남도 평원(平原)의 '馬龍錫'도 '雲波'란 필명을 사용하였다.(「文藝狂執筆家芳名」: 2쪽)

安平原 君과는 相面은 못하얏다. 그러나 君은 퍽 오래부터 만히 活躍해 준 사람이다. 一九二九年 「종달새」 創刊號에 記載되엿든 評論 「童謠硏究」라는 一文은 完全히 그 自然 禮讚家들의 現在와 가튼 沒落을 豫定한 貴여운 文獻이 되엿다. 그 後 君은 小說 制作에 努力은 크다. (洪九: 26쪽) (밑줄 필자)

당대의 필자들이 쓴 글임에도 불구하고 안준식을 안평원과 동일시한 사람은 아무도 없다. 『별나라』에 실린 익명의 글 두 편은 안준식이 누구인지 잘 아는 사람이므로 오류가 없을 것이 분명한데 어디에도 안평원과 같은 사람이라고 말하지 않는다. 『별나라』에도 다수의 아동문학 작품을 발표하고 카프(KAPF) 맹원이기도 해 『별나라』의 발행인인 안준식을 잘 알고 있었을 것이 분명한 홍구(洪九)가, '安平原 君과는 上面은 못하얏다'고 하는 것은 안준식과 안평원이 다른 사람이라는 근거가 된다.

◎ 뭇는 말 두 가지(大召院 韓百坤)

崔 先生님! 號마다 나오는 安平原 氏는 讀者임니가 記者임니가. 그리고 新年號 懸賞發表의 答을 보면 저도 마젓는데 읏제 일홈이 업슴닛가

◁ 安平原 氏는 永川 게신 분으로 投稿家이며 懸賞 解答者는 제비를 뽑는 까닭임니다. (崔) (「별님의 모임」, 『별나라』, 1930년 2-3월 합호: 60쪽) (밑줄 필자)

충주(忠州)의 소년 문인 한백곤이 『별나라』에 자주 작품을 발표하는 안평원을 두고 독자인지 기자인지 묻자, 편집자는 '投稿家'라 답한 것이다. 답변을 한 '崔'는 당시 『별나라』 동인이자 편집을 하였던 '崔秉和'이다. 이 당시 『별나라』의 발행인은 안준식이었다. 안준식과 안평원이 동일인이라면 이러한 답변이 나올 수 없다. 그리고 「赤白의 綳帶」(『별나라』, 1929년 7월호: 38~41쪽)라는 안평원의 작품이 있는데 『별나라』의 '懸賞

當選少年小說'의 '二等當選小說'이었다. 『별나라』에 이미 많은 글을 발표하고 있던 안준식이 자신이 발행인인 잡지의 현상에 응모한다는 것도 납득하기 어렵다. 안평원은 경상북도 영천(永川)에 주소를 두고 문학 활동을 한 독자 투고가였던 것이다. 「談話室」(『新少年』, 1930년 2월호: 53쪽)에 "弟의 下記 住所로 兄님의 住所를 通知해 주시요. 慶北 永川郡 琴湖面 道南洞 安平原"이라 한 데서 그의 주소를 밝히고 있다.

안준식의 필명 가운데 '구름결'이 있다. 얼핏 보아도 '운파'를 풀어 놓은 것임을 알 수 있다. 『어린이 讀本』에 수록된 「배곱흔 애기」는 본문에는 작자가 '구름결'로 되어 있는데 목차에는 '安俊植'으로 되어 있어 '구름결'이 '안준식'임을 확인할 수 있다.(새벗社 편, 1928: 119쪽)

(5) 윤복진과 김수경, 파랑새

호적등본에 따르면 윤복진의 본명은 윤복술(尹福述)이다. 그런데 그가 다닌 대구 계성학교(啓聖學校) 학적부에는 '尹福鎭'으로 기록되어 있다. 이후 아동문학 활동을 하면서 '尹福述'이란 이름으로 작품을 발표하거나 호명된 적은 없다. 대신 1930년 『동아일보』 신춘문예 동요 부문 당선작 「동리의원」(1930.1.1)을 발표할 때는 '金貴環'이란 이름을 썼다. "金貴環이란 이름을 빌녀 발표한 나의 노래 『동리의원』"(尹福鎭, 「(아동문학강좌) 동요 짓는 법(其二)」, 『童話』, 1936년 10월호: 26쪽)이라고 밝혀 '金貴環'이 곧 윤복진으로 확인되었다.

음악 관련 글을 발표할 때는 주로 '金水鄕'이란 이름을 사용했다. 동요 작품을 발표할 때도 사용했는데 두세 작품만 들어보면 『조선일보』에 「은행나무 아래서」(1929.10.5), 「한머니의 노래」(1930.1.18), 잡지 『童話』에 게재한 「이상한 나라의 아리스」(1937년 1-2월 합호: 12쪽)를 번역할 때 사용한 것 등이다. 그런데 "筆名 金水卿(貴環) 尹福鎭"(이재철: 286쪽), "필명은 김수향·김귀환·김수경(金水卿)"(송방송)이라 하여 '金水卿'이란 필명을 더 거명하기도 한다. 『동아일보』에 발표된 그림동요 「송아지 팔러가는 집」은 '金水卿 謠, 全鳳濟 畵'라 되어 있기도 하다. 그러나 '金水卿'은 '金水鄕'의 '鄕' 자를 '卿'으로 오식한 것에 지나지 않아 필명이라 할 수 없다. 「송아지 팔녀가는 집」은 '水鄕'이란 이름으로 『중외일보』(1930.9.6)에 이미 발표된 적이 있는 작품이었다. 윤복진 본인이 해방 후 자신의 필명을 "金水鄕이란 펜네임으로 음악 영화 무용 방면에 평론을 씀"(『꽃초롱별초롱』: 판권지)이라 밝히고 있을 뿐 '金水卿'이라 한 적은 없다. 작품이 발표된 일제강점기에도 "金水鄕은 尹福鎭 先生"(「諸 先生의 雅號」: 26쪽)이라 분명히 하고 있다.

윤복진의 다른 필명으로 '파랑새'를 찾았다. '파랑새'란 이름으로 발표된 동요(시)로, 『동아일보』에 발표한 '大邱 파랑새' 명의의 「福順아」와 '파랑새' 명의의 「밤」 그리고 『별나라』에 발표한 「두 돌마지 노래」(통권24호, 1928.7.31) 등이 있다. 그런데 이들 노래는 윤복진 명의로 발표된 작품과 유사하다.

福順아!/毗瑟山에/새ㅅ밝안단풍닙/떠러진다네//福順아!/가잣구나/갈퀴를쥐고서/落葉을글그러//福順아!/이제는/가을도깁허가구/겨울이오누나//福順아!/가잣구나/落葉이어러붓는/겨울이오기前에// (大邱 파랑새, 「福順아」, 『동아일보』, 1926.11.28)

누나야 먼산에/샛밝안 단풍닙/떠러 진다네//누나야 가자ᄭᅮ나/갈퀴를쥐고서/단풍닙 글그러//누나야 이제는/가울도 기퍼가고/겨울이 온다네//누나야 가자ᄭᅮ나/단풍닙 어러붓는/겨울이오기전에// (윤복진, 「가울」, 『童話』, 1936년 9월호: 3쪽)

「福順아」와 「가울」은 기본 형식과 운율이 동일하다. 약간의 어휘가 달라진 것이 다를 뿐이다. 다른 사람의 작품을 10년도 더 지난 뒤에 윤복진이 표절했다고 보는 것은 무리한 추정이다. 윤복진은 일제강점기에 누구보다 많은 동요(시)를 창작했지만, 본인의 작품을 중복게재한 예는 있어도 다른 사람의 것을 표절한 예는 없다. 누이동생의 이름으로 발표된 작품을 뒷날 자신의 이름으로 재발표한 예는 있는데, 이를 형식적으로만 보면 표절이라 하겠지만 실질적으로는 자신의 작품을 다시 자신의 이름으로 발표한 것으로 보는 것이 옳다고 판단된다. 따라서 「가울』과 아래에 제시한 「밤」은 윤복진이 표절했다기보다 '파랑새'란 필명으로 발표했던 것을 뒷날 손을 봐서 자신의 이름으로 다시 발표한 것으로 보는 것이 맞겠다. 더구나 '大邱 파랑새'라 명기하여 '파랑새'가 누구인지 알 수 있는 근거가 더 분명해졌다고 할 것이다.

밤새이떠러진 밤을주으러/뒷山에일즉이 나가봣드니/단두개밧게는 더못주섯소//주은밤두개를 잘구어서는/동생의두손에 쏙쥐여줄가/그러면할머니 숣허한다오//꾸은밤두개를 동생보기전/한개는할머니 갓다드리고/남은밤한개는 동생주지요// (파랑새, 「밤」, 『동아일보』, 1926.12.5)

밤새에 떠러진 밤을 주려고/식젼에 일즉히 동산에가니/단두개 밧게는 더못주엇소.//주은밤 두개를 잘구어서는/동생의 두손에 쏙쥐여줄가?/안되요 할머니 숣허한다니.//구은밤 두개를 동생보기젼/한개는 할머니 갓다들이고/남은밤 한개는 동생주랴오.// (윤복진, 「밤」, 『아이생활』, 1926년 11월호, 34~35호)

파랑새의 「밤」과 윤복진의 「밤」 역시 어휘와 표기가 조금 바뀌었을 뿐 형식과 운율은 동일하다. 파랑새 명의의 「두 돌 마지 노래」는 『별나라』가 두 돌을 맞는 축시로 발표한 것이다. 창간 이후 지속적으로 『별나라』

에 동요를 발표하던 윤복진인 터라 '파랑새'는 윤복진으로 보인다.

그런데 1937년 『매일신보』에 '파랑새'란 이름으로 발표된 6편의 동요, 곧 「비오는 날」(4.9), 「거미」(5.16), 「수양버들」(6.18), 「봄노리」(7.13), 「가랑비」(8.14), 「앵도」(8.17) 등은 윤복진의 작품으로 확정할 단서를 찾지 못했다. '파랑새'란 이름으로 발표되었지만 윤복진의 것이라고 할 수 없는 작품도 있기 때문이다. 『동아일보』에 다섯 차례에 걸쳐 발표된 「異域行進曲(「열네 무덤」, 「임자 일흔 중절모」, 「어더본 주머니」, 「그리운 동산」, 「아버지 구두」, 「옛날의 고향」, 「滿洲行進曲」)」(『동아일보』, 1931.4.4, 5, 7, 8, 9)이 그렇다. 연재의 마지막에 "(北間島) (一九二七, 作, 나의 謠集, 異域行進曲에서)"라고 해, 윤복진과는 거리가 먼 인물로 추정된다. 윤복진은 북간도에 간 적이 없는 것으로 확인되는 데다, 『異域行進曲』이란 동요집을 냈다는 기록이 어디에도 없기 때문이다. 1928년 『별나라』(통권24호)에 「빈집」이란 동요가 실려 있는데 작자가 '間島 파랑새'다. 「異域行進曲」의 작자는 '間島 파랑새'와 동일인으로 추정되고 윤복진과는 별개의 인물로 보인다.

(6) 정순철과 정우해

박경수는 "정우해(丁友海)는 정홍교(丁洪敎)의 필명일 가능성이 높아 보인다"(박경수, 2010: 116쪽)고 하였다. 정우해는 누구인가? 「諸 先生의 雅號」(26쪽)에 "友海, 純鐵은 丁淳哲 先生"이라 하였다. '정순철'이라 하면 먼저 '색동회' 회원이자 충북 옥천(沃川) 출신으로 동요 작곡가인 정순철(鄭淳哲, 鄭順哲)을 떠올리게 된다. 정우해의 본명인 정순철은 한글로는 작곡가 정순철(鄭淳哲)과 동음이지만 한자 표기로는 '丁淳哲, 丁純鐵, 丁淳喆'로 성(姓)이나 이름이 다르다. 일제강점기에 다수의 동화, 소년소설 및 동요를 창작하였는데 더러 정우해(丁友海)라는 필명을 사용하기도 하였다. 아기소설 「거울」, 「누나생각」, 「꿈」, 「안 될 일 없다」 등 4편을 『어린이』(1934년 5월호)에 발표하면서 본문에는 작자를 '丁友海'로 목차에는 '丁淳哲'로 했고, 창작동화 「보름달」을 『童話』(1936년 8월호)에 발표할 때도 본문에는 '丁友海'로 목차에는 '丁淳哲'로 해, '丁淳哲'과 '丁友海'가 같은 사람임을 알려준다. 그는 충남 당진(唐津) 출신으로 확인된다. 1935년 『동아일보』 신춘문예에 정순철의 「꽁지없는 참새(전4회)」(1935.1.1~8)가 동화 부문에 당선되었는데, 주소가 '忠南 唐津 丁純鐵'로 되어 있다. 한 가지 궁금한 것은 동요 「골목길」(『동아일보』, 1933.9.19)의 작자가 '淳昌 丁淳哲'로 되어 있다. 또 다른 '丁淳哲'이 있는지 당진(唐津) '丁淳哲(丁純鐵)'이 일시 거처를 '淳昌'으로 했는지 궁금하다.

> 나는 늘 이런 空想을 잘 한다. 「조선의 坊坊谷谷을 고루고루 더듬어 다녀봤으면……동리동리의 어린이들을 죄 만나보고 이야기를 나눠봤으면……」 참말 情을 붙이자면 못 견디게 그리운 空想이다. 그런데 내녀 二月에 五百里가 넘는 故鄕에를 자전거로 다녀올 계획을 세웠다. 되도록 틈을 많이 짜내서 가고 오는 길에 名勝古蹟 또는 글로 紙上으로 사괴인 그리운 벗을 찾어보고 싶다. 洪城, 保寧 (大川) 舒川, 群山, 裡里, 井邑, 淳昌, 全州, 論山, 扶餘 이곳의 길옆에 계시는 兒童文藝에 趣味를 가지시는 분이나 讀者로서 다음의 住所로 葉信을 던져주시면 尋訪 여부를 미리 알려드리겠다. 忠南 唐津郡 唐津面 沙器所里 六一○(丁友海, 「故鄕을 가면서」, 『아이생활』, 제10권 제12호, 1935년 12월호, 33쪽) (밑줄 필자)

위 인용으로 보아 정순철(정우해)이 순창(淳昌) 지역에도 일시 거주했을 가능성이 있는 것으로 보여, 「골목길」의 지은이도 당진 출신의 정순철로 보인다.

(7) 정열모와 살별, 취몽

정열모는 1916년 3월 경성고등보통학교 부설 사범과를 수료한 후 평안북도 자성보통학교(慈城普通學校)와 의주보통학교(義州普通學校) 등의 보통학교 교원으로 근무하였다. 교원으로 재직할 당시인 1918년경부터 『시대일보』, 『매일신보』, 『青春』, 『曙光』 등 여러 매체에 시, 시조, 단편소설 등을 발표하였다. 아동문학에도 관심을 보였는데 와세다대학(早稲田大學)에 유학하고 있던 1922년경부터였다. 주로 『조선일보』와 어린이 잡지 『신소년』을 통해서였다. 1925~6년에 걸쳐 2년 동안에는 매월 『신소년』에 동요를 발표하게 되었다(류덕제, 「최초의 동요창작 지침서, 정열모의 『童謠作法』」).

박경수는 '살별'이 정열모의 필명임을 밝힌 후(박경수, 2010: 110쪽), "취몽(醉夢)의 시 「바이오린」(1919.12.8)에서 이름 위에 '의주(義州)'로 나와 있다"(232쪽)고만 하였고, 최명표도 "정열모(호 살별)"(최명표: 50쪽)이라 하여 정열모와 '醉夢(醉夢生)'을 연결하지 않았다.

정열모는 '白水, 살별, 醉夢(醉夢生)' 등의 필명을 사용하였다. 정열모는 1930년 초 경북 김천고등보통학교의 교장이 되었는데, '白水'는 '金泉'의 '泉' 자를 파자(破字) 하여 부른 이름이라 한다. 「談話室」(『新少年』, 1926년 3월호: 57쪽)에 '永川 봄벌'이란 독자가 「바이올린 天才」를 낸 "살별 先生님은 누구십닛가?" 하고 묻자, "살별 先生님은 鄭烈模 先生님이올시다"라 하여 '살별'이 '정열모'임을 밝혔다. 정열모가 편찬한 『現代朝鮮文藝讀本』(殊芳閣, 1929)의 지은이를 "살별 鄭烈模 撰"(1쪽)이라 해 놓고, 그를 소개하면서 "號 살별 或 醉夢"(135쪽)이라 하였다. 정열모의 「動搖」(1.3)는 1920년 『매일신보』 신춘문에 당선작품인데 '義州 醉夢生'이라고 작자를 밝혔다. 같은 날짜에 「考選을 맛치고」를 보면 "一等에 當選된 醉夢 鄭烈模 君"이라 해 '醉夢生'이 곧 '醉夢'이고 정열모임을 확인할 수 있다.

(8) 정청산과 정철, 정재덕

정철(鄭哲)은 "芦風 鄭哲"(「本誌執筆諸家」: 2쪽)이라 한 데서 확인되듯이 일제강점기 절충주의 문학론을 주창하였던 정노풍(鄭蘆風)의 본명이다. 정노풍에 대한 연구가 널리 이루어져 정철(鄭哲)이란 이름은 모두 정노풍으로 오인되기도 한다. 정철(鄭哲)은 정노풍의 본명이기도 하지만, 아동문학가 정청산(鄭青山)의 다른 이름이기도 하다. 정철(정청산)의 이름으로 발표된 글들은 정철(정노풍)과는 문학 노선이 한참 다른데도 두 사람을 같은 사람으로 오인할 경우 문학적 평가에 심대한 오류가 발생할 수 있다.

정청산과 정철(鄭哲)이 동일인임을 확인할 수 있는 것으로, 「써나간 아들」의 작자를 보면 된다. 「써나간 아들(一)」(『신소년』, 1933년 7월호)의 작자는 '鄭青山'이나 연재작인 2회분 「써나간 아들(二)」(『신소년』, 1933년 8월호)의 작자는 '鄭哲'로 되어 있어 '鄭青山'이 '鄭哲'임을 알 수 있다. 그리고 1931년도 소년문예운동을 반추해 본 이동규(李東珪)의 글에 정철이 곧 정청산임을 알려주는 대목이 있다.

> 童話에 잇서서 鄭青山(鄭哲) 氏의 「두더지와 쥐나라 전쟁」 宋素民 氏의 「코기리의 末路」 玄東炎 氏의 「쑴 깨인 산양개」 등이 잇고 童劇에 朴世永 氏의 「홍개미」 「掃除夫」 等 申孤松 氏의 「삼조애비는 어데갓서」 吳庚昊 氏의 「무엇을 할가?」 洪九 氏의 「우지마라 누나야」 등을 들 수 잇다. (李東珪, 「少年文壇의 回顧와 展望」, 『중앙일보』, 1932.1.11) (밑줄 필자)

동화 「두더지나라와 쥐나라 전쟁」은 '鄭哲'이란 이름으로 『신소년』(1931년 3월호)에 발표했던 작품이다. 정철과 이동규는 『별나라』와 『신소년』을 중심으로 하여 계급주의 아동문학을 함께 한 동지적 관계였고 이동규는 위의 글을 발표할 당시 『신소년』 주간으로 편집에 관여하고 있었기 때문에[10] 정청산의 필명(이명)을 잘 알고 있었다. 그래서 '鄭哲'이란 이름으로 발표된 「두더지와 쥐나라 전쟁」의 작자를 '鄭青山(鄭哲) 氏'라고 지칭할 수 있었던 것이다.

정철이란 이름으로 발표된 정청산의 작품으로는 『별나라』에 평론 「『불별』은 우리들의 것」(東京 鐵工場 鄭哲; 1931년 4월호), 평론 「少年小說六人集을 보고」(鄭哲; 1932년 7월호) 등과, 『신소년』에 「三日間의 日記」(1930년 11월호), 동화 「두더지 나라와 쥐나라 전쟁」(1931년 3월호), 평론 「出版物에 對한 몃 가지 이야기」(1933년 5월호), 소년소설 「떠나간 아들(二)」(1933년 8월호) 등이 있다.

정청산의 필명 가운데 정재덕(鄭在德)과 녹수(綠水)도 있다. 『별나라』에 동화 「황소」(1934년 4월호: 30~31쪽)의 작자를 본문에서는 '鄭青山'이라 해 놓고 목차에는 '鄭在德'이라 하여 '鄭青山'이 곧 '鄭在德'임을 알 수 있다. '綠水'는 신건설사 관련 예심 종결서에 "中央印刷所 外交員 綠水 鄭青山(二七)"이라 한 데서 확인할 수 있다(「『新建設』 事件 豫審終決書 全文(一)」, 『동아일보』, 1935.7.2).

(9) 최병화와 고접(孤蝶)

최병화(崔秉和)의 필명으로 '孤蝶'이 널리 알려져 있다. 이재철은 "孤蝶 崔秉和(1905~1951)"(이재철: 283쪽)라 하여 '孤蝶'이 최병화의 필명임을

---

10 「新少年 主幹 被捉」(『중앙일보』, 1932.2.6)에 의하면 신소년 주간을 맡고 있었음을 알 수 있다. "월간 잡지 『신소년』(新少年) 주간(主幹) 리동규(李東珪)(二二) 씨는 지난 달 三十一일 돌연 서대문 외 행촌동(杏村洞) 자택에서 서대문 경찰서 고등계원에게 검거된 동시 엄중한 가택수색까지 한 후 일긔장(日記帳)과 서적 등 다수한 증거서류도 압수하야 갓다는데 사건의 정체는 알 수 업스나 탐문한 바에 의하면 출판법 위반(出版法違反) 관계이라고 한다."
「『新建設』 事件 豫審終決書 全文(二)」(『동아일보』, 1935.7.3)에서도 이동규가 신소년사에 근무하고 있었음을 알 수 있다. "九. 被告人 李東珪는 昭和 七年 七月 頃 當時 同 被告人의 勤務處 京城府 水標町 雜誌社 新少年 事務所에서 申鼓頌의 勸誘로 카프가 敍上 不法의 目的을 有함을 알고도 此에 加入하고 昭和 九年 二月부터 文學部의 部員이 되엇고"

처음으로 언급하였다. 이후 "최병화는 고접(孤蝶)이란 필명을 썼"(박경수, 2010: 313쪽; 최시한, 2007)다거나, "최병화(호 고접, 접몽)"(최명표: 28쪽)이라 하여 호를 '孤蝶'과 '蝶夢' 두 가지로 제시하였는데 아무런 근거를 대지 않고 있다. 『한국민족문화대백과사전』, 『국어국문학자료사전』, 『두산백과』 등 사전에서도 하나같이 최병화의 호를 '孤蝶'이라 명기하고 있다.

최병화의 필명은 '蝶夢(崔蝶夢)'이다. 당대에 최병화의 필명을 확인할 수 있는 것으로, "崔秉和(蝶夢)"(쌀낭애비: 42쪽), "蝶夢 崔秉和 先生"(XYZ: 50~51쪽) 등인데 둘 다 『별나라』에 나온다. 최병화는 『별나라』의 동인(同人)이자 담임기자[11]이며 주요 필진으로 활동하였다. '쌀낭애비'나 'XYZ'의 글 내용에는 내밀한 사적 정보까지 포함하고 있어 최병화를 잘 아는 사람이 적은 글이 분명하다. 그럼에도 불구하고 그의 필명으로 '孤蝶'을 언급한 예는 없다.

『별나라』에 '蝶夢'이란 이름으로 동화 「귀여운 눈물」(1926년 7월호), 소녀소설 「병든 솟의 우름(눈물의 저진 편지)」(1926년 9월호), 소년소설 「무궁화 두 송이」(1926년 11월호~12월호), 소녀소설 「비단결 先生님」(1927년 5월호) 등을, '崔蝶夢'이란 이름으로는 야구소설 「血球」(1927년 6월호~8월호), 소년소설 「水仙花의 香氣」(1928년 3월호), 「世界英雄偉人 紹介(其一)」(1930년 2-3월 합호), 모험 실화 「돌구렝이 잡은 이약이」(1930년 6월호) 등을 확인할 수 있으나, '孤蝶'이란 이름으로 발표된 작품은 없다.

'나븨꿈', '나뷔꿈'이라 하기도 하였는데 '蝶夢'을 우리말로 풀이한 것이다.

少女小說 『비단결 先生님』 오래-ㅅ 동안 공부에 골몰하섯던 나뷔꿈(蝶夢) 선

---

11 『별나라』(1927년 7월호: 40쪽)에는 "별님의 모임에 보내시는 것은 간단하게 무러볼 말이나 일반 독자가 읽어셔 자미잇슬 글을 보내주십시요. 담임긔자 蝶夢"이라 하였다. 이 외에도 「별님의 모임」 난의 독자들의 질문에 '蝶夢'이란 이름으로 답변하는 예가 더러 있었다.

생님의 살을 점이고 쌔를 깍는 듯이 애타고 피 끌는 설은 소설! 소녀소설. 누가 이것을 눈물업시 읽으시겟슴니가? (하략) (『별나라』, 1927년 4월호: 18쪽) (밑줄 필자)

「비단결 先生님」의 작자를 '나뷔꿈(蝶夢)'이라 한 것과 1927년 5월호에 발표될 당시 작자를 '蝶夢'이라 한 데서 '나뷔꿈'은 곧 '蝶夢'이고 바로 최병화의 필명임을 알 수 있다. 「느진 봄」(나븨꿈; 『별나라』, 1926년 7월호), 소녀시 「달밤」(나뷔꿈 작, 염근수 화; 『동아일보』, 1926.10.14) 등은 '나븨꿈'과 '나뷔꿈'이란 필명으로 발표한 최병화의 작품들이다. 그리고 「별님의 모임」(『별나라』, 1927년 5월호: 54쪽)에 송완순의 글에 대해 "入學하심을 민공으로 축복하고 저가 먼저 편지하지요.(나븨꿈)"라고 하는 데서도 확인된다.

(10) 홍구와 홍장복, 홍순열

홍구(洪九)는 일제강점기에 잡지 『신소년』 편집에 관여하였고 다수의 아동문학 작품을 남겼다. 홍구의 본명을 '洪振福'으로 밝혀놓은 자료는 『한국민족문화대백과사전』, 「중요문학인 筆名 · 號 대조표」(권영민, 1987)가 있다. 권영민(2004)은 홍구 항에서 "본명 洪長福"으로 수정해 놓았고, 최명표는 "홍구(본명 장복, 필명 홍순열)"(최명표: 30쪽)이라 밝혀 놓았다.

ⓐ ◁ (전략)文藝家 洪九(本名) 氏의 住所를 알으켜 주실 수 업습닛가(하략) (元山府 上里一洞 八八 朴映河)

○ (전략)洪九 氏 洪淳烈 氏심니다. 京城府 都染洞 二七이심니다. (係) (「별님의 모임」, 『별나라』, 1933년 12월호: 38~39쪽) (밑줄 필자)

ⓑ 住居 京城府 都染洞 二七番地, 中央印書館 店員, 洪長福(二七) (「'新建設'

事件-豫審終結書專門(一)」, 『동아일보』, 1935.7.2)

ⓒ 作家 洪長福(二八)(洪九)(「被告聲明」, 『동아일보』, 1935.10.28)

ⓐ의 '係'란 『별나라』 편집자들을 가리키는데, 이들이 '洪九'를 모를 리 없는데도 본명을 '洪淳烈'로 알려주는 것으로 보아 일반적으로 널리 이 이름을 사용했던 것으로 보인다. '洪九'란 이름으로는 『신소년』, 『별나라』, 『어린이』에, '洪淳烈'이란 이름으로 『별나라』에 「새 긔차」(白東燦, 洪淳烈 합작; 1931년 4월호), 「어린이날이란 무엇이냐」(1931년 5월호) 등을 발표하였지만, '洪長福'이란 이름으로 발표한 아동문학 작품은 없다. 그런데 ⓑ는 카프(KAPF) 신건설사(新建設社) 사건 판결문으로 이곳에 기재된 '洪長福'의 주소와 『별나라』에서 말한 '洪九(洪淳烈)'의 주소가 같은 것으로 보아 두 사람은 동일인임이 분명하고, 같은 신건설사 사건 관련 피고인 명단을 보도한 ⓒ에서 '洪長福'을 곧 '洪九'라 밝히고 있어, '洪九', '洪長福' 그리고 '洪淳烈'이 같은 사람임을 알 수 있다. ⓑ와 ⓒ가 일제 당국의 공식 문서를 보도한 것이므로 '洪長福'이 '洪九'의 본명일 가능성이 큰 것으로 보인다.

2) 새로 밝혀낸 필명 확인

(1) 강병주의 필명

강병주(姜炳周)는 『兒童歌謠曲選三百曲』을 편찬한 강신명(姜信明)의 아버지로 『新撰童話法』을 발간하기도 하였다. 그의 필명으로 '白南'(『한국민족문화대백과사전』)과 '玉波'(짤낭애비: 42쪽)가 알려져 있다.[12] 강병주는 『별

12 평안남도 진남포(鎭南浦)의 '林尙浩'도 '浩月, 玉波'(「文藝狂 執筆家 芳名」: 2쪽)란 필명을 썼다.

나라』 편집동인이었다. 그래서 그런지 『별나라』에 여러 편의 작품을 싣고 있다. 「셔유긔」(1926년 11월호~12월호), 「(西遊記 改稱)孫悟空(四)」(1927년 8월호), 「長篇 孫悟空」(1927년 10월호) 등은 번역인데 '구슬결'의 작품이다. '구슬결'은 '玉波'를 우리말로 풀어 놓은 이름이어서 바로 강병주를 가리킨다. 『별나라』에는 '姜炳周'란 이름으로도 여러 편의 작품을 발표했다. 『신소년』에 발표된 작품은 확인되지 않지만, 신분이 목사여서인지 『아이생활』에는 여러 편의 작품을 실었다.

(2) 김병호의 필명

권영민의 『한국근대문인대사전』(1990: 179쪽)에는 김병호(金炳昊)에 관해 1909년 경남에서 출생하였고, 보성전문학교에 다녔으며 시집으로 『황야의 규환』이 있다고 하였다. 그러나 박경수에 따르면 1949년 『荒野에 叫喚』(평화당인쇄소)을 간행한 시인이 따로 있다고 한다. 한자 이름까지 동일하다보니 일제강점기 아동문학가 김병호와 조합하여 권영민의 사전에 소개가 되었다는 것이다(338~348쪽). 필명은 물론이고 본명에 대한 면밀한 탐색이 필요한 이유를 보여주는 대표적인 사례가 될 것이다. 박경수는 김병호의 필명으로 '鷄林'과 '彈(金彈)'이 있음을 소상히 밝혔다. 그런데 '金炳兒'란 다른 필명도 있다. 「(발명발견)銃은 어쩌케 해서 되엿나?」(『별나라』, 1931년 3월호: 10쪽)의 필자가 '金炳兒'로 되어 있는데, 목차에는 '金炳昊'로 되어 있다. 『신소년』이나 『별나라』에 '金炳兒'란 이름이 달리 발견되지 않아, '昊'를 '兒'로 오식한 게 아닌가 하는 생각이 들기도 한다.

(3) 김춘강의 필명

1930년대 『어린이』, 『신소년』, 『별나라』와 『매일신보』 등에 다수의 동요와 수필 등을 발표한 강원도 홍천(洪川) 출신의 김춘강(金春岡, 金春崗)[13] 의 본명은 김복동(金福童)이다. 일제의 「昭和思想統制史 資料」에 따르면 '강렬한 민족 공산주의자'로 보았고, 「金福童 素行調書」에는 '南宮檍의 감화를 받아서 항상 불온한 언동을 할 염려가 있는 자로 주의 중에 있는 자'라 하였다. 남궁억이 설립한 홍천의 모곡학교(牟谷學校)를 졸업하고 그곳의 교원으로 재직한 바도 있다. 1931년 5월 농군사(農軍社)를 조직하였는데 원산(元山)의 박병도(朴炳道), 진주(晋州)의 정상규(鄭祥奎)가 함께 하였다. 정상규가 설립하였던 신력사(新力社)의 강령과 조직을 참고하였는데 강령은 '전조선 무산소년작가를 망라하여 조직하되 一. 무산소년작가의 친목을 도모할 것, 二. 무산소년문예 창작에 힘쓸 것, 三. 일체의 반동 작품을 박멸할 것' 등이었다. 남궁억과 더불어 비밀결사 십자가당(十字架黨) 사건에 관련되기도 하였다. 이후 1936년 3월 만주(滿洲)로 이주하여 만선일보사(滿鮮日報社) 기자, 북경(北京) 특파원 등을 지냈다.[14]

김춘강의 다른 필명으로 '피를 흘리면서 죽는 일이 있더라도 내 목적만은 완전히 다 한다'는 뜻의 김선혈(金鮮血)이 있고 자호(自號)로 '花巖'이 있다. "生이 이번에 舊名 金福童이를 春岡이라 곳치고 號를 『花巖』으로 作하엿사오니 以此 諒知하시압 (洪川 金春岡)"(「동무소식」, 『매일신보』, 1930.9.3)이라 한 데서 확인된다. '花巖' 명의로 발표한 작품은 확인하지 못했으나 '金福童' 명의로는 「(受信局)創作에 힘쓰자」(『별나라』, 통권38호, 1930년 2-3월 합호, 42쪽), 『소년세계』에 「(짤々俱樂部)學校는 누구를 爲해」, 작문 「情답든 벗들아 너희만 가느냐」, 동요 「무궁화(외 2편)(選外佳作,

13 "氏名ハ金春崗コト金福童"이라 하여 '金春崗 곧 金福童'이라 하였다. '崗'의 본자(本字)가 '岡'이므로 섞어 사용했던 것으로 보인다. 「韓民族獨立運動史資料集 48, 十字架黨事件 裁判記錄 2, 十字架黨事件(二), 地方法院, 金福童 訊問調書」(국사편찬위원회의 한국사데이터베이스)

14 "南宮檍ノ教化ヲ受ケ常ニ不穩ノ言動ヲナス虞アル者トシテ注意中ノモノナリ"(「韓民族獨立運動史資料集 48 十字架黨事件 裁判記錄 2, 警察訊問調書, 金福童 素行調書, 국사편찬위원회의 한국사데이터베이스)

작품 불수록)」(이상 제2권 제6호, 1930년 6월호), '洪川' 지역 전래동요 「왜가리」, 「나무 가자」, 「대설이」, 「곰방대」(이상 『매일신보』, 1930.7.5) 등 다수의 작품을 확인할 수 있다. 지은이 명의를 '洪川 金福童'이라 한 것도 김춘강의 출신지 홍천과 같아 김춘강이 바로 김복동임을 확인할 수 있다.

「봄은 왓다」(『매일신보』, 1930.12.25)의 작자로 '봄뫼'가 있는데 김춘강의 필명으로 보인다. 1931년 11월 『아이생활』에는 '學生作品展覽會: 洪川農軍社 篇'으로, '金明謙, 金藝池, 田植, 朴炳道, 趙英一, 金鮮血, 늣별, 봄뫼' 등의 작품이 수록되어 있다. 이 가운데 '김선혈'의 「우리 언니」와 '봄뫼'의 「형이 그리워」는 김춘강의 작품이다. '農軍社'는 1931년 5월 김춘강이 조직하였다. 김춘강이 『별나라』, 『어린이』, 『아이생활』에 작품을 투고할 때 당시 이름 위에 당호(堂號)를 붙이는 것을 본 따 '東友社'란 이름을 붙이기도 했기 때문에[15] '農軍社'와 '東友社'의 주소지는 같다. '春岡'을 풀이하여 '봄뫼'라 한 것으로 보인다. '雪岡'(金泰午)이 '눈뫼'란 필명을 갖고 있는 경우와 같다고 하겠다.

(4) 남대우의 필명과 남양초

남대우(南大祐)는 유달리 필명이 많았다. 박태일이 확인한 것으로 본명 '南大祐'를 포함해 12개나 된다고 한다.

그리고 이 일은 그가 쓰고 있는 필명의 됨됨이를 두루 살피면 더욱 환하게 짐작할 수 있는 일이다. 南大祐 · 南曙宇 · 南相昊 · 南星 · 南山樵人 · 南洋草 · 金

15 "其ノ時雜誌面カラ見レハ名前ノ上ニ堂號ヲ附ケタリ又ハ社名ヲ附ケタリシマスカラ私モ投稿ヲヤル時東友社ト云フ社名ヲ附ケテ投稿ヲ初メマシタカラ"(「韓民族獨立運動史資料集 47, 三 · 一運動一週年宣言文 配布事件 · 十字架黨 事件 1, 警察訊問調書, 金福童 訊問調書」, 국사편찬위원회의 한국사데이터베이스)

永釪 · 劉龍炫 · 申盟德 · 申孟元 · 종달새 · 金貞妍에 이르는 12개가 그것이다. (박태일, 2005: 259~260쪽)

12개라 했지만 같은 글에서 '지리산인, 남산, 남우, 서우학인'까지 언급하고 있어 필명은 더 늘어난다. 이 가운데 '南洋草'란 이름이 '하동과 관련된 지역 이름'이라 해 놓았으나 구체적인 설명을 덧붙이지 않았다. 논문 말미에 '남대우 작품 죽보기(1938~1945)'에 '남양초', '南洋草'란 이름으로 발표된 작품으로 유행가 「추야애상곡」(南洋草, 『영남춘추』, 1939.1), 「가신 님아 님아」(남양초, 『영남춘추』, 1939.1), 「송춘곡」(南洋草, 『매일신보』, 1939.1; 유행가 입선 제2석)을 들고 있다. 박태일도 『영남춘추』에 실린 3편의 작품은 확인하지 못했다고 한다. 확인이 된 작품은 「頌春曲」인데, '新春懸賞文藝作品 當選發表'(『매일신보』, 1938.12.31)에 '住所未詳 南洋草'라 되어 있어 남양초의 신원을 분명하게 확인하기 어렵다. 공통점이라면 남양초란 이름으로 유행가를 발표했다는 점에서 『영남춘추』의 남양초와 『매일신보』의 남양초가 동일인일 가능성이 커 보인다.

그런데 1929년경부터 1932년경까지 『중외일보』, 『조선일보』, 『매일신보』, 『신소년』, 『별나라』 등에 '南洋草'란 이름으로 주로 동요를 발표했던 사람이 있다. 작품도 확인된 것만 40편이 넘는다. '南洋草'란 이름의 주소가 확인된 것으로는 "木浦 大成洞 一○四 南洋草"(「동무소식」, 『매일신보』, 1931.11.1)가 있다. '南洋草'란 이름으로 1932년 초까지 작품 활동을 하고는 그 뒤 신문이나 잡지에 작품을 투고하지 않은 것으로 확인된다. 『매일신보』에 실린 「어린물새」(31.8.25)와 「憧憬의 바다」(31.8.27)는 '木浦 南洋草'라 명기해 놓아 남대우와 동일 인물이라 단정하기 어렵다. 1939년에 '南洋草'란 이름으로 신춘문예에 당선된 「頌春曲」은 남대우의 유고집 『우리동무』에 수록되어 있다. 그러나 『중외일보』나 『매일신보』에 '南洋草'란 이름으로 발표된 40여 편의 작품은 유고집에 수록되어 있지 않다. 유고집 『우리동무』는 남대우가 모아 놓은 자료를 바탕으로 해서 후손들이 출판한 것이다. 여러 가지 보완해야 할 점이 많은 책이라 그대로 믿기 어렵지만 '南洋草'란 이름으로 발표된 40여 편의 작품이 몽땅 빠졌다는 것은 남대우의 작품이 아닐 가능성이 크다.

박경수는 '南洋草'란 이름으로 발표된 작품을 모두 '남대우'로 생각해 유고집 『우리동무』의 오류를 지적하고 있다(박경수, 2010, 79쪽, 134쪽). 박경수는 "남대우가 일시 거주지를 목포로 옮겨서 작품을 발표한 때문"(249쪽)으로 보고 있으나, 1930년 7월경 『중외일보』 하동지국의 집금원[16]으로 임명된 적이 있어 사실이 아닌 것으로 보인다.

그리고 '김영우'란 이름으로 발표된 「보실비」(『동아일보』, 1939.4.9)와 『매일신보』에 입선한 동요 「벼개 애기」(1940.1.14)가 발표될 당시 '김영우'가 각각 하동공립소학교 2학년과 3학년임을 들어 동일인물인지 신중하게 확인해야 한다고 주장했다(박경수, 2010, 254쪽). 그러나 박태일은 '김영우'가 남대우의 처남이며 차명한 것으로 밝히고 있다.

남대우의 경우를 보면, 작가의 필명 확인이 왜 필요한지가 분명해진다. 여기에서는 다만 '南洋草'와 남대우의 관계에 초점을 맞추고자 한다. 아래는 '南洋草'가 한창 작품 활동을 할 당시 『매일신보』의 「동무소식」 난을 통해 확인할 수 있는 내용들이다.

◁ 작은샘 君. 나의 本名을 몰나 애닯허 하는 氣色을 가히 엿볼 수 잇네. 그런데 자네 일홈은 숨기고 남의 일홈만 케여내라고 하나? 엇잿든 그러한 好意는 감사하는 바일세. 씃까지 사랑하여주기를 바라네. 木浦 大成洞 一○四 南洋草"(「동무소식」, 『매일신보』, 1931.11.1)

---

16 「支局社告」(『중외일보』, 1930.7.18)에 '中外日報 河東支局'의 '集金員 南大佑'가 있다. '佑'는 '祐'의 오식으로 보인다.

◀ 木浦에 게신 南洋草 兄님. 처음 뵈옵니다! 來々 사랑해 주십시요. (중략) ◀ 아차? 木浦 南洋草 兄님. 住所를 알녀 주세요. 저의 住所는 咸南 北青郡 俗厚面 間坪里올세다. (金明功) (「동무소식」, 『매일신보』, 1931.11.3)

◀ 南洋草 朴仁守 諸 동무들의 住所를 速히 알녀 주시압. 元山 新少年支社에서 發行한 細友를 보내여도 늘 返濟되오니 速히 알녀 주십시요? 그리고 元山 朴炳道 동무여 新少年 八,九月號 잇스면 조금 惠送하여 주십시요. 곳 보내드리리다. (南海 朴大泳) (「동무소식」, 『매일신보』, 1931.10.27)

◇ 忠州 게시는 南洋草 兄님. 그間 安寧하십닛가. 종々 片紙나 하여 주세요. 저는 매우 寂々합니다. 그리고 兄님의 本名을 나는 不敏한 탓으로 여짓것 몰으지요. 좀 아르켜 줄 수는 업는가요. (하략) (栗嶺) (「동무소식」, 『매일신보』, 1931.10.25)

이상으로 볼 때, '南大祐'의 필명 가운데도 '南洋草'가 있고, '南洋草'란 필명을 쓰는 다른 사람도 있었던 것 같다.

위에 제시된 필명 외에도 '赤宇'가 있다. 평론 「新少年 三月號 童謠를 읽은 뒤의 感想」(『신소년』, 1934년 4-5월 합호)의 글쓴이가 본문에는 '南大祐'로 되어 있지만 목차에는 '赤宇'여서 '赤宇'가 곧 남대우임을 알 수 있다.

(5) 박고경의 필명

박고경(朴古京, 朴苦京)이 박세영의 필명이 아님은 앞에서 언급했는데, 이하 내용을 보면 더 분명해진다. 박고경의 본명은 자료마다 서로 달라 단정하기 어려우나, '朴春極', '朴順錫' 등의 다른 이름이 있다.

【平壤】五월 격문사건 이래 불면불휴로 활동하고 잇든 평양서에서는 최근 어떠한 유력한 단서를 잡은 모양으로 얼마 전 신의주형무소를 나온 조봉암(曺奉岩) 사건의 관계자(하수구리 거주 박고경(朴古京-一名 春極) 외 수명의 청년을 검거하여 놋코 엄중 취조를 하는 一방 형사대는 이상히 긴장하여 각 방면으로 분주한 활동을 하고 잇는 바 사건의 진전이 자못 주목된다.(「平壤署 高等係-某端緖를 잡고저 각 방면으로 맹활동하야 青年 數名를 檢擧」, 『조선중앙일보』, 1934.7.23) (밑줄 필자)

【平壤】평양서 고등계에서 얼마 전부터 활동을 개시하야 박고경(朴古京)이라는 조봉암(曺奉岩) 사건으로 복역하다 가근출옥한 청년을 검거하얏다 함은 긔보한 바이어니와 동 서에서는 계속하야 김원순(金元淳)(一八) 신철(申哲 = 一名 梁佳彬) 등 문학청년을 검거하얏는데 이들은 수년 전 김찬(金燦 = 現在服役)의 지도 하에 모종의 문화적 크룹을 비밀히 조직하얏던 것이 지금에 폭로된 것이라고 한다.(「秘密裡에 組織한 文化『크럽』綻露로 平壤署 文學青年 等檢擧」, 『조선중앙일보』, 1934.7.30) (밑줄 필자)

'하수구리 거주 박고경(朴古京-一名 春極)'에서 보듯이 박고경의 다른 이름이 '朴春極'이다. 그런데 여기서 말한 '朴古京'이 '朴苦京, 木古京'으로 알려진 인물과 동일한 사람인가가 확인되면 '朴古京 = 朴春極'이 확인되는 셈이다. 이를 확인하기 위해서 단서가 될 만한 것은 '얼마 전 신의주형무소를 나온 조봉암(曺奉岩) 사건의 관계자(하수구리 거주 박고경(朴古京-一名 春極)', '박고경(朴古京)이라는 조봉암(曺奉岩) 사건으로 복역하다 가근출옥한 청년'이다. 박춘극은 조선공산당 재건 사건으로 1933년 2월 기소되어 1933년 12월 27일자로 징역 1년형을 언도받았다. 이때 주소가 '平南 平壤府 下水口里 二三 無職 朴春極(二三)'이다.[17] "朴順錫(二三)(一名 朴春極)"[18]에서 보듯이 박춘극은 '朴順錫'이란 이름도 사용했던 것으로 보인다. 조선공산당 재건사건 예심결정서에 박춘극은 "鎭南浦府所在 私立 得信學校 在學 當時부터 雜誌 『星의 國』을 講讀하야 昭和 四年 八月頃 鎭南浦靑年同盟에 加入"[19]하였다고 되어 있다. 여기서 '『星의 國』'은 소년문예잡지 '『별나라』'를 말한다. 본적은 평양이지만 활동은 진남포에서 했던 것과도 일치한다. 이상으로 '朴春極=朴順錫=朴古京'이 확인되었다. '朴苦京'이란 필명으로 『동아일보』 신춘문예에 동요 「편지」가 당선될 때 주소가 '鎭南浦 碑石里 一六六'이었다. 1929년 '京城協贊會'가 현상 모집한 조선박물관 조선문 선전가의 '會歌' 부문에 2등으로 당선된 이가 '朴順錫'이다. 이때 주소 씨명이 "二等 鎭南浦 碑石里 一六六 朴順錫"[20]으로 되어 있어, '朴順錫'은 '朴苦京'과 동일인임이 확인된다. 「다시 살난 동생의 깃때」(『별나라』, 통권41호, 1930년 6월호)의 지은이는 본문에는 '木古京'이지만 목차에는 '朴古京'으로 되어 있어 '朴古京=木古京'으로 동일인임을 확인할 수 있다. 동요 「바다 가」(『조선일보』, 1928.9.21)의 지은이가 '南浦 朴春極'이고, 「머리 베인 논(畓)」(『조선일보』, 1929.11.2)의 지은이도 '南浦 朴順錫'으로 되어 있다. 이로써 박춘극, 박순석의 본적이 '平壤'이지만 문학 작품 발표 등 활동은 대체로 '鎭南浦'에서 했던 것으로 보이며, 이는 '朴古京, 朴苦京, 木古京' 명의로 작품 활동을 했을 때의 주소와도 일치한다.

---

17 이상 「檢擧取調 五個月만에 金燦 等 十四名 送局—平北警察部에서 新義州法院에 朝鮮共産黨再建事件」(『동아일보』, 1933.2.1), 「資金을 携帶 潛入 中 被逮—수개월 동안 류치한 뒤에야 金燦임이 判明 活動」(『동아일보』, 1933.2.1), 「金燦 事件과 合同을 審理—十六명을 련합해 심리, 調書만 約八千枚」(『동아일보』, 1933.3.5), 「朝鮮單一共黨 判決」(『동아일보』, 1933.12.28) 참조.

18 「第一着으로 學生 赤化 努力—진남포 상공학교 생도 중심 赤色 讀書會를 組織」(『동아일보』, 1933.3.8)에 적색 독서회를 조직하였다는 이유로 송국된 사람 중에 '本籍 平壤 新陽里 一六八 無職 朴順錫(二三)(一名 朴春極)'이 포함되어 있고, '(전긔 박순석, 김량순 二명은 해외공산당 재건사건으로 방금 신의주지방법원 예심 중에 잇다.)'라 한 것으로 보아 '朴春極 = 朴順錫'이 확인된다.

19 「單一共産黨再建事件 豫審決定書 全文(八)」, 『동아일보』, 1933.6.21.(朝刊)

20 「嚴選 中이든 朝博宣傳歌 入賞者 決定 發表—십이일 방송국에서 시연 방송」, 『매일신보』, 1929.7.11.

(6) 박영하의 필명

『별나라』 원산지사(元山支社)를 책임 맡고 있던 박영하(朴永夏)는 1930년대 전반에 활발하게 아동문학 작품을 발표하였다. 필명으로 '晩鄕'이 있고, 이름을 '朴映河'라고도 표기하였다. '元山 上里 一洞 八八 朴永夏'(「별님의 모임」, 『별나라』, 통권56호, 1932년 1월호: 60쪽)와 '元山 上里 一洞 八八 朴映河'(「동무소식」, 『매일신보』, 1931.8.18)를 통해 확인할 수 있다. '元山 朴詠廈'(「독자담화실」, 『어린이』, 1932년 3월호: 69쪽)도 한자 표기를 달리한 것으로 보인다. 이 외에 박일균(朴一均)과 박영채(朴英彩)란 이름도 사용했다.

> ◇ 本誌 六月號에 발표된 「여름밤」하고 七月號에 발표된 童謠 공장옵빠의 作者 朴一均은 나의 別號입니다. 사정상 本名으로 고치오며 九月號에 발표된 동요 「일본간 언니」는 「언니생각」의 틀닌 제목이고 작자 朴英彩도 本人이오니 그쪽 독자들은 아시기를 바랍니다. (元山 朴永夏) (「少世 電信局」, 『少年世界』, 1932년 12월호: 27쪽) (밑줄 필자)

『매일신보』에 발표된 동요 「변또 들고」, 「이슬비」(이상 31.7.25), 「국화」(31.8.7), 「저녁산보」(31.8.11), 「우리 동무」(31.8.13), 「언니생각」(31.8.19), 「바다에 가서」(31.8.29)는 '朴映河'란 이름으로, 「내 부채」(『중외일보』, 30.8.9), 『매일신보』에 발표된 「여름밤」(31.8.22), 「農村아츰」(31.9.11), 『별나라』에 발표된 동요 「지키자 우리의 긔관지 별나라」(31년 9월호), 「공장옵바」(33년 12월호), 『신소년』에 발표된 「물지게 지고」(31년 3월호), 「슬픈 밤」(31년 11월호), 『어린이』에 발표된 소년시 「農村少年」(32년 1월호), 「밤엿 장사」(32년 2월호) 등은 '朴永夏'로, 「두 동무」(『중앙일보』, 32.3.6)와 「우리집 살님」(『어린이』, 32년 4월호)은 '朴一均', 「단풍닙」(『어린이』, 31년 10월호), 「日本 간 언니」(『소년세계』, 32년 9월호)는 '朴英彩'란 이름으로 발표한 작품들이다.

최명표는 "박영하(호 성촌)"(최명표, 82쪽)이라 하여 박영하와 '星村'을 동일인으로 보았으나 확인이 필요하다.

『어린농부』 盧翼炯 作

细友 金星村 君이 여긔 와서야 겨우 눈썻다.

『그러케 잘 알거든 君은 웨 評하지 안코 남의 評한 것을 是非하는가? 하고 反駁할는지 모르나…』엿다.

나는 評을 하지 안엇기 때문에 그러케 反駁할 사람은 아니다. 이러케 駁하고 십다.

『아지도 못하면서 무얼 짓거리느냐? 나는 評한 사람이 아니다. 君의 所謂 反駁文이라는 것은 내게는 하나도 當치 안은 수작이니라.』(田植, 「反駁이냐? 評이냐?-星村 君의 反駁에 回駁함(四)」, 『매일신보』, 1931.9.20) (밑줄 필자)

'細友舍 星村'의 비평 「田植 君의 童謠評을 읽고-그 不徹底한 態度에 反駁함(전4회)」(『매일신보』, 1931.9.6~10)에 대해 전식(田植)이 다시 반박한 글이다. 전식과 성촌은 서로 잘 알고 있는 듯한데, 밑줄 친 '細友 金星村 君'이라 한 데서 보듯이 '星村'이 '朴永夏'라 한 것은 잘못인 듯싶다.

(7) 송완순의 필명

송완순의 필명은 '九峰學人, 九峰山人, 九峰散人, 宋九峰, 宋素民, 素民學人, 호랑이, 한밧, 宋駝麟, 伯郞, 宋江, 虎人(宋虎人), 宋虎' 등으로 많고 다양하다. 이상으로 제시한 필명들이 송완순이라는 것은 필자가 이미 확인하였다(류덕제, 2016). '虎人(宋虎人)'이 송완순일 것이라고 논거를 밝혀 추정하였는데, 다음 추가 자료를 보면 좀 더 분명해진다.

이 七月號 말일세. 이거야말로 四五月 合號로 내어서 未安千萬이라고 벌ㅅ서 부터 六月 中旬(보름) 안으로 내놋는다고, 申 先生님 以下 大活動을 開始하잔 엇겟나. 하, 그랫드니 웬걸! 申 先生님은 慶北罹災民救濟會 일로 눈코 뜰 사이 업시 도라단이시게 되고 李尙大 先生님은 또 달은 일로 왓다갓다 하시어 누가 新少年을 맨들 사람이 잇는가 말이야. 그래서 나를 불러다가 新少年을 더 充實히 맨든다드니 「헹………」 하고 나는 한숨을 쉬고, 七月號는 언제나? 하얏드니 「얘, 이것 봐라. 수가 잇다.」 하는 생각이 별안간 나서 二月號부터인지 힘을 쓰시는 宋님을 붓잡어 오지 안헛겟나. 그리지 안하도 보아주실 분을 ㅅ러오기까지 하야서는 未安한 일이지만. 그래서 七月號 全部를 나와 둘이 맛하보앗네. 宋님은 病이 重함으로 매우 욕을 보시엇스나 거의 宋님의 손으로 七月號를 맨들엇스니 感謝한 일이야, 어쩌든 여러분은 二月號부터 宋님 힘으로 新少年을 간신〜히나마 어더 읽게 된 모양이야- 살-작 들으니까. 그러나 九月號부터는 申先生님도 틈이 게실 터이니까 宋님이나 나도 좀 마음을 노코 泰平歲月을 노래하겟네. 그런데 宋님 病은 무슨 病인고 하니 (중략) 젊은 분이 딱한 일이야. 그러면서도 늘 原稿는 쓰신다니 여러분은 宋님께 령신환 한 개라도 보내드리게. (「談話室」, 『신소년』, 1929년 7-8월 합호: 43~44쪽) (밑줄 필자)

이 글의 필자는 '덤벙이博士'인데, 『신소년』 편집을 맡았던 이주홍(李周洪)이 분명하다. 그리고 1929년 2월호부터 『신소년』 편집에 힘을 쓴 '송(宋)님'은 누구일까? 단서는 '宋' 씨 성을 가진 사람이라는 것과, '病이 重'하다는 것, 그리고 '젊은 분'이라는 것 이다. 송완순은 1927년 3월 '忠南鎭岑公立普通學校 第五學年修了' 후에 4월 '徽文高等普通學校'에 입학하였다. 그런데 "病氣ニヨリ昭和二年九月三十日ヨリ學年末マデ休學" 곧 병으로 인해 1927년 9월 30일부터 학년 말까지 휴학을 하고, 이어 '昭和 三年 四月 三十日' 곧 1928년 4월 30일 제1학년 제1학기에 "家事上ノ都合ニヨリ退學ス" 곧 '가사상의 형편으로 인해 퇴학'하였

다.[21] 송완순은 1927년경부터 아파서 학교를 다닐 수 없을 정도였던 것이다. 동요 「자장아기」(『조선일보』, 1927.7.19)의 말미에 '二七.七.十三 病席에서'라 밝히고 있어 '病이 重'하다는 사실과 부합한다. 그럼에도 불구하고 휘문고보에 입학한 1927년 4월 이후부터 1927년 8월까지 필자가 확보하고 있는 『신소년』에만 해도 다음과 같은 작품들을 발표하였다. 「봄」(1927.4), 「新少年社 記者 先生想像記」(1927.6), 「어머니 보고지고」(1927.6), 감상문 「農村 동무들에게」(1927.8), 소년소설 「누구의 죄」(素民; 1928.4), 동요 「병아리 서울 구경」, 동시 「밤은 새여지도다」(이상 한밧; 1928.4), 동화 「平和의 독기」(1928.4), 소년소설 「엇던 光景」(1928.5), 「金君에게」(1928.7 削除), 동요 「개고리」(한밧; 1928.7), 동요 「피리」(1928.9), 우정미담 「眞實한 동무」(1928.9), 동요 「병아리 경주」(1928.11), 장편 소년시 「됴선의 어린이」(1928.11), 동요 「자장아기」(1929.1), 신동화 「두번ㅅ재의 삶(二)(「삼 순 奇男이」의 續篇)」(宋素民; 1929.7-8월 합호), 동요 「달님」(1929.7-8월 합호) 등이다. 이것만 해도 적지 않은 분량인데, 『별나라』, 『조선일보』, 『중외일보』에도 이 시기에 많은 양의 작품을 발표하고 있어, '그러면서도 늘 原稿는 쓰신다'는 표현이 빈말이 아니다.

'편집후기'에 해당하는 「뒤ㅅ말슴」에서 또 다른 단서를 찾을 수 있다.

> ○ 그런데 이 八月號는 여러 가지의 밧분 일로 말미암아 宋님이 病中에도 不拘하고 全部 마타 하시엇슴니다. 미안한 말슴입니다. 그러나 九月號부터는 저도 힘쓰겟슴니다. (申) (중략)
>
> ○ 그런데 한 가지 미안한 말슴은 時日과 紙面 關係로 남은 原稿는 不得已 九月號로 미루엇스니 諒解하시기 바랍니다. (素) (「뒤ㅅ말슴」, 『신소년』, 1929년 7~8월 합호: 51쪽) (밑줄 필자)

---

21 이상 송완순의 휘문고등보통학교 학적부에 따른 것이다. 학적부를 제공해 준 휘문고등학교에 감사드린다.

'(申)'은 '申明均'인데 '九月號부터는 申 先生님도 틈이 게실 터'라 했던 것을 확인한 것이다. 『신소년』 편집을 맡아보았던 '(素)'는 누구인가? 바로 '宋素民'이자 '宋님' 곧 '송완순'인 것이다.

같은 시기인 『신소년』 1929년 8월호와 9월호에 걸쳐 '虎人'이란 이름으로 「兒童藝術時評」을 수록한 이는 바로 '宋虎人'(K.S生, 「一九三四年 作家照明台」, 『신소년』, 1934년 4-5월 합호: 32쪽)과 동일인이다. 'K.S生'이 '虎人'이란 이름으로 글을 싣고 있는 '작가'를 조명하면서 바로 성(姓)을 '宋'으로 해 '宋虎人'으로 명기한 것은 『신소년』 편집 및 필진을 잘 알기 때문에 가능한 일이다. '虎人'은 송완순의 필명 중에 하나인 '호랑이'에서 연유한 것으로 보인다.

> ▶ 저는 서울 安國洞 一三三 洪鐘學 家에 잇게 되엿습니다. 그런데 城津 게신 邊 兄의 글을 보고 나는 만흔 늣김이 잇습니다. 邊 君. 「호랑이」는 나의 匿名한 것입니다. 헌데 무엇보다도 형님의 말슴이 얌전치 못합니다. (하략) 서울 安國洞 宋完淳. (「談話室」, 『신소년』, 1927년 5월호: 60쪽) (밑줄 필자)

'호랑이'는 송완순이 '匿名한 것'이라고 밝혔다. 이를 한자로 옮긴 것이 '虎人'인 것이다.

'宋江'이 '宋完淳'이라는 사실은 다음 몇 개의 글을 교차 확인하면 분명해진다.

> 이저, 다시 其二를, ①이번에는 新進作家 이야기를 써 보냄니다. 그 中에는 ②兄의 이야기도 썻읍니다. 兄은 이 글을 어떠케 생각하실른지 몰르나, 저는, 그 中에 잘못을 말한 것이 있을지라도 조곰도 惡意 갖고 쓰지는 않엇읍니다. (「新進作家 書簡集」, 『조선문단』, 1935년 6월호: 237쪽) (밑줄 필자)

이 글은 '宋完淳'이 신진작가의 자격으로 『조선문단』의 '新進作家書簡集' 난에 조벽암(趙碧巖), 한흑구(韓黑鷗), 양운한(楊雲閒), 김광주(金光洲), 김대봉(金大鳳), 김조규(金朝奎), 김북원(金北原), 김우철(金友哲), 민병휘(閔丙徽), 박영준(朴榮濬), 김광균(金光均), 황석우(黃錫禹) 등과 함께 실은 편지글이다. 이 글 가운데, "①이번에는 新進作家 이야기를 써 보냅니다"는 송강(宋江)의 「文藝時評」(『조선문단』, 1935년 6월호: 142~149쪽)을 가리킨다. "②兄의 이야기도 썼읍니다"라고 한 것은 「文藝時評」에서 『조선문단』의 발행인인 이학인(李學仁)의 「藝術盜賊」(『조선문단』, 1935년 2월호: 73~80쪽)에 대해 언급하였다는 내용이다. 「藝術盜賊」에 대해 비판하게 된 것은 박승극(朴勝極)이 이 작품을 '進步的인 作品'이라 한 것이 발단이 되었다.

> 朴 君은 李學仁 作 「藝術盜賊」의 어디서 進步的인 性格을 찾었다는 것인가? 이것은 그래도 덜하다. (중략) 李學仁 氏가 經營하는 雜誌에 쓴 글이기 때문에 李 氏 作品은 特別히 進步的 作品의 評文에 넣은 것이 않일까. 그리고 洪 氏는 女子이기 때문에 「注視」하고 그런 것이 않일까. 너무나 非進步的인 「藝術盜賊」은 作者가 幸福스럽게도 雜誌 經營者인 때문에 朴勝極 君의 進步的 作品評에 參加하는 光榮을 얻었고 아직 敬慢하고 서툴른 作文에 더 지낼 수 없는 「헛물켠 사람들」은 作者가 女子인 때문에 朴 君의 烔眼에 進步的으로 보인 것이었다. 그밖에 생각이 않 난다. (宋江, 「文藝時評」, 『조선문단』, 1935년 6월호: 143~144쪽) (밑줄 필자)

'宋江'은 윗글에서 먼저 『조선문단』 발행인 이학인의 「藝術盜賊」이 '너무나 非進步的'이라며 혹평했고, 「藝術盜賊」을 '진보적인 작품'이라 한 박승극의 「(創作月評)二月의 創作」(『조선문단』, 1935년 4월호)을 비판하고 나섰다. 그런데 같은 호에 발표된 '宋完淳' 명의의 「新進作家書簡集」(『조선문단』, 1935년 6월호: 237~238쪽)은 편지의 수신인을 이학인으로 하면서

'兄의 이야기'도 썼는데 '惡意 갖고 쓰지는 않'았다고 해명하고 있다. 이로써 '宋江'이 '宋完淳'임을 확인할 수 있다.

(8) 승응순의 필명

「朝鮮少年文藝團體消長史稿」(『신소년』, 1932년 9월호: 25~29쪽)는 일제강점기 소년문예단체와 동인들의 면면을 알려주는 소중한 자료다. 필자는 '昇曉灘'인데 승응순(昇應順)의 필명이다. 「文藝狂 執筆家 芳名」(『文藝狂』, 1930년 2월호: 2쪽)에 "昇應順 曉灘"이라 하였고, 「만족의 마귀(一名 王의 편)」(『별나라』, 1931년 12월호: 39쪽)의 번역자는 본문에 '昇曉灘'으로 되어 있으나, 목차에는 '昇應順'으로 되어 있어 동일인임을 알 수 있다. 이 외에도 '金陵人', '金能仁' 등이 더 있다. 승응순은 황해도 금천(金川) 출신인데 금천의 옛 이름이 '金陵郡'이어서 '金陵人'으로 했다고 한다. 『중앙일보』 제1회 현상문예 당선 작품에 희곡 「旋風後日譚」(1933.1.5)의 당선자는 '金能仁'이다. 작자소개에 보면 "一. 黃海道 金川 出生 一. 金川公普校 卒業 一. 普成高普校 中途 退學 一. 延專 文科에 入學"이라 하여 '金陵人' 곧 '昇應順'과 동일인임을 확인할 수 있다. 「金陵人 昇應順」(『매일신보』, 1937.1.10)은 승응순의 사망 기사인데 기사제목뿐만 아니라 기사 본문에 '승응순(昇應順)(號 金陵人)'이라 하여 '金陵人'이 승응순의 필명임을 밝히고 있다. 출생지 명칭을 딴 필명인 '金陵人', '金能人'을 '김능인'으로 읽는 것은 옳지 않은 것 같다. 『두산백과』, 『한국민족문화대백과사전』, 『문화콘텐츠닷컴』 등의 사전류에서 모두 '김능인'으로 읽고 있으나 '금릉인(금능인)'으로 읽어야 옳겠다. 승응순의 가사에 다수의 곡을 붙인 손목인(孫牧人)이 당시에 '김능인'이 아니라 '금능인'으로 불렀다고 증언한 바 있다.[22] 이와 관련하여 "본명은 승응순(昇應順)이고, 경상북도 김천(金泉)에서 태어났다"(『두산백과』)고 한 것이나, "경상북도 김천에서 출생한 작가 김릉인(본명 승응순)"(황룡욱이 편찬한『계몽기 가요선곡집』, 문학예술종합출판사, 평양, 1999: 258쪽)이라 한 것은 명백한 잘못이다. 황해도 금천(金川)을 오독하여 경상북도 김천(金泉)으로 오인한 것이다. '南風月'과 '秋葉生'[23] 등의 필명을 사용했다고도 하나 명확한 근거는 없다.

(9) 유도순의 필명

유도순(劉道順)은 '月洋, 月野, 紅初, 幼初, 凡吾, 徐斗成' 등의 필명을 사용하였다. "月洋은 제가 달밤을 想像하고 지은 것, 紅初는 曙海 君이 지여 준 것"(「作家作品年代表」: 230쪽)이라 하였다. '月洋'은『동아일보』일천호 기념 현상 공모에 동요「봄(賞甲)」(1923.5.25)이 당선되었는데 '月洋 柳道順'(劉道順의 오식: 필자)이란 이름으로 발표되었다. '月野'는 시「紀念의 黃金塔」(『동아일보』, 1921.6.12)을 '月野 劉道順'이란 이름으로 발표하였다. '幼初'(「雅號 別號 及 筆名 藝名 一覽表」,『出版大鑑』: 92쪽과「文藝家名錄」,『文藝月刊』: 92쪽)는 이 이름으로 발표된 작품이 없어 '紅初'의 오식이 아닌가 싶다.

(10) 유재형의 필명

유재형(柳在衡)은 충북 진천(鎭川) 출신으로 다수의 시와 동요, 동화(소년소설) 작품을 남겼다. 아동문학 작품만으로도 20여 편이 넘는 작품을

22 손목인,『못다 부른 타향살이: 손목인의 인생찬가』, 도서출판 Hot Wind, 1992, 47쪽.

23 1938년에 발매된 '秋葉生'의「지는 석양 어이하리」는 1935년 발매된 금능인의「지는 석양」과 같은 작품이어서 '秋葉生'을 승응순으로 보기도 한다. 그런데 승응순은 1937년에 사망하였기 때문에 사후에 누군가 붙인 이름인 것은 확실하나 승응순이 알지 못하는 이름이므로 필명으로 말하기 어렵다. '南風月'이란 이름으로 대중가요의 가사를 작사한 사람이 있으나 뚜렷이 승응순과 동일인인지는 확인되지 않았다.『계몽기 가요선곡집』에서 '필명을 남궁월'이라 한 것은 '남풍월'의 오기로 보인다.

여러 매체에 발표하였다. 뿐만 아니라, 「朝鮮日報九月童謠(전2회)」(『조선일보』, 1930.10.8~9), 「朝鮮東亞十月童謠(전3회)」(『조선일보』, 1930.11.6~8), 「『朝鮮』『東亞』兩紙의 新春 當選童謠 漫評(상,중,하)」(『조선일보』, 1931.2.8~11) 등 아동문학 관련 평론과, 「抱石 趙明熙의 洛東江—目的意識의 彷徨(전2회)」(柳村學人: 『조선일보』, 1929.10.9~10) 등을 발표하였음에도 지금까지 별다른 관심을 받지 못하였다.

그의 작품을 제대로 수습하고 살펴보기 위해서는 그의 필명을 확인해 둘 필요가 있다.

> 이제 個評은 씃이 낫다. 한 가지 添言할 것은 柳村의 일홈으로 發表된 童謠는 筆者의 作品임으로 自己作品을 이러니 하는 것도 좀 우숩은 노릇이고 또한 前言에서도 暫間 빗최엿지만 그것은 習作期에서도 初期 試作品으로 敢히 評筆을 들을 거리도 되지 못하기 꾦한다. (柳在衡, 「朝鮮日報 九月 童謠(二)」, 『朝鮮日報』, 1930.10.9) (밑줄 필자)

유재형(柳在衡)이 쓴 글에서 '柳村의 일홈으로 發表된 童謠는 筆者의 作品'이라 하였으므로 '柳村'이 바로 유재형임을 알 수 있다. 그리고 「文藝狂 執筆家 芳名」에는 "柳在衡 柳村學人 忠北 鎭川"[24]이라 하여 '柳村學人'이 유재형과 동일인임을 알 수 있다.

(11) 이주홍의 필명

이주홍은 『신소년』을 편집하는 등 일제강점기 계급주의 아동문학에 깊이 관여하였던 인물이다. 호적명은 '李柱洪'이고 족보에는 '李煥周'

24 「文藝狂執筆家芳名」, 『文藝狂』, 제1권 제1호, 1930년 2월호, 2쪽.

로 올라 있다. 이주홍도 여러 개의 필명을 사용하였다. '주홍'과 '홍'은 이름을 줄여서 사용한 것이고, "向破 李周洪 先生"(XYZ, 「執筆 先生의 全貌」, 『별나라』, 1935년 1-2월 합호: 49쪽)에서 '向破'가 '李周洪'임을 알 수 있다. 표기를 달리해 '李向破, 破, 香波, 이향파, 향파학인' 등을 사용하기도 하였다. "李周洪 君(發表名 芳華山)의 『수박』"(김병호, 「最近童謠評(一)」, 『중외일보』, 1930.9.26)이라 한 것과[25], 「音樂運動의 任務와 實際」(『音樂과 詩』, 1930년 9월호)의 본문 필자는 '李周洪'이나, 목차에는 '旅人草'로 되어 있어, '芳華山'과 '旅人草'가 이주홍임을 알 수 있다. 박태일은 이주홍이 '望月庵'이란 필명도 사용했다고 하나 근거를 밝히지 않았다(「이주홍론—교육자로서 걸었던 길」, 박태일, 2004: 237쪽).

(12) 정인섭의 필명

정인섭(鄭寅燮)은 색동회 회원이기도 해 일제강점기에 아동문학 관련 활동을 많이 한 사람 중의 하나인데, '雪松(雪松兒), 눈솔, 눈꽃, 花藏山人, 晩花' 등 여러 개의 필명과 '東原寅燮'이라는 창씨명이 있다.[26] 『少年世界』에 '雪松'이란 이름으로 「짤막한 나의 感想」, '雪松兒'란 이름으로 「一九三二年의 朝鮮 少年文藝運動은 엇더하엿나」를 발표한 사람이 정인섭으로 보인다. '雪松'은 당시 이미 그의 필명(호)으로 알려져 있었고, '雪松兒'는 '雪松'에다 '兒'를 보탠 것인데, 철산(鐵山) 출신의 유천덕(劉

25 「산에의 향수」(이주홍, 『激浪을 타고』, 삼성출판사, 1976, 53쪽)에 "우리가 소 먹이러 다니던 가까운 산은 東西로 나뉘어져 있는 芳華山과 梅南山이었다. 내 고향 땅인 합천읍에서 시오리 거리쯤 되는 山골 마을에 있는 크게 높지 않은 山들이다."라 하여, '芳華山'이 고향에 있는 산의 이름임을 알 수 있다.

26 「文藝家名簿」(『朝鮮文學』, 제2권 제1호, 1934년 신년호, 144쪽)에 "號는 雪松"이라 하였고, 「朝鮮文藝家總覽」(文章社編輯部 編纂, 『文章』, 1940년 1월호, 241쪽)에 "號는 晩花"라 하였다. 창씨명인 '東原寅燮'은 林鍾國의 『親日文學論』(평화출판사, 1966, 354쪽)에, 다른 필명은 권영민의 『한국현대문인사전』 등에 밝혀져 있다.

天德)이 '鐵山兒'라 한 것이나, 노양근(盧良根)이 이름자 가운데 '양'을 서로 다른 한자에다 '兒' 자를 붙인 것으로 '洋兒, 良兒, 羊兒'라 한 것과 같은 것으로 보인다.[27]

(13) 주요한의 필명

일제강점기에 동시(동요) 작법에 관한 평이나 서평 등을 발표했던 주요한(朱耀翰)도 "狼林山人, 頌兒, 송아지, 요한, 句離瓶, 韓青山, 白民, 白船, 벌꽃" 등 여러 가지 필명을 사용했고, 창씨명으로는 '松村紘一'이 있다.[28]

(14) 채택룡과 채몽소

함경북도 회령(會寧) 출신으로 만년에 연변(延邊)에서 아동문학 작품 활동을 한 채택룡(蔡澤龍)은 본명이 "蔡澤龍, 蔡奎明", 필명은 "夢笑, 金星, 靜海, 狂波, 鳩鳴, 一心, 春心, 曙影, 彩虹, 아기별, 새벽놀"(『채택룡문집』: 316쪽)이라 한다. 같은 책에는 해방 전에 『三人童謠集』을 출판했다고 하였는데, 채택룡과 한죽송, 박만향이 원산(元山)에서 출판한 동요집을 가리킨다.[29] 그런데 채택룡의 이름은 '夢笑'로 되어 있다. 함경남도 정평(定平) 출신의 채규삼(蔡奎三)이 "夢笑, 涙馨"(「文藝狂執筆家芳名」: 2쪽)이란 필명

27 雪松 외, 「少世 十月號 童謠詩를 읽고」, 『少年世界』, 제3권 제12호, 1932년 12월호, 6쪽.
雪松兒, 「一九三二年의 朝鮮 少年文藝 運動은 엇더하엿나」, 『少年世界』, 第三卷 第十二號, 1932년 12월호.

28 朱耀翰의 「나의 雅號 · 나의 異名」(『동아일보』, 1934.3.19)과 林鍾國의 『親日文學論』(평화출판사, 1966, 378쪽)에 밝혀져 있다.

29 「(新刊紹介)三人童謠集」(『조선일보』, 1936.9.9)에 보면 "◀ 三人童謠集 晩鄕, 夢笑, 竹松. 發行所 元山府 廣石洞 二ノ三 文化書院 振替 京城 一一五四○番 定價 二十五錢 總販賣所 京城府 鐘路 二丁目 九一 아이생활社 振替 京城 一五一五一番"이라 하였다.

을 썼다. 그런데 아래 인용문을 보면 '蔡夢笑'가 채규삼(蔡奎三)이 아니라 채택룡(蔡澤龍)으로 보인다.

이곳 韓台烽, 蔡夢笑, 金鍾基 세 兄께서 特히 本支社를 위하시와 써투하여 주시게 되엿사오니 會寧에 게시는 여러 동무와 모든 별나라 讀者는 만히 사랑하여 주십시요. (會寧 裵範烈) (「별님의 모임」, 『별나라』, 통권58호, 1932년 4월호: 50쪽) (밑줄 필자)

회령에 사는 배범렬이 '이곳'이라 하였으므로, '蔡夢笑'는 '별나라 회령지사'를 위해 힘을 써주는 회령 사람이다.

채규삼은 함경남도 정평군 고산면 신성리(定平郡 高山面 新成里) 출신이다. 동요 「달님」(『매일신보』, 1930.11.6)을 발표하면서 밝힌 주소다.

作家界

삿흐로 나는 今年 한 해 동안 가장 씩씩하게 싸워주신 作家 諸氏께 감사를 들인다.

李東珪, 洪九, 玄東炎, 朴古京, 金友哲, 具直會, 尹鐵, 安平原, 韓哲焰, 李青松, 金春岡, 洪銀杓, 昇應順, 朴炳道, 吳庚昊, 金明謙, 孫桔湘, 蔡澤龍, 蔡奎三, 金月峰 外 諸氏에게!

이분들은 一九三二年의 우리 兒童藝術 運動의 가장 ××한 그것을 爲하야 꾸준한 步調를 마처 왓섯다고 본다. (尹池月, 「一九三二年의 兒童文藝界 回顧」, 『신소년』, 1932년 12월호: 47쪽) (밑줄 필자)

당대에 같은 지상에 작품을 발표하면서 활동했던 윤지월이 '蔡澤龍, 蔡奎三'을 같은 난에 거명했다는 것은 비록 '蔡夢笑'란 필명이 같다 해도 서로 다른 사람이라는 것을 알려주는 근거가 된다. 채규삼이 작품을 발표할 때는 '定平 蔡奎三'으로 작자를 밝히는데 '蔡夢笑'의 경우에는 지명인 '定平'이 없다. 『별나라』에 「(타향 녀름 고향 녀름)綠陰의 世界」(蔡奎三; 1929년 7월호), 「엄마를 기대리는 밤」(定平 蔡奎三; 1930년 7월호), 평론 「李孤月君에게」(蔡夢笑; 1932년 1월호), 『신소년』에 소년시 「엄마」(咸興 채규삼; 1928년 7월호), 동요 「병아리」(定平 蔡奎三; 1929년 7-8월 합호), 동요 「우리들의 갈 길」(蔡夢笑; 1932년 7월호), 소년시 「이 땅의 동무들이여」(蔡奎三; 1930년 5월호) 등과 같다. 『채택룡문집』의 '채택룡선생 문학작품년보'에는 위의 '蔡夢笑'라는 이름으로 발표된 작품이 없어 '蔡夢笑'는 '蔡奎三'으로 쳐도 될 것 같다. 그러나 채택룡이란 이름으로 발표된 「우리 야학실」(蔡澤龍; 『신소년』, 1931년 7월호), 「아가」(채택룡; 『별나라』, 1932년 2-3월 합호), 「서름의 야학」(채택룡; 『신소년』, 1932년 6월호) 등도 『채택룡문집』에는 수습되지 않기는 마찬가지다. 그래서 '蔡夢笑'는 곧 '蔡奎三'이라 단정할 수 있을 것인지 의문이 남기는 한다. 그럼에도 불구하고 '『三人童謠集』'의 저사명에 '夢笑'라 한 것이 확인될 뿐이어서, 대부분의 '蔡夢笑'는 '蔡奎三'의 필명으로 봐도 무방할 것 같다. 『신소년』과 『별나라』의 독자란인 「별님의 모임」(『별나라』, 1930년 11월호)에 "會寧 참글會 蔡澤龍"(26쪽)이라거나, 「독자담화실」(『신소년』, 1932년 6월호: 51쪽)에도 '會寧郡八乙面彰孝洞 蔡澤龍'이라 하는 등 '蔡澤龍'이란 이름으로만 활동하고 있어 이렇게 판단해도 될 것 같다.

(15) 최영주의 필명

「고향의 봄」의 작자 이원수(李元壽)의 아내는 최순애(崔順愛)다. 최순애의 오빠가 당대 잡지 편집에 이름이 난 최영주(崔泳柱)인데, 본명은 최신복(崔信福)이고, 다른 필명으로는 푸른소, 적두건(赤頭巾), 초동아(草童兒) 등이 있다. 윤석중의 「韓國兒童文學書誌」(『兒童文學의 指導와 鑑賞』, 대한교육연합회, 1962: 175쪽)에 "崔泳柱=信福"이라 하였고, 「조선은 이러타」(『어린이』,

1929년 3월호: 5~9쪽)의 본문 필자는 '푸른소'인데 목차에는 '崔信福'이라 한 점, 「年賀狀 쓰는 法」(『어린이』, 1930년 12월호: 12쪽)의 본문 필자가 '赤頭巾'인데 목차에는 '崔泳柱'로 되어 있는 것, 그리고 「(가을자미(一)落葉자미」(『어린이』, 1930년 10월호: 44~45쪽)의 본문 필자가 '崔泳柱'이지만, 목차에는 '草童兒'로 되어 있는 것 등에서, '崔泳柱, 崔信福, 푸른소(프른소), 赤頭巾, 草童兒'가 같은 사람임을 알 수 있다.

(16) 한춘혜와 한해룡

1926년경부터 1935년경에 이르기까지 왕성하게 동요를 발표한 아동문학가로 한춘혜(韓春惠)와 한해룡(韓海龍)이 있다. 둘 다 함흥(咸興)에서 활동하였다. 그런데 남석종(南夕鍾)과 오대룡(吳大龍)에 의하면 이 두 사람은 같은 사람이다. "(전략) 本名을 海龍이라고 부름니다. (후략) (咸興府 新昌里 十二 韓春惠)"(「동무소식」, 『매일신보』, 1930.10.15), "▶ 咸興 韓裕駋 (중략) 『단풍닙』 이러한 形式의 作品을 韓海龍(春惠) 君께서 보왓다. 文句만 달니햇슬 섇이지 조곰도 틀니지 안는다. 裕駋 君은 春惠 君이 아닌가 疑心스럽다."(南夕鐘, 「每申 童謠 十月 評(2)」, 『매일신보』, 1930.11.12)고 한 것과, "◁ 原州 柳夕雲 瑞川 柳基春 南海 朴大永(對) 仁川 朴潤植 車七善 厚昌 蔡圭哲 定平 蔡奎三 咸興 韓海龍(春惠) 茂山 李華龍 信川 白曉杓 平原 金基柱 載寧 吳慶鎬 利原 尹池月 諸兄! 저는 兄님들의 글을 만이 읽고 십사온대 요즘은 왜? 그리 보이지 안습닛가? 後輩를 爲하야 조곰 붓을 자조 들어주섯스면!(泗川 吳大龍)"(「동무소식」, 『매일신보』, 1931.11.12)한 데서 확인할 수 있다.

(17) 홍은성의 필명

홍은성(洪銀星) 곧 '洪曉民'의 본명은 홍순준(洪淳俊)이다. '洪曉民'의

"本名은 淳俊"(「朝鮮文藝家總覽」: 243쪽)이라 하였고, "그때는 은성(銀星)이란 이름으로 '동화'(童話)를 거이 다달이 한 편씩 썼"(「本誌創刊滿十週年記念紙上執筆人座談會」: 35쪽)다는 데서 '洪曉民'이 '洪銀星'임도 확인된다. '홍은성'이란 필명은 주로 아동문학 비평이나 작품을 발표할 때 사용하였는데, 이 외에도 다양한 필명을 사용했다.

> 처음 號라고 부른 것은 「銀星」이라는 것이엇는데 이것은 主로 『白帆』이라는 文學雜誌를 할 때의 것이엇섯다. 그 뒤 「曉民」이라는 이름은 親友 李赤曉 君이 『焰群』 誌를 發行할 때 지어준 것으로 그것은 『焰群』 同人이 『曉』字를 돌림으로 그러케 된 것이다. 이제 생각나는 대로 적으면 曉夫는 李浩, 赤曉는 李應鍾, 曉天는 池貞信, 曉峯은 尹基鼎, 曉民은 나이엇든 것이다. 이 外에두 曉 字를 넣어서 지은 사람이 많으나 생각이 나지 않는다. 그 後에 『批判』誌에 執筆을 할 때 覆面 이름을 많이 썻는데 特히 「安在左」라는 이름은 내가 지은 것이 아니오 宋琫禹 君이 내가 쓴 「城北洞人」이라는 것이 無責任하다고 해서 얼토당토아니한 「安在左」라는 것을 써서 드디어 나도 그 이름을 몇 번 사용하엿다. 그 後 「美鳴」, 「洪薰」, 「鄭復榮」, 「安釵虎」 其他 數없이 닥치는 대로 맨들어 썻는데 그 중에도 「安在左」와 더욱이 李 君의 囹圄 生活을 생각할 때 다만 感慨가 無量할 따름이다. (洪曉民, 「(나의 雅號 나의 異名)感慨無量」, 『동아일보』, 1934.4.11)

본인이 밝힌 것으로 '銀星(銀星學人, 銀星生), 曉民(曉民學人), 安在左, 城北洞人, 美鳴, 洪薰, 鄭復榮, 安釵虎' 등이 확인된다. 이 외에도 '은별(銀별), 宮井洞人' 등이 있다. '銀星'을 풀어쓰면 '은별(銀별)'이 되고, '宮井洞人'은 "이 點에 잇서서는 筆者가 變名으로 朝鮮日報 紙上에 發表한 (宮井洞人의 十一月 少年雜誌) 小評이 비록 小評일지나 그것은 少年運動을 通한 小評인 것을 말한다"(洪銀星, 「少年運動과 그의 文藝運動의 理論確立(四)」, 『中外日報』, 1927.12.15)라고 한 데서 확인된다.

(18) 지명(地名)과 연관된 필명들

『어린이』나 『별나라』, 『新少年』에는 동네 이름(地名)으로 필명을 삼은 이가 더러 있다. '城北洞人', '宮井洞人', '牛耳洞人', '果木洞人', '月谷洞人', '天摩山人' 등이 그것이다. '城北洞人'과 '宮井洞人'은 앞에서 밝힌 것처럼 홍은성(洪銀星) 곧 홍효민(洪曉民)의 필명이다.

평론 「童謠研究(전8회)」(『중외일보』, 1927.3.21~28)와 이를 보완한 「童謠研究(전14?회)」(『중외일보』, 1928.11.13~12.6?) 의 필자는 '牛耳洞人'인데 이학인(李學仁)의 필명이다.

> ◎ 李學仁(牛耳洞人) 선생님은 日本 가서 공부하고 게신데 얼골도 한번 뵙지는 못하엿스나 몹시 조선이란 이 쌍을 사랑하시는 분으로 글 구절마다 쌔가 웅々울도록 쓰시는 분이랍니다.(現住所는 東京 巢鴨町 宮下 一五八 天道教 宗理院內) (짤낭애비: 41쪽) (밑줄 필자)

'果木洞人'이란 필명으로 평론 「十月의 少年雜誌(전5회)」(『조선일보』, 1927.11.3~8), 우화 「락타와 天幕」(『어린이』, 통권69호, 1929년 10월호) 등 다수의 아동문학 작품을 발표한 사람은 지금까지 방정환(方定煥)으로 알려져 왔다.[30] '果木洞人'은 '皓堂(延皓堂, 皓堂生, 皓堂學人) 등으로 많이 알려진 연성흠(延星欽)의 필명이다. 위에서 말한 우화 「락타와 천막」(『어린이』, 1929년 10월호: 34~35쪽)의 작품 말미에는 작자명을 '(연성흠)'으로 밝혀놓았지만, 목차에는 "락타와 天幕(寓話)……果木洞人"이라 하여, '果木洞人'이 '延星欽'임을 알 수 있다.

'頭流山人'이란 필명은 「童話運動의 意義—少年文藝運動의 新展開(전

30 방운용의 『방정환 아동문학 전집』(삼도사, 1965)과 방운용 · 이재철의 『소파 방정환 문학 전집』(문천사, 1974) 참조.

4회)」(『중외일보』, 1930.4.8~11), 「少年運動의 新進路—若干의 展望과 展開方途(전5회)」(『중외일보』, 1930.6.7~12) 등에서 발견된다.

> 그들의 陰謀가 暴露되자 全鮮 意識的 團體는 거이 反對의 烽火를 들고 不參으로서 破壞하려 하엿스며 한편으로 參加함으로서 內的으로 崩壞식히려는 計劃을 樹立하고 遂行을 開始하게 되엿다. 이러한 最中에 마츰내『所謂 大會』는 억지로 開催되엿고 거긔서 分裂 극복 투쟁의 外的 內的 戰術은 奏效하야 續會 一派는 根本的으로 埋葬되고 말엇다. (二九年 十一月 朝報 紙上 筆者의 所論 參照) (頭流山人, 「少年運動의 新進路—若干의 展望과 展開方途(三)」, 『중외일보』, 1930.6.9) (밑줄 필자)

'少年運動'에 대해 논의하면서 '二九年 十一月 朝報 紙上 筆者의 所論 參照'라 하였는데, 그 글은 바로 김성용(金成容)의 「少年運動의 組織問題(전6회)」(『조선일보』, 1929.11.26~12.4)이다. 이 시기에 '朝報' 곧 '朝鮮日報'에 「少年運動의 組織問題」 외에 달리 '少年運動'을 논한 글이 없기 때문에 '筆者의 小論'의 '筆者'가 '金成容'이고 그가 바로 '頭流山人'임을 확인할 수 있는 것이다. 그리고 '頭流山人'이 쓴 다른 글 「童話運動의 意義」 말미에 "四.一. 於 端川"(「童話運動의 意義—少年文藝運動의 新展開(四)」, 『중외일보』, 1930.4.11)이라 하였는데, 김성용이 바로 함경남도 단천(端川) 출신인 점도 '頭流山人'이 '金成容'과 동일인임을 입증하는 근거라 하겠다.

> 함남 단천(咸南端川)에 잇는 소년동맹에서는 (중략) 또 지난 이십칠일 그 회위원이오 조선소총위원인 김성용(金成容)(一九) 군은 텬도교소년련맹 김상묵(金相默) 군과 함께 단천서를 방문하고 교섭한 바 잇섯스나 여전히 금지로 일관하며 어린이날 긔념뿐 아니라 소맹의 일톄 집회는 전과 변함업시 금지할 방침이라고 경무계 주임은 말하얏다. (하략) 【단천】 (「'어린이날' 紀念 集會禁止—불온

운동을 막는다, 端川署 高壓 不變」, 『중외일보』, 1929.5.2) (밑줄 필자)

차상찬(車相瓚)의 필명으로 널리 알려진 건 '靑吾(車靑吾, 靑吾生)'다. 「史外史話, 二十四歲에 大金皇帝가 되려던 少年將軍李澄玉」(車靑吾; 『어린이』, 1925년 6월호: 35~39쪽), 「됴선글자를 맨들든 해」(靑吾; 『어린이』, 1926년 1월호: 10~11쪽), 「壬申西亂의 平西大元帥요 天下의 奇傑이든 洪景來의 어릴 때 이약이」(靑吾生; 『어린이』, 1930년 1월호: 10~11쪽) 등에서 확인된다. 이 외에 '壽春學人, 江村生' 등이 있는데,[31] 전자는 춘천(春川)의 옛고을 이름을 딴 것이고, 후자는 소양강(昭陽江)과 이웃한 마을 출신이라는 뜻에서 지은 것이라 한다(「청오 차상찬의 유묵」).

'鐵山兒'는 유천덕(劉天德)의 필명이다. 그는 평안북도 철산(鐵山) 출생인데 고향명 '鐵山'에다 '兒'를 덧붙인 데서 유래된 것이다. 『매일신보』(1932.7.30) '어린이作品' 난에 '鐵山兒'란 이름으로 「되지바우」, 「쑿짜는 처녀」, 「바다가에서」, 「우리들의배움」, 「누나죽음」, 그리고 '吳範錫'의 「田園風景」이 실린 다음, 지은이 표시가 없이 「첫봄」이 실려 있다. 지면으로만 보면 '오범석'의 작품으로 오인할 수 있겠다. 그런데 유천덕이 『매일신보』(1932.8.14)에 '訂正申請'을 하였는데 그 내용이 이러하다.

訂正申請 七月 三十日附의 貴紙 第八千九百三十二號 四面 八段 末端에 揭載發表된 童謠「첫봄」은 生의 拙作品인데 勿論 編輯 中 忽忙의 緣由로 因하야 그리 되엿스리라고 밋기는 하지만 웨-? 作者의 이름(原稿에는 生의 別號인「鐵山兒」로 썻습니다. 訂正하실 時에도 鐵山兒로 하여 주시요)을 빼처놋고 發表하엿

31 박종수의 「車相瓚論」(『한국민속학』, 제28집, 한국민속학회, 1996.12, 259쪽)에는 '18개의 필명'이라며 '江村生, 翠雲生, 壽春學人, 禿頭博士, 明月山人, 三角山人, 風流郞, 차돌이, 각살이, 車天子, 酒賤子, 史外山人, 觀相者, 考古生, 門外漢, 傍聽生' 등을 들고 있다. '門內漢'이라 한 것은 '門外漢'으로 바로 잡고, '鶯棲山人, 嘉會洞人'도 더 있다. 도호(道號)로 '蘆菴'이 있다.

습니까? (중략)

昭和 七年 八月 六日

平北 鐵山郡 鐵山面 東平洞 一五番地　　劉天德

每日申報社 編輯局　　貴中 (밑줄 필자)

이로 볼 때 '鐵山兒'는 바로 유천덕이다. 박경수는 '유천덕(劉天德, 菊朶, 평북 철산)'과 '철산아(鐵山兒, 평북 철산)'를 서로 다른 사람으로 벌려 놓았다.[32] 『매일신보』에 '劉天德', '菊朶生'(합작 포함)이란 이름으로 발표한 작품이 31편, '鐵山兒'란 이름으로 발표한 동요가 14편을 찾을 수 있는데 도합 45편을 합쳐야 온전한 유천덕의 동요를 살필 수 있을 것이다.

'月谷洞人'은 「世界美人評」(『新民』, 제44호, 1928년 12월호)과 평론 「童謠童話와 兒童敎育(전3회)」(『조선일보』, 1930.3.19~21)을 초역(抄譯) 발표한 바 있다. 지명을 딴 필명인데 누구인지는 아직 밝히지 못했다.

(19) 다양한 표기의 필명

다양한 한자 표기의 필명은 앞에서 노양근의 경우에 살펴본 바 있다. 한자 표기를 우리말로 바꾸어 표기한 예도 더러 있다. 이러한 예로 앞에서 '玉波'를 '구슬결'로 풀어 쓴 강병주와 '雲波'를 '구름결'로 풀어 쓴 안준식, '雪松'을 '눈솔'로 풀어쓴 정인섭, '丁淳哲, 丁純鐵, 丁淳喆' 등으로 한자 표기를 달리한 정순철(丁淳哲, 필명 丁友海) 등의 경우를 보았다. 이 외에도 고장환, 김성도, 노양근, 박고경, 신고송, 오경호, 양우정, 유삼열, 이구월, 정순철, 최경화, 한백곤, 허수만 등을 들 수 있다.

고장환(高長煥)의 필명은 '고긴빛'인데 이는 '高長煥'을 '고'라는 성은

---

32 박경수, 『아동문학의 도전과 지역 맥락』, 229쪽.

그대로 하고 이름은 '長'을 '긴', '煥'을 '빗(빛)'으로 풀이한 것이다.

「어린 음악대」로 널리 알려진 경북 하양(河陽) 출신의 김성도(金聖道)는 필명으로 '어진길'을 사용했는데 이름 '聖道'를 우리말로 풀이한 것이다. 다시 이를 한자로 '魚珍吉'로 표기하기도 하였다(「諸 先生의 雅號」: 26쪽).

노양근(盧良根)은 일제강점기에 동화와 소년소설 부문에서 많은 작품을 남겼다. 그의 필명으로는 '洋兒(良兒, 羊兒)' 등이 알려져 있다. "朝鮮學生의 노래 洋兒(本名 盧良根)"(「懸賞當選者紹介」, 『동아일보』, 1935.1.8)와, "洋兒, 良兒, 羊兒는 盧良根 先生"(「諸 先生의 雅號」: 26쪽) 등에서 필명을 확인할 수 있다. 이 외에도 '陽近而, 壤近而, 羊近而, 鷺洋近, 철연이' 등을 사용하였는데 이름을 다양한 한자로 표기한 것이다. 동시 「내 생활」(陽近而; 『신소년』, 1931년 10월호: 21쪽), 「農村少年의 노래」(『어린이』, 1932년 7월호: 36쪽)의 본문 작자는 '壤近而'인데 목차에는 '盧良根'이며, 동요 「그까짓 것」(羊近而; 『신소년』, 1931년 3월호: 50쪽), 「笑話, 讀者欄」(羊近而; 『별건곤』, 1932년 3월호: 30쪽), 1931년 『동아일보』 신춘문예 동요 부문 가작 당선작인 「단풍」(1931.1.3)의 작자는 '철연이'인데, 「當選童謠」 명단에는 '鐵原 盧良根'(盧良根의 오식: 필자)으로 되어 있고, 동화 「참새와 구렝이」(전2회, 『동아일보』, 1935.1.13~2.3)의 작자는 '鷺洋近'인데, 「新春募集原稿當選者發表」(『동아일보』, 1935.1.1)의 동화 부문 가작에는 '盧良根'으로 되어 있다. '철연이'는 연유를 알기 어려우나 당시 '鐵原'에 있었던 것과 관련이 되지 않나 싶다.

신고송의 본명은 '申末贊'인데 '신고송', '申孤松', '申鼓頌' 그리고 성을 뺀 '鼓頌' 등과 같이 한자 표기만 달리한 필명을 사용했다. 「자장노래」(申末贊; 『별나라』, 1927년 10월호: 37쪽), 「우는 꼴 보기 실혀」(『별나라』, 1930년 6월호: 9쪽)의 본문 작자는 '鼓頌'인데 목차에는 '申鼓頌'으로 되어 있고, 「바다의 노래」(『별나라』, 1930년 7월호: 14쪽)의 본문 작자는 '申孤松'이나 목차에는 '申鼓頌'으로 되어 있으며, 「도야지」(『별나라』, 1930년 10월호: 17쪽)의 작자는 '申鼓頌', 동화 「두더쥐와 아가씨」(『별나라』, 1931년 1-2월 합호: 42

쪽)의 본문에는 작가가 '신고송'인데 목차에는 '申鼓頌'으로 되어 있다. 이 외에도 본명의 중간 글자 '末'을 뺀 '申贊' 등의 필명을 사용하기도 하였다(김봉희, 2007: 2쪽).

황해도 재령(載寧) 출신의 오경호(吳慶鎬)는 한글로 오경호와, 한자 표기를 달리하여 '吳京昊, 吳鏡昊, 吳庚昊, 吳鏡湖' 등의 다양한 표기를 사용하였다. 「개구리의 노래」(오경호; 『별나라』, 1930년 6월호: 77쪽), 「農少年」(吳庚昊; 『신소년』, 1931년 8-9월 합호: 20~21쪽), 「우리가 지은 곡식」(『新少年』, 1931년 10월호)은 본문에는 '吳京昊'로 되어 있지만, 목차에는 '吳庚昊'로 되어 있어 두 사람이 동일인임을 알 수 있고, 시 「새벗」(吳鏡昊; 『신소년』, 1931년 5월호: 28쪽), 「고향을 써나」(吳鏡湖; 『신소년』, 1928년 7월호)와 같이 한자 표기를 달리 했다.

양우정(梁雨庭)의 본명은 양창준(梁昌俊)이다. 그러나 1949년 한자 표기가 다른 '梁又正'으로 개명하였다. 이 외에도 성을 빼고 '雨庭'을 사용하기도 하였다. "雨庭 梁昌俊 氏(詩)"(「詩人消息 樂人消息」: 29쪽)라 하여 '雨庭'이 '梁昌俊'의 필명임을 밝혔고, 『싸우는 民族의 理論』(민족문화출판위원화, 1947), 『李大統領 鬪爭史:李承晩』(연합신문사, 1949), 『(李承晩大統領)獨立路線의 勝利』(도립정신보급회, 1948) 등의 지은이는 개명한 '梁又正'으로 표기되어 있으며, 「비밀상자」(『별나라』, 1930년 6월호: 9쪽)의 본문 지은이는 '雨庭'인데, 목차에는 '梁雨庭'이어서 성(姓)을 뺀 이름만을 사용하기도 했다는 것을 확인할 수 있다. 이 외에 '宇成, 남우' 등의 필명도 사용했다고 한다.[33]

유삼열은 '劉三烈'과 '劉三悅'로 한자 표기를 달리한 것으로 보인다. 「第二回 브나로드 啓蒙隊員 參加 氏名(十二)」(『동아일보』, 1932.7.22)에 의하면 연희전문 참가자 가운데 '二四' 세의 3학년 '劉三烈'이 있고, 「延專

33 서범석의 「양우정(梁雨庭)의 시 연구」, 『국어교육』, 제98호, 한국어교육학회, 1998, 318쪽.

青年會夏期傳道隊」(『조선중앙일보』, 1933.6.30)에 따르면 1933년 7월에서 8월까지 박덕배(朴德培), 원유각(元裕珏), 유삼열(劉三悅), 김성도(金聖道), 유기흥(柳基興) 등 연전학생기독교청년회(延專學生基督教青年會)의 하기전도대(夏期傳道隊)의 대원으로 각지 순회전도를 하였다는 기사에서는 '劉三悅'이 확인된다. 그리고 윤복진(尹福鎭)이 『물새발자옥』을 증정할 때, "劉三悅大兄에게 드림. 一九三九年 六月 三十日. 서울서 作詩者로"라 한 것으로 보아 '劉三悅'로 표기하는 것도 일반적이었던 것 같다.

경남 마산(馬山) 출신으로 주로 통영(統營)에서 생활하였던 이구월(李久月)은 일제강점기에 『신소년』, 『별나라』뿐만 아니라 여러 신문에 왕성하게 동요 작품을 발표하였다. 해방 후에는 대구(大邱)에서 발간된 『새싹』에도 다수의 동요 작품을 발표하였다. 그의 본명은 이석봉(李錫鳳)인데 한자 표기만 달리하여 '李石峯'으로도 표기하였다. "久月 李錫鳳 氏"(南應孫, 「朝鮮의 글쓰는 先生님들(終)」, 『매일신보』, 1930.10.23), "久月 李錫鳳 氏(詩樂)"(「詩人消息 樂人消息」: 29쪽), "久月 · 李錫鳳 篇"(『(푸로레타리아童謠集) 불별』: 31쪽)이라 한 데서 '李久月'과 '李錫鳳'이 동일인임을 알 수 있다. 동요 「아침달」(『중외일보』, 1928.7.23)의 지은이는 '李石峯'인데, 당시 『중외일보』에 다수의 동요 작품을 발표하고 있던 '李錫鳳'과 동일인으로 보인다.

잡지 『어린이』의 기자로 활약하였고 같은 잡지에 많은 양의 작품을 발표하였던 최경화(崔京化)도 한자 표기를 달리한 여러 필명을 사용하였다. '崔鏡花, 鏡花, 鏡花生' 등이 그것이고, '최경화'와 같이 한글로 표기한 경우도 더러 있다. 그리고 '거울꼿'이란 필명이 있는데 이는 '鏡花'를 우리말로 풀이한 것이다. 「『테세우스』-三大盜賊과 사혼 이약이」(鏡花生; 『어린이』, 1928년 10월호: 39쪽), 「音樂先生」(鏡花; 『어린이』, 1928년 7월호: 63쪽), 「神秘한 生命」(崔鏡花; 『어린이』, 1932년 9월호: 26쪽), 「물오리!」(거울꼿; 『어린이』, 1930년 12월호: 54쪽. 목차에는 '鏡花生') 등에서 확인된다.

한백곤(韓百坤)은 '韓百崑, 韓百棍, 韓白崑(白崑), 韓栢崐, 白崐, 栢棍, 白

崑松' 등 한자 표기를 달리한 여러 필명과 이를 우리말로 풀이한 '한흰뫼, 흰뫼' 외에 '韓碧松(碧松山人), 韓生, 韓栢福(韓百福)' 등의 필명을 사용했다. 「讀者談話室」(忠州 한흰뫼; 『어린이』, 1932년 4월호: 71쪽), 「나무꾼 行進曲」(白崑; 『어린이』, 1932년 4월호: 3쪽), 「우리 야학당」(栢棍; 『매일신보』, 1933.5.12), 「讀者談話室」(『어린이』, 1932년 3월호: 68쪽)의 주소란에 "忠州郡 可金面 倉洞 韓栢崐", 「農村少年」(韓白崑; 『어린이』, 1932년 1월호: 28쪽), 「奇妙無窮大學」(『별나라』, 1935년 1-2월 합호: 51쪽)의 질문자 '忠州 韓百棍 生', 동요 「병아리 두 마리」(『새동무』, 1947년 4월호)와 「시골집」(『새동무』, 1947년 7월호)의 작자 '韓百崑', 「깔깔笑學校」(『어린이』, 1932년 4월호: 47쪽)에 '서울 中學生 흰뫼' 등으로 달리 표기하였다. 「今春 普校 卒業한 崔 君의 日記」(『신소년』, 1932년 6월호, 38쪽)의 본문 필자는 '韓碧松'인데 목차에는 '韓百坤'으로 되어 있다. 「讀者談話室」(『어린이』, 1932년 5월호, 70쪽)에 '忠州倉洞夜學 韓碧松'과 「별님의 모임」(『별나라』, 1933년 8월호, 38쪽)에 '忠州郡 可金面 倉洞夜學堂 韓生'은 같은 사람이라, '韓碧松=韓生=韓百坤'임을 알 수 있다. 「야학 가는 길」(『어린이』, 제10권 제5호, 통권96호, 1932년 5월호)의 본문 지은이는 '白崑'이나 목차에는 '白崐'으로 되어 있다. 「봄이 왓다고」(『매일신보』, 1932.4.7)의 지은이가 '白崑松'인데 한백곤의 다른 이름이다. 「동무소식」(『매일신보』, 1932.6.8)에 '韓百福, 白崑松, 碧松山人' 등 한백곤의 다른 이름을 밝히고 있다.

함경북도 성진(城津)의 허수만(許水萬)은 필명으로 '赤岳, 夢鳥'(「文藝狂執筆家芳名」: 2쪽)가 있는데, '夢鳥'를 한글로 풀이한 '꿈새'란 필명도 사용하였다. 동시 「울여 봅시다」(『별나라』, 1928년 6월호: 82쪽)의 작자는 '城津 꿈새'다. 같은 호에 '별나라社 城津支社長 許水萬'이 「별나라 두 돌상에 돌나안저서 過去보담 未來를 祝壽함」이란 글을 싣고 있어서 '꿈새'란 다른 이름을 사용한 것으로 보인다.

3. 맺음말

일제강점기 아동문학가(소년문사)들의 필명을 살펴보았다. 필명을 확인하는 가장 중요한 이유는 온전한 작가론이나 작품론을 위해서다. 동일한 작가임에도 불구하고 누군지 모르거나 다른 사람으로 오인하게 되면 제대로 된 작가론이나 작품론은 원천적으로 불가능하게 된다. 나아가 개별 작가 또는 작품(비평)과 문학사가 부분과 전체로서 어떤 관계를 갖는지도 제대로 구명할 수 없을 것이다.

안준식과 안평원, 정청산과 정철, 남응손과 남석종, 최병화와 접몽, 정순철과 정우해 등에서 동일 인물로 혹은 다른 사람으로 오인되는 경우를 확인하였다. 그간 누군지 몰랐던 '頭流山人', '宮井洞人' 등의 자리매김이 가능해졌고, 노양근, 오경호, 한백곤 등이 여러 개의 필명을 사용한 것을 확인한 것 또한 작가론이나 작품론을 위한 필수적인 선행 작업으로 도움이 될 것이다.

끝으로 해결하지 못한 것 몇 가지를 적어두겠다. 아동문학을 연구하는 사람들이 빠른 시간 내에 이 문제를 해결하였으면 한다.

잘 알려지지 않았지만 윤복진의 필명으로 '파랑새'가 있다. 그런데 『매일신보』에 '파랑새' 명의로 발표된 6편의 동요 「비오는 날」, 「거미」, 「수양버들」, 「봄노리」, 「가랑비」, 「앵도」의 작자가 윤복진인지는 확인할 수 없었다. '月谷洞人'이 누구인지도 확인할 자료를 찾지 못해 밝히지 못했다. 『별나라』 편집과 집필에 깊이 관여하였던 박노일(朴魯一)과 박상우(朴尙愚)와 『매일신보』에 다수의 동요를 발표한 영숙(英淑)과 동화와 번역물을 여러 편 발표하고 있는 박자영(朴越影)이 누구인지 궁금하다. 박자영은 '朴雲重'이란 이름을 겹쳐 쓰고 있고, '李雲重'도 같은 사람으로 보이지만 분명하게 확인할 자료를 찾지 못했다. '英淑' 또한 마찬가지다. '北原樵人'(金治植)과 '金北原', '洪北原' 등의 신원과 관계, 여성(麗

星), 『신소년』에 다수의 글을 발표한 운재학인(雲齋學人), 청철각(靑鐵脚), 푸로 · 메스, 「少年文學과 現實性—아울러 朝鮮少年文壇의 過去와 將來에 對하야」(『어린이』, 1932년 5월호)를 발표한 빈강어부(濱江漁夫) 등 아직 밝혀지지 않은 다수 아동문학가들의 신원도 궁금하다. 좀 더 소상하게 밝혀지기를 바란다.

본명을 밝히기 위해 여러 잡지의 본문과 목차를 대조하고, 잡지의 독자란을 뒤져 익명이나 필명을 확인하는 일은 지극히 단순한 일이지만 오랜 시간 반복적인 확인 작업을 필요로 하기 때문에 몹시 힘든 일이다. 그러나 이 단계를 넘어서야 학문적 진전이 있을 것이다. 지금까지의 작업으로 일제강점기 아동문학가들이 다양한 필명으로 발표한 작품들이 누구의 것인지를 밝히는데 일정 부분 도움이 되었다고 생각한다.

그러나 이 작업을 하면서 잡지의 결락된 호가 빠른 시일 안에 발굴되었으면 하는 바람과, 소장처를 알지 못하거나 알면서도 볼 수 없었던 자료가 많아 아쉬움이 컸다. 이 자료들까지 볼 수 있다면 더 많은 아동문학가들의 정확한 필명을 확인할 수 있을 것이다. 필자 자신과 같은 길을 걷는 연구자들이 빠진 것을 깁고 잘못된 것을 바로 잡는다면 아동문학 연구의 토대를 마련하는데 많은 도움이 될 것으로 생각한다.

참고문헌

1. 기본 자료

『어린이』, 『신소년』, 『별나라』, 『새벗』, 『소년세계』, 『동화』, 『동아일보』, 『조선일보』, 『중외일보』(중앙일보, 조선중앙일보), 『매일신보』

「文藝家名錄」(『文藝月刊』, 1932년 1월호)

「文藝家名簿」(『朝鮮文學』, 제2권 제1호, 1934년 신년호)

「文藝狂 執筆者 芳名錄」(『文藝狂』, 1930년 2월 10일)

「文人一覽表: 朝鮮 文人의 푸로엘, 朝鮮 詩人 印象記」(『彗星』, 1931년 8월호)

「文筆家住所錄」(『朝鮮文藝年鑑』, 인문사, 1940)

「별님의 모임」(『별나라』, 제5권 제2호, 1930년 2-3월 합호)

「本誌 執筆 諸家」(『文藝公論』, 창간호~제2호, 1929년 5월호~6월호)

「詩人 現住所錄」(『詩學』, 제2집, 1939년 5-6월 합호;1939년 5월 20일 발행)

「詩人消息 樂人消息」(『音樂과 詩』, 1930년 9월호;1930년 8월 15일 발행)

「兒童文藝家 最近 動向」(『童話』, 1936년 9월호)

「雅號 別號 及 筆名 藝名 一覽表」(『出版大鑑』, 조선출판문화협회, 1949년 4월)

「藝術家動靜」(『三千里』, 제12권 제10호, 1940년 12월호)

「作家作品年代表」(『三千里』, 제9권 제1호, 1937년 1월호)

「諸 先生의 雅號」(『童話』, 1936년 12월호)

「朝鮮 各界 人物 온 · 파레드: 壇上의 人과 筆頭의 人」(『彗星』, 1931년 9월호)

「朝鮮文壇 執筆 文士 住所錄(전2회)」(『朝鮮文壇』, 속간 제1~2호, 1935년 2, 4월호)

×××, 「이 해를 보내는 執筆先生의 全貌」(『별나라』, 통권79호, 1934년 12월호)

K · S生, 「一九三四年 作家 照明台」(『신소년』, 1934년 4-5월 합호)

XYZ, 「執筆先生의 全貌」(『별나라』, 통권80호, 1935년 1-2월 합호)

XYZ, 「風聞帖」(『별나라』, 통권73호, 1933년 12월호)

桂鎔默, 「韓國文壇側面史(전3회)」(『현대문학』, 제10호, 제12~제13호, 1955년 10월호, 1955년 12월호~1956년 1월호)

김영일, 「나의 데뷔시절: 책 속의 주인공이 되어」(『새교육』, 제34권 제8호, 1982

년 8월호)
김영일, 「일제시에 자유시의 깃발을 들고－자유시 운동의 첫걸음」(『어린이문예』, 1979)
金泰午 외, 「本誌 創刊 滿十週年 記念 紙上 執筆人座談會」(『아이생활』, 1936년 3월호)
金八峰, 「우리가 걸어온 三十年(전5회)」(『思想界』, 제61호～제65호, 1958년 8～12월호)
金八峰, 「韓國文壇側面史(전5회)」(『思想界』, 제37호～제41호, 1956년 8～12월호)
南夕鐘, 「每申 童謠 十月 評(2)」(『매일신보』, 1930.11.12)
南應孫, 「가을에 생각나는 동무들(상, 하)」(『매일신보』, 1930.10.6～7)
南應孫, 「朝鮮의 글 쓰는 先生님들(전5회)」(『매일신보』, 1930.10.17～23)
文章社編輯部 編纂, 「朝鮮文藝家總覽」(『文章』, 1940년 1월호)
閔丙徽, 「文壇의 新人 · 캅프」, 『삼천리』(제5권 제10호, 1933년 10월호)
閔丙徽, 「文學風土記－開城篇」(『인문평론』, 1940년 7월호)
閔丙徽, 「朝鮮文壇을 지키는 靑年作家論(上)」(『신동아』, 제47호, 1935년 9월호)
朴英熙, 「草創期의 文壇 側面史(전9회)」(『현대문학』, 제59호, 제60호～제65호, 1959년 8월호～1960년 5월호)
朴英熙, 「評論家로서 作家에게 주는 글(제4회) 作家 嚴興燮 兄에게」(『신동아』, 제56호, 1936년 6월호)
朴熙道, 「嗚呼, 方定煥 君의 墓」(『三千里』, 제23호, 1932년 2월호)
本社 A 記者, 「兒童文學作家(二) 李東珪 氏 訪問記」(『신소년』, 1934년 4-5월 합호)
本社 B 記者, 「兒童文學作家(一) 鄭青山 氏 訪問記」(『신소년』, 1934년 4-5월 합호)
昇曉灘, 「朝鮮 少年文藝團體 消長史稿」(『신소년』, 1932년 9월호)
쌀낭애비, 「별나라를 위한 피 · 눈물 · 땀!! 수무방울」(『별나라』, 1927년 6월호)
嚴興燮, 「(나의 修業時代－作家의 올챙이때…(8) 讀書에 兄과도 競爭, 小學때 童謠 創作－『習作時代』 前後의 挿畵」(『동아일보』, 1937.7.31)

李無影, 「嚴興燮을 말함」(『朝鮮文學』, 제15호, 1939년 1월호)
李定鎬, 「嗚呼 方定煥－그의 一周忌를 맞고」(『東光』, 제37호, 1932년 9월호)
一記者, 「新年劈頭에 '색동회'를 祝福합시다」(『신소년』, 1927년 1월호)
林 和, 「評論家로서 作家에게 보내는 便紙(第三回)畏友 宋影 兄께」(『신동아』, 제55호, 1936년 5월호)
鄭殉情, 「文壇交友錄－지나간 斷想을 모아서(전4회)」(『조선중앙일보』, 1935.6.8~16)
趙碧巖, 「嚴興燮 君에게 드림－南風에 실려 보내는 愁想」(『신동아』, 제46호, 1935년 8월호)
朱耀翰, 「나의 雅號 · 나의 異名」(『동아일보』, 1934.3.19)
崔尙巖, 「文壇人物論」(『신세기』, 1939년 9월호)
崔泳柱, 「微笑는 갔는가－悼 李定鎬 君」(『문장』, 제6호, 1939년 7월호)
洪 九, 「兒童文學作家의 프로필」(『신소년』, 1932년 8월호)
洪曉民, 「(나의 雅號 나의 異名)感慨無量」(『동아일보』, 1934.4.11)
洪曉民, 「(韓國)文壇側面史(전6회)」(『현대문학』, 제45호~제50호, 1958년 9월호~1959년 2월호)

2. 논문 및 평론

김봉희, 「신고송 문학 연구」, 경남대학교 국어국문학과 박사학위논문, 2007.8.
류덕제, 「송완순의 아동문학론 연구」, 『동화와번역』, 제31집, 건국대학교 동화와번역연구소, 2016.
류덕제, 「아동문학가 박아지 연구」, 『국어교육연구』, 제60집, 국어교육학회, 2016.
류덕제, 「최초의 동요창작 지침서, 정열모의 『童謠作法』, 『근대서지』, 제13호, 근대서지학회, 2016.
박경수, 「일제강점기 이주홍의 동시 연구」, 『한국문학논총』, 제35집, 한국문학회, 2003.
박경수, 「일제강점기 일간지를 통해 본 경남 · 부산지역 아동문학(2)」, 『한국문학논총』, 제40집, 한국문학회, 2005.

박경수, 「이구월(李久月)이 나아간 아동문학의 길과 자리」, 『한국문학논총』, 제65집, 한국문학회, 2013.
박금숙, 「두 작가를 동일인물로 혼동한 문학사적 오류: 아동문학가 고한승과 다다이스트 고한용의 생애 고찰 중심으로」, 『한국아동문학연구』, 제23호, 한국아동문학학회, 2012.
박정선, 「일제강점기 이주홍의 아동문학 매체 활동」, 『어문론총』, 제59권, 한국문학언어학회, 2013.
박종수, 「車相瓚論」, 『한국민속학』, 제28집, 한국민속학회, 1996.
박태일, 「나라잃은시대 후기 경남 · 부산지역 아동문학－이원수와 남대우를 중심으로」, 『한국문학논총』, 제40집, 한국문학회, 2005.
박태일, 「1930년대 한국 계급주의 소년소설과 『소년소설 육인집』」, 『현대문학이론연구』, 제49호, 현대문학이론학회, 2012.
서범석, 「양우정(梁雨庭)의 시 연구」, 『국어교육』, 제98호, 한국국어교육학회, 1998.
염희경, 「소파 방정환 연구」, 인하대학교 대학원 박사학위논문, 2007.8.
염희경, 「숨은 방정환 찾기－방정환의 필명 논란을 중심으로」, 『아동청소년문학연구』, 제14호, 2014.
유문선, 「총독부 사법 관료의 아나키즘 문학론: 金華山의 삶과 문학 활동」, 『한국현대문학연구』, 제18집, 한국현대문학회, 2005.
윤석중, 「韓國兒童文學書誌」, 대한교육연합회 편, 『兒童文學의 指導와 鑑賞」, 대한교육연합회, 1962.
윤석중, 「韓國兒童文學小史」, 대한교육연합회 편, 『兒童文學의 指導와 鑑賞」, 대한교육연합회, 1962.
윤석중, 「韓國童謠文學小史」, 『예술논문집』, 제29집, 대한민국예술원, 1990.
장만호, 「민족주의 아동잡지 『신소년』 연구－동심주의와 계급주의의 경계를 넘어서」, 『한국학연구』, 제43호, 고려대학교 한국학연구소, 2012.
장유정, 「대중가요 작사가 금능인(金陵人)의 생애와 작품 세계」, 『한국민요학』, 제32호, 한국민요학회, 2011.
장유정, 「유도순의 시집 『혈흔(血痕)의 묵화(默華)』에 관한 연구」, 『한국문학논총』,

제63집, 한국문학회, 2013.
장정희, 「방정환 문학 연구」, 고려대학교 박사학위 논문, 2013.6.
조두섭, 「권구현의 아나키즘 문학론 연구」, 『대구어문논총』, 제12호, 우리말글학회, 1993.
한정호, 「광복기 아동지와 경남 · 부산 지역 아동문학」, 『한국문학논총』, 제37집, 한국문학회, 2004.
홍래성, 「권구현 · 김화산의 아나키스트로서의 정체성 연구」, 서울시립대학교 석사학위논문, 2014.2.

3. 단행본

경희대학교 한국아동문학연구센터 편, 『별나라를 차저간 少女 3』, 국학자료원, 2012.
권영민 편, 『한국근대문인대사전』, 아세아문화사, 1990.
권영민 편, 『한국현대문학대사전』, 서울대학교출판부, 2004.
권영민 편, 『韓國現代文學史年表(Ⅰ)』, 서울대학교출판부, 1987.
김상욱, 『어린이문학의 재발견』, 창비, 2006.
대한교육연합회 편, 『兒童文學의 指導와 鑑賞』, 대한교육연합회, 1962.
류덕제 편, 『한국현대아동문학비평자료집 1』, 소명출판, 2016.
박경수, 『아동문학의 도전과 지역맥락: 부산 · 경남지역 아동문학의 재인식』, 국학자료원, 2010.
박태일, 『경남 · 부산지역 문학 연구 1』, 청동거울, 2004.
새벗社 편, 『어린이 讀本』, 회동서관, 1928.
손목인, 『못다 부른 타향살이: 손목인의 인생찬가』, 도서출판 Hot Wind, 1992.
송방송, 『한겨레음악인대사전』, 보고사, 2012.
송하춘, 『한국현대장편소설사전 1917～1950』, 고려대학교출판부, 2013.
신명균 편, 『(푸로레타리아童謠集) 불별』, 중앙인서관, 1931.
염희경, 『소파 방정환과 근대 아동문학』, 경진출판, 2014.
원종찬, 『동화와 어린이』, 창비, 2004.
원종찬, 『북한의 아동문학: 주체문학에 이르는 도정』. 청동거울, 2012.

원종찬, 『아동문학과 비평정신』, 창비, 2001.
원종찬, 『한국아동문학의 쟁점』, 창비, 2010.
윤복진, 『꽃초롱 별초롱』, 아동예술원, 1949.
윤석중, 『어린이와 한평생』, 범양사출판부, 1985.
이재철, 『한국현대아동문학사』, 일지사, 1978.
장수경, 『학원(學園)과 학원세대』, 소명출판, 2013.
장정희, 『한국 근대아동문학의 형상』, 청동거울, 2014.
정열모, 『現代朝鮮文藝讀本』, 殊芳閣, 1929.
조은숙, 『한국아동문학의 형성』, 소명출판, 2009.
채택룡, 『채택룡문집』, 연변인민출판사, 2000.
최명표, 『한국근대소년문예운동사』, 도서출판 경진, 2012.
최시한, 『(한국근대청소년소설 선집 1)쓸쓸한 밤길』, 문지푸른책, 2007..
탐손 講述, 姜炳周 筆記, 『新撰童話法』, 朝鮮耶蘇敎長老會總會宗敎敎育部, 1934.
河東鎬, 「文筆家名 · 號 一覽」, 河東鎬, 『韓國近代文學의 書誌硏究』, 깊은샘, 1981.
한국아동청소년문학학회 엮음, 『한국아동문학사의 재발견』, 청동거울, 2015.

4. 기타

「청오 차상찬의 유묵」, 『강원일보』, 2004.9.13.

〔부록〕 아동문학가 필명 일람

작가	필명(호, 이명)	비고
姜鷺鄕	姜聖九, 愛泉, 姜鷺珪, 姜晴南	慶南 晋州
姜炳周	白南, 玉波, 구슬결	慶北 榮州, 姜信明의 아버지
姜小泉	본명 姜龍律	咸南 高原
康承翰	流星(姜流星), 玉葉, 金三葉	黃海道 信川
姜時環	詩桓, 月浪鳥人, 姜始桓	咸南 端川
姜信明	小竹	慶北 榮州, 『아동가요곡선 삼백곡』의 편자
姜湖	본명 姜潤熙	慶南 昌原
桂潤集	桂潤, 桂樹, 月中桂樹	平北 宣川
고넬료	高넬료, 高尼流	慶南 釜山
高東煥	高露岩	平南 順安
高文洙		黃海道 海州
高長煥	고긴빗(고긴빛)	
高漢承	曙園, 抱氷, 抱氷生, 高馬夫	京畿道 開城
具王三		慶南 金海
具直會		京畿道 水原
權九玄	權龜鉉, 黑星, 天摩山人, 金華山人	忠北 永同
權煥	본명 權景完, 權允煥	慶南 昌原
金光均	雨杜	京畿道 開城
金光允		江原道 三陟
金光鎬		京城
金景集		平北 定州
金圭銀		咸南 元山
金奎澤	熊超, 왕방울, 孤峰	慶南
金起瀍	金起田, 小春, 妙香山人	平北 龜城
金基柱	春齋	平南 平原
金基鎭	八峰(八峰山人, 八峰生), 여덟뫼, 具準儀, 긔진, 동초, 東初	忠北 淸原
金南柱	남주, 白鳥, 想庵	慶南 統營(三千浦)
金南天	본명 金孝植	平南 成川
金大鳳	抱白, 金抱白, 金大奉	慶南 金海

金大駿	海剛	全北 全州
金道仁	可石	京畿道 仁川
金東吉	금방울	耶蘇教書會
金東鮮	金桐船	黃海道 兼二浦
金東煥	巴人, 鶩公, 金巴人, 巴人生, 江北人, 草兵丁, 滄浪客, 白山淸樹	咸鏡北道 鏡城
金明謙	金藝池	咸南 利原
金炳淳		平南 順安
金秉淳		平北 博川
金秉河	金龜	京畿道 開城
金炳昊	鷄林, 彈(金彈), 金炳兒	慶南 河東→晋州
金思燁	淸溪	慶北 漆谷
金相德	駱山學人, 창씨명 金海相德	京城
金尙默		平南 龍岡→鎭南浦
金曙汀	본명 金永煥	京城
金聖道	어진길, 魚珍吉	慶北 河陽
金成容	頭流山人	咸南 端川
金聖七	霽山	慶北 永川
金沼葉	본명 金炳國	京畿道 開城
金素雲	본명 金敎重, 巢雲, 三誤堂, 鐵甚平(鉄甚平)	慶南 釜山
金樹峯	樹峯	平南 江東
金時昌	金史良	平南 平壤
金億	金熙權, 岸曙(岸曙生, 金岸曙), 石泉, 돌샘, 金浦夢, A.S.	平北 定州
金永壽		京城
金英一	본명 金炳弼, 英一, 石村, 金玉粉, 창씨명 金村英一	黃海道 信川
金英熹	金石淵, 山羊花	慶北 達城
金完東	苞薰, 한별	全北 全州
金友哲	白銀星	平北 義州
金雄烈	白岩, 撫子	咸南 端川
金元龍		慶南 馬山
金柳岸		平南 成川
金載英	金栽英, 金平海	京畿道 開城

金廷漢	樂山, 秋色(金秋色), 牧園(牧原, 牧原生, 金牧原), 鄭夢蘭, 連山, 金汀翰, 金汀幹	慶南 東萊
金俊洪	金色鳥	咸南 咸興
金春岡	본명 金福童, 金春崗, 金鮮血, 花巖, 봄뫼	江原道 洪川→滿洲, 北京
金治植	北原(北原樵人), 月峰	咸北 城津
金泰午	雪崗, 雪崗學人, 靜影, 눈뫼	全南 光州
金漢	본명 金寅圭, 창씨명 星村洋	京城
金漢泰		慶北 大邱
金血灘		平北 義州
金亨軾	夢多見人	平北 鐵山
金曉汀		京城
南宮琅	南宮浪, 南宮요한	平南 平壤
南大祐	南大祐, 南宇, 南曙宇(曙宇學人), 南相昊, 南星, 南山樵人(南山), 智異山人, 南洋草, 金永釪, 劉龍炫, 申盟德, 申孟元, 종달새, 金貞姸, 南山霞洞人, 赤宇	慶南 河東
南洋草		全南 木浦
南應孫	南夕鍾, 石鐘, 南風月	咸南 新高山
盧良根	洋兒, 良兒, 羊兒, 陽近而, 壤近而, 羊近而, 盧徹淵(盧澈然, 철연이), 鷺洋近	黃海道 金川
馬龍錫	雲波	平南 平原
馬海松	본명 馬湘圭	京畿道 開城
孟午永	自耕	
孟柱天	水堂	京畿道 楊平
毛麒允	月泉, 白鈴, 毛鈴	咸南 元山. 毛允淑의 남동생
睦一信	隱星, 林一影, 金富岩, 김소영, 睦玉順	全南 高興
文秉讚	秋波	京城
閔丙徽	閔華景, 梧影	京畿道 開城
閔鳳鎬		黃海道 信川
朴京鍾	來陽	咸南 洪原
朴古京	朴苦京, 木古京, 朴春極, 朴順錫(朴珣石)	平南 平壤→鎭南浦
朴大永	朴對映	慶南 南海
朴木月	본명 朴泳鍾, 影童	慶北 月城郡 乾川
朴炳道		咸南 元山

朴世永	星河, 朴星河, 白河, 血海, 朴血海	京畿道 高陽
朴秀烽	朴秀峯, 朴秀蜂	咸南 元山
朴芽枝	본명 朴一	咸北 明川
朴約書亞	朴約書	咸南 北青郡 新昌港
朴永夏	晩鄕, 朴映河, 朴詠廈, 朴一均, 朴英彩	咸南 元山
朴乙松		慶北 大邱
朴仁守		咸南 元山→間島
朴麟浩	朴轍	慶南 咸安
朴越影	朴雲重, 李雲重, 李越影	
朴埈杓	哲魂	京城
朴泰遠	泊太苑, 夢甫, 仇甫, 丘甫	京城
朴八陽	麗水, 金麗水, 麗水山人, 麗水學人, 김니콜라이, 朴勝萬, 朴太陽, 滄浪客	京畿道 水原
朴和穆	和穆, 朴銀鍾	黃海道 黃州
朴花城	본명 朴景順, 素影, 朴世琅	全南 木浦
方定煥	徐三得, 小波(小波生, 소파生, 方小波), 牧星(ㅁㅅ생), ㅅㅎ생, ㅈㅎ생, 夢見草(見草), 夢中人, 北極星, 波影(波影生, 金波影), 雲庭(雲庭生, 雲庭居士, 方雲庭), 銀파리, 잔물, SP생(에쓰피생), 깔깔박사, 三山人(三山生), 城西人, 쌍S(雙S, 双S, SS생, 雙S生), CW(CW生, CWP), 雨村, 梁雨村[34]	京城
裵相哲	春岡	忠南 燕岐
白岩	흰바위	갈매기社
白鐵	본명 白世哲, 창씨명 白矢世哲	平北 義州
白鶴瑞	白曉村(曉村), 白霞生, 白參奉	黃海道 信川
徐德出	본명 徐正出, 호적명 徐德茁	慶南 蔚山
成慶麟	錢啄, 寬齋, 경린	京城 밤섬(栗島)
成元慶	鐵聲	忠南 禮山
成瑨鎬	自由村人	忠南 禮山
蘇瑢叟		慶南 晋州
孫桔湘		慶南 晋州
孫楓山	본명 孫重行, 孫在奉	慶南 陜川
宋南憲	耕心, 창씨명 松原秀逸	慶北 聞慶
宋順鎰	宋陽波, 陽波	黃海道 安岳

宋影	본명 宋武鉉, 宋東兩, 鷲峯山人, 石坡, 殷龜山	京城
宋完淳	九峰山人(九峰散人), 九峰學人, 宋九峰, 宋駝麟, 한밧, 호랑이, 虎人, 宋虎(宋虎人), 宋素民, 素民學人, 伯郎, 宋江	忠南 大田
宋昌一	창씨명 宋山昌一	平南 平壤
宋鐵利	창씨명 石山靑苔	咸南 惠山
昇應順	昇曉灘, 金陵人, 金能仁, (南風月, 秋葉生)	黃海道 金川
申孤松	본명 申末贊, 鼓頌(申鼓頌), 孤松, 申贊	慶南 蔚州郡 彦陽
申明均	珠汕	京城
申瑩澈	曉山, 若林	忠南 舒川
辛在恒	소석, 暢園	京城
辛栽香	栽香, 힌돌	
沈宜麟	松雲	京城
沈熏	본명 沈大燮, 海風	京城
安德根	安英	黃海道 海州
安完榮	安莞影, 岸莞影, 安瓔坡	平南 龍岡
安俊植	安雲波(雲波), 구름결	京城府, 『별나라』 발행인
安平原		慶北 永川 琴湖
安懷南	安必承	京城, 安國善의 아들
梁佳彬	梁天, 申哲	平南 平壤
楊美林	본명 梁濟賢	黃海道 松禾
楊雲閒	梁建植	平南 平壤
梁在應	孤峯	京城
梁昌俊	梁雨庭, 梁又正, 宇成, 남우	慶南 咸安
梁春錫	春夕, 봄저녁	咸南 平壤
嚴昌燮		慶北 榮州
嚴弼鎭	星洲, 笑堂	慶北
嚴興燮	響(嚴響)	忠南 論山
延星欽	皓堂(延皓堂), 皓堂生, 皓堂學人, 果木洞人	京城
廉根守	白川, 樂浪, 랑랑(랑랑生)	黃海道 白川→江原道 江陵
英淑	?	?
吳慶鎬	吳京昊, 吳鏡昊, 吳庚昊, 吳鏡湖	黃海道 載寧
吳允模	栗嶺(栗嶺生)	江原道 金城

柳基春	柳春波	忠南 瑞山
劉道順	月洋(劉月洋), 月野, 紅初, 幼初, 凡吾, 徐斗成	平北 寧邊
劉三烈	劉三悅	
柳相模	舊名 柳相成	慶南 南海
柳葉	柳春燮, 華峰	全北 全州
柳完熙	赤駒, 松隱, 柳州	京畿道 龍仁
柳雲卿		京城
柳在衡	柳村, 柳村學人	忠北 鎭川
柳志永	八克(八克園), 버들쇠	京城
兪鎭助	苦笑	忠南 禮山
柳昌鉉	柳亭	
劉天德	鐵山兒, 劉菊朶(菊朶, 菊朶生), 劉霞園	平北 鐵山
柳熙恪	柳夕雲	江原道 原州
尹克榮	晴崗	京城 鍾路, 색동회 창립동인
尹基鼎	曉峰, 曉峰山人	京城
尹炳九	農隱	忠南 禮山
尹福鎭	본명 尹福述, 金貴環, 金水鄕, 파랑새	慶北 大邱
尹石重	石童(石童生), 尹碩重	京城
尹永春	活葉, 尹活彬	間島 龍井
尹池月	尹池越	咸南 利原
李康治	李治, 오로라生	京城
李孤月	李華龍, 一農卒	咸北 茂山(三長)
李光洙	春園, 아명 李寶鏡, 長白山人, 孤舟, 외배, 올보리, 魯啞子, 닷뫼, 당백, 京西學人	平北 定州
李龜祚	리구조	平南 江東
李圭洪	曙泉	忠南 禮山
李箕永	民村, 聖巨山人	忠南 牙山
李德成	建德坊人	京城
李東珪	鐵兒	京城府 杏村洞
李東湖	一曙	咸北 城津
李明植		平北 義州
李文海	리문해	平南 平壤

李山	리산, 李街, 李山街, 李旭町(李旭)	慶北 金泉, 無名彈社
李尙大	白泉	
李瑞求	孤帆(孤帆生), 冠岳山人, 李春風	京畿道 安養
李西贊	西贊	滿洲 安東縣
李錫鳳	李久月, 李石峯	慶南 馬山
李石薰	본명 李錫塤, 琴南, 李石薰生, 石薰生, いしい かおる(石井薰), 李薰, 石薫, 창씨명은 まき ひろし: まき よ(牧洋)	平北 定州
李聖洪		慶南 陜川, 李周洪의 동생
李永哲	또한밤, 南江春, 창씨명 加那多	京畿道 開城
李元珪	白岳	京城
李元壽	冬原, 李冬樹	慶南 梁山
李園友	李東友	平北 義州
李益東	桂月	黃海道 海州
李益相	星海	全北 全州
李貞求	夕夢, 李靜龜	咸南 元山
李定鉉	春影	黃海道 海州
李定鎬	微笑, 微笑生, 定鎬生(靜湖生)	慶南 宜寧
李鍾洙	閑山	平南 平壤
李周洪	호적명 李柱洪, 족보명 李煥周, 向破(李向破), 香波(李香波), 향파학인, 芳華山, 旅人草, 望月庵, 주홍, 홍	慶南 陜川
李柱訓	啞石	黃海道 延白
李青史	青史(青史生)	京畿道 開城
李春植		江原道 通川
李春植		江原道 通川
李學仁	牛耳洞人, 李城路, 첫소리	京城
李海文	李孤山(孤山生), 李苦山, 리고산, 金烏山人	忠南 禮山
李鄕逑	啄木鳥	安邊, 新高山→京城
李軒求	李求, 宵泉	咸北 明川
李浩	曉天	慶北 達城
李華龍	李孤月	咸北 茂山
林明善	月松	京城 孝子洞

林尙浩	浩月, 玉波	平南 鎭南浦
任元鎬	鈴蘭	忠南 牙山
林仁洙	玄石, 九村	京畿道 金浦
林鴻恩	野影, 平一	黃海道 載寧. 아이생활 편집, 화가, 삽화가
林和	본명 林仁植, 星兒, 金鐵友, 雙樹臺人, 靑爐	京城
張茂釗		京城, 明進少年會 會長
張善明		平北 義州
張仁均	張草鄕	黃海道 長淵
張昌德	暮雲城人	東京
全鳳濟	개명 全和光, 개명 全和凰	平南 安州, 삽화가
田植	白村人, 磨星生	平北 宣川
田榮澤	늘봄, 長春, 秋湖, 春秋, 小雲, 물수레	平南 平壤
全佑漢	俊植, 佐漢(全佐漢), 朴憲, 崔綱, 柳菊史	忠北 沃川
鄭明杰	봄버들	平南 平原 → 鎭南浦
丁炳基		全北 鎭安, 색동회 회원
鄭祥奎	金順鳳	慶南 晋州
鄭聖采	具道	京城
丁純鐵	丁淳哲, 丁淳喆, 丁友海	忠南 唐津
鄭淳哲	鄭順哲, 아명 分峹, 자 星春	忠北 沃川, 作曲家
鄭烈模	白水, 살별, 醉夢(醉夢生), 취몽중	忠北 懷仁(報恩)
鄭潤煥	翠雲, 勿巾	慶南 南海, 南海少年文藝社 社長
鄭潤熹		平北 鐵山
鄭仁果	본명 鄭顗鍾, 창씨명 德川仁果 또는 悳川仁果	平南 順川
鄭寅燮	雪松, 雪松兒, 눈솔. 눈꽃, 花藏山人. 晩花. 창씨명 東原寅燮	慶南 蔚州 彦陽
鄭靑山	鄭哲, 鄭在德, 綠水	京城
鄭泰炳	友汀	全南 靈光
丁洪教	一天	京城
曹文煥		全南 靈巖
趙榮夏	赤穗	忠南 禮山
趙容萬	雅能(能, 雅), 李重完	京城

曺在浩	養軒, 창씨명 厚山在浩	慶南 宜寧, 색동회 회원
趙宗泫	본명 趙龍濟, 鐵雲, 碧路, 猊巖山人, 如是山房. 趙宗玄, 趙鍾現, 趙灘鄕, 趙彈響	全南 高興
趙喆鎬	冠山	京畿道 始興
朱耀燮	주먹, 餘心(餘心生), 梁平心	平南 平壤, 朱耀翰의 동생
朱耀翰	狼林山人, 頌兒, 송아지, 요한, 句離瓶, 韓青山, 白民, 白船, 벌꽃	平南 平壤
池福文		忠北 忠州
池壽龍		京城
秦長燮	學甫(學圃), 金星	京畿道 開城, 색동회 회원
秦宗爀	雨村(秦雨村)	京畿道 仁川
秦學文	舜星(秦舜星)	京城
車南星		咸南 平壤
車斌均		平北 寧邊
車相瓚	青吾(車青吾, 青吾生), 도호(道號)는 蘆菴, 壽春學人, 江村生, 明月山人, 三角山人, 鷲棲山人, 翠雲生, 觀相者, 史外山人, 車記生, 車夫子, 車天子, 酒賤子, 風流郎, 考古生, 門外漢, 傍聽生, 禿頭博士, 차돌이, 각살이, 嘉會洞人	江原道 春川
車又永秀	차또영수	慶南 晋州
車七善	본명 車駿汶, 空人	全南 群山
蔡奎三	淚馨, 夢笑(蔡夢笑)	咸南 定平
蔡奎哲	求鐵	平北 厚富(厚昌)
蔡澤龍	본명 蔡奎明, 夢笑, 金星, 靜海, 狂波, 鳩鳴, 一心, 春心, 曙影, 彩虹, 아기별, 새벽놀	咸北 會寧(咸南 通川, 文川)
千正鐵		京城
崔京化	鏡花, 崔鏡花, 鏡花生, 거울쏫	平南 安州
崔奎善	青谷(崔青谷)	京城, 『별나라』 동인
崔南善	아명 昌興, 자 公六, 六堂(六堂學人), 南嶽主人, 曲橋人, 大夢, 白雲香徒, 逐閑生	京城
崔秉和	蝶夢, 나븨쑴, 나뷔쑴	京城
崔鳳則	墨峯	平北, 『아이생활』 발행인
崔錫崇	崔石崇, 錫崇崖, 崇崖, 崇崖奇	咸南 元山
崔泳柱	崔信福, 푸른소, 赤豆巾, 草童兒	京畿道 水原, 崔順愛의 오빠

崔永澤	老耕	京城, 崔湖東의 형
崔玉鎭	山城住人	忠南 禮山
崔隱鄕	수문마을	咸南 元山
崔仁旭	본명 崔相天, 河南	慶南 陜川
崔仁化		平南 平壤, 『童話』 발행
崔昶楠	槿堂	淸州 淸南學校
崔湖東	湖東生, 湖東子	京城, 崔永澤의 동생
崔喜明	실버들	大邱師範學校
卓相銖	늘샘, 臥龍, 臥龍山人	慶南 統營
太在福	개명 太英善, 太栽馥, 太小峯	京城
韓百坤	韓碧松(碧松山人), 韓生, 韓百崑, 韓百棍, 韓白崑(白崑), 白崐, 栢棍, 韓栢崐, 白崑松, 韓栢福(韓百福) 한흰뫼(흰뫼)	忠北 忠州
韓相震		全北 裡里
韓錫源	큰샘	平南 平壤, 『아이생활』 발행인
韓裕駉		咸南 咸興
韓寅鉉	韓寅炫	咸南 元山
韓哲		黃海道 兼二浦(松林)
韓晶東	星壽, 棲鶴山人, 白民	平南 江西
韓哲焰	哲焰, 철염	
韓海龍	韓春惠, 神谷村人	咸南 咸興→奉天
許文日	三峰	平南 平壤
許水萬	赤岳(許赤岳), 夢鳥, 솝새	咸北 城津
玄德	본명 玄敬允	京城
玄東炎	玄東廉, 玄東濂	京畿道 開城
玄松	본명 金玄松, 金松	咸南 咸州
洪九	본명 洪長福, 洪淳烈, 홍구	京城
洪銀星	본명 洪淳俊, 洪曉民, 銀星學人, 銀星生, 은별, 銀별, 安在左, 安釼虎, 鄭復榮, 美鳴, 洪薰, 曉民學人, 城北洞人, 宮井洞人	京畿道 漣川
洪銀杓	漁隱, 圃仁	黃海道 金川
洪在善	梅雪	咸北 明川
洪鍾達	洪月村, 月村	慶北 大邱

黃順元	黃晚崗(晚岡, 晚崗), 狂波(狂波生, 黃狂波)[35], 黃鷴鳥(鷴鳥), 황관조	平南 大東
黃裕一		咸南 利原
黃贊明	荒燦命, 谷泉(谷泉生)	黃順元의 叔父

※ 필명이 널리 알려진 경우에는 필명을 표제어(본명)로 삼았다. 필명이 따로 확인되지 않은 아동문학가들의 이름도 제시하였는데, 향후 확인되기를 기대한다.

34 방정환의 필명에 대한 논란이 있어 대체로 확정된 것만을 제시하였다. 염희경의 「숨은 방정환 찾기」(153쪽) 참조.

35 '狂波生'은 황순필(黃順必)의 필명이기도 하다. "◀ 編輯部의 여러 先生님! 저는 貴報 讀者가 된 지도 오래 되엇습니다. 그러나 先生님들께 인사 못 들인 것이 罪悚하나이다. 그런데 저의 拙作인 「봄맛는 참새」라는 童謠가 本報 二十五日 紙面에 發表되엇습니다. 그런 것이 二十七日 紙面에는 저의 本名으로 또 발표되엇습니다. 이것은 나의 잘못으로 原稿 相重되여 그러케 되엇사오니 編輯先生님께와 讀者諸位에게 恕諒을 바라는 바입니다. (黃順必)"(「동무소식」, 『매일신보』, 1931.5.6.). 실제로 「봄맛는 참새」(狂波生; 『매일신보』, 1931.4.25)와 「봄맛는 참새」(黃順必; 『매일신보』, 1931.4.27)로 두 번 발표되었다.

윤복진의 동요곡집

—『물새발자옥』을 중심으로

1. 머리말

윤복진(尹福鎭)은 일제강점기와 해방기에 걸쳐 활발하게 동요를 창작했던 대표적인 아동문학 작가이다. 그러나 신문과 잡지에 발표된 그의 동요와 동요곡집 등에 수록된 동요들이 제대로 수습되지 못하고 있는 형편이다. 해방 후에 44편의 동요를 묶어 발간된 『꽃초롱 별초롱』(아동예술원, 1949)이 윤복진의 유일한 동요집인데, 여기에 수습되지 못한 작품이 아주 많다. 원종찬이 『꽃초롱 별초롱』의 수록 작품 전부와 일제강점기에서부터 6·25 전쟁 전까지의 작품 47편을 모아 출간한 『꽃초롱 별초롱』(창작과비평사, 1997)이 있으나 윤복진의 동요 전부를 살필 수 없기는 마찬가지다.

윤복진의 작품은 동요뿐만 아니라, 동화, 평론, 음악 평론, 서평, 번역 등 다양하면서도 그 양이 매우 많다. 윤복진이 창작한 동요 작품만 하더라도 아직까지 그 수를 정확하게 가늠하기 어렵다. 『동아일보』, 『조선일보』, 『시대일보』(『중외일보』, 『중앙일보』, 『조선중앙일보』 포함), 『매일신보』 등의 신문과 『어린이』, 『신소년』, 『별나라』, 『아이생활』, 『童話』 등 여러 잡지에 발표된 작품이 모두 수습되지 못했기 때문이다. 그런데 윤복진이 발표한 동요의 전모를 밝히기 위해 자료를 확인하다 보면 당시 주요 발표 매체였던 신문과 잡지에 발표되지 않은 작품이 다수 발견된다. 윤복진의 동요는 인기가 있어 여러 작곡가들이 곡을 붙였다. 신문과 잡지에 발표된 동요에다 곡을 붙인 경우가 많지만 꼭 그런 것만도 아니다. 동요에다 곡을 붙인 여러 작곡가의 동요곡집(또는 가요곡집)에는 신문과 잡지에 발표된 사실을 확인할 수 없는 동요 작품이 다수 확인되기 때문이다. 따라서 윤복진의 동요 나아가 문학의 전모를 밝히기 위해 여러 동요곡집에 수록된 윤복진의 동요를 확인하는 작업은 필수적이다.

윤복진 사진, 『어린이』, 1926년 6월호.

이 글은 윤복진 동요의 전모를 밝히기 위한 전초 작업의 하나로, 윤복진의 작품만으로 이루어졌거나 윤복진의 작품이 포함된 동요곡집과 지면을 통해 동요곡으로 발표된 것들을 살피기 위해 마련된다.

윤복진의 이름을 달고 있는 동요곡집은 여럿 있는데, 주로 윤복진이 지은 동요에다 작곡가 박태준(朴泰俊)이 곡을 붙여 발간한 것이다. 윤복진의 이름으로 발간되지 않은 동요곡집에도 윤복진의 동요는 많다. 당대 이름 있는 작곡가(음악가)들인 홍난파(洪蘭坡), 강신명(姜信明), 김성태(金聖泰), 권태호(權泰浩)와 그 외 작곡가들의 작곡집(동요곡집)에도 많은 수의 윤복진 동요가 확인된다. 이 외에도 작곡가가 아닌 신고송(申孤松)과 김

김용조, 윤복진, 이인성
(1930년 4월).

수향(金水鄕, 윤복진의 필명)이 작곡한 것도 다수가 있다. 한편 동요곡집이 아닌 레코드로 만들어져 노래로 불린 것에도 윤복진의 동요가 더러 확인된다.

이 글에서는 먼저 윤복진의 동요가 포함된 동요곡집을 개괄적으로 살피고자 한다. 동요곡집에 수록된 윤복진의 동요는 그 수도 많을 뿐만 아니라 이름만 알려지고 실체가 확인되지 않은 것도 있고 다양한 작곡가와 음악 관련 책에 산재해 있기도 해 개괄적인 모습을 밝히는 것으로도 상당한 의의가 있기 때문이다. 그 다음으로 윤복진이 짓고 박태준이 작곡을 한 『물새발자옥』(教文社, 1939)을 중심으로 논의를 하고자 한다. 『물새발자옥』에 대해서는 아동문학을 연구하는 많은 사람들이 언급은 하고 있으나 자료가 알려진 것 같지도 않고 제대로 연구된 적도 없다. 음악과 미술 쪽에서는 일정한 수준의 접근이 이미 이루어져 있는 것에 비해 의외다.

요컨대, 이 글은 윤복진의 동요 나아가 문학의 전모가 수습되고 연구가 이루어지기를 바라면서, 동요곡집에 수록된 윤복진의 동요를 개괄적으로 확인하고 아동문학 학계에 그 실체가 제대로 밝혀지지 않은 가요곡집 『물새발자옥』을 중점적으로 논의를 하도록 하겠다.

2. 윤복진의 동요곡집과『물새발자옥』

윤복진의 동요곡집 명칭은 다양하다. '동요곡집', '동요민요작곡집', '가요곡집' 등 여러 이름이 있다. 이 외에도 '동요집', '아동가요곡선', '가요집', '동요작곡집' 등의 이름으로 된 작곡집에도 윤복진의 동요가 다수 포함되어 있다. 이 글에서는 구체적인 명칭이 필요할 경우 해당하는 경우마다 밝히고 싸잡아서 지칭할 때는 '동요곡집'이란 용어로 통일하도록 하겠다.

1) 윤복진 동요곡집의 발간 현황과 작품

윤복진의 동요곡집은 윤복진의 이름으로 발간한 것과 다른 작곡가(혹은 편자)의 이름으로 발간된 것으로 크게 나눌 수 있다. 먼저 윤복진의 이름으로 발간된 동요곡집을 보자.

연번	작사 작곡	동요곡집명	출판사	출판 연도
1	尹福鎭 謠 朴泰俊 曲	중중때때중 (第一輯)	大邱:茂英堂書店	1931
2	尹福鎭 謠 朴泰俊 曲	양양범버궁 (尹福鎭 朴泰俊 童謠民謠作曲集 第二輯)	大邱:茂英堂書店	1932
3	尹福鎭 謠 朴泰俊 曲	도라오는 배	大邱:茂英堂書店	1934
4	尹福鎭 謠 朴泰俊 曲	물새발자옥	京城:敎文社	1939
5	尹福鎭 編	初等用 歌謠曲集	파랑새社	1946
6	尹福鎭	꽃초롱 별초롱—윤복진동요집	아동예술원	1949

아래는 윤복진의 동요가 다수 포함된 여러 작곡가나 편자의 이름으로 발간된 동요곡집들이다.

연번	작사 작곡	동요곡집명	출판사	출판 연도
1	尹福鎭 編	童謠曲譜集	夏期保姆講習會	1929
2	洪蘭坡 作	朝鮮童謠百曲集 (上編)	硏樂會	1930
3	洪蘭坡 作	朝鮮童謠百曲集 (下編)	硏樂會 창문당서점	1933
4	姜信明 編	兒童歌謠曲選三百曲	平壤:農民生活社	1936
5	洪蘭坡 編	特選 歌謠曲集	硏樂會出版部	1936
6	車士百, 李榮甫(共編)	表情遊戱唱歌集 (第二輯)	中央保育學校	1936
7	裵德榮 編	聖歌集 (主日學校)	基督敎朝鮮監理會總理院敎育局	1936
8	京城保育學校 編	童謠集 (幼稚園用)	油印本	1930년 대 초
9	朴泰鉉	童謠作曲集 (第一集)	백조음악출판사	1937
10	中等音樂敎科書編纂委員會 編	臨時中等音樂敎本	國際音樂文化社	1946
11	洪蘭坡 編	朝鮮童謠百曲集 (上編)	音樂社	1946
12	문교부	초등노래책 (1학년소용)	조선교학도서주식회사	1948
13	權泰浩	國民歌謠集	希望社出版部	1949
14	朴泰俊	朴泰俊 童謠作曲集	音樂社	1949
15		(전시)국민가요음악책	국민음악연구회	1951
16	朴泰俊	무궁화는 피고피고	Korean Arts and Letters, New York	1952

다음은 신문과 잡지 및 독본 등에 악보와 더불어 발표된 동요들이다.

연번	작사 작곡	동요곡명	게재紙(誌)	출판 연도
1	尹福鎭謠, 朴泰俊曲	고향한울[1]	동아일보	1930.3.9
2	尹福鎭謠, 朴泰俊曲	기럭이	어린이	1930.9월호
3	尹福鎭謠, 朴泰俊曲	쌁앙조히 파랑조히[2]	어린이	1931.2월호
4	尹福鎭謠, 邢奭基曲	당나귀	조선일보	1932.2.18
5	尹福鎭謠, 鄭順哲曲	옛이야기[3]	어린이	1933.2월호
6	尹福鎭謠, 朴泰俊曲	기럭이	조선일보	1933.11.8

7	徐德出, 申孤松, 尹石重, 尹福鎭 合作	슯흔 밤(朴泰俊 曲)	조선일보	1934.11.10
8	尹福鎭謠, 洪蘭坡曲	애기별	동화	1936.11월호
9	尹福鎭謠, 洪蘭坡曲	병아리	동화	1936.12월호
10	尹福鎭謠, 朴泰俊曲	깜빡깜빡	동화	1937.1-2월 합호
11	尹福鎭謠, W.S.Hays 曲	望鄕[4]	아이생활	1937.1월호
12	金水鄕謠, 英國子守 歌	자장가	동화	1937.4월호
13	尹福鎭謠, 金世炯曲	애기참새	아이생활	1937.10월호
14	林鴻恩 編	그리운 고향 외	아기네동산[5]	1938
15	尹福鎭謠, 朴泰鉉曲	봄나븨 한쌍	동아일보	1940.2.18
16	尹福鎭謠, 朴泰鉉曲	애기빨래	동아일보	1940.5.26
17	尹福鎭謠, 朴泰鉉曲	호박말	동아일보	1940.6.2
18	尹福鎭謠, 朴泰俊曲	가을바람이지	아이생활	1940.9-10월 합호
19	尹福鎭謠, 金聖泰曲	우리말 우리글로	아동문학	1945.12월호
20	尹福鎭謠, 朴泰俊曲	트러스티쉽이 뭐냐!	자유신문	1946.1.5
21	尹福鎭謠, 朴泰俊曲	당나귀	소학생문예독본 2	1949.8
22	尹福鎭謠, 金聖泰曲	이슬	소학생문예독본 3	1949.8
23	尹福鎭謠, 金順愛曲	하나, 둘, 셋	소학생문예독본 4	1949.8

1 「고향한울」은 『조선일보』(1929.11.27)에 먼저 발표되었다. 악보가 붙은 『동아일보』(1930.3.9)에는 "尹福鎭 · 朴泰俊 童謠集에서"라 밝히고 가사의 말미에 "1927"이라 명기하고 있는데 어느 동요집인지 분명하지 않다.

2 金永濟의 「童謠遊戲(其 三) 쐐앙조히 · 파랑조히」가 32~35쪽에 걸쳐 설명되고 "曲譜는 第 五一頁에"라 한 것처럼, 51쪽에는 "遊戲童謠 쐐앙조히 · 파랑조히의 曲譜"를 제시하고 있다. 동요는 다음과 같다. "一 글방옵바 벼루집 날너다주고/고흔조히 두장을 어덧습니다/쐐앙조히 착착 무엇접을가/파랑조히 착착 무엇접을가/파랑파랑 요조히 파랑새접고/쐐앙쐐앙 이조히 새롱접어서/착한애기 울애기 잠자는방에/자장자장 잘자게 달어둘가요//二 글방옵바 벼루집 날너다주고/고흔조히 두장을 어덧습니다/쐐앙조히 착착 무엇접을가/파랑조히 착착 무엇접을가/파랑파랑 조히는 저고리접고/쐐앙쐐앙 조히는 바지접어서/잠자는울애기 귀여운애기가/아장아장거닐째 입혀줄가요//"

3 『동아일보』(1930.3.2)에 「녯이야기열두발」(李仁星 畵)로 발표되었다. 전체 3절로 되어 있는데 2절(집신삼는 우리옵바 졸라졸라서/녯이야기 한마듸만 해달랫드니/나무장사 수박지고 산길가다가/썩은새끼 툭터젓단 소리만하지)은 「옛이야기」에서 빠졌다.

4 임홍은 편, 『아기네동산』(아이생활사, 1938)에는 「그리운 고향」이란 제목으로 악보와 함께 수록되어 있다.

5 「그리운 고향」(金水鄕 謠, W.S.Hays 曲), 「물새발자옥」(박태준 곡), 「아기참새」(金世炯 曲), 「뱅글뱅글 돌아라」(金水鄕 謠, 英國童謠曲) 등 4편이 수록되어 있다.

무영당백화점 신축 직전의 사옥(『동아일보』, 1936.8.8)

윤복진의 첫 번째 동요곡집은 『중중때때중』이다. 원본을 확인하지 못해 2차 자료를 바탕으로 재구(再構)해 보면 윤복진이 동요를 짓고 박태준이 곡을 붙였으며, 대구(大邱)의 무영당서점(茂英堂書店)에서 1931년에 발간된 것으로 보인다. 『동아일보』「신간소개」의 내용을 보자.

> 『중중ᄶᅦ떼중』 尹福鎭 作謠 朴泰俊 作曲으로 된 童謠曲集의 第一輯(全十六回, 伴奏曲附)이다. 童謠詩人 金水鄕-尹福鎭氏의 作品은 本紙面을 通하야서도 이미 讀者에게 잘 알려진 바어니와 作曲家 朴泰俊氏는「뜸북 뜸북 뜸북새 논에서 울고」와「오동나무 비바람에 입 쓷는 이 밤」等의 作曲者로 讀者에 역시 親分깁흔 이이다. 一卷에는 愛誦할 만한 謠와 曲이 만타. 東京 해바라기會 編 大邱府本町通茂英堂書店 發行[6]

잡지 『東光』에는 다음과 같이 소개하고 있다.

> 尹福鎭君의 童謠
>
> 중중떼떼중
>
> 尹福鎭 朴泰俊 著

6「(新刊紹介)『중중ᄶᅦ떼중』」, 『동아일보』(1931.7.11). 2개월여 전에「尹福鎭 君의 童謠—중중떼떼중」(『東光』, 제21호, 1931.5, 89쪽)에 이미 소개된 내용을 뒤늦게 '신간소개'라 하고 있어 정확한 발간일자는 확인할 수 없고 1931년에 발간한 것으로 미루어 짐작한다.

大邱茂英堂 發賣 三十二錢

尹福鎭 君의 童謠는 널리 알리워 잇다. 『중중때때중』이란 이 童謠集의 이름만 보아도 알 수 잇게 그의 朝鮮的 童謠의 捕促은 매우 날카로운 点이 잇다. 이 点에서 朝鮮의 童謠에 一格을 시작햇다고 할 것이다.

무영당서점의 창업주 이근무(1935)

이 小冊은 尹福鎭 朴泰俊 作曲集 第一集으로 發行된 것으로 伴奏曲附로 十六曲을 모아 東京 해바라기會 編으로 發行되엿다. 그 曲譜는 日本 樂壇의 權威잇는 이들의 好評을 산 것을 擇한 것이라 한다. 樂曲이 어떤지는 評者 無識하야 알 수 없으나 놀날 만한 것 한 가지가 잇으니 그것은 그 樂譜의 謄寫版 印刷가 어찌 그리 鮮明하게 되엿는가 하는 것이다.[7]

윤복진의 두 번째 동요집은 『양양범버궁』인데, 1932년에 발간된 것으로 보인다.[8] 이 역시 원본을 입수하지 못해 『동아일보』와 잡지 『東光』을 통해 발간 사실과 동요곡집의 대강을 확인할 수 있다.

양양범버궁, 尹福鎭, 朴泰俊 童謠民謠作曲集 第二輯, 童謠 양양범버궁, 겨울밤, 송아지 팔 새 외 六篇, 民謠 아리랑, 우리야 마실 外 三篇, 定價 三十二錢(送料並), 大邱府本町通茂英堂書店 發行[9]

7 「(讀書室)尹福鎭의 童謠」, 『東光』, 제21호, 1931년 5월호, 89쪽.

8 『동아일보』와 잡지 『東光』의 「신간소개」와 「양양범버궁」이 『동아일보』(1931.12.25)에 발표된 일자를 바탕으로 1932년으로 짐작할 수 있을 뿐 정확한 발간일자를 확인할 자료가 없다. 『중중때때중』과 『양양범버궁』의 발간연도에 관한 논란은 류덕제의 「대구지역 아동문학연구」(『아동청소년문학연구』, 제10호, 한국아동청소년문학학회, 2012.6)에 자세히 밝혀져 있다.

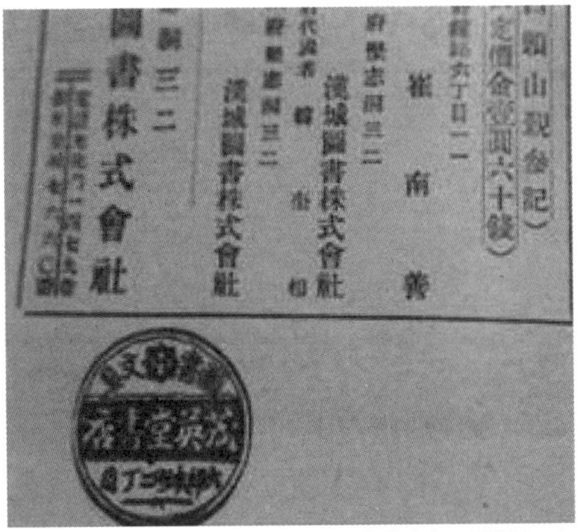

『白頭山覲參記』 판권지에 날인된 무영당서점 도장(주소: 大邱 本町 二丁目)

양양범벅궁

尹福鎭, 朴泰俊 童謠 民謠 作曲集 (第2輯).

尹福鎭 氏는 일즉부터 童謠詩人으로 알리워젓고 朴泰俊 氏는 童謠 等 作曲에 非凡한 質을 發揮하야 이미 그의 存在는 樂壇에서 많은 尊敬을 받고 잇는 터이다.

이 두 분이 어울리워 이같이 作曲에 힘쓰고 잇다는 것은 一層 더 效果的일 것이다. 內容은 詩로 보더래도 尹氏의 獨特한 고운 말로 朝鮮的 情調와 朝鮮語的 리듬을 찾기에 힘쓴 것을 볼 수 잇고, 作曲에 잇어 또한 雅淡하고 淸楚하야 그 非凡한 敍情的 描寫에 再三 感歎치 않을 수 없는 것이 많다. 從來 童謠作曲에 日本童謠의 模倣을 지나지 못하는 것이 많이 잇든 点으로 보면 朴 氏는 作曲家로 一段 우에 세우지 않을 수 없다. 비록 등사판에 된 것이나 小學校나 유치원에까지라도 貴重한 선물이 될 수 잇을 것이다.

內容은 양양 범벅궁, 겨울밤, 송아지, 갈때, 빩앙조이착착파랑조이착착, 누나야, 슬픈 밤, 풍경, 송아지 팔러 가는 집, 아리랑, 하늘 꺼질 훙, 옥수수가 운다, 우리야 마실, 어이 어이 等이다(인쇄는 등쇄이나 퍽 美術的이다)(洪).

發行所 大邱府 本町通 茂英堂書店

振替 京城 一〇八二四番 定價 送料並 三十二錢[10]

『중중때때중』과 『양양범버궁』은 둘 다 무영당 서점에서 등사판으로

---

9 「(新刊紹介)양양범버궁」, 『동아일보』, 1932.3.3.

10 「(讀書室)양양범버궁」, 『東光』, 제32호, 1932년 4월호, 133쪽.

발간한 것임을 알 수 있다.[11] 일제강점기 대구 유일의 조선인 백화점이었던 무영당은 서적 문구 중심으로 1923년 개점하였는데, 무영당 서점은 이 백화점에 딸린 것이었다.[12]

세 번째 동요곡집은 『도라오는 배』인데 1934년에 발간된 것으로 보인다. 『도라오는 배』는 새로운 동요곡집이 아니라 『중중때때중』과 『양양범버궁』에 수록된 작품들 중 13편을 발췌 편집하여 발간한 동요곡집이다.[13]

네 번째 동요곡집은 1939년에 발간한 『물새발자옥』이다. 소곡(小曲), 시, 동시, 민요, 동요를 합해 13편의 작품을 수록하고 있는데, 다음 절에서 자세히 논의하도록 하겠다.

다섯 번째는 『初等用歌謠曲集』[14]인데 대구에서 유인본(油印本)으로 발

---

11 한용희의 『한국동요음악사』(세광음악출판사, 1988, 64~65쪽)에는 『중중때때중』과 『양양범버궁』에 수록된 동요곡의 제목으로, "가을밤/꽃봉투/가을/꼬부랑 둔덕/고기잡이 할아버지/골목길/꽃밭/나비와 잠자리/내 방패 연/눈꽃/눈이 오는 밤/물새/우리나라 기/오빠 생각/밤 한톨이 떽떼굴/집보는 아기의 노래/머리 감은 새양쥐/오뚜기/찢어진 연/기차/방울/보슬비/빨강 비 파랑비/슬픈밤/종소리/줄넘기 노래/하얀 밤/학교문/꽃밭 잔치/순이/중중때때중/단풍잎 하나/햇빛은 쨍쨍/벼룻돌/우리 집 콩나물죽/바스락/조약돌/교문 밖에서/누가누가 이기나/군밤장수/먼지 나는 자동차/대낮에 생긴 일/누나 얼굴/시골 정거장/빨간 열매/당나귀/시계/시계방/시골 정거장/심심하여서/아침 연못/연못물/우리 길/우리 누나 달/잠자리/저 바다/멍멍 꼬꼬댁/길가기/해맞이 달맞이/둥굴둥굴/고요한 밤/가을부채/철새/다람쥐/바윗돌/산산 무슨 산/앞으로 나가자/별별 무슨 별/작은 배/해야 달아" 등이 수록되어 있다고 하나 믿기 어렵다. 작품 대부분이 『박태준 작곡집』에 들어 있는 윤석중이 작사한 동요들인 데다 『東光』에 소개된 작품이 거의 보이지 않기 때문이다. 『중중때때중』 16편과 『양양범버궁』 14편 도합 30편인데 이 책에서 제시한 작품 수는 이보다 훨씬 많고 윤복진의 작품이 아닌 작품도 다수 포함되어 있어 믿기 어렵게 한다. 박태준이 윤석중의 많은 동요에 곡을 붙였다는 말이 없는 것으로 볼 때 악보는 『중중때때중』과 『양양범버궁』 발간 당시 윤복진의 동요에다 붙인 것인데 그의 월북 때문에 윤석중의 개사(및 개명) 작품으로 바뀐 것인지는 확인해 봐야 할 것이다.

12 「大邱엔 唯一이오 最初인 大百貨店 出現 在邇」(『동아일보』, 1936.8.8)와 「三千里 機密室」(『三千里』, 제8권 제11호, 1936년 11월호, 206쪽) 참조.

13 동요곡집 『도라오는 배』는 현재 전하지 않는다. 洪鍾仁의 「新歌謠集 도라오는 배 出版」(『조선일보』, 1934.2.28)에 의하면, "그 동안 作曲集으로 發表된 것은 尹福鎭 氏의 童謠와 民謠詩를 主로 作曲한 것을 謄寫版으로 두 차례 出版하야 同好者에게 分配하엿섯는데 이번에 다시 前者에 兩次 刊行햇든 中에서 「도라오는 배」 등 十三曲을 拔編하야 『도라오는 배』라는 題名으로 亦是 謄寫版으로(限定版) 刊行햇다. 大端히 보암즉안 것으로 推薦한다.(洪鍾仁 記) ◀ 發行所 大邱府 本町通 茂英堂書店 振替 京城 一〇八二四番 定價 三十五錢(郵料 並)"이라 하여 개괄적 이해가 가능하다.

14 하동호, 「한국음악서지고」, 『近代書誌攷類叢』, 塔出版社, 1987, 296쪽.

행된 것으로 윤복진의 작품 28편이 수록되어 있다.

「우리말 우리글」(金聖泰 曲)

「우리대장 들어온다」(朴泰俊 曲)

「은행나무 아래서」/「하모니카」/「애기별」/「고향하늘」/「無名草」/「병아리」/「바닷가에서」/「푸른 언덕」/「참새」/「도는 것」/「동리의원」(洪蘭坡 曲)

「나비 나비 자고」/「애기 자동차」/「씨를 씨를 뿌려라」/「자장가」/「뱅글뱅글 돌아라」/「우리 애기 바요린」/「스킾잉 노래」/「한 병정 두 병정」/「시계야 시계야」/「옛이야기 데굴데굴」/「한방울 물 모여」/「반짝반짝 작은 별」/「우리 애기 말」/「애기는 우슴동이」/「바람은 어대로 가나」(이상 金水鄕 作, 曲)

김수향(金水鄕)이란 이름으로 작사 작곡하였다는 15편은 『世界各國童謠曲集』에 수록된 것이라 하나 현재 이 책을 확인하지 못했다.

윤복진의 동요집 『꽃초롱 별초롱』에는 10편의 동요곡이 수록되어 있는데, 모두 이전에 다른 동요곡집에 수록된 적이 없는 것들이다. 「구멍가게」(임동혁 곡)/「까까집 가는 길」(임동혁 곡)/「댑댑 댑싸리」(김순애 곡)/「졸음이 아장아장」(김순애 곡)/「아야야 할 거야」(박태준 곡)/「아가 나무잎」(박태준 곡)/「봄 아가씨」(김성태 곡)/「소꿉놀이」(김성태 곡)/「진달래」(나운영 곡)/「고욤」(나운영 곡) 등이다.

홍난파의 『조선동요백곡집』에는 윤복진의 작품이 10편이 실려 있는데 윤석중(尹石重)의 11편 다음으로 많이 수록되어 있다. 「하모니카」/「은행나무 아래에서」(金水鄕)/「고향하눌」/「무명초」/「동리의원」(金貴環[15])/「바닷가에서」/「푸른 언덕」(이상 '上編')/「참새」(金水鄕)/「돌맹이」/「도는 것」(이상 '下編') 등이다.

---

15 윤복진의 필명이다.

『兒童歌謠曲選 三百曲』에는 윤복진의 작품이 42편 수록되어 있다. 작곡가로는 박태준, 강신명, 쿠사카와 신(草川信)[16], 신고송(申孤松), 정순철(鄭順哲) 등이다. 동요의 지은이를 밝히지 않은 것은 모두 '윤복진'이란 이름으로 되어 있다.

〈주일학교 편〉: 「탄일종」(?)

〈봄철 노래들〉: 「종달새」(박태준 곡)/「봄비」(윤복진 요 · 곡)/「새벽종」(박태준 곡)/「씨 하나 뭇고」(박태준 곡)/「종달새 종종종 우지지더니」(박태준 곡)/「고향하늘」(박태준 곡)/「도라오는 배」(박태준 곡)/「오줌싸기 똥싸기」(박태준 곡)/「송아지」(박태준 곡)/「누나야! 보슬보슬 봄비 나린다」(박태준 곡)/「말탄 놈도 껏떡 소탄 놈도 껏떡」(박태준 곡)/「참새」(강신명 곡)

〈여름철의 노래〉: 「영감영감 야보소 에라 이놈 침줄가」(박태준 곡)/「저녁종」(박태준 곡)/「슲은 밤」(서덕출, 신고송, 윤석중, 윤복진 合謠, 박태준 곡)/「기차가 달어오네」(박태준 곡)/「바닷가에서」(박태준 곡)/「풍경」(박태준 곡)/「발자욱」(강신명 곡)

〈가을철의 노래〉: 「등대」(박태준 곡)/「기럭이」(박태준 곡)/「할머니 노래」(박태준 곡)/「가을밤」(강신명 곡)/「송아지 팔너가는 집」(강신명 곡)/「고향집」(草川信 곡)/「어머니 그리워」(?)/「가을날의 시내」(申孤松 곡)/「중중떼떼중」(박태준 곡)/「가을바람이지」(박태준 곡)/「갈때」(박태준 곡)/「잠자는 미럭님」(박태준 곡)/「왜붓 한 자루」(박태준 곡)/「새보는 아가의 노래」(박태준 곡)

〈겨울철 노래〉: 「양양범버궁」(김수향 요, 박태준 곡)/「겨울밤」(박태준 곡)/

16 草川 信(くさかわ しん, 1893~1948). 작곡가. 도쿄음악학교(東京音学校)를 졸업하고 초중등학교 교사와 연주가 활동을 하다가, 잡지 『赤い鳥』에 참가하여 동요 작곡을 하였다. 주요 작품으로 「ゆりかごの唄」(北原白秋 作詞), 「離れ小島の」(北原白秋 作詞), 「ふぶきの晩」(北原白秋 作詞), 「南の風」(北原白秋 作詞), 「夕焼小焼」(中村雨紅 作詞), 「兵隊さんの汽車」(富原薫 作詞), 「緑のそよ風」(清水かつら 作詞), 「春のうた」(野口雨情 作詞), 「どこかで春が」(百田宗治 作詞), 「ふうりん」(川路柳虹 作詞), 「父母声」(与田準一 作詞), 「ままごと」(浜田広介 作詞), 「風」(Christina Rossetti 作詞, 西条八十 訳詞) 등이 있다.

「스므하로밤」(박태준 곡)/「눈오신 아츰」(박태준 곡)/「옛이야기 열두발」(김수향 요, 鄭順哲 곡)

〈雜採篇〉: 「돌멩이」(박태준 곡)/「우리집 군악대」(강신명 곡)/「빩앙 종이 착착 파랑 종이 착착」(박태준 곡)

『무궁화는 피고피고』에는 총 36편의 동요곡이 수록되어 있다. 그 가운데 윤복진의 노래가 22편이 들어 있다. 「무궁화는 피고피고」, 「도라오는 배」, 「송아지」, 「기러기」, 「고향하늘」, 「누나야! 보슬보슬 봄비 나린다」, 「오줌싸기 똥싸기」, 「중중때때중」, 「눈오신 아침」, 「갈ㅅ대」, 「양양범버궁」(金水鄕), 「겨을밤」, 「가을바람이지」, 「풍경」, 「물새발자옥」, 「깜박깜박」, 「아- 가을인가」, 「마님과 머슴」, 「그이 생각」, 「줄넘기 노래」, 「엄마한 번 먹고」, 「수박치기 노래」 등이다.

이외에 『臨時中等音樂敎本』에 「물새발자욱」, 『特選歌謠曲集』에 「방아찧는 색시의 노래」, 『童謠集(幼稚園用)』에 「가을밤」, 「참새」, 「하모니가」, 「송아지」, 「오줌싸기 똥싸기」, 『聖歌集(主日學校)』에 「어머니의 사랑」, 『表情遊戱唱歌集(第二輯)』에 「참새」, 「탄일종」(室崎琴月[17] 曲), 『초등노래책 1학년소용』에 「뱅글뱅글 돌아라」, 「참새」, 『朴泰鉉童謠作曲集(第一集)』에 「공패」, 『國民歌謠集』에 「농부의 노래」, 「일터로 일터로」, 「기역니은 배우세」, 「누에를 치세」 등 4편, 『(전시)국민가요 음악책』에 「무궁화는 피고피고」[18] 1편이 수록되어 있다. 일제강점기와 해방기에 간행된 여러 음악 관련 책자들을 모두 확인하면 윤복진의 작품이 더 많이 확인될 것으로 보인다.

레코드로 취입한 것 가운데도 윤복진의 작품이 여럿 눈에 띈다. 「하모니가」(홍난파 곡), 「은행나무 아래서」(홍난파 곡), 「푸른 언덕」(홍난파 곡), 「바

17 무로자키 킨게츠(室崎琴月, むろざき きんげつ). 일본의 작곡가이다.

18 「無窮花 피고피고」(『朝鮮週報』, 1945.10.15)에 곡을 붙인 것이다.

다가에서」, 「무명초」(江口夜詩[19] 曲), 「소 탄 놈도 껏덕 말 탄 놈도 껏덕」, 「오양간 송아지」, 「녹쓴가락지」[20](홍난파 곡), 「방아 찟는 색시의 노래」[21](홍난파 곡) 등이 있다. 콜럼비아, 빅터 등 일제강점기 유성기 음반과 가사지(歌詞紙)를 면밀히 살펴보면 더 많은 작품을 확인할 수 있을 것이다.

2) 동요곡집『물새 발자옥』과 작품 분석

(1)『물새 발자옥』의 서지 개관

가요곡집『물새발자옥』의 이름은『물새발자욱』또는『물새발자국』으로 많이 알려져 있으나 '욱'이나 '국'이 아니라 '옥'이 맞다.『물새발자옥』은 윤복진의 가요곡집으로 널리 알려져 있음에도 아동문학계에서 연구된 바는 없다. 반면 음악[22]이나 미술[23] 그리고 서지학[24] 쪽에서는 이미 이 가요곡집의 존재를 알고 있고 수록 작품도 확인하고 있다.

---

19 에구치 요시(江口 夜詩, えぐち よし, 1903~1978). 쇼와 시기(昭和期)에 활동한 일본의 작곡가이다.

20 日本콜럼비아蓄音器株式會社의 음반에서 확인할 수 있다. 가사지(歌詞紙)에는 '40159-B'라는 번호가 부여되어 있다. '尹福鎭 作家 洪蘭坡 作曲', '崔命淑, 李景淑, 徐錦榮 管絃樂 伴奏'로 '新民謠 齊唱 녹쓴가락지'라는 제목이다. 내용은 다음과 같다. "一. 젊은머슴밧갈다녹쓴가락지/금가락지한켜레캐냇슴니다/옛날옛적이나라숨쉬던그쌔/할아버지할머니파랫슬적에/달빗아래사랑을귀속이다가/닛지말자가락지주엇담니다//二. 일년에도오월달달밝은밤에/버러지도모르게밧은가락지/어엽부던얼골엔주름잡히고/거문머리희여저나붓기여도/그쌔그말안닛고오늘잇쌔도/무덤속에품엇던가락지래요//"

21 日本콜럼비아蓄音器株式會社의 음반에서 확인할 수 있다. 가사지(歌詞紙)에는 '40159-A'라는 번호가 부여되어 있다. '金水鄕 作家 洪蘭坡 作曲', '崔命淑, 李景淑, 徐錦榮 管絃樂 伴奏'로 '新民謠 齊唱 방아찟는색시의노래'라는 제목이다. 내용은 다음과 같다. "팔월이라 열사흘밤날도밝구나/우리랑군 안계서도방아를찟네/아리랑아리랑아라리요/햇쌀은찌어서무엇하나//북해도라석탄광은깁기도하지/우리랑군십년세월석탄을파네/아리랑아리랑아라리요/석탄만파면은무엇하나/아랫마실순이애비쏠은못나도/삼년세월석탄파서돈버러왔네/아리랑아리랑아라리요/논사고밧사고집을짓네//사람잘난우리랑군언제오련고/돈한닙못모아도라올게지/아리랑아리랑아라리요/님업시청춘만늙어가네//"

22 김정희, 「1930년대 한국 창작음악문헌 연구」(한국예술종합학교 음악원 예술전문사 학위논문, 1997.7)와 이강숙 외,『우리 양악 100년』(현암사, 2001, 144쪽)에서 확인할 수 있다.

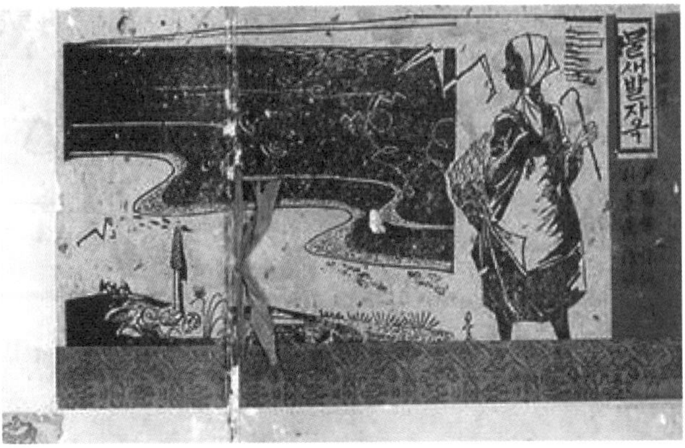

『물새발자옥』 표지(화가 이인성의 목판화)

『물새발자옥』은 "歌謠曲集 물새발자옥"이란 이름에 "尹福鎭 作詩 朴泰俊 作曲"이라 밝혀놓았다. 『우리 양악 100년』에서는 '일제강점기의 창작음악'을 '창가', '동요', '가곡', '기악곡 및 기타'로 4대별 하여 살피고 있는데, 『물새발자옥』을 '동요'가 아니라 '가곡' 항에서 다루고 있다.[25] 이는 음악적인 관점에서 분류하였기 때문이다.

『물새발자옥』의 표지는 이인성(李仁星)의 판화 작품이다.[26] 속표지에 '表裝口繪 李仁星 畵伯'이라 되어 있다. 표지 장정을 함에 있어서 판화 작품을 사용하였는데 그 작가는 이인성이라는 말이다. '口繪'는 'くちえ'라는 일본어인데 권두화(卷頭畵)의 의미이다. 표지의 판화는 표지에 인쇄된 것이 아니라 붙여 놓은 형태다. 표제(標題) 부분은 붉은 색으로 처

23 김은아, 「조선시대 목판화와 현대 목판화의 관계성 연구」(계명대학교 교육대학원 석사, 2006.8), 김진하의 『나무거울: 출판미술로 본 한국 근 · 현대 목판화』(우리미술연구소 · 품, 2007). 김진하의 책에서는 「향토적 서정성의 백미—물새발자옥, 1939」(112쪽)라는 제목으로 소개하고 있다.

24 하동호, 「韓國音樂書誌攷」, 『文藝振興』, 제7호, 1980년 11월호, 12월호. 하동호의 『近代書誌攷類叢』(塔出版社, 1987)에서 재인용.

25 이강숙 외, 『우리 양악 100년』, 현암사, 2001, 144쪽.

26 「벽에 그린 그 얼굴」(『동아일보』, 1930.2.26), 「넷이야기 열두발」(『동아일보』, 1930.3.2), 「자장노래」(『조선일보』, 1933.9.13) 등에도 이인성의 그림이 덧붙어 있다.

『물새발자옥』의 판권지

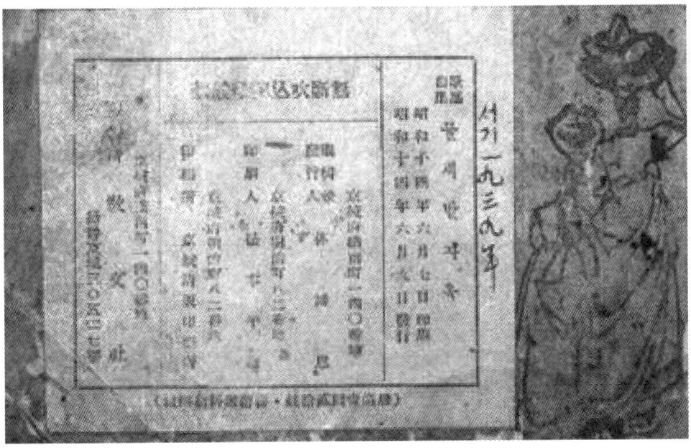

리되었고 아래쪽은 갈색의 비단 문양으로 처리해 놓았다.

『물새발자옥』 표지인 이인성의 판화는 예외적으로 표지 위에 인쇄된 형태가 아니라 책에 붙여진 형태로 수록되었다. 얇은 한지에 찍힌 목판화는 표제가 있는 오른쪽 부분을 붉은 색으로 처리함과 동시에 밑 부분에 붙인 갈색 비단 문양 종이 띠로 인해 보다 강조되어 있다. 어깨에 망태를 걸쳐 맨 소녀가 멀리 있는 강을 뒤돌아보는 모습이 그려진 작품에는 배경의 해변과 소녀의 실루엣, 그녀가 어깨에 멘 망태 등의 표현에서 이인성의 유려하고 섬세한 선을 확인할 수 있다. 이 작품은 그것이 실린 책의 내용과 함께 디자인이 잘 조화된 모습을 보여준다.[27]

『물새발자옥』의 표지에 대해서는, 한국적인 향토성과 유미주의적 정감을 표현하는 작가인 이인성의 목판화로 인해 서정적인 향토성을 드러내었다는 평가를 하기도 한다.[28]

책의 크기는 국배판(菊倍版, 218×303mm의 크기)이며 본문 26쪽으로 구성

27 김윤애, 「1950~60년대 한국판화 연구」, 홍익대학교 미술사학과 석사논문, 2010.8, 10쪽.
28 김진하, 『나무거울:출판미술로 본 한국 근 · 현대목판화, 1883-2007』, 우리미술연구소 · 품, 2007, 112~113쪽.

되었다. 편집 겸 발행인은 임홍은(林鴻恩)[29]이고 발행소는 교문사(教文社)이며 발행일자는 1939년 6월 9일이다. 교문사는 『聖歌名曲』(1939), 전영택(田榮澤)의 『兒童說教』(1939) 등을 발행한 출판사였다.

『물새 발자옥』에는 전체 13편의 작품이 수록되어 있는데 아래와 같다.

연번	작품명	갈래	작시	작곡	비고
1	물새 발자옥	소곡	1934.10	1935.8	발자욱(『朝光』, 1935년 10월호)
2	해지려는 저녁 때	시	1930.10	1934.8	
3	갓모를 잊고	시	1934.9	1939.5	
4	그이 생각	소곡	1931.5	1934.7	누나생각(『동아일보』, 1932.3.21) 그이생각(『東光』, 1932년 8월호)
5	요-호-	소곡	1938.7	1938.8	
6	아-가을인가	소곡	1927.10	1938.10	『東光』(1932년 8월호), 『萬國夫人』(1932년 10월호), 『동아일보』(1939.6.7)
7	마님과 머슴	민요	1938.5	1938.9	
8	나는야 알고말고	민요	1930.11	1934.7	
9	落葉	동시	1927.10	1934.8	가을(『童話』, 1936년 9월호)
10	금박댕기	동요	1933.1	1939.4	『동아일보』(1934.10.28)
11	우리 애기 빨래	동요	1938.7	1938.8	빨래(『동아일보』, 1938.7.31), 애기빨래(『동아일보』, 1940.5.26)
12	탁씨는 꾀보	동요	1935	1940	탁시는 바보, 빠스는 둔재 (『신가정』, 1935년 2월호)
13	깜박깜박	동요	1932	1935.8	「깜박깜박—실감으며 조넌 애 보고」(『신가정』, 1935년 2월호), 『童話』(1937년 1-2월 합호)

위 표에서 보듯이 가요곡집 『물새발자옥』에는 작품마다 '갈래'와 작

29 임홍은은 『아이생활』의 편집 실무를 맡기도 하였고, 1938년 동화, 동요, 곡보로 이루어진 『아기네 동산』(아이생활사)을 편집한 바 있다. 『소년동아일보』(1928.1.6)에 소년소녀작품전람회 도화(圖畵) 부문에 3등으로 입상한 바 있고, 「전조선미술전람회에 입선자 388인」(『동아일보』, 1940.6.2)에 동생 임동은(林同恩)과 함께 입선하기도 하였다. 「동무 동무(전8회)」(『동아일보』, 1937.10.18~25)라는 동화를 연재하기도 했으며, 해방 후 월북하였다

시 및 작곡 연월(年月)을 밝혀 놓았다. '비고'에서 보듯이 『물새발자옥』에서 밝히고 있는 작품명이나 갈래 그리고 작시 연월이 작품 발표 당시와 일치하는 것은 아니다. 작품 「물새발자옥」은 『朝光』에 「발자욱」으로 발표되었고 당시 '동요'라 밝히고 있으나 『물새발자옥』에는 음악 갈래인 '소곡'으로 분류해 놓았다. 「아-가을인가」는 『東光』에 발표되었는데 갈래는 '노래', 작시연월은 1927년으로 되어 있어 잡지에 발표되기 약 5년 전에 지어진 것으로 밝혀 놓았다. 「우리 애기 빨래」는 「빨래」(『동아일보』, 1938.7.31)와, 박태현(朴泰鉉)이 곡을 붙여 「애기빨래」(『동아일보』, 1940.5.26)로 발표한 것이 있으나 『물새발자옥』에는 박태준이 작곡한 악보가 수록되어 있고, 제목도 「우리애기 빨래」로 되어 있다. 「그이 생각」은 김수향(金水鄕) 작 「누나 생각」이란 제목으로, 「落葉」은 「가을」이란 제목으로 발표된 바 있다. 「금박댕기」와 「깜박깜박」은 동일한 제목으로 발표되었다. 「탁씨는 꾀보」는 「탁시는 바보, 빼스는 둔재」(『신가정』, 1935년 2월호)로 발표되었다. 나머지는 발표지지(發表紙誌)를 확인하지 못했다.

『물새발자옥』에 수록된 노래들은 현재 원 가사로 불리어지지 못하고 있는데, 윤복진의 월북으로 금지되었기 때문이다. 『박태준 작곡집』[30]을 보면, 「물새발자옥」은 「물새알」로, 「해지려는 저녁때」는 「추석」으로, 「갓모를 잊고」는 「백두산 하늘못」, 「그이 생각」은 「임 생각」, 「요-호」는 「야호」, 「아! 가을인가」는 「오시나 봐」, 「마님과 머슴」은 「나물 무치기」, 「낙엽」은 「첫겨울」 등으로 바뀌었는데 모두 윤석중이 개사하였다.[31] 박태준기념사업회의 웹사이트에서는 「마님과 머슴」, 「물새발자욱」, 「그이 생각」, 「아! 가을인가」 등을 윤복진 원작 가사로 확인하고 들을 수 있다.[32]

---

30 박태준, 『박태준작곡집』, 세광출판사, 1975.

31 이상은 『박태준 작곡집』을 통해 확인한 것이다. 「임 생각」(24쪽), 「추석」(47쪽), 「첫겨울」(28쪽), 「물새알」(14쪽), 「오시나 봐」(34쪽), 「야호」(56쪽), 「나물 무치기」(58쪽), 「백두산 하늘 못」(70쪽). 박태준은 이들을 모두 '예술가곡'으로 분류해 놓았다.

32 박태준기념사업회(www.박태준.kr)에서 제공하였으나, 현재 이 사이트는 폐쇄된 것으로 보인다

「나물 무치기」, 「백두산 하늘 못」, 「야호」 등은 윤석중이 개사한 가사를 확인할 수 있고 노래도 들을 수 있다.

남북이 분단되기 전까지 「물새발자옥」과 「아! 가을인가」는 많이 불렸는데, 개사가 되고 난 후 그다지 불리지 않았고 다른 노래들도 잊혀져버렸다.[33] 특히 「아! 가을인가」는 애상적인 분위기가 전편에 감돌아 한 때 연주회용 독창곡으로 많이 불리기도 했다고 한다.[34] 「아! 가을인가」는 비슷하지만 조금씩 다른 가사로 불리어지고 있는데 이 또한 윤복진의 월북과 관련이 있다. 나운영(羅運榮)이 작곡하고 김수경이 작사한 「아! 가을인가」는 윤복진 작사의 「아! 가을인가」와 매우 유사하다.[35]

가을인가 가을인가 아-가을인가 봐/물동이에 떨어진 버들잎 보고/물 긷는 저 아가씨 고개 숙이니/가을인가 가을인가 아- 가을인가 봐// (윤복진 작사)

아 가을인가 아 가을인가 아-가을인가 봐/물동이에 떨어진 버들잎 보고/물 긷는 아가씨 고개 숙이니/아 가을인가 아 가을인가 아- 가을인가 봐/물동이에 떨어진 버들잎 보고/물 긷는 아가씨 고개 숙이니// (김수경 작사)

김수경(金水卿)은 윤복진의 필명 김수향(金水鄕)에서 '鄕'을 '卿'으로 오기한 것으로 보인다. 나운영 작곡, 김수경 작사 「아! 가을인가」는 교과서에 수록되고 널리 애창되었으나, 김수경이 김수향이라는 사실이 알려지자 가사를 바꾸어야만 했다. 이미 유명해진 원 가사를 전적으로 바꾸는 것은 무리라 원 가사의 이미지를 살려 작곡자가 다음과 같이 직접 개사하였다.

33 이강숙 외, 『우리 양악 100년』, 현암사, 2001, 144쪽.
34 김점덕, 『한국가곡사』, 과학사, 1989, 15쪽.
35 이강숙 외, 앞의 책, 150~152쪽 참조.

아 가을인가 아 가을인가 아-가을인가 봐/둥근 달이 고요히 창을 비치면/살며시 가을이 찾아오나 봐/아 가을인가 아 가을인가 아 가을인가 봐/가랑잎이 우수수 떨어지면은/살며시 가을이 찾아오나 봐// (나운영 작사)

(2)『물새발자옥』의 작품 분석

『물새발자옥』에 수록된 동요 작품은 앞에서 밝혔듯이 모두 13편이다. 그 가운데「물새발자옥」,「그이 생각」,「우리애기 빨래」,「아! 가을인가」,「落葉」,「금박댕기」,「탁씨는 꾀보」그리고「깜박깜박」은 신문과 잡지 등 발표지를 확인할 수 있다. 그러나 나머지 5편은 아직 확인하지 못했다. 아래에『물새발자옥』의 갈래 구분을 좇아 전문을 밝혀 살펴보겠다.

① 소곡

'小曲'으로 분류해 놓은 것은「물새발자옥」,「그이 생각」,「요-호-」,「아-가을인가」등 네 편이다. '소곡'은 작은 규모의 곡으로 소품곡이라고도 하고, 다악장이 아닌 독립된 기악곡을 가리키며 자유로운 형식으로 된 대부분의 독주곡을 말한다.[36]

해저문 바닷가에/물새발자옥/지나가던 실바람이/어루만져요/고 발자옥 이뿌다/어루만져요//하이얀 모래밭에/물새발자옥/바닷물이 사르르/어루만져요/고 발자옥 귀엽다/어루만져요 (「물새발자옥」)

『朝光』에 발표된 것과는 두어군데 표기만 다를 뿐 정확히 일치하는 가사다.『朝光』에는 '지나가든', '어루만저요'로 표기되어 있는 것이 다르

---

36 삼호뮤직 편집부 편,『파퓰러음악용어사전』, 삼호뮤직, 2002 참조.

다. 음악 갈래로는 '小曲'이지만, 변형된 7·5조의 음수율을 지키고 있는 동요다. 박태준이 작곡을 하면서 '조용히 瞑想하며' 또는 '고요히·고웁게'[37] 부를 것을 요구하고 있는데, 윤복진의 동요가 서정적인 장면을 염두에 둔 것임을 잘 파악하고 곡을 붙인 것으로 보인다.

> 흔히 歌謠曲이란 어떤 詩歌의 音樂的 또는 音樂的 朗讀으로써 單純히 그것만으로써 歌謠曲이란 것을 思惟하고 그것으로써 리-드의 全部인 줄 알고 滿足하고 잇는 作曲家도 만흔 듯하다. 슈-벨트의 創作의 境遇에서 본 바와 같이 리-드 作家는 모름직이 詩歌가 所有한 美의 世界를 探究하는 同時에 나아가서는 리-드 作家 그 自身이 所有한 特有의 個性의 世界를 賦與하고 音으로써 形成되는 美의 世界를 創造하지 안흐면 안 된다. 그러므로써 리-드 作家가 되려는 者는 무엇보다 몬저 詩文學에 關한 豊富한 智識이 잇어야 하겟고 充分한 基礎를 닦어야 하겟다. 뿐만 아니라 詩人과 같은 詩的 이메이지를 所有하는 一方에 言語의 發音에 關해서도 相當한 智識을 具備치 안으면 안 되리라고 생각한다.[38] (밑줄 필자)

윤복진의 동요에 가장 많은 곡을 붙인 박태준은 윤복진이 볼 때 '모름직이 詩歌가 所有한 美의 世界를 探究'하고 '詩文學에 關한 豊富한 智識'이 있고, '詩的 이메이지를 所有하는 一方에 言語의 發音에 關해서도 相當한 智識을 具備'한 사람이었다. 윤복진은 동요를 발표하면서 '似而非作曲家의 作曲謝絶', '無斷作曲絶對嚴禁'[39]이라고 밝힐 정도로 시에 대한 이해가 있는 작곡가가 '音으로써 形成되는 美의 世界를 創造'하기

---

37 『아기네 동산』(63쪽)의 「물새발자옥」(抒情小曲) 악보에는 '고요히·고웁게' 부를 것을 요구하고 있다.

38 金水鄕, 「歌謠曲에 關한 覺書―쿤스트 리-드를 素描함(하)」, 『동아일보』, 1937.10.20.

39 각각 「어-이 어-이」(『동아일보』, 1931.8.8), 「오요요 부르지요」(『동아일보』, 1934.8.18)를 발표하면서 작품 말미에 이와 같이 밝혀놓고 있다.

를 바랄 정도로 음악적 소양이 있었다.[40]

멀리가신 그이가/오늘따라 그립지/아-아-/아-아-아/버들개지 날리는/오늘따라 더하지/아-아/아-아-아 (「그이 생각」)

『동아일보』에 발표된 「누나 생각」(金水鄕)과 『東光』에 발표된 「그이생각」(東京 金水鄕)은, 『물새발자옥』에 악보와 함께 수록된 「그이생각」과 제목 및 내용이 조금 다르다.

멀리가신 누나가/오늘싸라 그립지/『아아 어어/오오 우우—』//버들개지 날리는/오늘싸라 더하지/『아아 어어/오오 우우—』//—『武藏野』벌가에서— (「누나 생각」, 『동아일보』)

멀리가신 그이가/오늘따라 그립지/아아, 어어,/오오, 우우—.//버들가지 날니는/오늘따라 더하지/아아. 어어,/오오. 우우—.//—武藏野벌에서— (「그이생각」, 『東光』)

「누나 생각」과 『물새발자옥』의 「그이 생각」에서는 '누나'를 '그이'로 후렴의 '아아 어어 오오 우우'를 '아-아-아-아-'로 바꾸었다. 『東光』의 「그이생각」과는 표기법상의 차이가 약간 있을 뿐 동일한데, 「누나 생각」과 마찬가지로 후렴 부분이 조금 달라졌다. 동요(혹은 시)에 곡을 붙이다 보면 문학적 운율과 음악적 리듬의 차이로 약간의 수정이 가해지는 것은 불가피할 것으로 보인다. 박태준은 '가벼운 嘆咏으로' 부를 것을 요

40 漢陽花郞, 「樂壇 메리-그라운드」, 『삼천리』(제6권 제9호, 1934년 9월호)는 일제강점기 조선의 음악계를 개관하고 있는데, 음악관련 기사, 논문, 비평을 하는 사람을 언급하면서, "音樂文筆家로 勢京에 尹福鎭 잇슬 따름"(156쪽)이라 평하고 있다.

구하고 있다. '그이(누나)'를 그리워하는 마음을 잘 드러낼 수 있도록 작품을 해석하고 있다.

요-호- 푸른산이 울립니다/요-호- 푸른산이 울립니다/요-호- 하늘 끝에 들립니다/요-호- 하늘 끝에 들립니다//요-호-푸른들이 울립니다/요-호- 푸른들이 울립니다/요-호-구름 속에 들립니다// (「요-호-」)

가을인가/가을인가/아-/가을인가 봐/물동이에 떨어진/버들잎 보고/물 긷는 저 아가씨/고개 숙이니/가을인가/가을인가/아-/가을인가 봐// (「아-가을인가」)

「요-호-」는 4·4조의 정형률로 된 동요인데 박태준의 요구대로 매우 '한가롭게' 부를 노래다. 반면에 「아-가을인가」는 애상적인 분위기가 물씬 풍긴다. 박태준이 '얼마큼 感傷的으로' 부를 것을 요구한 것과 일치하는 정서다. 윤복진은 작품 말미에 '黃昏 시골길에서'라 해 시적 정서의 근원을 밝혀둔 것으로 읽을 수 있다. 「아-가을인가」는 1927년에 작시했다고 하나 확인되지 않고, 『東光』(제36호, 1932년 8월호)이나 『萬國婦人』(창간호, 삼천리사, 1932년 10월호)에 수록된 것과 『물새발자옥』에 수록된 것을 견주어 보면 미세한 차이가 있다.

가을인가,/가을인가,//아/가을인가봐//물똥에 떠러진/버들닢보고//물깃는 아가씨/고개숙이지.// (「아가을인가」, 『東光』)

가을인가/가을인가//아—/가을인가봐//물동에 써러진/버들입 보고//물깃는 저아씨/고개속이니—//—黃昏 시골길에서— (「아-가을인가」, 『萬國婦人』)

『東光』과 『萬國婦人』에서는 '물똥에'와 '물동에'이던 것이 『물새발자옥』에서는 '물동이에'로, '아가씨'와 '저 아씨'이던 것이 '저 아가씨'로 바뀌어 있다. 이는 앞에서도 말한 것처럼 악보를 붙이려니 음악적 리듬에 맞추어 음수를 맞춘 것으로 보인다. '물똥에', '떠러진'('써러진')이 '떨어진', '물깃는'이 '물긷는', '숙이지'('속이니')가 '숙이니'로 된 것 등은 표기상의 차이일 뿐이다.

② 시

다음은 '시'로 밝혀 놓은 것으로 「해지려는 저녁 때」와 「갓모를 잊고」 두 편이 있다.

해지려는 저녁에/웬 행상 하나이/호젓한 산길로/쓸쓸히 지난다/상제도 없이/쓸쓸히 지난다. (「해지려는 저녁 때」)

여봐라 저 하늘에/흰구름도 쉬어 넘는/높디높은 秋風嶺!/秋風嶺 저 주막에/갓모를 잊고/어허! 가랑비/오락가락 갓모 없이/비에 젓는 이내 생각이/秋風嶺 千里길을 혼자 넘겠네. (「갓모를 잊고」)

일제강점기 동요의 운율이 대체로 7·5조였음을 볼 때 이 두 편은 동요의 정형적인 운율을 벗어나 있어 '시'로 분류한 듯하다. 그러나 전통적인 정형률 3·4조(혹은 4·4조)나 변형된 7·5조를 크게 벗어난 것 같지는 않다. 박태준이 곡을 붙이면서 「해지려는 저녁때」에는 '寂寞한 心情으로', 「갓모를 잊고」는 '아득한 回想에 잠기어'라 해 나름대로 시의 정서를 해석하고 있다. 시어가 주는 이미지도 그렇거니와 전체 내용을 두고 볼 때 박태준이 악보에서 요구한 음악적 정서는 시적 정서와 일치한다고 할 수 있겠다. '행상'은 '상여(喪輿)'를 말하는데 상제(喪制)도 없이 그것도 해가 지는 저녁때이니 그 고요하고 쓸쓸함은 충분히 짐작할 수 있겠다. 박태준은 윤복진의 이러한 작시 의도를 정확히 짚어 '적막한 심정으로' 노래를 불러주길 바라는 것이다. '갓모'는 '갈모(-帽)'를 말하는데 비가 올 때 갓 위에 덮어쓰는 우장(雨裝)이다.[41] 추풍령 천리 길에 가랑비가 내리는데 갓모도 없이 높은 고개를 넘는 나그네가 비에 젖은 정경을 그려보면 「해지려는 저녁때」와 그 쓸쓸함에 있어 크게 다를 바가 없다. 특별한 경험이 아니면 굳이 회상할 까닭이 없을 텐데 박태준은 그 쓸쓸한 정경을 회상에 잠기어 노래하라고 요구하고 있다.

③ 민요

다음은 「마님과 머슴」, 「나는야 알고말고」 등 '민요' 두 편이다. 이 두 편의 노래 역시 발표지지를 확인할 수 없다. 민간에 전승되던 노래였다면 윤복진이 월북했다는 이유로 굳이 윤석중이 「나물 무치기」로 개사할 까닭이 없었을 것이다. 아마도 윤복진이 민요풍의 내용과 형식으로 지은 노래일 가능성이 커 일종의 '신민요'라 볼 수 있겠다.[42]

(마님)〈길게 뽑으며〉머슴아 (머슴)예에이 (마님)〈점잔을 빼며〉호박 좀 따오렴 (머슴)예에이 〈거들거리며〉마님 지붕에도 호박 담우에도 호박 마당에도 호박 길가에도 호박 울타리에도 호박 남새밭에도 호박 얼룽호박 따오리까 덜룽호박 따오리까 애송호박 따오리까 늙은 호박따오리까 (마님)〈가로채며〉아따 그놈 잔소리도 많다 아무거나 주섬주섬 따오렴 (머슴)〈멋드러지게〉예에-이 〈혼자 재미가 나서〉얼룽 호-박 따서 호박 범-벅 쑤고 냠냠 얼룽 호-박 따서 호박떡 찌고 냠냠 덜룽 호-박 따서 호박 나-물 무치고 냠냠 덜룽 호-박 따서 호박

41 한국학중앙연구원, 『한국민족문화대백과사전』(1991)의 '갈모' 항 참조.
42 신민요(新民謠)에 대해서는, 장유정, 「1930년대 신민요에 대한 당대의 인식과 수용」, 『한국민요학』, 제12호, 한국민요학회, 2003 참조.

김-치 담고 냠냠 애송 호-박 따서 호박 부-침 부치고 냠-냠 애송 호-박 따서 호박 지-짐 지지고 냠-냠 늙은 호-박 따서 호박국- 끄리고 냠냠 늙은 호-박 따서 호박죽- 쑤고 냠냠 (마님)〈길게 뽑으며〉머슴아 (머슴)예에이 (마님)무얼 그리 냠냠 혼자 그리 냠냠 (머슴)아따 마님 호호 호박범벅에 호박떡 호호 호박나물에 호박김치 호호 호박 부침에 호박지짐 호호 호박국에 호박죽 혼자혼자 먹습지요 냠냠 먹습지요 (마님)〈길게 뽑으며〉머슴아 (머슴)예에이 얼룽호박 덜룽호박 애송호박 늙은 호박 혼자 그리 먹지 말게 (머슴)〈멋드러지고 길게 뽑아서〉예에이 (「마님과 머슴」)

보리밭에 큰애기 가락지 꼈네./나물캐는 저 애기 가락지 꼈네./옳지 옳지 그렇구나 나두 안다네./고개들어 말좀 해라 나두 안다-네./이 가락지 날같이 지녀 달나고/감나무집 도령이 끼워주었지./에라에라 샘길에 소문내볼까/쏘곤쏘곤 샘가에서 말성 많겠네//잔디밭에 저 도령 주머니 찻네/소를 치는 조 도령 주머니 찻네/옳지 옳지 그렇구나 나두 안다네/숨김없이 말좀 해라 나두 안다-네/이 주머니 날같이 보아 달나고/면장네집 큰애기 채워주었지/에라에라 초당에 소문내 볼까/쑤군쑤군 초당에서 말성 많겠네 (「나는야 알고말고」)

두 노래는 각각 '거들거리는 마음으로', '가쁜가쁜하게' 부를 것을 요구하고 있다. 민요는 민속, 음악, 문학의 복합체로 존재하는 양식이다. 그리고 개인적인 노래라기보다는 집단성을 띠고 있고, 대체로 수고를 덜거나 기쁨을 나눌 때 부르는 노래 형태다. 노동요나 의식요의 형태도 있으나 위의 두 노래는 유희요 그것도 아동유희요의 범주에 속한다 할 것이다. 민요의 대부분이 서정 민요로 서정시에 적합한 비유나 상징 등의 수사법이 많이 쓰였다. '마님'과 '머슴'의 신분적 지위에도 불구하고 '머슴'의 사설은 놀이의 주인공이 '마님'이 아니라 '머슴'임을 잘 드러내 보인다. 「나는야 알고말고」도 두 사람의 '도령'과 '큰애기'가 몰래

하는 사랑을 소문내볼까 하는 악동적 심사를 해학적으로 풀어내고 있다. 민요는 일정한 율격을 지녀야 여러 사람이 함께 부를 수 있는데 「나는야 알고말고」도 전통적인 7·5조의 가락을 엄격하게 지키고 있다. 반면 「마님과 머슴」은 그렇지 않다. 정형률의 율격보다는 가사(말)에 더 방점을 두고 있기 때문이다.

> "마님과 머슴"에는 特히 이 레치타티-브로써 이 民謠의 生命인 말과 유모러쓰한 感情을 如實히 그리어 愉快하게 거들거리며 노래하고 仰天大笑하게 쯔음되어 잇다. 더구나 느러놋는 머슴의 능청맞은 호박 타령에는 말 自體에 이미 生動하고 잇는 리듬이 뚜렷하여 거기에는 가장 效果的인 "레치타티이브"로써 表現되어 잇는 것 等 特히 注目할 點이다. 이 노래 뿐 아니라 全體的으로 明朗性이 잇고 輕快한 맛이 잇어서 젊은이들에게 움직이는 氣運을 줄 수 잇는 作品이 만타고 하는 것은 哀愁的이요 悲觀的이며 消極的 노래가 만흔 半島의 雰圍氣에 한 快消息이 아닐가 한다.[43]

레치타티보(recitativo)란 '서창(敍唱)'으로 번역되는 것처럼, 말의 리듬과 강세를 모방하거나 강조하는 형식 또는 그런 형식의 노래로, 선율을 아름답게 부르기보다는 말하듯이 노래하여 대사 내용에 중점을 두는 창법을 이른다.[44] 「마님과 머슴」은 가사의 말이 주는 재미가 압권이라 이 기법을 활용한 것으로 볼 수 있겠다.

④ **동시**

누나야 먼-산에/새빨간 단-풍잎 떨-어진다네/누나야 가자구나/갈퀴를 쥐고

43 桂貞植, 「歌謠曲集 물새발자욱을 보고」, 『동아일보』, 1939.7.26.
44 『파퓰러음악용어사전』 참조.

서- 단풍잎 긁-그러//누나야 이-제는/가을도 깊어가고 겨울이 온다네/누나야 가자구나/단풍잎 얼어붙는 겨울이 오기 전에 (「落葉」)

갈래를 '동시'로 밝혀 둔 것은 이 작품 「落葉」이 유일하다. 동요와 동시가 엄격하게 구분되는 것은 아닐 테지만, 일제강점기 동요 혹은 동시 작가들의 일반적인 인식은 정형률의 유지 여부로 갈래를 구분한 것으로 보인다. 악보의 「落葉」은 '누나야 가자구나'에 맞추어 '누나야 먼-산에'와 '누나야 이-제는'에서 '먼-산에', '이-제는'처럼 장음으로 처리하고, '새빨간 단-풍잎 떨-어진다네', '갈퀴를 쥐고서- 단풍잎 긁-그러', '가을도 깊어가고 겨울이 온다네', '단풍잎 얼어붙는 겨울이 오기 전에' 부분도 장음 처리 등을 통해 정형성을 유지하려 하고 있다. 그러나 동시 자체를 음수율로 따지면 엄격한 정형률에서 벗어나 있는 것이 사실이다. 이런 이유로 동요로 분류하지 않은 것으로 보이지만, 「가을」로 발표된 잡지 『童話』에는 '동요'로 구분하고 있다. 박태준은 이 동시의 정서를 '적막하게'로 풀이하였다. 단풍이 떨어지는 가을이 흔히 감상적(感傷的)인 정서로 대변되는 것이 일반적이지만, '겨울이 오기 전에', '갈퀴를 쥐고서' 누나와 함께 단풍잎을 긁어모아야 하는 아이들의 노동을 감안하여 고요하고 쓸쓸함을 뜻하는 '적막하게'로 「낙엽」의 정서를 풀이한 것으로 보인다.

⑤ 동요

마지막으로 네 편의 동요가 있다. 「금박댕기」, 「우리애기 빨래」, 「탁씨는 꾀보」, 「깜박깜박」 등이다.

조놈조놈 중대가리 돌이 좀 봐요/뒤집-애기 금박댕기 디린 걸 보고/저도저도 금박댕기 디려 달래요//조놈조놈 수선-군 돌이 좀 봐요/중대-가리 머-리에

댕기를 달고/나도나도 댕기 맸다 자랑만 해요 (「금박댕기」)

바람은 솔솔 냇물은 졸졸/우리애기 빨래한다 또딱또딱/버들가지 방맹이로 또딱또딱//매암이 맴맴 송아지 매매/우리애기 한-나절 또딱또딱/옷-고름 한-짝을 또딱또딱//매암이 잔잔 풀버레 잔잔/오는 사람 처다보고 또딱또딱/가는 사람 처다보고 또딱또딱 (「우리 애기 빨래」)

심술쟁이 전차가 닥아-논 길을/눈치빠른 탁씨가 다라나지요/살금살금 돌아보며 다라나지요/탁씨는 꾀보 뻐쓰는 둔재/탁씨는 꾀보 뻐쓰는 둔재//심술쟁이 전차가 닥아-논 길을/재치없는 뻐쓰가 다라나지요/어정어정 어정대며 다라나지요/탁씨는 꾀보 뻐쓰는 둔제/탁씨는 꾀보 뻐쓰는 둔재 (「탁씨는 꾀보」)

(여럿이)깜박깜박 (혼자서)무엇이 깜박/ (여럿이)고기잡이 능불이 깜박/ (여럿이)깜박깜박 (혼자서)무엇이 깜박/ (여럿이 놀려주듯이)실 감는 순이 눈이 깜박 (「깜박깜박」)

「금박댕기」(『동아일보』 1934.10.28)와 「우리 애기빨래」(『동아일보』 1938.7.31; 1940.5.26)는 신문에 발표된 노래다. 두 노래 다 신문에 발표된 것과는 표기법에 약간 차이가 있거나, 문학 작품을 음악으로 매체 변환하는 과정에서 발생할 수밖에 없는 가사의 행갈이에 약간의 변화가 있다. 「금박댕기」의 경우 '봐요'가 '바요', '달래요'가 '달내요', '뒤집'이 '뒷집', '수선군'이 '수선꾼' 정도로 표기법의 차이가 있을 뿐이다. 「우리애기 빨래」는 앞에서도 말했듯이 「빨래」, 「애기빨래」라는 제목이 「우리애기 빨래」로 바뀌었고, 후렴구인 '또닥또닥'이 「빨래」와 「애기빨래」에서는 '똑딱똑딱'인 것과, 악보가 없는 「빨래」에서는 후렴구 '똑딱똑딱 똑딱똑딱'을 끝부분에 몰아 놓은 것이 다르다. 작곡을 한 경우 박태준이나 박태현의 악보에는 '우리애기 빨래한다'와 '버들가지 방맹이로' 뒤에 '똑딱똑딱'을 삽입했는데 노래로 불렀을 때 리듬감을 염두에 둔 것으로 보인다. 「금박댕기」는 빡빡 깎은 머리에 댕기를 매 달라고 떼를 쓰는 아이의 질투심이 잘 드러나 있고, 「우리 애기빨래」 역시 어른들이 하는 일이면 다 따라하는 아이다운 모습을 여실히 그려내고 있다.

「탁씨는 꾀보」 또한 아이다운 장난스런 모습이 잘 드러나고 '탁씨는 꾀보 뻐쓰는 둔재'를 반복함으로써 악의 없이 놀려대는 모습을 자연스레 연상시킨다. '탁씨'(택시)의 기민한 동작에 비해 덩치 큰 '뻐쓰'(버스)의 느린 모습을 재미있게 표현했다.

이들 세 노래는 7·5조를 기본으로 하여 일정한 변형을 가한 것들로 율격은 정형률에 기반을 두고 있다. 윤복진은 동요를 두고 음악과 뗄 수 없는 긴밀한 관계를 갖고 있고, 음악화 하여 노래로 불리든가 무용화하여 유희 동요가 되든가 한다고 보았다.

> 童謠는 불러야 할 것이다. 詩歌—더욱이 童謠는 言語의 調子가 音樂的으로 優秀하여야 할 것을 童謠詩人은 主唱하엿다. 그러함으로 童謠를 制作할 때는 內容인 思想, 感情을 重要視하는 同時에 用語와 리듬에 考慮하여야 한다. 글字 하나에도 長, 廣, 高가 잇고 强弱이 잇고 音色이 잇다. 童謠 作家는 自重하야 이 點에 硏究하여야 한다. 그저 쓰기 쉽고 뵈기 조타고 이 말 저 말을 함부로 濫用하는 것은 大冒險이다.
>
> 深重히 音響에 着眼하라! (중략)
>
> 무엇보다 言語에 音樂的 素質이 豊富한 言語를 찾자! 그러한 言語를 創作하자! 詩歌 - 童謠는 音樂과 떼일내야 뗄 수 업는 親密性을 가젓다. 童謠가 音樂化하야 童謠曲이 된다. 童謠가 舞踊化하야 童謠遊戱가 된다.[45]

45 尹福鎭, 「三新聞의 正月 童謠壇 漫評(7)」, 『조선일보』, 1930.2.11.

위의 동요들 모두 동심(童心)의 표현에 뛰어나다. 억지로 꾸민 구석이 전혀 없고 시어의 선택이 자연스럽게 우러나온 것임을 쉽게 알아챌 수 있다. 그야말로 윤복진의 동요는 "純全히 自然發露的인 姿勢로, 언제나 그것은 참으로 느껴 꾀꼬리처럼 읊었는 것"[46]이라는 평가에 상응한다 할 것이다. 동요가 어린이들이 쓰는 "쉬운 말로써 읊어 논 시가(詩歌)"[47]임을 강조한 자신의 말을 실천한 것이라 보겠다.

「깜박깜박」은 『新家庭』에 먼저 발표되고, 『童話』에 동요곡 형태로 발표되었던 것이다. 이 작품 또한 정형적인 운율로만 보면 앞의 세 동요와 일정한 차이가 있지만 동심의 표현에는 전혀 차이가 없다. 아이들에게 실 감는 일이란 지루하고 재미없는 고된 작업일 뿐이다. '순이'는 실 감는 일을 하다 깜박 잠이 들고 이를 여럿이 놀려주는[48] 내용이다. 깜박 잠이 든 '순이'의 모습을 고기잡이 등불에 비유한 것이 재미있다. '고기잡이 등불이'가 『新家庭』에는 '심지닳는 등잔불이'라 했다. '실감으며 조는 애 보고'란 부제에 더 부합되는 정경이다. 여럿이서 한 사람을 따돌리는 악의적 행동이 아님을 잘 간파할 수 있어 아이들다운 건강한 놀이 문화의 한 모습을 엿볼 수 있다.

네 편의 동요가 모두 놀림을 내용으로 하고 있지만 불편하지 않는 까닭은 단연 아이들다운 모습 곧 동심의 표현이 여실히 느껴지기 때문일 것이다. 윤복진은 여러 차례 동심을 강조한 바 있다.

> 純粹한 童心과 天眞한 童技와 아기자기하고 유모러-스한 그네들의 生活이 歪曲된 童心觀에서 餘地없이 蹂躪을 當코 잇다.[49]

---

46 박영종, 『현대동요선』, 한길사, 1949, 95쪽.
47 윤복진, 「(아동문학강좌)동요 짓는 법(三)」, 『童話』, 1937년 4월호, 22쪽.
48 윤복진이 쓴 이 동요의 창작 배경에는 "우리 모다서 조러케 깜박 깜박 졸고 잇는 이를 놀려 줍세다."란 내용이 있다. 윤복진, 「新作童謠曲 「깜박 깜박」을 실리면서」, 『童話』, 1937년 1-2월 합호, 26쪽.
49 金水鄕, 「童心의 誤謬一映畵 授業料를 보고」, 『동아일보』, 1940.5.10.

> 우리에게도 貴族的-쑤르조아적인 노래가 맛당한가. 우리 어린이에게도 각씨님을 업고 노래할 처지인가. 아니라. 우리의 동모는 거리에서 굼주리며 헐벗고서 치워 썰고 잇지 안는가. 무엇보다 현실을 굿게 把握케 하자. 환상과 虛飾을 바리자. 우리의 생활과 현실을 써나 옥토끼이니 계수나무이니 불느는 것보다 그들의 생활을 반영케 한 현실을 불너 주자. 이 점에서 金貴環 作 동리의원은 걸작이다. 快作이다.[50]

앞의 글은 영화를 보고 난 다음 그 영화가 '동심'과 아이들의 생활을 왜곡했다고 비판한 것이다. 윤복진이 생각하는 동심은 순수하고 천진한 아이들의 재주(놀이)와 아기자기하고 유머러스한 생활을 가리키는 것으로 파악된다. 윤복진도 동심을 두고 '순수', '천진'을 강조하고 있는데 그렇다고 방정환이 「처음에」, 「어린이 讚美」에서 보여준 동심천사주의와 같은 것은 아니다. 뒤의 글은 김귀환(金貴環)의 「동리의원」[51]을 '순수한 동심이 넘처 흐른다'고 고평하면서 당시 아이들이 처한 생활 정경을 말한 것이다. 동심을 제대로 표현하기 위해서 윤복진은 "『兒童生活』이란 것 『兒童의 世界』란 것을 充分히 硏究하고 巡歷한 後에 純粹한 童心을 健全한 童心을 健全한 思想과 手法으로써 製作해야 할 것"[52]이라 강조하였다. 아동 생활도 우리 어린이들이 처한 현실을 외면하지 않고 바로 그 현실을 굳게 파악하여 반영하여야 하며 환상과 허식을 버려야 한다는 것이다. 나아가 "兒童에게는 民族的 思想을 把握케 하자!"[53]는 주

---

50 尹福鎭, 「三新聞의 正月 童謠壇 漫評(3)」, 『조선일보』, 1930.2.5.

51 尹福鎭의 「三新聞의 正月 童謠壇 漫評」에서 필명인 金貴環으로 발표한 자신의 작품 「동리의원」을 고평한 것이지만 뛰어난 동요인 것은 부정할 수 없다. 원문은 다음과 같다. "우리동리 차돌이/의원이라오/동리안에 이름난/의원이라오//압담미테 흙파서/가루약짓고/풀닙짜서 쏭-쏭/싸서주지오//동리애들 병나면/솔닙침노코/약한봉지 써면은/당장나어요//"(『동아일보』, 1930.1.1)

52 金水鄕, 「童心의 誤謬」, 1940. 앞의 글.

53 윤복진, 앞의 글. 1930.2.11.

장으로 이어지는 점으로 보아, 일제강점기 윤복진의 동심은 계급적이어야 함을 표 나게 내세우지는 않았지만 동심천사주의와도 일정한 거리가 있는 것으로 보아야 할 것이다.

3. 맺음말

윤복진의 동요 작품을 총체적으로 연구하기 위해서는 일차적으로 신문과 잡지에 대한 면밀한 서지 검토가 필요하다. 그러나 윤복진의 작품은 신문과 잡지에 발표되지 않은 것들도 많은데 그 대부분은 여러 작곡가의 동요곡집에 수록된 것들이다. 윤복진의 동요 작품을 수록하고 있는 동요곡집은 윤복진의 이름을 달고 있는 것도 있지만, 다른 작곡가의 작곡집으로 발간된 것이 많다.

이 글은 윤복진의 동요 작품의 전모를 확인하는 작업의 일환으로 여러 동요곡집에 수록되어 있는 윤복진의 동요 작품을 밝히고자 하였다. 그러나 『중중때때중』, 『양양범버궁』과 같이 윤복진의 작품만으로 작곡된 동요곡집이 발간되었지만 소재를 파악하지 못해 수록 작품을 제대로 확인할 수 없는 것도 있어 소상하게 전모를 밝힐 수 없는 한계가 있었다. 앞으로 소재가 파악되지 않은 동요곡집이 발굴되기를 기대하면서, 지금까지 밝혀진 윤복진의 동요를 수습하는 작업도 일정한 의의가 있다고 판단하여 서지 확인을 시작하였고 상당한 성과도 얻었다.

특히 『물새발자옥』은 서지학, 음악, 미술 등에서는 상당한 접근이 이루어지고 있음에도 불구하고, 아동문학 분야에서는 제대로 연구된 바가 없었다. 『물새발자옥』에는 「물새발자옥」, 「그이 생각」, 「아-가을인가」, 「금박댕기」, 「落葉」, 「우리 애기빨래」, 「탁씨는 꾀보」, 「깜박깜박」 등과 같이 발표지지(發表紙誌)가 확인된 작품과 아직 확인되지 못한 5편의 작품을 합해 13편이 있는데, 문학적 관점에서 그 실체를 밝히기 위해 중점적으로 살펴보았다.

남은 과제는 일제강점기의 여러 작곡집과 해방기 및 이후의 작곡집(가요집)을 확인하고, 여러 발표지지를 확인하여 윤복진 문학 작품(동요)의 전모가 밝혀질 수 있도록 하는 것이다.

참고문헌

1. 자료

『어린이』, 『별나라』, 『신소년』, 『아이생활』, 『동화』, 『조선일보』, 『동아일보』, 『시대일보』(『중외일보』, 『중앙일보』, 『조선중앙일보』), 『매일신보』, 『경향신문』, 『자유신문』

강신명, 『兒童歌謠曲撰三百曲』, 平壤: 農民生活社, 1938.

權泰浩, 『國民歌謠集』, 希望社出版部, 1949.

박영종 엮음, 『現代童謠選』, 한길사, 1949.

朴泰俊, 『歌曲集 附 朴泰俊作曲集』, 大邱書籍組合, 1927.

朴泰俊, 『朴泰俊作曲集』, 세광출판사, 1975.

윤복진 편, 『童謠曲譜集』, 夏期保姆講習會, 1929.

윤복진 엮음, 『세계명작아동문학선집』, 아동예술원, 1949.

尹福鎭 作詩 朴泰俊 作曲, 『歌謠曲集 물새발자욱』, 京城: 敎文社, 1939.

윤복진 편, 『초등용가요곡집』, 파랑새社, 1946.

윤복진, 『꽃초롱 별초롱』, 아동예술원, 1949.

이강숙, 김춘미, 민경찬, 『우리 양악 100년』, 현암사, 2002.

이재면 편, 『한국동요곡전집』, 신교출판사, 1958.

임홍은 편, 『아기네동산』, 아이생활사, 1938.

한영제 편, 『책속에 담은 사랑과 나라사랑』, 기독교신문사, 1993.

洪蘭坡 編, 『特選歌謠曲集』, 硏樂會出版部, 1936.

洪蘭坡, 『朝鮮童謠百曲集』, 硏樂會 彰文堂書店, 1930.

洪蘭坡, 『朝鮮童謠百曲集』(下篇), 彰文堂書店, 1933.

○○○, 『국민가요 음악책』, 국민음악연구회, 1951.

2. 논문과 저서

桂貞植, 「가요곡집 물새발자욱을 보고」, 『동아일보』, 1939.7.26.

권해희, 「新書讀後記 윤복진 엮음 「노래하는 나무」－세계명작동화선집」, 『경향신문』, 1950.4.23.

金水卿,「歌謠曲에 關한 覺書－쿤스트리-드를 素描함」(上,下), 『동아일보』, 1937.10.19~20.
金水卿,「(映畵寸評)童心의 誤謬－映畵 授業料를 보고」, 『동아일보』, 1940.5.10.
김용운,「같은 곡조 · 다른 노래 6일 부암아트홀서 음악회」, 『조선일보』, 2004.7.1.
김윤애,「1950~60년대 한국판화 연구」, 홍익대학교 미술사학과 석사논문, 2010.6.
김정희,「1930년대 한국 창작음악 문헌 연구」, 한국예술종합학교 예술전문사학위논문, 1997.7.
김종헌,「윤복진 동시의 담론 구성체 연구」, 『한국아동문학연구』, 제12호, 한국아동문학회, 2006.
김진하,『나무거울: 출판미술로 본 한국 근 · 현대목판화, 1883~2007』, 우리미술연구소 · 품, 2007.
류덕제,「대구지역 아동문학 연구」, 『아동청소년문학연구』, 제10호, 한국아동청소년문학학회, 2012.
민경찬,『한국창가의 색인과 해제』, 한국예술종합학교 한국예술연구소, 1997.
손태룡,『한국 서양음악가 연구』, 보고사, 2011.
원종찬,「동요시인 윤복진의 작품세계」, 『아동문학과 비평정신』, 창작과비평사, 2001.
원종찬,『동요시인 윤복진 연구』, 『동화와 번역』, 제17집, 건국대 동화와 번역연구소, 2009.
윤복진,「三新聞의 正月 童謠壇 漫評(전9회)」, 『조선일보』, 1930.2.1~12.
윤복진,「(아동문학강좌)동요 짓는 법(전4회)」, 『童話』, 1936년 7-8월 합호, 10월호, 1937년 3월호, 4월호.
윤복진,「新作童謠曲「깜박깜박」을 실리면서」, 『동화』, 1937년 1-2월 합호.
윤복진,「尹石重 氏 童謠集 억게동무를 읽고」, 『매일신보』, 1940.7.30.
윤복진,「담화실」, 『아동문학』, 조선문학가동맹 아동문학위원회, 1946.
이유선,『한국양악 백년사』(증보판), 음악춘추사, 1985.
이재철,『한국현대아동문학사』, 일지사, 1978.

장유정, 「1930년대 신민요에 대한 당대의 인식과 수용」, 『한국민요학』, 제12호, 한국민요학회, 2003.
전송배, 「아동잡지 『어린이』와 『赤い鳥』 동요의 비교와 『어린이』 동요의 전개양상」, 중앙대학교 대학원 음악학과 한국음악 전공 박사논문, 2011.
정영진, 「동요시인 윤복진의 반전극」, 『문학사의 길찾기』, 국학자료원, 1993.
조두섭, 「낮꿈꾸기의 비애 · 윤복술」, 『대구경북근대문인연구』, 태학사, 1999.
주요한, 「윤복진 군의 동요」, 『東光』, 제21호, 1931년 5월호.
하동호, 「韓國音樂書誌攷」, 『近代書誌攷類叢』, 탑출판사, 1987.
漢陽花郎, 「樂壇 메리-그 라운드」, 『삼천리』, 제6권 제9호, 1934년 9월호.
한용희, 『한국동요음악사』, 세광음악출판사, 1988.
한용희, 『동요 70년사 한국의 동요』, 세광음악출판사, 1994.
한용희, 『창작동요 80년』, 한국음악교육연구회, 2004.
홍난파, 『조선가요작곡집』(제1집), 노산시조편, 연악회, 1933.
홍종인, 「近刊의 歌謠集(2)」, 『동아일보』, 1932.8.11.
홍종인, 「양양범버궁, 윤복진, 박태준 동요민요작곡집」(제2집), 『東光』, 제32호, 1932년 4월호.

3. 기타

「(新刊紹介) 양양범버궁」, 『동아일보』, 1932.3.3.
「(新刊紹介), 『중중쌔때중』」, 『동아일보』, 1931.7.11.
「大邱엔 唯一이오 最初인 大百貨店 出現 在邇」, 『동아일보』, 1936.8.8.
「三千里 機密室」, 『三千里』, 제8권 제11호, 1936.11.1.
「양양범버궁」, 『東光』, 제32호, 1932.4.1.
「尹福鎭의 童謠」, 『東光』, 제21호, 1931.5.1.

윤복진의 아동문학과 월북

1. 머리말

해방 후 다수의 문인들이 월북했다. 아동문학가들도 마찬가지다. 송영(宋影), 박세영(朴世永), 현덕(玄德), 홍구(洪九), 엄흥섭(嚴興燮), 정청산(鄭青山), 박아지(朴芽枝), 이동규(李東珪), 김우철(金友哲), 신고송(申孤松) 등을 들 수 있다. 이들은 대개 일제강점기 때부터 사회주의 이념에 충실했고 카프(KAPF)에 가맹했거나 동조했던 문인들이었다. 이들의 작품들도 대체로 계급투쟁을 바탕으로 한 현실비판적인 내용들이었다. 그래서 이들이 월북했다는 것은 이상할 것도 없고 어쩌면 자연스럽다고 할 것이다.

월북 아동문학가 가운데에는 윤복진(尹福鎭)도 들어 있다. 그는 일제강점기부터 해방 이후까지 동요(동시)와 동화 작품을 다수 발표하였다. 윤복진의 작품만으로 된 동요곡집만 해도 박태준(朴泰俊)이 곡을 붙인 『중중때때중』(1931), 『양양범버궁』(1932)과 두 동요곡집에서 가려 뽑은 『도라오는 배』(1934) 그리고 『물새발자옥』(1939), 해방 후의 『초등용가요곡집』(1946) 등 도합 5권이 있다. 해방 후에는 10곡의 동요곡을 포함한 『꽃초롱 별초롱』(1949)이란 동요집을 발간했다. 이외에도 윤복진이 편찬한

『동요곡보집』(1929)에 11편, 정순철(鄭淳哲)이 편찬한 『(동요집) 참새의 노래』(1932)에 5편, 홍난파(洪蘭坡)의 동요곡집인 『조선동요백곡집』(상:1930, 하:1933)에 10편, 강신명이 편찬한 『아동가요곡선삼백곡』(1936)에 51편, 박태준의 『박태준동요작곡집』(1949)에 15편, 권태호의 『국민가요집』(1949)에 4곡, 그리고 박태준의 『무궁화는 피고피고』에 22편 등이 실려 있는데, 중복 수록된 것을 감안하더라도 윤복진의 많은 작품이 노래로 불렸다는 것을 알 수 있다. 이로 볼 때 일제강점기 아동문학과 동요계에서 차지하는 윤복진의 위상이 어느 정도였는지 짐작할 수 있다.

그런데 카프 소속 또는 그에 동조했던 아동문학가들의 작품과 윤복진의 작품을 비교해 보면 확연히 다른 점을 발견할 수 있다. 계급투쟁적인 이념이나 현실 비판적인 내용을 담고 있는 작품이 많지 않다는 점이다. 동시대의 극작가이자 아동문학 비평가인 신고송은 대놓고 윤복진의 무계급성을 비판하기까지 했다. 더러 민속 현실에 대한 인식을 표현한 작품이 없는 것은 아니었지만 그것이 윤복진 작품의 주류라고 할 수는 없다.

그런데 해방이 되자 윤복진의 행보는 썩 달라졌다. 1945년 좌파 문학단체인 조선문화건설중앙협의회의 조선문학건설본부 위원이 되었고, 12월에는 조선문학동맹에 가담하여 아동문학부 사무장이 되었다. 아동문학이 나아갈 방향을 밝힌 여러 비평문에도 지금까지의 문학 활동에 대한 자기반성과 새로운 길을 모색하는 내용이 빠지지 않는다. 동요나 시 작품에도 해방공간의 당대 현실을 직접 반영하는 작품을 여럿 발표하고 있다. 그리고 1950년 6·25전쟁 도중 월북했다.

사정이 이렇다 보니 윤복진의 월북을 놓고 여러 해석이 있다. '낮꿈꾸기' 혹은 '좌익 심파'라 하여 허망한 이상론을 좇았다는 해석과, 동향의 친구 신고송을 따라 월북했다는 주장, 해방 공간의 좌파 문학 활동에 대한 처벌을 면하기 위한 도피적 월북이라는 주장이 있는가 하면 윤석중에 대한 열등감으로 인해 월북했다는 주장까지 있다.

나름대로 일리 있는 주장도 있지만 문제점 또한 많다. 현재의 결과가 옳은 것이라는 관점에서 당대의 '선택'을 평가한 것이거나, 단편적인 자료나 사소한 근거를 바탕으로 하여 과도한 추론을 하거나 확대해석한 점이 그렇다.

이 글의 목적은 윤복진의 월북 이유를 밝혀 보고자 하는 것이다. 월북이란 한 개인의 정치적 선택 자체에 관심을 두는 것이 아니다. 작품과 문학론 그리고 문단적 행보를 종합해 그의 문학관을 확인하고 나아가 월북의 이유를 밝혀보고자 하는 것이다. 세상에 느닷없는 일이란 없는 법이다. 한 개인의 결단이나 선택에는 복합적인 요인이 작동하였을 것이다. 해방공간의 정치 사회적 상황과 시대적 여건 또한 영향을 미쳤을 것이다. 그래서 윤복진의 월북이란 선택의 이유를 밝히기 위해, 그의 일제강점기 작품과 문학론 그리고 해방 후 문단 행보와 작품 및 문학론의 변모 양상 등을 종합해 보아야 한다. 객관적인 자료나 당사자의 명시적인 언급이 없는 상황에서 추론해야 하는 것이기 때문에 다각적인 관점과 광범위한 근거 자료만이 결론의 정당성을 보장해 줄 것이기 때문이다.

2. 윤복진의 아동문학과 월북

지금까지 윤복진의 월북에 대해 논란을 보인 것은 그의 '선택' 곧 월북이 의외라는 입장이었기 때문이다. 서정적 동심에 바탕을 둔 작품을 써 왔고, 일제강점기 때 선풍처럼 불어왔던 계급문학에 기울어지지도 않았던 그였기 때문에 그의 월북이라는 정치적 선택이 의외라고 보는 시각은 자연스러운 것이다.

1) 윤복진의 월북에 대한 기존 논의 비판

윤복진의 월북에 대해 처음 의견을 밝힌 사람은 정영진이다. 윤복진의 월북을 두고 '반전극(反轉劇)'으로 요약했다. 해방 후 윤복진이 "지난날의 서글픈 感傷과 咏嘆을 잊어버리자"[1]라고 한 말을 아동들에게 계급의식을 심어주겠다는 각오라 읽고 이는 "감성에 사로잡혀 대세에 편승"하는 것으로 그를 "심정적 좌경주의자, 곧 좌익 심파에 불과"하다고 보았다. 1949년경 보도연맹(保導聯盟)에 가입하여 전향하였음에도 "적치(敵治)의 부역"이 켕기어 결국 "강제 반·자의 반"으로 월북하였다는 것이다.[2]

보도연맹에 가입한 문인들의 명단은 분명하게 확인 되지 않았다. 윤복진의 보도연맹 가입 사실은 정영진의 주장 외에는 분명히 확인된 바 없다. 윤복진이 해방 후 좌익 사상에 경도되었던 점은 여러 문건으로 확인되는데 지속적이면서도 분명해 자의에 의한 것으로 보인다. 그래서 1949년경 보도연맹에 가입한 것이 사실이라면 단독정부가 수립된 이후 남한의 정치적 상황이 강제한 측면이 컸을 것이다.[3]

같은 아동문학가인 송완순(宋完淳)은 보도연맹에 가입했지만 6·25 전쟁 시기에 월북했다. 조선프롤레타리아문학동맹 맹원이었던 이원수(李元壽)는 보도연맹에 가입했던 최병화(崔秉和, 조선문학자대회 참가)와 함께 "피신을 해야 한다는 주위 사람들의 말"[4]을 듣고 함께 월북을 하려다가 되

---

1 윤복진, 「跋文－나의 兒童文學觀」, 『꽃초롱 별초롱』, 아동예술원, 1949, 122쪽.

2 정영진, 「동요시인 尹福鎭의 反轉劇」, 『현대문학』, 제454호, 1992년 10월호, 372~374쪽 참조.

3 윤복진의 보도연맹 가입에 대해서는, 정영진이 「동요시인 윤복진의 반전극」(373~374쪽)에서 밝히고 있다. 이 시기 남로당원 자수주간은 1949년 10월 25일부터 31일까지로 했다가 다시 11월 7일까지로 1차 연장하고, 이어서 11월 30일까지로 연장되었고, 전북(全北)과 군(軍) 등에서는 각각 12월 15일, 12월 31일까지 연기하기도 하였다.(『동아일보』, 1949년 11월 1일자, 6일자, 12월 9일자, 16일자 참조) 이러한 압박 속에 윤복진도 자수와 보도연맹 가맹을 했을 가능성이 있다.

4 이원수, 「동일승천(冬日昇天)한 나비 최병화 형」, 『이원수아동문학전집 29 동시동화작법』, 웅진출판주식회사, 1984, 176~177쪽.

돌아오기도 하였다. 그런가 하면 일제강점기부터 강력한 계급문학적 입장을 견지한 채 아동문학론을 전개하고 작품을 발표했으며 해방 후에도 좌익에 가담하였던 이주홍(李周洪, 조선프롤레타리아문학동맹 중앙집행위원, 조선문학가동맹 아동문학부 위원), 김병호(金炳昊, 조선문학자대회 참가), 손풍산(孫楓山, 조선프롤레타리아문학동맹 맹원), 홍은성(洪銀星, 洪曉民, 조선프롤레타리아문학동맹 맹원, 조선문학자대회 참가), 김태오(金泰午, 조선문학자대회 참가), 김광균(金光均, 조선문학건설본부, 조선문학자대회 참가, 조선문학가동맹 시부 조직부장), 윤석중(尹石重, 조선문학가동맹 아동문학부 위원) 등과, 해방 전 계급주의 아동문학의 중심 인물이었던 정홍교(丁洪教, 오월회 창립, 조선소년총동맹 위원장)는 월북하지 않았음에도 남한에서 대학교수, 작가, 언론인 등으로 별 탈 없이 살아남았다. 심지어 일제강점기에는 카프(KAPF) 중앙집행위원이었고 해방 후 조선프롤레타리아문학동맹 중앙집행위원, 조선문학가동맹 서기장이었던 권환(權煥)은 월북하지 않고 마산(馬山)에 남아 있었다.

이상과 같은 사정을 두고 볼 때 윤복진이 단지 '좌익 심파'였기 때문에 월북했다는 것은 근거가 미약하고, '적치의 부역'은 아무런 근거자료도 제시하지 않아 다른 문인들의 경우를 윤복진에게 잘못 적용한 것으로 보인다. 이런 점에서 정영진의 주장은 명확한 사실 확인 없이 단편적인 사실을 확대해석한 경우라 할 것이다.

정영진의 '좌익 심파'와 유사한 견해가 조두섭이 말한 "낮 꿈꾸기"일 것이다. 블로흐(Bloch)의 '낮 꿈' 개념을 빌려왔는데, "이 세상에서 아직 의식되지 않은 것을 상상을 통해 발견하려는, 즉 그리움의 환유"가 '낮 꿈'이라는 것이다.[5] 윤복진이 월북한 것 곧 계급주의 이데올로기를 선택한 것은 '낮 꿈'의 실천적 방법이라고 보고 있다. 그러나 조두섭의 주장은 윤복진의 연보를 재구성하고 문학론과 작품을 면밀하게 읽은 후 객

5 조두섭, 「낮꿈꾸기의 비애, 윤복술」, 이강언, 조두섭 편, 『대구경북 근대문인 연구』, 태학사, 1999, 117쪽.

관적인 판단을 내려야 함에도 불구하고 수필에 가까운 추론과 부분적 사실에 기초한 확대해석이 지나치다. 해방 전 윤복진이 발표한 작품도 제대로 검토하지 않았고 해방 직후 여러 차례 발표되었던 문학론과 작품도 꼼꼼하게 살펴보지 않았기 때문이다.

원종찬은 두 차례에 걸쳐 윤복진의 월북에 대해 논의한 바 있다. 첫 번째는 "『어린이』 애독자 시절부터 동요운동을 함께 벌인 동향(同鄕)의 문우(文友)"인 "신고송과 관련"이 있고 해방직후 "지배적인 경향을 좇아 움직인 면이 크다"[6]고 보았다. 두 번째는 윤복진의 "월북은 석중과 목월이 따라올 수 없는 윤복진만의 득의의 행보"이고, 기존의 통설인 '자의반 타의반으로 월북했다'는 통설과 달리 "'자의(自意)' 쪽에 방점을 찍어야 하는 근거"[7]라 하였다.

첫 번째 주장은 너무 단순하다. 경상남도 울산군 언양 출신의 신고송과 경상북도 대구 출신의 윤복진이 동향도 아니거니와, 신고송이 대구에 머물렀던 기간은 대구사범학교 입학 때인 1925년부터 졸업 1년 뒤인 1929년 초중반경까지이다. 이 기간 중인 1926년경 신고송은 윤복진이 주도한 '등대사' 활동을 같이 하기도 했으나, 1929년 하반기에는 불온사상을 가졌다는 이유로 근무하고 있던 대구공립보통학교에서 경상북도 청도(淸道)의 유천학교(楡川學校)로 전근을 갔고 1930년 구금과 동시 교원생활을 그만둔 것으로 확인된다. 윤석중에 따르면 "같은 대구에 사는 윤복진과 신고송(말찬)은 서로 사이가 나빠서 신은 윤의 동요를 신문 동요 월평에서 '부르좌' 사고방식을 벗어나지 못했노라고 번번이 나무랐"[8]다고 하였고, 송완순은 "確實히 申 君은 尹福鎭 氏에게 對하야 私的感情을 가진 것 갓다."[9]고 하는 등, 신고송은 여러 차례 윤복진의 작품에

---

6 원종찬, 「동요시인 윤복진의 작품세계」, 『아동문학과 비평정신』, 창작과비평사, 2001, 307쪽.
7 원종찬, 『북한의 아동문학』, 청동거울, 2012, 348쪽.
8 윤석중, 『어린이와 한평생』, 범양사출판부, 1985, 101쪽.

윤복진의 생가 자리. 뒤의 고층 빌딩은 대구백화점이다.

대해 험담에 가까운 비판을 하기도 해[10] 이념과 행동을 함께 한 동지라 보기 어렵다. 게다가 신고송의 월북 시기는 대체로 1946년 4월경으로 보고 있어 1950년 6월에서 9월경 월북했을 것으로 짐작되는 윤복진의 북행에 직접 영향을 미칠 수 있는 입장이 아니었다. '지배적인 경향을 좇아 움직인 면'이라는 주장은 그럴 수도 있으나 반론도 얼마든지 제기할 수 있다. 앞에서 보았듯이 윤석중, 이원수는 물론이고, 일제강점기 대표적인 계급주의 아동문학 운동을 활발하게 펼쳤음에도 불구하고 이주홍, 정홍교, 김태오, 홍은성, 김병호, 양창준(梁昌俊, 梁雨庭), 손풍산 등이 월북하지 않고 남한에 남을 수 있었던 점을 설명할 수 없다는 점이다. 그리고 윤석중과 박목월에 대한 열등감에서 월북을 결행했다는 두 번째의 주장은 「석중과 목월과 나—동요문학사의 하나의 위치」를 면밀히 분석하여 윤복진의 월북 이유를 추론한 것이다. 하나의 가능성 있는 추론일 수는 있으나 문면을 따라 읽어 보면 과장된 해석으로 보인다. 동요문학사에 중요한 위치를 차지했던 석중과 목월에게 시대변화에 부응하여 새로운 이념과 형식을 만들고 달라져보자는 청유형(請誘形)의 글이기 때문이다. 윤복진의 월북을 '자의 쪽에 방점'을 두는

9 九峰山人, 「批判者를 批判—自己辯解와 申 君 童謠觀 評(四)」, 『조선일보』, 1930.2.23.

10 申孤松, 「새해의 童謠運動—童心 純化와 作家誘導(一)」(『조선일보』, 1930.1.1), 申孤松, 「童心에서부터—旣成童謠의 錯誤點, 童謠詩人에게 주는 몃 말(전8회)」(『조선일보』, 1929.10.20~29) 등이 대표적이다.

원종찬의 견해는 합당한 해석으로 보이나, 정영진이 이미 "지향(志向) 월북 문인"[11]으로 분류하여 자진 월북임을 분명히 한 바 있어 재확인한 것에 지나지 않는다.

최윤정은 1930년 윤복진의 '「스무 하루 밤」, 「기차가 달려오네」, 「송아지 팔러가는 집」' 등 현실 인식을 드러내 보이는 세 편의 동요를 들고 "계급의식을 기반으로 하는 투철한 사상무장에 의한 것은 아니"지만 "시 세계가 이전의 세계보다 확장"되었다고 본다. 이에 근거해 "1930년을 기점으로 한 그의 경향시들이 이후 그의 행적과 문학관의 변모에 있어서 귀중한 단초"가 되었다고 보고, 윤복진이 "'새로운 사상'과 '새로운 과학'을 기대하고 북행을 결심"[12]했을 것이라는 입장이다. 이 주장은 앞의 주장들과는 달라 새롭기는 하나 객관적 근거자료가 단편적인 데다가 매우 제한적이어서 일반화하기에 미흡하다.

2) 해방 후 윤복진의 문단 행보와 아동문학의 변모 양상

(1) 해방 후 윤복진의 문단 행보

해방 후 윤복진의 아동문학관 혹은 문학론은 상당한 변모를 보인다. 문학관의 변화는 반드시 그의 행보와도 연결되어 있을 것이 분명하다. 따라서 윤복진의 해방 후 행보를 재구성해 보면 문학관의 변모를 이해할 수 있을 뿐만 아니라 그의 정치적 선택 곧 월북의 이유도 찾을 수 있을 것이다.

해방 후 윤복진의 문단 행보는 1945년 12월 1일에 간행된 신문인 『아

11 정영진, 「월북 입북 납북 재북 문인 행적기」, 『다리』, 1989년 10월호, 249~251쪽.
12 최윤정, 「북으로 간 동요시인, 윤복진」, 『한국아동문학연구』, 제17호, 한국아동문학학회, 2009.12, 141쪽.

동문학』의 '담화실'을 집필하고 있는 데서 처음 확인된다. 여기에 각 학년별로 또는 학교별로 아동문학에 관심이 있는 사람들이 아동문학(문화)연구회를 조직하여 끊임없이 연찬하되 "우리 兒童文學委員會와도 有機的 連絡을 가지고 서로 硏究하고 서로 意見을 交換"하자고 제안하고 있다. 뿐만 아니라 김성태(金聖泰)가 곡을 붙인 동요곡 「우리말 우리글로」와 「自然科學 별나라 이야기」(金貴環), 그리고 「조선독립을 위해 싸우신 어른들」(金水鄕) 등을 발표하고 있다.

알다시피 『아동문학』은 조선문화건설중앙협의회 조선문학건설본부(이하 '문건') 아동문학위원회의 기관지이다. 윤복진은 정지용(鄭芝溶), 양미림(楊美林), 현덕(玄德), 임원호(任元鎬), 이원조(李源朝)와 더불어 편집위원이었다.[13] 조선문화건설중앙협의회는 1945년 8월 18일 '문건'을 위시하여 조선음악건설본부, 조선미술건설본부, 조선영화건설본부 등이 연합하여 발족한 것이다. 이보다 이틀 앞서 1945년 8월 16일 친일문인 단체였던 조선문인보국회의 간판이 내려진 한청빌딩에 '문건'이 세워졌다. 임화, 이태준, 김남천, 이원조 등이 주도하였다. 그런데 1935년 카프(KAPF)의 비해소파에 속했던 이기영(李箕永), 한효(韓曉), 송영(宋影), 윤기정(尹基鼎), 이동규(李東珪), 박세영(朴世永), 홍구(洪九), 홍효민(洪曉民) 등이 1945년 9월 17일 조선프롤레타리아문학동맹(이하 '동맹')을 조직하여 조선문화건설중앙협의회에 반발한다. 그러나 조선공산당의 지지를 얻은 조선문화건설중앙협의회가 중심이 되어 '문건'과 '동맹'이 1945년 12월 13일 조선문학동맹(朝鮮文學同盟)으로 통합하기 위한 결성식이 개최되었다. 윤복진은 조선문학동맹의 아동문학위원회 서기장(위원장은 鄭芝溶)에 임명된다.[14]

이듬해인 1946년 2월 8일과 9일 양일간 종로 기독교청년회관에서 조

---

13 「兒童文學委員會서 『兒童文學』 發刊—月二回, 十二月 初부터」, 『중앙신문』, 1945.11.22.
14 「조선문학동맹 결성, 각부 위원 결정」, 『자유신문』, 1945.12.25.

선문학자대회가 개최되었는데 윤복진은 이틀 동안 이 대회에 참가하였다. 곧 이어 2월 하순경 조선문학가동맹 시부(詩部)에서는 '시인의 집'을 결성하였는데 윤복진은 조벽암(趙碧巖), 김기림(金起林), 김광균(金光均), 박세영(朴世永), 박아지(朴芽枝), 임병철(林炳哲), 오장환(吳章煥), 한백곤(韓百坤), 조운(曺雲), 신석정(辛夕汀), 이용악(李庸岳), 임학수(林學洙), 윤곤강(尹崑崗), 이한직(李漢稷), 김병호(金炳昊), 박석정(朴石丁), 박산운(朴山雲), 김상훈(金尚勳), 여상현(呂尚玄) 등과 함께 참가하였다. '시인의 집'은 작고문인 기념비 건립, 계간 시집 발행, 시인의 밤 개최, 현대시 강좌 개최 등을 목적으로 한 것이었다.[15]

1946년 9월에 동문사(童文社)가 주최하고 조선조형예술동맹과 조선문학가동맹이 후원하여 아동창작품을 현상 모집함에 있어 정지용, 이태준, 현덕, 김동석, 김남천, 박태원 등과 함께 문학 부문 심사위원으로 참여하기도 하였다.[16]

우익계의 단체에도 이름이 올라 있지만 의사와 무관하게 추대되거나 이름만 올라 있었던 것으로 보인다. 1946년 3월 13일 조선문학가동맹에 대항했던 우파의 중앙문화협회를 중심으로 전조선문필가협회(全朝鮮文筆家協會)가 결성되었는데 '추천회원'에 윤복진의 이름이 올라 있으나 실질적인 활동은 드러나지 않는다. 이 단체에 가입했던 소장 문인들 중심으로 4월 4일 순수문학 단체를 결성한 것이 조선청년문학가협회(朝鮮青年文學家協會)이다. 이 단체의 아동문학부는 박영종(朴泳鍾), 송남헌(宋南憲), 서정태(徐廷太), 박두진(朴斗鎭), 김종길(金宗吉), 이원섭(李元燮) 등이 맡은 것으로 보더라도 윤복진의 실질적인 활동은 확인되지 않는다.[17] 마찬가지

15 「詩人의 집 建設」(『동아일보』, 1946.2.21, 『자유신문』, 1946.2.23), 「現代詩 講座」(『현대일보』, 1946.5.31), 「詩의 밤 大盛況」(『동아일보』, 1946.4.22), 「作故詩人碑—'詩人의 집'에서 計劃」(『중앙신문』, 1946.2.20) 참조.

16 「兒童創作品 募集」, 『자유신문』, 1946.9.5.

17 「전조선문필가협회 결성」(『동아일보』, 1946.3.11). 아동문학부 위원 명단은 권영민의 『해방직후의 민족문학운동 연구』(서울대학교출판부, 1986, 25쪽) 참조.

로 4월 30일에 결성된 전국아동문학가협회(全國兒童文學家協會)도 전국문화단체총연합회 산하 단체로 발기인이 박영종, 김동리, 윤석중 외 7인이고 윤복진은 추대회원에 이름을 올리고 있을 뿐이다.[18]

이 시기에 대구에서는 좌익계열의 경북문화건설연맹(慶北文化建設聯盟, 위원장 李明錫, 부위원장 白基萬, 1945.12.16)이 결성되었다. 이후 여러 단체를 규합하여 조선문화단체총연맹(朝鮮文化團體總聯盟) 경북도연맹(위원장 李應壽)이 결성되었는데 3인의 부위원장 중 한 사람이자 24인의 집행위원에도 윤복진의 이름이 올라 있다. 그리고 경북도연맹의 10개 동맹 중 문학가동맹 위원장은 윤복진이었다. 이에 대응하여 우익은 경북예술가협회(慶北藝術家協會, 위원장 崔海鍾, 문학부장 朴木月, 1946.5.27)를 결성하였고, 『아동』을 발간한 조선아동회(朝鮮兒童會, 회장 李永植, 이사 朴泳鍾 외, 1945.12.30)와 죽순시인구락부(竹筍詩人俱樂部, 대표 李潤守, 1945.10.25) 등이 결성되었지만 윤복진의 이름은 없다.[19] 이상에서 보듯이 해방 후 윤복진은 주로 좌익계의 문학 단체에서 활동하였음을 알 수 있다.

1948년 남한에 단독정부가 수립된 후 1949년 4월 국민보도연맹(國民保導聯盟)이 창설되고 6월 5일에 공식 결성식이 개최되었다. "보도연맹은 좌익 전향자를 보호하고 지도함으로써 과거 좌익 활동에 가담했던 죄를 씻어주고 온전한 국민으로 만들겠다는 목적을 표방"[20]한 단체였다. 결성 이후 좌익 전향자를 대상으로 대대적인 가맹이 이루어졌는데 문인으로는 정지용(鄭芝溶)이 조선문학가동맹을 탈퇴하고 1949년 11월 4일 처음 자진 가맹하였다. 1949년 11월 30일 기준으로 서울 지역의 남로당원 자

18 「전국아동문화작가협회 결성」(『경향신문』, 1949.4.30). 단체의 이름이 '전국아동문화작가협회'와 '전국아동문학가협회'(『경향신문』, 1949.5.3)로 혼용되고 있으나 「작품으로 정서함양—아동문학가협회」(『동아일보』, 1957.4.22)에도 '아동문학가협회'로 소개되어 있어 후자가 맞는 것으로 보인다.

19 『경북연감(단기 4281년판)』, 영남일보사, 1947년 12월 31일 발행, 409~411쪽.

20 김선호, 「국민보도연맹의 조직과 가입자」, 『역사와 현실』, 제45호, 한국역사연구회, 2002, 326쪽.

수자 가운데 '문학동맹' 소속은 94명이 확인된다.[21] 자수자는 명단이 공개된 터라 국민보도연맹에 가맹한 숫자로 보아도 될 것이다. 국민보도연맹 경상북도연맹은 11월 1일 대구경찰서에서 발족식을 갖고 이어 11월 6일 대구공회당에서 선포식을 개최하였다. 1949년 12월 2일자 『동아일보』의 보도에 의하면 서울에 12,196명, 경상북도에 자수자가 1,938명이었다고 한다. 1949년 11월 30일자로 마감한 자수자 주간에 국민보도연맹에 가맹한 문인은 "鄭芝溶(詩人), 鄭人澤(文學家), 宋完淳(同), 楊美林(同), 崔秉和(同), 嚴興燮(同), 朴露兒(劇作家)"[22] 등이 확인된다. 윤복진의 보도연맹 가맹은 문서로 확인되지 않는데 정영진은 1949년에 보도연맹에 가입하고 재차 상경하여 칩거하였는데 "반공체제에 순응하여 살 작정이었던 듯하다"며 「우리 대장 들어온다」가 그 신호라는 것이다. 정영진은 이 시를 잘못 인용하고 있어 혼란을 빚었는데 원문은 다음과 같다.

나팔소리 뙤뙤 북소리 둥둥
조선군사 들어온다 우리대장 들어온다
어깨에총 허리에칼 거름높여 척척
동대문을 열어라 남대문을 열어라
조선군사 들어온다 우리대장 들어온다
일본군사 물너가라 어서어서 물너가라

나팔소리 뙤뙤 북소리 둥둥
조선군사 들어온다 우리대장 들어온다

---

21 「서울市만 一萬二千—學生 勞動層이 首位」, 『동아일보』, 1949.12.2.

22 「著名한 文化人의 自進加盟이 異彩」(『동아일보』, 1949.12.1). 정영진은 이 외에도 설정식, 김상훈, 김철수, 강형구, 임서하, 윤태웅, 김병달, 배정국 등이 국민보도연맹에 가입하였다고 한다. (정영진, 「월북 입북 납북 재북 문인 행적기」, 257쪽)

어깨에총 허리에칼 거름높여 척척
경복궁을 열어라 창덕궁을 열어라
조선군사 들어온다 우리대장 들어온다
일본국기 잡아떼고 조선국기 내걸어라[23]

신문이나 잡지에 발표를 한 것인지는 현재까지 확인하지 못했으나 1946년에 발간된 『초등용가요곡집』에 처음 보인다. 이어 『박태준동요작곡집』(음악사, 1949)에도 수록되었는데 『초등용가요곡집』과 동일한 내용이다. 『초등용가요곡집』은 등사판으로 발간되어 따로 간기(刊記)가 없으나 앞표지에 발간연도를 밝히고 있다. 그리고 책의 말미에 발문격인 '어린 벗을 사랑하는 親愛하는 同志들에게!'가 있는데 그 끝부분에 '1946.3.25.'이라 명기하고 있어 정확한 발간시기를 확인할 수 있다. 이로 볼 때 이 시는 시기적으로 보도연맹과는 아무 관련이 없다. 정영진은 둘째 행과 후렴 첫째 행의 '조선군사'를 '대한군사'로, 후렴 부분을 "공산군은 물너가고 대한군사 들어온다"(1절), "공산군기 잡아떼고 태극기를 내걸었다"(2절)라 하고는 보도연맹 체제에 순응하려고 "한때 반공가사를 썼"[24]다고 풀이했으나 엄연한 오류였다. 이 오류는 다른 연구자의 또 다른 오류를 불러오기도 했다.

> 정치적 압력 때문에 보도연맹에 가입한 그로서는 매우 수치스러웠을 것이다. 불과 일 년 후에는 또 다른 정치 이데올로기의 작품을, 이번에는 뒤바뀐 세상에서 일관되고 지속적으로 발표하게 될 줄을 그도 알았을까? 그에게 8·15 해방부터 6·25 전쟁까지는 수차례 변주의 세월이었다.[25]

23 윤복진 편, 『초등용가요곡집』, 파랑새사, 1946.3, 2쪽.
24 정영진, 「동요시인 尹福鎭의 反轉劇」, 375쪽.

또 곡보의 아래쪽에 윤복진이 적어 놓은 글귀를 보더라도 「우리 대장 들어온다」가 보도연맹과는 무관함을 잘 알 수 있다.

> 이 노래는 우리의 偉大한 民族 解放 戰士의 歡迎歌의 하나입니다. 曲은 옛날 우리 朝鮮의 軍歌의 리듬을 基礎로 作曲한 것입니다.
>
> "어깨에총 허리에칼 거름높여 ……"에서는 體操 号令式으로 리듬칼하게 불너야 하겠읍니다.[26]

보도연맹의 소용돌이 속에 윤복진은 자신의 동요를 추려 모은 동요집 『꽃초롱 별초롱』을 묶어냈는데, 앞에서 말했듯이 자신의 아동문학관을 반성하고 "兒童은 어디까지나 現實의 人間"[27]이라면서도 모두 서정적인 작품들로만 선정하였다. 아미치스(Amicis), 버넷(Burnett), 셰익스피어(Shakespeare), 스토우(Stowe)의 명작 네 편을 모아 엮은 『세계명작아동문학선집』(1949)을 펴냈고, 윤석중, 조지훈, 서정주 등과 함께 『소학생문예독본』(1949, 3학년치 대표 엮은이)을 엮어냈으며, 대구에서 발간된 아동 잡지 『아동』과 『새싹』에도 「작란구레기 바람」, 「포도 낡에서」, 「약물이 퐁,퐁」, 「파란세상」, 「구구구구」 등의 서정적인 동요 작품을 발표하였다.

이채를 띠는 것은 『轉落의 歷史』(모던출판사, 1950)를 번역 출판하고 있는 점이다. 이 책은 마이니치신문(每日新聞)의 주필 모리 쇼조(森正藏: 1900~1953)가 쓴 『轉落の歷史:第二次世界大戰の眞相』(鱒書房, 1948)이 원제이다. 일본인이 "中國侵略戰爭에서 스타-트하여 太平洋戰爭에서 거꾸러진 侵略者 日帝의 假面을 忌憚없이 벗기며 또 侵略의 首魁 日本 軍閥의 橫暴性과 獨裁性을 赤裸裸하게 暴露하며 辛辣한 批判"을 가한 책이다. 윤복

25 원종찬, 『북한의 아동문학』, 청동거울, 345쪽.
26 윤복진, 『초등용가요곡집』, 2쪽.
27 윤복진, 「발문—나의 아동문학관」, 121쪽.

진은 일제강점을 "어두운 歷史의 空欄"으로 보고 "어두운 空欄을 되풀이 하지 않기 위하여 이날에 어두운 空欄에 對하여 날카로운 科學的 解剖와 더불어 嚴肅하고 辛辣한 批判"[28]을 가하기 위해 번역하였다고 말한다.

이상에서 윤복진의 문단 행보를 사실 위주로 살펴보았다. 주로 좌익계열의 단체에 가담하여 적극적으로 활동하였음을 알 수 있고, 문단 혹은 정치적 행보는 일관되었던 것으로 판단된다.

(2) 해방 후 윤복진의 아동문학과 변모 양상

① 아동문학 작품의 변모 양상

지금까지 윤복진의 아동문학을 두고 "해맑은 동심과 토착정서가 한데 어우러진 이런 작품들은 윤복진 동요시가 지니는 독특한 미학"[29]이라거나, "전반적으로 抒情的 自然親和의 경향"으로 보면서도 "당시의 悲劇的 현실을 童心으로 美化시키려 했던, 소위 天使主義나 樂天主義的 思考와는 對立的인 것으로 강렬한 鬪爭意識이나 階級意識을 童心에 심으려 했던 左傾 아동문학 등, 그 어느 쪽에도 치우치지 않는 純粹文學으로서의 아동문학을 堅持"[30]하였다고 평가하는 것이 대체적이다. 일제강점기 아동문학은 대체로 계급적 현실인식의 아동문학과 동심주의적 아동문학의 두 경향으로 가른다. 윤복진의 경우 대부분의 작품이 동심주의 작품에 가깝다. 서정적 자연 묘사나 순진한 아이들의 모습을 그리고 있는 것이 많기 때문이다.

그러나 해방 후 윤복진의 동요를 보면 확연히 다른 모습을 보이는 것이 많다. 당대의 주요 현실이 그때그때 반영되고 있기 때문이다. 이는 그

28 김수향, 「譯者의 말」, 『轉落의 歷史』, 모던출판사, 1950.
29 원종찬, 「동요시인 윤복진의 작품세계」, 303쪽.
30 이재철, 『한국현대아동문학사』, 일지사, 1978, 287~289쪽.

가 속했던 문학 단체의 방향성에 충실한 결과 수동적인 추종일 수도 있고, 민족주의적 세계관을 적극적으로 문학에 반영한 것일 수도 있으며, 두 가지가 결합된 것일 수도 있다. 해방 후 현실 인식이 두드러지게 드러난 윤복진의 작품들은 아래와 같다.

	작품명	게재지	게재 연도	비고
1	無窮花 피고피고	조선주보	1945.11.19	
2	우리 집	중앙신문	1945.12.7	
3	우리말 우리글로	새동무	1945.12	창간호
	(동요곡)우리말우리글로	아동문학	1945.12	金聖泰 曲. 창간호
	(동요곡)우리말우리글로	初等用歌謠曲集	1946	尹福鎭 編
4	돌을돌을 골라내자	중앙신문	1945.12.13	
5	(建國童謠)새나라를 세우자	자유신문	1946.1.1	
6	(동요곡)트러스티쉽이 뭐냐! —反託統一全線結成의 노래	자유신문	1946.1.5	
7	자장 자장 자-장 —火田民아들딸의자장노래	藝術	1946.2	
8	(동요곡)우리대장들어온다	初等用歌謠曲集	1946	朴泰俊 曲
	(동요곡)우리대장들어온다	박태준동요작곡집	1949	朴泰俊 曲
9	(民謠)목수는집을짓고	대구시보	1946.10.29	
10	(民謠)자네집은밧흘갈어	대구시보	1946.11.16	
	(民謠)자네집은밧을갈어	서울신문	1946.11.17	
	농부의 노래	국민가요집	1949.9	권태호 작곡집
11	鎭魂曲—憤死한 學兵의 어머니를 代身하여	1946년판 朝鮮詩集	1947.3	조선문학가동맹 편, 아문각, 1947
12	일터로 일터로	국민가요집	1949.9	권태호 작곡집
13	기역니은 배우세	국민가요집	1949.9	권태호 작곡집
14	누에를 치세	국민가요집	1949.9	권태호 작곡집

「無窮花 피고피고」는 조선문화건설중앙협의회(朝鮮文化建設中央協議會)에서 제공한 것으로 좌익계 집필자의 원고를 많이 실었던 『朝鮮週報』에

실렸던 작품이다. 우리나라 국화인 무궁화는 나라를 빼앗겼을 때도 삼천리 방방곡곡에 피었고 이제 해방이 되고 금수강산 삼천리에 무궁화가 핀 것이 좋다는 내용이다. 「우리 집」은 좌익계 신문인 『중앙신문』에 수록한 것이다. 풋고추, 햇마늘, 박 바가지, 호박, 볏섬이 쌓인다는 내용과 짚을 빼앗겨 지붕을 이지 못했는데 3년 만에 이엉을 이었고, 징용 갔다 돌아온 오빠가 담을 쌓고 아이들은 한글을 외우며 태극기는 동리 앞에 높이 달린 모습을 통해 해방의 기쁨을 노래하고 있다. 같은 신문에 「돌을 돌을 골라내자」도 실렸는데, 욕심쟁이 쌀장사가 쌀에다 돌을 섞어서 팔듯이 일본이 우리말을 없애자고 일본말을 많이 섞어 놓았는데 골라내어 없애야 한다는 주장이다. 좌익계 아동문학 잡지였던 『새동무』에 실었던 「우리말 우리글로」는 우리말로 노래를 짓고 이야기 짓는데 그곳에 바로 조선 혼이 깃들어 있음을 강조한다. 이 동요는 김성태가 곡을 붙여 조선문학가동맹 아동문학위원회에서 발간한 『아동문학』에 다시 수록하였다. 역시 좌익계 신문이라 할 수 있는 『자유신문』에 수록된 「새나라를 세우자」는 모두 빠짐없이 참여하여 새 나라를 세우자는 소망을 담고 있다. 같은 신문에 실린 「트러스티쉽이 뭐냐!」는 해방 공간의 정치적 이해관계가 여실히 드러나는 모습을 보여준다. 좌익세력들은 우익과 같이 처음 신탁통치안이 나왔을 때 이를 반대하였다. 그러나 1945년 12월 28일 박헌영이 북한을 방문하여 5일간 체류하며 김일성을 만나고 온 후 조선공산당은 그간 반탁의 입장이었던 것과 달리 1946년 1월 2일부터 찬탁

초등용가요곡집, 파랑새사, 1946.

으로 방향을 선회하였다. 우익은 신탁통치에 의한 통일국가 수립이 자신들에게 불리하다는 판단을 하여 반탁을 주장하였고, 처음 반탁을 주장하던 좌익은 미국과 소련의 협조 하에 신탁통치를 해야만 통일 독립국가 수립이 가능하다는 판단으로 모스크바 삼상회의(三相會議)에 대해 지지 곧 찬탁으로 돌아선 것이다.[31] 「트러스티쉽이 뭐냐!」는 반탁을 내용으로 하고 있는데, 급박하게 돌아가는 해방 공간의 사정을 여실하게 보여주고 있는 것이다. 발표 일자가 1946년 1월 5일인 것으로 보아 이 노래를 짓고 박태준이 곡을 붙여 발표한 것을 감안할 때 좌익도 한창 반탁을 주장할 때의 내용으로 볼 수 있다. 신탁통치를 모욕으로 생각하고 모두 뭉쳐 이를 물리치자는 것이다. 「자장 자장 자-장—火田民 아들딸의 자장노래」는 아버지가 화전을 일구고 어머니는 씨를 뿌려 새 삶을 시작하는데 방해가 되지 않도록 잠을 자는 아기의 착한 모습을 통해 희망적인 전망을 제시하고 있다. 이 작품 또한 좌익계 잡지인 『예술』에 실었다. 대구에서 발간한 신문인 『대구시보』에 수록된 「목수는 집을 짓고」와 「자네 집은 밧흘 갈어」는 해방이 되었으니 제 분야에서 모두 열심히 일하고 노력하여 이웃끼리 서로 나누어 먹고 입고 살자는 시인의 내심이 잘 드러나 있다. 「우리 대장 들어온다」는 대구에서 발간한 『초등용가요곡집』에 수록되어 있다. 민족해방 전사 환영가로 조선군사 우리 대장이 들어오니 일본군사 물러가라는 위세가 당당하다. 「鎭魂曲」은 조선문학가동맹 중앙집행위원회 시부위원회가 편찬한 『1946년판 조선시집』에 수록된 시로, 조선학병동맹 사건을 제재로 하였다. 조선학병동맹 사건이란 조선학병동맹 측에서 1946년 1월 16일 우익계 학생 단체인 반탁전국학생총연맹이 주최한 반탁성토대회 후에 학생들이 가두시위를 하자 이를 습격한 것을 말한다. 조선학병동맹은 1945년 9월 1일 조직된 단체

31 송유경, 「신탁통치를 둘러싼 미군정과 좌익세력의 권력대결」, 『부산정치학회보』, 제6집, 부산정치학회, 1996, 179~180쪽.

인데 일제에 의해 강제 징병되었던 학병 출신들 가운데 좌익들을 중심으로 결성된 단체였다. 이 사건에 경기도 경찰부 무장경찰대가 출동하여 총격을 가함으로써 학병동맹원 3명이 희생되었다.

(전략)
나는 그의어머니라
人民의 兵士! 내아들을 잘알고있었다
가난한 이나라의 人民을 幸福되게 하려고
짓밟힌 이江山을 다시 아름답게 꾸미려고
내아들과 내아들의 씩씩한 동무들은
軍靴를 신은채 學兵同盟으로 뛰여갔느니라

사랑하는 내아들이
掠奪과 貪慾의 軍國인 日帝軍隊로 끌려간뒤
혹시나 怨痛한 개죽엄을 하지않을가 하고
밤아다 꿈마다 너를위해 정성을 다했느니라
解放의 尖兵이되여 소리없는 戰勝鼓를 울리고 돌아오기를

사랑하는 내아들아
내아들의 씩씩한 동무들아
祖國을위해 人民의 幸福을위해 「데모크라시즘」 前線에나서
집과 兄弟를 버리고 그리던 學園도 버리고 勇敢하게 싸우던 내아들이
敵이아닌 우리사람의 손에 죽단말이 웬말인가
(후략)

『국민가요집』에 수록된 「일터로 일터로」, 「기역니은 배우세」, 「누에를

치세」도 해방된 조국을 건설하는데 모두 힘을 합치자는 희망을 노래하는 내용들이다.

이상의 내용을 종합해 보면 해방 후 윤복진의 시적 방향은 좌익단체에 가담하여 활동하였으면서도 계급투쟁적 입장을 드러내었다기보다 해방의 기쁨을 노래하고 일제 잔재를 청산하며 새 조국을 건설하자는 등 민족적인 현실을 담아내려 하였음을 알 수 있다. 물론 「트러스티쉽이 뭐냐」, 「진혼곡」과 같이 좌우의 시각이 첨예하게 대립되는 문제를 다룬 시도 없지 않다. 이는 조선문학동맹이나 조선문학가동맹의 시각을 대변한 것이기도 하지만, 당대적 시각에서 보면 통일 독립국가 건설을 위해 찬탁이 옳다고 볼 수도 있었을 것이고, 조선학병동맹 '강령'에서 밝혔듯이 제국주의 세력을 철저히 구축(驅逐)하여 완진한 민족 해방을 기하고 신조선 건설의 추진력이 되고자 한 학병동맹의 노선이 민족을 위해 옳았다고 본 결과였을 수 있는 것이다.

윤복진의 민족의식은 해방 후 그의 행보와 더불어 증폭된 느낌이 없지 않다. 갑작스런 돌출이라기보다 이전부터 그의 문학적 태도 밑바탕에 자리 잡고 있었다는 것이다. 일제강점기 윤복진의 작품에 당대의 현실을 직시하는 작품이 의외로 많은 것을 그 근거로 삼을 만하다. 해방 전 윤복진의 동요 가운데 현실인식이 드러난 작품들을 제시해 보면 다음과 같다.

	작품명	게재지	게재 연도	비고
1	북간도로 가신 아버지	시대일보	1926.5.2	
2	두만강을 건느며		1926	류희정[32]
3	쫓겨난 부엌데기		1927	류희정(199쪽)
4	가을밤	중외일보	1928.10.13	
5	나무닙[33]	조선일보	1928.12.5	
6	팔려가는 우리 황소		1928	류희정(206쪽)

7	아버지	중외일보	1929.2.21	
8	그리운 그 밤	중외일보	1929.2.22	
9	참새야! 제비야!	중외일보	1929.3.4	
10	할머니의 노래	중외일보	1929.3.18	
11	고기잡이 아들	중외일보	1929.5.4	
12	스므하로밤	중외일보	1929.5.22	
	스무하로 밤[34]	조선일보	1930.1.4	신춘문예 당선작
13	은행나무 알에서	동아일보	1929.9.29	
	은행나무 아래서	조선일보	1929.10.5	金水鄕
14	떠나가신엄마	중외일보	1929.10.4	金水鄕
15	(民謠)방아찟는색씨의노래	중외일보	1929.10.28	
16	(民謠)이 짱 이 거리	조선일보	1929.11.6	
17	이삭 줏는 어머니 노래	중외일보	1929.11.15	
18	우리야 마실	조선일보	1929.11.24	
19	봐라 참새야	중외일보	1929.11.26	
	새보는 아가의 노래[35]	兒童歌謠曲 選 三百曲	1936	강신명 편, 朴泰俊 曲
20	할머니의 노래	중외일보	1929.3.18	
	한머니의 노래	조선일보	1930.1.18	金水鄕
21	울지 마서요	중외일보	1930.1.18	
22	다러간 부엉댁이	중외일보	1930.2.6	
23	산새 들새 춥겟네	중외일보	1930.2.24	
24	쪽도리쏫	중외일보	1930.8.19	
25	도라오는 배	중외일보	1930.8.25	水鄕
26	선생님 얄긋드라	조선일보	1930.8.26	
27	(민요)젊은이의 노래	조선일보	1930.9.4	
28	송아지 팔너 가는 집	중외일보	1930.9.6	水鄕
	(그림동요)송아지팔러가는집	동아일보	1931.3.4	全鳳濟 畫
29	긔차가 달어오네	어린이	1930.9	
30	나는 나는 실혀요	조선일보	1930.10.1	
31	후여 딱딱 참새야		1930	류희정(211쪽)
32	우리 애기 노래-피오닐의 노래	동아일보	1932.2.28	金水鄕

33	가을밤	조선일보	1933.9.17	
34	깜박깜박—실감으며 조넌 애 보고	新家庭	1935.2	
	(동요곡)깜박깜박	童話	1937.1-2월 합호	朴泰俊 曲
35	여기는 땡빛 나고	아이생활	1936.6	
36	가울	童話	1936.9	
37	나무없다부-엉 량식없다부-엉	동아일보	1937.10.24	

윤복진은 작품을 발표한 후 여러 번 개작하였는데 개작을 통한 재발표 작품을 제외하고 약 260여 편의 동요(동시)가 있는 것으로 확인된다.[36] 그 가운데 위의 목록 중 북한에서 발간한 류희정의 책에 수록된 4편을 제하더라도 민족의 현실인식을 담아내고 있는 작품이 33편이나 된다. 앞서 원종찬도 9편의 작품을 들어 윤복진이 "고통스러운 시대현실을 담아낸 작품"[37]을 썼다고 한 바 있다. 그러나 이러한 작품들이 1920~30년대 『신소년』, 『별나라』 그리고 『푸로레타리아 童謠集 불별』(中央印書館, 1931)에 수록된 계급주의 아동문학 작품들처럼 노골적으로 가진 자들에 대한 증오를 드러내고 계급투쟁을 부추기는 것과는 거리가 있다. 하지만 북간도(北間島)나 일본으로의 이산(離散)이나, 노동현실, 가난 등이 암시적으로 또는 표면적으로 드러나고 있어 식민지 피지배 국민의 궁핍한 삶을 담아내고 있는 것은 분명하다.

---

32 류희정, 『1920년대 아동문학집(1)』, 문학예술종합출판사, 1993, 196쪽.

33 「나무닙」(『중외일보』, 1928.2.1)과 내용이 다르다.

34 이 작품은 「스므하로밤」(『중외일보』, 1929.5.22)을 개작한 작품이고, 『兒童歌謠曲選三百曲』에 수록된 동요곡은 『조선일보』에 발표된 동요와 동일한 내용이다.

35 강신명 편, 『아동가요곡선삼백곡』, 평양, 농민출판사, 1936. 「봐라 참새야」와 같은 내용의 동요다.

36 윤복진은 『꽃초롱 별초롱』의 머리말에서 "지난 스물일곱 해 동안에 신문과 잡지에 발표된 천여 편의 나의 동요에서 마흔네 편을 추려 모은 것"이라 하였으나, 현재 그의 작품 전체가 천여 편이 되는가는 확인이 어렵다.

37 9편의 작품은 「스무 하루 밤」, 「이삭 줍는 어머니 노래」, 「봐라 참새야」, 「달아난 부엉댁이」, 「기차가 달려오네」, 「쪽도리꽃」, 「선생님 얄궂더라」, 「송아지 팔러가는 집」, 「가을밤」(『조선일보』, 1933.9.17) 등이다. 원종찬, 앞의 글, 302쪽.

일제강점기 조선인에게 있어 북간도는 디아스포라(diaspora) 곧 이산의 땅이었다. 북간도행은 힘들고 고단한 조선의 현실을 드러내는 것이면서 이산의 원인임을 말하는 것이다. 북간도에 가서 돌아오지 않는 아버지를 그리워하는 아들의 시선이 있는가 하면(「북간도로 가신 아버지」), 북간도로 떠나고 임자 없는 빈집에 쪽도리꽃만 피고(「쪽도리꽃」), 「참새야! 제비야!」에서는 북간도로 떠날 수밖에 없는 고통스런 현실이 그려지기도 한다.

(전략)
참새야!
하연눈이 펴억펴억 오는겨을엔
우리집에 여섯식구 엇지산다니
압뒤뜰에 논도팔고 밧도팔어도
삼백량이 못된다니 엇지산다니

4

제비야!
뒷마을에 입분이는 돈에팔니고
아랫마을 우막집에 늙은내외는
정든ᄯᅡ에 서른눈물 남겨두고서
눈나리는 북간도로 ᄯᅥ나갓단다 (「참새야! 제비야!」)

북간도 외에도 북해도(일본)도 가족 이산의 주요 배경지이다. '물건너간 우리옵바 타고오는가'(「도라오는 배」) 기다리고, 북해도(北海道) 탄광에가 십년 동안 돌아오지 않는 낭군을 그리워하는 색시를 민요의 형식으로 그린 「방아 찟는 색씨의 노래」 등이 그 예이다.

윤복진이 1936년 여섯 해만에 유학을 마치고 귀국한 조국의 현실은 여전히 엄마는 풋나물 캐고 아버지는 도라지를 캐 양식을 대신하지만

"내 고향은 그 정다운 노래를 다 잊어"버리고 쓸쓸해진 모습이다. 가족은 해체되고 보리와 조로 연명하던 양식마저 끊어진다.

우리누님 강건너 시집에가고
우리옵바 돈벌러 북해도가고
(후렴 생략)
머-ㄴ산에 진달네 한창피는데
우리집 보리가을 상구도멀었다
(후렴 생략)
래일모래 보리양식 끊어지구요
래일모래 조량식 끊어진대요 (「여기는 땡빛나고」)
(후렴 생략)

이와 같이 가난한 삶은 윤복진의 동요에서 다양한 모습으로 그려진다. 일하러 읍내 간 엄마가 늦어 젖 달라고 우는 아이를 달래는 할머니(「할머니의 노래」), 파선한 뱃조각이 밀려온 어촌에 고기잡이 나가 돌아오지 않는 아버지(「고기잡이 아들」), 오 영감 빚과 순이 집 좁쌀 값에 졸려 월급 타는 날 돌아오지 않는 어머니(「스무하로 밤」), 들에 가신 엄마를 기다리며 누나하고 저녁밥을 지어두고 기다리는 남매(「은행나무 알에서」), 나를 두고 떠나가신 엄마를 기다리는 아이(「써나가신 엄마」), 아기까지 나와 이삭을 주워 모으고(「이삭 준는 어머니 노래」), 흉년이 들어 참새더러 나락을 까먹지 말라고 애원하기도 하고(「봐라 참새야」), 공장에서 실 뽑는 어머니가 월급 타는 날 밤이 늦도록 안 오시는 현실(「스무하로 밤」), 부모 없이 팔려온 부엌대기 시골아기가 섣달 추위에 달아나고(「다러간 부억댁이」), 월사금이 없어 추운 아침에 학교에서 쫓겨나는 아이(「선생님 얄궂드라」), 누른 벼가 익고 옥수수가 알이 차건만 우리 집 송아지를 팔아야 하는 현실(「송아지 팔너 가는 집」), 달려오는 기차를 보고 제사 공장에 간 순이가 돈을 벌어 돌아오는가 바라보는 순이 엄마(「긔차가 달어오네」)와 물레를 저어 실을 뽑는 누나를 그리워하는 동생(「가을밤」), 그리고 실 감으며 조는 어린 순이의 모습과(「깜박깜박」) 겨울이 오기 전에 누나와 단풍잎을 긁어모아야 하는 유년 노동의 현실(「가울」) 등으로 다양하다.

투옥은 사상적 이유 혹은 현실에 대한 저항의 상징적 사건이거나 표현의 결과다. 윤복진의 동요(동시)에 감옥이 언급되는 예가 다수 있는데 이는 작가가 민족 현실에 대해 외면하지 않았다는 증거가 될 것이다.

"쌍마지기 다팔고 개와집팔고/한찌한찌 못먹어 우는이밤엔/두해전에 옥에간 아버지하고"(「그리운 그 밤」), "건너마실 김서방 ××들어가고/글방 접장 리서방 ××로갓네"(「이 땅 이 거리」)라며 이 땅의 거리에 사람이 없어 쓸쓸함을 노래하고 있고, 「우리야 마실」에서는 우리 마을이 궁핍해져 가고 사람들이 흩어져가는 모습을 그렸는데 조선인들이 프롤레타리아로 전락하고 일제의 경제적 지배하에 궁핍해져가는 식민지 현실을 잘 드러내 보이고 있다.

압마실 논밧헤 신작로나드니
칼찬나리 마실에 새대감나고
읍내길 신작로 자동차오드니
김서방 대국가고 리서방일본가네
　　에헤야데야 에헤야데야
　　우리야마실 궁해저가네
(중략)
도화분 앵화분 맵씨도나드니
구라무 왜분이 웬말이든가
봉선이 옥선이 공장에가드니

애비만흔 자식을 나하오드네
　　에헤야데야 에헤야데야
　　우리나마실 란해저가네 (「우리야 마실」)

현진건(玄鎭健)이 「고향」(『조선의 얼골』, 글벗사, 1926)에서 조선의 현실을 두고 '볏섬이나 나는 전토는/신작로가 되고요//말마디나 하는 친구는/감옥소로 가고요//담뱃대나 터는 노인은/공동묘지로 가고요//인물이나 좋은 계집은/유곽으로 가고요'라 표현한 것에 조금도 뒤떨어지지 않는 현실 인식이다.

한탄만 하고 수동적으로 현실을 그리는 데서 한 걸음 나아가 굳은 결의를 내보이는 작품도 있다.

(전략)
이고기 이피는 다주어도
우리맘 하나만 팔지말게
　　우리야 이짱의 젊은사람
　　열두번 찍어도 굽질안네

한울이 바다가 된다해도
이뜻은 언제나 변치말게
　　우리야 이짱의 젊은사람
　　소나무 가치도 푸르다네 (「젊은이의 노래」)

'우리맘 하나만 팔지 말'아야 하고 하늘이 바다가 된다 해도 '변치 말'아야 하며 '열두번 찍어도 굽질 안'아야 하는 '소나무'의 상징적인 의미가 무엇일까? 그 소나무 같은 정신을 이 땅의 젊은이에게 요청하고 있는 것이다.

친구야 그 발자욱 밟지말어라
어린벗이 지나며 남긴발자욱

친구야 죄진발로 밟지말어라
어머니의 맘가튼 착한발자욱

친구야 거리거리 나가보아라
흰눈가튼 발자욱 어듸잇든가

친구야 어린벗의 발자욱안에
비닭이의 순한맘 소복고엿지

친구야 그대들은 기다리는가
금수강산 이싸에 쏫피는날을

친구야 그날을 바라보거든
엇린벗의 발자욱 밟지말어라[38] (「발자욱」)

어린 벗의 착한 발자국을 죄진 발로 밟지 말라고 한다. 여기서 발자국은 단순히 눈 위에 찍힌 모습이 아니다. '그날을 바라보거든' 밟지 말라고 했고, '그날'은 바로 '금수강산 이싸에 쏫피는 날'인 것이다.

이상과 같이 동요(시)에 민족의 현실을 담아낸 것은, 민족의식을 고취

38 '어린벗의 발자욱 밟지말어라'의 오식이다.

하고 민족적 사상을 파악하도록 해야 한다던 윤복진의 아동문학관이 실천된 예라 하겠다.

> 兒童에게 넘우 幻想의 노래를 불릴 것도 아니며, 넘우 쓰라린 現實만을 노래할 것도 아니다. 兒童은 思想家가 아니다. 純眞無垢한 歌人이며 音樂家이다. 우리의 兒童에게는 무엇보다 民族意識을 鼓吹하여 주자. 우리의 ×을 ×게 하자. 이스라엘 民族 中 유태人은 비록 二千年 前 國家는 업서젓다마는 그들의 魂은 가는 곳마다 發見할 수가 잇지 안흔가.[39]
>
> (중략)
>
> **鄕土藝術**을 낫치 안는가. 民族性을 超越하야 世界를 한 나라 가티 人類를 同族視하라고 한다. 決코 그 부르지즘이 錯誤된 것은 안니다만 兒童에게는 民族的 意識을 鼓吹해주어야겟다. 이 民族이 漸漸 民族性을 忘却하지 안는가. 우리 兒童에게는 民族的 思想을 把握케 하자![40] (밑줄 필자)

윤복진의 아동문학관을 확인할 수 있는 대표적인 평론이 「三新聞의 正月 童謠壇 漫評」인데 아동에게 '민족의식을 고취', '우리의 ×을 ×게 하자', '민족적 의식을 고취', '민족적 사상을 파악'할 것을 직접적이고도 분명하게 표현하고 있다.

윤복진의 민족의식과 민족 사상의 밑바탕에는 교사이자 대구지역 민족운동가였던 이만집(李萬集) 목사의 영향이 한몫 했을 것이다. 윤복진이 대구의 남성정교회(南城町敎會, 현 제일교회)에 나가기 시작한 것은 세 살 때인 1910년부터이고 1921년에 이만집 목사로부터 세례를 받았다.[41] 이만

---

39 윤복진, 「三新聞의 正月 童謠壇 漫評(六)」, 『조선일보』, 1930.2.8. 복자(伏字)는 '혼'과 '갓'으로 보인다.

40 윤복진, 「三新聞의 正月 童謠壇 漫評(七)」, 『조선일보』, 1930.2.10.

41 윤복진의 대구 계성학교(啓聖學校) 학적부에 기록된 내용이다.

집은 1909년 남성정 교회의 장로가 되어 선교활동을 하였고, 1918년에 목사로 취임하였다. 같은 해 대구·경북 지역 청년운동의 요람이었던 교남기독청년회를 조직하였고, 1919년 3월 8일 대구 만세운동을 주도하여 3년형을 복역하기도 한 민족 지도자였다.[42] 1921년 계성학교 학생들의 동맹휴업에도 관여하는 등 일련의 활동으로 미루어볼 때 윤복진의 민족의식 형성에 직간접적인 영향을 끼쳤을 것으로 보인다.

윤복진의 동요에는 민족 현실뿐만이 아니라 계급적 현실을 드러내는 것도 없지 않다. 「나는 나는 실혀요」에서는 글이나 쓴답시고 술집에나 다니고 화장이나 하는 서울 언니들보다 호미잡고 밭 매고 가을 밤 베틀에 앉아 베 짜면서도 등잔불 아래에서 짚신 삼고 글공부하는 언니 오빠가 좋다며 유한계층의 언니 오빠를 질타한다. 「우리 애기 노래」는 부제가 '피오닐의 노래'라 하여 두드러지게 계급적 현실 인식을 드러내 보인다. '피오닐'은 러시아어 피오네르(pioner)로 무산소년단이란 말이며 노동자 농민 소년들의 단체를 이른다.[43] 윤복진이 대구소년회(大邱少年會)에 가입하여 무산아동의 야학을 위해 순회공연을 했던 활동들과 계급적 현실 인식 사이에 일정한 관련을 찾아볼 수 있을 것이다.[44]

고물전에
『합비』옷
쓰더입기로

42 정경호, 「대구 3·1만세운동을 주도한 민족지도자 이만집 목사의 자주적 민족신앙 연구」, 『신학과 목회』, 제25호, 영남신학대학교, 2006, 231~234쪽.

43 편집실, 「우리들의 사전」, 『신소년』, 1932년 2월호, 15쪽.

44 윤복진이 대구소년회에 가입한 사실은 대구계성학교를 졸업하던 해인 1924년 5월 대구 달성공원에서 춘기대운동회 우승을 기념해 찍은 사진을 통해 확인할 수 있다. 대구소년회 활동은 『동아일보』 기사 가운데 「少年討論會」(1924.8.10), 「大邱少年 童話會」(1925.3.2), 「無産兒童의 夜學을 爲하야」(1925.7.11) 등을 통해 확인할 수 있다.

찌저진

고무신발

기워신기로,

　　—무슨무슨

　　흉일가

　　무슨허물야. (「우리애기 노래—피오닐의 노래」)

(후략)

일제강점기 조선의 현실은 계급현실과 민족현실이 분리되지 않는다. 하지만 윤복진의 주된 관심사는 계급적 현실보다 민족적 현실에다 방점을 두고 있었다. 이러한 생각은 해방 후에도 그대로 이어졌던 것으로 보인다.

② 아동문학론의 변모 양상

아동문학관은 아동문학을 보는 관점을 말한다. 윤복진의 아동문학관은 그가 남긴 비평문을 통해 확인할 수 있다. 동요작법과 같은 기술비평을 제외하면 윤복진의 비평문은 다음과 같은 것을 들 수 있다.

	작품명	게재지	발표연월일
1	三新聞의 正月 童謠壇 漫評(전9회)	조선일보	1930.2.2~12
2	尹石重 氏 童謠集 「억게동무」를 읽고	매일신보	1940.7.30
3	民族文化再建의 核心－兒童文學의 當面任務(上, 下)	조선일보	1945.11.27~28
4	談話室	兒童文學	1945.12
5	兒童文學의 進路	영남일보	1946.1.9
6	兒童에게 文學을 어떻게 읽힐가	인민평론	1946.3
7	跋文－나의 兒童文學觀	꽃초롱별초롱	1949
8	석중과 목월과 나	시문학	1950.6

해방 후 윤복진의 문학관을 확인할 수 있는 첫 번째 글은 해방 후 석 달여 지난 시점에서 발표된 「아동문학의 당면과제—민족문화 재건의 핵심」이다. 해방된 나라의 아동문학이 맞닥뜨린 과제를 모색한 글인데 요지는 다음 몇 가지로 추릴 수 있다. "兒童에게 옹색한 封建的 殘滓를 一掃케 하고 野蠻的인 日本帝國主義와 軍國主義의 餘喘를 淸算"하고, "進步的 民主主義的 方向으로 領導"해 나가야 하며, "童心! 童心! 童心이라고 빙자하고 허무맹랑한 邪路로 彷徨"하지 말아야 하고, "科學的 土臺 우에 文化全域 우에 進步的인 兒童文學을 再建"해야 한다는 것이다. 이 과정에서 "옹색한 國粹主義"를 버리고 "『日本的』『日本色』이란 것을 우리의 感情에서 우리의 言語에서 追放"하자고 한다.[45]

뒤이어 『아동문학』의 「담화실」에서 "植民地 民族만이 갖는 誤謬된 兒童文學觀은 한시바삐 淸算"하고 "正確한 科學的 敎養과 高尙한 情緒的 薰陶"[46]를 제공해야 한다고 주장한다. 1946년 1월 『영남일보』에 발표된 「아동문학의 진로」는 「아동문학의 당면 임무」와 대동소이한 내용이다. 순수니 동심이니 하는 데서 벗어나 아동에게 "「現實」이 무엇인가를 알라켜야 하겠고 바른 人民의 思想과 社會로 誘導"해야 하며 "現代의 人民에 要求하는 똑바른 政治思想 우에 兒童文學을 再建"[47]하자고 하는데, '현실'과 '정치사상'을 좀 더 분명히 강조하고 있는 점이 다르다면 다르다. 3월에 발표된 「아동에게 문학을 어떻게 읽힐가」는 아동을 조국의 한 인민으로 영도하기 위해 바르고 아름다운 언어와 세계의 한 아동으로 영도하기 위해 "健全한 모랄에 우에 立脚"[48]해야 한다는 점을 강조하고

45 윤복진, 「民族文化再建의 核心—兒童文學의 當面任務(上, 下)」, 『조선일보』, 1945.11.27~28.

46 윤복진, 「담화실」, 『아동문학』, 1945.12.

47 윤복진, 「兒童文學의 進路」, 『영남일보』, 1946.1.9.

48 윤복진, 「아동에게 문학을 어떻게 읽힐가」, 『인민평론』 창간호, 1946.3, 60쪽. 정영진은 '모랄'을 두고, "완곡하게 표현했지만 윤복진이 말한 '모랄'이란 말이 그 시절의 문학 분위기로 보아 무엇을 뜻하는가는 자명하다. (중략) 이제부터라도 아동들에게 계급의식을 심어주겠다는 각오로 인식된다."(정영진, 「동요시인 尹福鎭의 反轉劇」, 『현대문학』, 제454호, 1992년 10월호, 372

있다. 1946년 3월 낙향하여 대구에서 발간한 『초등용가요곡집』의 말미에는, "빛나는 母國의 歷史와 文化와 藝術을 相續하게 하여 새로운 歷史와 文化와 藝術을 創造케 하여 널리 世界에 빛내게 하자!"[49]고 하는 데서도 우리말의 미와 우리의 아름다운 정서를 알리자고 하는 등 민족주의적 색깔을 두드러지게 드러내고 있다.

윤복진이 일제강점기 자신의 문학을 직접 반성하고 있는 것은 『꽃초롱별초롱』의 발문(跋文)에서다.

> 그 뒤, 封建時代와 그 前 時代에서 賤待만 받아오던 兒童을, 人間 以上의 人間으로 떠받쳐 現實의 兒童을 仙女나 天使로 崇尙하려던 時代도 있었다. 나도 그런 한 過誤를 犯한 사람의 한 사람이다. (중략)
>
> 兒童을 人間 以前의 人間이나, 人間 以下의 人間으로 取扱하는 封建時代의 兒童觀도 不法한 것이지만, 兒童을 超時間的, 超空間的인 存在처럼 信仰하며, 現實의 兒童을 偶像化시켜 謳歌하는 近代 浪漫主義者의 童心至上主義 乃至 天使主義의 兒童觀은 더욱 不法하고, 不當한 것이다.[50] (밑줄 필자)

"兒童을 現實的으로 科學的으로 冷徹하게 보아야 할 것"이며 "우리의 童謠文學을 民主主義的 科學的 兒童觀에 立脚"[51]하도록 하자는 것이 반성 뒤에 제시된 새로운 방향이다. '동심지상주의 내지 천사주의의 아동관'을 반성하고 새롭게 지향할 목표로 내세운 것이 '현실'과 '과학'으로 요약된다.

쪽)고 하였다. 그러나 본문을 꼼꼼히 읽어보면 '모랄'이 '계급'을 의미하지 않는 것이 분명해 정영진이 오독한 것이다.

49 윤복진, 「어린 벗을 사랑하는 親愛하는 同志들에게!」, 『초등용가요곡집』, 파랑새사, 1946.3, 33쪽.

50 윤복진, 「跋文－나의 兒童文學觀」, 『꽃초롱 별초롱』, 아동예술원, 1949.8, 120~121쪽.

51 위의 글, 121~122쪽.

윤복진의 음악론도 문학관과 궤를 같이 한다.

> 그러면 새로이 樹立되는 新朝鮮音樂은 어떠한 音樂이어야 할 것인가. 內容(形式에 있어서도)에 있어서는 十八 · 九 世紀의 特權階級 卽 王室 貴族 뿌르조아지의 音樂物 또는 娛樂物로 寵愛받던 封建的 貴族的인 살롱 音樂에서 叛旗를 높이 들고 農民 勞働者의 勤勞層과 및 인테리켄쟈를 對象으로 한 人民의 音樂 進步的 民主主義 音樂藝術이어야 할 것이다. 이러한 進步的 民主主義 또는 新民主主義的 路線은 비록 音樂뿐만 아니라 朝鮮의 모든 藝術이 그 길을 通하지 않고는 存在할 수 없으면 成長할 수 없을 것이다. 이는 歷史的 宿命的 路線으로써 싫든지 좋든지 願튼지 願치 않든지 間에 이 路線을 밟아가야 할 것이다.[52] (밑줄 필자)

문학은 더 포악한 박해를 받았음에도 불구하고 "이 땅의 建設的인 文人들은 新朝鮮文學의 樹立을 꾀하고 그 빛나는 創造的 方向으로 向해 漸進하였었고 좋은 成果"를 보였는데 음악은 조상의 고귀한 유산도 계승치 못하고 과학적인 서양음악을 수용하지도 못한 채 "荒涼한 未開地"로 남아 있다는 진단 후에 신조선음악의 방향으로 제시한 내용이다. 농민과 노동자 그리고 인텔리겐치아를 대상으로 한 진보적 민주주의 음악이어야 한다는 것이 핵심 요지이다.

해방 후 윤복진의 아동문학관은 「아동문학의 당면과제」에서 분명히 드러났다. 그 후의 여러 글들은 이를 부가 설명한 것이거나 분명히 한 것에 지나지 않는다. 무엇이 윤복진으로 하여금 이러한 문학관으로 변모하게 하였고, 새로운 아동문학관은 어디에서 연유한 것인가?

「아동문학의 당면과제」는 봉건 잔재와 일본제국주의 잔재를 청산하고

---

52 김수향, 「新音樂 樹立에로」, 『조광』, 제12권 제1호, 1946년 3월호, 26~27쪽.

진보적 민주주의의 방향으로 나아가자는 것으로 요약된다. 이는 임화, 김남천이 중심이 되었던 '문건'의 주장과 연결된다. "1) 정치혁명과 아울러 문화, 혹은 문학의 혁명이 이루어져야 한다는 점, 2) 현 단계가 정치적으로 부르주아민주주의 혁명 단계인 만큼 문학혁명 역시 프로문학이 아닌 인민적 신문학 건설을 의도해야 한다는 점, 3) 현 단계의 과업으로 일제 잔재와 봉건 유제의 청산, 국수주의의 배격, 부패한 시민문화의 삼제를 들고 있는 점, 4) 그 구체적 방략으로 문학통일전선의 형성을 주장하며 대중화 및 계몽운동에 역점을 두고 있다는 점"[53] 등이 '문건'이 표방한 문학이론의 요지이다. 이 내용은 1946년 2월 8일 조선문학자대회에서 임화가 발표한 「조선 민족문학 건설의 기본 과제에 대한 일반보고」의 내용과 일치한다. 일제 잔재와 봉건 유물의 잔존을 청산해야 하고 조선이 아직 모든 영역에 있어 민주주의적 개혁이 수행되어 있지 않으므로 계급 문학이 아니라 "近代的인 意味의 民族文學"을 추구해야 하며 이것이 "보다 높은 다른 文學의 生成, 發展의 唯一한 基礎"라 하였다. '보다 높은 다른 문학'이 계급문학을 뜻한다 하더라도 현 시점에서 선택할 문학은 '근대적인 의미의 민족문학'임을 분명히 하였다.[54] 이에 앞서 1945년 11월 15일에 발간된 조선문화건설중앙협의회의 기관지 『문화전선』에는 임화의 「현하의 정세와 문화운동의 당면임무」가 수록되어 있다. 이는 1945년 8월 20일에 발표된 박헌영(朴憲永)의 '8월 테제'(이하 '테제') 곧 「현 정세와 우리의 임무」를 수용한 것이다. 박헌영의 '테제'가 임화를 중심으로 한 '문건'으로 수용되고 윤복진도 이를 따른 것이다.[55]

53 최성윤, 「해방기 좌익문학단체의 성격과 '민족문학론'의 전개」, 『국어문학』, 제58집, 국어문학회, 2015년 2월, 483쪽.

54 임화, 「조선 민족문학 건설의 기본과제에 관한 일반보고」, 『건설기의 조선문학』, 조선문학가동맹중앙집행위원회서기국, 1946, 41쪽.

55 '문건'의 설립(1945년 8월 16일 또는 17일)과 '8월 테제'(1945년 8월 20일) 발표 일자를 들어 '문건' 발족에 박헌영의 영향을 부정하는 의견도 있다. 그러나 '문건'의 노선이 박헌영의 영향 밖이라고 볼 수는 없다.

'테제'는 1945년 8월 18일에서 20일 사이에 박헌영에 의해 초안이 작성되었고, 9월 25일 수정본이 조선공산당 중앙위원회 명의로 발표되었다. '테제'는 조선 혁명의 현 단계를 '부르주아 민주주의 혁명 단계'로 보고 가장 중요한 과업을 '완전한 민족적 독립의 달성과 농업혁명의 완수'로 제시하고 있다. 봉건과 친일에 의한 자본주의 잔재를 청산하기 위해 토지문제를 해결해야 하며 이런 과업을 달성하기 위해 인민에게 권리를 부여하는 진보적 민주주의 노선을 지향하였다. 이러한 요구를 실천하기 위해 인민정부를 수립하여야 하며, 여기에는 노동자 농민이 중심이 되고 도시 소시민과 인텔리겐치아가 참가해야 한다고 하였다.[56]

요약해 보면 다음과 같다. 해방 후 1945년 8월 20일 박헌영의 '테제'가 조선공산당의 정치 노선으로 확립되었다. 임화, 김남천 중심의 '문건'(1945.8.16), 조선문화건설중앙협의회(1945.8.18)가 송영, 이기영, 한설야 중심의 '동맹'(1945.9.17), 조선프롤레타리아예술동맹(1945.9.30)과 대립하였으나 조선공산당은 조선문화건설중앙협의회의 운동노선을 승인하고 조선프롤레타리아예술동맹이 합류할 것을 명령하자 임화, 김남천, 이태준이 주동이 되어 조선문학동맹(1945.12.13)이 결성되었다. 이후 조선문학자대회(1946.2.8~9)를 거쳐 조선문학가동맹이 결성되었다. 조선문학자대회에서 발표된 임화의 「朝鮮 民族文學 建設의 基本課題에 關한 一般報告」도 그랬지만, 박세영(朴世永)의 「朝鮮 兒童文學의 現狀과 今後 方向」도 '테제'를 잘 반영하고 있다. 박세영은 해방 후 아동문학은 일본 제국주의와 봉건 잔재를 청산하고 오늘날 정치노선은 프롤레타리아 혁명단계가 아니라 부르주아 혁명단계인 만큼 진보적 민주주의의 길로 나아가야 한다고 주장하였다. 그리고 "오늘날 朝鮮 兒童文學의 核心問題도 實로 이 進步的 民主主義의 길로 指向하므로서만 그 正常한 發展이 있고

56 박헌영, 「현정세와 우리의 임무」, 『이정 박헌영 전집 2』, 역사비평사, 2004, 47~56쪽.

解決할 수 있는 問題"라며 "兒童文學 專門作家의 思想을 疑心하게 되고 進步的 民主主義의 實踐者가 못 되였다는데서 그들의 反省"을 촉구하고 있다.[57]

윤복진이 월북하기 전 마지막으로 남긴 글은 1950년 6월에 발표된 「石重과 木月과 나—童謠文學史의 하나의 位置」이다.

> 石重이 木月이 그리고 나는 어떻게 새로운 時代의 옷을 갈아입어야 하겠다. 또 하나의 里程標를 세워야 하겠다. 우리는 그래도 늙어서 우리의 呼吸은 느린데 時代는 벅찬 呼吸을 하고 있다. 어떻게 心臟이 "스톱"되는 限이 있더라도 다시 한 番 옛 情熱로서 時代를 따라가 보자! 새로운 時代의 또 하나의 "이대옴"과 "포름"을 만들어보자! 다른 하나의 石重이가 되이보잣구나. 다른 하나의 木月이가 되어보잣구나! 다른 하나의 내가 되어보자구나! 1950.4.1[58]

이 글의 앞부분에서는 개인적인 소회를 섞어 윤석중과 박목월 그리고 윤복진 자신이 우리 동요문학사에서 주요한 위치를 차지하고 있다고 평가한다. 30년 가까이 살아오는 동안에 "세상은 變하고 文學도 變해진 것 같"은데 "우리 셋은 그만 '踏步'를 하는 것 같"고 "우리 셋은 '스람프'에 빠진 것 같"으며 "우리 셋은 '時代'의 소리가 들리지 않는 것 같"다는 비판적 반성으로 이어진다. 요지는 마지막에 있는데, 청유형(請誘形) 문장이다. 새 시대의 이념과 형식을 창출해 새로운 시대의 흐름을 따라가 보자는 요청이자 권유다. 윤복진에겐 그 실천적 행동이 월북이었다.

---

57 박세영, 「朝鮮 兒童文學의 現狀과 今後 方向」, 『건설기의 조선문학』, 조선문학가동맹중앙집행위원회서기국, 1946, 109쪽.

58 윤복진, 「石重과 木月과 나—童謠文學史의 하나의 位置」, 『시문학』, 제2호, 1950년 6월호.

3. 맺음말

윤복진의 아동문학 작품과 문학론 그리고 해방 후 문단 행보를 종합해 그의 월북의 이유를 밝혀 보았다. 지금까지 동향의 친구 신고송과의 관련, 좌익 심파, 열등감으로 인한 월북이라는 주장이 있었는데 부분적 일리는 있지만 종합적인 해명에는 미흡했다.

윤복진의 아동문학을 통시적으로 살펴보면 해방 후부터 당대 현실에 대한 인식을 표 나게 드러내는 게 사실이다. 문학론은 일제강점기의 자기문학을 비판적으로 반성함과 동시에 해방 후 좌익 문인들의 단체인 '문건'과 조선문학가동맹의 노선을 따르고 있다. 작품은 일제 잔재 청산, 해방된 새 나라 건설, 신탁통치, 학병동맹 등 당대의 민감한 현실을 분명히 담아내고 있다. 문단 행보 또한 조선문학동맹, 조선문학가동맹으로 이어지는 좌익 문학단체에 가맹하고 문단 행사에 적극 동참하고 있다.

윤복진의 이러한 변모가 당대의 시류를 포함한 외적 환경에만 있다고 하기 어렵다. 느닷없는 개종이나 갑작스런 변신이 아니기 때문이다. 일제강점기 그의 문학론에서도 민족의식의 고취와 민족사상의 파악을 강조하고 있었고 작품적 실천도 적지 않았다. 대구지역 민족운동가였던 이만집 목사로부터 세례를 받았고 대구소년회 활동을 했던 것들도 민족의식 형성에 일정한 영향을 미쳤던 것으로 보인다. 일제 말기 친일문학론과 작품을 발표했던 여느 문인들과 달리 그만한 지명도에도 불구하고 민족의식의 훼절과 관련된 행적이 발견되지 않는 점도 감안할 필요가 있다.

해방 후 윤복진의 작품과 문학론 그리고 문단 행보는 삼위일체로 좌익 활동에 동조하고 있다. 그런데도 두드러지게 계급을 내세우지 않는다. '테제'를 수용한 좌익 문학단체들의 노선이 계급혁명이 아니라 부르주아 민주주의 혁명단계로 규정한 것을 수용한 때문이다. 윤복진에게는

'문건' 및 조선문학가동맹과 거부감 없이 호흡을 같이 할 수 있는 부분이었을 것이다. 해방 후 신문과 『아동』, 『새싹』 등 잡지에 발표된 몇몇 작품들이 동심을 표현하는 범주에 머물고 있는 것도 모순된 행보가 아니라고 판단했을 것이다.

일제강점기부터 계급적 이념에 기반을 두고 문학 활동을 해 왔던 다른 문인들과 달리 윤복진이 6·25 전쟁 때까지 남한에 남아 있었던 것도 월북이 자기의 삶과 문학의 궁극적인 목표라고 생각한 것은 아니었기 때문이다.

윤복진에게 있어 월북은 선택이었다. 친일파의 득세로 친일 잔재 청산이 무망하고 진보적 민주주의의 길이 요원한 데다 혼란스런 남한의 정세와 시국이 그의 선택을 재촉한 것으로 보인다. 결혼한 지 6년여 된 33세의 아내와 어린 두 딸(1944년생, 1946년생) 그리고 아내의 뱃속에 있는 아기와, 당시 좋은 기와집이 열두 채나 있을 정도로 부유했던 집안 형편을 뒤로 하고 윤복진은 43세의 나이에 월북하였다.[59] 이상과 같은 제반 상황을 종합해 볼 때 윤복진은 월북이란 선택을 하는데 적잖은 갈등이 있었을 것으로 보인다. 하지만 월북할 때까지 해방 이후 변모된 문학관 혹은 세계관을 일관되게 유지하였던 것으로 보인다.

59 윤복진의 제적등본과 둘째딸인 윤정희 씨와의 대담(2014년 10월 16일)을 통해 확인한 내용이다.

참고문헌

1. 기본 자료

『경향신문』, 『동아일보』, 『매일신보』, 『시대일보』, 『자유신문』, 『조선일보』, 『조선중앙일보』, 『중앙신문』, 『중앙일보』, 『중외일보』, 『문화전선』, 『별나라』, 『신소년』, 『아동문학』, 『아이생활』, 『어린이』

2. 논문 및 평론

九峰山人, 「批判者를 批判－自己辯解와 申 君 童謠觀 評(四)」, 『조선일보』, 1930.2.23.

권영민, 「해방직후의 문단과 월북 문인」, 『한국문화』, 제8집, 서울대학교 한국문화연구소, 1987.

김선호, 「국민보도연맹의 조직과 가입자」, 『역사와 현실』, 제45호, 한국역사연구회, 2002.

김종헌, 「윤복진 동시의 담론 구성체 연구」, 『한국아동문학연구』, 제12호, 한국아동문학학회, 2006.

박세영, 「朝鮮 兒童文學의 現狀과 今後 方向」, 『건설기의 조선문학』, 조선문학가동맹중앙집행위원회서기국, 1946.

박헌영, 「현정세와 우리의 임무」, 『이정 박헌영 전집 2』, 역사비평사, 2004.

송유경, 「신탁통치를 둘러싼 미군정과 좌익세력의 권력대결」, 『부산정치학회보』, 제6집, 부산정치학회, 1996.

申孤松, 「童心에서부터－旣成童謠의 錯誤點, 童謠詩人에게 주는 몃 말(전8회)」, 『조선일보』, 1929.10.20~29.

申孤松, 「새해의 童謠運動－童心 純化와 作家誘導(전3회)」, 『조선일보』, 1930.1.1~3.

원종찬, 「동요시인 윤복진의 작품세계」, 『아동문학과 비평정신』, 창작과비평사, 2001.

윤복진, 「담화실」, 『아동문학』, 조선문화건설중앙협의회 조선문학건설본부 아동문학위원회 기관지, 1945.12.

윤복진, 「民族文化再建의 核心-兒童文學의 當面任務(上, 下)」, 『조선일보』,

1945.11.27～28.
윤복진, 「跋文－나의 兒童文學觀」, 『꽃초롱 별초롱』, 아동예술원, 1949.8.
윤복진, 「三新聞의 正月 童謠壇 漫評(전9회)」, 『조선일보』, 1930.2.8～12.
윤복진, 「石重과 木月과 나－童謠文學史의 하나의 位置」, 『시문학』, 제2호, 1950.6.
윤복진, 「兒童文學의 進路」, 『영남일보』, 1946.1.9.
윤복진, 「아동에게 문학을 어떻게 읽힐가」, 『인민평론』, 창간호, 1946.3.
윤복진, 「어린 벗을 사랑하는 親愛하는 同志들에게!」, 『초등용가요곡집』, 파랑새사, 1946.3.
이원수, 「동일승천(冬日昇天)한 나비 최병화 형」, 『이원수아동문학전집 29 동시동화작법』, 웅진출판주식회사, 1984.
임 화, 「조선 민족문학 건설의 기본과제에 관한 일반보고」, 『건설기의 조선문학』, 조선문학가동맹중앙집행위원회서기국, 1946.
임 화, 「현하의 정세와 문화운동의 당면임무」, 『문학전선』, 창간호, 조선문학건설중앙협의회 기관지, 1945.11.15.
정경호, 「대구 3 · 1만세운동을 주도한 민족지도자 이만집 목사의 자주적 민족신앙 연구」, 『신학과 목회』 제25호, 영남신학대학교, 2006.
정영진, 「동요시인 윤복진의 반전극」, 『현대문학』, 제454호, 1992년 10월호.
정영진, 「월북 입북 납북 재북 문인 행적기」, 『다리』, 1989년 10월호.
조두섭, 「낮꿈꾸기의 비애, 윤복술」, 이강언, 조두섭 편, 『대구경북 근대문인 연구』, 태학사, 1999.
최성윤, 「해방기 좌익문학단체의 성격과 '민족문학론'의 전개」, 『국어문학』, 제58집, 국어문학회, 2015년 2월.
최윤정, 「북으로 간 동요시인, 윤복진」, 『한국아동문학연구』, 제17호, 2009.12.
편집실, 「우리들의 사전」, 『신소년』, 1932년 2월호.

3. 단행본

강신명 편, 『아동가요곡선삼백곡』, 평양, 농민출판사, 1936.
권영민, 『해방직후의 민족문학운동 연구』, 서울대학교출판부, 1986.

류희정, 『1920년대 아동문학집(1,2)』, 문학예술종합출판사, 1993~1994.
모리 쇼조(森正藏), 윤복진 역, 『轉落의 歷史』, 모던출판사, 1950.
모리 쇼조(森正藏), 『轉落の歷史:第二次世界大戰の眞相』, 鱒書房, 1948.
박태준, 『박태준동요작곡집』, 음악사, 1949.
원종찬, 『북한의 아동문학』, 청동거울, 2012.
원종찬, 『아동문학과 비평정신』, 창작과비평사, 2001.
윤복진 편, 『초등용가요곡집』, 파랑새사, 1946.3.
윤복진, 『동요곡보집』, 복명유치원하기보모강습회, 1929.
윤복진, 『물새발자옥』, 교문사, 1939.
윤석중, 『어린이와 한평생』, 범양사출판부, 1985.
이재철, 『한국현대아동문학사』, 일지사, 1978.
조선문학가동맹중앙집행위원회서기국 편, 『건설기의 조선문학』, 1946.

4. 기타

「서울市만 一萬二千－學生 勞動層이 首位」, 『동아일보』, 1949.12.2.
「詩의 밤 大盛況」, 『동아일보』, 1946.4.22.
「詩人의 집 建設」, 『동아일보』, 1946.2.21, 『자유신문』, 1946.2.23.
「아동문학가협회 결성」, 『경향신문』, 1949.5.3.
「兒童文學委員會서 『兒童文學』 發刊－月二回, 十二月 初부터」, 『중앙신문』, 1945.11.22.
「兒童創作品 募集」, 『자유신문』, 1946.9.5.
「作故詩人碑－'詩人의 집'에서 計劃」, 『중앙신문』, 1946.2.20.
「작품으로 정서함양－아동문학가협회」, 『동아일보』, 1957.4.22.
「著名한 文化人의 自進加盟이 異彩」, 『동아일보』, 1949.12.1.
「전조선문필가협회 결성」, 『동아일보』, 1946.3.11.
「조선문학가동맹 위원 명부」, 『문학』, 제1호, 조선문학가동맹 중앙집행위원회 서기국, 1946.
「조선문학동맹 결성, 각부 위원 결정」, 『자유신문』, 1945.12.25.
「現代詩 講座」, 『현대일보』, 1946.5.31.

아동문학가 박아지

1. 머리말

박아지(朴芽枝)는 본명이 박일(朴一)이고 함경북도 명천(明川) 출신이며 우리 문학사에서 카프(KAPF)의 맹원으로 일제강점기의 민족모순과 계급모순을 인식하고 식민지 현실을 리얼하게 그린 '농민시인'이라는 평가를 받고 있었다. 그런데 최근 새로운 주장이 제기되었다. 박아지의 본명은 박재청(朴在淸)이며 경기도 개성(開城) 출신으로 1930년대 『高麗時報』에 박아지, 박재청, 봄물결, 춘파(春波) 등의 이름으로 480여 수의 시조(時調) 작품을 발표하였다는 것이다. 이를 기존의 박아지(박일)의 작품연보에다 추가할 경우 박아지 연구는 완전히 새로 시작되어야 할 형편이다.

본명이 '박일'로 알려진 박아지와 '박재청'으로 알려진 박아지는 동일인인가 아니면 서로 다른 사람인가?

필자는 박아지(박일)가 바로 박재청이라는 새로운 주장에 의문점이 들어 실증적 자료를 찾아 확인하는 과정에서 또 다른 박일을 확인하기도 하였다. 그러나 면밀하게 자료 확인을 해 보니 박일이란 이름을 사용한 사람이 두 명 있었을 뿐만 아니라, '朴芽枝'란 이름을 사용한 작가도 박일과 박재청 두 사람으로 서로 다른 인물로 보였다. 먼저 『고려시보』에 다수의 시조 작품을 발표한 박아지의 경우 작가의식이나 현실인식이 박아지(박일)와는 많이 달랐다. 어떤 연유로 '朴芽枝'라는 필명을 같이 사용했는지는 모르겠으나 작품적 경향이 표나게 달라 박아지(박일)와 『고려시보』의 박아지는 다른 사람이라는 확신이 들었다. 더 결정적인 것은 지금까지 박아지(박일)를 연구한 여러 연구자들이 한 번도 언급하지 않은 자료를 찾았는데, 이 자료들은 박아지의 본명이 박일이라는 것을 분명하게 입증하는 자료들이다.

박아지가 박일이라는 자료는 대부분 아동문학 관련 자료이다. 아직까지 아동문학가에 대한 연구는 몇몇 작가를 제외하고 작가연보나 작품연보조차 제대로 밝히지 못하고 있다. 박아지(박일)도 '농민시인'이나 카프의 시인으로서는 어느 정도 연구되었으나, 그의 아동문학은 전혀 연구된 바 없다. 그 결과 박아지의 신원에 대한 오해까지 불거지게 되었다.

이 글은 현재까지 가능한 아동문학 관련 자료를 전부 확인하여 논란이 되고 있는 박아지의 생애와 문단 활동을 분명하게 밝히고, 관심 밖이었던 박아지의 아동문학 작품을 살펴보고자 한다.

2. 아동문학가 박아지와 작품적 특징

1) 박아지의 생애와 문단 활동

박아지는 누구인가? 지금까지 알려진 바로는 박아지의 본명은 박일이고 1905년에 함경북도 명천에서 출생하였으며, 해방 직후에 시집 『心火』를 남기고 월북해 1959년 시집 『종다리』를 펴내고 그해에 죽었다는 것이다.

그런데 최근 박아지의 신원에 대한 새로운 주장이 제기되었다. 박수연은 『고려시보』에 박아지라는 이름으로 발표된 15편의 작품을 박아지(박일)의 작품으로 간주하였다.[1] 강영미는 일련의 연구에서, 박아지는 1907년 경기도 개성에서 출생하였고 본명은 박일이 아니라 박재청이며 필명으로 춘파, 봄물결 등을 사용하였다고 주장하였다.

> 시인 박아지는 1905년 함북 명천의 가난한 농가에서 태어난 박일(朴一)이 아니라 (중략) 카프 계열의 농민 시인으로 알려진 박아지는 개성에서 인삼 경작을 하던 부유한 집안에서 1907년에 태어나 『고려시보』(1933~1941)의 동인이자 주필로 활동한 춘파(春波) 박재청(朴在淸)과 동일 인물이다.[2]

박아지가 개성의 박재청이라고 주장하는 근거로 '朴芽枝'라는 이름으로 발표한 「웅」(『고려시보』, 1936.2.1)과 박아지(박일)의 시집으로 알려진 『心火』에 수록된 작품 「不休」가 동일작이라는 것이 주된 이유다. 그리고 '朴芽枝'라는 이름으로 발표한 시조 「假面」(『고려시보』, 1937.3.1)과 박재청의 호 춘파로 발표한 「僞裝紳士」(『고려시보』, 1938.1.16)가 동일작이라는 점도 들고 있다.[3]

강영미는 다른 논문에서 박아지와 박일이 다른 사람이라는 종전의 주장을 수정하여 박일 또한 박재청의 다른 필명이라고 주장하였다. '박일' 이란 또 다른 필명을 사용한 것은, 『동아일보』 현상문예에 이미 박아지라는 이름으로 「어머니시여」(1927.1.6)가 당선된 바 있는 데다, 1927년부

---

1 박수연, 「박아지 작품연보」, 염무웅, 최원식 외, 『해방 전후, 우리문학의 길 찾기』, 민음사, 2005, 342~345쪽.

2 강영미, 「『고려시보』와 시인 박아지(朴芽枝)」, 『상허학보』, 제23집, 상허학회, 2008, 227~228쪽.

3 이외에도 朴在淸의 「都會거리에 해가 점을면」(『조선일보』, 1928.12.28)과 朴芽枝의 「都會에 해 저물면」(『고려시보』, 1934.3.16)은 표기상의 미세한 차이 외에 동일한 작품이어서, 표면적으로만 보면 朴芽枝는 곧 朴在淸이라는 강영미의 주장을 뒷받침한다.

터 '박아지'라는 필명으로 작품을 발표해 온 『중외일보』의 후속 신문인 『중앙일보』 신춘문예에 「密行」을 투고하면서 '박아지'라는 기존 필명으로 응모하기 어려워서였을 것이라고 추정하였다. 덧붙여 『중외일보』에 발표한 「농가구곡」(1927.12.24~27), 「농군행진곡」(1928.1.8~11) 등은 프롤레타리아와 부르주아의 대립을 직설적으로 표현한 까닭에 시의 일부가 삭제되기도 했는데, 유사한 내용의 작품인 「밀행」을 발표하기 위해 검열을 피할 장치 차원에서 필명을 새로 지었다는 것이다. 그래서 남북한 시사(詩史)에서 박재청의 다른 필명인 박일을 박아지의 본명으로 잘못 기록하는 오류가 발생했다고 보았다.[4]

1959년에 북한의 조선작가동맹출판사에서 발행한 박아지의 시집 『종다리』에 박세영(朴世永)이 쓴 서문을 분석해 다음과 같이 말하기도 하였다.

시인 박아지는 ①시문학에 정진한 지 이미 三十년이 되였다. 그는 우리 시단에 나올 때부터 농민 시인으로서 알려졌다. 그런 만치 그는 당시 간고한 농민들의 생활을 생동하게 형상한 시편들을 허다히 발표하였다. ②내가 시인 박아지를 알게 된 것도 바로 이 시기였다.

그는 ③일찍이 일본에 건너가 고학을 하다가 중단하고 조국에로 돌아와 목포 등지에서 중등학교 교원으로 있다가 ④시 문학 활동을 위하여 당시 카프에서 활동하던 송영과 나를 찾아 왔다.

그는 서울에서 작품 활동을 할 때도 ⑤시내에서는 살지 않고 서울 근교 농촌에서 농민들과 같이 생활하였으며 빈농의 자제들을 위하여 교육 사업에 헌신하면서 한편 시 창작에 열중하였다.

시인 박아지는 사람됨이 겸허하고 소박한 것처럼 일련의 그 ⑥시에서 풍기는

4 강영미, 「박아지(朴芽枝) 시의 실증적 연구」, 『한국시학연구』, 제24호, 한국시학회, 2009, 8~13쪽.

진실성과 소박성으로 하여 특징적이다. 특히 그는 ⑦민족적 형식에 대하여 심혈을 기울였다.[5]

①은 1920년대 후반에 시를 쓰기 시작한 것이므로 일치하고, ②, ③, ④를 통해 1927년 즈음 토쿄(東京)에서 귀국하여 카프에 가담하는 것에 박세영과 송영(宋影)이 관여했다는 것이고, ⑤와 같이 박아지가 고향 개성에 머물렀음을 뜻하며, ⑦과 같이 카프 시인으로서는 드물게 시조 480여 수를 창작한 데서 박아지가 박재청임을 확인할 수 있다는 것이다. 그리고 박재청은 한학적 소양이 뛰어나 「大興山城遊記」, 「金剛山觀參記」, 「讀古詩所感」 등의 글을 썼고, 카프 시인들을 만나 농민시인으로서의 자기 정체성을 형성하였으며, 카프 해산 후 상처받은 몸과 마음을 다스리는 방편으로 시조 양식을 취하여 개인적 기록을 남긴 것으로 해석하고, 해방 후 시집 『심화』에 시조를 넣지 않은 것은 해방 정국의 분위기와 맞지 않을 뿐만 아니라 시조는 개인적인 기록으로써의 글쓰기라는 판단이 작용했다는 것이다. 박아지의 사망 연도는 북한 문학사의 기록이 1959년임에 반해 가족들은 1953년 6월 8일에 사망했다고[6] 하는데 이는 해명하기 어렵다고 했다.

박수연과 강영미의 이러한 주장은 여러 가지 오류가 있다. 박수연은 박아지의 연보를 작성하였는데 '朴芽枝'라는 문자적 동일성에서 박아지(박일)와 박아지(박재청)를 구분하지 않은 잘못으로 보인다. 강영미의 경우, 박아지에 관해 거듭 논문을 발표하였음에도 불구하고 객관적인 자료 탐색의 미흡에다가 지나친 추론과 비약 등 신중하지 못한 자료 해석으로 인해 오류가 발생한 것으로 보인다.

---

5 강영미, 「박아지(朴芽枝) 시의 실증적 연구」, 『한국시학연구』, 제24호, 한국시학회, 2009, 13~14쪽.

6 박광현, 『고리고개에서 추리(醜李)골까지』, 세기문화사, 2005, 34쪽.

현재까지 확인한 바로는 박아지라는 필명을 사용한 사람이 함경북도 명천 출신의 박일도 있고, 개성 출신의 박재청도 있는 것으로 보인다.

박아지(박일)의 출생과 사망연도는 아래의 객관적인 자료에도 다소 착오가 있으나 북한의 『문학예술사전』에 1905년 2월 2일 출생, 1959년 6월 26일 사망으로 기술된 것이 가장 정확한 것으로 보인다.[7] 『종다리』의 목차에는 173쪽에 '저자의 략력'이 있다고 되어 있으나 어떤 이유인지 해당 쪽에는 그 부분이 삭제되어 있다. 이 부분을 확인할 수 있다면 좀 더 분명하게 확인할 수 있었을 것이다. 북한에 남아 있는 가족을 통해 박아지가 1953년에 사망하였다고 확인한 것은 박재청의 사망연도임으로 사실일 것이다.

『중앙일보』 신춘문예에 당선된 작품 「密行」(1932.1.1)이 발표된 며칠 후 박일의 약력이 발표되었는데 다음과 같다.

> 君은 咸鏡南道('咸鏡北道'의 오식: 필자) 明川 出生으로 일즉이 中國에 가서 中學을 卒業하고 다시 渡東하야 東京正則英語學校를 거처서 東洋大學에 入籍을 두고 硏究하다가 中途에 退學하엿고 그 後 某 團體에 重要 幹部가 되엿다가 그냥 學校를 中止하엿다.
>
> 그 後 歸國하야 全南 莞島中學院에서 敎鞭生活을 하다가 그 學校가 閉鎖를 當하여서 그것도 亦是 中止하엿다. 그 後에는 歸鄕하야 農村生活을 하면서 新幹會 일에 분주하엿다. 昨年에 上京하야서는 生活戰線에 몸을 던저서 菜物商도 하엿스며 果物行商도 하엿섯다. 現今엔 每日 十七 時間 以上 自轉車로 京城을 도라단인다.(그는 山羊乳 配達을 한다.) 當年 二十二才[8]

함경북도 명천 출생이고 도요대학(東洋大學)을 중퇴하였으며, 귀국 후

7 사회과학연구원주체문학연구소 편, 『문학예술사전』, 과학백과사전출판사, 1991, 31쪽.
8 「일등 당선시 『密行』의 작자 — 朴一 君의 略歷」, 『중앙일보』, 1932.1.17.

전남 완도중학원에서 교원생활을 하다가 중단하였고, 서울에서 채소와 과일 판매, 그리고 산양유 배달을 하였다는 내용이다. 신춘현상문예 당선자의 약력은 본인이 밝힌 것을 적은 것이다.[9] 나이가 '二十二才'라는 것은 1910(혹은 1911)년생이라는 것이어서 다른 자료들과 다르고 그 차이도 커 믿기 어렵다. '二十七才'의 '七'을 '二'로 오식(誤植)한 것이 아닌가 생각된다. 그리고『종다리』의 서문을 쓴 박세영은「密行」을 수록하지 않은 것을 아쉬워했는데 박아지와 가까웠던 그가 박아지(박일)와 박재청을 혼동했을 리는 없다.

그리고 '朴芽枝'라는 이름으로 발표한「讀古詩所感」등은 한학에 밝은 박재청이 지은 것으로 추단하여 박아지는 박재청이라고 하는 강영미의 주장 또한 위의 글에서 반론의 근거를 찾을 수 있다. '中國에 가서 中學을 卒業하고 다시 渡東하야 東京正則英語學校를 거처서 東洋大學에 入籍'할 정도라면 어느 정도 고시(古詩)를 읽을 수 있었을 것이고, 당시 일반 식자층의 한문 능력으로도 가능했을 것이므로, 개성의 박재청이 한학에 밝았다는 이유로 박아지가 곧장 박재청이라는 주장은 지나친 비약이다. 그리고 박세영의 서문에서 ⑤ 항 곧 '서울 근교 농촌'을 박재청의 고향 개성이라 풀이한 것 또한 지나친 추론이거나 비약이다. 서울역에서 개성역까지의 거리가 73km였다고 하는데 180리가 넘는 곳을 서울의 '근교'라고 하지는 않기 때문이다.[10] 무엇보다도 채소와 과일 행상 및

---

9 당시 신문은 신춘문예 현상 공모를 하면서 주소와 본명을 요구하였고, 빠졌을 경우 알려달라는 요구를 지면에 게재하기도 하였다. "原稿의 末端에 投稿者의 住所 姓名을 明記할 일(未詳한 것은 採擇치 아니함)"(『동아일보』, 1926.10.31)

入賞者
住所 알려주시오

"新春文藝 入選者와 昨年度『應接室』設問 應答入選者에 住所未詳한 분이 만히 잇서 進呈하는 金品이 中落될 念慮가 잇슴으로 다시 紙面을 通하야 뭇습니다."(『동아일보』, 1930.2.19)와 같은 주소, 성명 요청 공지 사항이 실리기도 하였다. 이로 보아 약력은 본인이 작성해서 신문사에 알린 것이다.

10「詩人現住所錄」(『詩學』, 제2집, 1939년 5-6월 합호, 63쪽)에 따르면 박아지의 주소는 "京城府外 恩平面 龜山里"로 되어 있다. 지금의 '서울시 은평구'인데 당시는 '京城府 外'에 해당되었다.

산양유 배달을 하는 가난한 농사꾼 박아지를 "개성에서 인삼 경작을 하던 부유한 집안"[11] 출신이라 한 것과 박아지(박일)의 시와 동요(동시)가 대체로 계급적 현실인식을 드러내 보이는 것과 달리 전근대적 평시조 양식에 기댔던 박아지(박재청)를 동일인이라 본 것은 세심한 주의가 모자랐던 탓이라 할 것이다.[12] 그리고 서문 ⑦ 항의 '민족적 형식'도 시조가 아니라 박아지(박일)가 관심을 두었던 민요(民謠)를 잘못 해석한 것이다.

> 이와가티 니저버렷든 朝鮮心과 朝鮮 情緖에 돌아오려고 애를 쓰고 朝鮮 固有의 民謠와 이것을 基礎로 한 새로운 詩形을 차즈려고 애쓰는 것이 最近 詩壇의 傾向이며 또는 『朝鮮心』이 羅列되게 된 原因일 것이다. (중략)
>
> 그러면 朝鮮人의 民謠는 어쩌한 것일가? 또한 어쩌한 것이어야 할가? 이것은 民謠가 이미 그 民族心理의 表現이오 그 民族의 마음 담을 그릇인 以上 農業國인 朝鮮에서 生活의 原理를 땅에서 찻고 흙속에서 眞理를 파내려는 多大數 農民을 가즌 朝鮮人의 民謠는 卽 農謠이며 또한 農謠이어야 할 것은 自然한 事實이어니와 여긔서 農謠라 하면 얼른 聯想되는 것은 田園詩歌, 牧歌 짜위나 그 實인즉 뿌르조아지들이 더운 녀름에 暫間 山中이나 農村 或은 海邊에 避暑하야 自然美의 一時的 陶醉를 하얏다는 程度의 田園詩歌는 아니며 都會的 機械文明이 人類를 破滅의 굴헝텅이에 끄을어너흐니 거긔서 人類를 救出하려고 土의 精神을 高調하고 『土의 藝術』까지 부르짓는 사람도 勿論 잇지마는 그저 『自然에

11 강영미, 「『고려시보』와 시인 박아지(朴芽枝)」, 『상허학보』, 제23집, 상허학회, 2008, 227~228쪽. 강영미가 인용한 『고리고개에서 추리(醜李)골까지』에는 박재청의 4남 박광현이 "착실하게 인삼을 경작하시여 상당한 부를 축적하셔서 우리 집안은 매우 풍족"(33쪽)하였다고 밝히고 있어, 박재청과 박일[朴芽枝]은 서로 다른 사람임을 알 수 있다.

12 "박재청의 시와 달리 박일의 작품들은 내용에 계급의식이 담겨 있으며 색조도 침울하다. 거의 모든 작품이 밝은 색조를 가지며 민족정서에 의거하고 있는 박재청의 것과는 명백하게 그 정신 풍경에 차이가 난다. 예명이 같다는 것만으로 두 시인을 혼동하는 것은 경계되어야 한다."(김용직, 「식민지 체제하 시인의 제자리 찾기」, 여태천, 박광현 편저, 『춘파박재청문학전집』, 서정시학, 2010, 610쪽)

돌아가라』 式의 牧歌的 情緖의 憧憬으로부터 부르짓는 것은 決코 참된 農謠라 할 수는 업다. 적어도 現在 農村의 小作爭議에 나타나는 鬪爭的 性質의 生長, 鬪爭을 通하야 生活의 意識과 農村의 要求가 反映되어야 할 것이다.[13] (밑줄 필자)

박아지를 두고 '농민시의 선구자'로 평가한 것과 그가 '조선심'을 담은 새로운 시형으로 민요를 염두에 둔 것으로 보아 '민족적 형식'은 바로 민요라 보는 것이 맞다.

박아지(박일)를 박아지(박재청)와 혼동한 강영미의 오류는 지금까지 지적한 여러 오류 외에도 박아지(박일)가 1920년대 후반 동요와 동시 등 다수의 아동문학 작품을 발표한 『별나라』와 『신소년』 등 아동문학 관련 자료를 확인하지 않은 탓이 크다.

박아지가 1927년 6월경 '全南 莞島中學院'에 재직한 것은 『별나라』에 소개되어 있다.[14] 박아지는 『별나라』의 편집동인이었기 때문에 같은 동인들이 박아지의 신원을 잘못 알았을 가능성은 없다. 다음은 박아지가 다수의 동요와 동시를 발표했던 『별나라』에 잡지의 편집진 중의 한 사람이 그를 소개한 내용이다.

◇ 수나이스트 朴一 氏

지금은 서울 郊外에 게심니다만은 일직이 朴芽枝로서 일홈이 놉든 선생님은 요사이도 흙냄새에 참아 못 닌치는지 서울만 드러오시면 이내 「난 가겟네. 가겟네」 해서 친고 사이에도 별명을 듯는다고- 또 선생님은 늘 「재수 업군」 하시여서 아조 「수나이스트」라고 불느게 되엿다 한다. 그 까닭은 數ナイST라는 말인데 가나(假名)와 영어(英語)로 자(者)라는 의미에서 「재수업는 사함」('사람'의 오식: 필자)이란 뜻이라고 선생님에게 하도 웃으운 이약이가 만치만 그 중에 한

13 박일, 「朝鮮心과 民謠詩(二)」, 『중외일보』, 1927.2.13.

14 쌀낭애비, 「별나라를 위한 피 · 눈물땀!! 수무방울」, 『별나라』, 1927년 6월호, 43쪽.

두어 가지만 이약이하려 한다.

선생님 고향이 명천(明川)이시라.(三九頁에 계속) (十五頁에서) …북청(北靑)이 각갑다고 해서「물장수」선생님 하면 어이가 업서 우스신다. (하략)[15] (밑줄 필자)

朴芽枝 朴一 先生님은 先生님들이 불느시기를「물장수」라고 합니다. 明川 선생님이심으로 묵중하신 선생님입니다. 선생님은 일직이 변화무쌍(變化無雙)의 生活을 하섯습니다. 금테 안경에 중학교 교원도 하섯고 長髮의 詩人도 되섯다고. 쓰르텐 服에 脚絆을 치고 우유배달도 하섯습니다. 이것이 이런 先生님들이 못하실 일이라 함임니다. 先生님은 是非 잘 싸지기로 유명하시니 裁判官을 하셋스면 알맛겟습니다.「石川啄木」派라 할까. 詩人 啄木의 詩에 늣긴 바 만은 듯 합니다. 요사이는 京城 郊外에서 農村生活을 하시고 게신데 好評이 嘖々, 亦是 사람을 對하는데 能하신 까닭. 술도 잘하시고 담배도 잘하십니다. 先生님도 차차 小說을 쓰시랴는지 지금은 小說을 쓰시는 중이라고, 이러다가는 조선에도 詩人은「가물에 콩나기가」되겟스니 큰일. 댁에를 나가보면 선생님은 밧흘 거두고 滋味나시는 모양. 엽헤 슨 애기가 누군고 무르니 先生님의 짜님이라는데 동생이 업서서 걱정이라구요. 여섯 살이나 되엿스니 그도 그럴 듯하군요.[16] (밑줄 필자)

이 두 자료는 박아지의 본명이 박일이라는 점, 고향이 명천이라는 점, 농사를 짓는다는 점, 중학교 교원을 지냈고 우유배달을 했다는 점 등이「密行」의 작자 약력에 소개된 것과 정확히 일치한다. 그리고 1934년 여섯 살 난 딸이 있고 동생이 없다고 하였는데 박재청은 4남이 있었다고

15 XYZ,「風聞帖」,『별나라』, 제73호, 1933년 12월호, 15쪽과 39쪽.
16 ×××,「이 해를 보내는 執筆 先生의 全貌」,『별나라』, 제79호, 1934년 12월호, 23~24쪽.

朴在清, 1930.

朴一(朴芽枝), 『중앙일보』, 1932.1.17.

하니[17], 박재청이 박아지(박일)와 다른 사람임은 분명해진다. 그리고 '금테 인경'을 끼고 있다는 사실에서도 당대 두 사람의 사진을 보면 박재청과 박아지(박일)가 다른 사람임을 확인시켜 주는 자료가 될 것이다. 이상의 내용을 확인해 주는 자료는 더 있다. 당시 독자가 『신소년』을 편집하던 이동규(李東珪)에게 "一. 朴一과 朴芽枝는 別人?"인가고 묻자 "一. 同人"[18]이라고 답하였다.

『신소년』 편집에 깊이 관여했던 이주홍(李周洪)과 아동문학 작품을 다수 발표했던 엄흥섭(嚴興燮), 김병호(金炳昊) 등이 발간했던 『音樂과 詩』 창간호에는 박아지에 대해 다음과 같이 소개하고 있다.

> 朴芽枝 氏 (詩)
>
> 一. 一九○四年 咸北 明川서 出生
>
> 一. 現住 仝上

17 박광현, 『고리고개에서 추리(醜李)골까지』, 세기문화사, 2005, 35~36쪽. 박재청에게는 1927년생, 1929년생, 1932년생, 1935년생 등 4남이 있었다. 그리고 당대에 촬영한 사진을 비교해 보면, 『춘파 박재청 문학전집』에 수록되어 있는 4장의 박재청 사진은 서로 다른 시기의 것임에도 모두 안경을 쓰지 않았지만, 박아지(박일)는 안경을 썼고 얼굴 모습이 길다.

18 편집자, 「독자통신」, 『신소년』, 1933년 8월호, 51쪽.

一. 職은 農夫[19]

박아지(박일)는 인천 출신의 진우촌(秦雨村, 秦宗爀)과 각별한 사이였다. 진우촌은 「님께 받은 마음-端午날에」 말미에 '이 노래를 가장 친애하는 벗 朴芽枝께 올린다'[20]고 하였다. 박아지는 진우촌을 '가장 親愛하는 兄'으로 표현했는데 다음 편지에 나타나 있다.

> 雨村 兄!
>
> 東京의 旅舍와 南海의 孤島에서 日常 끗없는 외롬을 하소하든 내가 이번 北國의 가을 맞어 이 같은 글을 보내면 兄은 반다시 우스시겠지요. (중략)
>
> 여러 해 만에 내 고향에 도라와 고요히 가을을 맛는 다사한 나의 늣김의 토막토막을 거두어 가장 親愛하는 兄의게 보냄니다.
>
> 丁卯 九月 二十日
>
> 明川 本第에서 아우 朴芽枝[21] (밑줄 필자)

'丁卯 九月'은 1927년 9월인데 박아지가 보낸 편지이고, '東京의 旅舍'와 '南海의 孤島'라는 표현을 통해 도쿄 도요대학 중퇴와 완도에서의 교원 생활의 이력이 드러나 있고, '明川 本第에서'라 하여 본가가 명천임도 밝혀져 있다. 이상으로 볼 때 박아지(박일)와 박재청은 서로 다른 사람임이 분명해졌다.

박아지(박일)의 문단 활동을 재구성해 보면 다음과 같다.

1926년 6월에는 아동문학 잡지 『별나라』의 편집동인으로 참여하였

---

19 편집자, 「詩人消息 樂人消息」, 『음악과시』, 창간호, 1930년 8월호, 29쪽. 생년(生年)을 1904년이라 하여, 1년의 차이가 있는 점이 다르다.

20 진우촌, 「님께 받은 마음」, 『東光』, 제16호, 1927년 8월호, 59~60쪽.

21 박아지, 「北國의 가을」, 徐相庚, 『朝鮮文人書簡集』, 삼문사, 1936, 200쪽.

다.[22] 『별나라』에는 여러 가지로 깊이 관여한 것으로 보이는데 예를 들면 1932년 별나라 제6주년 기념으로 '전조선야학강습소사립학교연합학예회'를 열기 위해 작품을 모으고 참석을 요청하기 위해 학원을 방문할 때 발행인 안준식(安俊植)과, 박세영, 송영 등과 함께 활동하기도 하였다.[23] 박아지는 진우촌과 함께 1927년 아동문학가 최병화(崔秉和), 김도인(金道仁), 유도순(劉道順), 양재응(梁在應), 염근수(廉根守), 엄흥섭(嚴興燮), 한형택(韓亨澤) 등과 더불어 인천(仁川)에서 『習作時代』를 3호까지 발간한 뒤, 1928년 공주(公州)에서 『白熊』[24], 뒤이어 1928년 3월 진주(晋州)에서 『新詩壇』을 발간할 때 동인으로 참여하였고,[25] 1929년 2월 평안남도 순천(順川)에서 『西北少年』(후에 『半島少年』으로 개칭)을 발행할 때도 정이경(鄭利景)과 함께 참여하였다.[26]

박아지의 공식적인 카프 가맹은 1934년 2월 10일 카프 임시중앙위원회에서 이루어졌다. 이동규, 윤곤강(尹崑崗), 홍구(洪九), 정정산(鄭靑山), 김한(金漢) 등과 함께 가맹하였다.[27] 지금까지 1927년 일본에서 귀국한 후

---

22 『별나라』 1927년 10월호 속표지에는 『별나라』에 '執筆하실 先生님'을 밝혀 놓았는데 동인들은 따로 표시해두었다. 다음에서 '◀'가 된 사람이 동인이다. ◀金道仁, ◀金永喜, 李灌鎔, 李肯鍾, 李星鎔, 羅元鼎, 李晟煥, 李益相, 李重華, 李鍾肅, ▲李定鎬, ◀李學仁, ◀李康洽, ◀廉根守, 閔泰瑗, ◀方定煥, 白性郁, 白南奎, ◀朴淚月, ◀朴芽枝, 申瑩澈, ◀宋影, 安在鴻, 尹克榮, ◀劉道順, ◀梁在應, ◀安俊植, ◀延星欽, 趙東肅, 秦長燮, ◀秦宗爀, ◀韓晶東, ◀崔奎善, ◀崔秉和, ◀崔喜明

23 박세영, 「全鮮 夜學 講習所 私立學校 聯合大學藝會 總觀」, 『별나라』, 제60호, 1932년 7월호, 27쪽.

24 제1호(1928.2.1), 제2호(1928.3.12)가 발행된 후 중단되었다. 조동길, 「공주의 근대문예지 『白熊』 연구」(『한국언어문학』, 제77집, 한국언어문학회, 2011, 268쪽), 조동길, 「근대문예지 백웅(白熊) 연구－제2호의 내용을 중심으로」(『새국어교육』, 제96호, 한국국어교육학회, 2013, 412쪽), 「文藝中心인 月刊誌 白熊」(『조선일보』, 1927.12.9), 「白熊 發刊」(『조선일보』, 1928.3.23) 참조.

25 엄흥섭의 「(나의 修業時代, 作家의 올챙이 때(8) 同好者가 모이어 『新詩壇』 發刊-當時同人은 現存作家들(下)」(『동아일보』, 1937.8.3)과 강희근의 「시 전문지 『新詩壇』에 대하여」(『경남문화연구』, 제6호, 경상대학교 경남문화연구소, 1983, 88쪽) 참조.

26 「順川 『西北少年』 誌 發行準備, 鄭利景, 朴芽枝 等 諸君의 주재 下에」(『조선일보』, 1929.2.28)과 「『西北少年』誌 「半島少年」으로 改稱」(『조선일보』, 1929.3.5) 참조.

27 권영민, 『한국계급문학운동연구』, 서울대학교출판문화원, 2014, 339쪽.

카프에 가맹한 것처럼 알려졌던 것과는 다르다.[28] 물론 가맹 시기와 무관하게 카프 초기부터 무산아동을 위한 아동잡지를 표방한 『별나라』 편집동인으로 활동하는 등 계급문학적 입장을 견지했던 것은 여러 사실로 확인된다.

해방 후 박아지는 임화(林和), 이태준(李泰俊), 김남천(金南天) 중심의 조선문학건설본부가 아니라 소위 카프 비해소파를 중심으로 한 조선프로레타리아문학동맹에 가담하였고 중앙집행위원과 시부 위원을 맡았다.[29] 1946년 2월 8~9일 양일간 조선문학자대회를 거쳐 조선문학가동맹이 결성되자 박아지는 아동문학부 위원이 되었다. 그러나 조선문학가동맹의 주류인 임화, 김남천 등과 달리 조선프로레타리아문학동맹 측 사람들은 대개 1947년경 월북하게 되는데, 박아지도 5, 6월경 이동규, 홍구, 박세영 등과 함께 월북하였다.

그러나 박아지라는 이름으로 발표한 시 「흥」(『고려시보』, 제36호, 1932.2.1)의 1연을 수정하여 박아지(박일)의 시집 『心火』에 「不休」로 발표한 것은 해명하지 못했다.[30] 지금까지 『고려시보』에 박아지라는 이름으로 작품을 발표하고 있는 사람의 본명은 박재청으로 보고 있는 것이 일반적이다. 가능한 경우의 수는 박아지(박일)가 『고려시보』에도 시를 발표하였을 수 있다는 점과, 다른 하나는 일제강점기에 흔히 있었던 표절이다. 전자는

28 북한의 『문학예술사전』에는 "1927년에 귀국하였다. 그 후 '카프'에 가맹"(31쪽)하였다고 했고, 김재홍은 "1927년 초 귀국하여 『조선문단』지에 「농부의 선물」(1927년 3월호)을 발표하면서 작품 활동을 시작하였으며, 이 무렵 카프에 가담한 것으로 보인다."(김재홍, 「농민시의 선구자, 박아지(상)」, 『한국문학』, 1989년 12월호, 333쪽)라고 한 것 등이 대표적이다.

29 朝鮮프로레타리아 文學同盟 전단지, 1945.9.17. 참조

30 박재청의 아들 박광현은 「편저 후기」(『춘파 박재청 문학전집』)에서 『心火』가 박재청의 시집일 수도 있다는 생각을 피력하고 있는데 그 근거도 「흥」을 「不休」로 바꾸어 『心火』에 수록하고 있는 데서 찾고 있다. 그러나 박아지(박일)를 잘 알고 있는 박세영이 "그는 八·一五 해방을 맞이하여 첫시집 『심화』(心火)를 출판하였다."(박아지, 『종다리』, 조선작가동맹출판사, 1959, 7쪽)고 한 것과, 박세영(1946)의 「『심화』를 읽고」, 임화(1946)의 「(서평)박아지 시집 『심화』」를 보더라도 『心火』의 저자는 박세영, 임화와 더불어 카프와 계급문학 활동을 했던 박아지(박일)가 분명하다.

『고려시보』가 개성에서 발간되었고 동인(同人)들의 주된 발표지였지만 전국적인 지명도가 있는 다수의 작가들도 작품을 발표하였다는 점에서 가능성이 있다. 그리고 박아지란 이름으로 발표된 시 가운데 현실 인식이나 계급 인식이 반영된 작품이 더러 있는데, 이 작품들이 개성의 부유한 집안 출신인 박재청의 작품이라고 할 수 있을까 하는 점도 박아지(박일)가 『고려시보』에도 작품을 발표하지 않았을까 하는 추론을 가능하게 한다. 하지만 『고려시보』를 주 무대로 하여 박아지라는 필명을 사용하고 있던 박재청이 그 신문의 편집위원을 맡고 있는 상황에서 아무런 단서나 설명도 없이 같은 지면에 똑같이 '朴芽枝'라는 이름으로 박일의 작품을 실었다고 보기에는 무리가 없지 않다. 그렇다면 표절 가능성이 남는데 지금으로선 확인할 자료를 찾지 못했다.

2) 박아지와 아동문학

박아지는 1927년경부터 문학 활동을 시작한 것으로 확인된다. 『동아일보』 신춘 현상(新春懸賞)의 시가(詩歌) 부문에 「어머니시여!」(1.6)가 당선되었는데, 도쿄에서 박아지라는 이름으로 응모한 것이었다.[31] 곧이어 『동아일보』에 창작 단편소설 「눈뜰 때까지(전6회)」(2.18~24)를 연재하였고, 1927년 인천에서 발간한 『習作時代』에 시 「힌나라」와 평론 「농민시가 소론」(이상 제3호, 4월호)을 발표하였다. 신춘현상문예에 응모한 것은 이

31 박광현은 이 작품이 부친 박재청이 지은 것이라며 『고리고개에서 추리(醜李)골까지』에 수록하고 있다. 그러나 『춘파 박재청문학전집』의 연보에서는 박재청이 1925년 '문학을 배우기 위해 일본 동경(東京)으로 떠났다. 그 뒤 1933년까지 동경과 서울을 오가면서 문학 활동을 한다.'(598쪽)라 하면서도, 이 작품의 작자가 박재청이라는 '확실한 근거는 없다'며 전집에 수록하지 않았다. 『고려시보』 동인에 대한 양정필의 연구(「1930년대 개성지역 신진 엘리트 연구-『고려시보』 동인의 사회문화운동을 중심으로」, 『역사와 현실』 제63호, 한국역사연구회, 2007)를 보면 다른 임원들과 집필진에 대해서는 유학 경력 등 학력사항을 밝혀놓았음에도 박재청이 일본 유학을 했다는 내용은 없다. 이상으로 보아 이 시는 박아지(박일)의 시가 분명하다.

후 두어 차례 더 있었는데, 1930년 『매일신보』 신춘현상문예에 '明川 朴芽枝'라는 이름으로 민요 「감자 파는 처녀」(1.1)가 선외가작으로 당선되었고, 1932년 『중외일보』에 '朴一'이라는 이름으로 시 「密行」이 1등 당선되었다.[32]

박아지(박일)의 아동문학 작품은 아래 표와 같이 1927년경부터 주로 『별나라』에 발표되었고, 『신소년』, 『새벗』, 『새동무』 등에서도 몇몇 작품이 발견된다. 이들 잡지는 현재까지 확인되지 않은 결호(缺號)가 많아 잡지의 전부를 확인하면 더 많은 작품이 있을 것으로 보인다.

	작가	작품명	갈래	게재지	발표 연월일
1	朴芽枝	가을밤	동요	별나라 제2권제6호	1927.6
2	朴芽枝	섬에서－莞島에서	동요	별나라 제2권제8호	1927.8
3	朴芽枝	새날마지이	동시	새벗 제4권 제1호	1928.1
4	박아지	고향생각	동시	별나라 제3권제3호	1928.3
5	미확인	애기의 마음	동시	별나라 제3권제4호	1928.5
6	미확인	우는 애기 자는 애기	동시	별나라 제3권제4호	1928.5
7	朴芽枝	두부 파는 少女	동요	별나라 통권49호	1931.4
8	朴芽枝	五月의 音響	수필	별나라 통권50호	1931.5
9	朴芽枝	漁夫 아들로부터	동시	별나라 통권50호	1931.5
10	朴芽枝	少女 林順의 레포	동시	별나라 통권53호	1931.9
11	박일	우리들은	동시	별나라 통권57호	1932.2-3월 합호
12	朴一	도련님과 米(コメ)ㅅ字	소년소설	별나라 통권58호	1932.4

32 1930년 『동아일보』 신춘현상문예에 동화 부문 신외가작으로 당선된 「동생을 차즈려(전4회)」(1.14~17)는 박아지(박일)의 작품이 아닌 것으로 판단된다. 당선자가 '安岳 朴一'인데, 박일(朴一)이란 이름으로 해주(海州), 안악(安岳) 등지에서 소년운동을 전개한 사람이 있어 박아지(박일)와는 다른 사람으로 보인다. '安岳 朴一'은 1926년 5월경 해주신흥소년회(海州新興少年會)에서 경성의 조선소년운동협회(朝鮮少年運動協會)와 오월회(五月會)의 파쟁을 철저히 조사하도록 대의원으로 파견되었다. 1926년 7월에는 해주군소년연맹(海州郡少年聯盟)에 집행위원으로 참가하였고, 1926년 7월 황해도 청년운동자 간담회에서 허시모(許時模) 만행 사건 보고를 하였으며, 1927년 10월 조선소년연합회의 중앙집행위원으로 참가하기도 하였다.

13	朴一	제4과 算術時間	독본	별나라 통권60호	1932.7
14	朴一	옵바 가든 그 길	동요	신소년 제10권제9호	1932.9
15	朴一	農村의 冬期 夜學	동요	신소년 제11권제2호	1933.2
16	朴一	老先生(제3회 家庭)[33]	연작소설	별나라 통권70호	1933.8
17	朴一	엄마 기달이는 밤	동요	별나라 통권73호	1933.12
18	朴一, 朴世永[34]	故鄕을 써난 누나여!	연작동시	별나라 통권74호	1934.1
19	朴一	눈오는 밤에	동요	별나라 통권75호	1934.2
20	朴一	사람은 엇덧케 생기엿나(一場)	理科劇	별나라 통권76호	1934.4
21	朴芽枝	아츰	동시	별나라 통권77호	1934.9
22	朴芽枝	나의 所願	동시	별나라 통권78호	1934.11
23	朴芽枝 謠, 趙玄雲 曲	시집가신 누나	동요	별나라 통권80호	1935.1-2월 합호
24	朴芽枝 謠, 朴殷用 曲	별나라 동무	동요	별나라 해방 속간 제1호	1945.12
25	朴芽枝	새달	동요	별나라 해방 속간 제2호	1946.2
26	朴芽枝	팔월 보름날	동시	새동무 제2호	1946.4
27	미확인	목사님과 제비	동요		
28	미확인	언니를 기다리는 밤	동요		

위 목록 중에 '미확인'으로 표시한 「애기의 마음」과 「우는 애기 자는 애기」는 유운경(柳雲卿)의 평론[35]에서 확인하였고, 「새달」은 해당 잡지의

33 확인된 것은 제3회 「家庭」(朴一)과 제4회 「大掃除」(嚴興燮)인데, 현재 제1회와 제2회는 확인하지 못했고 5, 6회는 이기영(李箕永)과 박세영(朴世永)이 끝을 막는다고 하였다.(『별나라』, 통권 70호, 1933.8, 54쪽)

34 「故鄕을 떠난 누나여!」란 제목에 (1)은 朴一, (2)는 朴世永이 지었는데, 작품이 수록된 『별나라』의 목차에는 '朴芽枝'로 되어 있고 본문에는 '朴一'로 되어 있어 이 또한 朴芽枝가 朴一임을 확인시켜 준다.

35 박아지의 「애기의 마음」과 「우는 애기 자는 애기」가 『별나라』(1928년 5월호)에 발표되었다고 되어 있으나 현재 확인할 수 없다. "다음은 『별나라』 第三卷 第四號 - 어린이날 記念號 - 全卷을 通하야 하나토 보잘것이 업다. 韓晶東 君의 『卒業날』과 『新入生』의 두 편 童謠와 童詩라 冒頭 쓴 朴芽枝 君의 『애기의 마음』과 『우는 애기 자는 애기』가 잇스되 韓 君의 것은 技巧에 잇서서도 駄作이거니와 想도 別로 云謂할 것이 못되고 朴 君의 童詩라 한 것은 『어린애의 귀엽음』을 노래한 成人의 作品이지 少年少女가 가즐 것이 아니니 이곳에서 取扱할 것도 아니다."(유운

목차로만 알려져 있으며, 「목사님과 제비」와 「언니를 기다리는 밤」은 『문학예술사전』의 박아지 항(31쪽)에 언급되어 있으나 원문과 수록처를 확인하지 못했다.

「가을밤」, 「섬에서」, 「새날 마지이」, 「고향생각」 등은 1927년 일본 유학에서 돌아와 "『별나라』의 편집자로 활동하면서 시 창작에 주력"[36]한 시기에 창작된 동요(동시)다.

『새벗』(1928년 4월호) 표지.

「가을밤」은 농촌의 가을 정경을 서정적으로 노래한 동요다. 찬바람이 불고 서리 내리는데 아버지는 새끼 꼬고 어머니는 방아를 찧는 장면에다, 전체 4연에 걸쳐 후렴구인 '마른닙흔 쓰르々々/귀또람이 또로々々'를 반복하여 가을 정경을 잘 묘사하고 있다. 그런데 1연의 후렴구는 '마른닙흔 쓰르々々'만 있고 '귀또람이 또로로로'가 탈락된 것으로 보인다. 「섬에서」와 「고향생각」은 귀국 직후인 1927년 6월을 전후하여 전라남도 완도중학원(莞島中學院)에서 교편을 잡고 있었는데[37] 그때 지은 것이 분명하다. 「섬에서」는 교원으로서 어린 학생들에게 자유롭고 평화스럽게 자라기를 바라는 마음을 담고 있고, 「고향생각」은 멀리 고향을 떠나 있으면서 고향의 어머님을 그리워하는 내용이다. 「새날마지이」는 새해를 맞이하는 기쁨을 노래하고 있다. 이상과 같이 1920년대 박아지의 동요(동시)는 서정적 정서를 표현하는 범주를 벗어나지 않는다.

그런데 1930년대에 발표된 박아지의 동요(동시)는 확연히 달라진다.

경, 1930.11.12)

36 사회과학연구원주체문학연구소 편, 『문학예술사전』, 과학백과사전출판사, 1991, 31쪽.

37 쌀낭애비, 「별나라를 위한 피 · 눈물 · 땀!! 수무방울」, 『별나라』, 1927년 6월호, 43쪽.

(전략)

순애야 감옥에간 너의옵바는/언제나 나오서서 공장에가늬/추운겨을 다지나서 나온다지만/공장에선 다시일을 안이식힌다.//순애야 잘가거라 어서가거라/힘잇게 외여치며 도라간뒤에/눈덥힌 새벽거리 적은발자국/자욱마다 자욱마다 피가덧는다.//

「두부 파는 少女」의 후반부이다. 새벽에 늙으신 어머니를 대신해 두부를 팔러 다니는 이웃집 순애, 오빠는 감옥에 가 있고 출옥해도 공장에선 일을 주지 않는다고 한다. 가족 부양의 책임을 떠맡은 순애의 발자국에 '자욱마다자욱마다 피가덧는다'라 하여 애처로움을 더하고 있다. 오빠가 무슨 일로 감옥에 갔는지는 분명하지 않지만 다시 일을 주지 않는다는 것으로 보아 사상범이거나 노동쟁의로 인한 것일 가능성이 크다. 가난과 저항을 통한 계급적 민족의식이 드러나기 시작하는 것으로 읽을 수 있겠다.

일제강점기 계급주의 아동문학의 내용을 분석해 보면, 1925년 카프의 결성이나 1927년 제1차 방향전환 시기에 발맞추어 계급적 현실인식이 두드러진 작품이 창작되었을 것으로 생각하기 쉽다. 하지만 실상은 그렇지 않다. '방향전환'이란 이론적으로는 경제투쟁에서 정치투쟁으로 계급운동 또는 문학의 방향을 전환할 것을 주창한 것이다. 그러나 작품적 대응양상은 대체로 1920년대 말, 1930년대 초에 들어서부터 나타난 것이 사실이다.[38] 박아지의 경우도 이와 다르지 않다.

「오월의 音響」에서는 '노동 군중 행렬에서 기운껏 부르는 ○-○의 노래'(8쪽)가 있고, 「漁夫 아들로부터」에서는 '교복 한 벌을 돌여 입으며 학교에 단'(12쪽)여야 할 만큼 가난한 현실이 있다.

일제강점기 민족모순이자 계급모순의 대표적 현실이 소작제도로 압

38 류덕제, 「일제강점기 계급주의 아동문학의 방향전환론과 작품적 대응양상 연구—『별나라』와 『新少年』을 중심으로」, 『문학교육학』, 제43호, 한국문학교육학회, 2014, 174쪽.

축된다 해도 과언이 아니다. 「少女 林順의 레포」에서는 '거둔 곡식을 모다 바처도 반이나 자라지 못할 소작료'(15쪽) 때문에 오빠들이 사건을 일으키게 된다.

> (전략)
>
> 그때에 우리어린동무들은 밤마다 ××에 모여서/우리옵바들의 열심으로 일너주는말을 들엇슴니다/그래서 우리들은 ××에서 하는일이 얼마나올흔일인줄을 깨다랏슴니다/글세 생각하여 보세요/작연갓치 가물과수해가 거듭처서 거둘것이란 거이업게된 세월이 언제잇섯슴닛가?/거둔곡식을 모다바처도 반이나자라지못할 소작료를 엇더케 갑흘수 잇겟슴닛가?/그래서 지은곡식만 왼통밧치고 남어지는 그감하여달나는것이엿지요/그러나 욕심쟁이 그영감은 그것을듯지안엇슴니다/이리하야 그사건은 일어낫든것임니다// (중략) 四 아저씨들!/우리의 아버지들은 맹서함니다/「우리아들들이 요구하든 그조건을 승인할때까지 우리는 끗까지〜나가자」고.//

아들들이 '그 사건'을 일으킬 때 '젊은늠들이 몹쓸일을 저즐인다고 몹시도 반대'하던 아버지들이 맹세하며 변모하는 모습을 보여준다. 고리키(M. Gor'kii)의 『어머니』에서 아들 '빠벨'을 통해 점차 변모해 가는 어머니를 연상케 한다. 현실의 충실한 재현에만 그치지 않고 비록 현실은 힘들고 어렵지만 결코 좌절하거나 위축되지 않는 모습을 통해 낙관적인 전망을 제시하는 것이 일제강점기 계급주의 아동문학의 한 특징인데 「우리들은」에서도 그 모습을 찾아볼 수 있다.

> (전략)
>
> 우리들은 해빗못보는 공장틈에서/고요히잠든 새벽거리 컴々한골목에서/아저씨들과함께 ××를뿌리고 ×××를 부치고/때로는 를하고 을하고/그리고는

새날에— 새사회에//

'땅을 파고 씨를뿌리고/째로는 소를치고 나무를비고', '배를젓고 조개를 캐고/째로는 미역을싸고 그믈을깁고' 하는 힘든 노동현실에 처한 우리들이지만 1연과 2연의 말미에는 후렴처럼 '그리고는 야학에— 노동학원에'를 통해 현실에 좌절하지 않을 것이라는 전망이 보인다. 3연의 후렴은 1, 2연과는 달리 변주된 표현으로[39] '그리고는 새날에— 새사회에'라 하여 낙관적인 전망을 기대하고 있다. 이런 모습은 「옵바 가든 그 길」과 「農村의 冬期 夜學」에서도 볼 수 있다. 「옵바 가든 그 길」에서는 부모 없이 오빠와 언니 손에 자란 내가 잡혀서 끌려간 '옵바 가든 그 길 바라 보'는 것으로써 암시적이지만 앞날에 대한 각오를 보여주고 있고, 「農村의 冬期 夜學」은 추운 방 어두운 남폿불 아래에서 손을 호호 불면서도 글공부를 하는 야학의 정경을 그리고 있다. '배워야만 쓴다고/누구하나 『춥다』/말한적 업소'(2쪽)라는 표현에서 보듯이 어려운 환경에서도 좌절하지 않는 무산자 아동들의 꿋꿋한 모습을 볼 수 있다.

그런데 박아지의 동요(동시)에는 '우리들'을 이끌어주는 주체로 '아저씨들'이 자주 등장한다. 「少女 林順의 레포」에서도 오빠들의 행동으로 아버지들이 바람직하게 행동의 변모를 보이는데 이것을 '아저씨들'에게 '레포'로 보고하는 형식이다. 「우리들은」에서도 우리들이 힘든 노동을 '아저씨들'과 함께 하면서 새 사회를 기대하고 있다. 「눈오는 밤에」는 눈내리는 밤 '손발이 시려서 호호호 불면서'(8쪽) 마을 밖 길목마다 '피케'[40]

39 박세영은 「우리들은」을 두고 '구절과 구절이 反覆되면서 조금도 서툴은 구석이 안 보인다'며 '「서와 고」'의 결구 방식을 칭찬한 바 있다.(박세영, 「(少年文學講座)童謠 · 童詩는 엇더케 쓰나(四)」, 『별나라』, 제75호, 1934년 2월호, 12쪽)

40 일제강점기 계급주의 아동문학 작품에 자주 등장하는 '피케'는 picket의 일본식 표기인 'ピケ'를 가리킨다. picket는 노동쟁의 때 파업 배반자를 방지하기 위한 감시 또는 감시원을 일컫는 말이다.

를 보는 아이들의 모습을 그리고 있는데, 이는 아저씨들의 비밀 모임을 위한 행동이다. 일제강점기의 소년 문예운동은 소년운동의 일환이자 사회운동의 하나다. 따라서 소년운동이나 소년문예운동이 고립된 채 전개된 것이 아니라 조합 소년부를 통해 의식의 각성을 도모했고 이 과정에서 조합 청년부의 지도를 받았다. 여기서 '아저씨들'은 바로 소년문예운동이나 소년운동의 지도적 역할을 담당했던 청년부의 사람들을 가리킨다.

소년소설 「도련님과 コメ(米)ㅅ 字」는 가진 자와 무산자의 대립과 갈등 상황을 리얼하게 설정해 놓았다. '남의 집에서 밥 어더먹는 놈'인 영남이는 노동야학에서 글을 배우고자 하나 주인은 야학을 '순전한 불양자들만 모으는 곳'이라며 자기 아들 세봉이에게 배우라고 닦달한다. 아버지의 기대와 달리 무식한 세봉이가 웃음거리가 되도록 함으로써 계급적 카타르시스를 맛보게 한다. 작가의 시각이 무산자인 영남이 쪽에 기울어 있기 때문이다. '연작소설' 중의 하나인 「노선생」도 신학문을 배운 지식인이 땟거리를 해결하지 못하고 '거지처럼 매일 한 되식 팔너 주머니를 들고 나서'(47쪽)는 장면을 보여줌으로써 작가의식의 기반에 빈곤이 주요한 자리를 잡고 있음을 알 수 있다. 「엄마 기달이는 밤」은 밤일을 하시느라 돌아오지 못하는 엄마를 기다리고 있는 형제(자매)의 가난한 형편을 그리고 있다. '고동이 쑨 전등이 번—ㄴ 찍/천정에서 쥐색기 바스락 어리네'란 표현은 어린 형제(자매)의 가난한 사정과 아울러 엄마도 없는 방안에서 느끼고 있는 무서움을 고스란히 독자들에게 전달하고 있다. 게다가 문풍지가 떨리고 눈이 펄펄 내리니 '어린 동생이 으아- 엄마품 찻네'란 표현을 통해 무서운 감정이 극단적으로 고조된 사실적인 정경을 생생하게 느낄 수 있게 한다.

가난 때문에 가족이 이산(離散)된 모습은 일제강점기 문학에서 자주 찾아볼 수 있다. 「故鄕을 써난 누나여!」도 표면적으로는 집을 떠나 돌아오지 않는 누나를 그리워하는 내용이지만 그 밑바탕에는 가족 이산의 원인이 가난 때문이라는 인식을 내포하고 있다.

(전략)

누나/그러나 우리들은 울기만 햇섯지요/아버지는 짓든 땅을 쎄이시고/농사가 헛턱이라고 걱정을하시다가/뜬버리하신다고 지향업시 떠나신후/어머니는 병환으로 누으섯지요/밧갈고 씨쌔리는 마을의 봄은/희망을 심는 깃븜의 째엿만은/우리집 식구들은 울기만하엿지요//그런데 누나!/이웃집 복남의누나 수철의누나가/실켜는 공장에 쐅혀가고/누나도 할수업시 갓치가실 때/어머니는 얼마나 우섯슴닛가?/누나도 울고 나도 울고/우리들은 눈물로 그봄을보내엿지요// (하략) (「故鄕을 써난 누나여!」)

소작을 떼인 아버지는 뜬벌이를 하러 떠나고, 어머니는 병으로 몸져눕고 우리 누나도 이웃집 누나들처럼 어쩔 수 없이 제사공장(製絲工場)에 가게 되어 가족이 이산된 것이다.

박아지의 동요(동시)를 읽다 보면, 적대감이나 증오심을 바탕으로 한 계급대립이 노골적으로 그려지고 있는 『(푸로레타리아 童謠集) 불별』 소재 작품들과는 다르다는 것을 알 수 있다.

(전략)

퉁텡탕 바람불면 영감아들놈/코홀록 코홀록 감긔가들어/소작료 만히바다 새쌀밥못먹고/코에서 피터지고 물똥만싸게.// (金炳昊, 「가을바람」, 2쪽)

논두렁에 혼자안저 꼴을베다가/개고리를 한 마리 찔너보고는/미운놈의 목아지를 생각하얏다.// (孫楓山, 「낫」, 7쪽)

미운놈 아들놈이 조흔옷입고/지개진 나를보고 욕하고가네/처주자니 우는꼴보기도실코/욕하자니 내입이 더러워지네/엣다그놈 가다가 소똥을밟아/밋그러저 개똥에 코나다쳐라// (申孤松, 「우는꼴보기실허」, 8쪽)

(전략)

우리동무 길용이는 업는집아이/고놈고놈 석동이는 부자집아히/사람보고 총쏘아도 부자집애는/아모죄도 아모일도 업단말이냐.// (梁昌俊, 「새총」, 29쪽)

(전략)

피땀흘려 지은곡식 다빼서가며/그래도 세작다고 논뺏는다네/울아버진 성이업나 긔운이업나/논떼일까 참는다네 오직분하리/어듸보자 내가크면 어듸들보자.// (李錫鳳, 「어듸보자」, 33쪽)

통삼베 중우에 방귀가 뽕/네놈들 못먹던 보리방귀다/고기만 처먹든 가즌코끄테/우리네 냄새도 마터보아라.// (하략) (李周洪, 「방귀」, 40쪽)

이상은 『불별』에 수록된 몇 작품을 무작위로 뽑아 본 것이다. 부자와 가난뱅이로 계급이 나뉘고 무산자의 적대감과 증오감이 직접적이고 노골적으로 표현되고 있다. 그 결과 시적 비유는 압살되고 구호 수준의 인식만 강조되고 있다.

박아지의 동요(동시)에는 가난, 야학, 가족 이산 등 계급적 혹은 민족적 현실인식을 보이면서도 서정적 정경과 함께 그려지고 있고 시적 표현을 위해 애를 쓴 흔적을 어렵지 않게 찾을 수 있다. 「故鄕을 써난 누나여!」에서는 소작을 떼이고 어머니는 병환이 난 어려운 가족 현실 때문에 집을 떠나 제사공장에 간 지 1년이 지났지만 집에 오지 않는 누나를 그리워하고 있다. 그러나 고단한 현실은 배경으로 처리하고 '설도 몇칠이 안남엇는데 누나 그래 한번 안오시려오?'란 마지막 행과 같이 누나를 그리워하는 간곡한 마음을 전경화하고 있다. 그리고 '강남제비 봄을 실고 도라오자/뫼ㅅ기슭엔 아지랑이 자우—ㄱ/시냇가 잔듸는 초록빗이 엿습니다/두견화피고 장쉬솟은 방긋/산과들엔 새싹이 파릇〜/하늘 놉

히서 종다리소리!/봄의누리는 들네엿습니다/새로운 생명의 외치는소리로―'와 같은 비유적인 시적 표현을 통해 대비적 효과를 두드러지게 드러낸다. 제비가 날고 새싹이 돋고 꽃이 핀데다 종다리 날아다니는 들레는 소생의 계절에 집을 떠나야만 하는 누나가 대비될 뿐만 아니라 그 바탕에는 소작 떼인 아버지와 병든 어머니로 대표되는 슬프고 우울한 가족 현실이 내재해 있는 것이다.

「눈오는 밤에」도 사회변혁을 위해 노력하는 아저씨들의 비밀 모임을 위해 소년들이 피케를 보는 모습을 그리고 있지만 노골적인 증오나 계급 대립을 드러내 놓고 강조하지는 않는다. 「아츰」도 마찬가지인데 종달새의 노래를 '입이나 목구멍에서 나오는소리는 안인가봐요/창자에 덧는 핏방울까지 자아내는 노래인가봐요'라며 '종달새 마음도 나와가튼가 봄이다'(37쪽)라고 하여 현실에 대해 울분을 토해내고 싶은 나의 마음을 종달새에 가탁하고 있다. '종달새가 하늘이 미여질 듯 울고 잇'고 '아츰해가 천만가닥 금실을 쌔치고', 이슬 맺힌 밀과 보리 그리고 길가의 풀들을 '구슬로 꾸민 장쾌한 아츰'으로 표현하였다. 더러 구름과 별이 되고 싶은 소원이 불쌍한 달을 어루만져 주고 캄캄한 밤이 어디서 왔다가 숨어버리는지 밝혀보겠다는 동시적 상상만이 보이고(「나의 所願」), 애타게 시집간 누나를 그리워하는 소년의 모습만이 그려지고 있을 뿐(동요곡 「시집 가신 누나」) 계급의식은 아예 소거되어 있기까지 한다.

> 眞實로 文學의 特殊性은 言語의 그 形象的인 性質에다 求해야 하는 것이며, 作家가 自己의 思想, 理念, 現實에 對한 自己의 態度를 表現함에 있어, 그것을 形象에 依하여 表現하는 點에 文學의 特殊性은 있는 것이라 하겠다. 藝術文學은 社會意識과, 現實에 對한 認識과의 特殊한, 文字로 表現된 形象的인 形式이다.[41] (밑줄 필자)

문학은 사상이나 이념, 현실에 대한 태도 곧 사회의식과 현실 인식을 형상적인 형식에 담아내는 특수한 형태의 글쓰기다. 엥겔스(F. Engels)는 리얼리즘을 규정해 "디테일의 眞實性만 아니라 典型的 諸事情에 있어서의 典型的 諸性格의 正確한 表現"[42]에 있다고 하였다. 진부한 내용을 가지고 인공적인 디테일과 분식(粉飾)으로 은폐해도 안 되지만 내용을 우선함으로써 형식이 배제되는 것 또한 경계해야 할 일이다. 『불별』이 계급 대립적 이데올로기의 전파라는 의도가 앞선 동요(동시)들로 편찬한 당대적 목표를 인정한다 하더라도 '형상적 사유로서의 인식'이라는 계급문학 일반론을 제대로 충족한 작품들이라 하기는 어렵다.

그런데 앞에서 본 박아지(박일)의 동요(동시)들은 전형적 제 사정을 정확히 인식하고 이를 '형상화'하려는 노력이 돋보인다는 점에서 일제강점기 계급주의 아동문학의 수준을 끌어올린 예라 해도 지나침이 없다 할 것이다.

박아지를 두고 "내 몸은 편안이 안저 고흔 손 고흔 얼골의 팜푸렛트 권이나 읽고 거름 것든 中途에서 먼 데를 바라보고 써베트 로시아를 상상하고 푸로레타리아만을 공연한 헛소리로 주창한 作家 一派"[43]라고 규정한 설송아의 평가는 기독교를 바탕으로 한 잡지 『아이생활』에서 활동한 그 자신의 입지 때문이거나 아니면 박아지가 속했던 문단 조직의 성격을 그대로 그의 아동문학과 등치시킨 것으로 보는 것이 옳을 것이다.

박아지의 아동문학 작품 가운데 「사람은 엇덧케 생기엿나」는 아동극이다. 특별한 계급의식이 드러나 있지 않다. 우리 몸의 여러 부위를 배우가 나눠 가지고 각각 소개한 후 커다란 판(板)에다 해당하는 자리에 각각

---

41 콤아카데미문학부 편, 白孝元 역, 『문학의 본질』, 신학사, 1947, 12쪽.

42 박찬모 역, 『맑스 엥겔스 藝術論』, 건설출판사, 1946, 63쪽.

43 雪松兒, 「一九三二年의 朝鮮 少年文藝 運動은 엇더하엿나」, 『소년세계』, 제3권 제12호, 1932년 12월호, 3쪽. 박아지 외에 金友哲, 李鐵兒, 安友三, 朴一, 鄭青山, 李潔, 韓哲焰, 洪九, 昇應順, 宋完淳, 李民, 朴太陽, 洪北原, 成慶麟, 玄東炎, 安平原 등을 들고 있다.

의 부위를 갖다 붙여 인체를 완성하는 것을 목표로 한 내용이다. 이는 당대 계급주의를 표방한 잡지들이 대체로 '소년과학문예잡지'를 기치로 내걸었던 것과 관련이 있는 것으로 보인다. 『별나라』나 『신소년』에는 '강좌' 등의 이름으로 계급 사상을 직접 주입하려 하기도 했는데, 이 작품은 문학적 형상화를 통해 교훈(사상)이나 정보 전달을 하고자 한 것으로 새로운 방법론을 모색하고 시도한 것이라 평가할 수 있겠다.

해방 후 박아지의 동요(동시)는 동요곡인 「별나라 동무」와 동시 「팔월 보름날」 두 편이 확인된다. 해방이 된 조선의 어린이가 '새날 새조선 일꾼'이 되어야 함을 기대하는 「별나라 동무」와, 일제의 질곡에서 벗어나 해방의 기쁨을 만세 부르던 날과 '사진에서만 보든 아버지'가 출옥하게 되는 날이 둘 다 팔월 보름날이었음을 상기시키면서 해방과 석방을 등치시켜 그 기쁨을 배가하고자 하였다. 둘 다 당대 현실을 담아낸 작품이고 대다수 문인들이 해방의 기쁨, 새 나라 건설을 위한 각오를 노래한 것과 같은 범주의 작품이라 할 것이다.

3. 맺음말

일제강점기 시인 박아지(박일)는 계급문학적 입장을 견지하고 시와 아동문학 부문에서 활동하였다. 박아지는 카프의 맹원으로서 '농민시인'으로 알려져 일정한 평가를 받고 있었는데, 최근 본명이 박재청이라는 새로운 주장이 제기되었다. 이것이 사실이라면 480여 수나 되는 시조 작품과 다수의 시 작품이 새로 추가되는 등 작가에 대한 평가가 확연히 달라져야 해 기존 연구에 일대 변화가 요구되는 주장이었다. 확인해 본바 일제강점기와 해방 후 '朴芽枝'로 문학 활동을 한 사람은 박일과 박재청 두 사람이 존재했던 것으로 보인다.

지금까지 언급되지 않았던 다수의 아동문학 관련 자료에는, 박아지의 본명이 박일이고 함경북도 명천군이 고향임을 분명하게 확인해 주는 내용이 들어있다. 이를 통해 논란이 되고 있는 박아지의 작가적 신원을 실증적 방법으로 분명히 밝혔다. 아울러 지금까지 전혀 연구된 바 없는 그의 아동문학 작품을 살펴보았다.

박아지의 아동문학 작품은 23편을 확인하였는데 동요(동시, 연작동시), 소년소설(연작소설), 아동극 및 수필 등으로 다양하다. 5편의 작품은 제목만 확인하였다. 발표 시기는 문학 활동을 시작한 1927년경부터 해방 후 월북하기 전까지 전 시기에 걸쳐 지속되었다. 발표 지면은 『별나라』, 『신소년』 그리고 『새벗』과 해방 후 『별나라』 속간 및 『새동무』 등 주로 계급주의 아동문학을 표방한 매체들이었다.

그런데 박아지의 아동문학 작품은 일제강점기 계급주의 아동문학의 대표적 작품집인 『불별』에서 흔히 볼 수 있었던 작품들처럼 계급적 대립이나 증오감을 노골적으로 표현하지 않았다. 그렇다고 계급적 현실이나 식민지 민족모순에 대한 인식이 없는 것이 아니다. 시적 형상화를 통해 계급 및 민족 현실을 묘사함으로써 계급주의 아동문학 작품의 수준을 일정 부분 끌어올렸다고 평가할 수 있을 것이다.

일제강점기 조선인의 대다수가 농민이었고 8할이 넘는 농민이 무산자였으므로 '농민시인'으로 알려진 박아지는 작가 의식의 측면에서 식민지 민족모순과 계급모순을 적실하게 포착한 작가라 할 수 있으며, 아동문학적 측면에서도 같은 평가를 내릴 수 있을 것이다.

참고문헌

『고려시보』, 『동아일보』, 『조선일보』, 『조선중앙일보』, 『중앙일보』, 『중외일보』, 『동광』, 『별나라』, 『새동무』, 『새벗』, 『신생』, 『신소년』, 『신시단』, 『예술운동』, 『음악과 시』, 『조선문단』, 『조선문학』, 『조선지광』, 朝鮮프로레타리아文學同盟의 전단지(1945.9.17)

강영미, 「『고려시보』와 시인 박아지(朴芽枝)」, 『상허학보』, 제23집, 상허학회, 2008.

강영미, 「박아지(朴芽枝) 시의 실증적 연구」, 『한국시학연구』, 제24호, 한국시학회, 2009.

강희근, 「시 전문지 『新詩壇』에 대하여」, 『경남문화연구』, 제6호, 경상대학교 경남문화연구소, 1983.

권영민, 『한국계급문학운동연구』, 서울대학교출판문화원, 2014

김용직, 「식민지 체제하 시인의 제자리 찾기」, 여태천, 박광현 편저, 『춘파박재청 문학전집』, 서정시학, 2010.

김재홍, 「농민시의 선구자, 박아지(상, 하)」, 『한국문학』, 1989년 12월호~1990년 1월호.

딸낭애비, 「별나라를 위한 피 · 눈물 · 땀!! 수무방울」, 『별나라』, 1927년 6월호.

류덕제, 「일제강점기 계급주의 아동문학의 방향전환론과 작품적 대응양상 연구—『별나라』와 『新少年』을 중심으로」, 『문학교육학』, 제43호, 한국문학교육학회, 2014.

박광현, 『고리고개에서 추리(醜李)골까지』, 세기문화사, 2005.

박세영, 「全鮮 夜學 講習所 私立學校 聯合大學藝會 總觀」, 『별나라』, 통권60호, 1932년 7월호.

박세영, 「(少年文學講座)童謠 · 童詩는 엇더케 쓰나(四)」, 『별나라』, 통권75호, 1934년 2월호.

박세영, 「『심화』를 읽고」, 『중앙신문』, 1946.4.7.

박수연, 「박아지 작품 연보」, 염무웅, 최원식 외, 『해방 전후, 우리 문학의 길 찾기』, 민음사, 2005.
박아지, 「朝鮮心과 民謠詩(二)」, 『중외일보』, 1927.2.13.
박아지, 「北國의 가을」, 徐相庚, 『朝鮮文人書簡集』, 삼문사, 1936.
박아지, 「黃浦江畔의 추억, 박세영론」, 『풍림』, 1937년 4월호.
박아지, 『심화』, 우리문학사, 1946.
박아지, 『종다리』, 조선작가동맹출판사, 1959.
박 일, 「앞으로는 文壇에 進出코자」, 『중앙일보』, 1932.1.17.
박 일, 「일등 당선시 『密行』의 작자－朴一 君의 略歷」, 『중앙일보』, 1932.1.17.
박찬모 역, 『맑스 엥겔스 藝術論』, 건설출판사, 1946.
사회과학연구원주체문학연구소 편, 『문학예술사전』, 과학백과사전출판사, 1991.
雪松兒, 「一九三二年의 朝鮮 少年文藝 運動은 엇더하엿나」, 『소년세계』, 제3권 제12호, 1932년 12월호.
신명균, 『푸로레타리아 童謠集 불별』, 중앙인서관, 1931.
양정필, 「1930년대 개성지역 신진 엘리트 연구－『고려시보』 동인의 사회문화운동을 중심으로」, 『역사와 현실』, 제63호, 한국역사연구회, 2007.
엄흥섭, 「(나의 修業時代, 作家의 올챙이 때(8) 同好者가 모이어 『新詩壇』 發刊－當時同人은 現存作家들(下)」, 『동아일보』, 1937.8.3.
여태천, 박광현 편저, 『춘파 박재청 문학전집』, 서정시학, 2010.
유운경, 「童謠 童詩 製作 展望(八)」, 『매일신보』, 1930.11.12.
임 화, 「(서평)박아지 시집 『심화』」, 『현대일보』, 1946.5.14.
장선명, 「新春童話 槪評－三大新聞을 主로」, 『동아일보』, 1930.2.7～15.
조동길, 「공주의 근대문예지 『白熊』 연구」, 『한국언어문학』, 제77집, 한국언어문학회, 2011.
조동길, 「근대문예지 백웅(白熊) 연구－제2호의 내용을 중심으로」, 『새국어교육』, 제96호, 한국국어교육학회, 2013.
조선일보, 「文藝中心인 月刊誌 『白熊』, 新年號부터 공주에서 발행」, 『조선일보』, 1927.12.9.
조선일보, 「『白熊』 發刊, 廉雨植 嚴興燮 朴芽枝 等」, 『조선일보』, 1928.3.23.
조선일보, 「順川 『西北少年』誌 發行準備, 鄭利景, 朴芽枝 等 諸君의 주재 下에」,

『조선일보』, 1929.2.28.
조선일보, 「『西北少年』을 『半島少年』으로 改稱」, 『조선일보』, 1929.3.5.
진우촌, 「님께 받은 마음」, 『東光』, 제16호, 1927년 8월호.
콤아카데미문학부 편, 白孝元 역, 『문학의 본질』, 신학사, 1947.
편집자, 「詩人消息 樂人消息」, 『音樂과 詩』, 창간호, 1930년 9월호.
편집자, 「독자통신」, 『신소년』, 1933년 8월호.
편집자, 「詩人現住所錄」, 『詩學』, 제2집, 1939년 5-6월 합호.
홍 구, 「兒童文學 作家의 프로필」, 『신소년』, 1932년 8월호.
×××, 「이 해를 보내는 執筆 先生의 全貌」, 『별나라』, 제79호, 1934년 12월호.
XYZ, 「(보지 못한)文藝同好의 外貌와 性格 豫想記－朴芽枝 氏」, 『습작시대』, 1927.4.
XYZ, 「風聞帖」, 『별나라』, 통권73호, 1933년 12월호.

송완순의 아동문학론

1. 머리말

송완순(宋完淳)은 일제강점기를 통틀어 가장 적극적으로 아동문학 논의에 참여한 사람 중의 하나였다. 개인적 논쟁이든 실제비평이든 가리지 않았고 다수의 유용하고 문제적인 이론비평도 발표하였다. 뿐만 아니라 여러 편의 동요와 동화도 창작하였다. 해방 후에도 일제강점기의 아동문학을 평가하고 사적 전개 과정에 대한 검토를 명쾌하게 한 바 있다.

그러나 우리 아동문학 연구 현황을 둘러볼 때 송완순은 주목받지 못하고 있다. 송완순만 그런 것은 결코 아니지만, 작품이나 이론 양 측면에서 그가 남긴 업적에 견주어 볼 때 주목받지 못한 대표적인 아동문학가 중의 한 사람임에는 틀림없다. 그 이유는 무엇일까? 그가 월북한 것이 첫 번째 이유가 될 것이다. 그는 해방 후 남북이 분단되고 국민보도연맹에 가맹했다가 6·25 전쟁 중에 자진 월북한 것으로 알려져 있다. 1988년 월북 문인들의 작품이 대거 해금 되었지만 아동문학가들은 상대적으로 주목받지 못했다. 다른 하나는 그에 대해 알려진 바가 너무 적다는 점이다. 월북 문인의 경우 북한 자료의 도움을 받을 수도 있는데 송완순의 경우 어떤 연유인지 북한에서 발간된 자료에도 매우 제한적으로 거론될 뿐이다.

송완순은 일제강점기에서부터 해방기에 이르기까지 일관되게 계급주의 아동문학의 입장을 견지하였다. 해방 후에도 임화(林和)와 김남천(金南天) 계통의 조선문학건설본부(이하 '문건') 쪽이 아니라 이기영(李箕永), 한설야(韓雪野) 등과 함께 조선프로레타리아문학동맹(이하 '문맹')에 가담하였던 터라 월북 후 북한에서의 위치가 더 안정적이었을 것으로 짐작할 수 있다. 그러나 실상은 그렇지 못한 듯하다. 윤복진의 경우 일제강점기에는 동심주의 혹은 민족주의적 입장에서 아동문학 작품을 발표하였고, 해방 후에 비로소 계급문학적 활동을 하였을 뿐임에도 월북 후 북한 문단에서 상당한 대접을 받았던 것에 비추어 보면 의외라 하겠다.

필자는 일제강점기 아동문학 관련 자료를 지속적으로 읽어오다가 어렵사리 송완순의 당시 주소를 확인하고는 여러모로 그의 신원을 밝히기 위해 노력하였지만 이렇다 할 성과를 얻지 못하고 있었다. 그러다가 최근 그의 학적부를 입수할 수 있어 신원을 좀 더 분명히 밝힐 수 있게 되었다.

작가 연구의 기초이자 핵심은 작품연보와 작가연보에서 시작되어야 한다. 이 선행 작업이 이루어진 후에야 작품과 작가에 대한 분석과 해석이 가능하다. 부실한 사실 확인에 기반을 둔 해석과 가치판단이 제한된 의미 이외에 기대할 것이 없을 것은 자명한 이치이다.

본 논문에서 자료를 읽고 다루는 방식은 원본비평의 수준에서 1차 자료를 충실하게 읽어내는 데 초점을 두고자 한다. 제한된 자료이지만 가능한 범위 안에서 두루 살피고, 여러 논자들의 비평문을 교차 확인하여 사실에 접근하고자 하였다. 송완순의 필명과 문단 활동을 밝히는데 상당한 지면을 할애한 것도 이런 이유 때문이다.

송완순의 연보 작성이 완성되지 못했기 때문에 종합적인 논의를 하기에는 아직 이르다. 그렇다고 마냥 미뤄 둘 수도 없는 일이어서 미흡한 점이 여럿 있지만 아동문학가 혹은 계급주의 아동문학가 송완순의 아동문학론을 살펴보고자 한다. 일제강점기와 해방기 아동문학을 살피고자 할 때 그를 비켜가기 어렵다는 점 때문이다. 중간 점검이라 해도 좋고 토대 마련이라 불러도 될 것이다. 본 논의를 밟고 넘어서는 후속 작업을 필자 자신과 학문공동체에 함께 기대한다.

다음 작업은 그의 아동문학 작품을 살피는 작업이 될 것이다. 그런 후에 아동문학 이외의 작품과 비평문을 망라하여 일제강점기의 문인 송완순을 평가하는 작업이 이어져야 할 것이다.

2. 송완순과 아동문학론의 전개 양상

1) 송완순과 문단 활동

(1) 송완순의 문단 활동

지금까지 밝혀진 송완순의 연보는 매우 소략하다. 『한국현대문학대사전』에는 1907년에 충청남도 대덕에서 출생하였고, 1929년 『朝鮮詩壇』에 평론 「詩想 斷片」을 발표하면서 등단하였다고 소개되어 있다.[1] 2007년 대산문화재단과 민족문학작가회의가 '2007년 탄생 100주년 문학인 기념문학제'를 공동으로 개최하면서 13명의 문인들을 대상으로 삼았는데 그 가운데 송완순도 들어 있다.[2] 1907년생으로 보았기 때문이다.

그러나 다음 자료를 보면 송완순이 1907년에 출생했다는 사실에 의문

1 권영민, 『한국현대문학대사전』(서울대학교출판부, 2004)와 이재철의 『세계아동문학사전』(계몽사, 1989)의 '송완순' 항에 1907년생으로 기술되어 있으나, 아무런 근거가 없다.
2 「님은 갔지만 문학은 남아」, 『매일경제』, 2007.5.2.

이 들지 않을 수 없다.

① 三一運動의 蜂起 때 내 나히는 열 살도 못 치었었다. 그런데 마침 서울 구경하러 上京하였엇든 덕으로 서울에서 始作되여 시골로 퍼저서 終熄한 이 動亂을 처음부터 끝까지 見聞하는 幸을 얻었다. (「三一運動의 文學的 繼承者」, 78~79쪽)[3]

② 자장아기 大田 鎭岑面 內洞里 宋元淳 (一七) (『조선일보』, 1927.7.19)

위 두 가지의 자료를 종합해 보면, 송완순의 생년은 1911년으로 보인다.[4] 출생지인 '충청남도 대덕'은 일제강점기 '충청남도 대전군(大田郡) 진잠면(鎭岑面)'이 충청남도 대덕군 진잠면으로 편제되었다가 최근 대전광역시 유성구 진잠동으로 재편되었으므로 사실에 부합한다. 송완순 본인의 기록에 따르면 "조그만 地主"(「어떤農民」, 53쪽) 집안이었고, 1926년 7월경과 1930년 5월경의 자료에 '진잠면 내동리(內洞里)'[5]에 살고 있었음을 확인할 수 있는데 이 기록으로 미루어볼 때 출생지도 같은 곳으로 보인다. 또 다른 자료에 따르면 1927년 휘문고보(徽文高普)에 입학하여 서울 안국동(安國洞)에 기거하게 되었다는 것을 확인할 수 있다.[6] 이 시기의

---

3 이하 송완순의 글은 '송완순의 작품연보'에 제시된 글 제목과 발표 일자 혹은 쪽수만 밝힌다.

4 동요 「자장아기」의 지은이가 '宋元淳'인 것은 '宋完淳'의 오식이다. 주소가 송완순의 주소와 동일하기 때문이다. 1927년에 17세이므로 환산해 보면 1911년생이 된다. 당시 신문이나 잡지에는 대부분의 경우 세는나이로 연령 표시를 한 점을 고려하였다. 드물게 만(滿) 나이로 표시한 경우도 있는데, 그렇다면 1910년생일 수도 있다.

5 「강남각시의론」(『신소년』, 1926년 7월호, 63쪽)의 주소란에 '大田 鎭岑面 內洞 宋完淳'이라 하였고, 「朝鮮童謠의 史的 考察(二)」(『새벗』, 제6권 제1호, 1930년 5월호, 94쪽)의 말미에 '住所는 「大田郡 鎭岑面 內洞里 一○三番地」 筆者한테로'라 하였다.

6 「별님의 모임」(『별나라』, 1927년 5월호, 54쪽)에 "저는 이번에 腦鈍한 才質로 僥幸히 徽文高普에 入學하얏스니 片紙는 學校로 해 주십시요"라 한 데서 휘문고보에 입학한 사실을 확인할 수 있다.

「談話室」(『신소년』, 1927년, 5월호, 60쪽)에 "저는 서울 安國洞 一三三 洪鐘學 家에 잇게 되엿습

앞뒤로 서울과 고향 대전을 오르내린 것으로 보인다.

휘문고보에 입학하였다는 사실을 바탕으로 송완순에 관한 의문을 풀기 위해 서울 휘문고등학교에 학적부를 요청하여 확인해 본 즉, 송완순의 정확한 생년월일과 학력 등은 다음과 같았다.

『新少年』 표지

송완순의 정확한 생년월일은 '明治 四四年 六月 二三日'이다. 즉 1911년 6월 23일이다. 주소는 '忠淸南道 大田郡 鎭岑 內洞里 一○三'이다. '昭和 貳年 三月' 곧 1927년 3월에 '忠南 鎭岑公立普通學校 第五學年 修了' 후, 1927년 4월 휘문고등보통학교 제1학년에 입학하였다. 입학 전 상벌 사항으로는 '學業 品行 優正'으로 4회 수상을 하였다고 한다. 그런데 "病氣ニヨリ昭和二年九月三十日ヨリ學年末マデ休學" 곧 병으로 인해 1927년 9월 30일부터 학년말까지 휴학을 하고, 이어 '昭和 三年 四月 三十日' 곧 1928년 4월 30일 제1학년 제1학기에 "家事上ノ都合ニヨリ退學ス" 곧 '가사상의 형편으로 인해 퇴학'하였다.[7] 학적부에 따르면 보호자가 형 '宋寬淳'으로 되어 있는데, 『신소년』 독자가 "大田에 계신 宋完淳 님! 당신은 兩親도 안 게시며 그러케 글을 지으시니 나는 당신을 남모르게 부러워합니다"[8]란 내용의 글을 올린 것으로 미루어 보아 양친이 구몰한 것으로 보인다.

해방 후에는 서울에서 여러 활동을 하고 있어 주로 서울에서 기거했

니다. (중략) 서울 安國洞 宋完淳"이라 하여 1927년경에 서울에 있었음을 알 수 있다.

7 이상 송완순의 휘문고등보통학교 학적부에 따른 것이다. 학적부를 제공해 준 휘문고등학교에 감사드린다.

8 「談話室」, 『신소년』, 1926년 6월호, 66쪽에 '永川 安秉瑞'가 쓴 글이다.

던 것으로 보인다. 1946년 6월경의 자료에 따르면 주소가 '서울 城北洞 一一三'으로 되어 있다.[9]

송완순의 등단 시기는 바로잡아야 할 것이다. 일제강점기 문인의 '등단'은 여러 가지 방식으로 이루어졌었다. 대체로 신춘문예나 그에 상응하는 현상모집에 이름을 올린 경우 공식적인 문단 활동의 시작으로 치는 경우가 많은데, 그렇지 않을 경우에는 신문이나 잡지에 투고한 것을 기준으로 삼는다. 송완순의 투고 작품은 1926년 『신소년』, 『어린이』, 『별나라』 등 아동 잡지에 발표된 작품만 보더라도 4편이 있고, 선외가작이 2편 확인된다. 「詩想 斷片」이 발표된 1929년 4월 이전에 발표된 작품만 하더라도 50편이 넘는다. 따라서 송완순의 등단 시기는 1926년으로 바로잡아야 할 것이다. 지금까지 확인된 것을 바탕으로 할 때 등단 작품은 1926년 4월호 『신소년』에 수록된 동요 「봄 편지」가 될 것이다.

1926년경부터 송완순은 고향 대전(大田)에서 소년주일회(少年週日會)와 대전청년동맹(大田青年同盟) 등의 활동을 하였다.[10] 그리고 『신소년』, 『별나라』, 『어린이』 등의 '독자문단'에 작품을 투고하고, 독자담화실에 참여하였으며, 현상에 응모하는 등 소년 문인으로서 활동하고 있었다.

童話를 한 장 보냇는데 웨 아니 내셧습닛가. 作文과 童謠는 行數가 좀 넘어도 좃습닛가. 作文은 언제 보내면 그달에 납닛가. 習字 圖畵도 보내면 내여주십닛가. 大田 宋完淳[11]

여러 記者 先生님! 우리 少年을 爲하셔서 얼마나 努力하십닛가. 저는 한 農村

---

9 「文學家住所錄」, 『新文學』, 제1권 제2호, 1946년 6월호, 165쪽.

10 「독자담화실」(『어린이』, 1926년 7월호, 57쪽)에 "大田郡 鎭岑面 少年週日會 宋完淳"이라 되어 있고, 동요 「싸락눈」(『중외일보』, 1928.1.17) 발표 시 창작시기를 '1926.11.6'로 밝혔는데 작자는 '大田青年同盟 宋完淳'이라 되어 있다.

11 「談話室」, 『신소년』, 1926년 3월호, 58쪽.

少年이올시다. 每日 우리 新少年을 나의 동무로 알고 新少年을 一平生 나의 잇지 안코 읽을 好讀物로 作定하얏습니다. 우리 兄님도 『新少年』과 『어린이』는 언제든지 사 준다고 하엿습니다. 그리고 여기서 글을 내서 新少年社로 보내려는 분이 게신데 讀者가 아니라도 관게치 안습닛가. 저는 그 동안 쏘 左와 如히 讀者를 募集하얏습니다. 鄭允成 李海東 李秉錫 李星鎭 少年週日會 等입니다. 大田 鎭岑 宋完淳[12]

작품 투고 외에도 성진(城津) 변갑손(邊甲孫), 울산(蔚山) 박영명(朴永明), 재령(載寧) 오경호(吳慶鎬) 등과 '담화실'을 통해 표절 작품 시비를 벌이는 등 활발한 활동을 펼친다.

◀ 宋 兄은 邊 兄에게 忠告한다 하엿지. 宋 兄은 웨 『별나라』 雜誌에다 六學年 新正解ㅅ 것을 번력해 냇슬가요.

◁ 新正解의 것을 번력해냇는지는 알 수 업스나 번력은 좃습니다. 洪 님도 만히〳〵 번력해 보시오.

◀ 宋完淳 君, 君은 남의 作品을 비평하엿지요. 君은 清白한 創作家가 되어야 할 텐데 웨 鄭烈模 先生님의 著述한 童謠作法 三六頁에 記載된 것을 도적하엿나요. 그리고도 쏘 남의 作品을……. 蔚山 朴永明

◀ 吳慶鎬 氏 매우 미안합니다. 저는 아즉 그 册을 못 사서 못 보내드린다고 本誌 談話室에 投稿하얏스나 안이 내여 주신 것입니다. 인제 한 卷 사면 보내드리지요.

城津 게신 邊甲孫 兄. 우리는 깨끗한 맘을 가지고 웃고 다시 誌上에서 만납시다. 압흐로 더욱 친하기를 바랍니다. 서울 宋完淳[13]

---

12 「談話室」, 『신소년』, 1926년 11월호, 61쪽.
13 「談話室」, 『신소년』, 1927년 6월호, 50쪽.

蔚山 朴永明 君! 나에게 한 말슴은 감사하오며 나의 앞길에 적지 안흔 훈계올시다마는 그런 사실이 잇다면 나는 두말 못하겟습니다. 어듸서 벗긴 걸 보앗습닛가. 『별나라』 四月號에 「달ㅅ밤」이라고 난 것은 과연 鄭烈模 先生의 지으신 「童謠作法」을 모방(模倣)해 보앗습니다. 그러나 벗긴 일은 업습니다. 아! 朴 君! 나는 모방은 해 보앗스나 남의 글 도적질은 하지 않앗소. 그리고 일홈도 안 쓴 엇던 분은 나더러 六學年 正解의 것을 번역하엿다니 대체 무슨 말이요? 나는 이적지 번역이 무엇인지는 한번도 안 해 보앗습니다. 인제 번역도 해 보렵니다. 아모쪼록 朴 君이나 無名氏나 두 분이 다 남의 말을 하려면 쏙々이 알어가지고 말하시기를 바랍니다. 만일 증거될 만한 것이 업스면 그리 경솔하지마시기를 바랍니다. 宋完淳[14]

조선프롤레타리아예술가동맹(KAPF)에도 참여하였다. 객관적 자료를 통해 확인할 수 없어 가맹 시기는 불분명하나 1930년 이전일 것으로 추정된다. 1930년 4월 20일 KAPF를 중상했다는 이유로 중앙위원회 결의에 따라 제명당한 점과[15], 신고송과의 논쟁에서 드러난 사실[16]로도 확인할 수 있다. 제명당한 사실과 아래의 내용으로 미루어보면, KAPF의 미온적인 조직 활동에 대해 적극적으로 참여하여 비판하였던 것으로 보인다.

宋完淳 君이 福本主義의 排擊을 쓰다가 카프를 中傷하엿다고 카프에서 除

14 「談話室」, 『신소년』, 1927년 8월호, 62~63쪽.

15 「部署變更, 部內 擴張 프로 藝盟의 新陣容－이십일 중앙위원회에서 결뎡」(『중외일보』, 1930.4.22)에 따르면, "(一) 同盟員에 關한 件 規約 第十八條에 依하야 左의 盟員을 除名함 崔曙海, 鄭寅翼, 鄭順貞, 宋完淳(駝麟)"이라 하여 제명당했음을 알 수 있다.

16 九峰學人의 「個人으로 個人에게－君이야말로 「公正한 批判」을(三)」(『중외일보』, 1930.4.14)에 "더욱히 申 君과 나는 비록 未知 間이라 할지라도 가튼 젊은 同志 間이다. 君도 『프로』 藝術에 뜻잇는 分이며 나도 역시 그러한 사람이다. 君이 『藝盟員』이라면 더욱 우리는 가튼 同志로써 對하여야 한다.(『藝盟員』이 안힌지는 몰르나)"란 진술로 보아 1930년 4월 이전에 KAPF 맹원이었던 것으로 보인다.

名處分을 밧고 中外日報에 長文의 抗議文을 보냇스나 當時 카프 中央幹部들이 中外日報의 學藝部에 잇섯든 關係 그것은 뽀이코트 當하고 말엇다.

그들 筆者도 當時 카프에 關係들 갓고 잇섯든 關係로 읽을 수 잇는 것이엿든 바! 宋 君의 抗議文을 正當를 일치 안엇섯다.

金基鎭 君은 ××에까지 흘젓스나 오히려 擁護하고 잇스며 正當한 理論을 發하면 中央幹部라는 權利를 가지고 無條件的으로 除名處分을 한다. 그것은 카프를 위하는 行動이 아니다. 中央幹部의 名譽를 위하는 行動이다 라는 것이엿다. 내가 當時에 宋 君을 보고 십허 하엿스며 거기에 共鳴하고 잇섯든 關係로 宋 君을 群旗 時代에 갓금 맛나보앗다.

宋 君은 얌전한 女性과 갓흔 타입을 가진 젊은이요 情이 담북 잠긴 젊은 學徒다.

君은 갓금 우리를 차저 散步를 請하엿다. 그리하야 漢江으로 昌慶苑으로 싸다니며 當時 「카프」의 不活潑한 行動을 打罵하는데 계을느지 안엿다.

그러나 上京한 지 二 個月이 되지 못하야 나는 엇던 事件의 被疑者로서 잡히여 下開하여 바린 뒤 永々 宋 君의 消息을 듯지 못하엿스며 君은 지금 무엇을 하는지 글조차 發表치 앗는다.

將來에 큰소래 칠 날을 기다리여야 할 것인가 宋 君아! 消息이나 주렴으나. (민병휘, 95~96쪽) (밑줄 필자)

송완순이 KAPF에서 제명된 사정을 조금 더 자세히 알 수 있는 내용이 담겨 있다. 송완순이 민병휘(閔丙徽)를 만난 시점이 소위 '군기 사건' 시기라는 사실이다. KAPF의 기관지 『群旗』가 1930년 12월 창간호를 발간한 후 불허가와 압수가 반복되다가 1931년 5월경 결국 KAPF 개성 지부(開城支部)의 손에 넘어 갔으며, 이후 이적효(李赤曉), 양창준(梁昌俊), 엄흥섭(嚴興燮), 민병휘 등이 카프쇄신동맹을 만들어 경성의 지도부에 도전하였다. 이에 1931년 4월경 KAPF 본부는 성명서를 발표하고 이들 4인을 제명하고 개성 지부에 정권 처분을 내렸다(권영민, 2014, 231~238쪽). 이 시기에 송완순은 민병휘와 어울렸던 것으로 보인다. 그리고 KAPF 경성 본부에 대해 운동과 실천을 도피하는 반동적 집단이고 간부들은 최악의 개량주의자이므로 카프쇄신동맹을 만들어야 한다는 이른바 '군기 사건' 주동자들보다 앞서 KAPF를 비판하고 나섰던 것이다.

1931년 7월경 양창준, 엄흥섭, 김관(金管), 김광균(金光均), 현동염(玄東炎), 안함광(安含光), 박충진(朴忠鎭), 민병휘, 장비(張飛), 궁규성(弓奎星) 등과 함께 예술 잡지 『大衆藝術』을 8월 창간호로 발간하기 위해 준비를 하였다.[17] 송호(宋虎)란 이름으로 「大衆藝術論」을 연재했던 것과 송타린이란 이름으로 「續 反大衆藝術論」을 연재한 것에서 대중예술론이 당시 송완순의 주요 관심사 중의 하나였던 것으로 보인다. 1932년 송완순은 송영(宋影), 신고송(申孤松), 박세영(朴世永), 이주홍(李周洪), 이동규(李東珪), 태영선(太英善), 홍구(洪九), 성경린(成慶麟), 김우철(金友哲), 박고경(朴古京), 구직회(具直會), 승응순(昇應順), 정청산(鄭青山), 홍북원(洪北原), 박일(朴一), 안평원(安平原), 현동염 등과 함께 건전 프로아동문학의 건설보급과 근로소년 작가의 지도양성을 목표로 월간 『少年文學』을 발간하기로 하였다.[18]

해방 후에는 임화와 김남천 중심의 '문건'이 아니라 1945년 9월 17일 '문맹'이 결성되었을 때 중앙집행위원에 포함되어 있다. 중앙집행위원은 이기영, 한설야, 조중곤(趙重滾), 권환(權煥), 김두용(金斗鎔), 이북명(李北鳴), 한효(韓曉), 박아지(朴芽枝), 홍구, 박세영, 이동규, 박석정(朴石丁), 송완순, 안동수(安東洙), 조벽암(趙碧巖), 윤곤강(尹崑崗), 송영, 신고송, 이주홍, 정청산, 김승구(金承久), 박팔양(朴八陽), 윤기정(尹基鼎) 등이었고, 아동문학부 위원은 송완순, 이주홍, 정청산이었다.[19]

---

17 「藝術雜誌 『大衆藝術』 發行」, 『조선일보』, 1931.7.24.
18 「『少年文學』 發刊」, 『동아일보』, 1932.9.23.
19 朝鮮프로레타리아文學同盟 전단지(1945.9.17)

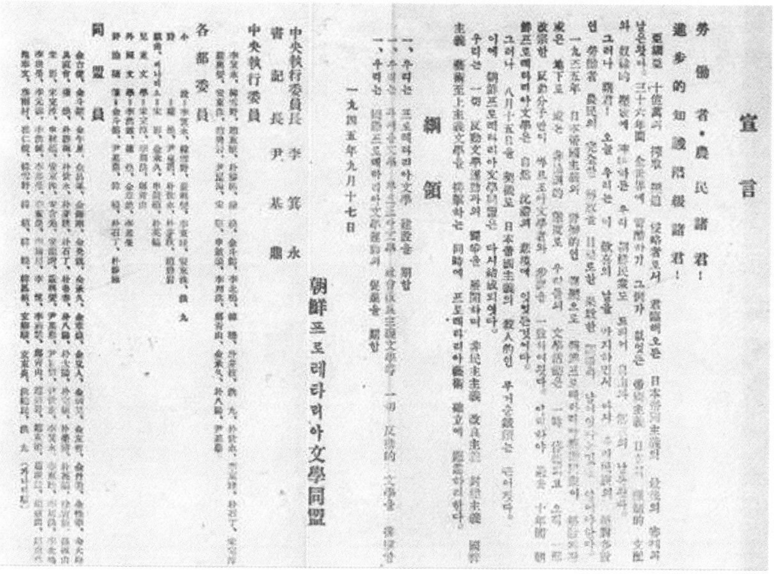

宣言

勞働者・農民諸君！

進步的知識階級諸君！

綱領

一九四五年九月十七日

朝鮮프로레타리아文學同盟

中央執行委員長 李箕永

書記長 尹基鼎

中央執行委員

各部委員

同盟員

朝鮮프로레타리아文學同盟 전단지, 1945.9.17.

중앙집행위원이 이 조직의 실질적인 중심부였는데, 박영희, 김기진, 김남천, 임화, 이찬(李燦) 등이 빠져 있을 뿐 1932년 안막(安漠)이 옥중에서 작성한 KAPF 조직표와 별반 다르지 않다(안막, 51쪽). 면면을 보면 일제강점기에 계급주의 아동문학을 주도적으로 이끌었던 아동문학가들이 대거 '문맹'에 참여하였음을 알 수 있다. 1945년 9월 30일 '문맹'을 포함한 각 분야별 조직을 통합하여 조선프롤레타리아예술동맹이 결성된다. 이는 구 카프계의 복원을 의미한다. '문건'(조선문화건설중앙협의회)이 박헌영의 '8월 테제'를 정치노선으로 수용한 조선공산당을 따르면서 민족문학을 강조한 것에 반해 '문맹'은 계급문학을 표 나게 내세움으로써 노선을 달리하였다. "一切 反動文學運動과의 鬪爭을 展開하며 非民主主義 改良主義 封建主義 國粹主義 藝術至上主義文學을 排擊하는 同時에 프로레타리아藝術 確立에 邁進"(전단지)하겠다는 '宣言'과 '綱領'의 첫

머리에 "우리는 프로레타리아文學 建設을 期함"이라 못 박은 것에서 분명히 확인할 수 있다(류덕제c, 219~222쪽 참조). 이후 1945년 12월 6일 문화전선의 통일을 위해 '문건'과 '문맹'이 조선문학가동맹(이하 '동맹')으로 통합하기 위해 합동위원이 만났는데 '문건' 측에서는 이태준(李泰俊), 이원조(李源朝), 임화, 김기림, 김남천, 안회남이 '문맹' 측에서는 윤기정, 권환, 한효, 박세영과 더불어 송완순이 참가하였다. 1946년 2월 '동맹' 주최의 조선문학자대회에 참석한 송완순은 1946년 4월 '동맹' 제4회 중앙집행위원회에서 송완순, 박세영, 윤석중 등과 함께 아동문학부 위원으로 보선(補選)되었다.[20]

이 시기에 송완순은 좌익의 입장을 굳건히 드러내고 있는데, 첨예하게 찬반으로 갈렸던 신탁통치(信託統治)에 대해 다음과 같이 찬탁(贊託)의 입장을 밝히는 데서도 잘 확인할 수 있다.

> 오늘날 그들이 決死反託이니 絶對獨立이니 하며 愛國은 自己들만의 專賣特許的 獨占事業인 것같이 떠들어대는 것은 當치도 않은 自己欺瞞이요 大衆에의 僞善的 煙幕이다. 이렇게 함으로써 南朝鮮 單獨政府를 맨들어가지고 獨立이라는 形式 下에 日帝時代에 享有하던 特權을 延長 强化해 보려는 것이 本肚心인 것이다. 그렇니까 不可不 三相決定의 民主主義的 統一이 實行되어서는 안 된다. 그것은 곧 그들에 있어서는 滅亡을 意味하는 것이기 때문이다. (「共委有感」, 42쪽)

그러나 남한 단독정부가 수립되고 공산당에 대한 압박이 가해지자 송완순의 입지는 약화될 수밖에 없었을 것이다. 1949년 1월경까지는 박노갑(朴魯甲), 박계주(朴啓周) 등과 함께 『소년소녀소설전집』을 회현동(會賢洞)

20 「文學同盟 委員 補選」, 『자유신문』, 1946.4.15. 원문에 尹石重을 '尹成重'으로 한 것은 오식이다.

21 「少年少女小說全集」(『조선중앙일보』, 1949.1.15), 「文化消息」(『동아일보』, 1949.1.16), 「少年少女小說全集 刊行」(『자유신문』, 1949.1.18). 그러나 실제 발간 여부는 확인되지 않는다.

의 민교사(民教社)에서 발간하기로 하였고,[21] 2월경 아동문학을 함에 있어서 "榮辱에 都是 虛心"해야 한다면서도 "專門은 못한다 할지라도 그것에 決定的인 裨益이 될 무었이든지 한 가지는 꼭 남겨 놓을 생각"(「나의 兒童文學」)이라 하였으나 끝내 동요집이나 동화집 하나 남기지 못하였다. 대신 프리체의 『歐洲文學發達史』를 "日本語에서 重譯"(8쪽)하여 출간하였다. 서문을 쓴 시기(1947.12)와 송완순이 이 책의 문제점을 비판적으로 개괄 소개한 「프리체의 方法에 關하여」를 쓴 시기(1948.3), 그리고 출간한 시기(1949.4)로 미루어볼 때 해방기를 이 책과 함께 한 것으로 보인다.[22] 1948년경, "두 아이나 中學校"(「作家手帖: 風俗」, 73쪽)를 보내고 있었는데 교복, 책값, 수업료, 후원회비 등을 내지 못할 정도로 형편이 어려웠던 것으로 짐작된다.

이후 타공시국(打共時局)이 되자, 1949년 11월경 자진하여 정지용(鄭芝溶), 정인택(鄭人澤), 양미림(楊美林), 최병화(崔秉和), 엄흥섭(嚴興燮), 박노아(朴露兒) 등과 함께 국민보도연맹에 가맹하게 된다.[23] 이듬해 6·25 전쟁이 터지고 많은 문인들이 납북 또는 월북하는 와중에 송완순도 북행의 길을 택했다.

그런데 1950년 6·25 전쟁이 터지면서 문단은 다시 혼미한 상황에 빠져들었다. 이태준, 임화, 김남천, 안회남, 오장환 등의 월북 문인들이 전쟁 중에 서울에 나타났고, 많은 문인들이 납북·월북하는 사태가 벌어졌다. 이광수, 김동환, 박영희, 김진섭, 김억, 김기림, 정지용, 박태원, 설정식, 이용악, 임서하, 송완순 등이 모두 이

---

22 프리체를 번역하고 비판적 소개를 할 정도였고, 일본의 계급문학 이론가 藏原惟人, 아동문학가 北原白秋, 西條八十 등을 두루 섭렵한 것으로 보아 송완순이 일본 유학을 한 것으로 짐작할 수 있으나, 필자는 구체적으로 입증할 만한 자료를 통해 확인하지 못했다.

23 「著名한 文化人의 自進 加盟이 異彩」(『동아일보』, 1949.12.1). 송완순의 경우, 「成果多大한 轉向 決算-自首者 無慮 五萬餘!」(『조선일보』, 1949.12.2)에는 이름이 보이지 않는다. 대신 『조선일보』 자료에는 尹泰雄, 金秉遠, 李元秀, 李性杓, 朴仁範, 金哲洙, 李鳳九, 裵正國, 黃順元, 姜亨求 등의 이름이 더 있다. '李元秀'는 '李元壽'의 오식으로 보인다.

시기에 북행하였다. 이들의 북행을 제3차 문인집단의 월북이라고 할 수 있는데, 대부분의 문인들이 강제 납북된 것으로 알려져 있다. (권영민, 1989, 33쪽)

「납북 예술인과 월북 예술인」에 따르면 소설가 중에는 채정근(蔡廷根), 임서하(任西河), 송완순(宋完淳), 정인택(鄭人澤), 김소엽(金沼葉), 안회남(安懷南), 김철휴(金哲休), 시에는 이병철(李秉哲), 이용악(李庸岳), 박찬모(朴贊模), 여상현(呂尙鉉) 등이 '반역 월북'한 것으로 지목되고 있다.[24] 그러나 월북 이후 북한 문단에서도 그 활동이 분명하게 확인되지 않는다.[25]

(2) 송완순의 필명

송완순은 남달리 많은 필명을 사용했다. 그래서 그의 필명을 확인해 둘 필요가 있다. 그래야 송완순의 원전이 확정될 수 있기 때문이다. 그가 사용한 필명은 구봉학인(九峰學人), 구봉산인(九峰山人, 九峰散人), 송구봉(宋九峰), 송소민(宋素民), 소민학인(素民學人), 호랑이, 한밭, 송타린(宋駝麟), 백랑(伯郎), 호인(虎人), 송호인(宋虎人), 송호(宋虎), 송강(宋江) 등으로 많고 다양하다. 나열한 것 가운데 뒷부분의 것들(虎人, 宋虎人, 宋虎)은 송완순이 확실해 보이나 좀 더 객관적인 증빙자료를 확인할 필요가 있다.

'九峰'이 공통적으로 들어간 필명은 '九峰學人', '九峰山人(九峰散人)', '宋九峰' 등이다.

> 敬畏하는 申孤松 君
>
> 君이 나에게 答辯한 『公正한 批判을 바란다』라는 評文은 感謝히 再三拜讀하

---

24 「납북 예술인과 월북 예술인」(『민주신보』, 1951.1.1). '朴贊模'는 '朴贊謨'의 오식으로 보인다.
25 1988년부터 1993년에 걸쳐 북한의 사회과학원주체문학연구소에서 발간한 『문학예술사전』(상, 중, 하)에도 송완순은 전혀 언급되지 않고 있다.

얏다. (「個人으로 個人에게―君이야말로 '公正한 批判'을(一)」, 1930.4.12)

이 글은 구봉산인이 쓴 「批判者를 批判―自己辯解와 申 君 童謠觀 評」(전21회, 『조선일보』, 1930.2.19~3.19)에 대해 신고송이 「公正한 批判을 바란다―『批判者를 批判』을 보고」(전3회, 『조선일보』, 1930.3.30~4.2)를 통해 반박하자 구봉학인이 재반박한 것이다. 구봉산인이 쓴 글을 구봉학인이 '나'라고 한 것으로 보아 두 사람은 동일인이다.

讀者 諸氏는 本紙 本欄에 二十 回를 거듭하야 『批判者를 批判』한 宋完淳 君의 實로 纖細하고 親切한 高評을 보앗슬 것이다. (申孤松d, 1930.3.30)

「批判者를 批判」이란 평문은 구봉산인의 글인데 신고송은 구봉산인을 '宋完淳'이라 부르고 있다. 아래에 인용한 글은 신고송이 쓴 「새해의 童謠運動」이다. 이 글에서 글쓴이인 구봉산인이 '君은 果然 나를'이라 하고, 그 '나'가 바로 '宋完淳'임을 밝히고 있다.

君은 果然 나를 正鵠하게 評하야 주엇다.
『宋完淳은 新少年을 들고 나섯스나 그 詩的 取材와 表現 手法이 端的인 兒童의 心理를 써나 支離하고 迂遠하다.』(『새해의 童謠運動』) (「批判者를 批判―自己辯解와 申 君 童謠觀 評(一)」, 1930.2.19)

『중외일보』(1930.6.14)에 「童謠의 自然生長性 及 目的意識性(一)」을 쓴 사람은 '宋九峰'이다.

나는 『中外日報』 六月 紙上에서 『童謠의 自然生長性 及 目的意識性』에 對하야 拙論을 發表하다가 第六回分부터 突然 停止를 當하게 되얏다. (「童謠의 自

然生長性 及 目的意識性 再論(一)」, 1930.6.29) (밑줄 필자)

이 글을 쓴 이는 구봉학인이다. 그런데 '宋九峰'이 『중외일보』에 「童謠의 自然生長性 及 目的意識性(一)」을 쓴 것을 두고 밑줄친 부분과 같이 '나는'이라 하였으므로 구봉학인과 '宋九峰'은 동일인이다.

이상으로 구봉산인과 구봉학인 및 송구봉은 동일인이고 본명은 송완순임을 확인하였다. 「土地改革의 實際」란 글의 필자가 '九峰散人'인데 '散'자가 다르지만, 해방직후 토지개혁 등에 관한 송완순의 다른 글(「어떤 農民」)과 논지가 같아 동일인으로 보인다.

'宋素民'은 다음 자료를 통해 송완순임을 확인할 수 있다.

더구나 原稿가 늦게 드러온 관게로 宋完淳 씨의 「감사의아들」이 來號로 미루게 된 것은 참 섭섭합니다. (「編輯後記」, 『신소년』, 1930년 3월호)

살블 말슴은 宋素民 씨의 「감사의 아들」 全佑漢 씨의 「무지개나라」는 부득이한 事情으로 當分間 게속치 못합니다. (「編輯後記」, 『신소년』, 1940년 4월호)

그리고 「조선의 어린이(長篇少年詩)」(『신소년』 1928년 11월호 목차)의 지은이를 '宋素民'이라 해 놓고 본문에는 「됴선의 어린이」(宋完淳)라 한 것을 종합해 볼 때, '宋素民'이 송완순임을 확인할 수 있다. 「(自由評壇-新進으로서 旣成에게, 先進으로서 後輩에게)公開反駁-金泰午君에게」의 필자가 '素民學人'인데, 송완순의 필명 '素民'에 '九峰學人', '銀星學人'(洪銀星의 필명), '柳村學人'(柳在衡의 필명)처럼 '學人'을 붙인 것이다.

▶ 저는 서울 安國洞 一三三 洪鐘學 家에 잇게 되엿습니다. 그런데 城津 게신 邊 兄의 글을 보고 나는 만흔 늣김이 잇습니다. 邊 君. 「호랑이」는 나의 匿名한

것입니다. 헌데 무엇보다도 형님의 말슴이 얌전치 못합니다. (하략) 서울 安國洞 宋完淳. (「談話室」, 『신소년』, 1927년 5월호, 60쪽)

위 글에서 '호랑이'는 송완순의 필명임이 확인된다. '虎人'과 '宋虎人'이 송완순임을 추정할 수 있는 자료로 다음을 들 수 있다.

▷ 宋虎人 君―범 사람이니 사람도 안이요 범도 아니면? 人非人인가. 그러나 마음은 조-커든. (K · S生, 32쪽)

당대 아동 잡지 필자 가운데 '虎人'은 있어도 '宋虎人'은 보이지 않는다. 『신소년』 편집자이거나 당대 아동문단의 사정을 잘 아는 것으로 보이는 'K · S生'이 '虎人'의 신원을 알고 있어 '宋'이란 성(姓)을 덧붙인 것으로 보여, '虎人'과 '宋虎人'은 동일인으로 추정된다. '호랑이'를 한자로 옮겨 '虎人'이라 한 것 같다. '虎人'의 「兒童藝術 時評」(『신소년』, 1932년 9월호, 21쪽)에서는 유년, 아동, 소년의 연령 구분표를 보이고는 "이것은 임의 내가 여러 곧에서 試하야 보고 고치고 한 것인데 결코 쓸데없는 작란은 않일 것이다"라 하였는데, 송완순이 「'푸로레' 童謠論(一)」(『조선일보』, 1930.7.5) 등에서 연령 구분을 논의한 것을 말한 것으로 보인다. '虎人'은 계급문학적 입장을 견지하고 아동문학 비평을 전개했는데 논지 등이 송완순과 같아, '호랑이'와 '虎人(宋虎人)'은 동일인으로 보인다. '宋虎'는 「大衆藝術論」을 쓸 때 사용한 필명인데, 「續 反大衆藝術論」을 쓴 것과 내용 등으로 미루어볼 때 송완순으로 보이지만, 객관적인 입증 자료를 찾지는 못해 더 확인해 볼 필요가 있다.

'한밧'이란 필명은, 『신소년』(1928년 8-9월 합호) 목차에 「피리」의 작자가 '한밧'이라 되어 있는데, 본문에는 '송완순'이라 한 것으로 보아, '한밧'은 송완순이다. 송완순의 고향이 '大田'이므로 이를 한글로 풀어 '한밧'이라 한 것으로 보인다.

'宋駝麟'은 "(一) 同盟員에 關한 件. 規約第十八條에 依하야 左의 盟員을 除名함. 崔曙海, 鄭寅翼, 鄭順貞, 宋完淳(駝麟)"[26]이라 한 데서 송완순임을 알 수 있다. '伯郎'은 "宋完淳 氏는 雅號를 伯郎이라 곳치어서 行世하신다는데 쉬- 서울노 한번 오시겟다고"[27]라 한 데서 '伯郎'이 송완순의 호임을 알 수 있다. '宋駝麟'이란 필명으로는 몇 편의 글이 보이나 '伯郎'으로 발표한 글은 확인하지 못했다.

'宋江' 또한 송완순의 필명 가운데 하나다. 필자는 몇 개 글을 교차 확인하여 '宋江'이 '宋完淳'임을 밝혔다.

> 이저, 다시 其二블, ①이번에는 新進作家 이야기를 써 보냅니다. 그 中에는 ②兄의 이야기도 썼읍니다. 兄은 이 글을 어떠케 생각하실른지 몰르나, 저는, 그 中에 잘못을 말한 것이 있을지라도 조곰도 惡意 갖고 쓰지는 않었읍니다.[28] (밑줄 필자)

이 글은 '宋完淳'이 신진작가의 자격으로 『조선문단』의 '新進作家書簡集' 난에 조벽암(趙碧巖), 한흑구(韓黑鷗), 양운한(楊雲閒), 김광주(金光洲), 김대봉(金大鳳), 김조규(金朝奎), 김북원(金北原), 김우철(金友哲), 민병휘(閔丙徽), 박영준(朴榮濬), 김광균(金光均), 황석우(黃錫禹) 등과 함께 실은 편지글이다. 이 글 가운데, "①이번에는 新進作家 이야기를 써 보냅니다"는 송강(宋江)의 「文藝時評」(『조선문단』, 제4권 제3호, 1930년 6월호, 142~149쪽)을 가리킨다. "②兄의 이야기도 썼읍니다"라고 한 것은 「文藝時評」에서 『조선문단』의 발행인인 이학인(李學仁)의 「藝術盜賊」(『조선문단』, 속간 제1호, 1935년

26 「部署變更, 部內 擴張 프로藝盟의 新陣容－이십일 중앙위원회에서 결뎡」, 『중외일보』, 1930.4.22.
27 「詩壇의 鬪士들」, 『朝鮮詩壇』, 제8호, 1934년 9월호, 55쪽.
28 「新進作家 書簡集」, 『조선문단』, 제4권 제3호, 1935년 6월호, 236쪽.

2월호, 73~80쪽)에 대해 언급하였다는 내용이다.「藝術盜賊」에 대해 비판하게 된 것은 박승극(朴勝極)이 이 작품을 '進步的인 作品'이라 한 것이 발단이 되었다.

> 朴 君은 李學仁 作「藝術盜賊」의 어디서 進步的인 性格을 찾었다는 것인가? 이것은 그래도 덜하다. (중략) 李學仁 氏가 經營하는 雜誌에 쓴 글이기 때문에 李 氏 作品은 特別히 進步的 作品의 評文에 넣은 것이 않일까. 그리고 洪 氏는 女子이기 때문에「注視」하고 그런 것이 않일까. 너무나 非進步的인「藝術盜賊」은 作者가 幸福스럽게도 雜誌 經營者인 때문에 朴勝極 君의 進步的 作品評에 參加하는 光榮을 얻었고 아직 敬慢하고 서툴른 作文에 더 지낼 수 없는「헛물켠 사람들」은 作者가 女子인 때문에 朴 君의 炯眼에 進步的으로 보인 것이었다. 그밖에 생각이 않 난다.[29]

이상으로 '宋江'이 쓴「文藝時評」에서 이학인의「藝術盜賊」을 '진보적인 작품'이라 한 박승극의「(創作月評)二月의 創作」을 비판하고 나섰고, 같은 호에 발표된 '宋完淳' 명의의「新進作家書簡集」에서 편지의 수신인을 이학인으로 하여 '兄의 이야기'도 썼는데 '惡意 갖고 쓰지는 않'았다고 해명하고 있다. 이로써 '宋江'이 '宋完淳'임을 확인할 수 있다.

2) 송완순의 아동문학론과 전개 양상

(1) 일제강점기 송완순의 아동문학론

일제강점기 아동문학 작품은 1928~9년경부터 계급적 현실인식을 보

29 宋江,「文藝時評」,『조선문단』, 제4권 제3호, 1935년 6월호, 143~144쪽.

이기 시작하다가 1930년대에 들어서면서 본격적인 계급문학적 입장을 드러내었다. "一九二九年이 初步的 啓蒙的 自然發生的임에 反해서 三○年은 보담 數步前進한 目的意識的 ××의 活氣에 찬 朝鮮兒童文學運動史上에 劃線할 一年"(李周洪, 1931.2.13)이었다고 한 이주홍의 평가와 일치한다. 흔히들 '가난한 동무를 위하야 갑싼 잡지로 나오자'는 슬로건을 내걸고 1926년 6월 창간된 『별나라』나 1927년에 있었던 KAPF의 1차 방향전환과 더불어 아동문학 작품도 현저하게 계급적 현실인식을 드러냈을 것이라고 생각할 수 있겠으나 실상은 그렇지 못했다.[30]

그런데 송완순의 아동문학 작품 가운데 특기할 작품이 있는데 「朝鮮의 天才여! 나오너라-「功든 塔」을 읽고」가 그것이다. 전체 8연 각 4행으로 총 32행의 장편 소년시이다.

> (선략) 朝鮮의天才여! 어서쌀니나오너라/수린者는 울기만하고…………/불은者는 느태만하고 질알을하니/이를엇지할가 朝鮮의天才여—// (중략) 어서와서 주린者를도으라/주린者배곱하서 슬피부르짓는다/이를엇저노 朝鮮의 天才여—// (중략) 모-든것을 새로맨들고 차저내서/『프로』의주린者를 배불니걱정업시잘살게하여라/주린 朝鮮의 天才여—// (중략) 『쁠즈와』의 질알을禁하고/서로난화먹고 갓치난화배호게힘써라/朝鮮의 天才여! 웨잠말자느뇨!…// (중략) 그래너이들의 그-힘으로/왼世上을한번 움직여보아라……/조선의天才여! 물결갓치 나오너라// (63~64쪽)

시기상으로 1927년 초임에도 불구하고 '『프로』의 주린 者', '『쁠즈와』의 질알'과 같은 직접적인 표현을 통해 프롤레타리아와 부르주아의 계급적 대립을 바탕으로 한 뚜렷한 현실인식을 드러내 보인다. 뿐만 아니

---

30 류덕제, 「일제 강점기 계급주의 아동문학의 방향전환론과 작품적 대응양상 연구-『별나라』와 『新少年』을 중심으로」, 『문학교육학』, 제43호, 한국문학교육학회, 2014년 4월, 210~216쪽 참조.

라 '왼 世上을 한번 움직여 보아라'란 표현으로 현실변혁 의지까지 표출하고 있다. 작가나 잡지를 포함하여 계급주의적 아동문학을 본격적으로 전개하기에는 아직 제반 사회적 여건이 성숙하지 못했다고 볼 때 「朝鮮의 天才여! 나오너라」는 일제강점기 아동문학 작품 가운데 계급의식을 직접적이고도 분명하게 표현한 첫 번째 작품이라는 점에서 특기할 만하다고 하겠다.

수필은 작가의 생각이 직접 표현되는 갈래다. 송완순의 「迎春所感」에는 민족 및 계급현실이 잘 드러나 있다. 2회분은 신문의 판차에 따라 전면 삭제되거나 18행 가량 삭제되었다. 삭제된 부분의 내용은 「諺文記事不穩記事 槪要」라는 경성지방법원 검사국 문서철 안에 「『中外日報』(迎春所感 二)」라는 문서 제목으로 일역(日譯)되어 있어 확인할 수 있다. 이 글은 '差押 中外日報 三月 三十日付'라 하여 그 내용이 일제 당국의 기휘(忌諱)에 걸린 것으로 확인된다.

> 山에 가 쌍을 파고 工場에 가 機械의 奴隷가 되어야지만 어린 妻子의 그날그날을 艱辛히 넘어가는 것이다. 그야말로 一日勞働하야 百日之計를 하여야 하는 우리 「푸로레타리아」이다.
>
> ×
>
> 우리도 새봄을 當하야 씨를 쑤릴려고 하야도 밧도 업고 논도 업다. 그리고 싸스ㅅ 속에서 機械의 종(奴隷)이 되랴 하야도 其 亦是 어렵다. 그럼으로 이도저도 못하는 우리 兄弟姉妹는 結局 보ㅅ다리를 싸가지고 男負女戴하야 가야지 別수 업는 삿업시 荒涼한 滿洲를 向하야 北으로 北으로 자욱자욱이 피눈물을 흘리며 流離漂泊하게 되는 것이다. 아하 즐겁다든 봄을 맛나 왜? 우리는 울며불며 쪼끼어야만 하는고? - 봄이 오면 우리는 더욱 슯흐고 더욱 生計가 困難하게 되나니. 봄아!(下略) (「迎春所感(二)」) (밑줄 필자)

우리를 '푸로레타리아'로 분명히 인식하고 있다. 농사지을 땅도 없고 공장에 취업도 어려워 남부여대하고 만주를 향해 유리표박하는 식민지 조선 민족이 바로 '푸로레타리아'이다. '푸로레타리아'란 현실 인식을 넘어 '子孫들의 幸福을 爲하고 또한 우리들의 目前의 깃븜을 찻기 爲'해 '勝利의 旗를 날릴 때까지 목숨을 액기지 말고 싸우자!'고 한다. 이런 내용으로 보아, 이 글의 말미에 18행 가량이 삭제된 것은 일제강점기 검열 제도를 감안했을 때 필연적인 결과로 보인다.

'新興詩'에 대한 견해를 밝힌 「詩想斷片」에서는 '푸로 詩(新興詩)'에 대한 입장을 밝힌다. "「맑씨스트」가 써야지만 眞正한 푸로 詩"라는 이성로(李城路, 李學仁의 필명)의 주장을 수용하면서도 "悲慘한 生活現實에서 늣긴 바를 그대로 노래한 것도 훌융한 新興詩의 一種"(13)이라 하여 현실의 진실한 재현에 더 방점을 두고 있다. 송완순의 이념적 기반이 마르크스와 현실 사회주의를 실천한 러시아 혁명에 있음을 분명히 밝힌 것은 소년(문예)운동의 선구자 김태오를 비판한 「公開反駁－金泰午君에게」이다. "새 眞理는 一八一八年에 토리-아에서 나흔 偉大한 探究者에 依하야 벌서 發見"되었다는 데서 '위대한 탐구자'가 마르크스임을 알 수 있다. "一九一七年은 이 眞理의 實踐的 誕生의 第一聲을 發한 永久히 빗나는 紀念할 해"라 하는 데서 러시아혁명을 지칭한다는 것도 분명하다. 나아가 "새 眞理의 世界的 實現을 머지 안흔 將來에 確實한 信念을 가지고 約束"하는 것을 볼 때 송완순의 견고한 계급적 이념을 확인할 수 있다.

이상 「朝鮮의 天才여! 나오너라」, 「迎春所感」, 「詩想斷片」 및 「公開反駁—金泰午君에게」 등 초기의 글들에서 송완순의 계급적 태도를 확인하였다. 이상과 같은 이념적 기반에서 일제강점기를 통틀어 송완순은 계급적 입장을 견지한 채 아동문학 활동을 하였다.[31] 현실인식과 이데올로

31 雪松兒의 「一九三二年의 朝鮮 少年文藝 運動은 엇더하엿나」(『소년세계』, 제3권 제12호, 1932년 12월호, 3쪽)에 "써베트 로시아를 상상하고 푸로레타리아만을 공연한 헛소리로 주창한 作

기가 직접 표현되는 비평 갈래는 작가의 입장과 태도를 바탕으로 가다듬어진 것이라 보아야 한다. 한 개인의 이데올로기가 느닷없이 돌발적으로 표출되지는 않기 때문이다.

이어서 일제강점기 송완순의 아동문학론을, 논쟁을 통한 아동문학 이론 정립, 소년운동과 프롤레타리아 아동문학론, 아동의 연령 논쟁, 동요와 동시 구분 논쟁으로 갈라 살펴보겠다.

① 논쟁을 통한 아동문학 이론 정립

일제강점기 송완순의 아동문학론은 논쟁으로부터 시작되었다고 해도 과언이 아니다. 첫 번째 비평적 논의라 할 수 있는 「空想的 理論의 克服—洪銀星 氏에게 與함」부터가 홍은성(洪銀星)을 비판하는 데서 시작한다. 계급문학의 방향전환기에 즈음하여 소년운동과 아동문학에 관해 가장 많은 비평문을 남긴 사람 중의 하나가 홍은성인데, 그의 「少年運動의 理論과 實際(전5회)」를 비판한 것이다. 재래의 소년문예 작품들은 "虛構한 空想과 封建的 奴隷觀念과 忠君的 帝國主義 觀念"(1.31)에 머물러 있을 뿐, 방향전환을 맞이하였는데도 그에 부응하는 프롤레타리아 이데올로기를 담은 작품을 쓰지 않는다는 것이 비판의 이유이다. 홍은성의 소년운동 실천 방안 또한 "우리의 經濟事情을 沒理解 乃至 無視하고 小뿌르조우的 空論만 提出"한 것이라며 "氏의 假面을 벗겨 바리고 抽象的 空想論者의 正體를 暴露식히어 克服"(2.1)하여야 한다는 것이다. 소년운동과 아동문학에 관한 입장을 표명한 첫 번째 비평문이다.

이 글을 시작으로 신고송과 치열하게 논쟁적 비평을 벌인다. 「批判者를 批判」은 한 달 간에 걸쳐 무려 21회나 연재한 것인데, 신고송이 「童心에서부터」와 「새해의 童謠運動」을 통해 자신을 비판한 것에 대한 반

家 一派는 — 金友哲 李鐵兒 安友三 朴一 鄭靑山 李潔 韓哲焰 洪九 昇應順 宋完淳 李民 朴太陽 洪北原 成慶麟 玄東炎 安平原 等々"이라 하였다.

론이다. 그러나 단순 반론에만 그치지 않고, 동요와 동시의 정의, 동요의 형식률, 아동문학의 지도자 문제 등 아동문학 전반에 걸친 이론비평이라 해도 과언이 아니다. 동시에 구체적 작품과 동시대의 작가에 대한 평가가 세밀하게 이루어진 점에서 보면 면밀한 실제비평이라 할 수도 있다. 송완순의 「批判者를 批判」에 대해 신고송이 「公正한 批判을 바란다」를 통해 반론을 제기하자 이에 대해 재반박한 것이 「個人으로 個人에게」이다. 「童詩抹殺論(전6회)」은 양우정(梁雨庭)의 「童謠와 童詩의 區別(전3회)」에 대한 반론이다. 「公開反駁—金泰午 君에게」는 김태오의 「少年文藝運動의 當面에 任務(전7회)」에 대해 비판한 것이다. 김태오의 글은 표면적으로 사회의식의 교양을 우선하고 정서함양을 부차적인 문제라 하였지만 실상은 좌우를 혼합해 놓은 내용이라는 것이다. 이를 두고 "아츰에는 福本和夫의 門下에 參拜하고 저녁에는 洪陽明 君의 傘下에서 비를 避한 것이 우리 金 君"이라 하여 '반동적 태도'를 비판한 것이다. 「'푸로레' 童謠論」은 직접 특정인을 겨냥한 논쟁이 아니라 계급주의 아동문학 이론을 정립하려고 노력한 것이지만, 당대 여러 논자의 논점이 녹아들어 있어 논쟁적 비평으로 평가해도 무리가 없다. 「童謠論 雜考」도 마찬가지인데, 동요만을 따로 떼어 종합적으로 살핀 논문이다. 동심, 동요의 형식, 동요 창작의 기교와 수사, 동요와 아동교육, 동요 창작 태도로서의 환상과 현실 등 전반적인 문제를 다룬다. 특기할 것은 당대 일본의 대표적인 아동문학 이론가인 키타하라 하쿠슈(北原白秋)와 사이죠 야소(西條八十)를 비판하고 있다는 점이다. 당시 문학론을 두고 '동경 문단의 한 사이클 뒤의 재현'이라 했듯이 일방적인 수용이 통례이던 우리 문단 수준에서 신선한 시도라 하겠다.

무릇 논쟁이 그렇듯이 이상의 글들은 정도의 차이만 있지 과도한 감정의 개입으로 인해 쇄말적인 말꼬리 잡기에서부터 인신공격에 가까운 상호 비난이 수반되었다. 신고송에 대해서는 "君도 『프로』藝術에 뜻잇는 分이며 나도 역시 그러한 사람”(「個人으로 個人에게」, 4.14)이라 하여 같은 KAPF 구성원임을 확인하면서도 감정을 자제하지 못한 부분이 많았다. 때로 ‘결점 찾기(finding faults)’ 식의 치열한 근거 제시가 감정적 반론을 초래한 원인이 되기도 하였다.

그렇다고 논쟁이 부정적 모습만 드러낸 것은 결코 아니다. 주장과 반론 그리고 재반론의 형식을 띠기 마련인 논쟁은 논점 파악과 치밀한 논지 전개를 전제로 한다. 그 결과 논점의 명료화와 문제의 해결 방안 모색이 가능해진다. 「批判者를 批判」이나 「個人으로 個人에게」 그리고 「‘푸로레’ 童謠論」 등에서 보여준 송완순의 정확한 논점 파악과 논리적인 문장력은 당대 아동문학 비평론의 수준을 일정 부분 끌어올렸다고 평가할 수 있을 것이다. 그리고 계급주의 아동문학의 이론적 정당성을 주장한 논의는 오늘날 리얼리즘 아동문학론의 토대를 구축하는데 도움이 되었다고 평가할 만하다. 송완순이 논의의 중심에 있었던 것은 아니지만, 일제강점기의 소년운동과 소년문예운동을 전 사회운동과의 연관관계 속에서 논의한 것은 문학 논의를 총체성의 관점에서 바라볼 수 있게 한 성과라 할 것이다. 아동의 연령 제한 문제나, 동요와 동시 및 소년시의 개념 규정과 구분 문제는 당대 아동문학의 중심 갈래에 대한 이해의 폭과 깊이를 더한 것으로 평가해도 좋을 것이다.

② 소년운동과 프롤레타리아 아동문학론

일제 강점기의 “少年運動은 民族的 一部門 運動”[32]이자 “朝鮮 民族解放運動의 하나”(홍은성, 1.19)로 간주되었다. “少年運動은 指導者로써 實際的 運動이라 하겟고 少年文學運動은 指導者로써 間接指導運動”(김태오, 1.31)이라는 말에서 문학이 ‘운동’과 분리되지 않는다는 것도 확인할 수

32 「(社說)少年運動의 指導精神－少年聯合會의 創立大會를 際하야」, 『조선일보』, 1927.10.17.

있겠다. '문예운동'이란 말에서 보듯이 이른바 '운동으로서의 문학'을 표방했기 때문이다. 문학이 독립적으로 존재한다기보다 계급 혁명의 목표를 실현하기 위한 하나의 수단으로 인식되었고, 아동문학 또한 마찬가지였다. 아동문학과 계급주의 사회운동의 관계를 바라보는 당대 아동문학의 주요 논자들의 시각은 다음과 같다.

> 兒童을 社會的으로 敎育 訓練하기 爲하야 「푸르칼드」의 一部門으로 提起되야 强烈한 文化戰線의 一隅에 登場하는 兒童文藝는 社會的 事實을 藝術的 手段을 通하야 兒童의 特殊性을 參酌하고 利用하야 우리의 이데올로기-를 注入하야 우리의 ×線에 引導하야 鬪爭的으로 組織化하는 것이 그 最히 重大한 任務일 것이다. (두류산인, 4.10) (頭流山人은 金成容의 필명임) (밑줄 필자)

"無產階級解放運動과 合流되는 少年實踐運動의 鬪爭 그것의 一武器인 文藝" 즉 "少年文藝로서 少年들의 生活을 描寫하고 社會를 解剖하고 感情을 노래하여 階級 意識을 鼓吹식히는 것이 少年文藝運動의 本質인 同時에 意義가 잇는 것"(張善明, 5.17)이란 입장이다. 다시 말해 문학은 "우리들 푸로레타리아-트의 勝利를 爲하야 「아지 · 푸로」의 役割을 演하면 그만"이므로 "第一에 內容問題며 第二에 藝術性(文學的技術) 問題"(安德根, 11.4)라는 것이다. 레닌(V.Lenin)이 「黨組織과 黨文學」(1905)에서 문학을 프롤레타리아 혁명 사업에 있어서 '나사와 齒輪'에 비유했던 것이나, 루나찰스키(A.V.Lunacharskii)가 '形式 第二主義'를 주창했던 것과 일치하는 내용이다.

소년운동과 관련된 송완순의 첫 번째 글은 앞에서 말했다시피 「空想的 理論의 克服」이다. 소년운동이 방향전환을 맞았음에도 홍은성의 실천방안이 추상적인 공상론에 그쳤다는 비판이다. 1920년대 후반 사회운동에서 제기된 방향전환이란 "노동자 대중의 자연발생적인 경제투쟁으로부터 의식적인 정치투쟁으로의 운동 노선의 전환을 말하는 것"(권영민, 2014, 114쪽)인데 사회운동의 요구를 문학운동에서 그대로 수용한 것이다. 송완순의 「童謠의 自然生長性 及 目的意識性 再論」[33]은 아동문학에 있어서 방향전환기의 모습을 살필 수 있는 글이다. 이 글은 프롤레타리아 동요에 대한 규정이라고 할 수 있는데, 송완순은 프롤레타리아 동요를 '자연생장적 동요(勞農童謠)'와 '목적의식적 동요(階級童謠)'로 나눈다. 목적의식적 동요는 "意識 잇는 大人이 兒童을 對象으로 하야 어떠한 一定한 階級的 主義의 立場에서 兒童을 一定한 階級的 目的투쟁에까지 動員식히기 爲한 말하자면 目的意識 下에서 製作하는 노래"이며 "作品 內容의 『아지프로』的임을 必要"(7.1)로 하는 동요라는 것이다. 반면에 자연생장적 동요는 아동이 지은 것으로 현실과 공상의 양 방면을 다 담고 있으며 이를 "『푸로레타리아』 兒童의 一定한 目的을 爲하야 選擇 善用하는 것은 全혀(라고 해도 可할 것이다) 指導者 批評家"(3회)의 몫이라고 주장한다. 이 글을 발전시킨 것이면서 프롤레타리아 동요에 대해 가장 체계적이고 본격적으로 논의한 비평문이 「'푸로레' 童謠論」이다. 프롤레타리아 동요론을 정립하고자 한 이론비평으로 프롤레타리아 동요의 개념 규정에서부터 동요와 동시 구분, 일제강점기 주요 이슈의 하나였던 아동문학 담당층의 연령 문제, 그리고 지도자와 비평가의 임무 등을 포괄적으로 다루고 있다. 프롤레타리아 "兒童藝術도 階級的 兒童生活 鬪爭의 一機體(一武器)"(「'푸로레' 童謠論」, 7.9)이자 "『프로레타리아』 兒童 藝術과 함께 童謠는 全『프로레타리아』 運動의 一環"(7.22)이라는 것이 기저에 깔린 이론적 기반이다. 그래서 프롤레타리아 아동은 필연적으로 부르주아 아동과 대립하게 되고 아동문학의 경우도 마찬가지라는 것이다. 그러나 "『프로레타리아』 兒童들도 自然과 空想의 童謠를 노래"(7.19)할

33 이에 앞서 「童謠의 自然生長性 及 目的意識性」이 『중외일보』에 1930년 6월 14일부터 5회 발표되었다고 하나 현재 제1회분만 확인할 수 있었다.

수 있는데 다만 아동예술 지도자와 비평가의 임무가 요구된다고 본다.

> 童謠(모든 兒童藝術도)의 指導者 批評家는 童謠의 모든 個性의 自然發生的 感情의 表現 속에서 全體에의 互相 關聯性을 抽出하야 그것을 辨證法的으로 目的意識性에 統一식히어 一般的 全體性的 政治 鬪爭의 一翼에까지 進展식히어야 한다. −童謠를 政治鬪爭의 一翼을 맨드는 것은 純全히 意識잇는 指導者 批評家만에 賦與된 任務이다. (7.22) (밑줄 필자)

송완순의 프롤레타리아 아동문학론은 유연한 입장이다. "『푸로레타리아』 童謠인 限에 잇서서는 純粹한 民族的이 못된"다거나 "『프로레타리아-트』는 外國의 異民族『프로레타리아-트』와의 提携, 團結, 親密은 할 수 잇서도 同族인『부르조아지-』와는 絶對로 協調할 수 업는 것"(7.16)이라는 주장은 마르크시즘 문학예술론의 보편적인 언술을 따른 것이어서 내용 일변도의 경직된 문학론을 견지할 것으로 보이기도 한다. 그런데 "童謠에 目的意識性을 注入식히자고 한다면 이는 童謠 그것을 죽이자는 말이나 一般"(「批判者를 批判」, 3.5)이라거나 "兒童藝術에 잇서서는 넘우 政治狂이 되어서는 아니 된다.(大人藝術도 그러타.) 그것은 政治 그것이 아인 까닭이다."(3.1)라 하는 점에서 유연하다.

당대 프롤레타리아 아동문학의 대표적 논자 중에 장선명이나 안덕근 등의 논의를 보면 프롤레타리아 아동문학론은 내용 우선적이며 선명한 계급의식에 기반하고 있다. 안덕근은 자연생장적 동요와 목적의식적 동요로 나눈 송완순의 구분을 부정하면서 "無意識的으로 불려진 童謠라도 푸로레타리아의 勝利를 爲한 싸홈에 조금이라도 도움이 될 만한 戰鬪性이 잇다면 훌륭한 童謠"(11.2)라 하여 당시 계급주의 아동문학론자들의 일반적 논거를 기반으로 반박한다. 가치 있는 내용을 담고 있어도 예술성의 부여가 있어야 완전한 예술이라는 송완순의 주장에 대해서는 '푸로레타리아-트의 勝利를 爲하야 『아지 · 푸로』의 役割을 演하면 그만'이며 '第一에 內容 問題며 第二에 藝術性(文學的 技術) 問題'(안덕근, 11.4)라며 일축한다. 카프(KAPF) 문단의 '내용 · 형식 논쟁'을 연상시키는데 당시 아동문학이 일반문학의 틀을 벗어나지 못했던 것과 무관하지 않다.

송완순이 말한 아동문학론의 요지는 1930년대 말경에 "內容의 完과 形式의 美가 가장 잘 調和한 동요야말로 훌융한 藝術的 童謠일 수가 잇고 生命도 길을 것"(「童謠論 雜考」, 2.2)이라고 한 말에 잘 드러나 있다. 그는 일제강점기 아동문학의 지배적 갈래였던 동요의 일률적 양식이라 할 '七五調式 定型律'과 같이 '形式의 固定化'를 무엇보다 경계하였다. 동시에 "朝鮮의 兒童文學에서 이미 淸算되어 버린 제 오래인 天使主義에 還退"한 "現今의 樂天主義는 애제부터 現實이라는 것은 認識해 보려고 하지도 안는 때문"(「兒童文學 · 其他」, 83쪽)이라며 윤석중류의 아동문학을 비판하고 있다. 송완순의 아동문학론이 형식을 외면하지 않지만 내용 곧 '현실' 인식을 무엇보다 강조하고 있음을 알 수 있다.

계급주의 아동문학의 절정기라 할 1932년에 송완순은 「兒童藝術時評」(8월호, 9월호)을 잇따라 발표한다. '小부르 兒童文學群'의 데마고기를 박멸할 것과, 아동예술이론 확립을 요구하고, 아동문학의 갈래로 "事象을 그 具體的 全體性에 잇어서 認識 把握"하기 위해 '兒童 長篇'과 "아지테이숀的 意味"에서 "콘트나 壁小說"(8월호, 18쪽)이 필요함을 역설하였다. 이어서 "童話! 그것은 兒童藝術의 中樞"(9월호, 19쪽)라 하여 계급주의 아동문학에서 동화의 창작과 발표에 주력해야 할 것을 요청한다. 이러한 주장의 배면에는 "兒童藝術에 잇어서의 모든 小부르 文學群과의 투쟁"이 중요하므로 "푸로레타리아 兒童藝術家 運動者는 계급的 任務의 一部로서 이에 對한 투쟁"(8월호, 14쪽)이 필요하다는 주장을 담고 있으며, 이론 확립과 갈래 탐구를 요청한 것은 그 구체적인 실천 방안을 모색한 것이라 하겠다.

이상의 논의를 요약해 볼 때, 송완순의 아동문학론은 민족모순과 계급모순이 중첩된 식민지 현실에 기반을 둔 계급주의 아동문학을 추구한 것이었다. 그러면서도 예술적 형식을 외면하지 않는 이른바 '회통(會通)'의 미학을 지향하였다는 점에서 오늘날 리얼리즘 아동문학론에도 수용할 수 있는 적실한 아동문학 논의였다고 할 것이다.

③ 아동의 연령 논쟁

아동(소년)의 연령 제한이 문제가 되었던 것은 소년운동의 조직 문제뿐만 아니라 이와 연관되는 아동문학의 갈래 구분 때문이었다. 1924년 12월 조선청년총동맹은 연령제한 문제가 가장 중요한 문제이므로 '연령제한조사연구위원회'를 조직하여 15인의 위원을 임명하고, 19개의 연령제한 조사 연구 세목을 선정하였다.[34] 청년운동과 연계되어 있던 소년운동도 이 문제를 비켜갈 수 없었다. 소년운동의 통일을 목적으로 창립한 조선소년연합회에서 1927년 10월 소년의 연령을 18세로 제한하자는 의견이 있었으나 결정을 보지 못하다가, 1928년 3월 25일 제1회 정기대회에서 12세에서 18세까지로 하고 지도자는 25세까지로 하였다.[35] 여기에는 여러 찬반 의견과 주장이 있었다. 홍은성은 "五歲로부터 十歲까지를 幼年期"(1.16)로 "十歲 以上 十八歲 乃至 二十歲까지를 少年"(1.17)으로 하자고 하였다. 김태오는 "年齡 制限을 한다 하면 滿 二十一歲"로 하되 "滿 二十二歲 以上"의 경우 새로운 위원회에서 추천하여 평의원이나 고문으로 두어 지도할 수 있도록 한다는 의견을 내었다. 조문

34 「青年團體의 年齡 制限 問題—조사연구위원회 조직」(『시대일보』, 1924.12.12)과 「青年總同盟의 年齡 制限 問題—조사연구회를 조직, 각지 단체 의견 참고」(『시대일보』, 1924.12.25) 참조.

35 「民主中央專權制로 朝鮮少年總同盟—朝鮮少年聯合會의 組織 變更 『朝鮮 少年 利益을 主張』」(『조선일보』, 1928.3.27), 丁洪教의, 「朝鮮少年運動 概觀—壹週年 紀念日을 當하야(二)」(『조선일보』, 1928.10.18), 방정환의 「朝鮮少年運動의 歷史的 考察(三)」(『조선일보』, 1929.5.7) 등 참조.

환(曹文煥)은 "國際上으로 보아서는 十一歲로부터 十五歲까지를 少年"으로 하면 좋을 것이나 "우리 朝鮮은 特殊性을 띄인 만치 그만치 아즉은 十二歲로부터 十八歲"까지가 좋다는 의견이었고, 안정복(安丁福)은 연령 제한이 불필요하다며 "少年運動者의 年令 制限은 派爭의 產物이엿든 것이 事實이요 眞正한 少年運動을 爲하야 取한 態度는 못 되엿든 것"[36]이라며 반대 의사를 밝히기도 하였다.

"소년운동은 소년의 손으로"[37] 하자면서도 연령문제를 쉬 해결하지 못하고 이론과 실천 양 측면에서 당대 소년운동을 이끌었던 여러 논자들의 의견이 갈린 것은 일제강점기 조선의 사회운동이 지닌 특수한 성격 때문으로 보아야 할 것이다. 전 사회운동의 부분적 운동으로서 청년운동과 소년운동이 존재하고, 독립적으로 운동을 전개할 능력을 갖추지 못한 하위 조직이나 세포단체를 상위조직이 지도하는 위치에 있었던 까닭이다. 이러한 사정 때문에 "三十年代의 階級的 兒童은 수염난 총각" 곧 "靑年的 兒童"(「朝鮮兒童文學試論」, 84쪽)이었다고 하였듯이 연령 문제는 소년운동과 소년문예운동의 성격과 실천에 커다란 영향을 미치는 것이었다.

송완순은 아동문학의 연령 문제를 몇 차례 다루었는데 주로 아동문학의 갈래 구분 문제를 해결하려는 노력의 일환이었다. 「'푸로레' 童謠論」에서 처음 시도하였는데, 이 글은 아동을 구별하는 것에서부터 시작한다. "自八歲 至十四歲까지의 兒童을 『幼年的 兒童』이라 하고 自十四歲 至十八歲까지의 兒童을 『少年的(靑年期에 直面한) 兒童』"(7.5)으로 구분하였다. 뚜렷한 이유를 밝히지는 않았지만 19~20세까지 '아동'이라 불

36 이상의 인용문을 차례로 밝히면 다음과 같다. 洪銀星, 「少年運動의 理論과 實際(二, 三)」(『중외일보』, 1928.1.16~17), 金泰午, 「少年運動의 當面問題－崔靑谷 君의 所論을 駁함(六)」(『조선일보』, 1928.2.16), 曹文煥, 「特殊性의 朝鮮少年運動—過去 運動과 今後 問題(七)」(『조선일보』, 1928.3.4), 安丁福, 「派爭에서 統一로－어린이날을 압두고(中)」(『중외일보』, 1930.4.23).

37 「少年運動의 統一 完成－소년운동의 통일을 목적한 조선소년련합회 창립 완성, 繼續하야 臨時大會까지」, 『동아일보』, 1927.10.19.

러도 좋다고 하였다. 2년여 뒤에 더 세분하여 다음과 같이 구분하였다.

幼年(兒童 一般의 第一期) 滿四歲 - 七歲

兒童(　　〃　　第二期) 滿八歲 - 十三歲

少年(　　〃　　第三期) 滿十四歲 - 十七歲

(注) 但, 右는 標準年齡임 (「兒童藝術 時評」, 9월호, 21쪽)

아동의 연령을 이렇게 구분한 것은 바로 당대의 주요 논점이었던 동요와 동시의 구분 문제를 해결하고자 한 까닭이었다. 유년적 아동의 시로 동요가, 소년적 아동의 시로 소년시가 필요하다는 주장의 근거가 연령 문제에 있었던 것이다.

④ 동요와 동시 구분 논쟁

동요와 동시의 구분 문제는 일제강점기 문단적 이슈가 된 아동문학 논쟁 가운데 하나였는데, 1930년대 들머리에 벌어진 첫 번째 논쟁이었다. 동요와 동시를 처음 구분한 사람은 아동문학계의 대표적 논자인 신고송이었다.

다음 定義를 가장 正當한 見解임을 말한다.

먼저 童謠의 定義를

一. 童心의 노래 二. 童語로 부를 것 三. 定型律 四. 詩的 獨創性

이라고 하면 童詩도

一. 童心의 노래 二. 童語로 부를 것 三. 自由律 四. 獨創性 (신고송b, 1.3)

동요와 동시의 정의를 각각 4가지 항목으로 제시하였다. 다 같은데 세 번째 항이 다르다. 동요는 정형률인데 동시는 자유율이라는 형식적 차이가 동요와 동시를 구분하는 기준이라는 것이다. 이에 대해 이병기(李炳基)가 반론을 제기하였다. "『定型律』, 『自由律』의 使用은 作家 趣味 如何에서 表現을 달리하는 것이지 決코 定型律이라고 童謠이며 自由律이라고 童詩란 것은 아니"(李炳基, 1.23)라며, 다음과 같이 동요를 정의하였다.

(一) 兒童의 心性을 純眞히 表現 (二) 童語로 노래할 수 잇는 것 (三) 虛飾을 버릴 것 (四) 兒童이 알 수 잇게 쉽게 表現할 것이다.

결국 "童謠가 童詩이니까 하필 童詩라 일홈하야 自由律을 定義로 하야 提唱하지 말고서 表現을 自由律로서 하여 달라는데 本論의 意義가 歸着"(李炳基, 1.24) 된다는 것이다.

이에 대해 다시 신고송은 "謠는 比較的(本質的?) 韻律的인 것임으로 定型的으로 表現된 것을 所謂 童謠(過去에 잇서서 우리는 그러케 解釋하야 오지 아니 하엿는가)이고—이러케 約束해 놋코—詩는 謠보다 比較的 豊富한 內包를 가젓스니 所謂 自由詩니 散文詩 하는 意味에서 自由律로 表現된 것을 童詩라고 하자는 것"(신고송c)이라며 반박을 하였다.

이에 대해 송완순은 동요와 동시를 구분한 신고송을 비판하고 나섰다.

童謠의 定義

(가) 現實的 生活을 土臺로 한 童心的 노래일 것 (나) 自身의 늣김을 거즛업시 노래하는 것임으로 個人的일 것(個性이 表現되지 안흐면 童謠가 아니다.) (다) 童謠로 쓰고 노래 불를 것 (라) 文字 文句의 配置—따라서 形式律도 作家個人의 생각과 作品의 性質에 依하야 絶對 自由일 것 (마) 詩的이며 卽感的이나 그 卽感은 다만 一瞬間的이 아니고 恒時的일 것 (「批判者를 批判」, 3.7)

동시(童詩)의 정의는 '全部 同上'이라며 동요가 동시고 동시가 바로 동요이므로 구별할 수 없다면서, '童謠와 童詩를 同一視하는 一方『少年詩』'라는 새로운 개념을 들고 나왔다. 양우정은 "童謠 童詩의 合同을 主張한 宋 氏의 論文을 抹殺하자"(양우정, 4.6)며 신고송과 비슷한 의견을 제시하였는데 그가 말한 동요와 동시의 정의는 다음과 같다.

> ◇ 童謠의 定義
>
> 一. 童心의 노래 二. 童語로 불을 것 三. 曲調가 附隨하는 定形律 四. 謠的(唱的) 要素를 가진 것
>
> ◇ 童詩의 定義
>
> 一. 童心의 노래 二. 童語로 불을 것 三. 不定形音律 卽 自由律 或은 曲調不隨하는 定形音律 四. 詩的 要素를 가질 것 (양우정, 4.6)

"要컨대 謠는 반다시 定形의 音律을 要求한다는 것이요 詩는 不定形의 音律이라도 無關"(양우정, 4.4)하다는 것이다. 이러한 양우정의 의견에 대해 송완순은 「童詩抹殺論」을 통해 반박한다.

> 싸라서 詩와 謠를 다만 吟과 唱과 쏘는 定形 形式과 自由 形式에서 區別하는 것 안히라 그 內容에 잇서서 區別하여야 한다. 卽 (가) 詩는 意識的 理智的이며 多分한 追求的 未來的인데 反하야 (나) 謠는 無意識的 感情的이며 多分한 卽興的 現在的이어야 한다. 그러나 勿論 彼此가 獨立한 別個가 아님은 勿論이다.
>
> (중략)
>
> 그러키 째문에 우리는 童詩를 必要로 하지 안흠으로써 兒童을 二期로 分하야 理性에 接近하면서 잇는 純粹한 兒童 第一期에서 거의 完全히 脫脚하야 意識도 점점 確實하야 가는 過程에 잇는 第二期의 兒童을『少年』이라고 하야 이들에게는『少年詩』가 必要하다는 것을 力說하는 바이다. (「童詩抹殺論」, 5.1)(밑줄 필자)

형식을 기준으로 동요와 동시를 구분할 것이 아니라 내용을 기준으로 구분하되, 동시가 불필요하기 때문에 아동을 두 시기로 나누어 제2기의 아동에게는 소년시가 필요하다는 주장이다. 전자에게는 자연생장적 동요를 후자에게는 목적의식적 동요가 필요하다는 것이다. 이러한 생각은 「批判者를 批判」에서 「童詩抹殺論」을 거쳐 「童謠의 自然生長性 及 目的意識性 再論」과 「'푸로레' 童謠論」으로 이어지는데 용어가 다소 바뀌었을 뿐 송완순의 일관된 주장이다.

박세영은 '동요작법'을 연재하면서 키타하라 하쿠슈(北原白秋)의 견해를 좇아 동요도 아동 자유시에서 나온 것이라면서도, "글자를 맞추어서(定型律) 수며 논 것이 동요(童謠)"(박세영, 1934, 31쪽)라 하여 신고송이나 양우정의 주장에 동조하였다. 하지만 억지로 글자 수를 맞출 필요는 없다고 하여 경직된 형식론자는 아니었다고 하겠다. 박세영과 마찬가지로 직접 논쟁에 가담한 것은 아니었지만 전식(田植)과 남석종(南夕鍾)도 동요 동시의 구분에 대한 의견을 밝혔다. "童謠라는 것은 우에 말한 바와 갓치 노래니까 곡조를 붓처 부르는 것이요 童詩란 것은 어린이의 생각과 느낌을 詩의 形式을 빌어서 自由로 써낸 것"(田植, 1.27)이라 구분하고 이를 다시 동요는 유년요와 소년요, 동시는 유년시와 소년시로 갈랐는데 이때 기준은 '내용'이었다. 이는 형식으로 동요와 동시를 가르고 내용으로 유년(4,5세~11,2세)과 소년(12,3세~17,8세)을 구분한 것이어서 앞의 논자들의 의견을 절충한 것으로 볼 수 있다. 남석종은 '아동시'의 개념을 정립하려는 논문에서, "童謠는 兒童生活을 兒童語로 音律 調子를 마처 쓴 律調詩요 兒童自由詩는 兒童生活을 兒童語로 表現한 無律調詩"(南夕鍾, 5.25)라 하여 신고송과 같은 의견이었다.

자유율인가 정형률인가가 동요와 동시를 구분하는 유일한 기준이 될 수는 없겠다. 하지만 당대 논자들은 대체로 형식을 통해 구분하는데 동의하는 듯하고, 신문과 잡지 편집자들도 작품을 구분할 때 형식에 따른 것이 일반적이었던 것으로 보인다. 따라서 당시 송완순의 주장이 두루 받아들여진 것은 아니었던 것 같다. 1963년에도 『아동문학』(제3집, 배영사)에서 '동요와 동시의 구분'이란 주제로 박목월이 발제를 하고, 강소천, 조지훈, 김동리 그리고 최태호가 각자의 의견을 밝힌 적이 있다. 논의의 내용은 동시는 형식이 자유롭다는 것이고, 동요는 노래로 불리는 것이기 때문에 형식의 제약을 어느 정도 인정하는 것으로 요약되지만, 아무도 뚜렷하게 둘을 구분하려 하지 않았다. "동요를 동시와 구별한다는 일은 어렵기도 하고 그렇게 필요한 일 같지도 않다. 동요가 동시를 닮아가고 옮아가는 동안 동요와 동시의 구별이 차차 어렵게 되어버렸다."[38]고 한 강소천의 말로 '동요 동시 구분 문제'가 요약되었다고 하겠다.

(2) 해방기 송완순의 아동문학론

송완순은 해방 공간을 어떻게 인식하고 있었을까? 수필 「解放 雜記帳—거리의 風景」, 「解放雜記帳」, 「三一運動의 文學的 繼承者」 그리고 「어떤 農民」을 통해 그의 해방직후의 내면풍경을 엿볼 수 있다. 해방 뒤 약석 달 동안의 모습을 담은 「解放 雜記帳—거리의 風景」에는, 친일파의 애국자 둔갑, 나라 걱정보다 개인의 치부와 영달에 안달하는 세태, 패망한 일본인들의 야만행동과 음모와 간계 및 추태에도 일본을 두둔하거나 그들의 물건을 사려고 광란하는 "쓸개 빠진, 조선 사람의 一部 分子들"의 "人皮獸의, 行動"에 "오늘날처럼 掃除의 緊急한 때가 이 나라에는 일직이 없"(74쪽)었다며 개탄하는 모습이 보인다. 「解放 雜記帳」에는 자주정신이 결여된 외세 의존적인 모습을 '親外派'로, "過去의 親日의 前衛隊이든 사람이야말로 오늘의 愛國者의 前衛隊"(89쪽)가 되어 있는 현실

38 「동요와 동시는 어떻게 다른가」, 『경향신문』, 1963.1.25.

을 개탄하면서 진정한 '愛國者'가 무엇인지를 짚고 있다. 「三一運動의 文學的 繼承者」는 3·1운동으로 나타난 젊은 문학자들이 노동계급의 발전이 조선 민족의 전도를 밝힌다는 과학적 판단에 의해 황민화(皇民化)에 동조하지 않았던 것처럼, 해방된 조국의 민족문화 건설에 있어 "進步的인 世界觀을 갖이고 民主主義 朝鮮文學의 創建과 發展에 指導的 役割"을 하는 것이 "三一運動의 偉大한 精神도 文學上에 가장 正當히 繼承"(87쪽)하는 것임을 강조한다. 「어떤 農民」은 혼란 와중에 나라 걱정보다 조그마한 개인적 이익을 붙좇는 고향 농민을 통해 해방 후의 남쪽 현실을 걱정하는 내용이다. "土地를 無償沒收 當하지 않기 爲한 愛國, 權力을 延長 强化키 爲한 獨立, 南朝鮮單獨政府를 爲한 反託!"을 부르짖는 남조선 지배계급의 애국, 독립, 반탁이야말로 그들의 "慾望實現을 爲한 便法에 不過"(56쪽)하다고 본다.

이러한 인식은 아동문학에도 그대로 반영된다. 일제강점기에 계급주의 아동문학을 표방했던 『별나라』가 속간호(제1호, 1945년 12월; 제2호, 1946년 2월호)를 발행하자, 「朝鮮歷史」를 집필해 일제에 의해 왜곡된 우리 역사를 어린이들에게 바로 알리려고 노력하는 것 등이 그러하다.

사정이 이러하다면 해방기의 부당한 현실을 극복하는 구체적 실천 방법은 무엇일까? 일제강점기부터 계급주의 (아동)문학을 지향했던 송완순으로서는 좌익 문단 조직의 이론에 기대는 것이 자연스러웠을 것이다. 그의 아동문학론이 기본적으로 '문건', '문맹' 그리고 '동맹'의 노선을 따르고 있는 점으로 입증된다. '문건'과 '문맹'이 대립한 것은 알려진 사실이고 송완순이 '문맹' 쪽에 가담한 사실도 앞에서 밝혔다. 문단의 주도권을 잃은 '문맹' 측이 곧바로 월북한 뒤로 남쪽에 남아 있던 송완순은 대체로 '문건'과 '동맹'이 주도하는 노선을 충실하게 따르는 아동문학론을 발표하였다. 그렇다면 해방 후 송완순이 추구한 바 아동문학론의 요지는 무엇이며 전개 양상은 어떠하였는지를 살펴보도록 하자.

해방 후 송완순의 첫 번째 아동문학 관련 비평문은 1945년 12월에 발표한 「兒童文學의 基本課題」다. "「朝鮮 것」을 찾고 맨드는" 것을 당면문제로 인식하고 "「日本的인 것」의 撲滅과 封建 殘滓의 掃蕩"을 하되 "進步的인 民主々義에 依"(「兒童文學의 基本 課題(上)」, 12.5)해서 실천해야 한다는 것이 중심 요지이다. 해방 후부터 비로소 좌익적 입장을 표명한 윤복진이 조금 앞서 발표한 「民族文化 再建의 核心—兒童文學의 當面任務」와 주된 내용이 비슷하다. 뒤이어 발표한 「民族文化 建設의 任務」도 "朝鮮의 新文化는 封建 遺制와 日本的 殘滓를 徹底히 掃蕩하고 民主主義意識을 高揚"(82)시키는 것을 제일 과업이라 하였고, 임화의 「現下의 情勢와 文化運動의 當面任務」도 골자는 같다. 이러한 주장은 1945년 8월 18일자로 조선문화건설중앙협의회 조선문학건설본부 아동문학위원회 명의로 한 「宣言」(『兒童文學』)과, 1945년 8월 31일자로 조선문화건설중앙협의회 서기국에서 발표한 「文化活動의 基本的 一般方策에 關하야」(『文化戰線』)에서 이미 밝힌 내용이다. 이러한 내용은 조선공산당중앙위원회에서 "새로 이 建設的 文化는 (중략) 그것의 本質을 規定한 '現情勢와 우리의 任務'를 理論과 實踐의 全基準으로 삼어야 한다"[39]고 이미 정리한 것으로, 그 원천은 바로 박헌영(朴憲永)의 '8월 테제' 곧 「현 정세와 우리의 임무」에 있었던 것이다.[40]

이즈음 '문건' 쪽의 대표적 문인이었던 이태준, 김남천, 이원조가 조선문학동맹 중앙집행위원회 위원장 홍명희(洪命熹)와 나눈 대담에서도 "朝鮮作家의 當面課題는 封建的 殘滓를 除去하는 새로운 兒童文學과 農民文學을 樹立하는 것"(이태준 외, 78~79쪽)이라 한 것과 윤복진이 아동문

39 조선공산당중앙위원회, 「朝鮮民族文化建設의 路線(暫定案)」, 『人民評論』, 창간호, 1946년 3월호, 25쪽.

40 박헌영, 「현정세와 우리의 임무」, 『이정 박헌영전집 2』, 역사비평사, 2004, 47~56쪽. 해방 후 좌익 아동문학론의 전개 양상과 '8월 테제'와의 관련성은 류덕제b(216~222쪽)에 자세히 밝혀져 있다.

학의 당면 임무를 '민족문화 재건의 핵심'이라 한 것을 두고 볼 때 당시 좌익들이 아동문학에 쏟은 관심을 짐작할 수 있다. 두 번째의 비평문이 「兒童文化의 新出發」인데 내용은 앞의 것과 대동소이하다. '새로운 아동문화의 당면의 기본 과제'로 "첫재는 日本的인 것의 根滅이며 둘재는 封建殘滓의 掃蕩이며 셋재는 進步的 民主主義에 依한 肯定的 建設的 精神의 涵養"(「兒童文化의 新出發」, 96쪽)을 들고 있다. 윤복진과 송완순의 주장은 '문건'과 '문맹'의 통합으로 이루어진 '동맹'의 조선문학자대회(1946.2.8~9)로 수렴되고 있다. 박세영이 아동문학에 관한 보고를 하였는데, 우리 아동문학이 걸어온 길을 살핀 후에 나아갈 방향을 제시하였다. 그 내용은 일본 제국주의 잔재 소탕, 봉건적 잔재 청산, 아동문학 전문 작가의 배출, 진보적 민주주의 지향 등(박세영, 1946, 96~110쪽)이었는데, 역시 '8월 테제'를 반영한 것이었다.

「兒童文化의 新出發」에서 특기할 것은 다음과 같은 내용이다.

> 이미 數個의 兒童文化 團體가 新 發足해서 活動을 開始하고 있다. 少年運動 團體도 생기었다. 祥瑞로운 일이나 活動이 積極的으로 展開되지 못하고 있는 것은 甚히 遺憾스럽다. 現實의 混沌 때문일 것이다. 하나 主體的으로도 어느 程度로 튼튼한지 擬心스러운 點이 없지 않다. 다른 일과도 달러서 여러 가지 理由로 나는 兒童文化 團體의 分立은 不可하다고 생각한다.
>
> 이미 우리들의 가야할 方向은 提示되엿으며 進步的 知識人은 누구나 그것을 承認하고 있다. 그렇면 弱小한 兒童文化 運動의 力量을 分散하는 것은 어느 모로 보아도 損害다. 斯界人의 깊은 反省을 바라마지 않는다. (「兒童文化의 新出發」, 99쪽) (밑줄 필자)

이 글의 말미에 작성일자가 있는데 '十一月 十五日'로 되어 있다. 글이 수록된 『人民』(제2권 제1호)의 발행일자가 1946년 1월 25일자이니,

1945년 11월 15일에 탈고했다는 뜻일 것이다. 송완순이 '문건'과 '문맹'을 통합하기 위해 '문맹' 측 합동위원으로 회합한 날짜가 1945년 12월 6일이라 하였다. 이후 1946년 2월 8~9일 양일간 조선문학자대회가 열렸으나 '문맹' 측의 이기영과 한설야는 의장에 지명되었지만 참석하지 않고 곧 월북하였다. 하지만 송완순은 조선문학자대회에 참석하였고, 4월에 열린 제4회 중앙집행위원회에서 아동문학부 위원으로 보선되었다. 이상의 경과를 보면 송완순이 '兒童文化 團體의 分立은 不可'하고 '이미 우리들의 가야 할 方向은 제시'되었다고 판단하며 '兒童文化 運動의 力量을 分散'하면 손해라고 한 까닭을 어느 정도 짐작할 수 있겠다.

이보다 앞서 '문건'(조선문화건설중앙협의회)의 아동문학위원회 기관지인 『아동문학』(창간호 1945.12)에는 임화, 이원조, 안회남[41] 등의 글이 실려 있다. 종합하면 우리말을 되찾고, 일본 제국주의 잔재를 소탕하며, 봉건 잔재를 청산하여 과학적 창의력을 추구하고, "童心의 現實에서의 遊離를 完全히 抛棄하고 어데까든지 現實을 파내고 戰取하는 데서 兒童文學을 비로소 한 개 훌륭한 文學으로 成立할 것"(安懷南)이라는 내용이었다. 또 다른 기관지인 『文化戰線』(1945.11.15. 창간)에는 김남천의 「文學의 敎育的 任務」가 수록되어 있다. 이는 1945년 9월 29일 '해방기념문예강연회'의 연설 원고였는데 아동문학에 대해 다음과 같은 특별한 관심이 표명되어 있다.

> 우리 文學의 敎育的 任務의 가장 重要한 對象의 하나가 우리 兒童이어야 한다는 그것입니다. (중략) 過去의 幼稚園이나 小學校에서 取해 온 兒童에 對한 態度나 또는 兒童文學에서 떠나서, 正確한 智識과 새로운 經驗과 바른 英雄主義를 가지고 우리들이 兒童을 키워나가는 한편, 그들의 創造力을 啓發하고 育成하여 將來 우리 새로운 朝鮮을 바르게 떠 매고 나갈 役軍을 기르지 않으면 아

41 林和의 「兒童文學 압헤는 未曾有의 任務가 잇다」, 李泰俊의 「兒童文學에 있어서 成人文學家의 任務」, 李源朝의 「兒童文學의 樹立과 普及」, 安懷南의 「兒童文學과 現實」을 가리킨다.

니 되겠읍니다. (중략) 바른 科學 知識과 옳은 經驗과 리알리즘과 로맨티시즘이 完全히 結合된 勇敢하고 재미난「옛말」童謠, 童劇, 童話의 創造 等等이 要望되고 있는 것입니다. (밑줄 필자)

일본 제국주의와 조선 봉건세력이 결착하여 시행한 조선인에 대한 문맹정책, 문화말살정책, 민족생활 파괴정책을 극복하기 위해 문학의 교육적 임무를 설파한 이 글이 아동문학의 교육성 혹은 계몽적 입장을 강조한 것은 조금도 이상할 것이 없다. 덧붙여 봉건 잔재를 극복하기 위해 과학을 강조하고, 바람직한 현실 인식을 위해 리얼리즘을 요구하고 있다. 이는 해방 직후 문학 일반과 아동문학의 주요 기조였음을 확인할 수 있다.

조선 아동문학의 '신출발'을 모색한 후 이를 더 구체적으로 분석한 것이「朝鮮兒童文學試論—特히 兒童의 單純性問題를 中心으로」이다. 부제가 가리키듯이 아동의 '單純性'을 기준으로 아동문학의 사적 흐름을 3단계로 나누어 진단하였다. 먼저 방정환 중심의 아동문학관은 아동의 단순성을 너무 단순하게 해석한 탓에 아동을 현실로부터 분리시켜 "現實生活에 別로 물들지 안은 純潔無垢하고 · 天眞爛漫하고 · 無邪氣한 · 人間으로서의 天使"로 만들어 "무지개의 나라로 昇華"(83쪽)시켰다고 보았다. 반면 1930년 전후의 계급적 아동문학자들은, 천사적 아동을 인간적 아동으로 환원시키는 데는 성공하였으나 "兒童의 單純性을 無視 或은 忘却한 結果"로 "靑年的 兒童" 곧 "수염 난 총각"(84쪽)으로 만들어버려 과오를 저질렀다고 진단한다. 마지막으로 1935년 전후, 계급적 아동문학이 사라지자 그 자리를 대신한 윤석중 등의 "新天使主義 兒童文學"은 방정환류의 천사주의를 계승하였으나 그들이 감상적이었던 데 비해 낙천적이었던 잘못으로 인해 "地上의 天使"(85쪽)를 만들어버렸다는 것이다. 이러한 진단 끝에 진보적 민주주의를 지향하는 현시점의 아동문학은 아동을 "初步人間", "아름다운 人間", "未成人間"임을 인정하고 진선미보다 위악추(僞惡醜)가 압도적으로 많은 현실생활을 관념이 아니라 실제로 파악하여 어떻게 하면 그들이 더 행복하게 살 수 있도록 할 것인가를 구명하는 것이 목표이자 임무가 되어야 한다는 것이다.

「朝鮮兒童文學試論」을 다시 정리한 글이 「兒童文學의 天使主義」다. 일제강점기 아동문학을 사적(史的) 관점에서 천사주의(순수아동주의)와 진보적 아동문학으로 구분하였다. 다시 천사주의를 둘로 나누어 방정환의 감상(感傷)과 윤석중의 낙천(樂天)으로 구별하였다. 전자가 식민지의 참혹한 현실은 인식하나 적극적 투쟁으로 발전시키지 못하고 아동을 현실에서 격리하여 관념적으로나마 행복감을 주려는 천사주의였다면, 후자는 민족적 사회 현실을 무시하고 어린이는 즐거운 인생이며 즐거워해야만 하는 인물로 만들어버려 무의식중에 일본제국주의에 동조하는 역할을 하고 만 천사주의라는 것이다. 이 "樂天主義는 애세부터 現實이라는 것은 認識해 보려고 하지도 안"(「兒童文學 · 其他」, 83쪽)았기 때문에 감상적 천사주의보다 낙천적 천사주의가 더 나쁘다고 보았다. 후자에는 윤석중뿐만 아니라 "日帝 末期에 活躍한 朝鮮 兒童文學者의 大部分—例컨대 盧良根, 楊美林, 崔秉和, 任元鎬, 尹福鎭, 姜小泉, 朴泳鍾, 等 諸氏—에게도 適用"(31쪽)된다고 하였다. 결국 "어린이를 觀念에 있어서만 미리 天使부터 만드는 데에 힘을 浪費하지 말고 어린이가 實際에 있어서 文字 그대로의 天使的인 人間이 될 수 있을, 社會의 探究에 關한 意慾과 情熱을 啓發하는 데에 置重"(31쪽)하는 것이 해방 후 '兒童文學의 알파와 오메가'라는 것이다.

이즈음에 아동출판물에 대해 비판적 입장을 표명하기도 한다. 상업주의적 출판물은 박제된 신화와 봉건주의 및 국수주의에 머물러 예술과 과학 및 민주주의를 찾을 수 없고, 교화주의적 출판물은 "現實的 具體性을 옳게 把握하여 社會의 客觀情勢에 相應하는 積極的인 方策을 取하지 않고 一般的 抽象性만 默守"하려다가 "反動主義의 利用物 노릇"(「兒童出版物을 糾彈」)만 한다면서 "糾彈"한 것이다. 그 논지 역시 봉건 잔재를 청산하고 구체적 현실에 기반을 두어야 한다는 것으로 요약될 수 있어 지금까지 주장한 바의 연장선상에 있다고 할 것이다.

이상과 같이 해방 후 송완순이 제기한 아동문학론의 전개과정과 논지를 추려보면, 먼저 '기본 과제', '신 출발'이란 개념을 통해 해방 후 아동문학이 나아갈 방향을 모색하고 있다. 이어지는 논의에서는 '단순성'과 '천사주의'라는 개념을 기준으로 우리 아동문학의 사적(史的) 흐름을 검토한다. 그 후 내린 결론은 관념으로 천사부터 만들 것이 아니라 아동이 처한 현실을 제대로 인식하고 대응하여 실제 천사적인 인간이 될 수 있도록 하는 것이 아동문학의 목표이자 임무가 되어야 한다는 것이었다.

3. 맺음말

송완순은 일제강점기와 해방기를 통틀어 지속적으로 작품과 비평 활동을 전개한 아동문학가이다. 그럼에도 불구하고 지금까지 이렇다 할 연구가 없고 따라서 알려진 것도 많지 않다.

이 논문에서는 송완순과 그의 아동문학론을 살펴보고자 하였다. 신문과 잡지를 두루 찾아 부족한대로 작가연보와 작품연보를 작성하였다. 작품을 확정하기 위해서는 여러 개의 필명을 확인하는 작업이 필요했다. 대부분 명확한 증거를 찾았지만 몇몇은 합리적인 추론을 바탕으로 확인한 것도 있다.

송완순은 1920년대 중후반부터 월북할 때까지 일관되게 계급문학적 입장을 유지하였다.

일제강점기 송완순의 비평은 논쟁을 통한 아동문학 이론 정립, 소년운동과 프롤레타리아 아동문학론, 아동의 연령 논쟁, 그리고 동요와 동시 구분 논쟁으로 나누어 살펴볼 수 있었다. 아동문학의 형성기라 할 시기임에도 송완순은 당대 아동문학의 주요 논점을 파악하는 능력과 정확한 문장력을 바탕으로 한 논지 전개 등으로 아동문학 비평의 수준을 일정 부분 끌어올렸다는 평가를 받을 만했다. 일본 아동문학가들의 주장을 일방적으로 수용하기에 급급했던 당대 문단 수준에서 드물게 비판적으로 수용하고자 한 것도 이러한 평가를 가능하게 하였다.

해방기 송완순의 아동문학론은 '문건'과 '동맹'의 노선을 따랐다. 처음 '문맹'에 소속되었으나 단체의 분립과 아동문화 운동의 역량을 분산하는 것이 옳지 않다며 '문건'과 '동맹'의 노선을 따른 것이었다. 알다시피 '문건'과 '문맹'으로 갈라진 좌익 문학 단체가 '문건' 중심으로 통합된 것은 조선공산당의 명령에 따른 것이었고 이념적 배경은 '8월 테제'에 있었다.

해방기 아동문학이 해야 할 일은 새로운 나라의 건설과 맞물려 있었기 때문에 정치 이념과 분리되지 않는 것은 당연한 결과라 할 것이다. 송완순의 아동문학론도 정치이념과 같이 봉건 유제와 일제 잔재 청산 및 진보적 민주주의 노선에 초점을 맞추고 있었다. 이를 위해 일제강점기 아동문학을 반성적으로 돌아보고 향후의 방향을 모색하는데 주력했다. 일제강점기 아동문학을 사적으로 검토하면서 크게 천사적 아동문학과 진보적(계급적) 아동문학으로 나누었다. 천사적 아동문학은 방정환류의 감상적 천사주의와 윤석중류의 낙천적 천사주의로 다시 세분하였다. 현실을 아예 외면한 낙천적 천사주의가 더 나쁘다고 평가하였다.

남은 문제는 아동문학 작품과 비평을 연결시켜 종합적인 송완순 연구를 하는 것이다. 덧붙여 일반 문학 활동도 적지 않은데 이것에 대한 검토도 필요하다고 생각된다. 대중예술, 농민예술, KAPF에 관한 글들을 면밀하게 분석하면 아동문학 연구에 도움이 될 부분이 있을 것으로 보인다.

참고문헌

1. 자료

朝鮮프로레타리아文學同盟전단지, 『大潮』, 『文化戰線』, 『별나라』, 『批判』, 『새벗』, 『少年運動』, 『新建設』, 『新世代』, 『新少年』, 『新文藝(新朝鮮)』, 『新文學』, 『兒童文學』, 『兒童文化』, 『어린이』, 『女性公論』, 『映畵演劇』, 『藝術運動』, 『우리문학』, 『人民』, 『人民科學』, 『人民藝術』, 『人民評論』, 『朝鮮詩壇』, 『現代科學』, 『協同』, 『경향신문』, 『동아일보』, 『民報』, 『民主新報』, 『조선일보』, 『조선중앙일보』, 『중외일보』

2. 논문과 저서

권영민, 『월북문인연구』, 문학사상사, 1989.

권영민, 『한국계급문학운동사』, 문예출판사, 1998.

권영민, 『한국계급문학운동연구』, 서울대학교출판문화원, 2014.

권영민, 『한국현대문학대사전』, 서울대학교출판부, 2004.

권영민, 『해방 직후의 민족문학운동 연구』, 서울대학교출판부, 1986.

金南天, 「문학의 교육적 임무」, 『文化戰線』, 창간호, 1945년 11월호.

김윤식, 「광복 후의 문화운동 연구－인민민주주의 민족문학운동을 중심으로」, 『國史館論叢』, 제25집, 1991년 9월.

김종헌, 「해방기 동시의 담론 연구」, 대구대학교 대학원 박사학위논문, 2005.

金泰午, 「少年文藝運動의 當面에 任務(전7회)」, 『조선일보』, 1931.1.30~2.10.

김현식, 정선태 편, 『'삐라'로 듣는 해방직후의 목소리』, 소명출판, 2011.

南夕鍾, 「朝鮮과 兒童詩－兒童詩의 認識과 그 普及을 爲하야(전11회)」, 『조선일보 특간』, 1934.5.19~6.1.

단대출판부 편, 『빼앗긴 冊－1930年代 無名 抗日詩選集』, 1981.

頭流山人, 「童話運動의 意義－少年文藝運動의 新展開(전4회)」, 『중외일보』, 1930.4.8~11.

류덕제a, 「1930년대 계급주의 아동문학론의 전개 양상과 의미」, 『한국아동문학연구』, 제26호, 한국아동문학학회, 2014년 5월.

류덕제b,「일제 강점기 계급주의 아동문학의 방향전환론과 작품적 대응양상 연구—『별나라』와 『新少年』을 중심으로」, 『문학교육학』, 제43호, 한국문학교육학회, 2014년 4월.
류덕제c,「윤복진의 아동문학과 월북」,『아동청소년문학연구』, 제17호, 한국아동청소년문학학회, 2015년 12월.
閔丙徽,「文壇의 新人 · 캅프」,『三千里』, 1933년 10월호.
박경수,「카프(KAPF) 농민시 연구」,『牛岩斯黎』, 제5호, 부산외국어대학교 국어국문학과, 1995.
朴世永,「(少年文學講座)童謠 · 童詩는 엇더케 쓰나(三)」,『별나라』, 통권74호, 1934년 1월호.
朴世永,「朝鮮兒童文學의 現狀과 今後方向」,『建設期의 朝鮮文學』, 백양당, 1946.
박헌영,「현 정세와 우리의 임무」,『이정 박헌영전집 2』, 역사비평사, 2004.
雪松兒,「一九三二年의 朝鮮 少年文藝 運動은 엇더하엿나」,『소년세계』, 제3권 제12호, 1932년 12월호.
申孤松a,「童心에서부터—旣成童謠의 錯誤點, 童謠詩人에게 주는 몃 말(전8회)」,『조선일보』, 1929.10.20~29.
申孤松b,「새해의 童謠運動—童心 純化와 作家誘導(전3회)」,『조선일보』, 1930.1.1~3.
申孤松c,「童謠와 童詩—李 君에게 答함」,『조선일보』, 1930.2.7.
申孤松d,「公正한 批判을 바란다—『批判者를 批判』을 보고(전3회)」,『조선일보』, 1930.3.30~4.2.
安德根,「푸로레타리아 少年文學論(전10회)」,『조선일보』, 1930.10.18~11.7.
安 漢,「朝鮮プロレタリア藝術運動略史」,『思想月報』, 1932년 10월호.
梁雨庭,「童謠와 童詩의 區別(전3회)」,『조선일보』, 1930.4.4~6.
원종찬,『북한의 아동문학—주체문학에 이르는 도정』, 청동거울, 2012.
원종찬,「일제강점기의 동요 · 동시론 연구: 한국적 특성에 관한 고찰」,『한국아동문학연구』, 제20호, 한국아동문학학회, 2011.
윤복진,「民族文化再建의 核心-兒童文學의 當面任務(上, 下)」,『조선일보』, 1945.11.27~28.

李炳基,「童謠 童詩의 分離는 錯誤－孤松의 童謠運動을 읽고(전2회)」,『조선일보』, 1930.1.23～24.
이재철,『세계아동문학사전』, 계몽사, 1989.
李周洪,「兒童文學運動 一年間－今後 運動의 具體的 立案(전9회)」,『조선일보』, 1931.2.13～21.
李泰俊 외,「碧初 洪命熹先生을 둘러싼 文學談議」,『大潮』, 제1권 제1호, 1946년 1월호.
임성규a,「근대 아동문학 비평의 현실 인식과 비평사적 함의－아동문학 비평가 송완순(宋完淳)을 중심으로」,『인문과학연구』, 제10호, 대구가톨릭대학교 인문과학연구소, 2008.
임성규b,「해방직후의 아동문학 운동 연구－좌익 문학 단체의 계몽 기획과 그 의미」,『동화와 번역』, 제15호, 동화와번역연구소, 2008.
林 和,「現下의 情勢와 文化運動의 當面任務」,『文化戰線』, 1945.11.15.
張善明,「少年文藝의 理論과 實踐(전4회)」,『조선일보』, 1930.5.16～19.
田 植,「童謠 童詩論 小考(전3회)」,『조선일보특간』, 1934.1.25～27.
조선공산당중앙위원회,「朝鮮民族文化 建設의 路線(暫定案)」,『人民評論』, 창간호, 1946년 3월호.
조선문학가동맹중앙집행위원회서기국 편,『建設期의 朝鮮文學』, 백양당, 1946.
조선문화건설중앙협의회서기국,「文化活動의 基本的 一般方策에 關하여」,『文化戰線』, 1945.8.31.
조선문화건설중앙협의회 조선문학건설본부 아동문학위원회,「宣言」,『兒童文學』, 1945.12.1.
최미선,「『신소년』의 서사 특성과 작가의 경향 분석」,『한국아동문학연구』, 제27호, 한국아동문학학회, 2014.
편집실 엮음,『분단자료집－1945년～1948년 자료 모음』, 도서출판 한백사, 1989.
洪銀星,「少年運動의 理論과 實際(전5회)」,『중외일보』, 1928.1.15～19.
K·S生,「一九三四年 作家照明台」,『신소년』, 1934년 4-5월 합호.

3. 기타

「文學家住所錄」, 『新文學』, 제1권 제2호, 1946년 6월호.

「별님의 모임」, 『별나라』, 1925년 5월호.

「成果多大한 轉向 決算—自首者 無慮 五萬餘!」, 『조선일보』, 1949.12.2.

「著名한 文化人의 自進 加盟이 異彩」, 『동아일보』, 1949.12.1.

「差押 中外日報 三月三十日付 迎春所感(二) 宋完淳」, 「諺文記事 不穩記事 概要」, 京城地方法院 檢事局 文書, 1928.3.30.

〔부록〕 송완순의 작품연보

작가	작품	갈래	게재지	발표 연월일
宋完淳	봄 편지	동요	신소년	1926.4
大田 宋完淳	故鄕의 팽나무	작문	어린이	1926.5
宋完淳	父母님 생각(選外佳作)(원문불수록)	동요	신소년	1926.6
宋完淳	金在洪 兄님에게(選外佳作)(원문불수록)	작문	신소년	1926.6
大田 鎭岑面 內洞 宋完淳	강남각시의론	동요	신소년	1926.7
大田郡 宋完淳	그리운 벗	소년시	신소년	1926.12
大田郡 鎭岑 宋完淳	朝鮮의 天才여 나오너라-「功든塔」을 읽고	소년시	신소년	1927.1
大田郡 鎭岑面 宋完淳	봄	동요	신소년	1927.4
大田 宋完淳	달ㅅ밤	동요	별나라	1927.4
大田 宋完淳	어머니 보고지고	동요	신소년	1927.6
宋完淳	新少年社 記者 先生 想像記	수필	신소년	1927.6
宋完淳	거미줄	동요	중외일보	1927.6.9
宋完淳	맹꽁이	동요	중외일보	1927.6.24
宋完淳	해바라기	동요	중외일보	1927.7.15
宋完淳	자장아기	동요	조선일보	1927.7.19
宋完淳	라팔쏫	동요	조선일보	1927.7.19
宋完淳	農村 동무들에게	감상문	신소년	1927.8
한밧	어린 동무여	少年詩	신소년	1927.8
한밧	시드른 無窮花	少年詩	신소년	1927.8
宋完淳	우산쏫	동요	중외일보	1927.8.18
宋完淳	느즌 여름 (二七. 七. 三 누어서)	동요	중외일보	1927.8.19
宋完淳	낫에 나온 달님	동요	조선일보	1927.8.27
송완순	人形아기(二七. 八. 五 누어서)	동요	중외일보	1927.8.28
宋完淳	매암이	동요	조선일보	1927.8.28
大田 宋完淳	거미줄	동요	조선일보	1927.8.30
大田 宋完淳	은구슬	동요	별나라	1927.10
宋完淳	모래성	동요	중외일보	1927.12.3
宋完淳	밤바람(쓸쓸한 밤 病席에서)	동요	중외일보	1927.12.3
大田 鎭岑 宋完淳	댕댕이(八月 十二日)	동요	중외일보	1927.12.24
大田 鎭岑 內洞 宋完淳	죽은 인형 (八月 五日)	동요	중외일보	1927.12.26

宋完淳	설날	동요	중외일보	1928.1.9
大田 宋完淳	가지 말아요	동시	중외일보	1928.1.17
大田青年同盟 宋完淳	싸락눈	동요	중외일보	1928.1.17
大田 宋完淳	놀애(舞蹈曲)	동요	중외일보	1928.1.18
大田 宋完淳	싀집가는 누나	동요	중외일보	1928.1.19
宋素民	쪼각달	동요	중외일보	1928.1.21
大田 宋完淳	자동차	동요	중외일보	1928.1.21
大田 宋完淳	놀애	동요	중외일보	1928.1.21
大田 宋完淳	귀뚤님	동요	중외일보	1928.1.24
宋完淳	空想的理論의 克服－洪銀星氏에게 與함(전4회)	평론	중외일보	1928.1.29～2.1
宋完淳	영애의 죽엄(전2회)	童話詩	중외일보	1928.2.9～10
宋完淳	迎春所感(전2회)	수필	중외일보	1928.3.29～30
한밧	밤은 새여지도다	동시	신소년	1928.4
한밧	병아리 서울 구경	동요	신소년	1928.4
宋完淳	平和의 독기	동화	신소년	1928.4
素民	누구의 죄(전2회)	소년소설	신소년	1928.4～5
宋完淳	엇던 光景	소년소설	신소년	1928.5
宋完淳	별나라의 돌마지를 위하야	동요	별나라	1928.6
한밧	개고리	동요	신소년	1928.7
宋完淳	金 君에게(六頁 削除)	수필	신소년	1928.7
宋完淳	피리	동요	신소년	1928.8-9월 합호
宋完淳	眞實한 동무	우정 미담	신소년	1928.8-9월 합호
宋完淳	달리는 넘비(전5회)	동화	중외일보	1928.10.12～16
宋完淳	병아리 경주	동요	신소년	1928.11
宋完淳	됴선의 어린이	장편 소년시	신소년	1928.11
宋完淳	분홍 菊花(전6회)	童話	중외일보	1928.11.3～9
宋完淳	자장아기	동요	신소년	1929.1
宋完淳	春曲十四首(「봄소식」, 「봄의 짜님」, 「종달새」, 「시내ㅅ물」, 「피리ㅅ소리」)	동요	중외일보	1929.3.9
宋完淳	달어나는 달님	동요	중외일보	1929.3.10
송완순	詩想斷片(黃錫禹 編, 『青年詩人百人集』)	평론	朝鮮詩壇 제5호	1929.4

宋완순	太陽의 아들(「序詩」, 「太陽의 아들(俗謠體)」)	시	朝鮮詩壇 제5호	1929.4
宋完淳	진달내	동요	중외일보	1929.5.3
宋素民	두번ㅅ재의 꿈(二)-(「꿈꾼 奇男이」의 續篇)	신동화	신소년	1929.8
宋完淳	달님	동요	신소년	1929.8
宋完淳	갈닙	동요	조선일보	1929.11.7
宋完淳	동무들아 나오너라	동요	조선일보	1929.11.7
宋素民	무서운 돈	동화	신소년	1930.1
宋素民	新進作家에 對한 問題	평론	無名彈 창간호	1930.1
宋完淳	뎐긔등	동요	신소년	1930.2
宋素民	감사의 아들(1)-거룩한 죽엄	동화	신소년	1930.2
宋完惇[43]	널쒸기(幼女의 노래)	동요	조선일보	1930.2.11
宋完淳	비행긔	동요	조선일보	1930.2.11
宋完淳	집 보는 아희의 노래(幼女의 노래)	동요	조선일보	1930.2.13
宋完淳	공치러 가자	동요	조선일보	1930.2.16
九峰山人	批判者를 批判-自己辯解와 申 君 童謠觀 評(전21회)	평론	조선일보	1930.2.19~3.19
宋虎	大衆藝術論(전9회)	평론	조선일보	1930.2.5~18
宋完淳	종달새	동요	신소년	1930.4
宋駝麟	朝鮮 '푸로' 藝盟과 '푸로' 藝術運動-第一線인가 第三線인가(전10회)	평론	조선일보	1930.4.5~18
九峰學人	個人으로 個人에게-君이야말로 '公正한 批判'을(전8회)	평론	중외일보	1930.4.12~20
九峰學人	童詩抹殺論(전6회)	평론	중외일보	1930.4.26~5.3
宋完淳	朝鮮 童謠의 史的 考察(二)	평론	새벗	1930.5
宋完淳	병신된 달님	동요	신소년	1930.5
九峰學人	하얀 차돌	동요	중외일보	1930.5.12
宋九峰	童謠의 自然生長性 及 目的意識性(전5회?)	평론	중외일보	1930.6.14~?
宋駝麟	續 反大衆藝術論(전18회)	평론	중외일보	1930.6.17~7.5
九峰學人	童謠의 自然生長性 及 目的意識性 再論(전4회)	평론	중외일보	1930.6.29~7.2
九峰學人	'푸로레' 童謠論(전14회)	평론	조선일보	1930.7.5~22
宋完淳	반듸ㅅ불	동요	별나라	1930.10
宋駝麟	新進 藝術家의 任務(전9회)	평론	조선일보	1931.2.13~21

素民學人	(自由評壇-新進으로서 旣成에게, 先進으로서 後輩에게) 公開反駁—金泰午 君에게	평론	조선일보	1931.3.1
宋完淳	지주아들 까마귀	동요	신소년	1931.5
宋完淳	뛰엄질	동요	신소년	1931.6
宋素民	코기리의 말로(상, 하)	동화	신소년	1931.9~10
宋完淳	農民藝術 問題—槪術的 私案 草稿(전11회)	평론	조선일보	1932.4.5~20
宋完淳	방울	동요	신소년	1932.6
虎人	兒童藝術 時評	평론	신소년	1932.7
宋完淳	잠자는 듸딀방아	동요	신소년	1932.8
虎人	兒童藝術 時評	평론	신소년	1932.9
宋虎	藝術의 非常時的 ×× 時代 (삭제)	평론	우리들	1934.2
宋江	文藝時感	평론	우리들	1934.3
宋江	藝術에 잇어서의『眞實』의 問題(전6회)	평론	동아일보	1934.5.4~10
宋江	(壁評論)張赫宙 氏의 ガルボウ	평론	우리들	1934.4-5월 합호
宋完淳	朝鮮과 르네쌍스—必要한가? 또 可能한가?(상, 하)	논설	동아일보	1934.9.15~17
宋江	浪漫과 寫實—로맨티시슴과 리알리슴의 調和를 爲하야(전8회)	평론	동아일보	1934.11.30~12.9
宋江	봄을 찾는 마음(上, 下)	수필	동아일보	1935.3.5~6
宋江	文藝評論의 饑饉(上, 下)	평론	동아일보	1935.4.16~17
宋江	海外文學派에 對한 數言(上, 下)	평론	동아일보	1935.4.18~20
宋江	文藝時評	평론	朝鮮文壇 제4권제3호	1935.6
宋完淳	거름마	동요	동아일보	1937.11.14
宋完淳	童謠論雜考—研究 노-트에서(전4회)	평론	동아일보	1938.1.30~2.4
宋完淳	호도	동요	동아일보	1938.2.20
宋完淳	신문팔이	동요	동아일보	1938.4.5
宋完淳	봄나드리	동요	동아일보	1938.5.15
宋江	(文藝時感)思想의 喪失	평론	批判	1938.12
宋江	文學의 非大衆性: 附, 通俗文學의 必要(전4회)	평론	조선일보	1939.4.2~6
宋完淳	비누방울(柳基興 曲)[44]	동요	라듸오	1939.7.8
宋完淳	兒童文學 其他	평론	批判	1939.9
宋完淳	兒童과 映畵	평론	映畵演劇	1939.11

宋完淳	쪽제비와 여호	동화	새동무	1945.12
宋江	文化運動의 現段階的 課題－怱忙한 覺書草	평론	藝術運動 창간호	1945.12
宋完淳	解放雜記帳－거리의 風景	수필	藝術運動 창간호	1945.12
宋江	新青年論－特히 昨今의 青年의 動向에 關하여	논설	新建設	1945.12
宋完淳	朝鮮歷史(제1회)	강좌	별나라 속간 제1호	1945.12.
宋完淳	兒童文學의 基本 課題(전3회)	평론	조선일보	1945.12.5~7
宋完淳	解放 雜記帳	수필	女性公論	1946.1
宋完淳	兒童文化의 新出發	평론	人民	1946.1
宋完淳	(歷史講座)朝鮮歷史(제2회)	강좌	별나라 속간 제2호	1946.2
宋完淳	三一運動의 文學的 繼承者	수필	우리문학 제2호	1946.3
宋完淳	民族文化 建設의 任務－그의 르네쌍스的 意義	평론	人民 제4호	1946.3
宋江	三一運動과 八·一五 事件의 意義 及 關聯性	논설	新世代 창간호	1946.3
宋完淳	왜놈은 갓것만	동요	새동무 제2호	1946.4.1
宋完淳	朝鮮兒童文學試論－特히 兒童의 單純性 問題를 中心으로	평론	新世代	1946.5
宋江	解消하는 共產黨(上)－新局面에 直面한 南朝鮮 政界	평론	독립신보	1946.8.6
宋江	民主戰線의 新展開(中)－第三인터의 解散, 各國事情에 適應한 組織機構	평론	독립신보	1946.8.7
宋江	民主戰線의 新展開(下)－宗派主義를 嚴戒, 勃然히 이러난 革命的 情熱	평론	독립신보	1946.8.8
宋完淳	共委有感	수필	新朝鮮	1947.2
宋完淳	자장노래	동요	少年運動 제2권제1호	1947.4
宋完淳	基督의 國籍	수필	文學評論 제3호	1947.4
宋完淳	兒童出版物을 糾彈	평론	民報	1947.5.29
宋完淳	어떤 農民	수필	協同	1947.6
宋完淳	民族文化建設の任務－そのルネッサンス的 意義(東京에서 발행)	평론	民主朝鮮[45] 제2권제12호	1947.7

宋完淳	어린이의 特權	수필	現代科學	1947.12
宋完淳	作家手帖: 風俗	수필	文學 제7호	1948.4
宋完淳	兒童文學의 天使主義－過去의 史的 一面에 關한 備望草	평론	兒童文化	1948.11
宋完淳	나의 兒童文學	수필	조선중앙일보	1949.2.8
宋完淳 譯	『歐洲文學發達史』(V.M.Friche)	번역	開拓社	1949.4
九峰散人	土地改革의 實際(전4회)	논설	漢城日報	1948.11.23~26

43 '宋完淳'의 오식으로 보인다. 「집 보는 아희의 노래(幼女의 노래)」도 같은 '幼女의 노래'인 점으로 보아 宋完淳의 작품으로 보는 것이 옳다. 일제강점기 '송완돈(宋完惇)'이란 이름으로 작품을 발표한 예는 없다.

44 이 작품의 발표지를 확인할 수 없는데 '라듸오'(1939.7.8(土) 오후 6시 30분)에 '노래공부(一) 宋完淳 謠, 柳基興 曲, 洪恩惠'에 발표된 동요이다.(『매일신보』, 1939.7.7~8)

45 『民主朝鮮』(朝鮮文化社, 東京)은 해방 직후 재일동포(조진남, 장두식, 김원기, 원용덕, 김달수)에 의해 발행된 최초의 일본어 종합잡지로 1946년 4월부터 1950년 7월까지 총 33호가 간행되었다. 「民族文化建設の任務—そのルネッサンス的 意義」는 「民族文化 建設의 任務—그의 르네쌍스的 意義」(『人民』, 제4호, 1946년 3월호)를 번역한 것이다.

최초의 동요 창작 지침서, 정열모의 『童謠作法』

1. 아동문학의 출발과 동요

우리나라 아동문학의 본격적인 출발은 1920년대부터라고 보아야 할 것이다. 1923년 잡지 『어린이』와 『新少年』에 이어 1926년 『아이생활』과 『별나라』가 발간되면서 아동문학은 활기를 띠게 되었다. 월간으로 발행되는 어린이 잡지임에도 불구하고 몇몇 잡지들은 3만 부를 발간한다고 주장할 정도였다. 잡지뿐만 아니라 『조선일보』, 『동아일보』, 『시대일보』, 『중외일보』, 『중앙일보』, 『조선중앙일보』, 『매일신보』 등의 학예면도 아동문학의 발표 매체로써 단단히 한 몫을 담당했다.

아동문학 가운데도 독자들로부터 가장 호응이 컸던 갈래는 단연 동요(童謠)였다. 동시(童詩)나 소년시(少年詩) 또는 동화시(童話詩)가 없었던 것은 아니나 작가의 수, 작품의 양, 독자들의 호응 등을 기준으로 할 때 동요의 인기는 다른 갈래가 범접하기 어려울 정도였다. "童謠는 少年文學의 精華"[1]라거나, "新春文藝에 對한 童謠의 成績은 어느 點으로 보든지 가

1 『少年童謠集』의 광고 문구, 『新少年』, 1928.4.

장 優秀한 地位를 所有하엿"[2]다는 평가가 빈말이 아니었다.

아동문학 잡지나 신문 학예면에는 여러 가지 방식의 현상 공모를 통해 독자들의 동요 투고를 독려하였다. 일제강점기 아동문학은 교과서의 보조적인 기능을 하기도 해 학생들은 너나없이 잡지와 신문에 투고하는 일이 다반사였다. 아동문학을 하는 것이 문인이 되기 위한 방편으로 인식되기도 했다. 곧 동요 투고 등을 통한 아동문학 활동을 하다가 일반 문단으로 옮겨가는 일이 흔했던 것이다.

윤석중(尹石重)이나 윤복진(尹福鎭), 이원수(李元壽) 등과 같이 일관되게 동요와 동시 창작에 전념한 작가도 있지만, 신고송(申孤松)이나 박세영(朴世永), 송완순(宋完淳) 등은 아동문학에 집중했지만 동시에 일반 문학에도 관심의 끈을 놓지 않았다. 그런가 하면 정지용(鄭芝溶), 박영종(朴泳鍾), 황순원(黃順元) 등은 상당 기간 동안 다수의 아동문학 작품을 발표하였지만 이후 시와 소설로 방향을 달리했던 것이다.

일제강점기 소년들의 문학 활동은 '소년문예운동'이라 불렸는데 문학을 '운동'으로 보고 있다는 점이 특징적이다. 전 사회운동의 부문 운동으로서 청년운동과 소년운동이 있었고 소년운동의 부문 운동으로서 '소년문예운동'이 자리하고 있었기 때문이다. '소년문예운동'에 참여했던 소년들의 연령은 대개 12세에서 18세까지였는데 더 넓게 잡는 경우 20세까지로 확대하기도 하였다.

일제강점기 동요나 동시는 문학의 길로 들어가는 입문의 과정이거나 출발점이었다. 동요나 동시를 창작하는 소년의 연령이 12세 남짓부터 시작하고 있어 문학적 소양이 갖추어졌을 턱이 없다. 사정이 이러하다 보니 아동문학 곧 동요나 동시의 향수 주체나 창작 주체들의 동요 창작 방법에 대한 요구가 적지 않았을 것이다. 이전 시기 교과서를 통해 널리

2 選者, 「童謠選後感」, 『동아일보』, 1925.3.9.

부르고 배웠던 창가(唱歌)와 동요는 어떻게 다른지, 또 동요와 동시는 어떻게 구분할 수 있는지를 제대로 알지 못했기 때문이다. 따라서 동요의 창작 방법이 필요했을 것은 말할 필요가 없다.

2. 동요작법의 필요성과 양상

일제강점기를 통틀어 동요 작법이라고 할 수 있는 글들은 다음과 같은 것을 들 수 있을 것이다.

필자	제목	발표지	발표연월일
버들쇠	동요 지시려는 분의	어린이	1924.2
버들쇠	동요 짓는 법	어린이	1924.4
鄭烈模	童謠作法	신소년사	1925.9.29
金台英	童謠를 쓰실녀는 분들의게(二, 三, 四)	아희생활	1927.11~1928.1
九峰學人	'푸로레' 童謠論(전15회)	조선일보	1930.7.5~22
李虎蝶	童謠 製作 小考(전5회)	매일신보	1931.1.16~21
朴璣爀	童謠作法(『(創作鑑賞)朝鮮語作文學習書』 중)	以文堂	1931
桓松	童謠를 지으려면(전7회)	매일신보	1932.5.22~31
李青史	童謠 童詩 指導에 對하야(전9회)	매일신보	1932.7.12~21
雪崗學人	現代童謠研究(전6회)	아이생활	1932.7~12
金泰午	동요짓는 법—童謠作法(『雪崗童謠集』 부록)	한성도서 주식회사	1933.5.18
田植	童謠 童詩論 小考(전3회)	조선일보	1934.1.25~27
南夕鍾	(兒童文學講座 2)童謠란 무엇인가	아이생활	1934.11
尹福鎭	童謠짓는 법(전4회)	童話	1936.7-8월 합호~1937.4
宋完淳	童謠論 雜考—研究노트에서(전4회)	동아일보	1938.1.30~2.4

김태오가 『아이생활』에 「現代童謠研究」(『雪崗童謠集』의 부록인 「동요짓는 법—童謠作法」은 이 글을 다듬은 것이다)라는 제목으로 동요 창작방법을 연재할 때 다음과 같은 글과 책을 참고하였다고 밝히고 있다.[3]

七. 동요 짓는 법(童謠 作法)

◇ – 참고서적
김태영 씨 –「동요작법」
정열모 씨 –「동요작법」
西條八十 –「동요의 뜻과 짓는 법」
野口雨情 –「동요론」
北原白秋 –「동요론」

일본의 사이조 야소(西條八十), 노구치 우죠(野口雨情), 키타하라 하쿠슈(北原白秋)의 저작들이 참고서적에 올라 있다. 당대 일반 문학 이론은 '동경 문단의 한 사이클 뒤의 재현'이라고 했듯이 일본의 이론에 많은 영향을 받았었는데, 아동문학 또한 다를 바가 없었다. 윤복진의 「童謠 짓는 法」은 北原白秋, 西條八十, 오가와 미메이(小川未明), 마쯔무라 타케오(松村武雄) 등을, 송완순의 「童謠論 雜考—研究노트에서」는 北原白秋, 西條八十 등을 인용하고 있다. 도쿄(東京) 메이지대학(明治大學)에 유학 중이던 남석종(南夕鍾, 본명 南應孫)이 "日本 內地에 잇서서의 專門家를 列擧하면 北原白秋, 西條八十, 白鳥省五, 野口雨情, 三木露風, 有賀年, 久保田宵二, 島木赤彦, 落合勇 氏 等인데 이 大槪는 二三卷의 單行本을 著書하야 發行"[4]하였다며, 일본의 아동문학가들을 여럿 거명하고 있다. 식민지 조선의 아동문학가

3 雪崗學人, 「(童謠講話) 現代童謠研究(四)」, 『아이생활』, 1932년 10월호, 10쪽.

4 南夕鍾, 「朝鮮과 兒童詩－兒童詩의 認識과 그 普及을 爲하야(2)」, 『조선일보 특간』, 1934.5.22.

들이 많이 참고한 사람들이다. 이외에도 이와야 사자나미(巖谷小波), 스즈키 미에키치(鈴木三重吉), 마키모토 쿠스로(槇本楠郞) 등이 자주 인용되었다.

1929년 벽두까지도 "日本의 直輸入物을 未脫한 境地에 잇는 편이 만타"고 한 것은 홍은성(洪銀星, 洪曉民의 필명)이 당시의 소년잡지를 두고 한 말이다. 그 당시 아동문학의 사정은 "直輸入 或은 模倣"[5]이 일반적이었다고 할 정도였는데, 아동문학 이론이라 해서 예외는 아니었다. 김태오, 윤복진, 송완순, 남석종 등 동요 작법에 대한 글을 남긴 이들이 대개 일본에서 유학한 사람들이다. 일본 유학을 통해 연구의 폭과 깊이가 상당한 새로운 이론을 접했고 이를 조선 문단에 소개한 것은 어쩌면 당연한 일이었다고 할 것이다.

일본의 영향이란 측면에서 보자면 『童謠作法』의 저자인 정열모(鄭烈模)도 예외가 아닐 것이다. 그 또한 일본 유학생 출신이기 때문이다. 그런데도 『童謠作法』에는 일본 이론가들의 이름이나 이렇다 할 이론이 인용되지 않았다. 스스로 말한 것처럼 창졸간에 저술하느라 일본 쪽 이론을 살필 여유가 없었던 것인지, 조선어 연구에 몰두했던 신명균(申明均)의 어문 민족주의 정신에 영향을 받아서 의식적으로 배제한 것인지는 분명하지 않다. 이것이 『童謠作法』의 수준에 부정적인 영향을 미쳤을 수도 있을 것이다.

3. 정열모의 아동문학 활동과 『童謠作法』

백수(白水)[6] 정열모는 1895년 충청북도 회인군(懷仁郡, 현 報恩郡)에서 출

---

5 洪銀星, 「少年文藝 一家言」, 『조선일보』, 1929.1.1.

6 호를 백수(白水)라 한 것은 김천(金泉)의 '泉'을 파자(破子)한 것이라 한다. 이 외에도 정열모는 醉夢, 醉夢生, 취몽중, 살별 등의 필명을 사용했다.

생하여 회인보통학교와 경성고등보통학교를 졸업하였다. 경성고보 재학 중 주시경(周時經)의 조선어강습원 중등과 제5회(1912년 3월), 고등과 제2회(1914년 3월)를 수석으로 수료하였다. 1916년 3월 경성고등보통학교 부설 사범과를 수료하여 보통학교 교원으로 임용되었는데, 평안북도 자성보통학교(慈城普通學校)와 의주보통학교(義州普通學校) 교원으로 재직하였다. 1921년 3월부터 1925년 3월까지 만 4년간 와세다대학(早稻田大學) 고등 사범부 국어 한문과에서 수학하였다. 일본 유학 후 1925년 4월 1일자로 중동학교(中東學校) 조선어 교원이 되었고, 1931년 김천고등보통학교(金泉高等普通學校)로 옮겨 1932년부터 교장으로 재임하였다. 일본 유학에서 돌아온 시기에 조선어연구회(조선어학회의 전신)에 참여하여, 『한글』(1927년 2월 창간)의 동인으로 활동하였고, 조선어연구회의 연구발표회, 강연회, 강습회에 적극 참여하였다. 동시에 조선어사전 편찬위원(1929.10), '한글맞춤법통일안'의 제정위원(1930.12), 표준어 사정 위원(1935.1) 등으로 활동하였다.[7]

정열모는 평안북도 자성(慈城)과 의주(義州)에서 교원으로 재직할 당시인 1918년경부터 『시대일보』, 『매일신보』, 『青春』, 『曙光』 등 여러 매체에 시, 시조, 단편소설 등을 발표하였다. 아동문학에도 관심을 보였는데 와세다대학에 유학하고 있던 1922년경부터였다. 주로 『조선일보』와 어린이 잡지 『新少年』을 통해서였다.

정열모가 남긴 아동문학 작품만을 목록으로 보이면 다음과 같다.

작가	작품 제목	갈래	게재지	발표연월일
정렬모	유젼(遺傳)이란 무엇?	少年少女理科	조선일보	1922.12.3

7 鄭烈模 編, 『現代朝鮮文藝讀本』(殊芳閣, 1929, 135쪽), 한글학회 50년사 편찬위원회, 『한글학회 50년사』(한글학회, 1971, 155, 198, 266쪽), 유목상, 「백수 정열모 선생」, 『얼음장 밑에서도 물은 흘러』(한글학회, 1993, 191쪽), 최기영(崔起榮), 「백수 정열모(白水鄭烈模)의 생애와 어문민족주의」, 『한국근대사연구』(제25집, 2003년 여름호, 463~465쪽) 등 참조.

정렬모	이상한 나그내	동화	조선일보	1922.12.17
鄭烈模	돌말	동화	조선일보	1922.12.24
鄭烈模	해골(髑髏)의 노릐	동화	조선일보	1922.12.31
살별	새해와 日요家뎡	논설	조선일보	1923.1.1
鄭烈模	일허버린 바이요린(전2회)	동화	조선일보	1923.1.7~14
살별	파-란『셧-트』(전2회)	동화	조선일보	1923.1.11~18
살별	돈 업는 나라	동화	조선일보	1923.1.21
살별	파리한 소(전2회)	동화	조선일보	1923.1.28~2.4
살별	사람 싱긴 래력	少年少女理科	조선일보	1923.2.25~3.4
살별	우리의 자랑(전2회)	동화	조선일보	1923.3.11~18
살별	무서운 도적(大盜賊) 잇이매(전3회)	동화	조선일보	1923.3.25~4.15
살별	별(星)된 벗을 아들삼은 이약이	동화	조선일보	1923.4.22
살별	별(星)된 친구를 아들삼은 이약이	동화	조선일보	1923.4.29
살별	별(星)된 친구를 아들삼은 이약이	동화	조선일보	1923.5.6
살별	큰 허풍(전3회)	동화	조선일보	1923.5.13~27
살별	말하는 새	동화	조선일보	1923.6.3
鄭烈模	어린 동무들	동요	신소년	1923.10
鄭烈模	물사람	동화	신소년	1923.11
鄭烈模	蛾嵋山의 傳說	전설	신소년	1925.1
살별	설날	동요	신소년	1925.1
鄭烈模	이쁜 송아지	동요	신소년	1925.2
鄭烈模	아버지 보고지고 1	동요	신소년	1925.3
鄭烈模	아버지 보고지고 2	동요	신소년	1925.3
鄭烈模	봄을	동요	신소년	1925.4
鄭烈模	金붕어	동요	신소년	1925.7
살별	바이올린 天才	長篇事實小說	신소년	1925.7
살별	바이올린 天才(第二回)	長篇事實小說	신소년	1925.8
鄭烈模	여름을!	동요	신소년	1925.8
鄭烈模	七夕	동요	신소년	1925.9
살별	바이올린 天才(第三回)	長篇事實小說	신소년	1925.9
鄭烈模	童謠作法	저서	신소년사	1925.9.29

鄭烈模	다람쥐	동요	신소년	1925.10
鄭烈模	날대가리 무첨지[8]	동요	신소년	1925.11
살별	바이올린 天才(第四回)	長篇事實小說	신소년	1925.11
鄭烈模	가랑닙	동요	신소년	1925.12
살별	바이올린 天才(第五回)	長篇事實小說	신소년	1925.12
鄭烈模	달마중	동요	신소년	1926.2
살별	바이올린 天才(第七回)	長篇事實小說	신소년	1926.2
살별	바이올린 天才(第八回)	長篇事實小說	신소년	1926.3
鄭烈模	버들눈	동요	신소년	1926.3
살별	바이올린 天才(第九回)	長篇事實小說	신소년	1926.4
鄭烈模	개나리[9]	동요	신소년	1926.4
살별	바이올린 天才(第十回)	長篇事實小說	신소년	1926.6
鄭烈模	자라는 나라	동요	신소년	1926.6
鄭烈模	길 떠난 동무	노래	신소년	1926.7
鄭烈模	백일홍	동요	신소년	1926.8-9월 합호
鄭烈模	단풍	동요	신소년	1926.10
프랜쓰 작, 醉夢 譯	長靴 신은 고양이	동화	신소년	1926.10
鄭烈模	전등	동요	신소년	1926.11
鄭烈模	남선여행긔(南鮮旅行記)	紀行文	신소년	1926.11
鄭烈模	남선여행긔(南鮮旅行記)(續)	紀行文	신소년	1926.12
鄭烈模	서울	동요	신소년	1926.12
鄭烈模	告別	알림 글	신소년	1926.12
살별	첫눈	수필	신소년	1927.1
鄭烈模	南鮮旅行記(三)	紀行文	신소년	1927.1
살별	때 놋친 『숫바이』	少年小說	신소년	1927.3
살별	때 놋친 『숫바이』(二)	少年小說	신소년	1927.4
정열모	이날을 긔렴하야 조선어독본 결뎜과 다행한 소식	평론	조선일보	1927.10.24
鄭烈模	봄!	감상문	신소년	1928.7
鄭烈模	信實한 庫直이	이야기	신소년	1928.9
鄭烈模	거미줄[10]	飜譯 寓話	신소년	1928.11
鄭烈模	바이올린 天才	저서	신소년사	1928

鄭烈模	이야기 三篇(一. 임검님과 褥衣, 二. 다람쥐의 바지런, 三. 공을 이리 내)	이야기	신소년	1929.1
鄭烈模	現代朝鮮文藝讀本	저서	殊芳閣	1929
鄭烈模	소년에 대한 바람, 말과 일이 쪽 갓게	기타	신소년	1930.1
鄭烈模	봄날에 들여주시는 재미잇고 유익한 이야기, 봄은 왓다	기타	신소년	1930.4
鄭烈模	愛國者(一名 바이올린 天才)	저서	중앙인서관	1930
鄭烈模 作, 鄭泰炳 譯	電燈(でんとう)[11]	동요	매일신보	1944.1.13
鄭烈模	한글문예독본(현대조선문예독본 개편)	저서	한글 문화사	1946

위 목록을 보면 1926년까지는 동요를 포함한 아동문학 작품을 왕성하게 발표하였다. 그러나 1927년부터는 동요 창작이 사라지고 소년소설과 우화 몇 편을 발표하다가 1930년대에 들어서면 그마저도 거의 없어 작품 활동을 마감한 것으로 보인다.

> 제가 우리 雜誌에 童謠를 써온 지가 滿二年이 되엿슴니다. 그 짜르지 아니한 동안에 한번도 滿足한 것을 發表하여 드리지 못한 것은 엇지 저 스々로의 遺憾 뿐이오릿가. (중략) 이와 갓치 愛護하시는 뜻을 밧들자면 더욱〳〵 工夫에 힘을 써서 善美한 結果를 여러분께 보여드려야 할 것이오나, 마침 제게는 하여야 할 일이 만허지고, 또 우리 글쓰는 동모 가운대, 日本 東京에 게신 鄭芝鎔 氏가 우리 雜誌를 爲하여 每月 童謠를 쓰시게 되엿스므로 저는 얼마 동안 또 조흔 긔회가 오기까지 童謠 쓰기를 中止하겟슴니다.[12] (밑줄 필자)

8 『조선아동문학집』(조선일보사출판부, 1938) 수록

9 『조선아동문학집』(조선일보사출판부, 1938) 수록

10 말미에 '아쿠다가와'라고 되어 있어 번역으로 보인다. '아쿠다가와'는 일본의 소설가 아쿠타가와 류노스케(芥川龍之介, 1892~1927)를 가리킨다.

11 정열모의 「전등」(『신소년』, 1926년 11월호, 2~3쪽)을 번역한 것이다.

정열모가 동요 창작을 하지 않게 된 이유와 아동문학 작품 활동이 줄어든 까닭이 잘 드러나 있다. 1925년에서 1926년까지 동요 창작을 많이 한 것은 『新少年』에 매월 동요를 발표하게 되었기 때문이고, 「告別」에서 말한 것처럼 이후 동요 창작을 중지하였으므로 작품을 찾을 수 없게 된 것이다. 그리고 1930년대에 들어서 김천고등보통학교에 부임하게 되고 곧이어 교장을 맡으면서 학교 일에 몰두하게 된 까닭으로 인해 작품 활동이 힘들어진 것으로 보인다.

정열모는 『新少年』의 편집인이었던 신명균과는 함께 한글을 연구하면서 특히 가까웠던 것으로 보인다. 그의 저서인 『신편고등국어문법』(한글문화사, 1946)은 신명균에게 바친다고 했고, 추모하는 시조를 수록하였으며, '머리에 두는 말'에서는 그와의 관계를 회고하는 내용을 담기도 하였다. 이런 것으로 미루어 보면 정열모는 한글 연구, 아동문학 활동 등으로 신명균과 가까웠고 『童謠作法』이 신소년사에서 발간되는 것도 이러한 인연이 계기가 되었다고 할 수 있겠다.

『童謠作法』은 정열모가 중동학교 교사로 재직할 때인 나이 서른한 살 때에 발간하였다. 발행일은 '大正 十四年' 곧 1925년 9월 29일이다. 『新少年』이란 아동문학 잡지를 발행하던 신소년사(新少年社)에서 출간하였다. 신소년사는 어린이 잡지 『新少年』을 발행하던 출판사였다. 1923년 10월 창간 당시 편집인은 김갑제(金甲濟)였고 발행인은 타니구찌 테이지로(谷口貞次郎, 以文堂 대표)였다. 초창기 신소년사는 이문당 내에 있었다. 이문당의 대표인 타니구찌가 신소년사의 발행인이었던 것은 이런 까닭에서다. 김갑제는 1914년 3월 경성고등보통학교(京城高等普通學校) 임시 교원양성소를 수료하고 보통학교 훈도로 재직하다가 사임한 후 1922년부터 이문당이라는 회사의 이사(理事)로 재직하고 있어, 편집인에 이름을

12 정열모, 「告別」, 『신소년』, 1926년 12월호, 28쪽.

올린 것이다.

鄭烈模, 『童謠作法』, 新少年社, 1925.

1925년 4월경부터 타카하시 유타카(高橋豊)가 발행인이 되었다가 1926년 11월호(제4권 제11호)부터 신명균이 발행인이 된다. 1924년경까지 김갑제가 편집을 맡다가 1925년 1월경부터 신명균이 편집인이 된 것으로 보인다.[13] 『童謠作法』이 발간될 당시 신소년사의 발행인은 타카하시 유타카였다. 『童謠作法』은 '發行所及發賣所'가 '新少年社'이면서도 '編輯兼發行人'은 신명균으로 되어 있어 조금 혼란스럽다. 1월경부터 신명균이 편집인을 맡고 있었던 까닭에 '編輯兼發行人'에 이름을 올린 게 아닌가 싶다.

정열모의 『童謠作法』은 연재물 형태를 포함해도 상대적으로 앞서 있고, 단행본 형태로 발간된 책자로는 첫 번째 동요작법이다. 연재물 형태로는 유지영(柳志永, 버들쇠)의 글보다 한해 남짓 뒤에 발표되었다. 단행본으로는 동요작법을 수록하고 있는 박기혁의 『朝鮮語作文學習書』와 김태오의 『雪崗童謠集』보다 각각 6년과 8년여 앞서고, 갈래는 다르지만 동화 창작법이라 할 수 있는 『童話硏究法』과 『신선동화법(新撰童話法)』보다도 2년에서 9년 앞선다.[14] 총 144쪽 분량이고, 가로 10.5cm, 세로 15cm의 하드커버로 장정한 수진본(袖珍本) 형태다.

저작 동기는 '마리'라고 한 머리말에서 확인할 수 있다.

13 『신소년』 전질을 확인할 수 없어 필자가 현재 소장하고 있는 것을 바탕으로 추정한 것이다.
14 金泰午, 『雪崗童謠集』(漢城圖書株式會社, 1933), 彼得 譯述, 『童話硏究法』(朝鮮主日學校聯合會, 1927), 탐손 강술, 姜炳周 필기, 『新撰童話法』(朝鮮耶蘇教長老會總會宗教教育部 刊, 1934).

이 可憐한 冊을 우리 동모들게 드리는 榮光을 가지게 된 것을 깃브게 안다. 그러나 猖猝에 된 것이라 內容上 貧弱한 恨이 업지 못한 것은 스스로 遺憾으로 안다. 다만 우리 少年藝術을 建設하고저 하는 타는 듯한 慾望을 가진 동모들의 한 길잡이- 아니 조고만 초쌀이 된다면 엇지 다행이 아니랴. (「마리」, 『童謠作法』) (밑줄 필자)

자발적인 저작일 수도 있지만, 문면을 잘 들여다보면 신소년사 혹은 신명균의 요청이 있었던 것일 수도 있다. '동모들게 드리는 榮光을 가지게 된 것'이 기쁘고 '猖猝에 된 것'이며 그래서 '內容上 貧弱한 恨'이 있다는 등의 표현에서 짐작할 수 있다. 아동 잡지를 발간하는 신소년사로서는 당대 '우리 동모들'의 요구에 부응할 필요가 있었을 것이다. 그래서 일본 유학에서 막 돌아와 '京城 中東學校'에서 교편을 잡고 있는 데다가, 일본 유학 기간 중에도 열정적으로 『조선일보』와 『新少年』을 통해 동요를 발표하던 정열모가 동요 작법을 저술하는데 적격이라고 생각했을 것이다. 어쨌든 『童謠作法』의 구체적이고 분명한 저작 동기는 "우리 少年藝術을 建設하고저 하는 타는 듯한 慾望을 가진 동모들의 한 길잡이- 아니 조고만 초쌀"이 되고자 한 것이다. 이는 당대 소년예술의 주도적 갈래였던 동요에 대한 길잡이 곧 안내서를 제공하겠다는 의도로 보인다.

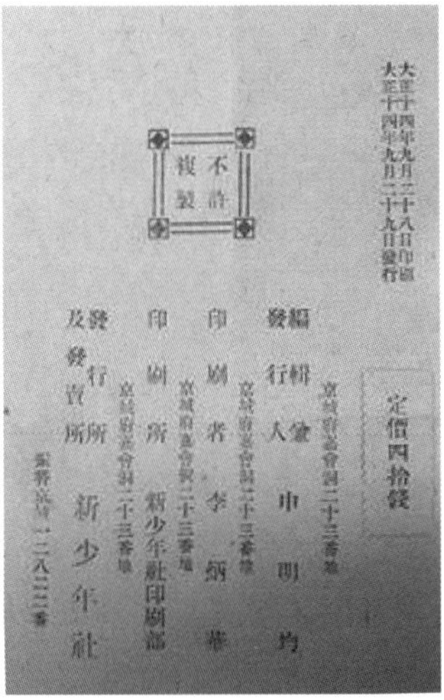
大正十四年九月二十八日印刷
大正十四年九月二十九日發行
不許複製
定價四拾錢
編輯兼發行人 申明均
印刷者 李炳華
印刷所 新少年社印刷部
發行所 及發賣所 新少年社
振替京城 一二八二三番

『童謠作法』 판권지

한편 보급에도 신경을 쓴 흔적을 찾아볼 수 있다. 책값을 낮추는가 하면 지속적으로 광고를 하고 있다. 발간 당시 정가는 40전이었는데,[15] 1927년 6월경 재판(再版)을 발간하면서부터 널리 보급하는 것에 목적을 두고 값을 30전으로 낮추었다.

> 鄭烈模 先生 著 **童謠作法** 改定 定價 三十錢 再版 發行
>
> 이 童謠作法은 우리 어린 童謠 作家들의 만흔 층찬과 귀염을 바다왓스며 더욱이 少年童謠集의 羽翼이 될 것이다. 이 두 책만 가지면 童謠가 엇던 것인지 알 수도 잇고 쏘 조흔 童謠를 지을 수도 잇슬 것이다. 今番 再版을 機會삼아 定價 四十錢인 것을 三十錢으로 改定하엿스니 이것은 普及의 目的이다.[16]

『童謠作法』에 대한 광고는 주로 『新少年』을 통해 이루어진 것으로 확인된다. 발간 직후인 1925년 10월호부터 시작하여 1930년대의 3판 발행 때까지 이어진다. 초기에는 대체로 단독 광고였지만, 후기로 갈수록 '少年叢書'의 하나이거나 출판사(이문당, 신소년사, 중앙인서관)의 서적 광고 목록에 포함시키는 방식이었다.[17]

『童謠作法』의 '內容' 곧 목차는 다음과 같다.

> **內容**
>
> 第一. 童謠는 대체 무엇이냐
>
> 第二. 童謠는 아무나 질 수 잇나?
>
> 第三. 童謠를 질 쌔는 엇더한 맘을 가질가

---

15 『童謠作法』의 값은 광고를 통해 확인할 수 있는데, 첫 광고(『新少年』, 1925.10)에는 '定價 三十錢'이라고 되어 있으나, 이후 11월호부터 1927년 5월호까지는 '定價 四十錢'으로 되어 있다. 이것으로 볼 때 첫 광고에 적힌 '三十錢'은 '四十錢'의 오식으로 생각된다.

16 『新少年』, 1927년 6월호.

17 신소년사는 '少年叢書'라는 이름으로 『童謠作法』, 『少年模範作文集』, 『少年讀物 功든塔』 등 3권을 모아 광고하기도 하고, 『(東西偉人)功든 塔』, 『少年作文集』, 『少年편지틀』, 『로빈손 漂流記』, 『千一夜話』, 『동키호테』, 『洪吉童』, 『愛國者(일명 바이올린 天才)』, 『童謠作法』, 『少年童謠集』 등을 모아 광고하기도 하였다. 전자의 경우 출판사 혹은 발매소를 '新少年社'로 하였는데, 후자의 경우에는 출판사를 신명균이 경영하던 '中央印書館'으로 표시하고 있다.

第四. 唱歌와 童謠의 區別

第五. 詩와 童謠의 區別

第六. 童謠는 읽을 것이냐 부를 것이냐

第七. 童謠는 긴 것이 조냐 짜른 것이 조냐

第八. 童謠는 엇더한 말을 쓸가

第九. 조흔 童謠를 짓는 方法

第十. 엇더한 童謠가 後世까지 남느냐

전체 10개의 장으로 구성되었다. 동요의 정의(定義), 창가(唱歌)와 동요의 구별, 시와 동요의 차이, 동요는 읽을 것인지 부를 것인지, 동요의 시어(詩語) 등 당대 주요 논점은 다 다루고 있다. 특히 동요·동시 논쟁에는 1930년대 들머리부터 신고송(申孤松), 이병기(李炳基), 양우정(梁雨庭), 송완순(宋完淳), 박세영(朴世永), 전식(田植), 남석종(南夕鍾) 등 당대의 유력한 아동문학 이론가이자 작가들이 대거 참여한 바 있다. 이 과정에 자유율인지 형식률인지, 부를 것인지 읽을 것인지, 내용과 형식 등 다양한 논점이 불거지기도 하였다. 『童謠作法』의 저작 시기는 본격적인 아동문학 논쟁이 펼쳐지기 전이지만, 『어린이』(1923.3), 『신소년』(1923.10) 등과 신문의 학예면 등 여러 매체를 통해 활발하게 아동문학이 전개되던 시기라 이러한 논점들은 내면적으로 상존해 있었던 것이다. 이 문제들이 1930년대에 들어 문단의 주요 쟁점이 된 것으로 해석해야 할 것이다.

이처럼 정열모는 동요 창작과 관련하여 당대의 주요 논점을 두루 거두어 설명하고자 하였다. 단순히 언어적인 설명에만 그치지 않고 이해를 높이고자 많은 예를 들고 있다. 그 가운데는 자신의 작품도 다수 있다. 『童謠作法』에는 총 32편의 작품을 인용하고 있는데 자세한 내역은 다음과 같다.

지은이	작품 제목	갈래	비고(수록 쪽 및 출처)
?	눈 온 아침	동요	3~4쪽
?	電車	동요	5~8쪽
野口雨情	보름달 왼달(「十五夜 お月さん」)	동요	21~22쪽
스티븐손	첨 보는 나라	동요	24~26쪽
?	春朝	창가	31~33쪽
?	浦口	창가	33~34쪽
?	바다건너 나온달	동요	36~37쪽, 작품명 부재
작자미상	春眠曲	가사	43쪽
작자미상	花柳歌	가사	43~44쪽
작자미상	白鷗詞	가사	44~45쪽
鄭圃隱	이몸이 죽고죽어	시조	45~46쪽
鄭松江	내마음 베혀내여	시조	46~47쪽
?	바독바독 뒤얽거진 놈아	시조	47~48쪽
?	모시를이러지리삼아두루삼아	시조	49쪽
李光洙	金剛山遊記	시	55~59쪽
醉夢生	여름	시	59~60쪽
?	압잡이 少年	시	62~66쪽
주요한	숫밧	동요	71~72쪽
주요한	지금에도 못 닛는 것은	시	73~74쪽
정열모	설날	동요	77~79쪽, 「설날」(『新少年』, 1925.1)
정열모	어린 풀	동요	80~82쪽, 「봄을!」(『新少年』, 1925.4)
黃錫禹	나무군과 작은 잔나비	동요	82~83쪽
정열모	동무야/쿵々/달마중/가자	동요	84~89쪽, 작품명 부재
정열모	이 여름을!	동요	91~92쪽, 「여름을!」(『新少年』, 1925.8)
정열모	금붕어	동요	92~94쪽, 「金붕어」(『新少年』, 1925.7)
?	방울	동요	99~104쪽
정열모	아버지 보고지고	동요	104~106쪽, 「아버지 보고지고(1, 2)」(『新少年』, 1925.3)
?	쐬꼬리	동요	109~111쪽
?	사마구	동요	111~113쪽
牛耳洞人	귀곡새	동요	121~122쪽

李鍾翰	속곱질	동요	123~126쪽
洪淳益	주머니	동요	127~130쪽

4. 『童謠作法』에 대한 평가

『童謠作法』에 대한 당대의 평가는 우이동인(牛耳洞人)[18]과 김사엽(金思燁)을 통해서 확인할 수 있다.

우이동인은 정열모가 동요라는 것도 모르면서 『童謠作法』을 지었다고 혹평하고 있다.

「童謠作法」을 읽고

日前 筆者는 엇든 親舊의 집에 갓다가 그의 채상에서 鄭烈模 著 『童謠作法』을 잠간 보왓다. 나는 만흔 期待를 가지고 一讀하여 보왓스나 너머나 文字 羅列에 不過하엿지 童謠作法이라고 할 수가 업섯다. 一言으로 評하면 金錢이나 얼마 모화볼려는 野卑한 생각으로 『童謠作法』이라 題名하야 어린이들에게 닑키는 것이라고 할 수 잇다. 筆者는 이 『童謠作法』이 조금이라도 價値가 잇스면 默過하겟스나 너머나 無用한 無價値한 것을 일키여서 童謠를 짓는 어린이들에게 童謠를 잘못 알게 하는 폐단이 잇기에 여긔에 몃 마디 하려 한다.

著者는 아직 童謠라는 것부터 모르고 『童謠作法』을 著作하엿스니 너머나 우습지 안은가 한다.[19]

---

18 우이동인은 이학인(李學仁)의 필명이다. 다른 필명으로 이성로(李城路)가 있다. 카프(KAPF)의 맹원이고 도쿄지부의 제삼전선파(第三戰線派)의 일인이며 『별나라』의 동인이었다. 1924년경부터 『매일신보』, 『동아일보』, 『중외일보』 등에 동요(동시)와 동화 등 아동문학 작품뿐만 아니라, 소설, 시 등 일반문학 작품과 평론을 발표하였다. 아동문학 관련 평론으로는, 「동요연구(전8회)」(『중외일보』, 1927.3.21~28), 「민요연구(전49회)」(『중외일보』, 1928.8.5~10.24), 앞의 '동요연구'를 보완한 「동요연구(전14?회)」(『중외일보』, 1928.11.13~12.6?) 등이 있다. 『무궁화』(희망사, 1924.6)라는 시집을 발간했다.

황석우(黃錫禹)의 「나무군과 작은 잔나비」를 인용한 것을 두고는 이 작품은 시인데 동요로 취급하였다며, 『童謠作法』에는 "非詩 非童謠를 童謠라 하야 列擧한 것"(7회)이 많을 뿐만 아니라, "自身의 習作童謠를 되엿던지 안 되엿던지 버리기가 아까워서 모조리 주서모와 놋치 안엇는가 疑心"(8회)하기까지 한다. 우이동인은 좋은 시와 그렇지 못한 시를 선별하는 정열모의 안목 자체를 부정하고 있는 것이다.

우이동인은 『童謠作法』에 대해 비판만 한 것은 아니다. 단 한 줄에 그쳤지만 다음과 같은 칭찬은 『童謠作法』의 가치를 일정 부분 평가해 준 것이라 할 것이다.

> 鄭 氏의 「童謠作法」에서 理論은 한 가지도 거리ㅅ김 업시 되엿다고 본다. 하나 著者는 아직 詩, 民謠, 童謠를 區分할 줄도 모르고 또는 조흔 童謠와 나쁜 童謠를 仔細이 모르기 때문에 「童謠作法」을 버리여 노왓다. 이제라도 이러한 點을 注意하여 引用한 안 된 童謠들을 다- 내버리고 참으로 藝術的 價値가 잇는 童謠만을 골나서 記入하면 가장 完全한 「童謠作法」이 되겟다. 著者는 將來의 童謠 作家를 위하여 하로밧비 그 作法을 改作하기 바라며 이것으로 긋막는다. (8회) (밑줄 필자)

『童謠作法』이 이론 부분은 미진한 부분이 없으므로 예술적 가치가 있는 동요를 골라 인용하면 가장 완전한 '동요작법'이 될 것이라는 것이다.

앞의 표에서 보듯 정열모는 『童謠作法』에 자신의 작품 여섯 편을 인용하고 있다.[20] 당시 방정환(方定煥), 한정동(韓晶東), 윤석중(尹石重), 윤극영(尹克榮), 유지영(柳志永) 등이 활발하게 동요 창작을 하고 있었고, 이들 외에

19 牛耳洞人, 「童謠硏究(七)」, 『중외일보』, 1928.11.21.

20 필자가 소장하고 있는 『新少年』에는 결호가 많아 모두 확인하면 정열모의 작품이 이보다 더 많을 것으로 보인다.

도 서덕출(徐德出), 최순애(崔順愛), 소용수(蘇瑢叟) 등이 막 문단에 진출하였음에도 이들의 작품은 단 하나도 인용하지 않았다. 게다가 인용된 정열모의 작품은 대체로 바람직한 동요의 예로서 제시된 것이지만, 다른 작품들은 주로 비교의 대상으로서 비판하고자 할 때 인용한 것이다. 우이동인이 『童謠作法』을 혹평한 데에는 자신이 지은 「귀곡새」라는 동요를 인용해 놓고는 부정적인 평가를 한 데 대한 감정적인 반응을 보인 것이라 할 수 있다. 하지만 정열모가 인용한 동요가 과연 모범이 될 만한 동요인가에 대해 의문이 드는 것은 사실이어서 우인동인의 말이 반감에서만 비롯된 것은 아니라 할 것이다. 그래서 "將來의 童謠 作家를 위하여 하로밧비 그 作法을 改作"(8회)하라고 충고한 우이동인의 말은 일정 부뷴 설득력이 있다 할 것이다.

일제강점기의 수많은 동요 작품 가운데는 여러 가지 형태의 표절 작품이 있었는데 다수가 일본 작품을 번역하거나 모방한 것이었다. 정열모가 인용한 「보름달 왼달」(『童謠作法』, 21~22쪽)이란 동요도 그렇다. 그는 이 동요를 "讀者로 하여곰 作者가 늣긴 바와 갓흔 재미스러움과 안타까움을 그 노래 속에서 늣기게 한" "藝術的 價値 잇는 童謠"(17~18쪽)의 예로 들었다. 그런데 이 동요는 일본 동요계의 3대 시인 중 한 사람으로 손꼽히는 노구치 우조(野口雨情)의 「十五夜 お月さん」을 베껴 옮긴 것이다. 김사엽(金思燁)은 "日語로 읽을 때는 藝術의 價値가 잇지만 조선말로 곳친 것을 읽을 때는 조금도 童謠답지 안습니다. 이것을 읽는 第三者로는 참으로 童謠界를 돌아볼 때 寒心"[21]하다고 비판하고 있다. 신문의 현상공모에도 표절 작품이 당선되는 경우가 있을 정도로 표절이 많았고, 표절 작품을 가려내는 것이 말처럼 쉽지 않은 것은 이해할 만하다. 그러나 "藝術的 價値 잇는 童謠"로 든 작품이 원어인 일본어로 읽을 때에 예술

21 金思燁, 「童謠作家에게 보내는 말」, 『조선일보』, 1929.10.8.

적 가치를 느낄 수 있을 뿐 우리말로 번역할 때는 그렇지 못하다는 지적을 두고 볼 때 이 작품을 인례(引例)한 것은 문제가 있어 보인다.

이상에서 살펴본 것과 같이 『童謠作法』은 여러 가지 아쉬운 점이 없지 않다. 하지만 일제강점기 아동문학의 대표 갈래였던 동요에 관한 창작 방법이 요긴하던 시대적 요구에 처음으로 부응한 저작물이라는 점에서 아동문학사적 의의가 있다.

아동문학 연구와 실증적 서지
—김성도를 중심으로

1. 머리말

한국 현대사는 가난과 전쟁 그리고 이데올로기 문제 등이 복합적으로 얽혀 전개되어 온 탓으로 많은 기록 자료가 일실되어 제대로 갈무리 되지 못한 것이 사실이다. 일제강점기나 해방 직후의 문학을 연구하자면 자료 확인이 어려워 연구가 난관에 봉착하는 일이 허다하다.

문학 연구의 기본은 자료의 정확한 확인이다. 작가연보와 작품연보가 정확히 확정되지 않은 상태에서 작가론이나 작품론이 온전할 수는 없는 법이다. 작품 해석에는 작가의 삶의 이력과 작품이 발표된 시기의 사회·역사적 배경이 함께 고려되어야 하기 때문이다.

원본확정이나 실증적 서지 검토는 고답적이거나 현학적인 취미 때문에 하는 것이 아니라, 잘못된 실증 뒤에 따라오는 해석과 평가의 오류를 방지하기 위해서 필요한 것이다.

아동문학도 여기에서 예외가 될 수 없다. 그간 아동문학은 일반 문학보다 연구 인력이 부족했고 연구 여건이 미비하였다. 사정이 이렇다 보니 실증적인 서지 검토에 있어 미흡한 구석이 많았던 것이 사실이다. 최근 아동문학도 연구 인력이 확충되고 연구 역량이 증진됨에 따라 실증적 서지 검토를 포함한 연구의 토대가 점차 튼실해져 가고 있다. 하지만 아직 미흡한 구석이 많아 지속적인 노력을 요한다고 할 것이다.

이 글은 대구지역 아동문학을 연구하는 과정에서 매우 큰 비중을 차지하는 김성도(金聖道)의 서지와 연보에 많은 오류가 있음을 발견하고 이를 바로 잡기 위해 쓰게 되었다. 그리고 아직 충분히 확인되지는 못했지만 논의할 가치가 있는 문제를 제기하여 후속 연구의 토대로 삼고자 하는 것도 이 글을 작성하는 이유가 된다.

작품에 대한 평가나 종합적인 김성도 연구는 뒤로 미루고, 우선 확인된 대로 중요한 오류를 바로 잡아 아동문학 연구자들의 가외 수고를 덜고 자료 확인의 오류로 인한 엉뚱한 해석이나 평가를 막고자 한다.

2. 김성도의 아동문학 연구와 쟁점

김성도의 아동문학을 연구한 학위논문은 염경섭(1989), 최용(1998), 임광재(2005)의 논문[1]을 들 수 있다. 대체로 학위논문이라면 작가연보나 작품연보를 확정하는 등, 개별 논문에서는 시도하기 어려운 새로운 작업이 이루어졌을 것으로 생각하는 것이 일반적이다. 위의 세 학위논문에서도 작가연보(이력)와 작품연보가 정리되어 있는 것은 사실이다. 그러나 세 논문이 모두 비슷한 수준으로 작가연보와 작품연보를 제시하고 있고, 오류도 일치할 뿐만 아니라 세 논문이 발표되는 시간적 격차가 큰

1 염경섭, 「김성도 연구―동화와 아동소설을 중심으로」, 단국대학교 교육대학원 국어교육전공, 1989.
최용, 「김성도 동화 연구」, 경산대학교 대학원 국어국문학과, 1998.
임광재, 「김성도 동화의 환상성 연구」, 단국대학교 대학원 문예창작과, 2005.

데도 불구하고 아무런 수정 없이 오류가 반복되고 있어 실망스러운 점이 한 둘이 아니다. 작가연보와 작품연보 확정을 위해 새로운 노력이 이루어졌다고 보기 어렵고, 확인할 수 있는 자료조차 찾아보지 않아서 비롯된 오류가 적지 않았다.

이 글에서 김성도의 아동문학을 연구함에 있어 반복되는 오류를 찾아 바로 잡고 몇 가지 쟁점을 논의하게 되면, 앞으로의 연구에 일정한 진전을 가져올 것으로 생각된다. 논점은 몇 개의 큰 항목으로 나누어 논점을 분명히 하고자 한다. 자료를 확인하지 못한 것은 나름대로의 방증 자료를 통해 비정(批正)함으로써 후속 연구의 토대로 삼고자 한다.

논의의 편의상 염경섭, 최용, 임광재의 학위논문들을 통해 쟁점과 논의 사항을 먼저 추출하도록 하겠다.

1) 김성도의 아동문학 작품 활동의 시작

김성도의 작품 활동은 언제부터 시작된 것일까? 이 문제를 분명히 하면 등단작도 자연스레 밝혀지게 된다.

> 1929년경부터 『별나라』, 『새벗』, 『소년』, 『아이생활』 등의 잡지에 童謠를 投稿하면서 그는 아동문학계에 발을 디뎠다. 그의 예술 활동의 출발은 童謠作曲에서 시작하였다고 볼 수 있다. 1929년 16세의 어린 나이로 「꼬꼬 닭아 우지 마라」(金聖泰 曲, 金聖道 謠)를 발표했다.
>
> 1932년에는 『東光』 誌의 학생 작품 모집 詩部에 3등으로 입선되었다. 다음해인 1933년에는 「新家庭」 誌에 童謠 「강아지래요」가 입선되고, 1934년에는 「어린음악대」를 작사 작곡하여 초등학교 1학년 음악교과서에 수록되었다. (중략)
>
> 1947년에서 1949년에는 大邱에서 兒童誌 『새싹』, 『동화』 등에 童謠와 번역문이 多數 발표되었다. (염경섭, 4~5쪽)

본 연구의 범위는 1929년부터 1987년까지 발표된 김성도의 작품으로 하였다. 연구 범위의 시작을 1929년으로 잡는 것은 『별나라』, 『아이생활』, 『새벗』 등에 동요를 발표한 시점을 기준으로 했다. 참고로 정식으로 문단에 데뷔한 작품은 1933년 『新家庭』 지의 동요 「강아지래요」이다. (중략)

1929년부터 아동잡지 『별나라』, 『아이생활』, 『새벗』, 『소년』 지 등에 동요, 동시를 발표하면서 문학 활동을 시작한다. 1932년 중학 4년때 『東光』지의 학생작품 모집 시부에 「우주의 맛」이 3席으로 입선하기도 한다. 1933년 『신가정』에 동요 「강아지래요」가 입선되어 정식으로 문단에 데뷔했다.(최용, 3~7쪽)

특히 16세의 어린 나이에 자신의 작품에 곡을 붙인 동요 「꼬꼬 닭아 우지마라」를 발표하기도 하였다. (중략)

문학적 재능과 음악적 소질을 겸비한 김성도는 1929년부터 『별나라』, 『아이생활』, 『신소년』, 『새벗』 등에 동요 · 동시를 발표하면서 아동문학계에 발을 디뎠다. 1932년에 월간종합지 『동광』 지의 학생문예작품 공모에 「우주의 맛」이라는 시로 3등 입선하였다. 그의 정식 문단 데뷔는 1933년 『신가정』 지에 동요 「강아지래요」가 입선되면서다.(임광재, 9쪽, 11쪽)

이상의 세 학위논문들에서는 김성도가 문학 활동을 시작한 시기를 1929년부터로 본다. 『신소년』, 『새벗』, 『아이생활』, 『별나라』, 『소년』 등에 동요나 동시를 발표하면서 아동문학에 발을 들여놓았다고 기술하고 있다.

우선 『소년』을 통해 아동문학계에 발을 들여놓았다거나 활동을 시작했다는 것은 옳지 않은 서술이다. 『신소년』(1923년 10월호), 『새벗』(1925년 11월호), 『아이생활』(1926년 3월호), 『별나라』(1926년 6월호) 등은 1923년부터 1926년에 잡지가 발간되었고 1929년에도 여전히 발행되고 있어 이들 잡지를 통해 아동문학 활동을 했다고 하는 것은 잘못이 없다. 그러나 『소년』(조선일보사 출판부)은 1937년 4월에 창간되어 1940년 12월 통권45

호로 종간된 아동문학 잡지인데 이를 통해 아동문학 활동을 '시작'했다고 하는 것은 어불성설이다. 이미 『소년』이 발간되기 이전부터 김성도는 여러 잡지에 많은 작품을 발표하고 있기 때문이다. 그리고 『소년』(조선일보사)에 수록된 김성도의 작품은 필자가 확인한 바로는 단 한 편도 없다. 최남선(崔南善)이 발간한 『少年』(新文館)은 알다시피 1908년 11월에 창간되어 1911년 5월 통권 23호로 종간되었기 때문에, 1914년생인 김성도가 이 잡지를 통해 아동문학 활동을 할 수는 없다.

『소년』을 통해 아동문학 활동을 시작했다고 하는 염경섭, 최용, 임광재의 주장은 다음과 같은 이재철의 글을 무비판적으로 따랐기 때문으로 보인다.

> 不過 十五歲 되던 一九二九年부터 『별나라』, 『새벗』, 『소년』, 『아이생활』 等의 雜誌에 童謠를 投稿하여 發表함으로써 어릴 때부터 兒童文學에 關心을 表明하여 그의 半生을 地方 兒童文學의 發展에 남다른 功績을 남긴 그는 一九一四年 慶北 慶山郡 瓦村에서 태어났다.[2]

종합적으로 살필 때, 『소년』이 아니라 『신소년』의 오기이거나 기억 착오가 아닌가 짐작된다.

> 十五歲의 少年으로서 童謠 「꼬꼬닭아 우지마라」를 作詞했는가 하면, (하략)[3]

이재철의 위와 같은 진술에 따르면, 김성도의 아동문학 활동은 1929

---

2 이재철, 「김성도론」, 『敎大春秋』, 제1권, 대구교육대학학생부, 1967, 57쪽. 『계성문학』 제5호에 김성도 특집 가운데 하나로 실린 이재철의 「김성도 선생의 문학세계」는 이 글과 같은 내용이다.
3 이재철, 1967, 58쪽. 이재철은 위 인용문에 주(註)를 달아 "金聖道 謠(金聖泰 作曲) 「꼬꼬닭아 우지마라」(1929)"라고만 해 두었다.

년부터 시작되었다고 하는 것이 옳겠다. 이재철에 이어, 윤혜승[4]도 똑같은 주장을 하고 있다. 염경섭, 최용, 임광재의 학위논문에서도 더 이상의 확인 없이 그대로 이재철의 주장을 따르고만 있을 뿐 누구도 1929년에 이 작품이 발표되었다는 것을 입증하지 않는다.

그러나 이는 정확히 확인된 것이라 하기 어렵다. 김성도가 각각 하청호[5], 문형렬[6]과의 대담에서 기억의 착오로 비록 창작 연대에 일부 오류가 있긴 해도 「아기별」, 「어린음악대」, 「오뚜기」, 「산골동네」, 「보슬비의 속삭임」, 「호박꽃 초롱」 등을 작곡한 사실은 말하고 있지만, 어디에도 「꼬꼬닭아 우지마라」에 대해서 말한 적이 없다. 김성도의 생전에 발간된 『계성문학』(제5집, 1985)의 '年譜'에도 「꼬꼬닭아 우지마라」에 대한 언급은 전혀 없다.

「꼬꼬닭아 우지마라」가 1929년에 발표되었다는 객관적 서지가 확인되지 않는 한 김성도가 1929년부터 작품 활동을 했다는 증거는 없다. 최용이 "연구 범위의 시작을 1929년으로 잡는 것은 『별나라』, 『아이생활』, 『새벗』 등에 동요를 발표한 시점을 기준"했다고 하나 위의 잡지에 김성도가 발표한 작품을 전혀 언급하지 않은 것으로 봐서 실제 정확한 서지를 확인하였다고 볼 수 없는 듯하다.

1929년이면 김성도가 대구의 계성학교(啓聖學校) 2학년 재학 중일 때다. 김성도는 1928년 4월 9일 대구 계성학교에 입학하여 3학년을 마치고 1931년 4월 1일 경성 경신학교(京城儆新學校)로 전학했다. 경신학교에는 4, 5 학년을 다니고 1933년 3월 3일 졸업, 바로 4월 12일 연희전문학교 문과 본과 1학년에 입학하였다.[7]

---

4 윤혜승, 「김성도론」, 『季節風』, 형설출판사, 1973. 「김성도의 동화 세계」(『계성문학』, 제5호)는 이 글과 동일한 것이다.

5 하청호, 「어진길 선생님 回憶」, 『계성문학』, 제5집, 1985, 59~64쪽.

6 문형렬, 「그립고 먼 희망 같은 5월」, 『계성문학』, 제5집, 1985, 65~69쪽.

지금까지 확인한 바로는 김성도가 대구 계성학교 3학년이던 1930년에 투고한 작품이 김성도의 첫 작품으로 확인된다. 독자로서 『별나라』와 『신소년』 등의 잡지에는 작문 「바다」(『별나라』, 1930년 7월호), 동요 「쇠설」(『신소년』, 1930년 7월호), 동요 「갑 업는 썩」(『별나라』, 1930년 10월호) 등이 있고, 『매일신보』에는 경산(慶山) 지방의 '전래동요'로 「밤」, 「자장가」, 「닭」, 「닭아 · 개야」, 「달 · 별」, 「비틀」, 「종글새」, 「나븨」 등을 기보(寄報)했는데, 이때 주소가 '慶南 慶山郡 河陽面 琴東洞 四八'로 되어 있다.[8] 이후 「제비」(河陽 金聖道), 「모기숨」(金聖道)(이상 1930.7.19), 「어미새」, 「나무숩과 달」(이상 河陽 金聖道: 1930.7.29), 「젓장수 영감」(河陽 金聖道: 1930.7.31), 「고향집」(河陽 金聖道: 1930.8.28), 「여름비」, 「엄마생각」(이상 河陽 金聖道: 1930.10.26 선외가작) 등이 있다. 계성학교 학적부에 따르면, 경성 경신학교(京城儆新學校)로 전학한 것이 1931년 4월 1일인데[9], 이 해에는 「우리들의 설」(『별나라』, 1931년 1-2월 합호), 「가을」(金聖道; 『아이생활』, 1931년 3월호), 「공부하는 애들보담」(『별나라』, 1931년 4월호), 「봄바람이지」(김성도; 『아이생활』, 제6권 제6호, 1931년 6월호), 「회파람」[10](京城 金聖道; 『아이생활』, 제6권 제11호, 1931년 11월호), 「달」(『신소년』, 1931년 4월호) 등의 작품이 확인된다.

이상으로 볼 때, 김성도의 작품 활동은 1930년에 들어서 시작된 것으로 볼 수 있다. 앞으로 더욱 치밀한 서지 확인이 필요하다. 1929년에 발행되고 있었던 아동문학 잡지들로는 『어린이』, 『신소년』, 『별나라』, 『새벗』, 『아이생활』 등을 들 수 있는데, 결락된 부분이 많아 단언하긴 어렵지만,

---

7 이상은 김성도의 계성학교와 연희전문학교 학적부에 따른 것이다. 두 기록에는 입학과 졸업 일자의 차이가 있어 각각 해당 학교의 기록을 따랐다.

8 『매일신보』, 1930.7.2. '慶北 慶山郡 河陽面 琴樂洞 四八'이 올바른 주소다.

9 이수남의 『대구문단 이야기』(고문당, 2008, 32쪽)에는 "당시 계성학교는 상급 학교 입학 자격이 주어지지 않았다. 그래서 김성도는 4학년 때 서울의 경신학교로 전학하게 되었다."고 되어 있다. 김성도의 연희전문 학적부에는 1931년 4월 6일로 되어 약간의 차이가 있다.

10 작품 말미에 '平壤 活湧 兄께'라 되어 있다. 당시 소년 문단 활동을 하던 '李活湧'을 가리킨다. 『별나라』(통권55호, 1931년 12월호, 36쪽)에 평론 「나면 되는 投稿家에게 一言함」을 발표한 바 있다.

필자의 확인으로는 1929년에 발표된 김성도의 작품은 찾기 어렵다.

2) 김성도의 등단작

다음으로 김성도의 등단작과 관련된 문제이다. 작품 활동의 시작과 등단작 문제는 겹치는 것임에도 지금까지 서로 달리 논의하고 있어 따로 비정(批正)해 볼 필요가 있다.

김성도의 작품연보를 보면 크고 작은 오류가 많다. 한 사람의 오류가 다른 사람의 연구물에서도 그대로 반복된다. 누구도 제대로 확인하지 않았기 때문이다. 김성도의 등단작 시비도 이런 까닭으로 빚어진 것이라 볼 수 있다.

최용의 논문에는 「강아지래요」의 발표 시기와 전문을 제시하면서 이 작품을 통해 김성도가 정식으로 문단에 데뷔했다고 한다.

> 1932년 중학 4년때 『東光』지의 학생작품 모집 시부에 「우주의 맛」이 3席으로 입선하기도 한다. 1933년 『신가정』에 동요 「강아지래요」가 입선되어 정식으로 문단에 데뷔했다.
>
> 잠자다가 일어나/엉엉 운다고/엄마는 아가를/강아지래요//
> 오지랖 밑으로/파고든다고/엄마는 아가를/강아지래요//
> 품속에서 웃으면/귀여웁다고/엄마는 아가를/강아지래요// (「강아지래요」 전문, 최용, 7쪽)

임광재도 최용의 논문에서 한 주장과 거의 유사하다.

> 1932년에 월간종합지 『동광』 지의 학생문예작품 공모에 「우주의 맛」이라는

시로 3등 입선하였다. 그의 정식 문단데뷔는 1933년 『신가정』 지에 동요 「강아지래요」가 입선되면서다.

잠자다가 일어나/엉엉 운다고/엄마는 아가를/강아지래요//
오지랖 밑으로/파고든다고/엄마는 아가를/강아지래요//
품속에서 웃으면/귀여웁다고/엄마는 아가를/강아지래요// —「강아지래요」 전문 (임광재, 11쪽)

그런가 하면 김성도가 하청호와 나눈 대담 내용에는 최용, 임광재와 조금 다르다.

그 후 1928년 대구에 있는 계성중학에 입학하여 (중략) 그 때 비로소 『어린이』, 『새벗』, 『소년』, 『아이생활』, 『별나라』 등 아동 잡지를 대할 수 있었어요. (중략)

선생님의 문학 출발을 굳이 잡으신다면……

그러니까 중학 4학년 때 서울 경신중학교로 전학했을 무렵이지요. 당시 주요한 씨가 주관하던 『동광(東光)』 잡지의 전국 중학생 아동문예 콩쿨에서 시 「우주의 멋」이 당선된 것이 되겠지요.(1932) 그리고 연희전문 문과로 진학한 다음해 1933년 신가정지(여성동아 전신)에 「강아지래요」라는 동요가 다시 입상되었어요. 지금도 그 전문을 외우고 있어요.

강아지래요

잠자다 일어나/앙앙 운다고/어머니는 날 보고/강아지래요//젖 두통을 맛있게/쪽쪽 빤다고/어머니는 날 보고/강아지래요.//품속에서 웃으면/귀여웁다고/어머니는 날 보고/강아지래요.//[11]

최용과 임광재가 김성도의 등단작은 「강아지래요」라 한 반면, 김성도 자신은 「우주의 멋」으로 보고 있다. 「강아지래요」(염경섭, 최용, 임광재)의 정확한 작품명은 「강아지」가 맞고, 「우주의 멋」(최용과 임광재는 「우주의 맛」)의 정확한 작품명은 「宇宙의 사랑」이다.

그리고 「강아지래요」의 작품도 최용과 임광재가 제시한 것과 김성도 자신이 제시한 것에 작은 오류는 차치하더라도 내용이 제법 다르다. 후렴구 '어머니는 날 보고/강아지래요'(김성도)가 '엄마는 아가를/강아지래요'(최용, 임광재)라 하고 있고, '젖 두통을 맛있게/쪽쪽 빤다고'(김성도)도 최용과 임광재는 '오지랖 밑으로/파고든다고'라 하였다.

『신가정』에 입상한 김성도의 작품 「강아지」의 전문은 아래와 같다.

> 잠자다가 일어나/엉엉 운다고/어머니는 날보고/강아지래요.//젖두통을 맛있게/쪽쪽 빤다고/어머니는 날보고/강아지래요.//품속에서 웃으면/귀여웁다고/어머니는 날보고/강아지래요.//[12]

김성도가 암송한 내용과 '잠자다가'의 '가'를 제외하면 정확히 일치한다. 최용과 임광재가 인용한 「강아지래요」는 『新家庭』에 수록된 원문과 다를 뿐만 아니라, 「강아지래요」란 제목으로 수록된 『세광 동요 1200곡집』[13]의 가사와도 달라 출처가 불분명하다. 『세광 동요 1200곡집』의 가사는 『新家庭』에 수록된 것과 비교할 때 '품속에서 웃으면'을 '품속에서 웃으며'라 한 것을 제외하면 정확히 일치한다. 그리고 「강아지」가 수록된 『新家庭』은 1933년이 아니라 1934년 6월호이다.

다음으로 최용과 임광재가 「우주의 맛」(김성도는 「우주의 멋」이라 함)이라

---

11 하청호, 「어진길 선생님 回憶」, 『계성문학』, 제5집, 1985, 61쪽.
12 김성도, 「강아지」, 『新家庭』, 1934년 6월호, 205쪽.
13 편집국 편, 『세광 동요 1200곡집』, 세광음악출판사, 1979, 66쪽.

고 한『東光』에 수록된 작품은 작품 제목과 수상 내역 그리고 수록 시기가 모두 틀렸다.

김성도가 응모한『東光』지(誌)의 대회 명칭은 정확히 "第一會 男女中等學生誌上競技大會"였다. 4회에 걸쳐 작품을 출품하게 하고 각각을 점수화 한 다음 이를 합산하여 개인 우승상과 학교별 우승을 가렸으며, 심사위원은 이광수(李光洙)와 주요한(朱耀翰)이었다. '경기종목'은 '紀行文', '新詩 及 時調', '論文', '書籍批評文', '記事文'의 다섯 종류였다. '第二次試合結果發表'(『東光』, 제29호, 1932년 1월호)에 따르면, '新詩와 時調' 부문의 1등은 설정식(薛貞植)이었고 작품은「朝鮮의 아들아 내게로 오너라」였다. 2등은 경성고보(鏡城高普)의 함형수(咸亨洙)의「오늘 생긴 일」, 3등은 무순중학(撫順中學)의 김창식(金昌軾)의「무쇠의 마음」이었다. 4등이 경신(儆新) 김성도(金聖道)의「宇宙의 사랑」이었다. 선외(選外)로도 1석, 2석, 3석을 시상하였는데, 1석(席)은 선천 신성(宣川信聖) 김예환(金禮煥)의「나리는 눈」이었고, 선외 2석은 평양 숭실(平壤崇實) 김조규(金朝奎)의「붉은 해가 나래를 펼 때」였으며, 선외 3석은 간도 영신(間島永新) 박계주(朴啓周)의「時調」였다. 선외 기타(選外其他)에 진주고보(晉州高普) 탁창덕(卓昌悳), 평양 정의(平壤正義) 김탄실(金彈實), 양정(養正) 김지림(金志淋), 무순중학(撫順中學) 김경석(金景錫), 재령 명신(載寧明新) 민병균(閔丙均), 평양 숭실(平壤崇實) 황순원(黃順元), 진주농교(晉州農校) 탁성록(卓星錄) 등이 있었다. 설정식, 박계주, 김탄실, 황순원 등 내로라하는 한국 문단의 작가들도 어린 나이에 응모했던 모양이다. 분명한 것은 '시부 3등'이 아니라 '4등'이고 작품 제목은「宇宙의 사랑」이다.

「宇宙의 사랑」의 전문은 아래와 같다.

나는 宇宙의 사랑을 보앗다./봄날 햇빛 쬐는 낮에/웃는 꽃의 우슴을/나는 보앗다./宇宙의 사랑을 나는 보앗다.//나는 宇宙의 사랑을 들엇다./여름날 깊은

산밑에/노래하는 시내의 노래를/나는 들엇다./宇宙의 사랑을 나는 들엇다.//나는 宇宙의 사랑을 맛보앗다./열매 따는 늦은 가을에/맛잇는 열매를 나는 맛보앗다./宇宙의 사랑을 나는 맛보앗다.//

본문을 보더라도 시의 제목이 「우주의 맛」이나 「우주의 멋」이 될 수가 없다. 앞의 논문들은 모두 정확한 서지 확인을 하지 않은 상태에서 선행 연구의 오류를 반복하고 있는 것이다.

김성도의 작품 「宇宙의 사랑」은 『東光』(제30호, 1932년 2월호)에 "第一回 學生作品競技發表(第二回) 十一月分"이란 제목 하에 발표되었다. 그런데 『東光』 제30호는 1932년 1월 25일자로 발행되었다. 『東光』 제29호가 1932년 신년호인데 발행일자는 1931년 12월 27일자이다. 결국 김성도가 「宇宙의 사랑」을 『東光』에 투고하고 '新詩와 時調' 부문에 4등으로 선정된 해는 1931년이고 김성도가 경신학교 4학년 때인 것이다. 따라서 최용이 "1932년 중학 4년 때 『東光』 지의 학생 작품 모집" 운운한 것은 사실 관계가 어긋난다. 1932년이면 경신학교 5학년이고, 잡지에 명기된 '儆新學校 四年'은 1931년이기 때문이다.

잡지에 수록된 것을 기준으로 한다면, 「宇宙의 사랑」은 1932년, 「강아지」는 1934년에 발표한 것이므로, 김성도의 말을 좇는다면 「강아지」가 아니라 「宇宙의 사랑」이 등단작이 되어야 한다. 그러나 이 문제는 더 논의할 필요가 있다.

김성도는 이미 1930년에 작문 「바다」(『별나라』, 7월호), 동요 「쇠살」(『신소년』, 7월호), 동요 「갑 업는 썩」(『별나라』, 10월호)을 발표하였고, 1931년에는 「우리들의 설」(『별나라』, 1-2월 합호), 「공부하는 애들보담」(『별나라』, 4월호), 「봄바람이지」(『아이생활』, 6권 6호), 「회파람」(『아이생활』, 6권 11호), 「달」(『신소년』, 1931년 4월호) 등의 작품을 발표하였다. 작문인 「바다」를 빼더라도, 「쇠살」을 등단작으로 할 수 있을 것이다. 이 작품은 독자투고 작품으로 보인다. '여름의 긔운!!! 씩씩한 노래!!!' 란 제목으로 16명의 동요 작품을 싣고 있다. 이후 아동문학 잡지에 많은 작품을 투고한 한백곤(韓百坤)이나 목일신(睦一信) 등의 작품도 보인다.

그런데 「宇宙의 사랑」도 "第一會 男女中等學生誌上競技大會"에 한 차례 입상한 것이긴 하지만 학생 작품에 지나지 않는다. 당시 소년문사들은 『어린이』, 『신소년』, 『별나라』, 『아이생활』 등에 독자투고를 통해 작품을 수록하였다가 자연스럽게 작가가 되는 것이 다반사였다. 따라서 당시 아동문학 작품 발표의 시대적 사정을 감안한다면 굳이 대회 수상을 등단작의 중요한 기준으로 삼을 이유가 있을까 싶다.

1932년에 「宇宙의 사랑」 말고도, 「나래 傷한 몸」[14](『東光』, 제35호, 7월호), 「船中小景」(『東光』, 제36호, 8월호), 「黃昏은 소래도 없이」(『東光』, 제38호, 10월호) 등을 『東光』 지 '학생문단' 란에 발표하였다. 이처럼 등단한 후에도 '학생' 으로 취급하여 기성문인과 달리 '학생문단' 난을 따로 배정한 것은 정식 문단 데뷔 기준으로 대회 수상을 운위할 이유가 없다고 하겠다.

이듬해인 1933년 4월 12일자로 김성도는 연희전문학교 문과 본과에 입학하였다.[15] 이해에도 「봄이 오니」(『매일신보』, 5.13), 「보름달」(『조선일보』, 9.15) 등의 작품이 발표되었다. 이상의 작품들은 독자투고라거나 학생문단이라 특정하지 않고 있다. 「하나도 업네」는 김광주(金光洲)의 「文藝와 宣傳(2)—中國文藝理論 紹介의 一部로」와 같은 난에 실려 있고, 「봄이 오니」 또한 기성문인인 김화산인(金華山人)의 동화 「권부자와 오뚝이」와 같이 수록되어 있다. 1932년에는 「하나도 업네」(『중앙일보』, 4.4)가 수록되기도 했다.

---

14 이 작품은 '우리의 萬부득이한 사정으로 揭載치 못하옵니다.' (『東光』, 제35호, 1932년 7월 3일자)라고 '社告'에 밝히고 있어 원문을 확인할 수 없다.

15 김성도의 연희전문학교 학적부는 현재 연세대학교에 1933000067번으로 관리되고 있는데, 이에 따른 것이다.

이로 볼 때 최용이 "1933년 『신가정』에 동요 「강아지래요」가 입선되어 정식으로 문단에 데뷔"(최용, 7쪽)했다거나, "그의 정식 문단 데뷔는 1933년 『신가정』 지에 동요 「강아지래요」가 입선되면서"(임광재, 11쪽)라 한 임광재의 주장은 오류로 판명되었다. 그리고 최용과 임광재가 말한 '정식문단 데뷔'의 기준이 입상이라 하더라도 「강아지래요」(「강아지」)가 등단작이 될 수 없다. 「宇宙의 사랑」이 앞서 입상했기 때문이다.

더구나 「宇宙의 사랑」은 4등 입상이지만, 「강아지」의 경우 당선작도 아니고 선외(選外) 입상 작품이다. 『新家庭』에는 이해남의 「별 세기」(동요, 당선), 강승한(康承翰)의 「엄마 잃은 병아리」(동요, 당선), 그리고 박영종(朴泳鍾)의 「제비 마중」[16](동요, 당선)이 당선되고, 김성도의 「강아지」(동요, 선외)와 한신호(韓信浩)의 「글공부」(동요, 선외)가 선외 당선 작품이다. 사정이 이러함에도 굳이 『조선일보』, 『중앙일보』, 『별나라』, 『신소년』, 『아희생활』 등 유수의 신문과 잡지에 작품이 수록된 것보다 단지 '정식 문단 데뷔'라는 것을 근거로 그릇된 사실 판단을 할 이유는 없을 것이다.

작가의 등단작은 여러모로 의미가 있다. 문학 생활을 시작한 시점을 정확히 알려주기 때문이다. 그러나 일제강점기에 문인이 되는 방법은 여러 가지가 있었다. 지금도 다를 바 없지만, 신춘문예 당선, 잡지사의 기성 문인 추천 등이 대표적이다. 그런데 일제강점기 아동문학의 경우 독자와 전문 작가의 구분이 엄격하지 않았다. 독자투고란에서 이름을 보이던 이가 어느덧 기성 작가와 구분 없이 작품을 발표하기도 한다. 이럴 경우 등단작을 규정하는 일이 여간 어렵지 않다. 분명한 것은 입상을

16 참고로 박영종의 이 작품도 최근 연구물에서 하나같이 확인 없이 「제비맞이」라 하고 있으나 「제비마중」이 옳다. "6월에는 「제비맞이」가 『新家庭』 誌에 당선된다."(김은전, 「박목월의 동시」, 『선청어문』, 제16권 제1호, 서울대국어교육과, 1988, 744쪽)라거나, "목월 박영종은 1933년 6월 『신가정』에 「제비맞이」가 당선되고 (하략)"(이건청, 「목월 박영종의 동시 연구」, 『한양어문』, 제15집, 1997, 681쪽)라 하였다. 이들 두 논문은 초기에 목월의 동시를 연구한 대표적인 업적인데 둘 다 1934년을 1933년으로, 「제비마중」을 「제비맞이」라 하여 오류를 범하고 있다.

기준으로 하더라도 김성도의 등단작은 「강아지」보다 「宇宙의 사랑」이 앞선다는 것을 확인하였다. 그리고 입상을 하고 나서도 '학생문단'이라 하여 기성문인으로 대우하지 않은 것을 두고 볼 때 반드시 입상을 등단의 기준으로 삼을 이유가 없을 것 같다. 일제강점기 아동문학 작가들의 작품 활동을 고려한다면 가장 먼저 발표된 작품을 등단작으로 하는 것이 자연스러울 것이다.

3) 김성도의 동요집과 시집

일제강점기 다수의 동요를 발표하던 김성도가 한국전쟁 이후부터는 동요를 거의 발표하지 않는다. 그 이유를 하청호, 문형렬과의 대담에서 다음과 같이 밝힌 적이 있다.

> 나는 처음에 동요로 출발했어요. 그런데 당시 어느 선배가 김성도 동요는 시가 되어 있지 않다는 평을 간접적으로 들었어요. 나는 그 말을 솔직히 시인했지요. 이것이 계기가 되어 나는 동요(시)를 포기하고 동화를 많이 썼어요. (하략)[17]

> 해방 되던 해 월남, 대구 신명학교 · 계성학교에서 교편을 잡았다. 동요 작곡을 그만두고 동화를 쓴 것도 이 시기.
>
> "윤석중 선생이 내 동요는 푸근한 맛이 없다길래, 그런가 싶어서 그만 뒀어…"[18]

일제강점기부터 해방 직후까지 꾸준하게 동요를 짓고 자작 동요나 남의 동요에 곡을 붙이는 일을 해 왔다. 동요 합창에 피아노 반주를 하기

17 하청호, 1985, 62쪽.
18 문형렬, 1985, 68쪽.

도 할 만큼 음악에 남다른 재능이 있었다.[19]

일제강점기 대구 계성학교 선배인 윤복진(尹福鎭)이 박태준(朴泰俊)과 함께 여러 권의 동요집을 발간하였듯이 이런 문단 상황을 보면서 알고 있던 김성도도 동요집을 발간했을 가능성은 충분히 있다. 『동아일보』의 보도에 따르면, 1934년 경성(京城)의 금별사에서 김성도의 동요집 『병아리 학교』가 출간된 것으로 나와 있다.[20] 1934년이면 연희전문학교 문과 본과 2학년일 때다. 김성도의 회고에 의하면 연희전문 시절에 동요를 짓고 곡을 붙이곤 했다고 한 바 있다.

"문과와 수학 · 물리과는 4년제였고 상과는 3년제였어. 집안이 하도 어려워서 나는 음악공부를 참 하고 싶었는데…. 그래서 하루는…" (중략) 그는 당시 학장이던 백남준 박사의 배려로 방과 후에는 피아노를 쳐도 좋다는 허락을 얻게 되었다. (중략) 연희전문 문과 1학년 때인 1935년, 그는 누구나 한번씩은 불렀을 「어린 음악대」를 작사 · 작곡하게 된다. (중략)

1937년, 그가 연희 전문 3학년 때, 하루는 2년 후배인 윤태웅이 「아기별」 가사를 그에게 가지고 왔다. 그와 윤태웅, 김성태는 서로 곡을 붙여주고 받는 사이였다.

그는 수업 시간에 곡을 붙여 상과 3학년에 다니던 김성태(작곡가)에게 보여주었더니, 좋다고 했다.[21]

대담 당시 뇌경색으로 기억에 혼선을 빚고 있었던 점을 감안해, 연도

19 새나라 동요방송회 주최로 원유각(元裕珏)이 지휘하고 김성도가 피아노 반주를 한 적이 있다. 「童謠 放送: 合唱과 獨唱. 새나라童謠放送會 元裕珏 指揮 金聖道 伴奏」(『조선일보』, 1933.9.17), 「팽이(어린이時間 노래공부), 金順禮 謠, 金聖道 曲」(『조선일보』, 1939.1.8) 참조.

20 『동아일보』(1934.8.4)에 "金聖道 童謠集(曲譜附) 병아리학교 定價 三十錢 發行所 京城府 光熙町 一丁目 八八 금별社"라고 소개되었다.

21 문형렬, 앞의 글, 67~68쪽.

를 바로 잡고 보면 대체적인 내용이 사실에 부합됨을 확인할 수 있다. 연희전문 시절 음악에 심취하였고 김성태(金聖泰), 윤태웅(尹泰雄) 등과 서로 작곡을 하여 보여주었으며 서로의 작품에 논평까지 하였던 모양이다.

이로 볼 때 한자 이름까지 동일하고 '曲譜附'에서 알 수 있듯이 음악에 조예가 있었던 김성도가 작곡까지 한 것으로 볼 수 있어 『병아리 학교』는 김성도의 동요 작품집일 가능성이 크다. 윤복진의 경우 『중중때때중』과 『양양범버궁』이라는 동요곡집을 대구의 무영당백화점 서적부였던 무영당서점(茂英堂書店)에서 등사판으로 출간했고, 이 사실이 『동아일보』와 『東光』에 소상하게 보도되었던 바가 있다.[22] 필자는 『중중때때중』과 『양양범버궁』을 확인하지 못했고, 아직 학계에 보고된 바도 없는 것

22 『동아일보』(1931.7.11)에는 "尹福鎭 作謠 朴泰俊 作曲으로 된 童謠曲集의 第一集(全十六回, 伴奏曲附)"이 "東京해바라기會 編 大邱府 本町通 茂英堂書店 發行"이라 하여 『중중때때중』에 관한 신간소개가 있다. 그리고 『동아일보』(1932.3.3)에는 "尹福鎭, 朴泰俊 童謠民謠 作曲集 第二集 童謠 양양범버궁, 겨울밤, 송아지, 갈때 外 六篇, 民謠 아리랑, 우리야 마실 外 三篇", "大邱茂英堂書店 發行"이라 하여 『양양범버궁』에 관한 신간소개가 있다.

「讀書室」(『東光』, 제21호, 1932년 5월호) 이란 제목의 글에는, "尹福鎭 君의 童謠 중중떼떼중 尹福鎭 朴泰俊著 大邱茂英堂 發賣 32錢. 尹福鎭 君의 童謠는 널리 알리워 잇다. 『중중떼떼중』이란 이 童謠集의 이름만 보아도 알 수 잇게 그의 朝鮮的 童謠의 捕促은 매우 날카로운 점이 잇다. 이 점에서 朝鮮의 童謠에 一格을 시작햇다고 할 것이다. 이 小册은 尹福鎭 朴泰俊 作曲集 第一集으로 발행된 것으로 伴奏曲附로 16曲을 모아 東京 해바라기會 編으로 발행되엇다. 그 曲譜는 日本 樂壇의 권위잇는 이들의 好評을 산 것을 택한 것이라 한다. 樂曲이 어떤지는 評者無識하야 알 수 없으나 놀날만한 것 한 가지가 잇으니 그것은 그 樂譜의 謄寫版 印刷가 어찌 그리 선명하게 되엇는가 하는 것이다."(89쪽)라는 내용이 있어 동요집 『중중때때중』에 대한 소상한 내용을 알 수 있다.

「讀書室」(『東光』, 제32호, 1932년 4월호)에는 "양양 범벅궁 尹福鎭, 朴泰俊 童謠 民謠 集曲集(第2輯). 尹福鎭 씨는 일즉부터 童謠詩人으로 알리워 젓고 朴泰俊 씨는 童謠 등 作曲에 非凡한 質을 發揮하야 이미 그의 存在는 樂壇에서 많은 尊敬을 받고 잇는 터이다. 이 두 분이 어울리워 이같이 作曲에 힘쓰고 잇다는 것은 一層 더 効果的일 것이다. 내용은 詩로 보더래도 尹 씨의 獨特한 고운 말로 朝鮮的 情調와 朝鮮語的 리듬을 찾기에 힘쓴 것을 볼 수 잇고, 作曲에 잇어 또한 雅淡하고 淸楚하야 그 非凡한 敍情的 描寫에 再三 感歎치 않을 수 없는 것이 많다. 從來 童謠作曲에 日本童謠의 模倣을 지나지 못하는 것이 많이 잇든 점으로 보면 朴 씨는 作曲家로 一段 우에 세우지 않을 수 없다. 비록 등사판에 된 것이나 小學校나 유치원에까지라도 貴重한 선물이 될 수 잇을 것이다. 내용은 양양범벅궁, 겨울밤, 송아지, 갈때, 빽앙조이착착파랑조이착착, 누나야, 슬픈 밤, 풍경, 송아지 팔러 가는 집, 아리랑, 하늘 꺼질 흉, 옥수수가 운다, 우리야 아실, 어이 어이 등이다(인쇄는 등쇄이나 퍽 미술적이다)(洪). 發行所 大邱府 本町通 茂英堂書店 振替 京城 10824番 定價 送料並 32錢"라는 내용이 있어 역시 동요집 『양양범버궁』에 대한

으로 알고 있다. 『병아리 학교』 또한 필자가 확인하지 못했지만 김성도의 동요곡집일 가능성을 배제하기 어려워 사실 확인 차원에서 문제를 제기해 두고자 한다. 앞으로 면밀한 자료 검토가 요구된다.

염경섭, 최용, 임광재의 학위논문은 물론이고, 이재철, 윤혜승 등의 '김성도론'에서도 전혀 언급이 되지 않은 김성도의 시집이 있다. 비록 공동시집이지만 지금까지의 서지 확인에서도 밝혀지지 않은 작품이 여러 편 있어 김성도의 작품 연보에 꼭 포함시켜야 할 것이다. 해방 후 대구지역에서 문학 활동을 했던 4인의 공동시집 『青顆集』[23]이 그것이다. 네 사람은 황규포(黃葵圃, 본명 黃允燮), 박목월(朴木月, 본명 朴泳鍾), 윤계현(尹啓炫, 필명 윤백), 그리고 김성도(金聖道)이다. 황윤섭은 『청과집』에 앞서 『葵圃詩集』(朝鮮兒童會, 1947.9)을 간행한 바 있는 시인이었고, 윤계현은 해방 후 대구지역에서 발간된 아동문학 잡지 『兒童』과 『새싹』 등에 황윤섭, 박목월, 김성도 등과 같이 작품을 발표하고 있었다.

『青顆集』에 수록된 김성도의 작품은 「봄」, 「능수버들」, 「계수나무」, 「달밤」, 「뱃노래」, 「가을」, 「눈」, 「안개」, 「어머니」 등 9편이다. 임광재가 이 가운데 「가을」, 「뱃노래」, 「봄」, 「능수버들」, 「달밤」을 들어 '동요 · 동시'라 했으나 그냥 시(詩)라고 하는 것이 옳겠다. 가락이나 내용으로 볼 때 굳이 동요나 동시라고 한다면 「봄」과 「어머니」 정도가 해당할까 다른 작품은 결코 동요나 동시라 할 만하지 않다.

좀 더 소상한 내용을 알 수 있다.
국립중앙도서관에서 발행한 『한국 아동문학 도서』(1980)에는 『양양 범버궁』과 『중중때때중』 모두 출판사 표시 없이 1928년에 간행되었다고 해 놓았다. 한용희의 『(동요 70년사) 한국의 동요』(세광음악출판사, 1994)에는 출판사 표시 없이, 『중중때때중』은 1929년, 『양양 범버궁』은 1931년에 간행되었다고 해 놓아 모두 정확한 서지 확인을 하지 않았다.

23 저자 대표는 尹啓炫이고 姜遇文이 裝幀을 맡았다. 『詩集 青顆集』이라 하여 동요나 동시가 아님을 분명히 했다. 발행소는 '童話社'(大邱府 東門洞 一番地)인데 박목월이 한 호 발간했던 『童話』의 발행소가 아닌가 싶다. 발행연월일은 1948년 1월 31일이다.

4) 김성도의 작가연보 상의 몇 가지 문제

앞에서 언급한 「宇宙의 사랑」, 「강아지」와 관련된 작가연보 상의 몇몇 문제는 중복을 피하기 위해 생략하고, 그의 학력사항과 해방 후 행적에 대해 작가연보의 정확을 기하기 위해 몇 가지 쟁점 사항을 확인하여 정리해 보겠다.

> 연희 전문 1학년 때인 1935년. 그는 누구나 한 번씩은 불렀을 「어린 음악대」를 작사 · 작곡하게 된다. (중략)
>
> 1937년, 그가 연희전문 3학년 때, 하루는 2년 후배인 윤태웅이 「아기별」 가사를 그에게 가지고 왔다.[24]

위의 진술은 연희 전문 1학년 때가 1935년이 맞는가를 확인해야 할 필요가 있다. 앞에서도 확인했지만 문형렬과 대담할 당시 김성도는 뇌경색으로 기억이 분명하지 않았던 점을 고려해야 한다. 그러나 일반적인 사람들의 기억으로 미루어볼 때 연도는 불분명해도 '연희전문 1학년 때' 라는 것은 사실일 가능성이 크다. 그러나 하청호와 대담한 다음 글을 보면 그것도 아닌 듯하다.

> 그리고 연희전문 문과로 진학한 다음해 1933년 신가정지(여성동아 전신)에 「강아지래요」라는 동요가 다시 입상되었어요. (중략)
>
> "선생님, 「어린음악대」는 그 때 작곡하셨는지요?"
>
> "예, 그때지요. 또, 서산 넘어 해님이 숨바꼭질할 때면…, 하는 「아기별」도 작곡했어요."[25]

---

24 문형렬(1985), 67쪽과 68쪽.

25 하청호(1985), 61쪽.

연도를 객관적으로 말하지는 않았지만, 「어린 음악대」는 「강아지래요」가 입상된 즈음에 작곡했다는 말이다. 그러나 위의 진술로는 연희 전문 문과에 진학한 해가 1932년이 되고 연희 전문 2학년 때 곧 1933년에 '「강아지래요」'가 입상된 것으로 풀이되어 혼란을 가중시킨다. 앞에서 확인했듯이 '「강아지래요」'(「강아지」의 오류)는 1934년 6월호 『新家庭』에 수록되었다.

염경섭의 학위논문은 이재철(1967)을 따라 아무런 근거자료의 제시 없이 「어린 음악대」가 1934년에 작사·작곡되었다고 단언하고 있다.

> 1934년에는 「어린음악대」를 작사 작곡하여 국민학교 1학년 음악 교과서에 수록 되었다. 1936년에는 「아기별」의 곡을 작곡했고, (중략) 1947년에서 1949년에는 大邱에서 兒童誌 『새싹』, 『동화』 등에 童謠와 번역문이 多數 발표되었다.(염경섭, 4～5쪽)

또 다른 기록으로 김성도의 생전에 작성된 '年譜'에는 「어린 음악대」가 작사·작곡된 시기를 특정하지 않고 있다는 점이다.

> 1937～40年 金英一 作 「오뚜기」, 「산골동네」, 姜小泉 作 「보슬비의 속삭임」, 「호박꽃 초롱」 및 「어린 음악대」, 「애기별」 등 수곡을 작곡[26]

「어린 음악대」의 작사·작곡 시기는 이처럼 혼란스럽다. 대담을 통해 김성도가 밝힌 내용은, 단정적으로 말하지 않았으나 연희 전문 시절에 작사·작곡하였다는 사실만은 분명한 것 같다. 그런데 위의 인용으로 보면 연희 전문 1학년 때인지 2학년 때 작곡한 것인지 불분명하고, 연희

---

26 「年譜」, 『계성문학』, 제5호, 1985, 71쪽.

전문 입학 시기도 모호하다. '연희전문 1학년 때인 1935년', '연희전문 문과로 진학한 다음해 1933년', '1934년에는 「어린음악대」를 작사 작곡' 하였다고 말하고 있으나 그 시기가 1933년, 1934년 또는 1935년으로 서로 다른 것이다. 김성도의 생전에 간행된 모교 대구 계성학교의 교우지 『계성문학』(제5호)에는 그의 '年譜'가 수록되어 있는데 「어린음악대」의 작사 · 작곡을 '1937~40년' 사이에 한 것으로 되어 있어 더욱 혼란스럽다. 이재철(1967, 62쪽)과 윤혜승(1973, 175쪽) 등의 앞선 연구 결과에는 뚜렷한 증빙 자료의 제시 없이 1934년으로 못 박고 있다. 이후 여러 글들에서는 대체로 이를 확인 없이 반복하고 있다.[27]

우선 김성도의 학력 사항을 그의 학적부[28]를 따라 다시 한 번 정리해 보자. 1928년에 하양공립보통학교를 졸업하고 그 해 4월 9일 대구 계성학교(啓聖學校) 시험을 치르고 입학하였다. 3개년 과정을 마친 후 1931년 4월 1일 경성 경신학교(京城儆新學校)로 전학하였다. 연희전문 문과 본과 제1학년에 입학한 해는 1933년 4월 12일이고 졸업은 1937년 3월 12일이었다.

따라서 「어린 음악대」를 연희 전문 1학년 때 작사 · 작곡한 게 확실하다면 1933년이 맞다. 문학 작품과 마찬가지로 악보도 공적으로 발표된 시기를 기준으로 해야 함이 옳을 것이다. 예를 들어 김성도의 「보름달」은 『조선일보』(1933.9.15)에 작품을 발표했으나 작곡 사실은 달리 확인할 도리가 없다. 그런데 일본 콜럼비아 축음기주식회사에서 동요 합창 「보름달」을 유기흥(柳基興) 작곡, 김기방(金基邦) 편곡으로 녹성동요합창단에서 부른 것을 1935년 1월 20일 SP판으로 발매한 사실이 확인된다.[29] 달

27 우광훈, 「우광훈의 어린음악대의 탄생－아동문학가 김성도 스토리」, 『영남일보』, 2011.7.13.
이수남, 「아동문학가 김성도」, 『영남일보』, 2005.8.25.
심후섭, 「동요문학에서의 단순명쾌성－「어린음악대」에 대한 좁은 생각」, 『향토문학연구』, 제3호, 2000.

28 하양공립보통학교, 계성학교, 연희전문학교의 각 학적부 참조.

리 서지 확인이 되지 않는다면 악보는 이것을 기준으로 삼을 수밖에 없을 것이다.

그런데 지금까지 「어린 음악대」에 관해서는 작사나 작곡에 관한 어떤 1차 서지 사항도 확인할 수 없다. '국민학교 1학년 음악 교과서 수록'(이재철, 윤혜승, 염경섭)도 해방 후의 사실을 적은 것일 뿐 작사 · 작곡 당시의 서지와는 거리가 멀다. 사소하다면 사소하지만 다른 동요 작곡도 대부분 정확한 1차적 서지 사항이 확인된 바 없다. 앞으로 정확한 서지 확인이 필요하다.

그리고 김성도의 해방 후 행적에 대해서도 바로 잡아 두어야 할 것이 있다.

염경섭은 김성도의 작품에 대해, "1947년에서 1949년에는 大邱에서 兒童誌 『새싹』, 『동화』 등에 童謠와 번역문이 多數 발표"(염경섭, 5쪽) 되었다고 설명하고 있다. 『계성문학』(제5집)의 '年譜'를 그대로 따랐다. 현재 원본을 확인하지 못하였으나, 박영종이 한 호만 발간하고 마감한 『동화』[30]에 김성도가 동요와 번역문을 다수 발표할 수는 없었던 것이 분명하다. 1946년 4월에 창간호가 발행되어 1948년 4월 제7호를 마지막으로 종간된 『아동』에 김성도의 작품[31]이 수록되어 있으므로 이를 추가하는 것이 옳다.

필자가 확인한 바에 의하면 번역문이라 할 것으로는 아라비안나이트를 번역하여 『새싹』에 실은 아동극 「엘리코지아」(제10호, 1949년 2월호) 외

---

29 최동현, 임명진 편저, 『유성기 음반 가사집 5』, 민속원, 2005, C249.

30 김진태, 「동지적인 결합으로―아동문예지 운동(어린이 운동 회고-대구를 중심으로)」, 『매일신문』(1955.5.1). 김진태는 『童話』란 잡지에 대해, "單獨으로 『童話』란 재致가 넘치는 兒童誌로 單獨執筆로 發刊하였으나 재致는 넘치되 받아드리는 讀者가 없어 創刊號이자 廢刊號"가 되었다고 회고하였다.

31 필자가 확인한 『아동』은 창간호(1946년 4월호)를 시작으로 제7호(1948년 4월호)로 종간되었다. 이 가운데 제4호와 제5호를 찾지 못해 김성도의 전체 작품을 확인하지 못했다. 『아동』, 제7호(1948년 4월호)에 「쇠방울」, 「호랑이」 두 편의 동요가 수록되어 있다.

에는 찾을 수 없다. 『아동』과 『새싹』에 수록한 글로는 대체로 동요와 악보와 음악에 관한 글이 번역문보다는 수적으로 더 많다. 김성도의 작가 연보에 그의 음악 활동에 관한 것을 밝혀 두는 것이 옳을 것이다. 여러 편의 동요에 곡을 붙인 것이나 음악 관련 글[32]을 남기고, 1984년 '한국아동음악상'을 수상하기까지 하였기 때문이다.

3. 맺음말

아동문학가 김성도를 연구함에 있어 지속적으로 반복되는 오류가 있다. 이는 앞선 연구를 비판 없이 수용한 결과다. 꼼꼼한 연보 작성과 정확한 서지 확인이 선행되지 않는다면 이런 일은 반복될 수밖에 없다.

일제강점기나 해방 후 문학을 살피자면 자료의 일실(逸失)로 인해 난감할 때가 많다. 아동문학 연구도 마찬가지인데 많은 진전이 있었음에도 불구하고 지금까지의 연구 역량과 연구 환경의 미비로 인해 아직 해결해야 할 문제가 많다.

이 글은 김성도의 연구논문들에 반복해서 나타나고 있는 몇 가지 쟁점이 될 만한 오류를 찾아 바로잡아 보려고 하였다. 분명하게 확인한 것이 있는가 하면 아직 남은 문제도 있다. 더 확인해야 할 쟁점을 문제제기 차원에서 논급한 것도 있다. 아무쪼록 더 많은 1차 자료가 확보되어 정확한 서지 확인과 연보 작성이 이루어졌으면 한다.

연보 작성이나 서지 확인에 대해 사소한 것에 매달리는 것으로 보는

32 일제강점기에 여러 편의 동요를 작사 · 작곡하거나 다른 사람의 동요에 곡을 붙였고, "동요 합창과 독창"에 피아노 반주를 한 일도 있다.(「童謠 放送: 合唱과 獨唱. 새나라童謠放送會 元裕珏 指揮 金聖道 伴奏」, 『조선일보』, 1933.9.17), 「음악가가 되려는 분에게」(『새싹』, 제6호, 1947년 9월호), 「음악계 동향(短評)」(『新思潮』, 제1호, 1950년 5월호), 「樂壇의 先驅者 朴泰元」(백기만 편, 『씨 뿌린 사람들－경북작고예술가평전』, 思潮社, 1959) 참조.

시각도 있다. 그러나 이는 금물이다. 객관적 사실 확인이 없이 판단하고 해석한 모든 것은 부정확할 가능성이 높기 때문이다.

작가가 발표한 적도 없는 이름의 작품이 버젓이 거명되고 발표 연도마저 틀리는 경우가 김성도의 경우에도 적지 않았다.

이 글에서는 확인할 수 있는 자료를 바탕으로, 김성도의 작품 활동 시작 시기와, 「어린 음악대」의 작사 · 작곡 시기 등을 논의하고, 등단작으로 거명되는 작품 「宇宙의 사랑」과 「강아지」의 정확한 작품명과 발표 시기를 확정하였다. 그리고 동요집 『병아리 학교』의 출간 문제를 제기하고 시집 『青顆集』의 존재를 밝혔으며, 음악과 관련한 서지 사항을 덧붙였다.

앞으로 일제강점기와 해방 후 자료는 물론이고 한국 전쟁 후에 발표된 김성도의 작품과 글들도 산일(散逸)된 채 수습되지 못한 것이 있는데 불원간 모두 거두어 작가연보와 작품연보가 확정되었으면 한다.

참고문헌

1. 자료

『東光』, 『별나라』, 『새벗』, 『새싹』, 『少年』(조선일보사), 『新家庭』, 『新少年』, 『아동』, 『아희생활』, 『동아일보』, 『매일신문』, 『매일신보』, 『영남일보』, 『조선일보』, 『중앙일보』(중외일보, 조선중앙일보), 『青顆集』

2. 논문과 저서

김상삼, 「고마우신 선생님－어진길 선생님의 인간애와 작품 세계」, 『계성문학』, 제7호, 계성문학회, 1987.

김성도, 「요람지(계성)」, 『매일신문』, 1955.5.1.

김성도, 「동화 세계의 확대」, 『매일신문』, 1958.7.1.

김성도, 「소파 방정환」, 『대구일보』, 1969.12.17.

김성도, 「최현배 선생님의 추억 한 토막」, 『매일신문』, 1970.3.27.

김성도, 「나의 동화관과 창작의 변」, 『아동문학평론』, 창간호, 1976.5.31.

김성도, 「대구아동문학회가 걸어온 길」, 『아동문학평론』, 제3호, 1976.11.30.

김성도, 「내 작품을 스스로 의문하며」, 『아동문학평론』, 제7호, 1977.12.10.

김성도, 「전래동화 단상」, 『아동문학평론』, 제5호, 1977.6.10.

김성도, 「도깨비와 아동문학」, 『아동문학평론』, 제17호, 1980.12.31.

김성도, 「뭇짐승이 엮은 얘기」, 『아동문학평론』, 제24호, 1982.9.30.

김진태, 「동지적인 결합으로－아동문예지 운동(어린이 운동 회고—대구를 중심으로)」, 『매일신문』, 1955.5.1.

문형렬, 「그립고 먼 희망 같은 5월(특집 김성도론 6)」, 『계성문학』, 제5호, 계성문학회, 1985.

문형렬, 「다시 한 번 따따따, 따따따 주먹손으로」, 『빛』, 통권 25호, 재단법인 대구천주교회유지재단 대건출판사, 1985년 5월호.

신현득, 「노래와 이야기 할아버지(특집 김성도론 4)」, 『계성문학』, 제5호, 계성문학회, 1985.

심후섭, 「동요문학에서의 단순명쾌성－「어린 음악대」에 대한 좁은 생각」, 『향토문학연구』, 제3호, 향토문학연구회, 2000.
염경섭, 「김성도 연구: 동화와 아동소설을 중심으로」, 단국대학교 석사학위논문, 1989.
우광훈, 「우광훈의 어린 음악대의 탄생－아동문학가 김성도 스토리(경산)」, 『영남일보』, 2011.7.13.
윤혜승, 「김성도론」, 『횃불』, 제1권 제9호, 한국일보사, 1969.
윤혜승, 「김성도론」, 『에세이 계절풍』, 형설출판사, 1973.
윤혜승, 「김성도의 동화 세계(특집 김성도론 3)」, 『계성문학』, 제5호, 계성문학회, 1985.
이경화, 「고전의 동화적 창조 양상－김성도 「섬을 찾아온 세 사람」의 설화수용을 중심으로」, 『아동문학평론』, 제20권 제2호, 1995.
이수남, 「(이수남의 되돌아본 향토문단)아동문학가 김성도」, 『영남일보』, 2005.8.25.
이수남, 『대구문단 이야기』, 대구: 고문당, 2008.
이재철, 「김성도론」, 『教大春秋』, 제1권, 대구교육대학 학생부, 1967.
이재철, 『한국현대아동문학사』, 일지사, 1978.
이재철, 「김성도론」, 『아동문학평론』, 제28호, 아동문학평론사, 1984.
이재철, 「김성도 선생의 문학세계(특집 김성도론 2)」, 『계성문학』, 제5호, 계성문학회, 1985.
이재철, 『세계아동문학사전』, 계몽사, 1989.
이재철, 『한국아동문학작가론』, 개문사, 1992.
정진채, 「김성도론」, 『한국아동문학연구』, 제3호, 한국아동문학학회, 1994.
정휘창, 「어질고 싱그러운 5월의 메아리－金聖道 선생의 인간과 문학」, 『아동문학평론』, 제12권 제3호, 1987.
최 용, 「전통의 감응과 수용」, 『한국현대아동문학작가 작품론』, 서문당, 1991.
최 용, 「김성도 동화 연구」, 경산대학교 석사학위논문, 1998.
최 용, 「김성도의 삶과 문학세계」, 『경산문화연구』, 제4집, 경산대학교 경산문화연구소, 2000.
최경희, 「김성도 동화의 전통의식」, 『한국현대문학과 전통』, 청하성기조선생화갑기념문집간행위원회, 1993.
최동현, 임명진 편저, 『유성기 음반 가사집 5』, 민속원, 2005.
최지훈, 「예스런 동화에의 접근」, 『한국현대아동문학론』, 아동문예, 1991.
편집부, 「年譜(특집 김성도론 7)」, 『계성문학』, 제5호, 계성문학회, 1985.
하청호, 「어진길 선생님 回憶(특집 김성도론 5)」, 『계성문학』, 제5호, 계성문학회, 1985.
하청호, 「어진길, 동심 속에 산 큰 어린이－김성도 2대 회장」, 『꿈밭에 모여』, 제49호, 대구아동문학회, 2007.

현실주의 아동문학 작품과 교훈성
—이원수의 「불새의 춤」

1. 머리말

아동문학과 교훈성은 뗄 수 없을 정도의 밀접한 상관관계를 갖고 있다. 문학의 교훈성이란 일반문학이나 아동문학이나 다를 바 없이 추구하는 가치다. 그런데 유독 아동문학의 교훈성을 문제 삼는 것은 독자대상인 아동을 바람직한 방향으로 '교육'해야 한다는 일종의 강박 관념이 늘 아동문학을 압박하고 있기 때문이다. 많이 극복되었지만 아직도 한국 아동문학이 교훈성에서 자유로운 것은 아닌 것 같다. 교훈 위주의 작품을 쓰거나 옹호하는 사람들에게 물으면, 어린이들은 아직 의식의 성숙이 미급하므로 옳고 바른 것만을 보여주어야 한다는 주장을 하기 일쑤다. 의식했던 의식하지 않았던 간에 어른의 입장에서 아동을 훈육해야 한다는 관점이 배어 있어서 그렇다.

사정이 이러하다 보니 교훈성과 문학성이 조화로운 결합을 추구해야 함에도 불구하고 한국 아동문학은 자주 교훈성의 주술에 사로잡힌 적이 많았다. 그런데 더욱 문제가 되는 것은 교훈성의 범위가 매우 제한적이고 따라서 편향된다는 점이다.

이런 생각은 학교 문학교육에도 큰 영향을 미쳤다. 교육의 매체인 교과서에 수록되는 작품마저 어떤 경향의 작품은 안 되고, 어떤 내용만이 선정되어야 한다는 식의 주장으로 이어지게 되었다. 지금까지의 경향을 보면 현실주의(realism) 계통의 작품들은 교과서 수록 목록에서 배제되기 일쑤였다. 대신 동심천사주의 계통의 아동문학 작품들이 우선적으로 선정되는 것이 일반적이었다. 현실주의 계통의 작품들은 도덕률에 기반을 둔 교훈성을 강조하는 사람들이 볼 때 위험하기 짝이 없는 불온한 것으로 보이는 모양이었다. 어른들의 위선이나 허위의식을 적나라하게 드러내기도 하고 더러 강하게 비판하기도 하기 때문이다. 비판과 비난을 구분해야 함에도 불구하고, 교훈론자들에게는 아이들이 비틀린 눈으로 세상을 바라보게 되지나 않을까 염려하는 것을 넘어 매사 부정적이고 반항적인 인간으로 성장하는 것은 아닐까 하는 기우에 가까운 걱정을 떨쳐내지 못했던 것 같다.

텍스트 중심의 형식주의 문학론(formalism)이 문학교육의 주요한 이론적 기반으로 굳건하게 자리 잡은 터인 데다 교훈성마저 강조되다 보니 현실주의 계열의 작품이 교과서에서 배제되는 원인(遠因)이 되기도 했다. 그 결과 굴곡 많은 한국 현대사에서 작가의 이력이 어떠하든 작품만 좋으면—그 기준조차 편향된—교과서에 수록되는 일이 다반사였다. 그리고 그것을 교육적 혹은 교훈적인 것이라고 믿고 있었다.

이런 문제들은 학교 교육과 국가 지배 이데올로기 혹은 국가 통제와도 관련되는 것이어서 간단한 문제가 아니다. 특히 아동문학은 교훈성의 지나친 강조로 인해 지레 현실주의의 바람직한 정신이 아이들에게가 닿을 통로마저 차단되어 있었다. 이는 매우 위험한 생각일 수 있다. 편식이 몸에 해롭듯이 문학적 상상력 또한 편향은 자칫 생각하는 것 이상으로 위험할 수 있기 때문이다. 새가 좌우의 날개로 날듯이, 아동 문학도 현실 비판적인 작품과 동심적인 작품, 현실주의 작품과 판타지 작품

등 내용이나 형식에 있어 서로 대척적인 자리에 놓인 작품들이 길항하면서 발전해 가야 하는 것은 불문가지다.

이런 점을 감안해 현실주의 아동문학 작품이라고 할 수 있는 이원수(李元壽)의 「불새의 춤」(『주간 기독교』, 1970)을 대상으로 아동문학 작가의 현실 인식과 아동문학의 교훈성에 대해 살펴보고자 한다.

2. 현실주의 아동문학 작품과 교훈성

1) 비판적 현실 인식과 「불새의 춤」

이원수의 「불새의 춤」은 '두루미 무용원'에서 일어난 일을 그리고 있는 우화(寓話)다. 30마리의 두루미들이 여러 가지 춤을 추자 손님들이 몰려들고 원장은 많은 돈을 벌게 된다. 원장은 학들과 말을 한다는 등 놀라운 재주를 가졌다고 알려진다. 두루미들을 부려 돈을 벌고 있는 원장은 그러나 두루미들의 배고픈 사정을 들어주지 않는다. 오히려 살이 찌면 춤과 같은 예술 활동을 하는데 지장이 있을 수 있다면서 한 끼에 세 마리 주던 미꾸라지를 두 마리로 줄이기까지 한다.

원장은 '한 곳에 갇혀서 사는 것을 가장 싫어'[1]하는 두루미들을 잡아다 가두어 두고, 춤을 추지 않으면 먹이를 주지 않아 굶어야 하는 신세로 만들어버렸다. '빨간 베레 모자의 원장'(153쪽)이란 표현이 주는 이미지는 군사 문화의 강력한 지배 · 통제 · 감시를 떠올리게 한다. 그는 30마리나 되는 학의 번호를 다 알고 있다. 작품이 발표되던 시기의 지배 권력층이 군 출신으로 구성되었던 것을 은연중 암시하려 했던 듯하다.

---

1 이원수, 『이원수 아동문학전집 6』, 웅진출판주식회사, 1993, 153쪽. 이하 인용한 내용 뒤에 쪽수만 밝힌다.

두루미 무용원의 첫 번째 문제는 두루미들이 배가 고프다는 사실이다. 원장이 바라는 대로 춤을 추면 한 끼에 미꾸라지 세 마리를 주지만, 원장의 눈 밖에 나면 한 마리로 줄여 버린다. 먹이가 부족하다는 두루미들의 불평을 알고 있으면서도 원장은 해결책을 제시하지 않는다. 오히려 배가 부르면 예술이 불가능하다는 궤변을 늘어놓는다.

> 춤을 추는 것은 노동과는 달라. 배만 부르면 고만이라고 몸만 생각해선 안 되지. 춤도 예술이야. 몸이 가벼워야 춤추기도 좋거니와 먹이에만 맘을 쓰는 건 예술가의 태도가 아니란 말야.(153쪽)

> 허허허! 학은 신선과 같은 것. 춤은 곧 예술이야. 먹이를 가지고 계산할 일이 아니란 말야.(154쪽)

진정한 예술은 삶의 문제를 외면해서는 안 된다. 예술은 배가 고픈 것이고, 고독한 것이며, 가급적 일상에서 벗어날수록 예술 본연의 모습이라는 어쭙잖은 예술관이 자리 잡고 있는 듯도 하다. '먹이에만 맘을 쓰는 건 예술가의 태도가 아니'(153쪽)라고 하는 원장의 말에 이런 생각이 잘 드러나 있다.

두루미들은 이 상황을 타개하기 위해 더욱 춤을 잘 추기로 한다. 불평만 한다고 되는 게 아니니 원장이 좋아하도록 춤을 잘 추자고 한다. 힘껏 일하고 먹이를 갑절로 늘려 달라고 요청한다. 춤을 잘 추면 손님이 늘 테고 그러면 원장의 수입 또한 늘 테니 그 때 먹이를 늘려 달라고 하면 되겠다는 것이다. 그러나 원장은 전날의 약속을 저버리고 지키지 않는다.

일제강점기 카프(KAPF) 소속 작가들의 작품이 이념적 경직성과 교조적 획일성을 벗어나지 못했다고 비판당한다. 정치적 이념인 부르주아와 프롤레타리아라는 계급적 대립을 작품 속에 앙상하게 담아 놓고 나와 적의 투쟁의식만 고취하고 있으니 작품적 성취가 보일 리 만무했던 것이다. 불평만 하지 않고 주인이 돈을 더 잘 벌 수 있도록 춤을 잘 추자고 하는 대목에서 섣부른 대결 의식만 부르대는 것이 아님을 알 수 있다. 상황 타개를 위해 슬기롭게 대처하는 두루미들의 모습은 문제 해결을 위한 진지한 모색으로 보이므로, 유아적 대결 의식이나 이념적 경직성을 벗어나 작품 수준을 높이는 부분이라 할 것이다. 배타적 주장이나 일방적 강요가 아닌 모습으로 접근함으로써 두루미들의 요구가 일정한 정당성을 확보하였음을 독자들에게 알린 효과가 큰 것이다.

그러나 원장은 예술을 빙자하며 두루미들의 배고픔을 들은 척도 하지 않는다. 더구나 타령춤을 잘 추는 28호 두루미에게는 배가 너무 크니 줄여야 한다면서 한 끼에 세 마리 주던 미꾸라지를 줄여 두 마리만 준다.

> 부탁을 해도 소용이 없고 춤을 잘 추어도 소용이 없으니 어떻게 하면 우리 친구들과 같이 굶주리지 않고 살게 될 것인가.
>
> 그러나 원장의 강철 같은 고집과 얼음 같은 마음을 녹일 길은 없었습니다.(155쪽)

일이 여기에까지 이르자 타령춤을 가장 잘 추는 28호 학은 큰 결심을 하게 된다. 아침 식사도 거르고 사무실 뒤의 석유통에 묻어 있는 기름을 온 몸에 바르고는, 손님이 담배를 붙이고 버린 성냥개비로 제 몸에 불을 붙인다. 불덩이가 된 두루미가 공중에 날아올라 춤을 추면서 부르짖는 소리는, '얼음 같은 심장을 녹이시오'(155쪽)다.

「불새의 춤」은 "전태일 열사가 분신자살한 한 달 뒤에 발표한 것으로, 바로 전 열사의 이야기를 쓴 것"[2]이다. 전태일(全泰壹)의 분신은 1970년 11월 13일에 있었고, 이 작품은 그해 12월에 발표된 것이다. 근로기준법을 지키라며 청계천 평화 시장에서 분신하는 노동자 전태일과 배고픈 두루미들의 사정을 살펴달라는 28호 두루미의 분신은 그 동기가 같다. 노동 현실의 개선과 분배의 정의를 실현할 것을 요구한 것이기 때문이다. 건강한 노사관계는 생산성 향상은 물론이고 제품의 품질을 향상시킬 뿐만 아니라 일정한 수준으로 유지할 수 있게 한다. 그 결과 기업의 이익은 증대되고 이익의 적정량이 노동자들에게 배분되면 기업의 성장 및 노사 관계는 선순환에 들게 된다.

그러나 1970년대 노동 집약적 저임금을 바탕으로 한 한국의 노동 현실은 실로 열악했다. 노동자들의 임금은 착취당하기 일쑤이고 노동환경과 노동조건은 열악하기 그지없었다. 성장 드라이브 정책은 당연히 논의하고 고려해야 할 분배의 문제를 등한시하게 만들었다. 따라서 전태일의 분신자살은 돌발 사건이 아니라, 누적된 불만과 우리 사회의 구조적 모순의 견고한 벽에 맞서 극단적 방법을 통해 경종을 울린 예고된 사건이라고 봐야 옳은 것이다. 결국 전태일이 일한 평화시장 '다락방'과 '두루미 무용원'은 1970년대 한국의 노동 현실과 역사의 축소판이었다.

청년 노동자 전태일의 죽음은「불새의 춤」(1970년)으로 우리 가슴 속에 영원히 살아남은 것이다. 부당한 노동 착취에 항거해 제 몸을 불사른 전태일 죽음은 한 개인의 죽음으로 끝날 수 없다. 노동자들의 처절한 삶, 그 부당성, 잘못된 사회, 바로잡아야 하는 현실, 저항, 분신…… 이 현실은, 이 사회를, 노동자들의 삶을 아이들에게 어떻게 들려주어야 하나. 이원수는 청계천 봉제 공장 대신에 '두루미 무용원'을 만들어 냈다. 원장이 내세우는 '풍류'와 '예술'이란 명분 때문에, 두루미는 '철망' 속에서 '배고픔'을 견뎌야 한다. 고용주와 정치권력이 내세우는 '경제 개발' '산업 역군'이란 그럴 듯한 이름 때문에, 전태일과 어린 노

---

2 이오덕,「겨레의 삶과 희망을 담은 동화」, 이원수,『꼬마옥이』, 창작과비평사, 1997, 216쪽.

동자들은 '철망' 같은 '다락방 봉제 공장'에서 '배고픔'을 견뎌야 한다.[3]

「불새의 춤」이 발표되던 1970년대 전후의 한국 현대사는 몇 가지 중요한 사건이 있었다. 쿠데타로 집권했던 박정희(朴正熙)는 대통령의 3선 연임이 금지되었던 헌법을 바꾸어 대통령에 다시 당선되고자 1969년 제6차 개헌을 획책하였다. 이로 인해 6월부터 전국의 대학생들을 필두로 3선 개헌 반대 학생 데모가 시작되었다. 우여곡절 끝에 3선 개헌이 이루어지고 1971년 4월 박정희는 제7대 대통령 선거에서 당선된다. 1970년 5월, 당시 지식인과 학생층의 폭발적 인기를 모은 잡지 『사상계』에는 김지하(金芝河)의 「오적(五賊)」이 실렸다. 알다시피 「오적」은 이 나라 권력 중추부의 핵심이랄 수 있는 장차관(長次官), 국회의원(國會議員), 고급 공무원(高級公務員), 군 장성(軍將星)과 독점 자본의 한국식 이름인 재벌(財閥)을 합해 다섯 부류의 큰 도적을 담시(譚詩)라는 독창적 갈래를 택해 해학과 풍자로 질타한 시이다. 김지하는 이 다섯 부류의 도적을 모두 개 견(犬)자가 들어간 한자어를 찾아 표현함으로써 인간의 탈을 쓴 짐승으로 몰아붙여 비판한다. 오적의 부정부패와 방탕한 생활이 적나라하게 드러나고, 부정부패를 척결할 임무가 있는 포도대장이 오히려 오적에게 매수되어, 오적을 고해바친 '꾀수'를 무고죄로 잡아넣고, 자신은 도둑촌을 지키는 주구(走狗)로 살아간다.

결국 박 정권은 1970년대 초 부정부패로 물든 한국 권력층의 실상을 보여준 이 작품을 실었다는 이유로 『사상계』를 폐간시키고, 작가 김지하와 편집인 등을 국가보안법 위반이란 죄목으로 구속하였다. '북괴의 선전 활동에 동조한 것'[4]이라고 얽어맨 것이다. 박 정권이 독재, 반민주로 일관하자 지식인 청년 학생들의 거센 저항이 이어지고 있던 이 시기는

3 이기영, 「이원수 동화에 담긴 사랑」, 역사편찬위원회 엮음, 『방정환 · 이원수』, 어린이도서연구회, 2005, 139쪽.

막걸리 반공법(보안법)이란 말이 있듯이 반공법이 비판적 지식인들을 옥죄는 특단의 보도(寶刀)로 사용되었다.

1970년 11월 13일에는 서울 동대문 평화시장에서 피복 공장 재단사로 일하던 스물두 살의 노동자 전태일이 노동환경 개선을 외치며 자기 몸에 석유를 붓고 분신자살하는 사건이 발생한다. 불길 속에서 그가 외쳤다는 '근로기준법을 지켜라', '우리는 기계가 아니다', 그리고 '내 죽음을 헛되이 말라'는 말과 같이 분신 사건은 저임금 고강도의 노동조건 등 한마디로 노동착취와 비인간적인 행위에 대한 결연한 저항이었다. 이는 우발적 사건이었다기보다는 노동조건이나 노동환경의 개선을 지속적으로 요구하는 노동자들을 외면하고 적당히 회유하려 했던 정부의 노동문제 해결 의지의 부족이 빚은 사건이라고 할 것이다. 인간다운 대접을 받기 위해 노조 설립을 해나가는 한 노동자의 처절한 노동운동의 과정은 같은 시대를 노동자로 살았던 유동우(柳東佑)의 수기 『어느 돌멩이의 외침』에서 똑똑히 확인할 수 있다.[5]

전태일 분신자살 사건은 한국 노동운동사에 한 획을 그은 사건이라고 기록되고 있다. 지금도 한국 노동운동의 진정한 출발점으로 인식하고 있을 정도로 우리나라 노동운동에 많은 영향을 끼쳤다.

> 작업장은 약 8평 정도. 재단판과 열너댓 대 되는 재봉대(미싱다이)와 거기에 맞붙은 시다판들이 가뜩이나 비좁은 방안에 꽉 들어차고 그 틈서리 틈서리에 핏기 잃은 창백한 얼굴의 종업원 32명이 끼어 앉아 일한다. 바닥에서 천정까지의 높이는 약 1.5 미터 정도. 이것이 저 악명 높은 다락방이다. 원래는 높이 3미터 정도의 방이었던 것을 공중에다 수평으로 칸막이를 하여 그것을 두 방으로 만든 것이다. 이 넓고 넓은 세상에 왜 그녀에게는 이렇듯 좁은 공간밖에 주어지

4 김지하, 『김지하 사상 기행 1』, 실천문학사, 1999, 277쪽.
5 유동우, 『체험수기집, 어느 돌멩이의 외침』, 대화출판사, 1978.

지 않는 것일까? 여공들은 허리를 펴고 걸어 다닐 수가 없다. 청계천 6가 쪽 고가도로를 차를 타고 달리면서 이 작업장들을 보면 마치 무슨 돼지우리나 닭장을 보고 있는 것 같은 느낌이 든다.

이 밀폐된 닭장 속에 갇혀서, 끊임없이 재봉틀의 소음 속에서 그녀는 하루 종일 햇빛 한번 보지 못하고 아침 8시부터 밤 11까지 노동을 한다. 작업 도중에 일어나 변소 한번 가려고 해도 '주인아저씨'와 '미싱사 언니'들의 눈치를 보아야 한다. 그녀가 하는 일 중에서 가장 고된 것은 다리미질이다. 겨우 열서너 살짜리 소녀가 고사리 같은 손으로 열을 훅훅 뿜어내는 그 무거운 다리미를 들고 옷감이 눋지 않도록 온 신경을 써가면서 다리미질을 하는 것이다.

(중략)

일거리가 밀려 야간작업을 할 때면 정말이지 살고 싶은 마음이 안 난다. 연거푸 이틀 밤, 사흘 밤을 꼬박 새워가며 일할 때에는 정신이 아득하여 저도 모르게 눈이 저절로 감긴다. 졸지 말고 밤일 잘 하라고 주인아저씨가 사다준 잠 안 오는 약을 먹고 억지로 밤을 새워 일한 다음날에는 팔다리가 제대로 펴지지 않고 눈만 멀뚱멀뚱한 산송장이 되는 일도 있다.

(중략)

이렇게 뼈 빠지게 일을 해도 그녀의 한 달 임금은 평균 3천원(1970년도 현재). 왕복 교통비를 제하고 나면 별로 남는 것이 없다. 집안 생계에 조금씩 보태고 나면 점심을 사먹을 여유가 없어서 1개에 1원짜리 풀빵 몇 개로 점심을 때우거나 아니면 아예 굶으면서 일하는 시다들이 태반이 넘는다. 삶은 파처럼 지친 몸을 무겁게 끌고 꾸벅꾸벅 졸면서 밤 11시가 넘어 집에 돌아오면 밥술을 뜨는 둥 마는 둥하고 옷 입은 채로 그대로 쓰러져 눕는다. 좁은 방안에 여러 식구가 꽉 들어차 누우니 다리 한 번 마음대로 뻗어보지 못한다.[6]

6 조영래, 『전태일 평전(개정판)』, 돌베개, 1991, 100~102쪽.

다소 긴 인용이었지만 1970년대 당시 우리나라 노동자들의 노동현실을 잘 요약하여 보여주는 대목이다. 『전태일 평전』의 저자 조영래는 이와 같은 노동 현실을 '노동 지옥'이라고 표현하고 있다. 전태일이 대통령께 쓴 편지에는 '저는 피 끓는 청년으로서, 이런 현실에 종사하는 재단사로서 도저히 이 참혹한 현실을 받아들이지 못합니다'(『전태일 평전』, 209쪽)라고 쓰고 있다. 노동자들의 권익을 보호해 주어야 하는 노동청과 시청에 있는 근로감독관에게 전태일은 열악한 노동 현실에 대한 감독을 요구했고 이어 실태 조사도 나왔으나, 아무런 대책이 없는 현실을 목도하게 된다. 그 결과, 전태일은 이러한 노동 현실이 개선되기를 희망하면서 분신자살을 하게 된다. 동료 노동자의 분신에 자극받은 평화시장 노동자들은 전태일의 뜻을 널리 알리기 위해 시위를 계속한다. 그러나 '경찰의 곤봉 아래 머리가 깨어지고 구둣발 아래 짓밟히면서 경찰서로 개처럼 끌려갔다.'(『전태일 평전』, 285쪽)

이원수는 아동문학을 한다면서 왜 노동자의 분신자살과 같은 끔찍한(?) 사건을 제재로 한 동화 작품을 썼을까? "역사에서 가장 크고 뜨거운 문제가 동화까지 될 수 있음을 깨닫게 하는 작품"[7]이란 평가의 정당성 문제를 떠나 당대 아동문학을 보는 일반적인 시각이 동심주의(童心主義)와 교훈주의에 젖어 있었음을 아는 독자라면, 이원수가 비상한 각오를 하지 않고는 역사적 현장의 시의성을 놓치지 않고 작품화 하는 일이 불가능했음을 알 수 있을 것이다. 이원수의 비상한 각오는 무엇이고 어디에서 연유하는 것일까? 그가 말한 아동문학관 혹은 현실주의 문학관 그리고 교훈성 또는 교육주의 아동문학에 관한 이원수 자신의 목소리를 들을 차례이다.

7 이오덕, 「겨레의 삶과 희망을 담은 동화」, 이원수, 『꼬마옥이』, 1997, 216쪽.

실제 아동을 '미숙한 성인'으로 보고 '아동으로서의 완전한 인간'으로 보지 않으려는 낡은 아동관에서 문학으로 표현하는 데까지 인색하거나, 문학에 있어서의 동심이란 것을 편협하게 평가하여 아동 자체를 실사회에서 분리하려 하거나 혹은 아동의 소박한 사고와 범위 좁은 생활권에 구애되어 깊이 파고들어야 할 세계가 없는 것처럼 착각하거나, 데모크라틱하고 자유로운 아동의 성장을 위하는 일보다는 논의하지 않고 어른의 말을 잘 듣는 복종 · 충효 · 예의적인 백성을 만들려거나 하는 작가가 많다는 것이다.[8]

아동의 사고 수준이나 생활 경험의 범위가 어른과 구분되는 것은 당연한 이치이나, 아동은 그저 미숙한 성인으로 보아 어른들의 생각을 주입하면 된다고 생각하고 그 도구로 문학을 이용하겠다는 태도에 대해 경종을 울리는 말이다. 아동문학은 어린이들의 "일상적인 삶, 가정과 학교와 사회에서 일어나는 여러 가지 문제를 사실적으로 그려서 어린이들에게 진실을 깨닫게 하고 참되게 살아가는 길을 생각"[9]하도록 해야 하는 것이다. 이원수는 다음과 같이 현실 인식의 중요성을 피력한다.

오늘의 아동 문학이 진정 교육 가치를 갖기 위해서는 아동의 순백한 심정에 침투해 들어가는 사회악에서 그들을 구출하는 일도 중요하다. 그러기 위해서는 작품에서 현실악의 피해자인 아동을 그릴 수 있고, 작품에서 악을 비평할 수도 있는 것이다. 그것을 허식적인 태도로써 반대하거나 기피하는 것은 문학이 생활과 유리해야 한다는 것이며 결과적으로는 현실악과의 공모에 빠지고 말 것이다.[10]

---

8 李元壽, 「兒童文學의 當面 課題－弱化와 不振의 原因을 糾明한다」, 『경향신문』, 1961.1.30. 『이원수아동문학전집 28, 아동문학입문』, 웅진출판사, 1987, 132쪽.
9 이오덕, 「동화를 어떻게 쓸 것인가」, 『어린이를 지키는 문학』, 백산서당, 1984, 64쪽.
10 이원수, 위의 글, 134쪽.

아동문학의 현실 인식에 관한 이원수의 이와 같은 주장은 1960년부터 여러 글에서 발견된다. 「아동문학과 당면 과제」, 「모랄과 리얼리티」(『서울일일신문』, 1961.1.24), 「아동문학」(『경성대학신문』, 1961.1.10), 「兒童文學과 大衆性—安易한 製作態度를 解剖해 본다」(『동아일보』, 1961.3.5), 「아동문학과 교육」(1961), 「주제의식과 사실성—아동문학의 당면 문제」(『한국아동문학』, 1973.9) 등 무작위로 골라도 그의 평문 대다수에서 위의 주장과 대동소이한 내용이 발견된다. 그의 문학론인 『아동과 문학』, 『아동문학입문』, 『동시 동화 작법』을 관류하는 문학관도 물론 이와 다르지 않다. 따라서 이원수의 작가의식은 큰 변동 없이 평생을 일관했다. 작품 또한 현실주의 계열의 작품이 많은데, 한 통계에 따르면 60%를 상회하는 작품이 현실주의 계열이라고 한다.[11] 그 가운데도 '현실의 부정적 측면에 관심을 두고 그 부정적 현실을 타개하고 극복하기 위하여 비판 · 고발 · 참여의 글' 곧 사회 정의의 주제가 많았다. 한 통계에 따르면 27 편에 이른다고 한다.[12]

1970년 전태일의 분신이 있고 난 후, 박정희는 1972년 10월 유신을 선포해 영구집권의 기반을 마련한다. 통일주체국민회의라는 기구를 통해 간접 선거 방식으로 대통령을 뽑을 수 있었기 때문이다. 12월 27일 이 기구에 의해 박정희는 제8대 대통령에 당선된다. 1973년에는 해외에서 반정부, 민주화 운동을 하던 김대중(金大中)이 도쿄(東京)에서 피랍되는 사건이 발생하고, 『동아일보』 기자들이 자유 언론 실천 운동을 전개하며, 반정부 민주화 운동이 요원의 불길처럼 번지자 박정희는 긴급조치를 남발하며 정권을 연장하기에 바빴다.

전태일의 분신은 법이 있어도 지켜지지 않아 사회적 약자가 법을 믿

11 仲村修, 「이원수 동화 · 소년소설 연구」, 인하대학교 대학원 석사학위 논문, 1993, 54쪽.
12 채찬석, 「이원수 동화의 특징」, 사계 이재철선생화갑기념논총 간행위원회 편, 『한국아동문학작가작품론』, 서문당, 1991, 174~176쪽.

지 않는 법치의 혼란에 대한 각성 요구, 지배층에 대한 민중의 이반에 대한 성찰의 기회 제공, 성장 위주의 경제 정책에 대한 반성 요구, 전반적으로 민주화에 대한 민중의 정당한 문제 제기 등으로 요약할 수 있겠는데, 정권은 이를 묵살했다. 그 결과 위와 같은 일련의 무리수에 악수를 두게 되었고 결국 박 정권은 비극적인 결과를 초래하게 된다.

아동문학이 정치사를 온전하게 반영해야 한다거나 밀접한 관련성을 지녀야 한다고 말할 수는 없다. 그러나 아동의 성장은 어차피 악(惡)에 물들어가는 과정이라고 할 수 있다. 그래서 불의한 현실에 봉착했을 때 어떻게 대처하고, 판단하며, 의사 결정을 할 수 있도록 할 것인가 하는 것이 중요하다. 이때 문학은 판단의 간접 경험을 제공하는 유력한 매체라 할 수 있다. 삶의 총체적 체험[13]은 항상 직접 경험만을 의미하지 않는다. 인간은 직접 경험과 간접 경험을 함께 하며 성장 발전한다. 인간의 유한성에 비추어볼 때 직접 경험은 매우 제한적임에 반해, 간접 경험은 인간 성장 발달에 매우 큰 비중을 차지한다고 할 수 있다.

현실은 언제나 부조리한 것과 합리적인 것이 공존한다. 부조리한 현실을 어떻게 하면 합리적인 질서가 지배하는 세계로 바꾸어낼 것인가 하는 대안 마련이 외면하는 것보다 요긴하고도 절실한 법이다. 동심천사주의 문학이 현실을 외면하려 들었다면 현실주의 문학은 현실에 눈을 떠가게 하면서 응전력(應戰力)을 길러가게 하는 예방 효과로서도 그 의의가 크다고 할 것이다.

비판과 비난은 구별되어야 한다. 비판적 현실 인식[14]은 고등사고 능력에 해당하며 따라서 매우 필요한 교육적 요청이기도 하다. 아동의 현실

---

13 구인환 외, 『문학교육론(제4판)』, 삼지원, 2001, 86~96쪽 참조.

14 구인환 외, 위의 책(79~80쪽)에서 '조응적 상상력'이란 결국 비판적 상상력이라고 바꾸어 말할 수 있는데, 기준을 갖고 옳고 그름과 나음과 못함을 가리는 행위가 비판 행위라고 할 수 있을 것이다.

인식이 곧장 부정적인 교육 효과를 낳을 것이라는 판단은 근거 없는 기우에 지나지 않는 것이다.

2) 현실주의 아동문학과 교훈성

1988년 현직 교사들이 엮은 『삶을 위한 문학교육』은 여러모로 우리 문학교육에 파장을 불러 일으켰다. 책의 이름에서 이미 드러난 것처럼, 학교 문학교육이 지나치게 '예술을 위한 문학교육'의 방향을 견지하고 있는 것에 대한 대안을 모색한다는 의미를 담고 있었다.

저자들은 문학이 기법이나 언어의 조탁에만 머물 수 없는 것이라는 점을 먼저 천명한다. 그렇다면 문학이 삶의 문제를 비껴갈 수 없게 된다. 그럼에도 불구하고 식민지 시대, 민족 구성원의 삶의 문제를 도외시하거나 외면했던 작가 · 시인들의 작품들로 교과서가 도배가 되다시피 한 사정은 바뀌어야 한다는 주장이었다.

문학의 3원 체계라고 할 때 작가, 텍스트, 그리고 독자를 거명한다. 그런데 작가와 독자는 깡그리 무시하고 텍스트만 고려하자는 것이 신비평 곧 형식주의 문학론의 주장이다. 신비평은 우리 문학교육의 현장에 깊숙이 자리 잡았다. 물론 공과 과를 함께 갖고 있다. 문제는 신비평이 애초에 의도하였을 리는 없지만, 결과적으로 한국적 현실에서 현실주의 계통의 작품을 교육 현장에서 배제하는 좋은 수단으로 활용되었다고 할 수 있다. 우리와 같이 굴곡 많은 현대사를 거쳐 온 나라에서 시인이 어떤 생각을 가지고 어떻게 살아왔는가를 고려하지 않아도 될 이론적 근거를 제공한 것이다. 얼핏 삶과 문학은 구별되는 것처럼 보일 수 있지만, 삶과 다른 문학적 발언이 영속성을 지닐 수는 없다. 문학에 담긴 철학이나 이념은 삶의 경험이 축적된 모습이지 삶과 유리된 형태로 존재할 수는 없는 법이다.

일제강점기의 한국 문학은 좌우익의 문학론과 문학작품의 길항 작용을 통해 발전해 왔다. 일률적으로 재단한다면 다소 문제가 있지만, 대체적으로 좌익의 문학론이 현실주의를 지향했다면 우익은 형식주의 문학론에 가까웠다고 할 수 있다.

해방 공간에는 좌익과 우익의 대립이 극심했지만, 교과서에는 수많은 좌파 문인들의 문학 작품이 배제되지 않고 수록되어 있었다.[15]

저자	작품명	발행 연도
이기영(李箕永)	원터(「고향」의 부분). 마을의 밤(「민촌」의 부분)	1946~1948
김남천(金南天)	덮을창(「그림」의 부분)	1948
이태준(李泰俊)	마부와 교수. 사냥	
김기림(金起林)	향수. 금붕어. 봄. 우리들의 팔월로 돌아가자. 새나라 송(頌)	1946~1949
이병철(李秉哲)	나막신	1946~1947
임화(林和)	우리 오빠와 화로. 들	1946~1948
조명희(趙明熙)	경이	1946. 1947
정지용(鄭芝溶)	난초. 그대들 돌아오시니. 녹음애송시. 고향	1946~1948
오장환(吳章煥)	석탑의 노래	1947. 1948
권환(權煥)	집	1948
박아지(朴芽枝)	가을밤	1948
박팔양(朴八陽)	봄. 봄의 선구자	1948
설정식(薛貞植)	샘물	1948
조벽암(趙碧巖)	바다의 여인	1948
조운(曺雲)	가을구름. 무꽃. 선죽교. 설청(雪晴). 채송화	1948

위의 표에 제시된 작가와 시인들의 면면을 보면 대표적인 좌파 문인들을 망라하다시피 하고 있다. 이들의 작품이 초·중·고등학교 교과서

15 광복 40년의 교과서 편찬위원회 편, 『광복 40년의 교과서(1) 시』(나랏말쓰미, 1987)와, 광복 40년의 교과서 편찬위원회 편, 『광복 40년의 교과서(2) 소설』(나랏말쓰미, 1987) 참조.

에 두루 실렸던 것이다. 그러나 이 작가들의 소설과 시 작품은 남한만의 단독 정부 수립에 이어 6·25전쟁을 거치면서 교과서에서 사라졌다.[16] 반공 이데올로기의 적용 때문이다. 위의 표에서 언급한 대부분의 작가와 시인들이 일제강점기부터 좌파 문학 운동을 하면서 그 이념에 따라 작품 활동을 했고, 상당수는 이념을 좇아 월북했다. 그 이후 이들의 이름과 작품은 1988년 해금조치[17]가 이루어지기 전까지 매우 제한적인 범위 내에서만 언급되는 것이 허용되었다. 한 연구자의 말처럼 이 시기 국어 교과서 속의 소설은 문학교육 혹은 소설 교육이라기보다는 국어교육 혹은 반공 교육으로 일관하였다고 하는 말이 전혀 과장이 아닌 것이다.[18]

그런데 일제강점기에 적극적인 친일 행위를 했거나 동조하여 문학 작품을 발표했던 작가와 시인들의 경우 어느 하나 작가로서의 이름이나 작품이 공개되는 것을 금지당한 경우가 없었다. 6·25전쟁 직후의 반공 이데올로기가 국가 지배 이데올로기로 기능했던 시대 상황과 국민 정서로 볼 때, 좌파 문인들의 실명이나 작품이 일정한 제한을 당하는 것은 있을 수 있는 일이다. 그러나 그것이 현실주의 문학 일반을 배제하는 원리로 작용한 것은 수긍하기 어렵다.

1960년대에 순수파와 참여파 논쟁이 있었다. 그러나 그 근원은 해방 이후부터 잠복해 있었던 문제였다. 순수파의 주장을 들여다보면, 표면적으로는 문학에 정치·사회적인 내용을 배제해야 한다면서, 속으로는 그

16 「越北한 作家의 作品-'晋州라 千里길' 等 歌曲 一齊 禁止」(『동아일보』, 1952.10.30), 「越北作家 作品 出版 販賣 禁止-文教部서 指示」(『동아일보』, 1957.3.3) 등 참조.

17 1988년 7월 19일 해금조치가 이루어졌다. 당시 노태우 대통령의 '7 · 7 특별선언'의 후속 조치의 하나로 월북 작가들의 해방 전 문학작품에 대해 출판을 허용하기로 하였다. 다만 북한 정권에 적극 협력하였거나 고위직에 있는 洪命熹, 李箕永, 韓雪野, 趙靈出, 白仁俊 등 5인은 제외하였다. 그러나 이듬해 이들 5인의 작품도 추가 해금되었다. 「越北 作家 해방 전 作品 解禁」(『경향신문』, 1988.7.19), 「越北 작가 百20여명 解禁」(『동아일보』, 1988.7.19), 「월북 작가 작품 출판 허용」(『한겨레』, 1988.7.20), 「越北 작가 5명 출판 추가 解禁」(『경향신문』, 1989.2.20) 참조.

18 이병렬, 「문학교육과 교과서의 소설들」, 『광복 40년의 교과서(2) 소설』, 나랏말쓰미, 1987, 391쪽.

들 스스로가 매우 정치지향적인 모습을 보였다. 따라서 순수의 참 내용은 반공이었다고 해야 할 것이다. 반공은 일제강점기에 다수가 친일 활동을 했던 작가 자신들의 과거에 대한 비판적 시선을 차단하는 유력한 방법이었던 것이다.

국가 통제 기구로서 학교를 바라보는 관점은 이데올로기적 학교 제도를 만들고 그것을 교과 활동에 반영하는 것이다.[19] 그 결과 좌파와 현실주의가 한 묶음으로 분류되고, 우파와 형식주의가 다른 한 묶음으로 분류되었다. 후자가 국가 지배 이데올로기와 부합하고 또 아동문학의 교훈성이라는 요건 때문에 현실주의 아동문학 작품이 배제되게 되었던 것이다. 초등학교 교과서에 "정의감과 현실 감각이 뛰어난 성격"[20]은 나타나지 않는다는 말이 바로 이것이다.

이원수가 아동문학에서 어떻게 평가되었는가를 역설적으로 말한 대목이 있어 이를 통해 논의를 전개해 보자.

> 세 번째 시기(1970년대 초반부터 민주화 운동이 전개되던 시기: 필자)는 이미 1920년대 풍미했던 계급주의 혁명 문학에서 어조만 다소 순화된 좌파 이념 문학이 되살아난 때다. 전체 한국 문학이 4·19 혁명 이후 순수파와 참여파로 갈라섰던 흐름 가운데서 참여파의 주요 세력이 진보와 사회주의 이념에 입각한 사실 문학 운동을 전개해 나간 시기이다. 이 시기에는 이오덕의 비평 활동이 막강한 영향력을 발휘하게 되는 시기이기도 하다. 거기에는 이원수를 한국 아동문학을 대표할 가장 출중한 작가로 자리매김하기 위해 마치, 초상화를 앞세우고 목청 높이 구호하면서 일사불란하게 행진하며 독재 수장을 신격화하는 전제국가처럼, 신격화하여 이를 업고 극도로 편향된 하나의 흐름을 조성해 나간 것

19 김창원, 「문학교육과 국가통제」, 민족문학교육회 편, 『문학교육의 방법』, 한길사, 1991, 15쪽.
20 문학교육연구회 편, 『삶을 위한 문학교육』, 연구사, 1987, 65쪽.

이다.[21]

1970년대 현실주의 입장에 섰던 이오덕(李五德)이 이원수의 문학을 재평가하기 시작했다. 거꾸로 말하면 이원수는 이전까지 많은 작품을 발표했으나 작품 활동에 걸맞은 평가를 받지 못했다는 말에 다름 아니다. 위의 인용을 보면, 이원수와 같은 현실주의 문학을 지향했던 작가들에 대한 형식론자들의 시각이 얼마나 부정적인 입장이었던가가 여실히 드러나 있다. '독재 수장을 신격화하는 전제 국가처럼 신격화' 한다는 표현은 섬뜩하기까지 한데, 논리적인 비평 행위 이전의 감정적 대립이 절절히 묻어나고 있다.

이러한 관점에다 현실적으로 학교 문학교육의 실천 방법으로서 맹위를 떨친 신비평은 교과서에 현실주의 문학 작품을 수록하는 것을 차단하는 데 중요하게 작용하는 결과를 낳았다.

요컨대, 현실주의적 시각은 아동 문학의 교훈성에 비추어 볼 때 마땅찮다는 결론으로 귀결되었다. 그렇다면 아동 문학의 교훈성이라는 것을 어떻게 이해해야 할까가 궁금해진다. 이원수의 여러 글을 중심으로 논의를 전개해 보겠다.

> 오늘의 아동 문학이 진정 교육 가치를 갖기 위해서는 아동의 순백한 심정에 침투해 들어가는 사회악에서 그들을 구출하는 일도 중요하다. 그러기 위해서는 작품에서 현실악의 피해자인 아동을 그릴 수 있고, 작품에서 악을 비평할 수도 있는 것이다. 그것을 허식적인 태도로써 반대하거나 기피하는 것은 문학이 생활과 유리해야 한다는 것이며 결과적으로는 현실악과의 공모에 빠지고 말 것이다.

21 최지훈, 「지난 세기, 한국 아동문학이 잃은 것과 얻은 것」, 『어린이를 위한 문학』, 비룡소, 2001, 119쪽.

물론, 아동에게 굳이 보여줄 필요가 없는 현실악도 많다. 그러나 실지 아동들이 겪고 있고 피해자로 되고 있는 악에 대해서 눈감는 것은 현실도피요, 문학자로서는 기만적인 행동이다. 이것은 아동 문학을 공중에 뜬 허망된 것으로 만들고 소위 명랑, 건전이란 간판으로써 불건전한 사회의 협동자로 만들게 될 우려가 농후한 가장 비교육적인 문학이 될 것이다.[22] (밑줄 필자)

현실악이 엄연히 존재함에도 불구하고 허식적인 태도로 반대하거나 기피하는 것은 그 현실악과 공모하는 것이라는 게 이원수의 입장이다. 더구나 현실악을 외면하게 하고 단순히 명랑, 건전만을 주장하는 것이 오히려 비교육적이라는 주장이다. 아동문학의 교훈성은 여러 측면에서 논의할 수 있는 매우 진폭이 큰 주제인데, 우선하여 현실악에 대한 엄정한 시각을 견지하는 것이 교육적이라는 생각이다. 왜냐하면 현실악에 의해 아동들이 피해를 보고 있음에도 그것을 외면하는 것은 현실도피요 기만이기 때문이라는 것이다.

악에 굴종하는 아동을 원하는 것이 아니라면 부정에 희생된 아동들이 잠자코 현실에 맞기 위해 자아 타락에 빠지는 것을 방관하지는 못할 것이다. 교육적이라 함은 부정을 덮어두는 것이 아니라 부정을 제거하고 희생 아동을 구출하는 것을 말하는 것이다.[23] (밑줄 필자)

부정을 모른 체하고 덮어두는 것이 아니라, 이를 제거하고 부정에 의해 희생된 아동을 구출하는 것이 교육적이라는 생각이다. 현실 추종이 아니라 정당한 대응과 개선 의지를 갖는 것이야 말로 교육적이라는 말이다.

---

22 이원수, 「아동문학의 당면 과제」, 『이원수아동문학전집』, 제28권, 135쪽.
23 이원수, 「모랄과 리얼리티」, 『이원수아동문학전집』, 제28권, 139쪽.

아동은 순진한 것이며 사회의 악에 물들게 해서는 안 되므로 실사회의 나쁜 제도나 생활에서 분리해야 하며, 그렇게 하는 것이 아동교육에 유리하다는 것이다.

일견(一見) 극히 옳은 말 같다. 이 옳은 말 같다는 사실 때문에 그들은 이것을 크게 앞장세우고 있다.

그러나 아동은 현실에서 떠난 천국의 천사가 아니며 비상한 고통과 쓰라린 생활 속에 있는 것이다. 그들은 부모 형제와 함께 부정과 사회악에 희생되고 있는 것이다. 이러한 우리나라 현실에서 아동을 위하는 문학이 되려면 현실 속의 아동을 작품 속에 그려야 하는 것이다.[24] (밑줄 필자)

비슷한 취지인데, 현실 속의 아동을 작품 속에 반영해야 진정한 아동교육이 된다는 내용이다. 그렇다면 이원수가 보는 아동이 처한 현실은 어떤 것인가? '비상한 고통과 쓰라린 생활 속에 있는 것'이라고 본다. 이원수가 보는 교육관은 깨어 있는 현실 의식을 바탕으로 하는 것이지, 사회악에 물들게 해서는 안 된다는 이유로 감추고 숨길 일이 아니라는 것이다.

그릇된 근시안적 교육성을 위하여 권선징악의 낡은 동화, 수신교재(修身教材)적 봉건적인 소설을 써서, 새로운 선의 방향으로 생활을 발전 개혁해 가려는 의욕과 노력을 마비시키는 작가도 있다.[25] (밑줄 필자)

아동이 물들까 염려하여 사회의 여러 악으로부터 차단시켜 놓는 것은 근시안적 교육관이라는 것이 이원수의 생각이다. 전통적으로 권선징악을 강조하고 도덕 교과서 같은 내용만을 제공하는 것은 아동들의 개혁

24 이원수, 「아동문학」, 『이원수아동문학전집』, 제28권, 156쪽.
25 이원수, 「아동문학과 대중성」, 『이원수아동문학전집』, 제28권, 161쪽.

의지와 노력을 마비시키는 일이라는 것이다.

> 문학의 교육성이 중요시되는 것은 그것이 일반 교육 제도에 의한 교육보다 항상 한 걸음 앞서서 인간이나 사회를 순화하고 이상을 높이려는 점이 있기 때문이다.
>
> 그것은 항상 새로우려 하고 완전하려 든다. 여기서, 언제나 사회의 통념에서 보아 지나친 것 같은 내용이나, 굳어진 도덕과는 어긋나는 듯한 것이 나타나는 경우가 있게 되는 것이다. 이는 하나의 선구자적 소임을 하는 것이 예술이기 때문이다.
>
> 따라서 아동문학의 교육성도 이런 정황 아래서 이해되어야 하며, 일부 인사들이 주장하는 아동문학 – 교과서적인 아동문학이나, 생생하게 살아 있는 아동이 아닌 얌전하고 도의적인 행동만 하면서 모든 일에 만족해하는 꼭두각시 같은 아동을 그려서, 불평불만도 없고 슬픔도 없는 사회를 보여주는 것이 교육적이라고 생각하는, 그런 교육성과는 판연히 구별되어야 한다.[26] (밑줄 필자)

'얌전하고 도의적인 행동만 하면서 모든 일에 만족해하는 꼭두각시 같은 아동을 그려서, 불평불만도 없고 슬픔도 없는 사회를 보여주는 것'이 바로 근시안적 교육관이라는 것이다.

> 그러면 현대 동화는 어떠하며 또 어떠해야 하겠는가? 아동의 심정을 곱게 하고, 그들의 옳고 바른 생활을 가르쳐주며, 정(正)과 사(邪)를 판별하여 정의를 위해서는 용감하고, 자기 생활을 즐겁게 하며, 사회, 국가의 일원으로서는 민주주의적인 인간이 되는 데 도움이 될 동화란 어떤 것인가.
>
> 그것은 아동들이 흥미를 가질 스토리와 함께 모랄이 있는 것이라야 하겠다.

---

26 이원수, 「아동문학과 교육」, 『이원수아동문학전집』, 제28권, 164쪽.

> 배타적 이기심이나 봉건적 미덕이 아닌, 사회성이 있는 이익, 단체 생활을 영위하게 하는 도덕을 가르쳐 주는 동화라야 하겠다.
>
> 이러한 현대적 요소에 응하기 위해서는 동화의 내용이 환상적이거나 현실적이거나 그 표현에 있어서 <u>사실적이 아니고서는 불가능하도록 시대는 변해졌다</u>. 동화가 문학－예술의 자리에 앉음과 동시에 그것은 필연적인 요건이 된 것이다.[27] (밑줄 필자)

'근시안적 교육성'이 말하는 바로는 사회악이라 할 수 있는 현실과는 차단하는 것이었으나, 이원수는 오히려 '새로운 선의 방향으로 생활을 발전 개혁해 가려는 의욕과 노력'을 위해서는 단순한 권선징악이나 봉건적 미덕만 강조할 것이 아니라는 것을 분명히 하였다. 부정과 사회악을 보고 겪으면서 고민하고 갈등하되 그것을 극복해 내면서 내적 성장이 가능하다는 말이다. 그의 문학은 언제나 "삶을 비추는 거울이었으며, 삶과 뜨겁게 마주하는 현실"[28]이었기 때문이다.

요컨대, 이원수가 보는 교육성이라는 것은 현실 인식과 다른 자리에 놓이는 것이 아니다.

3. 맺음말

아동문학의 현실 인식과 교훈성은 상반된 가치처럼 보인다. 현실 인식이라고 할 때 현실이 대체로 사회악이거나 부정적 현실일 가능성이 크기 때문이다. 일찍이 우리나라 동화를 일컬어 동심천사주의, 교훈주의

---

27 이원수, 「아동문학과 영적 지도」, 『이원수아동문학전집』, 제28권, 194쪽.

28 김상욱, 「겨울 들판에서 부르는 희망의 노래」, 『숲에서 어린이에게 길을 묻다』, 창작과비평사, 2002, 165쪽.

동화라는 말을 했던 것은 바로 현실 인식과 아동문학은 거리가 멀다는 말과 다름이 없다. 부정적 현실 인식은 곧 반교육적이라는 등식이 성립되었던 것이다.

이러한 생각의 연원을 따져 보면 한국 현대사의 전개와도 관련이 있고 이와 관련한 문단의 흐름과도 무관하지 않다. 일제강점기 좌파 작가들의 이론적 기반이 현실주의에 있었고 이들이 해방 후 대부분 월북하게 되었던 점도 현실주의 문학이 반교육적이라는 생각에 일정한 영향을 미쳤다고 볼 수 있다. 게다가 조선문인협회(朝鮮文人協會) 나아가 조선문인보국회(朝鮮文人報國會)의 뒤를 이은 한국문인협회(韓國文人協會)의 이념적 기반이 순수 문학으로 이어지게 된 점도 다른 이유 중에 하나다. 오랜 독재 정권은 문학에서도 국가 지배 이데올로기 또는 국가 통제의 방식으로 간섭하였고 학교 문학교육이 교실 실천의 편리함을 들어 형식주의를 기반으로 하게 된 점도 이와 관련이 있다.

이 글에서는 일반문학에서도 작품적 성과를 뚜렷하게 찾기가 어려운 전태일 분신 사건을 시의성(時宜性)을 놓치지 않고 형상화한 이원수의 「불새의 춤」을 대상으로 현실주의 아동문학과 교훈성에 대해 살펴보았다. 결론적으로 이원수는 현실성의 인식이 곧 바람직한 교훈성이지, 단순히 권선징악이나 부르짖고 봉건적 미덕만 강조하는 근시안적 교훈성을 운위하는 것은 진정한 교육과는 무관하다고 보고 있다.

아동문학에서의 바람직한 현실 인식은 이원수를 이어 이오덕이 체계화하였고, 이에 호응하여 권정생, 임길택, 윤기현, 박기범 등의 작가가 작품으로 형상화하였다.

앞으로의 과제는 균형을 잃지 않는 범위에서 현실주의 작품들이 교과서에 많이 수록되는 일이다. 한국 아동 서사문학의 흐름을 크게 현실주의 아동문학과 판타지로 가를 때, 상대적으로 현실주의 아동문학 작품이 발전하였음에도 불구하고 교과서에 수록되는 비중은 그에 상응하지 못한 실정이었다.

이제 작품 수록을 제한할 것이 아니라 독후 활동을 통해 생각의 지평을 넓히는 일이 중요하고 요긴하다고 생각한다. 편향되지 않은 시각, 아동의 현실을 벗어나지 않는 관점은 균형을 지향할 것이고 그것이 곧 아동문학의 교훈성이 추구하는 바일 것이다.

참고문헌

광복 40년의 교과서 편찬위원회 편, 『광복 40년의 교과서(1) 시』, 나랏말쓰미, 1987.

광복 40년의 교과서 편찬위원회 편, 『광복 40년의 교과서(2) 소설』, 나랏말쓰미, 1987.

구인환 외, 『문학교육론(제4판)』, 삼지원, 2001.

김상욱, 『숲에서 어린이에게 길을 묻다』, 창작과비평사, 2002.

김지하, 『김지하 사상 기행 1』, 실천문학사, 1999.

김창원, 「문학교육과 국가통제」, 민족문학교육회 편, 『문학교육의 방법』, 한길사, 1991.

나카무라 오사무(仲村修), 「이원수 동화 · 소년소설 연구」, 인하대학교 대학원 석사학위 논문, 1993.

문학교육연구회 편, 『삶을 위한 문학교육』, 연구사, 1987.

사계 이재철선생화갑기념논총 간행위원회 편, 『한국아동문학작가작품론』, 서문당, 1991.

성현주, 「이원수 동화에 나타난 나르시시즘 연구—「불새의 춤」을 중심으로」, 『한국문예비평연구』, 제39호, 한국현대문예비평학회, 2012.

유동우, 『체험수기집, 어느 돌멩이의 외침』, 대화출판사, 1978.

이기영, 「이원수 동화에 담긴 사랑」, 역사편찬위원회 엮음, 『방정환 · 이원수』, 어린이도서연구회, 2005.

이병렬, 「문학교육과 교과서의 소설들」, 『광복 40년의 교과서(2) 소설』, 나랏말쓰미, 1987.

이오덕, 「겨레의 삶과 희망을 담은 동화」, 이원수, 『꼬마옥이』, 창작과비평사, 1997.

이오덕, 『시정신과 유희정신』, 창작과비평사, 1977.

이오덕, 『어린이를 지키는 문학』, 백산서당, 1984.

이원수, 「모랄과 리얼리티」, 『이원수아동문학전집』, 제28권, 웅진출판사, 1993.

이원수, 「아동문학」, 『이원수아동문학전집』, 제28권, 웅진출판사, 1993.

이원수,「아동문학과 교육」,『이원수아동문학전집』, 제28권, 웅진출판사, 1993.
이원수,「아동문학과 대중성」,『이원수아동문학전집』, 제28권, 웅진출판사, 1993.
이원수,「아동문학과 영적 지도」,『이원수아동문학전집』, 제28권, 웅진출판사, 1993.
이원수,「아동문학의 당면 과제－약화(弱化)와 부진(不振)의 원인을 규명한다」,『경향신문』, 1961.1.30.(『아동문학입문』,『이원수아동문학전집』, 제28권, 웅진출판사, 1993)
이원수,『동시동화작법』(『이원수아동문학전집』, 제30권), 웅진출판주식회사, 1993.
이원수,『별 아기의 여행』(『이원수아동문학전집』, 제6권), 웅진출판주식회사, 1993.
이원수,『아동과 문학』(『이원수아동문학전집』, 제29권), 웅진출판주식회사, 1993.
이원수,『아동문학입문』(『이원수아동문학전집』, 제28권), 웅진출판주식회사, 1993.
조영래,『전태일 평전(개정판)』, 돌베개, 1991.
채찬석,「이원수 동화 연구」, 숭전대 석사학위논문, 1986.
채찬석,「이원수 동화의 특징」, 사계 이재철선생화갑기념논총 간행위원회 편,『한국아동문학작가작품론』, 서문당, 1991.
최지훈,「지난 세기, 한국 아동문학이 잃은 것과 얻은 것」,『어린이를 위한 문학』, 비룡소, 2001.

원문 출처

제1부 _ 일제강점기 아동문학의 전개와 의미

「『별나라』와 계급주의 아동문학의 의미」: 『국어교육연구』, 제46집, 국어교육학회, 2010.

「일제강점기 계급주의 아동문학의 방향전환론과 작품적 대응양상」: 「일제강점기 계급주의 아동문학의 방향전환론과 작품적 대응양상 연구—『별나라』와 『新少年』을 중심으로」, 『문학교육학』, 제43호, 한국문학교육학회, 2014.

「1930년대 계급주의 아동문학론의 전개 양상과 의미」: 『한국아동문학연구』, 제26호, 한국아동문학학회, 2014.

「일제강점기 아동문학의 표절 양상과 원인」: 「일제강점기 아동문학에 나타난 표절 양상과 원인 연구」, 『초등국어교육연구』, 제15호, 대구경북초등국어교육학회, 2012.

「대구 · 경북 지역 아동문학」: 「대구 지역 아동문학 연구」, 『아동청소년문학연구』, 제10호, 한국아동청소년문학학회, 2012.

제2부 _ 아동문학 작가와 작품

「일제강점기 아동문학가의 필명」: 「일제강점기 아동문학가의 필명 고찰」, 『아동청소년문학연구』, 제19집, 한국아동청소년문학학회, 2016.

「윤복진의 동요곡집—『물새발자옥』을 중심으로」: 「윤복진의 동요곡집 연구—『물새발자옥』을 중심으로」, 『국어교육연구』, 제53집, 국어교육학회, 2013.

「윤복진의 아동문학과 월북」: 『아동청소년문학연구』, 제17호, 한국아동청소년문학학회, 2015.

「아동문학가 박아지」: 「아동문학가 박아지 연구」, 『국어교육연구』, 제60집, 국어교육학회, 2016.

「송완순의 아동문학론」: 「송완순의 아동문학론 연구」, 『동화와번역』, 동화와번역학회, 2016.

「최초의 동요 창작 지침서, 정열모의 『童謠作法』」: 『근대서지』, 제13호, 근대서지학회, 2016.

「아동문학 연구와 실증적 서지—김성도를 중심으로」: 「아동문학 연구와 실증적 서지 고찰—김성도를 중심으로」, 『초등국어교육연구』, 제13호, 대구경북초등국어교육학회, 2013.

「현실주의 아동문학 작품과 교훈성—이원수의 「불새의 춤」」: 「현실주의 아동문학 작품과 교육성」, 『초등국어교육연구』, 제6호, 대구경북초등국어교육학회, 2006.

찾아보기

ㄱ

ㅂ

ㅇ

ㅈ

ㅊ